Ricarda Martin

Insel der verlorenen Liebe

Roman

Knaur Taschenbuch Verlag

Besuchen Sie uns im Internet:
www.knaur.de

Originalausgabe November 2010
Copyright © 2010 by Knaur Taschenbuch.
Ein Unternehmen der Droemerschen Verlagsanstalt
Th. Knaur Nachf. GmbH & Co. KG, München
Alle Rechte vorbehalten. Das Werk darf – auch teilweise –
nur mit Genehmigung des Verlags wiedergegeben werden.
Redaktion: Ilse Wagner
Umschlaggestaltung: ZERO Werbeagentur, München
Umschlagabbildung: © John Short/Design Pics/Corbis
Satz: Adobe InDesign im Verlag
Druck und Bindung: GGP Media GmbH, Pößneck
Printed in Germany
ISBN 978-3-426-50707-0

2 4 5 3 1

Then they took us away
On the mainland to stay
So we promised one day to return
Now the years have gone by
The homeless ruins still lie
And the warm peatfires no longer burn
The eagle still flies over Scotland's blue skies
But no more over the graves of St. Kilda ...

Auszug aus dem Lied *St. Kilda* von Ben Kelly,
veröffentlicht auf der CD *By Special Request*, 2002

Prolog

Auf dem Nordatlantik, 27. August 1930

Seit Stunden schon stand die Gräfin regungslos an der Reling und starrte auf das graue, aufgewühlte Meer. Weder die Kälte noch der starke Wind, der immer wieder Gischt über das Deck des Motorseglers spritzte, störte die alte Dame. Es schien, als würde sie die Naturgewalten des rauhen Atlantiks nicht wahrnehmen. Ihr Blick fixierte einen imaginären Punkt irgendwo am Horizont, und in ihrem Gesicht zeigte sich der Ausdruck gespannter Erwartung.

Captain Barrow, Kommandant der *HMS Harebell*, trat von der Brücke auf das Deck und klopfte seine Pfeife sorgsam an einem Pfosten aus. Während er die Pfeife mit frischem Tabak füllte, beobachtete er die Gräfin zunehmend besorgt. Es war ein Fehler gewesen, ihrem Wunsch, sie als Passagier mitzunehmen, nachzukommen, denn die *HMS Harebell* war auf dieser Fahrt nicht als Passagierschiff unterwegs. Die Lady hatte ihm für die Überfahrt jedoch hundert Pfund gegeben, für den Captain eine Menge Geld. Obwohl er seit Jahren diese gefährliche und schwierige Strecke befuhr, war seine Heuer nicht gerade üppig. Stürme, Unwetter und Gegenströmungen machten jede Fahrt aufs Neue zu einem Abenteuer, und man wusste nie, ob das Schiff Stunden oder gar Tage für die Überfahrt benötigte. Der Captain hatte diese Fahrten immer gehasst. Glücklicherweise war es heute das letzte Mal, dass er die vermaledeite Inselgruppe im Nordatlantik ansteuerte, darum wohl hatte er auch der eindringlichen Bitte der alten Dame nachgegeben, obwohl eine Mitnahme von Passagieren auf der heutigen, letzten Fahrt nicht vorgesehen war. Hundert Pfund – das bedeutete, dass er endlich das schadhafte Dach und die undichten Fenster an seinem Haus richten lassen konnte, und seiner Frau wollte er einen weichen und warmen Wintermantel kaufen. Natürlich konnte er sich keinen Pelzmantel, wie die Gräfin einen trug, leisten, aber seine Frau sollte im kommenden Winter nicht wieder frieren müssen. Barrows Blick schweifte über die Gestalt der Lady. Sie musste schon alt sein, sicher an die siebzig Jahre, wenn nicht sogar älter, aber ihre Haltung war aufrecht und ihr Rücken gerade. Lediglich beim Laufen stützte sie sich auf einen Stock, dessen Griff aus Gold war, wie der Captain bemerkt hatte. Nachdem er seine Pfeife angezündet und ein paar Züge inhaliert hatte, trat er neben die Dame.

»Mylady, es wird bald dunkel, und es ist kalt. Möchten Sie sich nicht unter Deck begeben?«

Langsam wandte sie sich zu ihm um. Ihr Blick begegnete dem seinen, beinahe hypnotisch hielt sie ihn fest, als sie leise, aber bestimmt sagte: »Sie brauchen sich keine Sorgen um mich zu machen, Captain. Ich weiß, was ich tue.«

Dann drehte sie sich wieder dem Meer zu und schien die Anwesenheit Barrows vergessen zu haben. Der Captain seufzte. Er war für alle Menschen an Bord, einschließlich seiner einzigen Passagierin, verantwortlich. Nicht auszudenken, was es für ihn bedeutete, wenn der Lady etwas geschah, zumal sie ohne Begleitung reiste, was für eine Dame ihres Alters und ihres Standes völlig unüblich war. Wenigstens erweckte sie den Anschein, gesund und rüstig zu sein, und der Blick aus ihren grüngrauen Augen war der einer jungen Frau. Früher musste sie einmal sehr schön gewesen sein. Auch wenn ihr Gesicht von tiefen Falten durchzogen und ihr Haar schlohweiß war, die edlen und wohlgeformten Gesichtszüge waren deutlich zu erkennen und wiesen auf eine starke Willenskraft hin. Dennoch wollte Barrow, dass sie jetzt das Deck verließ und sich in ihre Kabine begab, denn bei der Fahrt durch die Nacht musste er sich ganz auf das Manövrieren durch die zahlreichen vor ihnen liegenden Untiefen und Riffs konzentrieren.

»Bei allem Respekt, Mylady, aber auf diesem Schiff bin ich der Captain, und ich fordere Sie auf, das Deck sofort zu verlassen. In der Dunkelheit ist das Schiff schwer zu steuern, und in dieser Gegend muss man jederzeit mit einem plötzlich aufkommenden Sturm rechnen.«

Ein kaum merkliches Lächeln huschte über das Gesicht der alten Dame, und sie murmelte kaum hörbar: »Das ist mir bekannt, Captain. Sie wissen gar nicht, wie sehr mir die Wetterverhältnisse dieser Gegend bekannt sind.« Sie warf einen letzten Blick auf den Horizont, der in der hereinbrechenden Dunkelheit kaum noch zu erkennen war. »Wann werden wir unser Ziel erreichen?«

Captain Barrow zuckte mit den Schultern.

»Wenn das Wetter über Nacht ruhig bleibt, werden wir Hirta wohl in den frühen Morgenstunden anlaufen.« Er bot ihr seinen Arm und fuhr fort: »Darf ich Sie in Ihre Kabine begleiten? Ich werde dafür Sorge tragen, dass man Ihnen Tee und Sandwiches bringt.«

Sie legte ihre schmale, behandschuhte Hand auf seinen Ärmel.

»Ich habe keinen Hunger, Captain, aber ein heißer Tee wäre sehr freundlich.«

Während sie gemeinsam unter Deck gingen, konnte Captain Barrow die Frage, die ihm seit dem Morgen, als sie aus Oban ausgelaufen waren, auf der Zunge brannte, nicht mehr zurückhalten.

»Verzeihen Sie meine Neugierde, Mylady, aber was treibt eine Dame wie Sie auf diese unwirtliche und gottverlassene Insel?«

Die Lady zuckte zusammen und fuhr den Captain mit lauter und kraftvoller Stimme an: »St. Kilda ist nicht von Gott verlassen! Im Gegenteil, erst als sich Menschen, die von nichts eine Ahnung haben, einmischten, begannen Zerfall und Untergang einer starken und mutigen Gemeinschaft. Bitte mäßigen Sie ihre Aussagen, Captain.«

Barrow schluckte eine heftige Erwiderung über diese Maßregelung hinunter und schwieg. Er hatte gutes Geld bekommen, und die Gründe, warum eine verschrobene alte Frau nach St. Kilda reiste, konnten ihm gleichgültig sein. Er tat hier seine Arbeit – alles Weitere war nicht sein Problem. Es würde so oder so das letzte Mal sein, dass ein Mensch St. Kilda aufsuchte. In zwei, spätestens drei Tagen war alles vorbei, und er freute sich auf seine neue Route, die ihm zugeteilt worden war. Nach ein paar Tagen Urlaub, den er sich redlich verdient hatte, würde er nur noch die Tagesroute zwischen Oban und der Insel Mull befahren und konnte jeden Abend zu Hause bei seiner Frau sein.
Sie waren bei seiner Kajüte angekommen, die er der Lady großzügigerweise für die Nacht zur Verfügung gestellt hatte.
»Bitte sehr«, sagte er und öffnete die Tür.
Die kleine Missstimmung war verschwunden, und die alte Dame schenkte ihm ein freundliches Lächeln.
»Ich hoffe, es macht Ihnen keine allzu großen Umstände, mir Ihren Schlafplatz zu überlassen, Captain.«
»Das ist schon in Ordnung, Mylady. Ich werde die Nacht ohnehin auf der Brücke verbringen, an Schlaf ist bei dieser Überfahrt nicht zu denken.«
Sie dankte ihm mit einem hoheitsvollen Nicken, als wäre sie die Königin höchstpersönlich, dann trat sie in die Kajüte und schloss die Tür hinter sich.
»Verrückte Alte«, murmelte Barrow, zog an seiner inzwischen erkalteten Pfeife und kehrte auf die Brücke zurück. In der Tasche seiner Uniformjacke raschelten die Pfundnoten, und dieses Geräusch veranlasste Barrow, nicht weiter über die Gräfin nachzudenken.

Captain Barrow war wenig erstaunt, die Gräfin am nächsten Morgen bereits vor Sonnenaufgang erneut an Deck zu sehen. Wieder stand sie an der Reling. Sie roch die Insel, bevor die ersten Felsformationen durch den Nebel hindurch sichtbar wurden. Das Kreischen tausender Seevögel klang in ihren Ohren, schöner als ein gutes Orchester, und noch heute, nach so unendlich langer Zeit, konnte sie den Ruf eines Basstölpels von dem eines Papageientauchers unterscheiden. Langsam schälten sich die Konturen eines *Stacs* aus dem Dunst, und die Gräfin wusste, dass dem Schiff nun der gefährlichste Teil der Fahrt bevorstand. Es war eine ruhige Nacht gewesen, doch jetzt galt es, den einer riesigen Felsnadel gleich steil und hoch aus dem Meer aufragenden *Stac* und die gefährlichen Riffs zu umschiffen und die *HMS Harebell* sicher an den Kai der Village Bay, dem einzigen Schiffslandeplatz auf der Insel Hirta, zu manövrieren. Kaum war die Gefahrenstelle umschifft, schien es, als wären sie in eine andere Welt eingetaucht. Das Meer war ruhig und glatt wie ein polierter Spiegel, und kaum ein Windhauch erreichte die Village Bay. Ein Gefühl absoluten Friedens erfüllte die alte Dame, und sie seufzte erleichtert. Ihre Entscheidung, nach St. Kilda zu kommen, war richtig gewesen, auch wenn die Erinnerung sehr schmerzlich war.

Trotz der frühen Morgenstunde – es war sieben Uhr, als die Leinen des Schiffes vertäut wurden – hatten sich sämtliche Inselbewohner am Kai versammelt und starrten neugierig auf die Ankömmlinge. Als die Gräfin von Bord ging, bemühte sie sich, nicht in die verhärmten und faltenreichen Gesichter der Frauen zu blicken, die vor ihrer Zeit gealtert waren. Sie beachtete auch nicht die bärtigen älteren Männer, in deren Augen Hoffnungslosigkeit stand, ebenso wenig die erwartungsvollen und beinahe freudigen Blicke der wenigen jungen Männer. Nur die Kinder, die sich daumenlutschend und barfüßig an die Hände ihrer Mütter klammerten, rührten die alte Dame. Sie alle mussten nun ihre Heimat verlassen und in eine ungewisse Zukunft aufbrechen – in eine Welt, die sich von der, die sie kannten, so sehr unterschied wie der Mond von der Erde. Obwohl die Menschen nur auf das Festland Schottlands und nicht auf einen anderen Kontinent gebracht wurden, würde von nun an ihr Leben nicht mehr so sein wie bisher. Manche würden es schaffen, sich mit der neuen Situation zu arrangieren, aber die Alten würden daran zerbrechen. Sie selbst war jung, sehr jung gewesen, als sie die Heimat verlassen musste. Dennoch war kein Tag vergangen, an dem sie sich nicht nach St. Kilda gesehnt hatte. Die Blicke der Leute folgten der Gräfin, als sie aufrecht und mit festen Schritten, nur leicht auf ihren Gehstock gestützt, zielstrebig durch die Village Bay ging, und sie hörte die eine oder andere getuschelte Bemerkung hinter sich. Am Rand der einzigen Straße Hirtas verharrte die Gräfin, schloss die Augen und legte den Kopf in den Nacken. Tief sog sie die Luft ein und stieß sie mit einem Keuchen wieder aus. Es war, als würde sie mit der Seeluft eine andere Welt in ihren Körper aufnehmen – eine Welt, der sie einst angehört und die sie niemals vergessen hatte. Die Gräfin setzte ihren Weg fort. Einfache, einstöckige Steinhäuser säumten die gewundene, mit grob behauenen und unebenen Steinen gepflasterte Straße, die diese Bezeichnung kaum verdiente. Jedes der elf Häuser glich dem nächsten wie ein Ei dem anderen, und an jedem war der Verfall deutlich zu erkennen. Hier klaffte ein Loch im Dach, dort waren Fensterscheiben gesprungen und notdürftig mit Pappe oder gar nur mit Lumpen zugestopft, und aus den an die Häuser angebauten kleinen Ställen drangen keine Geräusche des Viehs.

In der Luft lag der Geruch nach Torffeuer. Aus allen Kaminen stieg Rauch in den Himmel, der an diesem Schicksalstag so dicht über der Insel hing, als wolle Gott selbst schützend seine Hand über dieses letzte Paradies auf Erden halten. Doch es war zu spät. In wenigen Stunden bereits würde Hirta nur noch eine Ansammlung von Steinmauern ohne jegliches menschliche Leben sein. Die Insel würde wieder den Seevögeln gehören, die hier seit Tausenden von Jahren nisteten. Zielstrebig ging die Gräfin auf das fünfte Haus auf der linken Seite zu und trat ohne zu zögern ein. Die Tür war unverschlossen, denn Schlösser und Schlüssel kannte man auf Hirta nicht. Es hatte hier nie etwas gegeben, das zu stehlen sich lohnte, und alles, was die Menschen besaßen, gehörte allen, gleichgültig, wer es erworben, gefangen oder hergestellt hatte. Langsam sah sich die Lady in dem niedrigen Raum um. Im Kamin brannte – wie in den anderen zehn Häusern – ein letztes Torffeuer. Waren diese erloschen, würde auch das Leben auf St. Kilda für immer erloschen sein. Über dem Kaminsims hing eine verblichene, an den Ecken eingerissene Reproduktion eines Gemäldes der Königin Victoria, und die Lippen der Lady kräuselten sich zu einem Lächeln. Wie oft hatte sie als Kind dieses Bild angesehen und sich nicht vorstellen können, wie ein Mensch solch steife Kleidung tragen und sich darin wohl fühlen konnte. Man hatte ihr erklärt, wer Königin Victoria war und welche Bedeutung sie für das Land hatte, aber es hatte sie damals nicht interessiert. Vorsichtig, als würde das Bild bei ihrer Berührung verschwinden, strich sie über das brüchige Papier. Auf der Spindel des Spinnrads in der Ecke steckte noch ein Knäuel Wolle, ganz so, als hätte die Spinnerin nur kurz das Haus verlassen und käme jeden Moment wieder, um die Arbeit fortzusetzen. Auf dem Tisch lag eine Bibel – aufgeschlagen bei dem Kapitel *Exodus* des Alten Testaments. Exodus – Tod – wie ungemein passend. Die Gräfin schaute in die Flammen. Wenn das Feuer erloschen und die Kamine kalt sind, wird zum ersten Mal seit über tausend Jahren auf Hirta kein Feuer mehr brennen, dachte sie wehmütig. Und es wird niemals wieder entzündet werden.

Sie hatte nicht bemerkt, dass ihr seit der Village Bay ein alter Mann gefolgt war. Er war an der Tür stehen geblieben und hatte sie beobachtet, jetzt trat er in den niedrigen Raum. Als sie ihn bemerkte und stumm in sein Gesicht schaute, trat er vor sie und legte seine Hände auf ihre Schultern.

»Ich wusste, eines Tages kommst du wieder nach Hause«, sagte er leise, als wären nicht Jahrzehnte seit ihrer letzten Begegnung vergangen. Beim Blick in seine Augen schien es der Gräfin, als wären sie wieder die Kinder, die einst dachten, ihr Leben würde auch so verlaufen wie das Leben der Menschen seit Hunderten von Jahren auf St. Kilda – von harter Arbeit geprägt, aber geradlinig und ohne besondere Vorkommnisse. Damals ahnten sie nicht, was das Schicksal für sie bestimmt hatte ...

ERSTER TEIL

MÀIRI

*Hirta, Hauptinsel des Archipels St. Kilda
April 1860*

1. Kapitel

Màiri konnte das Ende des Gottesdiensts kaum abwarten. Nur mit halbem Ohr hörte sie den Worten des Reverends zu, während sie sich immer wieder umschaute, aber sie konnte Neill nirgends entdecken.

»Das wird Ärger geben«, murmelte Màiri leise, doch laut genug, dass ihr Vater die Worte hörte und ihr prompt einen derben Schlag auf den Rücken versetzte. Màiri verstummte und versuchte, sich auf das Schlussgebet zu konzentrieren. Kaum dass Reverend Munro die Gemeinde entlassen hatte, eilte Màiri nach draußen und sah sich suchend um. Hinter der Ecke des einstöckigen, L-förmigen Hauses, das gleichzeitig als Kirche und als Schulhaus diente, sprang ein großer, kräftiger Junge ihr in den Weg. Seine blonden, halblangen Locken standen wirr in alle Richtungen, und seine grauen Augen strahlten wie die aufgehende Sonne.

»Hu!«, rief er und grinste.

»Neill, hast du mich erschreckt!« Màiri legte eine Hand auf ihr Herz. »Du warst nicht in der Kirche. Das wird dir wieder eine Rüge und einen Eintrag einbringen.«

Neill Mackay lachte, nahm Màiris Hand und rief: »Komm mit, lass uns zu unserem Platz gehen. Ich muss dir etwas sagen.«

So schnell sie konnten, rannten die beiden Kinder den steilen, steinigen Weg auf den vegetationslosen Hügel hinter der Kirche hinauf. Die dichte Wolkendecke, die seit dem Morgen den Himmel bedeckt hatte, begann sich zu lichten. Hier und da zeigten sich erste blaue Flecken, aber der Wind wehte kalt und scharf über die Insel. Je höher die Kinder stiegen, desto stärker blies der Wind, zerrte an ihrer Kleidung und zerzauste ihre Haare. Den Kindern machte es nicht aus, denn sie kannten es um diese Jahreszeit nicht anders. Der Berg Oiseval erhob sich an die tausend

Fuß über der Village Bay, in der sich ihr kleines Dorf befand, aber Màiri und Neill zeigten keine Erschöpfung und hielten nicht inne, bis sie auf dem Gipfel angekommen waren. Hier gab es eine Ansammlung von großen Steinblöcken, die wild übereinanderlagen und eine kleine Höhle bildeten. Lachend kroch Màiri auf allen vieren in den Schlupfwinkel und war so ein wenig vor dem Wind geschützt, der auf der Kuppe des Hügels noch viel kräftiger als unten im Dorf blies. Solange die Kinder denken konnten, waren die Steine ihr geheimes Versteck. Nur selten kamen andere auf den Gipfel des Berges, da es hier oben nichts gab, was den Bewohnern der Insel dienlich gewesen wäre. Das Mädchen löste das Band aus ihrem Haar, und eine Flut von dunkelroten Locken ergoss sich auf ihren Rücken. Mit den Fingern fuhr sie zwei-, dreimal durch die wilde Mähne, dann band sie die Haare mit dem groben, ungefärbten Wollband wieder im Nacken zusammen.

»Warum warst du heute Morgen nicht beim Gottesdienst?«, fragte sie ihren Freund und sah ihn erwartungsvoll an. »Der Reverend wird dich morgen in der Schule dafür schlagen. Vielleicht wirst du auch den ganzen Tag in der Ecke stehen müssen.«

Neill schüttelte den Kopf und lachte laut. Dabei warf er den Kopf in den Nacken, und sein Lachen vermischte sich mit dem Wind und wurde über die ganze Insel getragen.

»Ich gehe nicht mehr in die Schule, Màiri.« Er streckte seine Füße aus und schmunzelte. »Weißt du nicht, was heute für ein Tag ist?«

Màiri legte einen Finger auf ihre mit Sommersprossen übersäte Nase und überlegte.

»Sonntag, darum war ja auch Kirchgang.«

»Ich habe heute Geburtstag«, rief Neill stolz. »Ich bin jetzt zwölf Jahre alt.«

»Oh!« Màiri klatschte freudig in die Hände. Sie gratulierte Neill nicht, denn die Inselbewohner maßen Geburtstagen keine Be-

deutung zu. Màiri wusste nicht, dass die Menschen auf dem Festland diesen Tag feierten und Geschenke bekamen, aber Màiri wusste, was es für Neill bedeutete, das zwölfte Lebensjahr erreicht zu haben. Der Junge deutete auf seine Füße.
»Vater gab mir heute Morgen die Schuhe meines Bruders«, rief Neill stolz. »Sie sind so gut wie neu, auch wenn sie seit über einem Jahr niemand mehr getragen hat. Vater meint, ich wäre groß für mein Alter, und die Schuhe passen fast. Nur vorn habe ich Lappen reinstecken müssen, aber in ein paar Monaten brauche ich das sicher nicht mehr.« Neill nahm ihre Hände und drückte sie, während er laut und stolz fortfuhr: »Ich bin jetzt ein Mann!«
Sich der Besonderheit des Augenblicks bewusst, sah Màiri den Freund ernst an. Die Kinder der Insel trugen üblicherweise keine Schuhe, weder sommers noch winters, auch Màiri ging immer barfuß. Erst wenn sie in das Erwachsenenalter eintraten, erhielten sie Schuhwerk, denn das Leder musste vom Festland auf die Insel gebracht werden und war deswegen furchtbar teuer. Bei ihrem Freund war es so weit – er zählte zu den Erwachsenen. Nun musste er nicht mehr fürchten, sich bei der Arbeit in den Klippen seine Füße aufzureißen, obwohl die Jungen, seit sie laufen konnten, gewöhnt waren, in den Felsen herumzuklettern und Vogelnester auszunehmen. Irgendwann, wenn sie ins heiratsfähige Alter kam, würde auch Màiri Schuhe erhalten, aber das dauerte noch lange, war sie doch vor zwei Monaten erst zehn Jahre alt geworden.
»Ich bin stolz auf dich, Neill. Darfst du dann auch zu den Stacs mit hinausfahren?«
Er nickte feierlich.
»Sobald die Basstölpel nach Stac Lee kommen, wird mich mein Vater mitnehmen.«
Màiri sah in seinen grauen Augen die Vorfreude, und sie teilte sein Gefühl. Ungeachtet der Tatsache, dass Neills Bruder beim

Besteigen der Felsnadel Stac Lee, wo er die Nester der Seevögel ausräumen sollte, abgestürzt und gestorben war, konnte Neill es nicht mehr erwarten, bei der Arbeit der Männer endlich richtig mitzuhelfen. Sein Bruder war bei dem Unglück im letzten Jahr erst fünfzehn Jahre alt gewesen. Obwohl er ein hervorragender Kletterer gewesen war, hatte eine plötzlich auftretende Windbö ihn erfasst und ins tosende Meer geschleudert.
Màiri hatte keine Angst um ihren Freund. Angst war etwas, was die St. Kildaner nicht kannten. Nicht kennen durften, denn jeder Tag war voller Gefahren. Für die Männer mehr als für die Frauen, die zwar auf der Jagd nach den Seevögeln nicht in die Klippen stiegen, aber dennoch stets den Widrigkeiten des Wetters auf diesem entlegenen Archipel im Nordatlantik trotzen mussten.
Neill beugte sich zu Màiri, sein Gesicht ganz an ihrem.
»Siehst du es? Mein Bart beginnt zu wachsen!«
Obwohl Màiri ganz genau hinschaute, konnte sie nicht mehr als den üblichen leichten Flaum auf Neills Oberlippe erkennen, doch sie versicherte, die ersten Bartstoppeln seien bereits deutlich zu sehen. Die Männer der Insel rasierten sich nie. Einerseits war es ein zu großer Zeitaufwand, andererseits schützten Bärte vor Kälte und Wind, wenn sie in den Klippen oder auf dem Meer unterwegs waren.
Seit der Besiedlung des Inselarchipels St. Kilda vor rund zweitausend Jahren ernährten sich die Bewohner vom Fleisch und den Eiern der Seevögel, die zwischen Frühjahr und Herbst zu Tausenden die schroffen Klippen bevölkerten. Der Hauptinsel Hirta vorgelagert waren die sogenannten *Stacs* – steile, senkrecht aus dem Meer aufragende Felsnadeln, in deren Nischen und Löchern vorrangig die Basstölpel nisteten. Das Jagen dieser Vögel auf den Stacs war besonders gefährlich, denn in den Klippen fand man kaum Halt, und die Brandung schlug meterhoch gegen die Felsen. Vom Tod machten die St. Kildaner – wie sie allgemein genannt wurden – kein Aufhebens. Er war nichts Be-

sonderes, stand manchmal täglich vor der Tür und gehörte ebenso wie die Geburt zum Leben. So war Màiri auch mächtig stolz auf ihren Freund, dass er jetzt zu den Männern zählte, und verschwendete keinen Gedanken daran, welchen Gefahren er von nun an Tag für Tag ausgesetzt sein würde. Das Einsteigen in die Klippen und das Erlegen der Seevögel war eine Arbeit, die ausschließlich den Männern vorbehalten war. Die Frauen nahmen die toten Vögel in Empfang, rupften sie, weideten sie aus und legten sie in Salzlake ein, um ihr Fleisch, das nicht sofort verzehrt wurde, haltbar zu machen. Die Federn wurden gesammelt und als Tribut für den Herrn der Inselgruppe mit dem Dampfschiff, das in der Regel zweimal im Jahr in der Village Bay anlegte, aufs Festland gebracht. Seit Jahrhunderten gehörte St. Kilda offiziell dem Clan McLeod, der das Geld aus dem Verkauf der Federn einstrich. Die St. Kildaner sahen davon keinen Penny, erhielten als Ausgleich jedoch Dinge des täglichen Lebens – wie zum Beispiel Töpfe, Pfannen, Geschirr oder die Utensilien, die sie zum Spinnen und Weben der Wolle brauchten, die von den Schafen, die auf Hirta lebten, kam.

»Ich finde es nur schade, dass wir Mr. Munro keine Streiche mehr spielen können«, sagte Màiri und grinste schelmisch. »Weißt du noch, als wir Anfang des Jahres den Stuhl mit Kreide beschmierten und er sich mit seiner schwarzen Hose daraufgesetzt hat?«

»Ja, und ich spüre noch heute die Stockhiebe auf meinem Hintern«, erwiderte Neill lachend und fuhr dann ernster fort: »Ab morgen werde ich arbeiten und muss nie wieder in die Schule gehen. Niemals wieder irgendwelche Zahlen zusammenzählen oder sinnlose Buchstaben schreiben. Das brauche ich nicht. Alles, was ein Mann fürs Leben wissen muss, werden mir mein Vater und die anderen Männer beibringen.«

Màiri nickte und drückte seine Hand.

»Eigentlich gehe ich recht gerne in den Unterricht und finde es schade, wenn ich nun im Sommer wieder mehr beim Vieh und

im Haus helfen muss. Ich höre gerne zu, wenn der Reverend Geschichten über Länder wie Amerika oder Afrika erzählt, wo die Menschen entweder rot oder schwarz wie Gewitterwolken sind. Vielleicht reise ich eines Tages dorthin.«
Màiris Blick ging träumerisch in die Ferne, doch Neill schüttelte missbilligend den Kopf.
»Was willst du in der Fremde? Du hast hier alles, was du brauchst. Eines Tages wirst du meine Frau sein, und ich lasse dich niemals fort.«
Die Worte, scherzhaft ausgesprochen, hatten dennoch einen ernsten Unterton, der Màiri nicht entging. Sie und Neill kannten sich, solange sie denken konnte, und es war für beide selbstverständlich, dass sie eines Tages heiraten würden. Noch waren sie Kinder, aber ihre Zukunft lag so klar vor ihnen wie das Wasser in der Village Bay an einem warmen Sommertag.
»Am Nachmittag wird Bruce den Mistress Stone besteigen«, wechselte Neill das Thema. »Sollen wir dabei zusehen?«
Màiri nickte und stand auf.
»Natürlich, und ich möchte gerne die alte Kenna besuchen.«
Kenna war Neills Urgroßmutter, und keiner wusste genau, wie alt sie war. Sie selbst wusste es ebenfalls nicht, denn als sie geboren wurde, hatte es auf Hirta keine schriftlichen Aufzeichnungen, geschweige denn so etwas wie ein Geburten- oder Sterberegister gegeben. Erst mit der Ankunft der Missionare Anfang des Jahrhunderts, die auf der Insel als Geistliche und Lehrer fungierten, begann man, die Einwohner zu registrieren. Diese Regelung empfanden die St. Kildaner als völlig unnütz und überflüssig, aber sie konnten nichts gegen die Anweisung der Regierung ausrichten.
»Musst du denn nicht nach Hause?« Neill stand auf. »Meine Mutter sagte mir, dass es deinem Bruder nicht gutgeht.«
Màiri erhob sich ebenfalls.
»Er wird wahrscheinlich sterben. Deswegen war Mutter nicht im Gottesdienst, sie wollte ihn nicht allein lassen.«

Màiri war nicht hartherzig, auch wenn sie so nüchtern über den Tod sprach. Es war ihr zwar nicht gleichgültig, dass es ihrem drei Wochen alten Bruder seit seiner Geburt schlechtging und heute Morgen kaum noch Leben in dem kleinen Körper gewesen war, aber Màiri hatte bereits vier Geschwister verloren. Alle hatten sie die ersten Wochen nicht überlebt. So ging es allen Familien auf der Insel. Die meisten Neugeborenen starben innerhalb der ersten vier Monate. Das nahmen die Menschen auf St. Kilda ebenso hin wie das Kommen und Gehen der Gezeiten.
Etwas langsamer, als sie auf den Oiseval gelaufen waren, stiegen die beiden wieder zur Village Bay hinunter. Als die in einer Reihe erbauten Häuser in Sichtweite kamen, stieg den Kindern der Duft nach Essen in die Nase. Erst jetzt merkte Màiri, wie hungrig sie war. Sie hob die Hand und winkte dem Freund zu.
»Wir sehen uns später, Neill, beim Mistress Stone.«
Neill nickte, dann beeilte er sich ebenfalls, nach Hause zu kommen. Auch wenn er erst auf dem Weg war, erwachsen zu werden – sein Hunger und sein Appetit entsprachen dem eines ausgewachsenen Mannes.

»Da ist der Junge der Mackays.« Reverend Donald Munro trat vor die Tür und blickte Neill nach. »Der Bengel war heute nicht im Gottesdienst. Es wird mit ihm schlimm enden, eines Tages.«
Eine große, hagere Frau in der Tracht einer Krankenschwester bog just in diesem Augenblick um die Ecke und hörte die Worte Munros. Seufzend stellte sie ihren Korb ab und rieb sich mit beiden Händen den verkrampften Rücken.
»Der Junge von Mackay wird ab morgen mit den Männern arbeiten und nicht mehr zur Schule kommen«, sagte sie. »Das hat mir vorhin seine Mutter erzählt, als ich Eier von ihr holte.«
Der Reverend zuckte mit den Schultern.
»Er ist noch ein halbes Kind und begibt sich jetzt schon Tag für Tag in Lebensgefahr. Was sind das für Eltern, die ihre Kinder in

diese selbstmörderischen Klippen schicken, kaum dass sie laufen können?«

»Eltern, für die es nichts Besonderes ist, wenn ihre Kinder sterben, und die ihnen nicht einmal einen Namen und einen Grabstein geben«, erwiderte Schwester Wilhelmina mit einem verkrampften Lächeln. »Der Säugling der Daraghs ist vorhin gestorben, ich komme gerade aus dem Haus.«

Der Reverend sah Wilhelmina Steel bekümmert an.

»Wieder Tetanus?«

Sie nickte und ballte in hilflosem Zorn die Hände zu Fäusten.

»Man kann den Leuten sagen, was man will, sie ignorieren es einfach! Sauberkeit und Hygiene scheinen für sie Teufelswerk zu sein, das man auf jeden Fall meiden muss. Ach, manchmal bin ich es so leid, immer wieder Kinder sterben zu sehen, dabei wäre es so einfach, die Tetanusinfektionen einzudämmen, wenn nicht sogar zu vermeiden. Die Leute müssten lediglich ein paar einfache hygienische Maßnahmen bei der Geburt beachten und die Säuglinge sauber halten. Können Sie sich vorstellen, Donald, dass die Frauen ihre Kinder gebären, während neben ihnen die toten Seevögel liegen?« Schwester Wilhelmina schüttelte sich angeekelt.

»Solange die Frauen der Insel jedoch nicht gestatten, dass Sie, liebe Schwester Wilhelmina, bei der Geburt dabei sein dürfen, wird es Ihnen wohl kaum gelingen, an diesen Zuständen etwas zu ändern.«

Die Krankenschwester runzelte verärgert die Stirn. Obwohl die St. Kildaner ihre Hilfe hin und wieder in Anspruch nahmen, war sie bei den Geburten nach wie vor ausgeschlossen. Die alte Kenna hatte, als Wilhelmina sich bitterlich darüber beklagte, nur leise gesagt: »Seit Jahrtausenden bringen die Frauen der Insel ihre Kinder allein und nur mit Gottes Hilfe zur Welt. Sie müssen unsere Art zu leben respektieren.«

»Donald, Schwester Wilhelmina ... das Essen steht auf dem

Tisch.« Eine Frau trat aus der Tür und riss Wilhelmina aus ihren Gedanken. Plötzlich spürte sie, wie hungrig sie war, und lächelte die Ehefrau des Reverends freundlich an.
»Danke, Mrs. Munro, es duftet köstlich.«
Margaret Munro erwiderte das Lächeln der Schwester nicht. Stumm drehte sie sich um und ging ins Haus zurück, ohne auf ihren Mann zu warten. Margaret, eine kleine, untersetzte Frau mit mausbraunem, glattem Haar, führte gewissenhaft ihren Haushalt. Ihren beiden Stieftöchtern war sie eine liebevolle Ersatzmutter. Seit sie jedoch auf dieser Insel war, fraß die Flamme der Eifersucht an ihr. Aufgewachsen als einziges Kind eines Pfarrers, war sie nach dessen Tod gezwungen gewesen, sich ihren Lebensunterhalt als Gouvernante zu verdienen. Margaret war ein sogenanntes spätes Mädchen, denn mit sechsundzwanzig Jahren war sie immer noch unverheiratet gewesen. Das lag nicht nur an ihrem wenig attraktiven Äußeren und ihrer Schüchternheit, die sie sogar beim Unterrichten der ihr anvertrauten Kinder nicht vollständig ablegen konnte, sondern auch an ihrer nicht vorhandenen Mitgift. Ihr Vater hatte seine Familie von Woche zu Woche gerade so ernähren können – zum Zurücklegen war kein Penny übrig geblieben. Als dann der Witwer Donald Munro auf der Suche nach einer Frau und Mutter für seine zwei kleinen Töchter in ihr Leben trat, hatte Margaret nicht lange überlegt. Der Reverend hatte das Angebot erhalten, auf der Inselgruppe St. Kilda als Geistlicher und als Lehrer zu arbeiten, doch dazu brauchte er eine Frau, die ihm den Haushalt führte und seine Kinder erzog. Vier Wochen nach ihrer ersten Begegnung im vergangenen Herbst traten sie schon vor den Altar. Die Hochzeit musste schnell stattfinden, da Munro und seine Familie bereits eine Woche später mit dem letzten Dampfschiff in diesem Jahr nach St. Kilda reisen mussten. Zwischen Oktober und April gab es keine Schiffsverbindung vom Festland zu den Inseln im Nordatlantik. Ihre Heirat beruhte nicht auf Liebe, sondern auf zweck-

mäßigen Überlegungen. Margaret behandelte ihren Mann mit Respekt und Freundlichkeit, die er erwiderte, dennoch teilte er seine Gedanken nicht mir ihr, sondern mit Wilhelmina Steel, die seit zwei Jahren als Krankenschwester auf Hirta lebte. Mit ihr besprach Donald alles, was seine Schäfchen anging, und mit ihr teilte er seine Sorgen und Nöte. Stundenlang saßen die beiden zusammen und diskutieren darüber, was man tun konnte, um die Lebensumstände der St. Kildaner zu verbessern. Es war nicht so, dass Donald Munro seine Frau von diesen Gesprächen ausschloss. Jedoch hatte Margaret bald bemerkt, dass man ihre Meinung nicht hören wollte und – wenn sie etwas einwandte – weder Donald noch Wilhelmina sie ernst nahmen. Meistens sagte Donald mit einer lapidaren Handbewegung: »Ach, Margaret, davon verstehst du nichts, aber ich meine, den Braten im Ofen zu riechen. Vielleicht solltest du mal nach ihm sehen, bevor er verbrennt.«

Wilhelmina Steel war zwar auch keine schöne Frau, aber sie war äußerlich wie charakterlich das Gegenteil von Margaret Munro: groß, hager mit eckigen Körperformen, glattem, braunem Haar und einem energischen Kinn. Darüber hinaus war Schüchternheit für Wilhelmina ein Fremdwort – die Frau strotzte nur so vor Selbstbewusstsein. Sie hatte den Beruf der Krankenschwester bei niemand Geringerem als Florence Nightingale erlernt, und das betonte Wilhelmina bei jeder sich ihr bietenden Gelegenheit. Mit dem *Engel der Verwundeten*, wie Miss Nightingale auch genannt wurde, war sie zusammen auf der Krim gewesen. Seit ihrer Ankunft auf St. Kilda hatte sich Schwester Wilhelmina zum Ziel gesetzt, aus den sturen und schmutzigen Menschen, die die Insel bevölkerten, ehrbare Inselbewohner zu machen. Leider waren ihre Bemühungen bisher nur von wenig Erfolg gekrönt.

Die Krankenschwester wohnte oberhalb der Village Bay in einem kleinen Steinhaus neben dem Haus der Munros. Jeden Sonntag

aß sie gemeinsam mit den Nachbarn zu Mittag. Als Margaret die gebratene Hammelkeule auf den Tisch stellte, seufzte Schwester Wilhelmina laut und sagte mit ihrer tiefen, rauhen Stimme: »Es wird Zeit, dass wieder ein Schiff vom Festland kommt und frische Lebensmittel bringt. Dieses ewige Hammelfleisch mag ich ebenso wenig essen wie die gesalzenen und eingelegte Vögel.«
Margaret zuckte zusammen, ließ sich aber nichts anmerken. Sie hatte sich mit dem Braten viel Mühe gemacht, und Hammel gab es nur am Sonntag. An den Werktagen aßen sie, ebenso wie die St. Kildaner, Haferbrei und zwei oder drei Mal die Woche von den gebeizten Basstölpeln oder Papageientauchern. Auf Hirta wurde zwar eine geringe Anzahl von Rindern und Hühnern gehalten, aber diese dienten nicht vorrangig als Nahrung, ebenso wenig wie die Schafe. Die Kühe lieferten Milch, die Wolle der Schafe wurde gesponnen und zu Tuch gewebt, aus dem die Frauen die Kleidung nähten, und die Hühnereier waren eine Abwechslung zu den Eiern der Seevögel. Gegen Ende des langen Winters, der hier sieben oder gar acht Monate dauerte, wurde der eine oder andere Hammel geschlachtet, und manchmal ein Huhn, aber hauptsächlich ernährten sich die Inselbewohner von dem eingelagerten Fleisch der Seevögel. Gemüse wurde nur in geringen Mengen angebaut. Lediglich in der geschützten Umgebung der Village Bay wuchsen Hafer und Kartoffeln, aber die Kartoffeln, die Margaret im letzten Herbst eingelagert hatte, waren längst aufgebraucht. Obst war, bis auf ein paar wilde Beeren, den St. Kildanern gänzlich unbekannt, denn wegen des stetigen rauhen Wetters und der starken Winde gab es auf dem gesamten Inselarchipel kein Gewächs, das mehr als kniehoch war. Wer die Insel nicht verließ, sah in seinem Leben nie einen Baum, und Äpfel lernten sie nur kennen, wenn das Dampfschiff welche mitbrachte, was aber äußerst selten geschah.
»Wann können wir mit dem Eintreffen des ersten Schiffes rechnen?«, fragte Donald Munro, während er eine Scheibe vom

Hammelbraten abschnitt und Schwester Wilhelmina auf den Teller legte.

»Das kommt auf das Wetter an. Die heftigen Frühjahrsstürme legen sich in der Regel gegen Ende des Monats, aber darauf können wir uns nicht verlassen. Ich habe gehört, dass es Jahre gegeben hat, da konnte während der ganzen Sommermonate kein einziges Schiff die Überfahrt wagen. Hoffen wir also, dass Petrus uns in diesem Jahr wohlgesinnt ist. Vielleicht sprechen Sie ein paar Gebete zusätzlich, Sie haben doch einen guten Draht zu dem da oben.«

Sie lachte und deutete mit dem Daumen nach oben. Margaret war erstaunt, dass ihr Mann über diesen Scherz ebenfalls lächelte. Hätte sie eine solch respektlose Bemerkung über Gott gemacht, hätte Donald sie gewiss streng gerügt, denn er war ein zutiefst gläubiger Mensch.

Die Unterhaltung während des Essens bestritten ausschließlich Donald Munro und Schwester Wilhelmina, während Margaret und ihre beiden Stieftöchter das Mahl schweigend verzehrten. Den Mädchen war es verboten, während des Essens zu sprechen, und Margaret wusste nicht, was sie zu der Unterhaltung hätte beitragen sollen. Da Donald es nicht gerne sah, wenn sie oder die Mädchen Kontakt zu den St. Kildanern pflegten, kannte sie die Menschen nur flüchtig, von den meisten wusste sie nicht einmal den Namen. Donald wollte nicht, dass sich seine Familie mit den ungebildeten Menschen mehr als notwendig abgab, und so waren Margaret, Emma und Judith tagein, tagaus auf sich gestellt. Glücklicherweise hatten die Mädchen ihre Stiefmutter schnell ins Herz geschlossen, und die Arbeit im Haushalt und die ständig anfallenden Näharbeiten füllten ihre Tage aus.

Nach dem Essen erhob sich Schwester Wilhelmina, um in ihr Haus gehen. An der Tür sagte sie mit verächtlich heruntergezogenen Mundwinkeln zu Donald Munro: »Was mir gerade noch einfällt – am Nachmittag will einer der Männer auf den Mistress

Stone klettern. Sie sollten gegen diesen gefährlichen und heidnischen Brauch strenger vorgehen, Reverend. Es ist nur eine Frage der Zeit, bis wir wieder einen Toten zu beklagen haben.«
»Sie haben meine volle Zustimmung, Schwester, aber was sollen wir machen?« Hilflos zuckte Munro mit den Schultern. »Die Männer lassen sich nichts verbieten, und das Ritual, auf den Felsen zu klettern, um seine Heiratsfähigkeit unter Beweis zu stellen, scheint so alt zu sein wie die Insel selbst. Warten Sie, ich begleite Sie nach Hause ...«
Durch das Fenster beobachtete Margaret ihren Mann und Schwester Wilhelmina, als diese über den kurzen Weg zum Nachbarhaus schritten. Obwohl Donald zu Wilhelmina Steel Abstand wahrte und sie nicht berührte, strahlten sie Vertrautheit, ja, beinahe schon Intimität aus, als wären sie seit langer Zeit ein Paar. Seufzend wandte sich Margaret an ihre Stieftöchter.
»Es ist Zeit für euren Mittagsschlaf«, sagte sie streng. »Hinauf mit euch ins Bett.«
Emma, die Ältere, verzog das Gesicht.
»Ach, Stiefmama, ich bin überhaupt nicht müde. Ich möchte viel lieber spazieren gehen. Vorhin habe ich gesehen, wie Màiri Daragh mit ihrem Freund auf den Berg gelaufen ist. Dort möchte ich auch mal hinauf, da oben ist ein Versteck zwischen alten Steinen, und ...«
»Still, Emma, du weißt, dass euer Vater nicht möchte, dass ihr euch, außer in der Schule, mit den Dorfkindern abgebt. Ihr dürft nie vergessen, dass ihr anständige und gut erzogene Mädchen mit einer gewissen Bildung seid.«
»Aber die Kinder hier sind immer so lustig und spielen miteinander.« Die Dreizehnjährige schürzte die Lippen, und Margarets Stirn umwölkte sich. »Den ganzen Winter sind wir kaum aus dem Haus gekommen und mussten andauernd lernen, nähen, sticken oder putzen. Können wir nicht jetzt im Frühjahr die Insel erkunden? Judith würde das sicher auch gefallen. Nicht wahr,

Judith?« Emma stupste ihrer neunjährigen Schwester den Zeigefinger in die Rippen, aber diese gähnte nur ausgiebig.
»Ich lege mich hin«, murmelte Judith und ging langsam zur Treppe, die ins obere Stockwerk führte.
Judith war für ihr Alter zu klein und zu pummelig, dementsprechend träge war sie, während Emma voller Tatendrang steckte. Emma blieb nichts anderes übrig, als der Schwester zu folgen, obwohl sie es mehr als kindisch fand, mit dreizehn Jahren noch einen Mittagsschlaf halten zu müssen. Doch die Wünsche des Vaters waren in diesem Haus Gesetz, und sich dagegen aufzulehnen brachte den Mädchen nur schmerzhafte Stockhiebe auf das entblößte Hinterteil ein.
Nachdem die Kinder das Wohnzimmer verlassen hatten, griff Margaret nach dem Nähkorb. Auch wenn es Sonntag war – die Arbeit musste erledigt werden. Es galt, etliche Socken zu stopfen, heruntergerissene Säume auszubessern, und an Donalds Werktagsjacke fehlte ein Knopf. Wenn das Dampfschiff kam, würde es vielleicht Stoffe, Nähgarn und Knöpfe mitbringen, aber sie konnte sich nicht darauf verlassen. Auf Hirta gab es nur den groben, ungefärbten Stoff, den die Frauen den Winter über aus der Wolle der Schafe webten und aus dem sie ihre Kleidung nähten. Während Margarets Finger automatisch das Garn durch den Stoff zogen, versuchte sie, nicht daran zu denken, was ihren Mann so lange bei Wilhelmina aufhielt, denn eigentlich hätte er längst zurück sein müssen. Da er jedoch seit Monaten jeden Sonntag nach dem Mittagessen einige Stunden mit der Krankenschwester verbrachte, verdrängte Margaret die Vorstellung, ausgerechnet Donald Munro, Geistlicher der Kirche von Schottland, würde gegen das siebte Gebot verstoßen. Obwohl sie Donald nicht aus Liebe geheiratet hatte, bohrte sich der Stachel der Eifersucht in ihr Herz. Er hatte sie auf diese von Gott verlassene Insel gebracht – bei diesem Gedanken sprach Margaret schnell ein Gebet, denn kein Fleckchen auf der Erde war von Gott verlas-

sen –, und sie erwartete von ihrem Ehemann ungeteilte Aufmerksamkeit. Sie wollte die täglichen Sorgen mit Donald besprechen, wollte an seiner Arbeit Anteil haben und nicht wie eine unbezahlte Haushälterin am Rand stehen. Margaret schrie leise auf, als sie sich mit der Nadel in den Mittelfinger stach. Ein kleiner, dunkelroter Bluttropfen bildete sich auf der Fingerkuppe, und Margaret legte die Näharbeit zur Seite und stand auf.
»Im Frühjahr und Sommer wird es bestimmt besser«, sagte sie zu sich selbst, während sie aus dem Fenster blickte. Ihre trüben Gedanken rührten von den Monaten der Dunkelheit her. Im Winter zeigte sich auf St. Kilda die Sonne nur wenige Stunden am Tag – wenn sie überhaupt schien. Frost und Schnee, wie sie es aus ihrer Heimat in den Grampian Mountains kannte, waren zwar selten, aber der andauernde Regen und die über die Insel tobenden Stürme drückten auf das Gemüt. Kein Wunder, dass sie unzufrieden war. Bald schon würde sie den kleinen Gemüsegarten hinter ihrem Haus umgraben und die ersten Pflanzen setzen können. Vielleicht würde es ihr auch gelingen, ein paar Blumen zu ziehen. Blumen würden Farbe in die Tristesse bringen. Ein Lächeln stahl sich auf Margarets Lippen. Ja, ihre Ehe würde besser werden, und die Vorstellung, Donald könnte ein Verhältnis mit der Krankenschwester haben, würde ihr bald schon so lächerlich vorkommen, wie es tatsächlich war. Sie musste nur ein wenig Geduld haben ...

Nachdem Màiri hastig ihre Schüssel Haferbrei mit ein paar Stück getrocknetem Möwenfleisch gegessen hatte, beeilte sie sich, zu der Klippe südlich der Village Bay zu kommen. Auf das Stoffbündel in der Ecke mit dem Körper ihres toten Bruders warf Màiri nur einen flüchtigen Blick. Seinen Kopf bedeckte ein rotes Tuch, sein kleiner Körper war in eine grobe Wolldecke gewickelt, über die morgen der obligatorische rote Sack gezogen werden würde. Der gefärbte rote Wollstoff wurde auf der Insel von alters her nur für die Bestattung der Toten verwendet. Auch Annag, ihre Mutter, schien der Tod ihres Sohnes nicht allzu sehr zu bekümmern. Màiri bemerkte zwar eine leichte Rötung ihrer Augen, als ob die Mutter geweint hatte, aber jetzt galt es, sich um die täglichen Aufgaben zu kümmern. Morgen bei Sonnenuntergang würde der Junge auf dem Friedhof begraben werden – so wie seine Geschwister vorher und so, wie weitere Säuglinge folgen würden.

»Dein Vater hat den Sarg bereits in Auftrag gegeben«, beantwortete Annag die unausgesprochene Frage ihrer Tochter. »Wir haben Glück, vor vier Wochen wurde ein Haufen Strandgut angeschwemmt, davon hat Robert noch Bretter übrig. Offenbar ist draußen ein Schiff im Sturm auseinandergebrochen.«

Da Bäume oder sonstige Gewächse, die mehr als kniehoch waren, auf der Insel völlig fehlten, war Holz Mangelware. Im Sommer brachte das Dampfschiff zwar alles Nötige, aber nach den langen Monaten ohne Kontakt zur Außenwelt waren selbst einfache, zersplitterte und zum Teil modrige Bretter eine Rarität. Anfang des Jahres hatte einer der Männer seinen einzigen Tisch zerhackt, um aus dem Holz einen Sarg für seine tote Tochter zimmern zu können.

»Mama, kann ich jetzt gehen?«

Annag nickte, doch bevor Màiri zur Tür hinausschlüpfte, strich Annag ihr kurz übers Haar.

»Viel Spaß, Kind, und wenn du deinen Vater siehst, dann sag ihm, dass ich nicht zur Klippe kommen kann. Es gibt hier noch viel zu erledigen.«

Màiri nickte und gab der Mutter einen Kuss auf die Wange. Sie liebte ihre Mutter über alles, und je älter sie wurde, desto mehr zeigte sich die Ähnlichkeit zwischen den beiden. Sie hatte das gleiche rötliche, gelockte Haar, das im Sonnenschein wie Kupfer glänzte, und die grünen Augen ihrer Mutter. Schon jetzt war klar, dass Màiri für ein Mädchen sehr groß werden würde, auch die Mutter überragte die meisten anderen Frauen der Insel. Das entbehrungsreiche und harte Leben hatte bei Annag jedoch auf ihrem Gesicht zwei tiefe Falten eingegraben, die sich von den Nasenflügeln zum Kinn zogen, und um ihre Augen zeigte sich ein Spinnenetz feiner Linien. Immer öfter griff sich Annag stöhnend an den Rücken, wenn sie längere Zeit gebückt arbeiten musste. Annag Daragh war im letzten Herbst dreißig Jahre alt geworden. Seit ihrer Heirat mit Ervin vor vierzehn Jahren war sie acht Mal schwanger gewesen – sechs Kinder hatte sie lebend zur Welt gebracht, von denen aber nur eines – Màiri – das Säuglingsalter überlebte. Weitere Kinder würde sie wohl nicht mehr bekommen, denn seit der letzten Schwangerschaft hatte Ervīn sie nicht mehr angerührt. Nach ihrer Heirat war ihr Mann ohnehin nur selten zu ihr gekommen, und der körperliche Akt war schnell und lieblos gewesen, aber Annag hatte jedes Mal sofort empfangen. Nun war sie für die ausbleibenden Annäherungen Ervins dankbar, denn sie wollte kein weiteres Kind. Seit der Geburt des Jungen, der nur so kurz hatte leben dürfen, fühlte sie sich ständig müde, und die Rückenschmerzen waren manchmal so stark, dass Annag fest die Lippen zusammenpressen musste, um nicht zu jammern. Obwohl sie das Schicksal, ihre Kinder im Säuglingsalter sterben zu sehen, mit den meisten Frauen Hirtas teilte, wollte sich Annag nicht wieder diesem Leid aussetzen. Sie wollte nicht wieder neun Monate lang ein Leben in ihrem Körper heranwachsen spüren, um es dann zu verlieren. Um Màiri, die sie aus ganzem Herzen liebte, brauchte sie sich keine Sorgen zu machen. Sie war gesund und kräftig und hatte bisher auch nicht den Anflug einer Krankheit gehabt. Das Mädchen kletterte beinahe ebenso gut wie die Männer in den Klippen herum, und bei der täglichen Arbeit – im Sommer das Rupfen und Ausnehmen der Seevögel, im Winter das Spinnen von Wolle und das Weben der Stoffe – war ihr Màiri bereits eine große Hilfe. Bei einem Blick aus dem schmalen Fenster sah sie, wie der junge

Neill Mackay die Hand ihrer Tochter nahm und die beiden Kinder lachend davonstoben. Das Schicksal ihrer Eltern wiederholte sich. In fünf, sechs Jahren würde Màiri Neill wohl heiraten, ebenso wie sie, Annag, ihren Jugendfreund Ervin geheiratet hatte, als sie beide alt genug für die Ehe gewesen waren. Bereits als Kind hatte Annag Ervin gemocht, obwohl er damals anders war als die anderen Jungen der Insel. Er hatte sich später entwickelt, war kleiner gewesen und hatte Spott ertragen müssen, als bei den Gleichaltrigen der Bartwuchs begann, bei Ervin sich aber nicht der Hauch eines Flaums zeigte. Aber Ervin war zäh. Entschlossen hatte er schon früh härter als die anderen gearbeitet. Keine Klippe war ihm zu hoch oder zu steil, kein Vogelnest zu versteckt, und kein Sturm hatte ihn von der Arbeit abhalten können. Bald schon hatte Ervin die fettesten Vögel und die größten Eier ins Dorf gebracht und sich so die Anerkennung der Männer errungen. Irgendwann war ihm dann auch ein Bart gewachsen, der den unteren Teil seines Gesichts verbarg. Annag fühlte ein leichtes Bedauern, denn Ervin hatte volle, schön geschwungene Lippen, die jetzt unter den Haaren nicht mehr zu erkennen waren. Aber seine hellgrauen Augen mit den schwarzen, langen Wimpern faszinierten sie noch heute. Manchmal sah er sie mit einem Blick an, der Annag wie der eines Kindes erschien. Allerdings litt Ervin nach wie vor an mangelndem Selbstbewusstsein, obwohl er bei allen Männern auf der Insel längst anerkannt war. Leider kam es vor, dass Ervin aufbrausend, oft schon jähzornig war und Annag grundlos anbrüllte. Manchmal rutschte ihm auch die Hand aus, was er später bedauerte, und Annag verzieh ihm. Ervin meinte es nie böse, und auch andere Frauen erhielten von ihrem Mann regelmäßig eine Ohrfeige. Solange Ervin sich nicht an seiner Tochter vergriff – und er hatte Màiri noch nie angerührt –, spielte dies keine Rolle. Trotz der gelegentlichen Schläge und obwohl ihre Liebe, besonders was den körperlichen Bereich betraf, nie ein wichtiger Teil ihrer Ehe war, fühlte Annag sich für ihren Mann verantwortlich und wollte ihn beschützen. Das durfte sie ihn natürlich nicht merken lassen, denn es hätte seinen Stolz zutiefst verletzt und ihn vor den Männern lächerlich gemacht. Trotzdem hatte Annag stets das Gefühl, Ervin mehr wie einen Sohn denn wie einen Ehemann zu lieben.

Am Mistress Stone hatten sich schon fast alle Bewohner Hirtas versammelt, als Màiri und Neill atemlos eintrafen. Der siebzehnjährige Bruce wollte die gleichaltrige Brenda zur Frau nehmen. Zuvor musste er jedoch vor den Augen aller Männer von Hirta seine Ehefähigkeit an der türförmigen Öffnung des Felsens nordwestlich des Berges Ruival beweisen. Niemand wusste, seit wann es üblich war, dass ein heiratsfähiger Mann den Mistress Stone besteigen musste. Diesen Brauch gab es schon so lange, wie die Insel bewohnt war. Seit Màiri bei dem Spektakel, das üblicherweise immer an einem Sonntagnachmittag stattfand, zusehen durfte, war noch nie ein Unglück geschehen, aber die alte Kenna hatte berichtet, dass junge Männer öfter von der Klippe hinab ins tosende Meer und damit in den Tod gestürzt waren.
Von vier älteren Männern eskortiert, trat Bruce an den Rand der Klippe. Er hob die Arme, atmete tief kräftig durch, dann kletterte er mühelos auf den Felsen. Auf der oberen Felsenplatte des Steines, die wie ein Türsturz aussah, angekommen, stellte Bruce sich auf seinen linken Fuß, wobei sich seine halbe Sohle über der Klippe befand. Dann zog er seinen rechten Fuß weiter nach links, und in dieser Haltung nach vorn gebeugt, streckte er beide Fäuste in Richtung seines rechten Fußes. Einstimmiger Jubel aus vielzähligen Kehlen stieg auf.
»Du hast nun die beste Frau der Welt verdient!«, rief ein graubärtiger Mann, und die Frauen klatschten begeistert in die Hände.

Bruce grinste, während er wieder eine bequemere Haltung einnahm, und entgegnete: »Die beste Frau, die sich ein Mann wünschen kann, ist meine Brenda MacKiennon.«

Die namentlich Erwähnte, ein hübsches dunkelblondes Mädchen mit großen grauen Augen, errötete und senkte verlegen den Kopf, als die St. Kildaner nun auch sie hochleben ließen.

»Ich freue mich auf den Tag, wenn ich die Probe bestehen und alle dir zujubeln werden«, flüsterte Neill Màiri ins Ohr, die daraufhin ebenfalls errötete. Sie tastete nach Neills Hand und drückte sie in stiller Zustimmung.

»Hoffentlich kommt mit dem ersten Boot ein Priester, damit Bruce und Brenda bald heiraten können«, sagte eine Frau direkt neben Màiri, woraufhin eine zweite entgegnete:

»Hoffen wir, dass das Dampfschiff überhaupt bald durchkommt. Unser Haus ist bis unters Dach voll mit gewebtem Stoff, der abtransportiert gehört. Wir haben kaum noch Platz zum Schlafen.«

Obwohl Donald Munro Reverend war und neben dem Schulunterricht den sonntäglichen Gottesdienst abhielt, war er nicht befugt, Trauungen durchzuführen. Dies war auf St. Kilda nur bestimmten Priestern erlaubt, die ein-, höchstens jedoch zweimal im Jahr auf die Insel kamen. Somit mussten die Brautpaare oft Monate warten, bis sie heiraten konnten. Beerdigungen, wie die von Màiris Bruder am nächsten Tag, waren hingegen alleinige Angelegenheit der St. Kildaner, bei denen weder der Reverend noch ein Priester etwas zu suchen hatten. Einem uralten Brauch zufolge nahmen alle Inselbewohner an der Beerdigung teil. Zuerst gingen sie von Haus zu Haus, sangen dort ihre Psalme, und der Sarg mit dem Verstorbenen wurde reihum von jedem Mann ein Stück weit getragen. Der Friedhof war nicht weit vom Dorf entfernt, dennoch dauerte es manchmal eine Stunde, bis die Leute den Gottesacker erreichten. Um die Gräber vor den ständigen Winden, den Herbst- und Winterstürmen und dem Eindringen von Tieren zu schützen, war der Friedhof mit einer hohen, massiven Mauer umgeben, und nur eine kleine Tür bildete den Zugang. Während die Männer das Grab aushoben, gedachten die Frauen durch laute Gebete früherer Verstorbener oder Freunden und Verwandten, die die Insel verlassen hatten. Sie ehrten den Tod, denn der Tod gehörte zum Leben wie die Geburt. Dann wurde der Sarg in die Grube hinuntergelassen und ein Bibelpsalm gesungen. Danach verließen die Männer den Friedhof, während die Frauen das Grab mit Erde bedeckten und dabei mit ihrem Gesang fortfuhren. Grabsteine gab es keine auf St. Kilda, trotzdem wusste jeder, wo die Angehörigen seiner Familie begraben lagen.

Kenna Mackay saß, die Hände im Schoß gefaltet, vor ihrem Haus. Sie war die Einzige auf der Insel, die noch in einem der ursprünglichen *Black Houses* lebte. Diese Unterkunft der St. Kildaner war seit Jahrhunderten von den Frauen und Männern mit Materialen, die auf der Insel zu finden waren, erbaut worden und bestand aus groben, unbehauenen Steinen. Das Haus hatte keine Fenster, das Dach war mit Gras und Stroh gedeckt. Die Feuerstelle befand sich mitten in dem einzigen Raum, und der Rauch konnte lediglich durch die schmale, niedrige Türöffnung abziehen. Der Boden bestand aus festgetretenem Lehm. Obwohl wenig komfortabel, trotzte die massive Bauweise Wind und Wetter, und die dicken Mauern wehrten selbst einen Sturm ab. Vor einigen Jahren hatte die Regierung in Schottland beschlossen, den St. Kildanern bessere Unterkünfte zu bescheren. Baumaterial für Häuser, wie sie auf den Hebriden-Inseln üblich waren, wurde mit Schiffen nach St. Kilda gebracht, und die *Black Houses* wurden eingerissen. Lediglich Kenna hatte sich gewehrt, das Haus, in dem sie geboren und ihr ganzes Leben gelebt hatte, zu verlassen.

»Wenn ein heftiger Sturm kommt, wird es euch das Dach über dem Kopf wegreißen«, hatte sie geunkt und skeptisch die Dachdeckung aus Zinkblech beäugt. Zwar verfügten die neuen Häuser über einen gemauerten Ofen mit Rauchabzug, wenn jedoch der Wind von oben in den Kamin drückte, was während des Winters so gut wie täglich vorkam, war der Raum voll mit beißendem Qualm, der das Atmen unmöglich machte.

»Wir machen uns immer mehr vom Festland abhängig. Das wird eines Tages schlimm enden«, hatte Kenna gesagt, die ohnehin allen Neuerungen ablehnend gegenüberstand. »Der Tag wird kommen, an dem die St. Kildaner ohne die Hilfe von außen nicht mehr überleben können.«

Dies hielt Màiri zwar für übertrieben, aber sie liebte die alte Frau wie eine eigene Großmutter und verbrachte so viel Zeit wie möglich in ihrem Haus. Der Tag war mild, und der Wind wehte nur leicht über die Insel. Kenna war froh, dass der Frühling nun die langen, dunklen Wintertage vertrieb, denn bei dem feuchten Wetter schmerzten ihre Knochen und Gelenke.

»Guten Abend, Urma«, begrüßte Neill sie zärtlich mit dem Kosenamen, den er als kleines Kind seiner Urgroßmutter unfreiwillig gegeben hatte, weil er das lange Wort noch nicht hatte aussprechen können. »Màiri und ich waren am Mistress Stone. Bruce ist heute ein heiratsfähiger Mann geworden.«

Kenna winkte den Kindern, sich neben sie zu setzen. Sie selbst war nicht bei dem Spektakel an den Klippen gewesen. Ihre Hüftgelenke schmerzten heute sehr, zudem hatte sie die Zeremonie schon oft in ihrem Leben gesehen, und sie konnte nicht mehr viele Menschen um sich herum ertragen.

Màiri griff nach ihrer Hand und drückte sie zärtlich.

»Wie geht es dir heute, Kenna?«

Die alte Frau hatte in den letzten Tagen gehustet und kaum Appetit gehabt, aber heute blitzten Kennas Augen wie die eines jungen Mädchens.

»Danke, Màiri, mir geht es sehr viel besser. Dem lieben Gott gefällt es wohl noch nicht, mich zu sich zu holen.«

Neill stellte den mitgebrachten Korb ab und sagte: »Mama schickt dir Brot und Fisch, Urma. Morgen wird sie frischen Haferbrei kochen, dann bringe ich dir eine Schüssel vorbei.«
Kenna nickte und musterte ihren Urenkel dankbar. Obwohl sie alt war, hatte sich ihr Augenlicht noch nicht getrübt, auch wenn sie feine Näharbeiten schon lange nicht mehr ausführen konnte. Auch ihr Gehör funktionierte noch einwandfrei, und wenn das kalte, feuchte Wetter ihr nicht in die Glieder fuhr und ihre Finger steif werden ließ, verbrachte sie jeden Tag einige Stunden am Spinnrad. Heute am Sonntag ruhte jedoch die Arbeit, und Kenna freute sich über den Besuch der Kinder.
»Wann wohl das Dampfschiff kommen wird?«, fragte Màiri gespannt. »Im letzten Jahr war es Juni, aber jetzt hat es seit Tagen nicht mehr gestürmt, so dass sie doch bestimmt früher kommen. Was meinst du, Kenna?«
Das runzlige Gesicht der Alten verzog sich unwillig, und sie spuckte verächtlich aus.
»Das Schiff … pah! Alle warten auf das Schiff, dabei ging es uns viel besser, als die Menschen noch nicht auf unsere Insel einfielen wie hungrige Möwen. Ich wünschte, man würde uns in Ruhe lassen.«
»Aber Urma«, wandte Neill ein, »du hast selbst erzählt, dass immer schon Schiffe nach Hirta kamen, auch als du noch jung warst. Wie sonst sollten wir unsere Abgaben aufs Festland bringen und die notwendigen Dinge zum Leben bekommen?«
Über Kennas Augen fiel ein Schatten.
»Ja, wir müssen den Tribut an die McLeods leisten, keine Frage, aber auf diesen ganzen Schnickschnack, den sie uns vom Festland bringen, kann ich getrost verzichten. St. Kilda hat Tausende von Jahren ohne Hilfe vom Festland existiert. Ihr werdet schon sehen, Kinder, das ist der Anfang vom Ende.«
Neill rutschte unruhig auf dem flachen Stein, auf dem er saß, hin und her. So wie Kenna dachten alle älteren St. Kildaner, während

die Jüngeren begierig darauf warteten, Nachrichten, Nahrungsmittel und Sonstiges zum täglichen Gebrauch vom Festland zu erhalten. Da Neill wusste, Kenna würde sich nur unnötig aufregen, wenn sie das Thema weiterverfolgten, streckte er rasch seine Füße vor und rief: »Sieh, Urma, ich habe heute Schuhe bekommen.«

Der düstere Ausdruck auf Kennas Gesicht verschwand, und ein Lächeln entblößte ihre zahnlosen Kiefer.

»Jetzt bist du ein Mann.«

»Ab morgen werde ich in den Klippen arbeiten und brauche nie wieder in diese grässliche Schule zu gehen.«

Ein erneutes wohlgefälliges Nicken Kennas bestätigte Neill in seiner Auffassung, während Màiri diese Meinung nicht ganz teilte. Auch wenn Reverend Munro streng und mit der Rute schnell zur Hand war, ging sie gerne zur Schule. Letzte Woche hatte der Reverend ihnen die Geschichte eines Mannes mit dem beinahe unaussprechlichen Namen Napoleon Bonaparte erzählt. Màiri war sich bis heute nicht sicher, ob es erfunden gewesen war oder ob dieser Mann tatsächlich gelebt hatte, so unglaublich klang die Geschichte seines Aufstiegs und seines Falls. Wenn der Reverend einen guten Tag hatte, dann durften die Kinder einen Blick in eines seiner Bücher werfen und die Zeichnungen – er nannte eines seiner Bücher auch Atlas – ansehen. Es gab auch Bücher mit wenigen Bildern, aber vielen Textstellen. Màiri wünschte sich, ein solches Buch für ein paar Stunden ganz für sich allein zu haben, um zu lesen, aber der Reverend hütete diese Schätze wie seinen Augapfel. Obwohl Màiri ihren Pflichten nachkommen musste, die es im Frühjahr und Sommer nur noch an Regentagen zulassen würden, regelmäßig den Unterricht zu besuchen, dachte sie angestrengt darüber nach, wie sie es schaffen könnte, vielleicht täglich wenigstens für eine Stunde schreiben und lesen zu üben.

»Was ist mir dir?« Kenna durchbrach ihre Gedanken, und Màiri hatte nicht bemerkt, dass sie laut geseufzt hatte. Obwohl sie gerne bei Kenna war und ihren Erzählungen aus vergangenen Zeiten lauschte, konnte sie die alte Frau nicht an ihren Gedanken teilhaben lassen, denn Kenna würde dafür kein Verständnis aufbringen. Die Frauen auf St. Kilda hatten ihre vorbestimmten Aufgaben. Schon die Tatsache, dass seit einigen Jahren die Mädchen unterrichtet wurden, hatte den Unwillen der Älteren auf sich gezogen. Wozu musste eine Frau lesen, schreiben oder rechnen können? Wozu über Ereignisse, die lange zurücklagen, ihr Inselarchipel nicht betrafen oder auf der anderen Seite der Erde geschahen, Bescheid wissen? Mädchen sollten lernen zu spinnen, zu weben, Seevögel auszunehmen, zu rupfen und das Fleisch haltbar zu machen.

»Ich muss jetzt gehen.« Màiri sprang auf und küsste Kenna auf die runzlige Wange. »Mama braucht meine Hilfe bei den Vorbereitungen für die morgige Beerdigung.«

Kenna nickte, aber über ihre Lippen kam kein Wort des Beileids oder der Anteilnahme. Das war nicht die Art der St. Kildaner. Wenn morgen der Trauerzug an ihrem Haus vorbeikommen würde, würde sie hinaustreten und in den Gesang einstimmen. So, wie es sich gehörte, und so, wie sie es immer getan hatte.

»Ich bleib noch ein Weilchen«, sagte Neill zu Màiri. »Denk morgen an mich, wenn wir nach Boreray rausfahren.«

Neill sah dem Mädchen nach, als es leichtfüßig davonlief und um die Ecke verschwand. Seine Urgroßmutter interpretierte seinen Blick richtig und seufzte innerlich. Sie wünschte sich, dass Neills und Màiris Leben so verlief, wie es seit Jahrhunderten auf St. Kilda üblich war, aber eine unbestimmte innere Unruhe ließ sie ahnen, dass sich bald alles ändern würde.

2. Kapitel

Neill platzte beinahe vor Stolz, als er sich am Montag kurz nach Sonnenaufgang an der Seite seines Vaters in die Reihe der Männer stellte, die links und rechts die schmale Straße säumten. Am liebsten hätte er jedem seine beschuhten Füße gezeigt, damit alle vierunddreißig Männer bemerkten, dass er nun richtig zu ihnen gehörte, aber niemand schenkte ihm mehr Aufmerksamkeit als gewöhnlich. Wie seit alters trafen sich die Männer am Morgen auf der Straße und besprachen gemeinsam, welche Arbeiten an diesem Tag anstanden. Es wurden die Trupps der Männer eingeteilt, die am heutigen Tag zusammenarbeiten sollten. Auf St. Kilda hatte es nie einen Sprecher oder Anführer gegeben, der Anweisungen erteilte, sondern jeder Mann hatte das gleiche Recht, zu sprechen und Vorschläge zu machen.

»Seit letzter Woche nisten auf Dùn die Papageientaucher«, begann Ben und sah in die Runde. Er war mit zweiundfünfzig einer der ältesten Männer der Insel, und sein dichter grauer Bart reichte ihm bis über den Kragen hinab. »Das Wetter ist heute gut, wir sollten so viele Vögel wie möglich einfangen.«

Die anderen murmelten Zustimmung, dann sagte Neills Vater: »Ich schlage vor, drei Trupps setzen nach Dùn über, während die anderen hier in den Klippen die Eier einsammeln.« Er sah in die Runde, und sein Blick blieb an Neill hängen. »Du kommst mit mir. Ich werde dir zeigen, wie man die Vögel schnell und schmerzlos tötet.«

Neill errötete vor Stolz und nickte eifrig. Seit er ein kleiner Junge war, stieg er in die Klippen ein, hatte aber bisher nur Eier einsammeln und den Männern die Kadaver der Seevögel abnehmen dürfen. Heute sollte er zum ersten Mal über den schmalen Kanal, der die Insel Dùn von Hirta trennte, übersetzen und end-

lich einen richtigen Beitrag zur Ernährung der St. Kildaner leisten können.
Es flogen noch ein paar Worte hin und her, dann wusste jeder, was er zu tun hatte, und die Männer machten sich auf den Weg. In der geschützten Bucht der Village Bay lagen schwere Holzboote vertäut, die in den letzten Wochen für die kommende Saison ausgebessert und gesäubert worden waren. Die St. Kildaner waren gute Ruderer, aber die Boote taugten nicht für das offene Meer. Dazu waren sie zu schwer und zu unbeweglich. Lediglich zum Übersetzen nach Boreray, der am weitesten entfernten Insel des Archipels, nach Soay oder zu den Stacs wurden die Boote verwendet. Der Fischfang spielte auf St. Kilda keine große Rolle. Man aß nur den Fisch, den man ohne großen Aufwand in Küstennähe fangen konnte. Neill hasste den Fischgeschmack, und wie ihm ging es den meisten St. Kildanern, aber Fisch war gegen Ende des Winters eine Abwechslung zu den eingesalzenen Seevögeln oder dem Hammelfleisch. Als das erste Boot zu Wasser gelassen wurde, sprang Neill mit einem Satz hinein. Sein Herz pochte heftig vor Aufregung und vor Stolz, endlich ein vollwertiges Mitglied der Gemeinschaft zu sein.

Màiri hatte ihren Freund mit den Männern zu dem kleinen Hafen gehen sehen. Auch sie war stolz auf Neill. Keinen Moment dachte sie daran, welcher Gefahr Neill sich ab heute Tag für Tag aussetzen musste. Zwar stiegen die Männer immer in Dreier- oder Vierergruppen in die Klippen und sicherten sich gegenseitig mit Seilen, aber oft genug glitten ihre Füße auf den glitschigen Felsen aus, oder es riss ein Strick. Màiri sah den Booten nach, bis diese hinter der Landzunge verschwunden waren, dann rannte sie den Hügel zum Schulhaus hinauf. Obwohl sie ganz vorsichtig und leise die Tür öffnete, um unbemerkt auf ihre Bank schlüpfen zu können, wandten sich alle sieben Köpfe nach ihr um, weil die Tür in den Angeln quietschte.

»Daragh! Du bist schon wieder zu spät! Komm zu mir vor.«
Màiri seufzte und trat vor den Reverend. Sie machte keinen Versuch, zu erklären, warum sie sich verspätet hatte, denn Reverend Munro hätte es ohnehin nicht hören wollen. Màiri streckte ihre linke Hand aus und zuckte mit keiner Wimper, als die dünne, biegsame Rute, die Munro stets griffbereit neben sich liegen hatte, fünf Mal auf ihre Handfläche klatschte. Das Dumme dabei war nur, dass sie nun wieder den Griffel nicht mehr richtig halten und ordentlich schreiben konnte, was ihr einen weiteren Tadel des Lehrers einbringen würde. Früher hatte sie ihm die rechte Hand für die Schläge hingehalten, aber Munro hatte sehr schnell festgestellt, dass Màiri Linkshänderin war – eine Tatsache, die er ihr auszutreiben versuchte, seit er auf der Insel war. Bisher nicht mit Erfolg.

»Beim nächsten Mal gibt es zwei Hiebe mehr«, sagte der Reverend und legte die Rute auf das Pult. »Pünktlichkeit gehört neben Ehrlichkeit und Sauberkeit zu den höchsten Tugenden.« Sein Blick glitt verächtlich über die acht Kinder, die ihn ängstlich anstarrten. »Nun, besonders Letzteres scheint auf dieser Insel unbekannt zu sein …«

Er schenkte Màiri keine Aufmerksamkeit mehr, darum huschte sie schnell zu ihrer Bank und setzte sich. Sie hatte sich schon oft gefragt, was Mr. Munro auf die Insel verschlagen hatte, wenn er ihre Art zu leben so offensichtlich ablehnte. Sie, Màiri, hatte dem Reverend nie etwas getan – zumindest nicht bewusst –, dennoch schien er sie am wenigsten von allen zu mögen. Obwohl Màiri nicht schwer von Begriff war und sich bemühte, fleißig zu lernen, war sie stets diejenige, an der Munro seine schlechte Laune ausließ. Màiri griff nach der Tafel, die unter dem Pult lag. Die Kinder von St. Kilda besaßen keine Schulbücher oder gar Hefte, da Papier auf St. Kilda ein kostbares Gut war, das vom Festland auf die Insel gebracht werden musste. Die an den Ecken abgeschlagene und vielfach gebrauchte Schiefertafel war ihr einziges Unterrichtsmaterial. Màiris wunde Handfläche brannte wie Feuer, und ein paar Blutstropfen quollen aus der aufgeplatzten Haut. Verstohlen wischte Màiri die Hand an ihrem Rock ab und konzentrierte sich auf den Unterricht. Glücklichweise würde heute Mittag, wenn die Männer mit hoffentlich vielen Vögeln von Dùn zurückkehrten, ihre Mutter keine Zeit haben, die Verletzung zu bemerken. Sonst würde sie nur wieder Fragen stellen und Màiri ermahnen, nichts zu tun, das den Unmut Reverend Munros erregen könnte.

Die drei Stunden Unterricht gingen rasch vorbei, und Màiri konnte ihre Hand schonen. Heute ließ Munro sie nicht etwas schreiben, sondern sie mussten ein Gedicht, das er vorher an die Wandtafel geschrieben hatte, auswendig lernen. Màiri gelang es als Erster, die acht Zeilen in einem fast fehlerfreien Englisch herunterzusagen und es dann ins Gälische zu übersetzen. Wie alle Kinder wuchs sie zweisprachig auf – Gälisch war ihre Muttersprache und die Sprache der Insel, Englisch wurde in der Schule gelehrt. Die jüngeren Bewohner, darunter Màiris und Neills Eltern, beherrschten ebenfalls die englische Sprache, konnten sie allerdings weder schreiben noch lesen, während die alte Kenna sich weigerte, auch nur ein Wort Englisch zu lernen. Aber die Sprache des Festlandes war wichtig, denn wenn im Sommer mit dem Dampfschiff die Besucher kamen, dann konnte Màiri sich mit ihnen verständigen. Die meisten der reichen Städter, die sich die Fahrt nach St. Kilda als eine Art Ausflug leisteten, sprachen kein Gälisch.

Als Màiri das Schulgebäude verließ, eilte sie zu dem Platz oberhalb der Village Bay, an dem die Frauen bereits auf das Eintreffen der Boote warteten. Spannung hing in der Luft, wie immer am Anfang der Saison. Endlich war der Winter vorbei, endlich begann wieder die Arbeit, die die Existenzgrundlage der St. Kildaner bildete. Als das erste Boot um die Landzunge kam, eilten Màiri und drei Frauen zum Kai. Gemeinsam halfen sie, die Taue festzumachen, und die Männer stiegen aus. Was jetzt kam, war Aufgabe der Frauen. Die Männer hatten für heute genug gearbeitet. Sie erwartete jetzt ein Mittagessen, das die Frauen vorbereitet hatten. Danach würde sie sich ausruhen, um am nächsten Morgen für ihre gefährliche Arbeit gut erholt zu sein. Das Boot war randvoll mit toten Seevögeln – hauptsächlich Papageientaucher, aber auch einige Eissturmvögel und normale Seemöwen befanden sich darunter. Ein Boot nach dem anderen erreichte den kleinen Hafen, und jedes brachte reiche Beute. Die Frauen lachten und begannen, die Fracht zu entladen. Auch Màiri lud sich vier der schweren Tiere auf die Arme und warf sie auf den Haufen, der stetig anwuchs. Neill trat neben Màiri und raunte ihr ins Ohr: »Ich habe sieben Vögel gefangen. Ich ganz allein!« Màiri berührte kurz seinen Arm und nickte ihm mit vor Stolz glänzenden Augen zu. Neill tippte an seine Mütze und folgte seinem Vater, ohne einen Blick zurückzuwerfen.

Binnen kurzer Zeit war der runde Platz von weißen und grauen Federn bedeckt und vom Blut der Tiere getränkt. Eine Gruppe Mädchen und Frauen, zu denen Màiri gehörte, rupften die Vögel, während eine zweite Gruppe die Köpfe abschnitt, die Tiere mit kundigen Handgriffen ausnahm und das Gedärm auf einen Haufen warf, der später verbrannt werden würde. Sie würden bis kurz vor Sonnenuntergang arbeiten, dann folgte das Verteilen der Vögel an die Familien. Jede Person erhielt die gleiche Anzahl von Vögeln – gleichgültig, ob aus ihrer Familie ein Mann an der Jagd beteiligt gewesen war und wie viel dieser gefangen hatte. Auf St. Kilda gab es kein »Mein« und kein »Dein«. Alles, was die Insel zum Leben hergab, wurde gerecht und gleichmäßig aufgeteilt.

Emma Munro stand vor der Tür des oberhalb der Village Bay gelegenen Pfarrhauses und beobachtete das Treiben in der Bucht. Emma juckte es in den Füßen, den Hügel hinunterzulaufen und sich das bunte Treiben aus der Nähe anzusehen. Seit ihrer Ankunft auf Hirta hatte sie einiges über das Fangen und Erlegen der Vögel gehört, aber heute wurde sie zum ersten Mal Augenzeugin der hektischen Betriebsamkeit, die einem guten Fang folgte. Ihr Vater und Judith hatten sich nach dem Mittagessen hingelegt, und die Mutter spülte das Geschirr in der Küche. Eigentlich hätte Emma ihr dabei helfen sollen, aber Margaret hatte sie an die frische Luft geschickt, weil sie fand, Emma sähe etwas blass aus.

»Genieße die ersten Sonnenstrahlen, mein Kind. Ich schaffe die Arbeit allein.«

Eine solche Gelegenheit würde so schnell nicht wiederkommen. Emma sah sich kurz um, dann lief sie den Hügel zur Bucht hinab, obwohl sie wusste, dass es ihr Vater missbilligen würde. Bevor sie die Berge von toten Vögeln richtig erkennen konnte, stieg ihr ein widerlicher Geruch in die Nase. Für einen Moment zögerte sie, denn der Gestank nach Blut und Innereien wurde mit jedem Schritt, dem sie sich den arbeitenden Frauen näherte, stärker. Emma Munro hatte noch nie dabei zugesehen, wie ein Tier geschlachtet wurde. In Edinburgh, der Stadt, in der sie geboren und bis zum letzten Herbst gelebt hatte, wurde Fleisch fertig zerlegt und vorbereitet beim Metzger gekauft. Das Entsetzen kroch wie ein kalter Schauer über ihren Rücken, als Emma das viele Blut und die auf einen Haufen geworfenen Innereien sah. Auf einem anderen Haufen türmten sich die blutgetränkten Federn der Vögel, und die Frauen sahen selbst aus wie Vögel – die herumfliegenden Federn hefteten sich an ihre Haare, ihre Gesichter und an ihre Kleidung. Wie erstarrt blieb Emma am Rand des Platzes stehen, ungeachtet dessen, dass sie mit ihren Schnürstiefeln bis zu den Knöcheln in Blut und Abfällen stand. Kaum jemand schenkte ihr Beachtung, nur der eine oder andere erstaunte Blick streifte sie. Sie hörte die Rufe der Frauen, verstand aber kein Wort, da sie kein Gälisch sprach. Jede der Frauen

und der Mädchen schien genau zu wissen, was zu tun war, und es erstaunte Emma, zu sehen, dass sie offenbar mit großer Freude ihre blutige Arbeit verrichteten. Als direkt vor ihr ein ausgeweideter Seevogel auf den Boden auftraf, schrie sie auf und sprang einen Schritt zurück. Ihr wurde übel, und bevor sie fortlaufen konnte, erbrach sie das Mittagessen direkt vor den Augen eines Mädchens, das sie überrascht anstarrte.
»Was machst du denn hier?«, fragte das Mädchen, griff nach ihrem Arm und zog sie zur Seite. »Du bist doch die Tochter von Reverend Munro?« Emma konnte nur stumm nicken. Der Geschmack in ihrem Mund war eklig, und sie befürchtete, sich erneut übergeben zu müssen. »Dein Vater möchte bestimmt nicht, dass du hier bist«, fuhr das Mädchen fort.
»Ich wollte doch nur mal schauen«, würgte Emma mit vor den Mund gepresster Hand hervor. »Ich habe so etwas noch nie gesehen ...«
Màiri musterte ihr hellblaues, mit weißen Paspelierungen abgesetztes Kleid und die zierlichen Lederstiefelchen. Nicht einmal Màiris Sonntagskleid war auch nur annähernd so elegant und sauber wie das der Tochter des Reverends. Zudem schien es aus einem feineren Material als aus der groben Wolle zu sein, aus der die St. Kildaner ihre Kleidung fertigten. Màiri kannte Emma und Judith Munro aus dem Schulunterricht, hatte aber kaum ein Wort mit den Mädchen gewechselt, da der Reverend seine Töchter von den anderen Kindern der Insel abschirmte. Neill gegenüber hatte Màiri bemerkt, dass es für die zwei Mädchen furchtbar langweilig sein musste, den ganzen Tag im Haus zu bleiben und nicht mit den anderen spielen zu dürfen. Daraufhin hatte Neill nur gelangweilt mit den Schultern gezuckt und gesagt: »Es sind Fremde, sie wissen nichts über uns und gehören nicht zu uns. Mrs. Munro und diese Krankenschwester holen zwar manchmal Eier von meiner Mutter, aber sie sprechen nur das Nötigste mit ihr. Die Leute da oben« – er deutete mit dem Finger

auf die Häuser auf dem Hügel – »meinen, etwas Besseres als wir zu sein.«

Neills Worte kamen Màiri in den Sinn, als sie Emma stützte, als diese erneut erbrach. Die Knie des Mädchens zitterten so sehr, dass sie sich auf einen Stein setzen musste. Angeekelt wandte Emma den Kopf zur Seite, um das blutige Gemetzel nicht mehr sehen zu müssen.

»Wie hältst du das nur aus?«

»Meinst du unsere Arbeit?« Màiris grüne Augen funkelten. »Ekelst du dich vor dem, was uns St. Kildaner seit Jahrhunderten am Leben hält? Tag für Tag riskieren die Männer ihr Leben, damit wir genügend zu essen haben. Was stand denn bei euch den Winter über auf dem Tisch? Du und deine Familie habt euch ebenfalls von den Vögeln ernährt, die wir im letzten Jahr eingesalzen oder getrocknet haben. Und diese Arbeit hier« – Màiri machte eine weit ausholende Handbewegung – »muss getan werden, damit wir nicht verhungern.«

Emma senkte beschämt den Kopf und murmelte: »Es tut mir leid, ich wollte dich ... euch nicht beleidigen. Es ist nur ... das viele Blut und der Gestank ...«

»Darum solltest du jetzt wieder nach Hause gehen«, sagte Màiri bestimmt. »Vielleicht hat der Reverend dein Fehlen noch nicht bemerkt. Ich kann mir vorstellen, dass es äußerst unangenehm für dich werden könnte, wenn er sieht, dass du mit mir sprichst.«

Màiri grinste verschmitzt, und in Emmas Wangen kehrte langsam wieder etwas Farbe zurück. Ihre Beine zitterten aber noch immer, und das flaue Gefühl im Magen war auch noch nicht verschwunden.

»Begleitest du mich?«, fragte sie und sah Màiri bittend an.

»Es sind nur ein paar Schritte«, entgegnete Màiri und schüttelte den Kopf. »Ich muss weitermachen.« Màiri deutete auf den Rock von Emmas Kleid. »Ich rate dir jedoch, den Saum zu säubern, bevor du deinen Eltern unter die Augen kommst.«

Der Saum war über und über mit Blut besprizt, und überall klebten Federn auf dem Stoff. Mit hektischen Bewegungen versuchte Emma, den Schmutz zu beseitigen, aber sie machte es nur noch schlimmer. Tränen traten in ihre Augen. In Màiri siegte das Mitleid, und sie seufzte.
»Also gut, komm mit, ich helfe dir.«
Hinter den Häusern floss ein aus den Bergen kommender Bach ins Meer. Màiri brachte Emma in das Haus ihrer Eltern, schöpfte einen Eimer Wasser und versuchte, mit einem nicht ganz sauberen Tuch die ärgsten Flecken von Emmas Rock zu entfernen. Währenddessen hatte Emma Zeit, sich in dem Haus, das kaum diesen Namen verdiente, umzusehen. Es gab nur einen einzigen Raum, auf der einen Seite die offene Feuerstelle, auf der anderen eine Bettstatt, in der offenbar Màiris Eltern schliefen. Eine Leiter führte auf eine Art hölzerne Empore zu Màiris Schlafplatz, der lediglich aus einem auf dem Boden liegenden Strohsack und zwei Wolldecken bestand. Ein Tisch, vier Stühle, ein Regal mit den wichtigsten Kochutensilien, zwei Truhen und eine Schubladenkommode mit abgestoßenen Ecken und fehlenden Griffen stellten die ganze Einrichtung dar. Es gab keine Tapeten, Vorhänge, Sitzkissen oder sonstigen Zierat. Einzig ein billiger, an den Rändern eingerissener Druck eines Porträts von Königin Victoria, der über dem Kamin hing, schmückte die kahlen Wände. Vergeblich suchte Emma nach einer Puppe oder sonstigem Spielzeug.
»Mein Gott, wie hältst du das bloß aus?«
Màiri hielt inne und schaute zu dem Mädchen auf. An ihren Wangen klebten Federn.
»Was meinst du?«
Emma machte eine raumgreifende Handbewegung.
»Na, das hier. Es ist so ... primitiv ...«
Emma hätte sich die Zunge abbeißen mögen, nachdem ihr das Wort entschlüpft war, denn sie wusste, wie unsensibel sie sich

verhielt. Ihr Vater würde sie dafür tadeln, auch wenn er selbst verächtlich auf die St. Kildaner hinabschaute, sich aber zum Ziel gesetzt hatte, die Lebensbedingungen der *armen Kreaturen* zu verbessern.

»Primitiv? Was heißt das?« Der unschuldige Blick in Màiris Augen sagte Emma, dass das jüngere Mädchen die Bedeutung des Wortes offenbar nicht kannte. Natürlich, sie kannte kein anderes Leben, darum vermisste sie auch nicht all die Dinge des Komforts, mit denen Emma aufgewachsen war, obwohl auch ihr Vater nie vermögend oder gar reich gewesen war. Dennoch hatten die beiden Mädchen Spielzeug, schöne Kleider und Bücher mit nach Hirta gebracht.

»Wenn du willst, zeige ich dir einmal meine Puppe«, sagte Emma rasch, ohne auf Màiris Frage einzugehen. »Das heißt, jetzt gehört sie Judith, denn ich bin natürlich zu alt, um mit Puppen zu spielen. Papa will versuchen, sich ein Klavier schicken zu lassen, dann kann Mutter mir Unterricht geben. Sie hat früher nämlich mal gespielt.«

»Aha«, murmelte Màiri nur, denn sie hatte keine Ahnung, was ein Klavier war. Sie rieb die letzten Flecken aus Emmas Rock und zupfte noch eine Feder vom Stoff. »So, fertig. Der Saum ist natürlich noch nass, aber das kannst du sicher damit erklären, dass du durch den Bach gewatet bist.«

Emma sah an ihrem Rock hinunter und seufzte erleichtert.

»Ich danke dir sehr ... wie ist eigentlich dein Vorname? In der Schule ruft Vater dich immer nur Daragh.«

»Màiri ... Màiri Daragh, aber außer dem Reverend nennt mich nie jemand bei meinem Nachnamen.«

Emma erinnerte sich, wie Màiri am Vormittag von ihrem Vater geschlagen worden war. Beim Mittagessen hatte er gesagt, das Mädchen wäre faul und aufsässig und nur mit strenger Hand zu lenken. Der Eindruck, den Emma von Màiri bekommen hatte, war allerdings ein anderer. Obwohl Màiri ein paar Jahre jünger

war als sie, schien sie weder unzuverlässig noch verträumt zu sein. Im Gegenteil, auf Emma machte sie einen sehr erwachsenen Eindruck. Plötzlich fiel Emma ein, dass der Vater wohl seinen Mittagsschlaf beendet hatte, und sie fragte erschrocken:
»Wie spät ist es eigentlich?«
Màiri zuckte mit den Schultern.
»Mittag ist vorbei, aber wir arbeiten, bis die Sonne untergeht.«
Außer im Haus des Reverends gab es auf Hirta keine Uhren. Die St. Kildaner hatten noch nie welche gebraucht. Ihr Tagesablauf richtete sich nach dem Rhythmus der Jahreszeiten und nach der Sonne, sofern sie schien. Emma stand hastig auf.
»Ich muss sofort nach Hause. O je, das wird Ärger geben.« Sie zögerte kurz, dann umarmte sie Màiri, obwohl deren einfaches Kleid nass und schmutzig war. »Ich danke dir. Vielleicht kannst du mich ja mal oben im Haus besuchen kommen.«
»Ja, vielleicht.« Màiri bezweifelte das. Zum einen fehlte ihr dafür die Zeit, zum anderen würde der Reverend wenig erfreut sein, sie in seinem Haus zu sehen.
Emma rannte, so schnell sie konnte, nach Hause, und Màiri ging zurück zur Bucht und fuhr mit ihrer Arbeit fort. Ihrer Mutter, die ihr Fehlen bemerkt hatte, erklärte sie in knappen Sätzen, was geschehen war, aber Annag nahm es nur am Rande zur Kenntnis. Die Leute vom oberen Haus interessierten sie nicht. Sie lebten ihr eigenes Leben und die St. Kildaner ebenfalls.

Über Margaret Munro brach das Donnerwetter am Abend, als die Mädchen schliefen, herein.
»Du hast die Kinder nicht im Griff!«, wetterte Donald und lief aufgeregt, die Hände hinter dem Rücken verschränkt, im Wohnzimmer auf und ab. »Emma treibt sich wie eine ... eine ... nein, ich spreche es lieber nicht aus ... im Dorf herum. Womöglich hat sie sich mit irgendeiner Krankheit infiziert, oder sie bringt Läuse in unser Haus.«

Natürlich war Emma am Nachmittag viel zu spät nach Hause gekommen. Beim Versuch, ihr Ausbleiben und ihren nassen Rock und die schmutzigen Schuhe zu erklären, hatte sie sich zuerst in Widersprüche verstrickt und dann schließlich die Wahrheit gestanden. Donald Munro hatte sie geohrfeigt und Emma bis auf weiteres Stubenarrest erteilt. Heulend war Emma in ihr Zimmer geflüchtet und hatte sich geweigert, zu Abend zu essen. Margaret tat das Mädchen leid.

»Donald, bitte, reg dich nicht so auf. Emma ist ein junges und gesundes Mädchen, und sie steckt voller Unternehmungsgeist. In all den Monaten, seit wir auf der Insel sind, hatte sie außer zu Judith keinen Kontakt zu Gleichaltrigen, und außer dem Haus hier und dem kleinen Garten kennt sie nichts von Hirta.« Ich übrigens auch nicht, fügte Margaret in Gedanken hinzu.

»Es hat Gründe, warum ich nicht möchte, dass sich unsere Familie mit denen da unten vermischt.« Die Spitzen von Donalds Schnauzbart zogen sich verächtlich nach unten. »Ich habe diese Stellung angenommen, um den St. Kildanern Bildung und ein gewisses Maß an Niveau beizubringen. Da kann es nicht angehen, dass sich unsere Familie auf die gleiche Stufe begibt wie diese rückständigen Menschen hier. Wir sind hier immerhin die Respektspersonen und müssen als solche behandelt werden.«

»Emma möchte doch nur etwas mehr Abwechslung«, wandte Margaret vorsichtig ein. »In Edinburgh hatte sie Freundinnen, aber hier sind Judith und Emma auf sich allein gestellt. Es wäre schön, wenn wir ein Klavier bekommen könnten. Die Musik bringt die Mädchen sicher auf andere Gedanken.«

»Vielleicht sollte ich sie in ein Pensionat schicken.« Donald Munro hatte seiner Frau gar nicht zugehört. »Aber mein Gehalt ist nicht so hoch, dass ich die Kosten tragen kann.« Eine Falte bildete sich über seiner Nasenwurzel. »Ich habe dich geheiratet und dir ein Zuhause gegeben, damit meine Mädchen anständig erzogen werden, auch wenn sie am Rande der Welt in einer Art

Wildnis leben müssen. Du hast mich enttäuscht, Margaret, ich habe mehr von dir erwartet.«

Verstohlen ballte Margaret die Hände in ihrem Schoß zu Fäusten und versuchte, ruhig zu atmen. Sie wusste, wenn sie begann, sich gegen die Vorwürfe ihres Mannes zu wehren, würde Donald nur noch zorniger werden.

»Vielleicht sollten wir nach Edinburgh zurückkehren«, sagte sie schließlich leise, ohne Donald anzusehen. »Ich bin sicher, du kannst dort eine gute Stellung bekommen, und du …«

»Ich krieche nicht zu Kreuze!« Krachend traf Donalds Faust auf die Tischplatte, und Margaret zuckte erschrocken zusammen. Sie fürchtete die Wutausbrüche ihres Mannes, die so gar nicht zu einem Mann Gottes passen wollten. In den ersten Wochen ihrer Ehe hatte Donald sich beherrscht, aber dann war er über angebrannte Milch auf dem Herd derart in Zorn geraten, dass Margaret damals schon Zweifel kamen, ob sie mit der Heirat die richtige Entscheidung getroffen hatte. Als Tochter eines Geistlichen war sie jedoch in dem Wissen erzogen worden, dass die Ehe etwas Unauflösliches war, das nur Gott trennen konnte, und dass der Platz der Frau immer und allzeit an der Seite ihres Ehemannes war. Emma und Judith hatten oft Angst vor ihrem Vater. Je älter Emma wurde, desto mehr Widerstand gegen das diktatorische Verhalten regte sich in dem Mädchen. Margaret wusste, dass Donald im Unterricht die Kinder schlug und dabei auch vor seinen Töchtern nicht haltmachte. Obwohl Margaret bekannt war, dass an allen Schulen Züchtigungen die Regel waren, verabscheute sie Gewalt – ganz besonders Kindern gegenüber. Wie sollten die Jungen und Mädchen Freude am Lernen finden, begierig sein, alles Wissenswerte in sich aufzusaugen, wenn stets der Rohrstock über ihren Köpfen schwebte?

Was Margaret Munro nicht wusste, war, dass ihr Mann nicht ganz freiwillig die Arbeit eines Missionars und Lehrers auf dem westlichsten Außenposten Großbritanniens angenommen hatte.

Zuvor hatte Donald Munro an mehreren Schulen in Schottland unterrichtet, war aber stets wegen seines Jähzorns und seiner Unbeherrschtheit gegenüber den Schülern entlassen worden. Drei Monate bevor Margaret ihm begegnet war, hatte Donald sich von einem Schüler verspottet gefühlt – völlig zu Unrecht – und ihn so sehr verprügelt, dass dieser an seinen Verletzungen gestorben war. Nun war der Junge nur der Sohn eines einfachen Hufschmieds gewesen, und die Schulbehörde hatte sich hinter Donald gestellt, so dass ihm eine Anzeige oder gar eine Verurteilung erspart blieb. Gleichzeitig jedoch wurde ihm mitgeteilt, er sei untragbar für den normalen Schuldienst. Da Munro aber über kein anderes Einkommen verfügte und zwei Kinder zu ernähren hatte, wurde ihm die Stellung auf St. Kilda angeboten. Er war nicht der Erste, den die Regierung auf die Insel schickte, aber er würde wohl der Erste sein, der länger als nur ein paar Monate dortbleiben würde. Seine Vorgänger hatten nämlich immer schon nach kurzer Zeit genug von der Einsamkeit, den langen Wintern und dem Fehlen jeglichen Komforts gehabt, ganz abgesehen davon, dass keinerlei Nachrichten hier eintrafen. Nicht zu erfahren, was auf der Welt vor sich ging, machte Donald Munro am meisten zu schaffen. Wären die Umstände andere, hätte er Margarets Vorschlag, in die Stadt zurückzukehren, sofort mit Begeisterung zugestimmt, aber für ihn würde es dort keine Arbeit geben. In Edinburgh nicht, auch sonst nirgendwo in Schottland. Also musste er auf dieser Insel bleiben, vielleicht für den Rest seines Lebens, und versuchen, den unzivilisierten Menschen wenigstens ein wenig Bildung und Gottesfurcht beizubringen. Sein einziger Lichtblick war Wilhelmina Steel. Für eine Frau war die Krankenschwester sehr gebildet, wenn auch nicht gerade eine Schönheit. Aber Donald Munro war nicht wählerisch. Wenn er sich mit Wilhelmina unterhielt und mit ihr diskutierte, dann war es, als wären seine Sorgen und Probleme plötzlich viel geringer und keinesfalls unlösbar. Sie war eine Frau und hatte bereits zwei Winter auf St. Kilda überstanden, und dafür bewunderte Donald sie. Wilhelminas Art, in allen Dingen das Positive zu sein, auch wenn das auf den ersten Blick nicht zu erkennen war, machte ihm die Arbeit etwas leichter – zumindest für die nächsten Tage.

Körperlich erschöpft, aber von einer wohltuenden Müdigkeit erfüllt, räumte Màiri den Tisch ab und hängte den Wasserkessel über das Feuer.
»Bleib sitzen, Mama«, sagte sie, als Annag ihr helfen wollte. »Ruh dich aus, du hast den ganzen Tag schwer gearbeitet. Soll ich dir nachher ein wenig die Füße massieren?«
Annag sah ihre Tochter dankbar an.
»Ach, meine Große, wenn ich dich nicht hätte …«
Màiri strich kurz über das Haar ihrer Mutter. Solch zärtliche Gesten waren selten im Hause Daragh. So hatte Màiri zum Beispiel noch nie gesehen, dass ihr Vater die Mutter in den Arm genommen oder gar geküsst hätte. Neills Eltern hingegen machten aus ihrer gegenseitigen Zuneigung keinen Hehl, und Ben Mackay verließ morgens nie seine Hütte, ohne von seiner Frau einen zärtlichen Kuss auf den Mund erhalten zu haben.
Annag seufzte und strich sich über die Stirn. Mit einem dankbaren Lächeln nahm sie den metallenen Becher mit Tee, den Màiri inzwischen aufgegossen hatte.
»Du bist müde, Kind.« Sie musterte ihre Tochter besorgt. »Neben dem Unterricht hilfst du mir unermüdlich. Wird dir das nicht alles zu viel?«
Màiri schüttelte so heftig ihren Kopf, dass ihre roten Locken flogen.
»Das Lernen macht mir Spaß, aber wenn du meinst, es ist zu anstrengend, dann gehe ich den Sommer über nicht mehr in die Schule. Die meisten Jungen bleiben jetzt dem Unterricht fern, weil sie ihren Vätern in den Klippen helfen.«

»Das kommt überhaupt nicht in Frage!« Zum ersten Mal mischte sich Ervin Daragh in das Gespräch. Er hatte, eine Pfeife im Mundwinkel, bisher schweigend in dem einzigen Lehnstuhl, den es in dem Haus gab, in der Ecke gesessen. »Du wirst jeden Tag in die Schule gehen und fleißig lernen, damit du eines Tages diesem Leben hier entkommen und die Insel verlassen kannst.«
Màiris Kopf ruckte hoch, und sie runzelte die Stirn. Solche Worte hatte sie bisher von ihrem Vater noch nie gehört.
»Ich verstehe dich nicht. Warum sollte ich St. Kilda verlassen wollen? Hier ist doch alles, was ich ... was wir brauchen ...«
Für einen Moment glomm ein wildes Funkeln in Ervins Augen, und Màiri befürchtete, er würde einen Wutanfall bekommen. Es waren einige Monate vergangen, seit der Vater im Zorn einen Stuhl so heftig gegen die Wand geschleudert hatte, dass dieser zerbrach. Aber heute regte Ervin sich nicht über Màiris Widerworte auf, sondern er sah sie nur streng an und fuhr mit ruhiger Stimme fort: »Die Zeiten haben sich geändert, mein Kind. Als ich noch ein kleiner Junge war, wusste ich so gut wie nichts von den Ländern jenseits des Meeres. Wusste nicht, wie die Menschen auf dem Festland leben, welche Möglichkeiten sich ihnen bieten, wenn sie arbeitswillig und intelligent sind. Ja, manchmal kamen mit dem Dampfschiff Besucher vom Festland nach Hirta. Sie blieben ein paar Stunden, stiefelten mit ihren feinen Lederschuhen durch unser Dorf, und die Damen in ihren spitzenbesetzten Kleidern warfen uns Kindern mitleidige Blicke zu. Manchmal strich eine behandschuhte Hand über mein Haar, eine andere gab mir ein Stück Schokolade oder ein Bonbon. Köstlichkeiten, von deren Existenz ich keine Ahnung gehabt hatte. Aber am Abend, wenn das Boot ablegte, waren wir wieder unter uns. So, wie es die St. Kildaner seit Hunderten von Jahren waren ...«
Màiris Mutter erhob sich, trat zu ihren Mann und legte Ervin eine Hand auf seine Schulter. Màiri bemerkte, wie der Vater

unter der Berührung zusammenzuckte, als wäre Annags Hand ein lästiges Insekt. Schnell nahm die Mutter die Hand wieder fort, und eine leichte Röte färbte ihre Wangen. Betont burschikos sagte sie: »Was ist mit dir, Ervin? Solche Worte kenne ich gar nicht von dir. Du wirst hoffentlich nicht krank?«
Er schüttelte den Kopf und nahm einen langen Zug aus der Pfeife. Der Duft des Tabaks, den Màiri so gerne roch, zog durch den Raum, und eigentlich war es so wie jeden Abend, und doch spürte Màiri trotz ihrer jungen Jahre eine zunehmende Unzufriedenheit bei ihrem Vater.
»Heute hast du Fremde in unser Haus gelassen.« Ervin wechselte plötzlich das Thema und sah Màiri scharf an.
»Fremde?« Das Mädchen musste kurz überlegen, dann lachte sie. »Ach, du meinst Emma Munro, die Tochter des Reverends. Sie hatte ihr Kleid schmutzig gemacht, und ich habe ihr geholfen, es zu säubern.« Da Màiri sah, wie sich ihres Vaters Augen verengten, fügte sie beinahe trotzig hinzu: »Emma ist sehr nett, und sie fühlt sich auf Hirta ziemlich einsam. Ihre Schwester ist doch jünger, und somit …«
»Schluss!« Ervins Faust krachte auf die Lehne des Sessels, und eine Ader schwoll an seiner Schläfe. »Ich möchte von diesen Menschen nichts mehr hören, noch weniger jemanden von denen in meinem Haus sehen. Neben deiner Arbeit wirst du fleißig lernen und dich auch nicht mehr so oft mit Neill treffen. Er gehört jetzt zu den Männern und hat andere Aufgaben, als seine Zeit stundenlang mit einem kleinen Mädchen zu verbringen. Hast du das verstanden?«
Über diese Worte zutiefst erschrocken, sprang Màiri auf und verschränkte ihre Arme vor der Brust. Es war ein ganz normaler Tag gewesen, aber irgendetwas musste geschehen sein, dass der Vater derart zornig war. Vielleicht hatte er mal wieder das Gefühl gehabt, von den Männern nicht ernst genommen zu werden, oder jemand hatte gewagt, seine Handlungsweisen zu kritisie-

ren. Das Wort der Eltern war jedoch Gesetz auf Hirta, folglich nickte Màiri und murmelte: »Selbstverständlich, Vater, und ich gehe auch jeden Tag zur Schule, wenn es dein Wunsch ist.«
Annag sah sie von der Seite an und sagte leise: »Leg dich jetzt schlafen, Kind.«
Màiri nickte und kletterte die Stufen der schmalen Leiter nach oben, um in ihr Bett zu kriechen. Sie konnte hier oben nicht stehen, es gab kein Fenster, und die Schieferplatten des Daches ließen keinen Lichtstrahl herein. Im Dunkeln streifte Màiri den Kittel ab und schlüpfte schnell unter die Decke, als die kühle Luft ihre nackte Haut streifte. Von unten hörte sie das Stimmengemurmel ihrer Eltern, konnte aber kein Wort verstehen. Màiri vermutete, dass Annag den Vater wegen der scharfen Worte zur Rede stellte, und sie hoffte, er würde die Mutter nicht schlagen. Wenn dies geschah, zog sich Màiri stets die Decke über beide Ohren und schloss ganz fest die Augen. Dann war es, als wäre sie überhaupt nicht dabei. Màiri rollte sich zusammen, zog die Beine an die Brust hoch und versuchte zu schlafen. Obwohl Màiri von der schweren Arbeit müde und erschöpft war, schwirrten tausend Gedanken durch ihren Kopf. Des Vaters Worte hatten sie nachdenklich gemacht. Würde ihr Freund Neill nun wirklich nichts mehr mit ihr zu tun haben wollen, seit er ein vollwertiges Mitglied der Gruppe der Männern auf der Insel geworden war? Wünschte sich ihr Vater tatsächlich, dass sie Hirta eines Tages verließ, um auf dem Festland ein anderes Leben zu führen? Und was war mit Emma Munro? Die Tochter des Reverends hatte auf Màiri einen einsamen Eindruck gemacht, und sie konnte sich vorstellen, Emma als Freundin zu haben. Eine solche Freundschaft hatte jedoch nicht nur Màiris Vaters ausgeschlossen, auch der Reverend achtete darauf, dass seine Töchter keinen engeren Kontakt zu den St. Kildanern pflegten, obwohl die Familie seit einem halben Jahr auf der Insel lebte. Warum das alles so war, verstand Màiri nicht, aber am heutigen Tag war so viel gesche-

hen, dass Màiri zum ersten Mal ihr klar strukturiertes Leben auf Hirta zu hinterfragen begann und sich Gedanken um ihre Zukunft machte.

»… und somit wurde Sir Lancelot nicht nur Ritter der Tafelrunde, sondern zum engsten Freund und Vertrauten von König Artus.« Reverend Munro schloss seine Erzählung und sah in acht aufmerksame Gesichter. Selten hatten die Kinder ihm so gespannt gelauscht. »Ihr könnt jetzt einzeln vorkommen und die Bilder ansehen. Das Berühren des Buches ist allerdings verboten, ich möchte keine Schmutzflecken auf den Seiten haben.«
Füße scharrten, als die Kinder in einer Reihe hintereinander zum Lehrerpult vortraten. Màiri war die Vorletzte. Während sie in der Reihe wartete, schwirrte ihr der Kopf von der Erzählung über den sagenhaften König Artus und seine Ritter. Lancelot … allein der Name klang in ihren Ohren faszinierend. Die Zeiten damals mussten herrlich gewesen sein! Tapfere und stolze Ritter, die für die Damen ihres Herzens kämpften und ihr Leben aufs Spiel setzten …
»He, träumst du?« Màiri erhielt von dem hinter ihr stehenden Mädchen einen Stoß in den Rücken. »Nun mach schon, ich möchte auch noch schauen.«
Màiri trat an das Pult und sah in das aufgeschlagene Buch. Auf der linken Seite gab es eine Zeichnung von Artus, aber Màiris Blick blieb wie gefesselt an der Abbildung des Ritters Lancelot hängen, der auf einem prächtig geschmückten Pferd saß. Der Zeichner hatte den Ritter als sehr groß, schlank, aber dennoch muskulös dargestellt. Schwarzes, glattes, kinnlanges Haar umrahmte ein schmales Gesicht mit hellen Augen und einem markanten Kinn. Die Nase Lancelots war etwas groß geraten, passte aber zum Gesamteindruck, den sich Màiri von dem Ritter der Tafelrunde gemacht hatte. Sie hätte das Bild gerne noch länger

betrachtet, doch da sagte Reverend Munro auch schon: »Das reicht, du kannst dich wieder in deine Bank setzen.«
Während des restlichen Unterrichts war Màiri unaufmerksam, denn das große Einmaleins interessierte sie merklich weniger als die Geschichte von Artus. Sie konnte es kaum erwarten, am Abend Neill zu treffen, wenn er aus den Klippen heimkehrte. Kaum sah sie ihn die Village Bay heraufkommen, rannte sie auch schon auf den Freund zu und rief: »Neill, kennst du Lancelot, den Ritter der Tafelrunde?«
Neill blieb stehen und schüttelte den Kopf.
»Nie gehört. Wer soll das sein?«
Munter plapperte Màiri drauflos und erzählte in verkürzter Form die Sage von König Artus, doch zu ihrer großen Enttäuschung zeigte Neill für die Geschichte kein Interesse.
»Was geht es mich an, was vor Hunderten von Jahren irgendwo in England passiert ist?« Seufzend nahm er seine Mütze ab und wischte sich über die schweißnasse Stirn. »Die Basstölpel legen schlecht. Mein Vater sagt, es wären deutlich weniger Eier als in den Vorjahren …«
Kameradschaftlich knuffte Màiri dem Freund in die Rippen.
»Ach, du solltest das Bild vom Ritter Lancelot sehen können, Neill. Wenn ich mir vorstelle, er kommt auf einem weißen Pferd angeritten und …«
»Wie angeritten?« Neill unterbrach Màiri laut lachend. »Ja, ich sehe es genau vor mir – der Ritter reitet übers Meer direkt in die Village Bay. Das ist wahrlich eine schöne Vorstellung.«
»Du bist unromantisch.« Màiri drehte sich beleidigt um. »Ich weiß selbst, dass hier niemand mit einem Pferd kommen wird, aber man wird ja mal träumen dürfen.«
Ohne Neill einen weiteren Blick zu schenken, lief Màiri davon. Den Rest des Abends verdrängte die Hausarbeit ihre Gedanken, aber als sie auf ihrem Strohsack lag, träumte sie von dem großen, schlanken und schwarzhaarigen Ritter mit dem schmalen

Gesicht, der sie auf seinem weißen Ross entführen würde. Wohin entführen und was dann geschehen sollte – davon hatte Màiri natürlich keine Vorstellung. Es war ihr auch gleichgültig, denn in ihrem Bauch spürte sie ein eigenartiges Gefühl, das sie jedoch als sehr angenehm empfand. Ihr junges Herz war zum ersten Mal verliebt, auch wenn es nur in eine Erzählung und in die Zeichnung eines Mannes war, der niemals gelebt hatte.

3. Kapitel

Der Frühling hielt nicht, was die ersten, schönen Apriltage versprochen hatten. Schwere Stürme und Dauerregen fegten über das Inselarchipel und durchweichten die Felder. Die ersten Pflanzen in der Erde verfaulten, und Anfang Mai fiel sogar noch einmal Schnee. Tag und Nacht donnerte die Brandung an die Klippen, und ein Auslaufen zu den Stacs war unmöglich. Die Wellen hätten die kleinen Boote wie Nussschalen mit sich gerissen, aber auch der Einstieg in die Klippen rund um die Village Bay war bei diesem Wetter eine überaus gefährliche Angelegenheit. Die Männer sicherten sich gegenseitig bei der Arbeit zu dritt oder zu viert anstatt wie sonst nur zu zweit. Dementsprechend gering waren die Erträge, und nicht nur in Màiris Haus wurde die Nahrung knapp. Dennoch beklagte sich niemand. Stürmisches und regnerisches Frühjahrswetter hatte es schon immer gegeben, und die kleine Gemeinschaft teilte alles untereinander auf, so dass niemand Hunger leiden musste.

Wilhelmina Steel trat seufzend aus der Hütte von Kenna Mackay. Seit ein paar Tagen hustete und fieberte die Frau, und eine solche Erkältung konnte sich in ihrem Alter schnell zu einer Lungenentzündung ausweiten und damit lebensgefährlich werden. Nur widerwillig hatte Kenna zugelassen, dass die Krankenschwester ihren Puls fühlte und ihre Brust abhörte, doch alle gut gemeinten Ratschläge Wilhelminas hatte sie vehement abgelehnt. Ebenso wenig wollte Kenna ihr altes *Black House* verlassen, um in das Haus ihrer Verwandten zu ziehen, das wesentlich moderner und wohnlicher und besser zu heizen war.

»So ein sturer Mensch ist mir selten begegnet«, sagte Wilhelmina, einen grimmigen Zug um die Mundwinkel, als sie die Küche der Munros betrat. Margaret Munro hatte Tee zubereitet, und Wilhelmina nahm dankbar eine Tasse entgegen. »Für wie lange haben Sie noch Tee? Meine Vorräte sind so gut wie aufgebraucht.«

Margaret zuckte mit den Schultern.

»Wir trinken nur noch zwei-, höchstens dreimal in der Woche Tee, trotzdem wird er nur noch für wenige Kannen reichen. Wenn doch endlich das Wetter besser werden und das Dampfschiff kommen würde.«

»Es wird nicht mehr lange dauern, Margaret. Vor zwei Jahren war im Mai auch so schlechtes Wetter, aber dann folgte ein wunderbarer, sonniger und trockener Sommer. Sie werden sehen, im Sommer ist Hirta ein wunderschönes Fleckchen Erde. Sie werden es lieben.«

Wilhelmina berührte kurz Margarets Hand, und diese musste sich beherrschen, nicht zusammenzuzucken. So sehr sich Margaret auch bemühte – sie konnte für die Krankenschwester keine Sympathie empfinden, und noch weniger ihr freundschaftliche Gefühle entgegenbringen, obwohl Wilhelmina die einzige Frau war, mit der Margaret täglich Kontakt hatte.

»Ich überlege, die Insel mit den Mädchen zu verlassen.«

»Was?« Wilhelmina glaubte, die leise gemurmelten Worte missverstanden zu haben, aber Margaret hob den Blick und sah die Krankenschwester ernst an.

»Es fällt mir schwer, einzugestehen, dass ich mich überschätzt habe. Auch die Mädchen leiden unter der Einsamkeit auf Hirta, zumal mein Mann ihnen wie mir den Kontakt zu den Einheimischen verboten hat. Sie, Miss Wilhelmina, haben Ihre Arbeit, um die ich Sie wahrlich nicht beneide, aber ich bin den ganzen Tag an dieses Haus gefesselt. Alle Bücher, die wir im letzten Herbst mitgenommen haben, habe ich bereits zum dritten Mal gelesen …«

Margaret verstummte. Einerseits tat es gut, über ihre Empfindungen zu sprechen, andererseits schämte sie sich, vor der Frau, die sie glühend beneidete, sich derart gehen zu lassen. Sie war froh, als in diesem Moment Emma die Küche betrat und sich suchend umsah.

»Bekomme ich auch eine Tasse Tee?«, fragte das Mädchen.

Margaret schenkte der Stieftochter ein.

»Wo ist Judith? Habt ihr eure Hausaufgaben erledigt?«

Emma nahm erst einen Schluck, bevor sie antwortete: »Natürlich sind wir mit dem Aufsatz, den zu schreiben Vater uns aufgetragen hat, fertig. Judith bessert den Saum ihres Sonntagskleides aus, den sie sich letzte Woche abgerissen hat, aber ich weiß nicht, was ich jetzt machen soll. Bei diesem Regen macht es keinen Spaß, nach draußen zu gehen.«

Seit dem Tag, an dem Emma beim Ausnehmen der Seevögel zugesehen und Màiri kennengelernt hatte, hatte Emma das jüngere Mädchen nur einige Male kurz gesprochen, wenn Màiri ins Schulhaus gekommen war. Emma empfand großes Mitleid mit dem Mädchen, das bei dem kalten und regnerischem Wetter tagein, tagaus ohne Schuhe ging, aber als sie ihr angeboten hatte, ihr ein Paar ihrer eigenen Schuhe zu geben, die Màiri mit Lappen ausstopfen könnte, damit sie ihr passten, hatte Màiri nur gelacht und dankend abgelehnt. Die Kinder von Hirta waren schon seltsam …

»Deine Mutter hat mir gerade gesagt, dass ihr die Insel verlassen werdet.« Schwester Wilhelmina riss Emma aus ihren Gedanken.

»Das glaube ich nicht!« Überrascht blickte Emma von der Krankenschwester zu ihrer Stiefmutter. »Was sagt Vater dazu?«

Margarets Gesicht färbte sich tiefrot.

»Danke für Ihre Diskretion, Miss Wilhelmina«, zischte sie, und erst jetzt wurde Wilhelmina bewusst, dass weder Emma noch ihre Schwester oder gar Donald Munro etwas von Margarets Plänen ahnten.

»Ach ... es tut mir leid ... ich wollte nicht ...«

Margaret atmete tief durch und legte einen Arm um Emmas Schultern.

»Ich finde, das ist eine Sache, die wir heute Abend in Ruhe mit eurem Vater besprechen sollten.« Ihr Tonfall war fest und entschlossen, und der Blick, den sie Wilhelmina zuwarf, veranlasste diese, aufzustehen und sich hastig zu verabschieden.

»Du willst wirklich fort?«, fragte Emma. Sie wusste nicht, was sie von der Möglichkeit, wieder nach Edinburgh und zu ihren Freundinnen zurückzukehren, halten sollte. Obwohl es auf Hirta furchtbar langweilig war und sie auf viele Dinge des täglichen Lebens verzichten musste, hatte Emma in den letzten Monaten die Ruhe und die unberührte Natur der Insel nicht nur schätzen gelernt, sondern regelrecht liebgewonnen. »Vater wird das niemals erlauben«, flüsterte sie und sprach damit Margarets Befürchtung aus.

»Wir werden sehen.« Margaret drückte Emma kurz an sich und strich ihr übers Haar. »Eurem Vater liegt euer Wohl sehr am Herzen, und er möchte wie ich, dass ihr eine gute Ausbildung erhaltet. Er wird nicht wollen, dass ihr, du und Judith, in dieser Einsamkeit verkümmert.«

Wie von Margaret erwartet, bekam Donald Munro einen Tobsuchtsanfall, als er von den Plänen seiner Frau erfuhr. Nach dem

Abendessen hatte Margaret ihn und die beiden Mädchen um ein Gespräch gebeten, aber sie hatte kaum zwei Sätze zu Ende führen können, als Donald ihr barsch das Wort abschnitt.
»Ja, bist du denn von allen guten Geistern verlassen? Du willst mich verlassen? Erinnerst du dich nicht, was du vor dem Altar geschworen hast? Ich habe dich schließlich geheiratet, damit die Mädchen eine Mutter haben und ich jemanden, der mir den Haushalt führt.«
Wie ein scharfes Schwert fuhr der Schmerz über Donalds Worte in Margarets Herz. Obwohl sie immer gewusst hatte, dass Donald sie nicht aus Liebe zur Frau genommen hatte, war es doch etwas anderes, dies so deutlich ausgesprochen zu hören. Sie hatte gehofft, dass ihr Mann im Laufe der vergangenen Monate wenigstens ein wenig Sympathie für sie entwickelt hätte.
»Bitte, Donald, nicht vor den Kindern ...« Margaret bemühte sich, ihre Stimme gelassen und ruhig klingen zu lassen.
»Du hast recht, Frau.« Donald wandte sich an Emma und Judith. »Ihr geht sofort in euer Zimmer.«
»Vater, ich denke, es geht uns auch etwas an, wenn wir ...«, wandte Emma zögerlich ein, aber ihre Worte wurden von einer Ohrfeige ihres Vaters unterbrochen.
»Du wagst es, mir zu widersprechen?« Eine Ader an Donalds Schläfe schwoll blau an. »Vielleicht sollte ich euch wirklich in eine Erziehungsanstalt aufs Festland schicken. Da würdet ihr Respekt lernen.«
Emma hielt sich die schmerzende Wange, auf der sich vier Finger rot abzeichneten. Ihre Stimme zitterte nur leicht, als sie sagte: »Ich weiß, warum du von hier nicht wegwillst, Vater. Auf der Insel kannst du jedem Menschen deinen Willen aufzwingen und sie nach deiner Pfeife tanzen lassen. Die St. Kildaner siehst du als minderwertige Geschöpfe an, obwohl sie ihr Leben besser meistern, als du es jemals konntest ...«
»Raus mit dir!« Donald gab seiner Tochter einen Stoß, so dass

sie mit der Stirn gegen den Türrahmen prallte. »Geh mir aus den Augen!«

Judith, die die Szene mit angstvoll aufgerissenen Augen beobachtet hatte, ergriff Emma am Arm und zog sie aus dem Zimmer. Die Mädchen kannten den Jähzorn des Vaters nur zu gut und wussten, wann es besser war, ihm aus den Augen zu gehen. Kaum war die Tür ins Schloss gefallen, drehte sich Donald zu seiner Frau um.

»Und jetzt zu dir, Weib. Ich werde dich lehren, was es heißt, die Wünsche deines Ehemannes zu missachten. Ich werde dir den Gedanken, mich zu verlassen, austreiben.«

Unten in der Village Bay hörte niemand das Klatschen, als Donalds Hand immer wieder auf Margarets Körper traf, auch nicht ihre verhaltenen Schreie. Nicht einmal Màiri, obwohl sie auf der Bank vor dem Haus saß und in den Nachthimmel starrte. Es hatte aufgehört zu regnen, und Millionen von Sternen funkelten mit dem Licht des Vollmonds um die Wette. Das laute Rauschen der Brandung übertönte die Geräusche der Nachtvögel, und in der Luft lag der Geruch nach Tang und Fisch. Der vergangene Tag hatte den Männern einen guten Fang eingebracht. Die nächsten Tage würden sie nicht hungern müssen. Màiris Vater war auf einen Becher Bier in das Haus von Fergus am Ende der Straße gegangen, und die Mutter hatte sich bereits schlafen gelegt. Als Màiri ein raschelndes Geräusch an der Ecke des Hauses hörte, erschrak sie nicht, denn auf Hirta gab es nichts, vor dem man Angst haben musste. Sie erkannte Atemgeräusche und rief leise: »Wer ist da?«

Eine Gestalt trat aus dem Schatten, und im Schein des Mondes erkannte Màiri Emma Munro.

»Pst, es darf niemand wissen, dass ich hier bin«, flüsterte das Mädchen.

Màiri sprang von der Bank und nahm Emmas Hand.

»Komm, wir gehen zur Bucht hinunter, da kann uns niemand sehen oder hören.«

Sie setzten sich auf die niedrige Kaimauer, und Màiri sagte: »Deine Eltern wissen bestimmt nicht, dass du mitten in der Nacht hierhergekommen bist, nicht wahr? Was ist passiert?«

Das Mondlicht war hell genug, so dass Màiri die geschwollene, rote Wange Emmas und ihre vom Weinen verquollenen Augen bemerkt hatte.

»Margaret ... ich meine, unsere Stiefmutter will mit mir und meiner Schwester fortgehen ...«

»Und das passt eurem Vater ganz und gar nicht.« Màiri brachte die Sache auf den Punkt. »Möchtest du denn fort?«

Emma zögerte. Die Frage hatte sie sich seit dem Nachmittag immer wieder gestellt, war aber bisher noch zu keiner Antwort gekommen.

»Er lässt uns sowieso nicht gehen. Vater hat ... er ... ich meine, er hat mich und auch Stiefmutter ...« Ein erstickter Schluchzer beendete ihre Worte.

Mitfühlend legte Màiri ihren Arm um die Schultern des älteren Mädchens.

»Du bist sehr einsam hier, nicht wahr?« Emma nickte stumm. »Es wäre für mich schrecklich, immer nur im Haus bleiben zu müssen. Wenn du willst, zeige ich dir mein und Neills Geheimversteck auf dem Oiseval.«

Màiris Vorschlag entlockte Emma ein leichtes Lächeln.

»Wenn du es mir zeigst, ist es doch nicht mehr geheim. Außerdem erlaubt Vater das niemals. Er will nicht, dass Judith und ich mit euch Kindern sprechen.«

»Mein Vater möchte auch nicht, dass wir uns sehen.« Màiri seufzte. »Und Neill bekomme ich auch kaum noch zu Gesicht.«

»Neill?« Emma runzelte die Stirn, als der Name zum zweiten Mal fiel. »Wer ist das?«

»Neill und ich werden heiraten, sobald ich alt genug bin«, er-

widerte Màiri stolz und erzählte in knappen Worten von ihrem Freund. »Natürlich freue ich mich, dass Neill jetzt ein richtiger Mann ist, aber ich wünschte, wir könnten wie früher am Nachmittag durch die Berge streifen. Das ist jetzt nicht mehr möglich, er arbeitet von Sonnenaufgang bis Sonnenuntergang. Erst im Herbst wird er wieder mehr Zeit für mich haben.«
»Das tut mir leid.« Emmas Anteilnahme war aufrichtig, aber Màiri zuckte nur lapidar mit den Schultern.
»Ach, so ist das eben auf Hirta. In vier, fünf Jahren bin ich alt genug, um Neill zu heiraten. Dann werden wir für den Rest unseres Lebens zusammen sein.«
Emma schluckte die Erwiderung, dass ein Mädchen mit fünfzehn Jahren viel zu jung zum Heiraten war, hinunter. Sie wusste, die St. Kildaner hatten ihre eigenen Gesetze. Auch wenn ihr Vater alles dafür tat, diese Menschen zu zivilisieren – wie er es nannte –, auch er würde jahrhundertealte Traditionen nicht auslöschen können.
»Ich wünschte, wir könnten Freundinnen sein.« Emma legte einen Arm um Màiris Schultern. »Und ich wünsche mir, auf Hirta zu bleiben. Ja, tatsächlich, auch wenn meine Schwester und ich hier auf einiges verzichten müssen, was uns Edinburgh bieten könnte … irgendwie habe ich das alles hier« – sie machte eine unbestimmte Handbewegung –, »richtig liebgewonnen.«
Ich auch, dachte Màiri, obwohl sie sich in letzter Zeit immer öfter fragte, wie wohl das Leben außerhalb ihrer eigenen kleinen Welt war. »Wenn wir wirklich gehen, kannst du ja mit uns kommen.«
»Was?« Màiri blieb vor Überraschung der Mund offen stehen, und Emma grinste verschmitzt. »Meine Schwester und ich werden bestimmt in eine Schule geschickt. Wäre es für dich nicht schön, viel mehr lernen zu können als das, was Vater dir beibringen kann? Wir könnten dann immer zusammen sein.«
Màiri schüttelte fassungslos den Kopf. Was war eigentlich in den

letzten Tagen los? Erst äußerte ihr Vater die Vorstellung, sie könne die Insel verlassen, und jetzt schlug Emma in dieselbe Kerbe.
»Ich werde St. Kilda niemals verlassen«, sagte Màiri bestimmt. »Wenn ich erwachsen bin, fahre ich vielleicht ein Mal aufs Festland und schaue mir dort alles an, aber leben werde ich für immer auf dieser Insel. Neill wird es auch gar nicht zulassen, dass ich fortgehe.«
Emma seufzte und drückte Màiris Arm. Das Mädchen war zwar nur wenig jünger als sie, in ihrem Denken jedoch noch ein Kind. Sie stand auf und sagte: »Es ist jetzt besser, ich gehe wieder nach Hause, bevor Vater bemerkt, dass ich nicht in meinem Bett liege. Es war auch nur so eine Idee, denn woher sollte Vater das Geld nehmen, um ein Internat zu bezahlen?«
Màiri nickte stumm. Sie wusste nicht, was ein Internat war, und es interessierte sie auch nicht. Es wäre allerdings schade, wenn Emma Munro fortgehen würde, denn Màiri mochte das Mädchen.

Zwei Tage später verunglückte Fergus Sheridan tödlich. Am Morgen war es trocken gewesen, und die See war in der Bucht relativ ruhig, daher hatten die Männer beschlossen, zum Stac Lee zu rudern.
»Die Basstölpel werde nicht mehr lange brüten«, hatte Fergus gesagt. »Diesen fetten Fang dürfen wir uns nicht entgehen lassen, darum sollten wir es heute wagen. Wer weiß, wie lange das gute Wetter anhalten wird.«
Innerhalb kurzer Zeit wurden die Boote klargemacht. Es waren klobige, schwere Ruderboote aus Holz, jeweils mit sechs Mann Besatzung. Jeder Mann wusste, was zu tun war, und jeder Handgriff saß. Zu der Felsennadel Stac Lee würden sie wohl zwei Stunden rudern, und die Aussicht auf einen guten Fang beflügelte die Männer. Am Nachmittag bereiteten die Frauen alles vor,

um, wenn die Boote wieder in die Village Bay einliefen, die hoffentlich zahlreichen Basstölpel in Empfang nehmen und sie an Ort und Stelle verarbeiten zu können. Nicht nur Màiri lief beim Gedanken an einen fetten gebratenen Schenkel, den es wohl am Abend geben würde, das Wasser im Mund zusammen, denn das Fleisch der Basstölpel war besonders zart und saftig. Aber der Nachmittag verging, und es waren keine Boote zu sehen.

»Das hat nichts zu bedeuten, es ist noch lange hell«, sagte Annag, und sie wollte damit nicht nur Màiri, sondern auch sich selbst beruhigen. »Wahrscheinlich nutzen die Männer die Gelegenheit, Hunderte von Vögeln zu fangen, und hören nicht eher auf, bis die Boote randvoll gefüllt sind.«

Der Abend schritt voran, langsam zog ein Streifen Abendrot über den Horizont, aber noch immer war von den Männern nichts zu sehen. Gerade als Màiri vorschlug, auf den Hügel zu laufen, von dem aus sie in Richtung Stac Lee schauen konnte, schlurfte Neills Urgroßmutter heran. Schwer auf einen Stock gestützt, setzte sie mühselig einen Fuß vor den anderen, und ihr Körper wurde immer wieder von Hustenanfällen geschüttelt.

»Kenna, was machst du hier?«, rief eine der Frauen. »Du solltest im Bett bleiben.«

Die alte Kenna schüttelte beharrlich den Kopf, und ihre dunklen Augen musterten die wartenden Frauen. Ihr Blick war seltsam eindringlich. Schon öfter hatte Màiri erlebt, dass die alte Frau mehr sah, als man mit den Augen erkennen konnte.

»Es ist etwas passiert.« Sie sprach leise und ohne besondere Betonung, dennoch zweifelte niemand am Wahrheitsgehalt ihrer Worte. »Ich habe es gesehen ... ich habe den Körper eines Mannes am Fuß der Felsen im Meer treiben sehen.«

»Wer ist es?« Annag umklammerte Kennas dünnen Arm. Die Angst um ihren Mann stand ihr ins Gesicht geschrieben.

»Ich weiß es nicht.« Kennas Blick verschleierte sich. »Aber das Meer hat wieder ein Opfer gefordert.«

Coira, eine Frau in Annags Alter, brachte Kenna zu ihrer Hütte zurück und kochte ihr einen Tee, während den anderen nichts anderes übrig blieb, als zu warten. Sie entzündeten alle verfügbaren Öllampen, um den Männern den Weg in die Village Bay zu leuchten. Das flackernde Licht warf bizarre Schatten auf die angespannten Gesichter. Der Tag verabschiedete sich mit einem letzten schmalen Lichtstreifen, als das erste Boot um die Felsen bog und in die Bucht einlief. Das zweite und das dritte Boot folgten in einem kurzen Abstand. Noch bevor die Boote an dem schmalen Kai angelegt hatten, waren die Frauen bereits ins Wasser gewatet und liefen den Männern entgegen. Im dritten Boot lag der Körper eines Mannes. Annag versuchte, sich ihre Erleichterung nicht zu sehr anmerken zu lassen, als sie das Gesicht des Toten erkannte und Ervin lebend und gesund im zweiten Boot sitzen sah. Auch Màiri stieß einen Seufzer auf, als Neill unversehrt auf sie zukam. Im Schein der Lampe sah sie, wie blass er war, und sie blickte in seine vor Angst geweiteten Augen. Spontan nahm Màiri seine Hand.

»Es ist Fergus. Wir konnten nichts tun.« Neills Stimme war leise, und er berichtete stockend. »Das Seil ist einfach gerissen. Drei Männer hatten ihn gesichert, weil der Wellengang am Stac sehr hoch war. Fergus hatte den ganzen Korb voller Vögel, und ich sah, wie er ins Meer fiel.«

»Wir haben alles versucht, ihn sofort herauszufischen«, setzte Ervin den Bericht fort. »Der Wellengang war jedoch zu hoch. Fergus wurde immer wieder gegen die Felsen geschleudert. Erst als die See ruhiger wurde, konnten wir ihn an Bord nehmen, aber da war es bereits zu spät.«

Ann Sheridan, Fergus' Frau, kniete neben dem toten Körper ihres Mannes, nachdem er an Land gebracht worden war. Weder klagte noch weinte sie, lediglich in ihren Augen zeigte sich tiefer

Schmerz. Jede der Frauen musste damit rechnen, eines Tages den zerschmetterten Körper ihres Ehemannes vor sich liegen zu haben. Ann und Fergus hatten keine Kinder – die schreckliche Krankheit hatte ihnen alle Säuglinge genommen, doch für Ann würde gesorgt sein, die Gemeinschaft von St. Kilda ließ niemanden im Stich.
Am nächsten Vormittag stieg keiner in die Klippen oder fuhr mit dem Boot hinaus. Stattdessen wälzte sich ein langer Zug, einer Prozession gleich, zu dem Friedhof auf dem Hügel hinauf, um Fergus Sheridan zur letzten Ruhe zu betten. Der direkte Nachbar von Fergus hielt eine kurze Rede, dann wurde der schlichte Sarg in ein weiteres namenloses Grab hinabgesenkt, und die Frauen und Männer gingen an ihre Arbeit zurück.

Es war an den Tagen, in denen die Nacht keine Gewalt über St. Kilda hatte und die Sonne nie unterging, als gegen Abend am Horizont Rauchwolken zu erkennen waren. Die Nachricht, das Dampfschiff würde wohl am nächsten Morgen Hirta erreichen, ging wie ein Lauffeuer von Haus zu Haus. Bald kam der Dampfer in Sicht, und alle Menschen liefen aufgeregt in die Village Bay hinunter. Längst waren die Federn der Seevögel und die Ballen gewebten Stoffes verpackt und verschnürt worden, so dass die Männer die Waren aus den Lagerhäusern entlang der Bucht holten und auf dem Kai aufbauten. Das Schiff würde nur einen Tag bleiben, da musste das Ent- und Beladen rasch vonstatten gehen.
Die alte Kenna, die sich von ihrer Krankheit wieder vollständig erholt und der Màiri gerade etwas zu essen gebracht hatte, schnaubte verächtlich, als sie von der Ankunft des ersten Schiffes in diesem Jahr hörte.
»Fremde! Pah! Ich wünschte, sie würden fortbleiben. Wir brauchen sie und die unnützen Dinge, die sie mitbringen, nicht.«
Màiri lachte und gab Neills Urgroßmutter spontan einen Kuss

auf die faltige Wange, dann lief auch sie aufgeregt davon. Bevor das Schiff anlegte, war zu erkennen, dass einige Passagiere an Bord waren, die an der Reling standen und gespannt auf die Insel starrten. Sofort entstand unter den Frauen hektische Betriebsamkeit. An Schule, Arbeit oder sonstige Tätigkeiten war heute nicht zu denken. Die Fremden vom Festland kamen zwar nur für einen Tag nach St. Kilda, und dies auch nur, um sich an der Andersartigkeit der Bewohner zu weiden und festzustellen, wie gut sie es in ihrem eigenen Leben hatten. Die St. Kildaner mochten bei den Besuchern zwar als primitiv gelten, aber sie waren nicht dumm. Seit ein paar Jahren hatten sie festgestellt, dass sie aus der Tatsache, wie in einem Zoo bestaunt zu werden, Geld machen konnten. Zwar brauchten sie zum Leben kein Geld, aber notwendige Dinge wie zum Beispiel Holz, Möbel, Nägel und Werkzeuge mussten auch sie bezahlen, und diese Sachen wurden von Jahr zu Jahr teurer. So kleideten sich die Frauen also in ihre Sonntagskleider, legten – sofern vorhanden – den weißen Spitzenkragen um und setzten sich an die Spinnräder. Da es ein trockener und sonniger Tag war, trug auch Annag ihr Spinnrad vor die Tür. Màiri setzte sich ihrer Mutter zu Füßen und begann, die gesponnene Wolle aufzuwickeln. Die Männer machten sich bereit, in die Klippen einzusteigen, denn das war ein Schauspiel, das besonders die männlichen Besucher Jahr für Jahr sehen wollten. Während die Besatzung des Schiffes die Ladung löschte, schlenderten die Fremden die Straße entlang, blieben immer wieder stehen und wechselten mit den St. Kildanern ein paar Worte. Auch zu Annag und Màiri kam ein Paar, das interessiert beobachtete, wie Annags geschickte Finger aus der Schafswolle Garn spann. Die Dame war sehr elegant gekleidet. Das dunkelviolette Seidenkleid mit dem gebauschten Rock passte farblich zu ihren Augen, um die sich erste kleine Fältchen abzeichneten. Auf ihrem dunklen Haar saß ein großer, mit Blumenmotiven bestickter Hut, und mit ihrer Hand, die

einen weißen Spitzenhandschuh trug, deutete sie plötzlich auf Màiri.
»Das ist ja ein ganz entzückendes Kind!« Ihre Stimme war weich und melodisch. »Sieh doch, Thomas, sie trägt weder Schuhe noch Strümpfe, und ihre Beine sind ganz verkratzt.«
Màiri lächelte in sich hinein. Offenbar war die Dame das erste Mal auf der Insel, sie konnte sich jedenfalls nicht erinnern, das Paar im letzten Jahr bereits gesehen zu haben.
»Es ist Sommer, Mylady«, antwortete Màiri freundlich. »Allerdings tragen wir auch im Winter keine Schuhe, denn Leder ist teuer, und das können wir uns nicht leisten.«
Sie hatte die richtigen Worte gewählt, denn tiefes Mitleid trat in die Augen der Dame.
»Das arme Kind!«, sagte sie zu ihrem Mann, dann wandte sie sich direkt an Màiri. »Du sprichst sehr gut Englisch. Wie ist denn dein Name?«
»Ich heiße Màiri Daragh, und ich gehe fast jeden Tag zur Schule, Mylady.«
»Also war es doch nicht umsonst, die Missionarsstelle auf St. Kilda eingerichtet zu haben.« Der Herr ergriff zum ersten Mal das Wort. Auch er war elegant, aber nicht aufwendig gekleidet und schien einige Jahre älter als seine Frau zu sein. Sein Haar war an den Schläfen bereits leicht ergraut, und wegen seines Bartes erkannte man kaum seine Lippen, als er, zu seiner Frau gewandt, fortfuhr: »Eleonor, ich sagte dir ja, dass du hier eine völlig andere Welt vorfinden wirst. Die Lebensumstände der armen Menschen auf dieser Insel sind derart rückständig, wie wir sie uns in unserem schlimmsten Träumen nicht ausmalen können. Aber du wolltest mich ja unbedingt nach St. Kilda begleiten.«
»Thomas, ich bin froh, mitgekommen zu sein. Auch wenn die Überfahrt sehr anstrengend war, so rührt es mich zutiefst, diese armen Kinder hier zu sehen.«
»Darum werde ich nachher mit Reverend Munro ein Gespräch

führen. Du weißt, ich wurde beauftragt, mit dem Missionar abzuklären, was unsere Organisation tun kann, um den armen Kreaturen ein menschenwürdigeres Leben zu bescheren. Zudem soll er mir sagen, welche Unterrichtsmaterialien er benötigt, damit diese mit dem nächsten Schiff auf die Insel gebracht werden können.«

»Ich möchte ein Buch über den Ritter Lancelot.« In ihrer kindlichen Unbekümmertheit war Màiri aufgesprungen und sah den fremden Herrn bittend an. Lady Eleonor lachte.

»Kind, woher kennst du denn den Namen Lancelot?«

»Reverend Munro hat von König Artus und seinen Rittern erzählt«, erklärte Màiri ernsthaft. »Aber er hat nur ein Buch mit einem Bild von Lancelot, aber ich möchte gerne mehr sehen.«

Lady Eleonor tauschte mit ihrem Mann einen raschen Blick, dann strich sie Màiri über den Kopf.

»Ich verspreche dir, höchstpersönlich dafür zu sorgen, dass du ein solches Buch bekommst. Aber kannst du es denn auch lesen?«

»Meine Tochter ist die Beste in der Schule«, mischte sich nun Annag ein und sah die Dame herausfordernd an. »Sie kann nicht nur schreiben und lesen, sondern auch sehr gut rechnen, ohne dabei ihre häuslichen Pflichten zu vernachlässigen. Wir leben auf St. Kilda nämlich gar nicht so unzivilisiert, wie ihr reichen Städter euch das immer vorstellt.«

Lady Eleonor lächelte nachsichtig. Sie war über Annags zornigen Blick nicht verärgert, sondern eher amüsiert.

»Es ist lobenswert, wie Sie Ihre Heimat verteidigen.« Sie wandte sich wieder Màiri zu und sagte: »Sieh mal, was ich da für dich habe.« Die Dame griff in ihre Rocktasche und holte einen runden, rot-gelben Gegenstand hervor. »Hast du schon einmal einen Apfel gegessen? Komm, probier ihn, er schmeckt köstlich.«

Unsicher sah Màiri zu ihrer Mutter. Sie hatte nie zuvor diese

Frucht gesehen oder gar probiert. Erst als Annag zustimmend nickte, griff sie danach, betrachtete den Apfel, dessen Schale ein wenig schrumplig war und aussah wie das Gesicht der alten Kenna, von allen Seiten, dann biss sie herzhaft hinein. Das weiche, leicht mehlige Fruchtfleisch zerging auf ihrer Zunge, und ein Geschmack, den Màiri nie zuvor gekostet hatte, füllte ihren Mund. Das Leuchten in den Augen des Mädchens zauberte nun sogar auf Sir Thomas' Gesicht ein Lächeln.

»Das meinte ich, Eleonor, als ich dir sagte, wie bedauernswert diese Geschöpfe hier sind«, sagte er zu seiner Frau. »Diese armen Kinder kennen nicht einmal Äpfel, denn auf dieser Insel gibt es keine Bäume. Nichts wächst hier, was höher ist als das Knie eines Mannes.«

»Neill hat schon mal einen Apfel gegessen«, nuschelte Màiri mit vollem Mund. Sie hatte die Frucht binnen kurzer Zeit bis auf den letzten Rest vertilgt und spuckte die Kerne aus. »Neill ist mein Freund, und wir werden heiraten.«

Lady Eleonor lachte laut und glockenhell.

»Wenn du möchtest, kannst du noch mehr Äpfel haben. Das Schiff hat ein paar Fässer voll geladen. Sie sind im letzten Herbst gepflückt worden, wenn man sie jedoch richtig lagert, dann kann man Äpfel auch noch Monate später essen.«

Während des Gesprächs über Äpfel hatte Annag geschwiegen. Sie stand auf und sah die elegante Dame mit ernstem Blick an.

»Ich danke Ihnen für das Geschenk, aber jetzt müssen wir wieder an unsere Arbeit. Sie möchten sicher noch mehr von der Insel sehen. Bitte, lassen Sie sich nicht aufhalten.« Sie legte einen Arm um Màiri und wollte mit ihr ins Haus gehen, aber die Dame hielt sie zurück.

»Einen Moment noch, gute Frau. Mein Mann muss gleich ein Gespräch mit Mister Munro führen, und ich würde gerne auf den Berg dort drüben gehen.« Sie deutete mit der Hand in Richtung des Oiseval. »Hätte ihre Tochter nicht Lust, mich zu begleiten und mir alles zu zeigen? Ich bin sicher, sie kann mir viel über ihr Leben hier erzählen.«

Annags Blick verfinsterte sich, aber Màiri zupfte aufgeregt an ihrem Ärmel.

»O ja, Mutter! Bitte, lass mich mit der Dame gehen.«

Annag sah das erwartungsvolle Leuchten in den Augen ihrer Tochter und gab seufzend ihre Zustimmung. Als würde sich die Dame erst jetzt auf eine gewisse Form der Höflichkeit besinnen, sagte sie: »Verzeihen Sie, wir haben uns noch gar nicht vorgestellt. Mein Name ist Eleonor McFinnigan aus Edinburgh. Mein Gatte, Lord Thomas McFinnigan, ist in einem Komitee tätig, das sich um die Belange der Menschen von St. Kilda kümmert. Das ist auch der Grund unseres Besuches hier.«

»Sehr interessant«, murmelte Annag kaum hörbar, und ihr Gesichtsaudruck gab zu verstehen, dass sie diese Information alles andere als interessant fand. Aber die Fremden brachten Geld auf die Insel, darum nickte sie Màiri zu. »Dann geh, Mädchen, aber wenn das Schiff wieder ablegt, kommst du nach Hause.«

Lady Eleonor legte einen Arm um die Schultern Màiris.

»Keine Sorge, gute Frau, ich werde auf das Kind aufpassen.«

Annag schaute den dreien nach, als sie die Straße entlanggingen, und fragte sich, wer hier wohl auf wen aufpasste. Es würde sie nicht wundern, wenn die Lady sich in den feinen, hochhackigen Stiefeln den Fuß verknackste, denn ihr Schuhwerk war für einen Spaziergang über die Insel wenig geeignet. Sir Thomas verabschiedete sich ebenfalls und schlug den Weg zum Haus Reverend Munros ein. Obwohl die feine Dame sehr nett gewesen war, beschlich Annag ein ungutes Gefühl. Schnell schob sie es beiseite, denn zwei Frauen, ebenfalls Besucher der Insel, kamen auf sie zu und fragten, ob sie mal einen Blick in ihr Haus werfen dürften. Annag ließ sie eintreten und presste fest die Zähne zusammen, als eine der Damen sich über die primitive Einrichtung entsetzt zeigte. Sie und ihr Mann waren nicht immer einer Meinung, aber in einem musste sie Ervin recht geben: Obwohl die Besucher Geld und andere Dinge brachten, die die St. Kildaner nicht selbst herstellen konnten, war sie froh, wenn das Schiff ablegte und all diese Neugierigen wieder mitnahm.

Lady Eleonor hatte Mühe, mit Màiri Schritt zu halten. Leichtfüßig sprang das Mädchen über die Steine, als würde sie die harten und spitzen Kanten unter ihren nackten Fußsohlen nicht spüren.
»Etwas langsamer, Kind!«, rief sie keuchend. »Nimm bitte Rücksicht auf eine alte Frau.«
Màiri blieb stehen und lachte hell. Der Wind zerzauste ihr lockiges Haar, und sie wusste nicht, wie liebreizend sie in diesem Moment aussah.
»Sie sind doch nicht alt, Mylady. Sie sind viel jünger als meine Mutter.«
Lady Eleonor zuckte die Schultern. Sie hatte sich nicht die Mühe gemacht, Annag nach ihrem Alter zu fragen, aber von ihrem Mann wusste sie, dass die Menschen auf St. Kilda aufgrund ihres harten Lebens schneller alterten.
»Komm, lass uns hier auf dem Felsen einen Moment ausruhen«, sagte sie und setzte sich auf einen von der Sonne erwärmten Steinquader. »Hast du Geschwister?«
Màiri setzte sich zu Lady Eleonors Füßen auf den Boden und schüttelte den Kopf.
»Die sind alle gestorben. Vor ein paar Wochen erst mein kleiner Bruder.«
Eleonor McFinnigan schluckte. Sie hatte von der hohen Säuglingssterblichkeit auf St. Kilda gehört und auch, dass die Menschen zum größten Teil selbst daran Schuld trugen, weil sie sich weigerten, die Erkenntnisse der modernen Medizin anzunehmen und ein Grundmaß an Hygiene zu befolgen. Da sie mit dem Kind über dieses Thema aber nicht sprechen konnte, begann Lady Eleonor von ihrer Familie zu erzählen.

»Ich habe drei Kinder. Zwei Töchter und einen Sohn. Meine älteste Tochter Susanna müsste in deinem Alter sein. Sie ist vor zwei Wochen zwölf geworden.«
»Oh, ich bin erst zehn, Mylady.«
»Zehn Jahre alt?« Lady Eleonor war überrascht. »Du bist groß und siehst viel älter aus. Und sehr hübsch dazu.«
Màiri war Eitelkeit fremd, daher zuckte sie nur lapidar mit den Schultern und meinte: »Wir müssen jetzt weitergehen, wenn Sie auf den Berg hinaufwollen.«
Lady Eleonor hob abwehrend die Hände und lachte.
»Lass es gut sein, mein Kind. Ich glaube nicht, dass ich es bis zum Gipfel schaffe. Außerdem wird weiter oben der Wind noch stärker blasen, ich habe ja jetzt schon Mühe, meinen Hut nicht zu verlieren. Von hier aus hat man auch eine wunderschöne Aussicht.«
Sie atmete tief durch und ließ ihren Blick über die Village Bay schweifen. Die Luft war frisch und klar, und – vom unermüdlichen Kreischen der Seevögel abgesehen – eine Ruhe lag über der Insel, die Lady Eleonor beinahe körperlich spüren konnte. Hier gab es keine Anzeichen der Zivilisation des neunzehnten Jahrhunderts, keine breiten Straßen, die mit Pferdefuhrwerken und Kutschen verstopft waren, keine Ladengeschäfte und Stände und auch keine Menschen, die von morgens bis abends eilig ihren Tätigkeiten nachgingen und dabei den Blick für das Wesentliche verloren hatten. Als Lady Eleonor die Einsamkeit Hirtas in sich aufnahm, dachte sie, dass die Landschaft so aussehen musste wie bereits seit Hunderten von Jahren. Außer den wenigen Häusern in der Village Bay gab es nur die über die ganze Insel verstreuten, kleinen, runden Vorratshäuser aus Stein, zwischen denen sich wie weiße Wattetupfen Hunderte von Schafen tummelten.
»Du hast eine schöne Heimat«, sagte sie und seufzte, aber Màiri konnte mit der Aussage nicht viel anfangen. Sie kannte nichts anderes, darum sah sie die elegante Dame fragend an.

»Der Herr Lehrer, Reverend Munro, erzählt uns manchmal von großen Städten, in denen ganz viele Menschen leben, und er hat Bücher mit Zeichnungen von Sachen, die wir hier nicht haben. Kennen Sie das alles?«

»Nicht alles, mein Kind, sicher nicht alles, aber eine ganze Menge schon. Du musst wissen, wir leben in einer solchen Stadt in einem großen Haus. Zudem haben wir noch ein Haus auf dem Land, aber da sind wir nur selten, weil mein Mann in der Stadt arbeiten muss. Wir haben auch Kutschen und Dienstboten …«

»Dienstboten?«, unterbrach Màiri. »Was ist das?«

»Das sind Menschen, die für andere arbeiten. Unsere Köchin zum Beispiel sorgt dafür, dass wir immer etwas zu essen haben, und ein Mädchen hält die Zimmer sauber.«

Fassungslos schüttelte Màiri den Kopf. Leute, die für einen kochten und putzten, waren fern ihrer Vorstellungskraft, darum sprang sie auf und rief: »Soll ich Ihnen noch eine kleine Höhle zeigen? Sie ist nur ein kleines Stück den Berg hinauf, nicht weit, das schaffen Sie bestimmt.«

Lachend nahm Eleonor McFinnigan die kleine Hand und ließ sich von dem Mädchen vorwärtsziehen. Auf dem Weg plapperte Màiri unbekümmert von Neill und erzählte auch von seiner Urgroßmutter. Lady Eleonor spürte, wie glücklich das Kind war, und eine tiefe Zuneigung zu Màiri erfasste sie. Als sie sich eine Stunde später wieder an den Abstieg machten, nahm sie das Mädchen in den Arm und fragte spontan:

»Màiri, möchtest du die große Stadt einmal sehen?« Das Mädchen runzelte die Stirn, sie konnte mit der Frage nichts anfangen, daher fuhr Lady Eleonor fort: »Wir könnten mit deinen Eltern sprechen, dass du mit uns kommst. Ich bin sicher, es wird dir gefallen, und meine Töchter könnten deine Freundinnen werden. Du könntest in Edinburgh eine gute Schule besuchen und schöne, feine Kleider tragen.«

Mit einem Ruck machte Màiri sich aus der Umarmung frei, hob abwehrend die Hände und wich zurück.
»Ich will hierbleiben!« Tränen traten in ihre Augen. »Bitte, nehmen Sie mich nicht mit!«
Lady Eleonor war tief betroffen über Màiris Gefühlsausbruch. Erst jetzt wurde ihr bewusst, wie sehr ihre unbedacht geäußerten Worte das Kind erschreckt haben mussten. Schnell versicherte sie: »Du brauchst keine Angst zu haben, niemand will dich von hier fortholen. Ich dachte nur, es würde dir Spaß machen, für ein paar Monate woanders zu leben. Im Herbst könntest du mit dem Dampfschiff wieder nach St. Kilda heimfahren.«
Màiris Locken flogen in alle Richtungen, so heftig schüttelte sie den Kopf. Sie suchte nach Worten, aber die Angst, Hirta und ihre Eltern verlassen zu müssen, schnürte ihr die Kehle zu. Darum drehte sie sich einfach um und rannte, so schnell ihre kleinen Füße sie trugen, davon. Eleonor McFinnigan rief ihr zwar nach, dass es nicht so gemeint war, aber das Mädchen hörte sie nicht mehr. Allein kehrte sie in die Village Bay zurück, doch bei jedem Schritt nahm die Vorstellung, eines der armen Kinder in ihr Haus aufzunehmen, klarere Konturen an. Was zuerst eine spontane, vielleicht auch etwas verrückte Idee gewesen war, entwickelte sich zu einem deutlichen Ziel. Was für eine Zukunft hatten die Kinder hier schon? Die Jungen würden auf der Suche nach Seevögeln ihr Leben in den Klippen riskieren, die Mädchen früh heiraten, jedes Jahr ein Kind gebären, von denen die meisten an Tetanus starben, hart arbeiten und vor der Zeit altern. Dieses Mädchen, Màiri, war für ihr Alter ungewöhnlich intelligent. Sie hatte ein besseres Leben verdient als das, was ihr auf St. Kilda geboten wurde.
Eleonor schlug den Weg zum Haus des Reverends ein. Ihr Mann hatte soeben seine Unterhaltung mit Donald Munro beendet, und dankbar nahm Eleonor die Einladung seiner Frau zu einer Tasse Tee an.

»Zum Glück haben wir nun wieder Tee geliefert bekommen. Er wird wohl einige Monate ausreichen«, bemerkte Margaret. »Einen Tag mit einer guten Tasse Tee zu beginnen, das ist doch ein Stück Lebensqualität.«
Lady Eleonor nahm einen Schluck und stimmte zu, dann sprach sie vorsichtig das Thema an, das ihr auf dem Herzen lag.
»Mrs. Munro ... Reverend ... Sie kennen die Kinder dieser Insel sehr gut. Was halten Sie davon, den Eltern das Angebot zu unterbreiten, eines oder zwei mit aufs Festland zu nehmen, um ihnen dort eine bessere Ausbildung zu ermöglichen?«
Klirrend fiel der Teelöffel von Thomas McFinnigan auf seinen Teller.
»Eleonor! Wie kommst du denn auf eine solche Idee?«
Sie schenkte ihrem Mann ein entschuldigendes Lächeln.
»Verzeih, Thomas, aber dieser Gedanke ist mir vorhin durch den Kopf geschossen. Dieses kleine Mädchen, Màiri, macht auf mich einen sehr aufgeweckten Eindruck. Die Vorstellung, ein Kind mit ihren Anlagen einfach hier verkümmern zu lassen, stimmt mich traurig.«
Fassungslos hatte Sir Thomas seiner Frau zugehört, doch bevor er etwas entgegnen konnte, warf Donald Munro ein: »Sie meinen doch nicht etwa Màiri Daragh, Mylady? Bei allem Respekt, aber das Kind hat nicht einen Funken Verstand unter seinen roten Locken. Sie ist verträumt, kommt dauernd zu spät zum Unterricht, fragt einem dann Löcher in den Bauch über Dinge, die sie nicht zu interessieren haben, und ist nie um Widerworte verlegen. Außerdem kritzelt sie ständig die Schiefertafel mit ungelenken Zeichnungen voll, statt sich auf die Aufgaben zu konzentrieren.«
»Könnte ihr Verhalten nicht daher rühren, dass das Mädchen sich unterfordert fühlt? Ich bin sicher, Màiri fehlt nur eine gute Förderung, ihr Wissensdurst muss befriedigt werden, denn sie scheint sich zu langweilen.«

Donald Munros Mundwinkel zogen sich bei Lady Eleonors Kritik bedenklich nach unten. Beunruhigt sah Margaret das nervöse Flackern in seinen Augen und wusste, dass er mal wieder kurz vor einem Zornesausbruch stand, darum legte sie schnell eine Hand auf seinen Arm.
»Donald, Lady McFinnigan wollte damit gewiss nicht deine Qualitäten als Lehrer in Frage stellen. Ich kenne das Mädchen kaum, finde aber den Vorschlag, Kindern auf dem Festland eine gute Ausbildung zu ermöglichen, sehr gut.«
»Ach, und wer soll das finanzieren?«, begehrte Donald Munro auf. »Die Regierung hält mich hier ohnehin schon knapp, denen ist doch jeder Penny, den sie für St. Kilda ausgeben müssen, zu viel.«
»Darin muss ich Ihnen zustimmen, Reverend«, mischte sich Lord Thomas ein. »Wie ich Ihnen vorhin bereits sagte, wurde Ihr Antrag, für jedes Kind einen Atlas und eine Lesefibel zu erhalten, aus Kostengründen abgelehnt. Auch die finanziellen Mittel des Komitees sind begrenzt, zumal es immer schwieriger wird, den Herren den Sinn eines Unterrichts der St. Kildaner Kinder klarzumachen.«
Lady Eleonor seufzte und sah ihren Mann eindringlich an.
»Genau davon spreche ich, Thomas. Wenn nichts unternommen wird, dann wird jede Generation ebenso ungebildet weiterleben wie die Generationen vor ihnen und weiterhin ihr primitives Leben führen. Von der finanziellen Seite verstehe ich nichts, aber wenn wir zum Beispiel Màiri in unser Haus aufnehmen und sie wie eine eigene Tochter erziehen würden, hätte das doch nichts mit deinem Komitee oder gar der Regierung zu tun. Es wäre ganz allein unsere Angelegenheit und auch unser Geld.«
Lord Thomas McFinnigan erhob sich. Obwohl er seine Frau von ganzem Herzen liebte, nahm er viele ihrer Äußerungen und Ideen nicht ernst. Eleonor war immer schnell für etwas zu be-

geistern, verlor aber ebenso schnell wieder das Interesse daran. Den Gedanken, dieses rothaarige Kind mit in die Stadt zu nehmen, würde sie spätestens dann vergessen haben, wenn das Schiff St. Kilda hinter sich gelassen hatte.

»Nun, meine Liebe, es wird Zeit, zu gehen, das Schiff legt in einer knappen Stunde ab. Du vergisst bei der Sache einen wesentlichen Punkt, und zwar die Eltern. Die werden es kaum zulassen, von ihren Kindern getrennt zu werden.«

»Das sehe ich anders, Mylord.« Donald Munro hatte sich wieder gefasst. »Jahr für Jahr gebären die Frauen Kinder, die sterben, und sie beerdigen sie ohne eine einzige Emotion. Wenn die Kinder dann doch überleben, werden sie, sobald sie laufen können, zur Arbeit herangezogen. Jetzt im Sommer kommt kein Junge in meinen Unterricht, stattdessen riskieren sie ihr Leben auf der Jagd nach Seevögeln. Ich bin der Meinung, wenn man den Eltern eine gewisse Summe Geld anbietet, werden sie ihre Kinder nur zu gerne ziehen lassen.«

»Das ist grausam und menschenverachtend.« Lady Eleonor war ernsthaft empört. »Ich bin überzeugt, die St. Kildaner lieben ihre Kinder ebenso, wie alle Eltern ihre Kinder lieben. Eben deshalb wird ihnen ihr Wohl am Herzen liegen, und sie werden sie nicht aus finanziellen Gründen ziehen lassen, sondern weil sie möchten, dass sie es einmal besser haben.«

»Komm, meine Liebe, nun müssen wir aber wirklich aufbrechen.« Eindringlich nahm Sir Thomas den Arm seiner Frau und führte sie zur Tür. »Mrs. Munro, Reverend … danke für den Tee. Ich werde sehen, was ich beim Komitee erreichen kann, fürchte jedoch, es wird nicht viel sein.« Kaum waren sie außer Hörweite der Munros, flüsterte Thomas seiner Frau zu: »Von dem Thema, wir nehmen eines dieser kleinen, schmutzigen Geschöpfe in unser Haus auf, möchte ich nie wieder etwas hören.«

Lady Eleonor senkte den Kopf. Sie wusste, es war sinnlos, mit Thomas weiter darüber zu sprechen, aber sie musste immer wieder an die kleine Màiri denken und was für eine trostlose Zukunft vor dem Kind lag.

4. Kapitel

In diesem Sommer kam das Dampfschiff noch dreimal nach St. Kilda, aber die McFinnigans besuchten die Insel nicht mehr. Annag war froh, diese feine Lady nicht wiederzusehen, denn Màiri hatte ihrer Mutter von der Unterhaltung erzählt. Annag war über die Vorstellung, Lady McFinnigan wolle ihre Tochter mitnehmen, entsetzt. Es kostete sie einige Mühe, Màiri davon zu überzeugen, dass sie dies niemals zulassen würde.
Über Wochen hinweg schien die Sonne, es regnete nur selten, die Luft war angenehm mild und die See ruhig. Das bescherte den Männern jeden Tag eine reichhaltige Beute, so dass die Menschen unbeschwert dem Herbst und Winter entgegensahen, denn im Oktober waren die Lagerhäuser bis unters Dach gefüllt. Die Schiffe hatten alles Notwendige, das es auf Hirta nicht gab – Holz, Werkzeuge und Gebrauchsgegenstände wie Töpfe, Pfannen und Geschirr –, gebracht. Die Webstühle liefen Tag für Tag, und die Stoffe sorgten für warme Kleidung. Da im Sommer auf Hirta die Sonne in einem Zeitraum von vier Wochen nie unterging, schlief Màiri wenig, aber sie kannte es seit ihrer Geburt nicht anders. Der Schulunterricht wurde im Juli und August ausgesetzt, und die Munros fuhren mit dem Dampfschiff aufs Festland. Als im September nur Margaret und Donald Munro nach Hirta zurückkehrten, war Màiri ein wenig traurig. Trotz seiner despotischen Art hatte der Reverend dem Drängen seiner Frau schließlich nachgegeben und eingesehen, dass ein Leben auf dem Inselarchipel nicht das Richtige für seine Töchter

war. Emma und Judith lebten nun in einem Internat in Edinburgh. Das bedeutete für Donald Munro zwar eine große finanzielle Belastung, und von seinem Gehalt blieb kaum noch ein Penny übrig, aber auf St. Kilda brauchten sie kaum Geld. Er hatte sich nicht mehr in der Lage gesehen, mit seiner älteren Tochter fertig zu werden, die sich von Woche zu Woche mehr gegen seine Erziehung aufgelehnt hatte. Am liebsten wäre Margaret ebenfalls in Edinburgh geblieben, aber wovon sollte sie dort leben? Von dem Skandal, ihren Mann verlassen zu haben, mal abgesehen. Donald hatte ihr unmissverständlich zu verstehen gegeben, er erwartete, dass sie ihre Pflicht als Ehefrau erfüllte.
Màiri bedauerte, Emma wahrscheinlich niemals wiederzusehen. Auch wenn ihre Freundschaft nur von kurzer Dauer gewesen und von Màiris Eltern nicht gern gesehen wurde, war Emma auf Hirta das einzige Mädchen in Màiris Alter gewesen. Sie hoffte auf den Herbst, wenn Neill wieder mehr Zeit für ausgedehnte Streifzüge über die Insel haben würde.

Für den Sturm gab es keine Anzeichen. Die St. Kildaner, seit Jahrhunderten sensibilisiert, Wetterveränderungen am Zug der Wolken, am Geruch der Luft und in der Verfärbung des Meeres zu erkennen, ahnten an diesem Oktobermorgen nicht, was sich langsam, aber unaufhaltsam über ihren Köpfen zusammenbraute. Dichter, feuchter Nebel lag schwer über den Inseln – nicht ungewöhnlich für diese Jahreszeit. Als Annag und Màiri hinausgingen, um die Kühe zu melken, schnüffelte Annag und sah sich mit gerunzelter Stirn um.
»Es liegt ein seltsamer Geruch in der Luft«, sagte sie mehr zu sich selbst als zu ihrer Tochter. »Es riecht fast so, als würde der Frühling kommen.«
Màiri selbst konnte in der Luft nichts feststellen, aber als sie auf ihrem Weg Neills Vater trafen, sah dieser sehr besorgt aus. Der

Nebel war so dicht, dass man kaum fünfzig Yards weit sehen konnte.

»Guten Morgen, Annag, ein komisches Wetter heute, nicht wahr? Irgendwie gefällt mir das nicht. Für diese Jahreszeit ist es zu windstill. Es ist auch seltsam, wie ruhig die Möwen sind.«

Nun fiel es auch Màiri auf, dass eine ungewohnte Ruhe über Hirta lag. Besonders am Morgen machten die Möwen sonst einen derartigen Lärm, dass man manchmal sein eigenes Wort nicht mehr verstand. Da die drei Kühe reichlich Milch gegeben hatten, brachte Màiri der alten Kenna einen Krug vorbei. Dankbar nahm sie ihn entgegen, trank direkt aus dem Krug einen langen Schluck von der noch warmen Milch und wischte sich mit dem Ärmel die Lippen ab.

»Wär' besser, heute nicht rauszufahren.« Kennas Stimme war leise, und es schien, als würde sie zu sich selbst sprechen. »Ist nicht gut, heute aufs Meer zu fahren. Gar nicht gut ...«

»Was meinst du, Kenna?« Màiri sah die alte Frau aufmerksam an. Kennas Vorahnungen waren bekannt, und seit dem Tod von Fergus Sheridan tat niemand mehr ihre Visionen als Spinnerei ab. »Mutter hat heute auch schon gesagt, es liegt etwas Seltsames in der Luft, und Neills Vater fand ebenfalls, dass etwas anders ist als sonst.«

Kennas eindringlicher Blick heftete sich fest auf das Mädchen.

»Geh nach Hause, Kind, und bleib dort.«

»Aber ich habe doch Unterricht«, entgegnete Màiri, merkte dann aber, dass Kenna ihr nicht zuhörte. Ihr Kopf sank auf die Brust, sie schloss die Augen und schlief einen Moment später ein. Màiri eilte zu ihrem Haus, dabei sah sie, wie ein paar Männer sich zu den Klippen aufmachten. Neill war ebenso wie ihr Vater unter ihnen. Auf der Straße standen die anderen Männer, und einer von ihnen schüttelte missbilligend den Kopf.

»Hat heute doch keinen Sinn, in die Klippen zu gehen. Man kann ja seine eigene Hand kaum vor Augen sehen.«

»Tja, du kennst ja Angus«, erwiderte ein anderer und spuckte aus. »Er will die Jungvögel aus den Nestern holen, bevor sie flügge werden und die Eissturmvögel abziehen. Sollen sie es versuchen, sie werden schon merken, dass der Nebel zu dicht ist, um die Nester zu finden.«

In der Schule schweiften Màiris Gedanken immer wieder zu Neill und zu ihrem Vater, so dass sie wiederholt eine Frage, die der Reverend ihr stellte, nicht beantworten konnte, weil sie ihm nicht zugehört hatte. Beim dritten Mal bescherte ihr das fünf Stockhiebe auf die Handfläche, und daraufhin bemühte sich Màiri, dem Unterricht zu folgen. Es schien, als würden sich die Zeiger der Uhr heute unendlich langsam vorwärtsbewegen, aber noch Jahre später vergaß Màiri nicht, dass es zehn Minuten vor zwölf Uhr – dem Ende des Unterrichts – war, als das Inferno losbrach. Es gab einen dumpfen, unbeschreiblich lauten Knall, und plötzlich wirbelte im Schulzimmer alles durcheinander. Bücher, Zettel und Kreidestücke flogen wie Geschosse durch den Raum.

»Unter die Tische!«, schrie Donald Munro.

Màiri duckte sich und hielt instinktiv beide Arme über ihren Kopf. Ein harter Gegenstand traf ihr Handgelenk, und der Schmerz raubte ihr für einen Moment den Atem. Ihr Schrei mischte sich mit denen der anderen Kinder, und sie sah, wie die sechsjährige Flora aus einer Wunde an der Stirn blutete. Aber sie sah noch etwas anderes: Dort, wo vor zwei Minuten noch die Zimmerdecke gewesen war, klaffte ein übermannsgroßes Loch, durch das der Wind – stärker und heftiger als alles, was Màiri je zuvor erlebt hatte – hereindrang und die Einrichtung des Raumes verwüstete. Der Sturm heulte so laut, dass es in den Ohren schmerzte und dass jegliche Verständigung unmöglich war. Ein Teil des Daches war fortgerissen worden, und nun begann die östliche Wand, regelrecht in sich zusammenzufallen. Wie gelähmt, unfähig, sich zu rühren, starrte Màiri auf das Mauerwerk, das erst Risse aufwies und sich dann nach und nach, beinahe wie von selbst, auflöste. Mauerstücke fielen herunter, und die Kinder krochen auf die andere Seite des Raumes.

»Raus hier! Wir müssen hier raus!«

Grob zerrte Donald Munro an Màiris Arm, mit der anderen Hand hielt er die schreiende Flora umklammert. Zwei ältere Mädchen und ein Junge krochen auf allen vieren auf die Türöffnung zu, denn bei dem Wind war es unmöglich, aufrecht zu stehen. Das Schulhaus hatte, ebenso wie alle Häuser auf Hirta, keinen Keller, in dem man sich in Sicherheit bringen konnte, aber draußen drohte ihnen weniger Gefahr, da es keine Bäume gab, die umknicken und sie erschlagen konnten. Sie hatten sich kaum hundert Yards von dem Gebäude entfernt, als das Schulhaus krachend einstürzte, als würde es nicht aus massivem Stein, sondern aus Pappe bestehen. Flach am Boden liegend, harrten die Kinder und der Reverend aus, während rund um sie herum die Welt unterzugehen schien. Màiri hörte den Reverend nach seiner Frau rufen, als nun auch das Dach ihres Wohnhauses einfach davonflog und die Wände in sich zusammenstürzten. Màiri zitterte am ganzen Körper, und ihr einziger Gedanke galt ihren Eltern. Was war mit ihrem Haus, in dem die Mutter am Webstuhl gesessen hatte? Was mit den Männern in den Klippen? Ihr Vater … Neill … und die anderen? Màiri wusste, wenn sie beim plötzlichen Aufkommen des Sturms in den Steilwänden der Klippen gewesen waren, dann würde auch das stärkste und dickste Tau sie nicht halten können.

Der Nebel hatte schwarzen, bedrohlichen Wolken Platz gemacht, aus denen sich nun heftiger Hagel ergoss. Eiskörner, so groß wie Hühnereier, prasselten auf die flach am Boden Liegenden herab. Dreihundert Yards entfernt befand sich eines der alten Black Houses, das nicht abgetragen worden war, und Màiri kroch ungeachtet der Schmerzen auf die aus massiven Quadersteinen erbaute, kleine, runde Hütte zu. Sie wusste, dass die alten Häuser den Stürmen immer hatten trotzen können. Màiri stieß in dem

Inferno auf die am ganzen Körper zitternde Flora, und sie schleppte die Kleine mit sich. Etwas Warmes lief über ihr Gesicht. Als sie es mit der Hand wegwischen wollte, färbten sich ihre Finger rot. Mit letzter Kraft schleppte sie sich und Flora in die kleine Hütte. Das Mädchen weinte vor Angst und vor Schmerz, und Màiri nahm sie in die Arme.
»Pscht ... ganz ruhig, es ist bald vorbei.«
Die Worte sprach sie auch zu sich selbst, um sich zu beruhigen. In ihrem ganzen Leben hatte sie einen Sturm wie diesen noch nie erlebt. Màiri war nicht abergläubisch, und sie war im christlichen Glauben der Kirche Schottlands erzogen worden, aber dieser Orkan schien vom Teufel höchstpersönlich geschickt worden zu sein. Sie versuchte es mit einem Gebet, doch es fehlten ihr die richtigen Worte. Zu groß war ihre Angst, nicht nur um ihr eigenes, sondern auch um das Leben ihrer Familie und ihrer Freunde. Später konnte Màiri nicht mehr sagen, wie lange sie, die weinende Flora in ihrem Arm, auf dem harten Lehmboden in der Hütte gekauert hatte. Irgendwann wurde das knirschende Geräusch des auf das Dach prasselnden Hagels weniger, hörte schließlich ganz auf, und das Heulen des Sturms wurde leiser. Die kleine Flora war in Màiris Armen vor Erschöpfung eingeschlafen. Sachte weckte sie das Mädchen.
»Es ist vorbei. Komm, wir müssen nach Hause.«
Màiri fragte sich, ob sie überhaupt noch ein Zuhause vorfand. Deutlich stand ihr die Erinnerung vor Augen, wie der Sturm das Schulhaus und das Wohnhaus der Munros einfach weggefegt hatte. Als sie die Hütte verließen, bot sich ihnen ein Bild der Verwüstung. Knöchelhoch war die Erde mit Hagelkörnern bedeckt, als wäre es tiefster Winter. Von den beiden Häusern auf dem Hügel standen nur noch die Reste der Grundmauern, und kein Vogel kreiste am Himmel und stieß seine Rufe aus. Durch Flora gezwungen, langsam zu gehen, näherte sich Màiri dem Dorf. Als die die ersten Häuser sah, stieß sie einen Schrei der

Erleichterung aus. Durch die geschützte Lage der Village Bay hatte der Sturm hier unten nicht so heftig gewütet wie oben auf dem Hügel. Zwar war die schmale Straße ebenfalls mit Hagelkörnern bedeckt, und die Dächer von fast allen Häusern waren zum Teil abgedeckt worden, aber keines war eingestürzt. Die Menschen liefen schreiend durcheinander, und Màiri nahm Flora auf den Arm und begann zu rennen, als sie ihren Vater entdeckte.

»Mein Mädchen! O Gott, du bist ja verletzt!«, rief er und schloss sie froh in die Arme.

Allein wegen dieser für Màiri ungewohnten Geste war sie einen Augenblick für den Sturm dankbar, denn ein solcher Gefühlsausbruch Ervins kam nur selten vor. Im Allgemeinen zeigte er keine Vaterliebe, sondern behandelte Màiri zwar freundlich, aber niemals liebevoll. Viel zu schnell ließ Ervin sie jedoch wieder los und wandte sich den Männern zu. In diesem Moment erschien Bridget, Floras Mutter, und nahm Màiri das Kind mit einem glücklichen Seufzer ab. Viele Dörfler hatten blutende Wunden, aber auf den ersten Blick schien niemand ernsthaft verletzt zu sein. Annag, selbst voller Schrammen, versorgte Màiris Platzwunde an der Schläfe, dann bereitete sie einen starken Tee, den sie tranken, bevor sie sich die Schäden am Haus näher ansahen. Rund ein Drittel des Daches war fortgerissen worden, der durch das Loch hereinströmende Regen und Hagel hatten die Betten durchnässt und einige Stücke des Geschirrs zerstört.

»Aber wir sind am Leben.« Annag hatte Tränen in den Augen, als sie ihre Tochter und ihren Mann umarmte. Selbst der sonst so wortkarge und stille Ervin zeigte sich von dem Unwetter stark erschüttert, aber er berichtete, dass sich alle Männer aus den Klippen retten konnten. Der Fang des Vormittags war allerdings verloren. Die Körbe waren einfach ins Meer geweht worden, bevor die Männer sie hatten sichern können.

Schwester Wilhelmina ging von Tür zu Tür und half, die Verletzten zu versorgen, und zum ersten Mal, seit sie auf Hirta war, nahmen die St. Kildaner ihre Hilfe bereitwillig an. Obwohl Màiri die Frau des Reverends kaum kannte, war sie erleichtert zu erfahren, dass auch Margaret Munro den Einsturz ihres Hauses nahezu unverletzt überlebt hatte. Gegen Abend trafen sich alle auf der Straße, um zu besprechen, wie es nun weitergehen sollte. Der Zusammenhalt unter den St. Kildanern war ihre Stärke, denn niemand dachte nur an sein eigenes Hab und Gut, sondern es wurden Pläne gemacht, welches Haus als Erstes repariert werden musste, und jeder erhielt gemäß seinen Fähigkeiten eine entsprechende Aufgabe. Recht bald wurde jedoch klar, dass die Dächer der Häuser ein Problem darstellten. Waren die alten Black Houses gänzlich aus Materialen erbaut, die es auf Hirta in ausreichender Menge gab, hatte die Regierung vor einigen Jahren beschlossen, die neuen Häuser mit Zinkblechplatten zu decken. Diese kamen jedoch vom Festland, und auf St. Kilda gab es kein vergleichbares Baumaterial. Da die Schifffahrt bis mindestens April des nächsten Jahres eingestellt war, konnte auch keine Hilfe vom Festland erwartet werden. Die St. Kildaner wussten ja nicht einmal, ob der Sturm Hunderte von Meilen weiter ebenfalls gewütet hatte, was aber eher unwahrscheinlich war. Somit würde niemand in Edinburgh davon Kenntnis erlangen, in welch prekärer Lage sie sich befanden.

Während die Frauen und Mädchen begannen, heiße und gehaltvolle Suppen aus Vogelfleisch zu kochen, machten sich alle Männer daran, die Trümmer aufzuräumen. Wer an welchem Haus arbeitete, war unerheblich. Alle hielten sie zusammen, um vor dem Sonnenuntergang für jeden einen Platz zu schaffen, damit er oder sie unter einem dichten Dach schlafen konnte. Obwohl der Reverend bisher den Kontakt mit den Inselbewohnern auf das Notwendigste beschränkt hatte und dadurch auf der Insel nicht sehr beliebt war, wurden er und seine Frau in das Haus von

Neills Eltern einquartiert, in dem das Dach nur geringfügig beschädigt war und der Hagel im Inneren kaum Schäden verursacht hatte. Margaret Munro stand der Schock über den plötzlichen und heftigen Sturm ins Gesicht geschrieben, sie ließ es sich jedoch nicht nehmen, tatkräftig mitzuhelfen.

»Zum ersten Mal bin ich froh, dass die Mädchen nicht hier sind«, sagte sie zu Annag, während sie frisches Vogelfleisch in Streifen schnitten. »Ich wünschte, ich könnte ihnen eine Nachricht zukommen lassen, dass ihrem Vater und mir nicht geschehen ist.«

»Das ist vor dem nächsten Frühjahr nicht möglich.« Annag rührte kräftig in dem großen Topf, aus dem ein würziger Geruch aufstieg. »Machen Sie sich keine Gedanken, Mrs. Munro. Wahrscheinlich weiß auf dem Festland niemand von dem Unwetter, das uns heimgesucht hat, folglich sind Ihre Töchter auch nicht in Sorge um Sie.«

»Kommt ein solcher Sturm öfter vor?« Margaret hielt im Schneiden inne und sah Annag mit einem beinahe angstvollen Blick an. »Als die Wände an unserem Haus plötzlich wackelten und das Dach einfach über meinem Kopf weggerissen wurde, dachte ich, mein letztes Stündlein hätte geschlagen. Kann so etwas wieder passieren?«

Plötzlich fühlte Annag Sympathie für die Frau, die sie kaum kannte. Wie sehr muss sich ihr Leben auf Hirta von dem, das sie früher gewohnt war, unterscheiden. Sie legte eine Hand auf Margarets Arm.

»Ich möchte nichts beschönigen, daher muss ich sagen: Ja, mit solchen Stürmen müssen wir während des Herbstes und des Winters immer wieder rechnen. Wir St. Kildaner sind daran gewöhnt, und seit Jahrhunderten werden wir mit den Folgen allein fertig. Allerdings war es früher einfacher. Als ich noch ein Kind war, lebten wir alle in den alten Black Houses. Diese überstanden die Naturgewalten sehr viel besser als die neu gebauten Häuser.

Wenn doch ein Haus zerstört wurde, wurde es einfach wieder aufgebaut. Alles, was wir dazu benötigten, fanden wir auf unserer Insel. Mein Mann sagte vorhin, es wäre besser, die neuen Häuser abzureißen und wieder in der herkömmlichen Art und Weise zu bauen. Auch wenn es bedeutet, dass wir dann etwas weniger Komfort haben, aber wenigstens stürzen uns die Häuser nicht über unseren Köpfen ein.«

Den letzten Satz hatte Annag mit einem Lächeln gesagt, und Margaret seufzte.

»Ich denke, die Regierung wollte nur eure Lebensbedingungen verbessern ...«

»Dann sollen sie herkommen und mal einige Zeit hier leben«, unterbrach Annag. »Die Herren sitzen irgendwo an ihren Schreibtischen in geheizten Zimmern mit dichten Fenstern und haben von unserem Leben nicht die geringste Ahnung. Aber Anweisungen geben, wie wir dieses zu gestalten haben, das können sie, und sie schicken uns Leute, die sich in alles einmischen.« Sie sah Margaret entschuldigend an. »Verzeihen Sie, Mrs. Munro, ich wollte Ihren Mann und noch weniger Sie beleidigen. Man kann jedoch das Leben auf dem Festland nicht eins zu eins auf das Leben auf St. Kilda übertragen.«

»Bitte sagen Sie doch Margaret zu mir«, antwortete Margaret und lächelte. »Ich verstehe Ihre Gefühle, Annag, aber schafft der jetzt stattfindende Umbruch nicht die Grundlage für eure Kinder, die es dann eines Tages leichter haben werden?«

Annag zuckte mit den Schultern. Bevor sie jedoch etwas erwidern konnte, erklang draußen ein lauter Ruf.

»Heia, es ist ein Schiff gestrandet. Kommt und helft!«

Die Frauen ließen ihre Messer und Kochlöffel fallen und eilten vor die Tür. Robert, der Schreiner, gestikulierte hektisch mit beiden Armen, und aus allen Richtungen liefen Männer herbei.

»Oben beim Mina Stac hat es ein Schiff erwischt«, rief Robert.

»Es ist in tausend Stücke gebrochen. Bringt Taue und Fackeln mit, wir müssen sehen, ob Überlebende an die Küste geschwemmt wurden.«

Annag lief zurück ins Haus und band sich rasch ihren warmen wollenen Umhang um. Auch die anderen Frauen zogen sich warme Kleidung an, denn jede wollte mithelfen, das Schiff und die Menschen an Bord zu retten. Margaret zögerte. Weder ihre Schuhe noch ihr dünner Mantel waren für den beschwerlichen Fußmarsch zur Nordküste geeignet. Annag bemerkte ihre Unschlüssigkeit. Sie sah sich um, entdeckte Màiri und winkte ihrer Tochter.

»Màiri, du achtest zusammen mit Mrs. Munro auf das Feuer und das Essen. Wenn wir Schiffbrüchige retten können, dann werden diese über eine heiße Suppe froh sein.«

Eine Antwort wartete Annag nicht ab, denn sie wusste, dass Màiri ihrer Anweisung folgen würde. Alle erwachsenen Männer und Frauen strömten nun auf das Tal des Flusses Amhuinn zu, das sich unterhalb der Berge nach Nordwesten schlängelte und durch das sie zur Bucht im Norden, vor der die Felsnadel Mina Stac hoch aus dem Meer ragte, gelangten, ohne über den schmalen Klippenweg gehen zu müssen.

»Wie hast du es überhaupt mitbekommen, dass dort oben ein Schiff gestrandet ist, Robert?« Obwohl Ervin sich wie alle anderen im Laufschritt bewegte, keuchte er nicht.

»Ich habe die Vorratshäuser am Fuß vom Conachair kontrolliert, ob sie durch den Sturm in Mitleidenschaft gezogen worden sind«, antwortete Robert. »Dabei hörte ich von der See her Schüsse. Ich stieg den Berg hinauf und entdeckte das Schiff. Es wurde durch den Sturm wahrscheinlich zu nahe an die Küste getrieben und ist auf Mina Stac aufgelaufen.« Er runzelte besorgt die Stirn und seufzte. »Allerdings habe ich kaum Hoffnung, dass noch jemand lebt, bis wir kommen. Das Schiff ist geborsten und inzwischen wahrscheinlich bereits gesunken. Was hätte ich schon allein ausrichten können? Ohne ein Tau habe ich auch nicht über die Klippen in die Bucht hinuntersteigen können.«

Ervin klopfte dem Schreiner auf die Schultern, ohne seinen Schritt zu verlangsamen.

»Es war richtig, uns zu informieren. Allein hättest du dich nur in unnötige Gefahr begeben.«

Sie brauchten an die zwei Stunden, bis sie die Unglücksstelle erreichten. Inzwischen war es beinahe dunkel, und die hohen Klippen zeichneten sich als bedrohliche Schatten ab. Die Männer entzündeten die Fackeln und schwärmten an dem schmalen Sandstrand aus. Annag kniff die Augen zusammen und blickte zu der Felsnadel hinüber, aber sie konnte dort kein Schiff ausmachen. Einzig ein wenig Treibholz wurde angespült, und sie und die anderen Frauen beeilten sich, das kostbare Holz einzusammeln. Offenbar war das Schiff inzwischen mit Mann und Maus gesunken. So tragisch das Unglück war – die angespülten Reste waren für die Inselbewohner sehr wertvoll. Obwohl im Nordatlantik während der Wintermonate regelmäßig heftige Stürme tobten, kam es selten vor, dass Schiffe in der Nähe von St. Kilda havarierten. Dazu lag das Inselarchipel zu weit entfernt von den gängigen Schifffahrtsrouten. Annag dachte, dass sie wohl niemals erfahren würden, um was für ein Schiff es sich gehandelt hatte und warum es nördlich von Hirta auf die Felsen gelaufen war.

»So ein Mist aber auch!« Bridget trat neben Annag und zeigte ihr das Stück einer Kiste, in dessen Holz der Name einer Destillerie eingebrannt war. »Das Schiff hatte Whisky an Bord. Schade, die Flaschen werden wohl alle zerschellt sein.«

Annag stimmte in ihr Lachen ein. Nicht, dass die Toten, die es heute ohne Zweifel gegeben hatte, sie nicht dauerten, aber der Tod war der ständige Begleiter der St. Kildaner und hatte nichts Erschreckendes. Ein paar Kisten Whisky wären jedoch, besonders da der Winter vor der Tür stand, nicht zu verachten gewesen.

»Lass uns weitersuchen, ob wir noch was Brauchbares finden, bevor das Wasser steigt«, sagte Annag und leuchtete mit ihrer Fackel in die kleinen Felsenhöhlen, die den Strand säumten und bei Flut vollständig unter Wasser standen. Plötzlich stieß sie mit ihrem Fuß an etwas Weiches. Sie hielt die Fackel tiefer und rief: »Bridget, schnell, hol die anderen! Hier liegt jemand.«

Annag beugte sich hinunter und beleuchtete das Gesicht eines Menschen. Es war ein Mann etwa in ihrem Alter. Er lag auf dem Rücken, und sein rechtes Bein war unterhalb des Knies unnatürlich abgewinkelt. Er hatte die Augen geschlossen, und Annag befürchtete, er wäre tot. In seinem Gesicht war keine Farbe, und Annag konnte auch keine Atemgeräusche feststellen. Erst als sie eine Hand vorsichtig auf seinen Brustkorb legte, spürte sie, wie dieser sich in unregelmäßigen Abständen hob und senkte. Binnen weniger Minuten waren die Männer in der kleinen Höhle. Ervin kniete sich neben seine Frau in den Sand.

»Er lebt«, sagte Annag knapp. »Aber nicht mehr lange, befürchte ich.« Sie sah sich in der Runde um. »Können wir ihn ins Dorf bringen?«

Craig deutete auf ein paar Bretter, die er unter dem Arm hielt.

»Wir werden mit dem Holz und den Tauen eine Trage machen, auf der wir ihn transportieren können.«

Während Craig und Ervin die Trage bauten, tastete Annag nach dem Puls des Verletzten. Die anderen Männer suchten derweil alle zugänglichen Höhlen ab, in der Hoffnung, noch mehr Überlebende der Havarie zu finden. Leider schien dieser Mann der einzige zu sein, der nach dem Untergang des Schiffes an Land gespült worden war. Sein Kleidung, die in Fetzen an dem mageren Körper hing, wies auf einen gewissen Wohlstand hin, und als Annag vorsichtig seinen Brustkorb abtastete, um festzustellen, ob seine Rippen gebrochen waren, fand sie eine goldene Taschen-

uhr in der Innentasche seiner Weste. Sie klappte den Deckel auf und las: »Für A. von D. in ewiger Liebe.«
Ein Lächeln huschte über Annags Lippen. Der Mann war offenbar A. und D. wahrscheinlich seine Frau. Sie würde sicherlich erfahren, dass das Schiff, auf dem sich ihr Mann befand, vermisst wurde, und überglücklich sein, diesen lebend wieder in die Arme schließen zu können. In diesem Moment wusste Annag, dass sie alles dafür tun würde, den Mann nicht sterben zu lassen, auch wenn sie im Moment noch nichts über das Ausmaß seiner Verletzungen wusste.
Vorsichtig wurde der Mann auf das Brett gehoben, und vier Männer trugen die lebende Fracht zurück ins Dorf. Robert beschloss, mit drei Männern die Nacht in der Bucht zu verbringen, um bei Tageslicht die Umgebung erneut abzusuchen. Vielleicht fanden sie ja doch noch weitere Überlebende oder sonstige Dinge, die nützlich waren.
Mitternacht war längst vorbei, als sie den Verletzten in das Haus von Annag und Ervin trugen und dort auf das Bett legten. Margaret Munro faltete die Hände und sprach ein Gebet, als sie erfuhr, dass dieser Mann offenbar der einzige Überlebende war, und bot sofort ihre Hilfe an. Obwohl es mitten in der Nacht war, drängte sich die alte Kenna, die bereits von dem Gestrandeten gehört hatte, mit einem Korb am Arm zwischen den Menschen hindurch, die den kleinen Raum bevölkerten. Kennas altes Haus hatte den Sturm unbeschadet überstanden, und so waren ihre Flaschen und Tiegel mit den Kräutern, Salben und Tinkturen unbeschädigt.
»Geht alle raus!« Resolut scheuchte Kenna die Schaulustigen aus dem Haus. »Annag, Bridget, ihr beide bleibt und helft mir.«
Die anderen Männer und Frauen gingen. Sie waren müde und erschöpft, aber es wartete noch mehr Arbeit auf sie. Im Augenblick konnten sie für den Verletzten nichts tun – er war bei Kenna in den besten Händen. Kenna hatte gerade seinen Oberkörper entblößt, als Schwester Wilhelmina eintrat.

»Lasst mich sehen, ob man ihm noch helfen kann«, sagte sie und drängte sich an das Bett, aber Kenna rührte sich nicht von der Stelle.
»Gehen Sie weg, ich kümmere mich um ihn.«
Schwester Wilhelmina verschränkte die Arme vor der Brust und sah die Alte herausfordernd an.
»Wer ist hier die Krankenschwester?«, sagte sie unfreundlich. »Ich bin dafür ausgebildet und werde den Mann jetzt untersuchen.«
»Wir brauchen Sie hier nicht«, gab Kenna zurück.
Annag trat zwischen die beiden Frauen.
»Hört sofort damit auf. Alle beide!« Sie runzelte verärgert die Stirn und deutete auf den Bewusstlosen. »Hier liegt ein Mensch, mehr tot als lebendig, und er scheint der Einzige zu sein, der den Schiffbruch überlebt hat. Wir sollten gemeinsam versuchen, sein Leben zu retten.«
»Die Methoden dieser Frau sind aber völlig altmodisch«, murrte die Krankenschwester und wurde von Kenna sofort mit einem wütenden Blick bedacht. Dennoch traten die beiden Frauen von links und rechts an das Bett und begannen gemeinsam, den Verletzten vorsichtig zu entkleiden. Wilhelmina zog scharf die Luft ein, als sie die zahlreichen Schürfwunden und Blutergüsse auf seinem Brustkorb sah.
»Seine Rippen könnten gebrochen sein, vielleicht hat sogar die Leber oder die Milz einen Riss.«
Kenna legte ihre Hände auf seinen Oberkörper und schloss die Augen. Nach einer Weile sagte sie leise: »Zwei gebrochene Rippen, aber die inneren Organe sind unversehrt.«
»Ach, und das hast du mit deinen Händen so einfach gefühlt?«, spottete Wilhelmina, verstummte jedoch, denn in Kennas Augen stand ein wissender Ausdruck, den sie nicht einmal bei einem studierten Arzt gesehen hatte.
»Wir müssen das Bein versorgen.« Kenna griff nach einem Mes-

ser und schnitt das Hosenbein bis zum Oberschenkel auf. Am oberen Ende des Schienbeins ragte ein Knochensplitter durch die Haut. Plötzlich schienen sich die beiden Rivalinnen zu verstehen, jede wusste, was zu tun war. Kenna drückte mit beiden Armen und ihrem ganzen Gewicht auf den Oberschenkel, Wilhelmina umfasste den Knöchel und atmete tief ein und aus. Dann zog sie mit einem kräftigen Ruck den Unterschenkel zu sich her. Es gab ein knirschendes Geräusch, und der Mann stöhnte auf, aber die Gnade der Bewusstlosigkeit blieb ihm erhalten, und er spürte keine Schmerzen. Das Stück Knochen war unter der Haut verschwunden, und mit kundigen Handgriffen massierte und drückte Wilhelmina auf der Wunde herum, bis der Knochen wieder in seine richtige Position gerutscht war.

»Wir werden das Bein jetzt schienen und können nur hoffen, dass es nicht zu einer Entzündung kommt. Der Rest muss von allein heilen, was jedoch Wochen dauern wird.«

»Vielleicht wird er niemals wieder richtig laufen können.« Mitleidsvoll tupfte Kenna die Schweißperlen von seiner Stirn.

»Besser hinken, als tot zu sein, nicht wahr?« Wilhelmina sah die alte Frau zustimmend an, dann wandte sie sich an Annag, die der Arbeit der beiden Frauen schweigend zugesehen hatte. »Kannst du zwei starke Holzlatten besorgen, aus denen wir die Schiene anfertigen können?«

Annag nickte und ging nach draußen. Derweil säuberte Wilhelmina die Wunde am Bein und die Stirnwunde und trug eine Salbe auf, die Entzündungen verhindern sollte. Eine Stunde später war sein rechtes Bein vom Knöchel bis zum Oberschenkel in zwei feste Holzlatten gepresst, so dass er es nicht bewegen konnte. Wilhelmina wusch sich die Hände. Mehr konnte sie im Augenblick für den Armen nicht tun. Da er noch nicht alt war, hoffte sie, sein Körper wäre widerstandsfähig genug, die Verletzungen auszuheilen, denn die Medikamente, über die sie verfügte, konnten nur seine Schmerzen lindern. Erneut wurde der Krankenschwester bewusst, wie primitiv das Leben auf St. Kilda war. In Edinburgh gab es nicht nur ausreichend Krankenhäuser mit studierten und ausgebildeten Ärzten, sondern Schottlands Hauptstadt gehörte seit rund hundert Jahren zu den besten medizinischen Fakultäten der Welt. Dort hätte man das Bein des Mannes operieren und fachgerecht einrichten können, so dass er wahrscheinlich wieder völlig genesen wäre. So konnte man nur hoffen, dass sein Schutzengel, der den Mann bereits vor dem Tod durch Ertrinken gerettet hatte, weiterhin seine Hand über ihn hielt und es nicht zu Fieber oder Wundbrand kam. Sollte sich die Wunde entzünden, würde weder sie noch die alte Kenna mit ihren Salben und Tränken etwas für den Fremden tun können. Wilhelmina kontrollierte noch einmal seinen Puls, der langsam und regelmäßig schlug, dann verließ sie das Haus. Sie hatte großen Hunger und hoffte, dass die anderen ihr noch eine Schale Suppe übrig gelassen hatten.

Die Leute hatten die ganze Nacht die Sachen, die von dem Schiff an den Strand geschwemmt worden waren, gesichtet und sortiert. Auch hier gehörte alles der Gemeinschaft, und es war gleichgültig, wer was aus dem Wasser gefischt hatte. Außer dem Holz war nicht viel Brauchbares dabei – ein paar Töpfe und zwei Pfannen, Kleidungsstücke und Schuhe, eine Axt und eine kleine Kiste mit Nägeln und Schrauben. Aus den Fundstücken konnte man nicht darauf schließen, was das Schiff transportiert hatte, und noch weniger, unter welcher Flagge es gesegelt war.
Bei dem ganzen Durcheinander hatte niemand auf Màiri geachtet. Als die Leute den Verletzten in ihr Haus gebracht hatten, hatte sie in einer Ecke gekauert und verfolgt, wie Kenna und die Krankenschwester den Verletzten versorgten, soweit sie in dem schwachen Lichtschein der Öllampe etwas erkennen konnte. Màiri war fasziniert, wie die beiden den offenen Bruch eingerichtet und geschient hatten. Als die Frauen gegangen waren,

hatte Màiri sich noch ein paar Minuten ruhig verhalten, dann schlich sie leise zum Bett. Die Lampe brannte noch, und das Licht warf Schatten auf das Gesicht des Fremden. Interessiert betrachtete Màiri ihn. Außer Reverend Munro gab es auf der ganzen Insel keinen Mann ohne Vollbart. Das Antlitz des Verletzten war jedoch rasiert, lediglich auf seiner Oberlippe sprossen ein paar Stoppeln. Seine Lippen waren voll, die Oberlippe etwas größer und seine Nase schmal und mit kleinen Flügeln. Màiri fiel auf, dass seine Wimpern sanft gebogen und für einen Mann recht lang waren. Das Haar war inzwischen getrocknet, und in dem Blond schimmerte ein leicht rötlicher Ton. Dank der Fremden, die jedes Jahr im Sommer die Insel besuchten, kannte Màiri auch andere Männer als nur die Inselbewohner und konnte somit beurteilen, dass der Fremde ausgesprochen gut aussah. Wie alt er wohl war? Um seine Augen und neben den Mundwinkeln hatten sich noch keine Falten eingegraben, so wie es bei ihrem Vater war, obwohl dieser noch nicht alt war. Plötzlich flatterten seine Augenlider, und Màiri beugte sich interessiert über sein Gesicht. Er öffnete die Augen und blickte von links nach rechts.
»Wo ... bin ich? Was ...?«
Erleichtert hörte Màiri, dass der Fremde Englisch sprach. Die wenigen Wörter waren von einem leichten schottischen Akzent geprägt. Er war also ein Landsmann. Spontan griff sie nach seiner Hand und drückte sie leicht.
»Es ist alles in Ordnung«, flüsterte sie. »Sie sind in Sicherheit.«
»Der Sturm ... das Schiff ...« Er versuchte, den Kopf zu heben, sank aber mit einem Stöhnen gleich wieder zurück.
»Sie müssen ruhig liegen bleiben, denn Sie sind verletzt. Der Sturm ist vorbei, aber das Schiff ist verloren.«
Der Mann schloss wieder die Augen und seufzte.
»Ich habe Durst.«
Rasch holte Màiri einen Becher Wasser und stützte seinen Kopf, während er langsam trank.

»Wo bin ich hier?«, fragte er erneut. Offenbar hatte ihm das Wasser gutgetan, denn als er jetzt seinen Blick über die karge Einrichtung schweifen ließ, war dieser offen und klar.

»Sie sind auf Hirta. Man fand Sie in einer nördlichen Bucht, vor der das Schiff auf einen Felsen gelaufen ist.«

Seine Augen suchten ihren Blick, und er lächelte.

»Wie heißt du, Kind?«

»Mein Name ist Màiri, und Sie sind in unserem Haus.« Màiri stand auf. »Ich werde meiner Mutter sagen, dass Sie wach sind. Wir haben hier auch eine Krankenschwester, die hat ihr Bein versorgt. Es ist gebrochen.«

Wieder ein Nicken, und er tastete mit der Hand zu seinem rechten Bein hinunter. Als er die Schiene und den festen Verband fühlte, stöhnte er.

»Mich hat es ganz schön erwischt, nicht wahr?«

Beruhigend drückte Màiri erneut seine Hand und sagte: »Sie werden es überleben, aber Sie brauchen viel Ruhe.« Dann wandte sie sich zur Tür. »Versuchen Sie, wieder zu schlafen, bis zum Morgen sind es noch ein paar Stunden.«

Er murmelte ein paar Worte, die Màiri nicht verstand, aber er schloss die Augen. Das Mädchen eilte hinaus und fand die Mutter vor dem Haus von Robert, dem Schreiner. Gemeinsam mit dessen Frau leerten sie gerade den letzten Rest der Suppe aus dem Kessel in eine Schale.

»Màiri, wo warst du?«, fragte Annag, als sie ihre Tochter sah.

»Der Fremde ist aufgewacht«, antwortete Màiri rasch. Es war wohl besser, sie verschwieg, dass sie die ganze Zeit über im Haus in einer Ecke gesessen hatte. »Er scheint Schotte zu sein, denn er hat gesprochen.«

Màiris Worte hatten sofort die Aufmerksamkeit aller Umstehenden auf sie gelenkt, und Kenna fragte: »Wie ist sein Name und woher kommt er?«

Màiri schüttelte den Kopf. »Das hat er nicht gesagt. Er sprach

nur von dem Sturm und dem Schiff, und jetzt schläft er wieder.«
»Wir lassen ihn schlafen«, sagte Annag bestimmt. »Die heutige Nacht ist fast vorbei. Dein Vater und ich können uns oben noch ein wenig hinlegen. Dann sehen wir weiter.«
Erst jetzt merkte Màiri, wie müde auch sie war. Bereitwillig ließ sie sich von ihrem Vater auf den Arm nehmen und auf ihr Lager tragen. Wenig später brachten ihre Eltern einen Strohsack und Decken nach oben und legten sich ebenfalls zur Ruhe. Bevor sie einschlief, hörte Màiri den Vater noch sagen: »Es sieht ganz so aus, als würden wir diesen Gast bis zum Frühjahr bei uns haben. Vorher kommt sicher kein Schiff in die Nähe von Hirta, mit dem er die Insel verlassen könnte.«

Der folgende Tag war trocken und sonnig, und nichts wies mehr auf die Katastrophe hin, die am Vortag Hirta getroffen hatte. Am Nachmittag kamen die Männer, die in der nördlichen Bucht die Nacht verbracht hatten, in die Village Bay zurück. Sie brachten einige weitere Waren mit, darunter eine unversehrte Kiste mit zwei Dutzend Flaschen Whisky. Robert grinste von einem Ohr zum anderen.
»Das ist das Wertvollste, was das Schiff noch hergegeben hat. Alles andere ist mit Mann und Maus versunken. Schade darum.«
Annag schüttelte energisch den Kopf.
»Wie kannst du so etwas sagen, Robert? Wir haben ein Menschenleben gerettet, das ist wohl tausendmal wertvoller als ein paar Flaschen Alkohol.«
Betroffen senkte Robert den Kopf.
»Du hast recht, Annag, es tut mir leid. Wie geht es dem Mann? Leider haben wir sonst niemanden von der Besatzung gefunden, weder tot noch lebendig.«
»Es geht ihm den Umständen entsprechend recht gut, aber es

wird einige Zeit dauern, bis er wieder gesund ist«, antwortete Ervin an Annags Stelle und lachte. »Nun, er hat ja auch alle Zeit der Welt, denn bis zum Frühjahr wird er wohl unsere Gastfreundschaft in Anspruch nehmen müssen.«
Die Gemeinschaft beschloss, der Fremde solle vorerst im Haus von Annag und Ervin bleiben, weil ein Transport mit dem gebrochenen Bein ihm nur unnötige Schmerzen bereiten würde. Das Ehepaar wollte oben schlafen, und Màiri zog zu Kenna, in deren Haus noch eine Ecke zum Schlafen frei war. Da Wilhelminas Haus vom Sturm fast gar nicht beschädigt war, mussten der Reverend und seine Frau bei der Krankenschwester wohnen, bis man ihr eigenes Haus wieder aufgebaut hatte. Margaret Munro war über die Aussicht, die nächsten Wochen, wenn nicht gar Monate unter demselben Dach zu verbringen wie die Frau, die sie als ihre Rivalin ansah, wenig erfreut. Es blieb ihr aber nichts anderes übrig. Ihr Haus lag in Trümmern, doch wenigstens hatte der Sturm nicht alle ihre Sachen zerstört. Die Kleidung war zwar schmutzig und nass, aber unversehrt, ebenso wie die meisten Gegenstände des Haushalts. Wäre es möglich gewesen, hätte Margaret ohne Rücksicht auf ihren Schwur vor dem Altar, bis zum Tod an der Seite ihres Mannes zu bleiben, die Insel verlassen. Es waren nicht nur die primitiven Lebensumstände, sondern auch die Angst davor, dass ein solches Unwetter jederzeit wieder über St. Kilda hinwegfegen könnte und beim nächsten Mal vielleicht sogar Todesopfer fordern würde. Und es war erst Herbstanfang ... die schlimmsten Monate lagen noch vor ihnen.

Wie selbstverständlich hatte Annag die Pflege des Verletzten übernommen. Schwester Wilhelmina kam jeden Tag vorbei und schaute nach seinen Wunden, auch Kenna ließ es sich nicht nehmen, regelmäßig nach dem Mann zu sehen. Die oberflächlichen Verletzungen heilten gut, der offene Bruch entzündete sich nicht, und der Mann bekam auch kein Fieber. Obwohl er

unter starken Schmerzen litt, war sein Verstand klar, und so hatten sie erfahren, dass sein Name Adrian Shaw lautete und er der Sohn eines Tuchhändlers aus Glasgow war. In den letzten Jahren führte er zusammen mit seinem Vater das Geschäft, und er war auf dem Weg nach Maine in Nordamerika gewesen, um dort Tuch zu verkaufen.
»Warum befand sich Ihr Schiff so weit nördlich?«, fragte Ervin interessiert. »Ich kenne mich zwar nicht gut aus, habe aber gehört, dass die Route nach Amerika weiter südlich verläuft.«
Adrian Shaw grinste und zuckte mit den Schultern. Sofort verzog sich sein Gesicht schmerzvoll, denn er hatte vergessen, dass auch sein rechtes Schlüsselbein gebrochen war.
»Auf dem Atlantik braut sich etwas zusammen«, antwortete er, als der Schmerz abgeebbt war. »Viele sagen, es würde Krieg zwischen den Nord- und den Südstaaten geben, darum ist der Bedarf an Gütern höher, als das Land selbst produzieren kann. Wir hatten Tonnen von Stoff für Uniformen an Bord. Darum hielt es der Kapitän für zu gefährlich, auf der üblichen Route zu segeln. Er wollte von Norden her an der amerikanischen Küste landen. Einige britische Schiffe wurden bereits von den Konföderierten abgefangen.«
Ervin und Annag verstanden von Adrians Bericht nur die Hälfte. Das Wort »Krieg« war ihnen zwar bekannt, aber sie hatten keine Vorstellung, was es bedeutete. Ebenso konnte Ervin nicht verstehen, warum Stoff Tausende von Meilen über das Meer gebracht wurde, denn auf St. Kilda stellten sie das Tuch, das sie für ihre Kleidung brauchten, immer selbst her. Er hatte aber auch keine Vorstellung von den Millionen von Menschen, die in Nordamerika lebten, denn Ervin hatte, ebenso wie Annag, das Inselarchipel St. Kilda niemals verlassen.
Als Adrian Shaw erfuhr, dass es für ihn vor dem nächsten Frühjahr keine Möglichkeit geben würde, die Insel zu verlassen, wirkte er sehr bedrückt.

»Versteht mich nicht falsch.« Er sah von Annag zu Ervin und fuhr beinahe entschuldigend fort: »Ihr alle seid so freundlich zu mir, und ich habe euch mein Leben zu verdanken, aber ich sehne mich nach Glasgow. In ein paar Wochen werden sie zu Hause wissen, dass unser Schiff vermisst wird, und mein Vater wird glauben, dass ich tot bin. Es könnte ihm das Herz brechen …«
Er brach ab, und Ervin sah voller Entsetzen, dass Adrians Augen feucht schimmerten. Ein Mann, der weinte! Unangenehm berührt ging er schnell zur Tür, tippte sich an die Stirn und murmelte: »Die Arbeit wartet.«
Auch Annag hatte Adrians Tränen bemerkt. Im Gegensatz zu ihrem Mann war sie darüber aber nicht entsetzt, sondern empfand tiefes Mitleid mit dem jungen Mann. Sie wusste inzwischen, dass er nur ein Jahr jünger als sie selbst war, aber er sah kaum älter als Mitte zwanzig aus. Offenbar ließ einen das Leben in einer Stadt wie Glasgow nicht so schnell altern.
»Haben Sie Frau und Kinder?«, fragte sie, als sie merkte, dass Adrian sich wieder etwas beruhigt hatte. Er verneinte.
»Bisher gab es in meinem Leben keine Frau, bei der ich den Wunsch verspürte, sie zu heiraten.«
»Und die Gravur in Ihrer Taschenuhr?« Annag schlug sich eine Hand vor den Mund. »Verzeihen Sie, Mr. Shaw, wir wollten nicht Ihre Sachen durchwühlen, sondern suchten nur einen Hinweis auf Ihre Identität.«
Adrian nahm es ihr nicht übel. Beruhigend lächelte er Annag zu, und sein Blick wich nicht von ihrer Gestalt.
»Die Uhr ist ein Erbstück. Mein Großvater hieß Ansgar, er bekam die Uhr von meiner Großmutter. In meinem Leben gab es bisher niemanden, von dem ich ein solch persönliches Geschenk angenommen hätte.«
Er sah Annag aus seinen blauen Augen mit den langen blonden Wimpern an, und Annag wurde es ganz heiß. Schnell stand sie auf und ging zum Herd.

»Ich glaube, der Eintopf ist bald fertig«, sagte sie hastig und wechselte das Thema. »Sie müssen fleißig essen, damit Sie wieder zu Kräften kommen, Mr. Shaw.«

»Annag ...« Ihren Namen aus seinem Mund zu hören war wie ein sanftes Streicheln. »Nenn mich bitte Adrian und sag du. Ihr duzt euch hier alle, ich komme mir sonst wie ein Fremdkörper vor.«

Annag gelang es, ungezwungen zu lächeln, als sie sich zu ihm umwandte.

»Gewissermaßen sind Sie ... äh, bist du dies auch. Feine Herren wie du kommen im Sommer mit dem Dampfschiff für einen Tag nach Hirta. Sie tragen schöne Anzüge und Kleider, schauen uns bei der Arbeit zu, aber so richtig sprechen tun wir mit den Fremden nicht.«

Annag wusste nicht, warum sie sich in diesem Augenblick an die McFinnigans erinnerte, und merkte nicht, wie sich eine steile Falte über ihrer Nasenwurzel bildete. Unwillkürlich dachte sie daran, wie die feine Lady das Angebot gemacht hatte, Màiri mit sich zu nehmen. Bei dieser Erinnerung zogen sich ihre Mundwinkel ärgerlich nach unten.

»Komm wieder her, Annag«, bat Adrian. »Setz dich zu mir und sag mir, was dich bedrückt.«

Annag schaute ihn überrascht an, setzte sich aber wieder auf den Hocker neben seinem Bett.

»Was sollte mich bedrücken?«

Er griff so schnell nach ihrer Hand, dass sie diese nicht mehr zurückziehen konnte, und drückte sie leicht. Ein Gefühl, als hätte Annag ein glühendes Eisen berührt, schoss wie eine lodernde Flamme durch ihren Körper, aber es war kein Schmerz im eigentlichen Sinne. Es war ein Gefühl, das sie nie zuvor empfunden hatte, und sie merkte, wie ihr Kopf heiß wurde und dass sie errötete.

»Annag, meine Liebe, ich spüre doch, dass es etwas gibt, das dich beschäftigt.« Bei der Anrede wurde es Annag immer seltsamer zumute. Ihr Körper schien wie gelähmt, denn sie schaffte es nicht, ihre Hand aus der seinen zu befreien. »Wahrscheinlich hältst du mich für sehr vermessen, wenn nicht sogar unverschämt, dass ich es wage, mich in dein Leben einzumischen. Wie ich bereits sagte, habe ich euch mein Leben zu verdanken, und dadurch habe ich das Gefühl, wir würden uns schon lange kennen. Eigentlich sollte ich für den Schiffbruch dankbar sein, denn sonst hätte ich dich … euch … niemals kennengelernt.«

Annag wusste nicht, was sie sagen oder tun sollte. Als sie ihn anblickte, verspürte sie den übermächtigen Wunsch, Adrian Shaw zu küssen. Dies erschreckte sie zutiefst. Beinahe wie von selbst sprudelten die Worte über ihre Lippen, als sie hastig Adrian von dem reichen McFinnigans und ihrer unglaublichen Bitte erzählte.

»Halte mich nicht für eine schlechte Mutter, Adrian. Selbstverständlich möchte ich für mein Kind nur das Beste, aber deswegen kann man doch ein kleines Mädchen nicht von seiner Familie trennen.«

Er hielt noch immer ihre Hand. Ganz sanft und trotzdem nachdrücklich streichelte er Annags Handrücken.

»Ich kann nicht glauben, dass der Vorschlag dieser Dame wirklich ernst gemeint war.«

»Wirklich nicht?« Hoffnungsvoll sah Annag ihn an. Sein Blick schien sich in ihrem zu versenken.

»Natürlich kannst du deine Tochter nicht zu fremden Menschen geben, Annag.« Adrians Stimme war leise und mit einem leichten, vibrierenden Unterton. »Du bist eine Frau, die, wenn sie liebt, das mit ihrer ganzen Seele tut. Ich hoffe, dein Mann weiß das zu schätzen und behandelt dich gut.«

Annag konnte nicht verhindern, dass er ihre Hand an seinen Mund zog und mit seinen Lippen liebkoste. Schnell machte sie sich von ihm los, stand auf und lief zur Tür.

»Ich muss die Kühe melken«, murmelte sie verwirrt. Erst als sie bereits ein Stück gelaufen war, merkte sie, dass sie ihren Umhang und ihre Haube vergessen hatte. Der Herbstwind blies durch ihr dünnes Kleid und zerrte an ihren Haaren. Es war, als würde die Luft durch ihre Gedanken wirbeln, die wie wild in ihrem Kopf tobten. Was war da eben mit ihr geschehen? Seit fast zwei Wochen umsorgte und pflegte sie Adrian Shaw. Unzählige Male hatte sie seinen Körper berührt, wenn sie ihn wusch und rasierte, und ihm sogar beim Verrichten seiner Notdurft geholfen, und immer hatte sie ihn als einen Fremden, den das Schicksal zufällig in ihr Haus gebracht hatte, angesehen. Gut, Adrian war freundlich und nett, zudem gebildet, und er drückte sich kultiviert aus. Auch konnte man ihm eine gewisse Attraktivität nicht absprechen, wenn man nicht sogar sagen konnte, er war sehr gutaussehend, dennoch war er keiner von hier.

Am Fuße des Oiseval ließ sich Annag auf einen Felsbrocken sinken. Sie schlug die Hände vors Gesicht und merkte, dass sie am ganzen Körper zitterte. Vorhin war da etwas in Adrians Blick gewesen, das sie nicht genau definieren konnte. Sie wusste nur, dass nie zuvor eine andere Person, erst recht kein Mann und noch weniger ihr eigener Mann, sie jemals so angesehen hatte. Zum ersten Mal in ihrem Leben hatte jemand bemerkt, dass sie traurig war und dass es etwas im ihrem Leben gab, das ihr nicht mehr aus dem Sinn ging.

»Er ist nur freundlich zu mir.« Laut sprach Annag mit sich selbst, als würden dann die Wörter auch in ihr Herz dringen. Es war jedoch vergeblich. Annag kannte Ervin ihr ganzes Leben, und es hatte nie einen anderen Mann für sie gegeben. Auf St. Kilda heiratete man nicht aus Liebe. Zwei Menschen fanden zueinander, weil sie zusammenpassten und weil eine Verbindung sinnvoll war. Zwei oder drei Mal hatte Annag Bücher gelesen, die als Romane bezeichnet wurden und die das Dampfschiff mitbrachte. Der Name einer Verfasserin solcher Romane war ihr im Gedächtnis geblieben – Jane Austen. Diese Frau, die schon lange tot war, hatte über Gefühle zwischen Mann und Frau geschrieben und diese als Liebe bezeichnet. Liebe – die so plötzlich und unerwartet kam, dass es einen erschreckte, aber man war machtlos dagegen. Und je mehr man gegen das Gefühl ankämpfte, desto stärker wurde es.

»O Gott, hilf mir!« Annag faltete die Hände und blickte zum Himmel hinauf. »Ich glaube, ich habe mich in Adrian Shaw verliebt.«

5. KAPITEL

In den folgenden Wochen fegten immer wieder Stürme und sintflutartige Regenfälle über die Insel, aber einen solchen Orkan wie im Herbst hatte es glücklicherweise nicht mehr gegeben. Noch vor dem Weihnachtsfest waren alle Häuser so weit instand gesetzt worden, dass alle St. Kildaner wieder ein Dach über dem Kopf hatten, wenngleich die provisorischen Dächer einem neuen heftigen Sturm nicht standhalten würden. Auch das Haus des Reverends war wieder aufgebaut worden, allerdings in der Art und Weise der alten *Black Houses*, denn dafür gab es das Baumaterial in Hülle und Fülle auf der Insel. Somit musste Margaret Munro sich mit einem Raum begnügen, in dem sie aßen und schliefen, aber die dicken, massiven Steinmauern hielten die Winde ab, und die offene Feuerstelle spendete in den kalten Winternächten genügend Wärme. Für Margaret war es zwar eine Umstellung, sie war jedoch froh, nicht mehr mit Wilhelmina Steel zusammenleben zu müssen. In den letzten Wochen war es Margaret deutlich bewusst geworden, dass sie von ihrem Mann ignoriert wurde, denn er und die Krankenschwester verbrachten jede freie Minute zusammen. Mit Wilhelmina Steel besprach Donald nicht nur seine sonntäglichen Predigen, mit ihr ging er auch von Haus zu Haus, um nach den Inselbewohnern zu schauen, und mit ihr saß er am Abend bei einem Öllicht zusammen, um die Aufgaben für den kommenden Tag zu besprechen. Seit die Mädchen weg waren, schien es nichts mehr zu geben, was Donald Munro mit seiner Frau verband. Da die tägliche Hausarbeit schnell erledigt war, hatte Margaret sich angewöhnt, Annag Daragh zu besuchen und ihr bei der Pflege des armen Schiffbrüchigen zu helfen. Seit dem Unglückstag hatte sich zwischen den beiden Frauen eine zarte Freundschaft entwickelt.

Annag war über Margarets Hilfe dankbar. Seit sie erkannt hatte, dass ihre Gefühle für Adrian Shaw weit über Mitleid für den Verletzten hinausgingen, war sie in seiner Gegenwart befangen, besonders wenn es darum ging, ihn zu waschen oder umzubetten. Sie vermied es, seinen Körper zu berühren, und überließ dies gern Margaret. Adrian Shaw hatte nach kurzer Zeit die Sympathie aller Inselbewohner gewonnen. Eines Tages überraschte Annag ihn, wie er vor dem Kaminfeuer saß und sang. Annag blieb, von ihm unbemerkt, an der Tür stehen und lauschte seiner Stimme, die warm und weich wie Samt war. Sie kannte die Melodie nicht, aber sie klang traurig. Erst als Adrian verstummte, trat Annag ein. In ihren Augen schimmerten Tränen.

»Das war wunderschön. Ich wusste nicht, dass du singen kannst.«

Jeder andere Mann wäre jetzt verlegen geworden, Adrian nicht. Er lächelte und sah Annag aus seinen blauen Augen freundlich an.

»Das Lied hat Mutter mir immer vorgesungen, wenn Vater auf Reisen war und wir ihn vermissten. Wenn du willst, bringe ich es dir bei.«

»Lieber nicht.« Annag hob ablehnend die Hände. »Ich kann nicht singen, meine Stimme krächzt mehr, als dass ich einen Ton treffe.«

Sie versuchte, sich unbefangen zu geben, was ihr in Adrians Gegenwart zunehmend schwererfiel. Daher war sie froh, als sich die Tür öffnete und Margaret eintrat.

»Ich habe einen Kuchen gebacken.« Margarets Blick ging zwischen Adrian und Annag hin und her. »Hoffentlich störe ich nicht?«

Annag schien es, als schwinge in Margarets Worten ein spitzer Unterton mit, aber sicher hatte sie sich getäuscht. Darum sagte sie mit einem Lächeln: »Wie kommst du darauf, du könntest stören! Mit einem Kuchen bist du immer willkommen. Ich setze rasch Teewasser auf.«

Weder Annag noch Adrian wussten, dass Margaret vor der Tür seinem Gesang gelauscht hatte. Auch sie stellte seit einigen Wochen fest, wie freudig sie zu Adrian ging, um ihm zu pflegen, und ein Tag, an dem sie ihn nicht sah, schien Margaret ein verlorener Tag zu sein. Sie schob ihre Gefühle auf den Umstand, dass Donald nichts mehr von ihr wissen wollte und dass sie deshalb so anfällig für die freundliche Aufmerksamkeit Adrians war. Margaret ging es also ähnlich wie Annag, doch hüteten sich beide Frauen, der anderen gegenüber auch nur die kleinste Andeutung über ihre Gefühle für den Schiffbrüchigen zu machen.

Zwei Tage vor Weihnachten konnte Adrian zum ersten Mal ein paar Schritte gehen. Ervin hatte zwei Krücken für ihn angefertigt, und mit diesen humpelte Adrian nun jeden Tag ein Stück vor dem Haus auf und ab.

»Meine Muskeln sind völlig erschlafft.« Er sah Annag lächelnd an. »Ich fühle mich, als müsse ich erst wieder laufen lernen.«

Adrians Rippenbrüche, das gebrochene Schlüsselbein und die Platzwunde am Kopf waren längst verheilt, doch sein rechtes Bein würde ihm noch lange, wenn nicht sogar für immer, Probleme bereiten. Annag und Margaret wunderten sich, wie gelassen Adrian mit der Situation umging. Er hatte sich damit abgefunden, vor

April oder sogar Mai die Insel nicht verlassen zu können, und versuchte, das Beste daraus zu machen. Ein- oder zweimal in der Woche versammelten sich einige der Bewohner in Annags Haus, und gemeinsam mit Adrian sangen sie schottische Lieder. Robert und Ben holten ihre Fideln hervor, und es waren fröhliche Runden, bei denen auch der eine oder andere Becher Whisky oder Branntwein geleert wurde. An diesen Abenden fragte sich Annag, wie es wohl sein würde, wenn Adrian nicht mehr bei ihnen wäre, und wagte nicht, sich dies vorzustellen.

An einem klaren, kalten Tag im Januar schaffte es Adrian, bis zur Village Bay hinunterzuhumpeln. Es war Ebbe, und am Strand glitzerte der goldene Sand in der Sonne. Der Weg hatte ihn angestrengt, und keuchend ließ er sich auf einen flachen Felsen sinken. In seiner Nähe waren drei Männer damit beschäftigt, eines der Boote zu überholen. Im Winter, wenn die Seevögel in wärmere Gefilde gezogen waren, ruhte die Arbeit in den Klippen, und es blieb Zeit, andere Aufgaben zu erledigen. Einer der Männer winkte grüßend zu Adrian hinüber, dann hörte er eine Stimme in seinem Rücken.
»Ein schöner Tag heute.«
Adrian hatte das Mädchen nicht bemerkt, als es sich von hinten näherte. Màiri setzte sich mit gekreuzten Beinen neben ihn in den Sand, nicht darauf achtend, dass dieser feucht war. Ihr Rock rutschte hoch und gab ihre nackten Beine bis zum Knie frei.
»Hast du denn keine Schuhe?«, fragte Adrian, dem es bereits aufgefallen war, dass selbst jetzt im Winter kein Kind Schuhe trug. »Du wirst dich erkälten.«
Màiri lachte und warf ihre Locken zurück.
»In meinem ganzen Leben war ich noch nie krank. Schuhe bekomme ich erst, wenn ich heirate, aber ich glaube, ich werde sie nicht tragen. So ist es doch viel bequemer.«
Sie grub ihre Zehen in den feuchten Sand und zeichnete Linien

und Kreise auf den Strand. Adrian griff nach einer Krücke und begann mit deren Spitze ebenfalls ein Motiv in den Sand zu malen.
»Das ist ja ein richtiges Gesicht!«, rief Màiri und klatschte begeistert in die Hände. Adrian grinste.
»Es ist nicht sehr gut, aber erkennst du, wer es sein soll?«
Rasch führte er noch ein paar Striche aus, dann schlug Màiri kichernd beide Hände vor den Mund und starrte auf die schmale Gesichtsform mit den eng stehenden Augen und der übergroßen Nase. Obwohl die Proportionen übertrieben waren, erkannte Màiri, wessen Konterfei Adrian in den Sand gezeichnet hatte.
»Schwester Wilhelmina! Und sie schaut so grimmig, wie sie es meistens tut. Du magst sie also auch nicht.«
Rasch fuhr Adrian mit der Krücke über das Bild und verwischte es.
»So etwas dürfen wir nicht sagen. Schwester Wilhelmina hat mir geholfen zu überleben«, sagte er und legte dann einen Finger auf seine Lippen. »Es war nicht recht von mir, die Krankenschwester zu karikieren. Das ist unhöflich.«
»Kari ... was?«
Adrian lachte. »Wenn man eine Person zeichnet und deren Merkmale, besonders die weniger schönen, deutlich herausstellt, so nennt man das Karikatur. Das macht man gerne mit Politikern oder sonstigen hochgestellten Persönlichkeiten, aber es ist nicht nett, das zu tun.«
Màiri hatte zwar nicht ganz verstanden, was er meinte, aber sie griff nach seiner Krücke.
»Kannst du auch andere Menschen zeichnen? Den Reverend vielleicht?«
Adrian schüttelte den Kopf. »Vergiss, was ich gerade getan habe. Schau, ich male lieber ein schönes Bild.«
Mit raschen Bewegungen entwarf Adrian die Umrisse von Màiris Elternhaus, und das Mädchen sah ihm interessiert zu.

»Das möchte ich auch können.« Sie seufzte und verdrehte die Augen. »Manchmal dürfen wir in der Schule ein wenig malen, aber nur auf der Tafel, denn Papier ist zu teuer, sagt der Reverend. Ich male am liebsten unseren Berg Oiseval.«

»Wenn es dir Freude macht, dann solltest du es unbedingt tun, Màiri.« Ernst sah Adrian das Mädchen an. »Als ich in deinem Alter und ein wenig älter war, da wollte ich Kunst studieren und eines Tages ein großer und berühmter Maler werden, aber ich bin der einzige Sohn meines Vaters und musste in sein Geschäft einsteigen. Heute male ich nur noch privat ein wenig, aber kaum jemand bekommt meine Bilder zu Gesicht.«

»Aber mit Malen kann man doch kein Geld verdienen«, rief Màiri altklug und wiederholte damit die Worte von Donald Munro, der keinen Sinn für Kunst jeglicher Art hatte und Menschen, die versuchten, davon zu leben, verurteilte. »Mit Bildern ernährt man keine Familie.«

Adrian ahnte, dass diese Worte nicht Màiris eigenen Gedanken entsprangen, daher sagte er: »Nur wenigen Künstlern ist es vergönnt, ihren Lebensunterhalt mit Malen verdienen zu können. Das ist ebenso bei Schriftstellern und Bildhauern der Fall. Wenn jedoch in einem der Drang ist, Bilder entstehen zu lassen, dann darf man diesen nicht unterdrücken.«

An Màiris Gesichtsausdruck sah er, dass er das Mädchen überforderte. Auch wenn sie intelligent, manchmal sogar altklug war, war sie doch ein knapp elfjähriges Kind, das keine Ahnung hatte, wie die Welt außerhalb dieser Insel aussah. Wahrscheinlich würde sie St. Kilda niemals verlassen und nie eine Kunstausstellung, ein Konzert oder eine Oper besuchen können. Obwohl Adrian erst seit kurzem ein wenig herumgehen konnte, hatte er in den letzten Monaten doch sehr viel über die Lebensumstände der St. Kildaner erfahren. Sein anfängliches Entsetzen hatte sich schnell in eine gewisse Faszination gewandelt, und er empfand großen Respekt vor den Männern und Frauen Hirtas. Er hatte

sich aber auch geschämt, dass er nie zuvor von St. Kilda gehört hatte, obwohl es Teil Schottlands, seiner Heimat, war. Adrian war fest entschlossen, den Menschen hier – im Besonderen Annag, Ervin und der kleinen Màiri – zu helfen, wenn er erst wieder zu Hause war. Sein Vater war vermögend. Er würde sich sicherlich gegenüber den Lebensrettern seines einzigen Sohnes mit einer größeren Summe erkenntlich zeigen. Daher fragte er Màiri:
»Wenn du einen Wunsch frei hättest, was würdest du dir dann wünschen?«
Màiri sah ihn erstaunt an.
»Was sollte ich mir wünschen?«
»Vielleicht ein schönes Kleid, eine Puppe oder anderes Spielzeug.«
»Ich habe eine Puppe«, rief Màiri und sprang auf. »Kenna hat sie mir gemacht. Warte, ich hole und zeige sie dir.«
Bevor Adrian sie zurückhalten konnte, war das Mädchen schon davongelaufen. Adrian sah ihr lächelnd nach, dann sah er Ervin am Rande der Bucht stehen. In seinem Mundwinkel hing eine Pfeife, und er kam breitbeinig, die Hände in den Hosentaschen, auf Adrian zu, als Màiri außer Sicht war.
»Schöner Tag, nicht wahr?«, sagte auch Ervin, sah Adrian jedoch nicht an, sondern starrte an ihm vorbei aufs Meer.
»Du hast eine entzückende Tochter«, sagte Adrian, um irgendetwas zu sagen. In Ervins Gegenwart fühlte er sich immer befangen und hatte das Gefühl, der Mann distanzierte sich absichtlich von ihm.
»Sie ist die Einzige, die überlebt hat.«
Ervins knappe Antwort überraschte Adrian nicht, denn er hatte bereits von der hohen Säuglingssterblichkeit gehört.
»Aus diesem Grund musst du sie besonders lieben, nicht wahr?«
Zum ersten Mal, seit Adrian ihn kannte, zeigte Ervin eine Gefühlsregung. Seine Augen weiteten sich erstaunt, als er ant-

wortete: »Wieso sollte ich sie lieben? Sie ist mein Kind, ich sorge für sie und möchte, dass es ihr gutgeht, aber für so etwas wie Liebe ist auf dieser Insel kein Platz.«
Unruhig rutschte Adrian hin und her. Er war über Ervins Antwort entsetzt und rief: »Ich glaube nicht, dass du tief in deinem Herzen so kalt bist, wie du dich gibst. Jeder Mensch hat Gefühle für einen oder mehrere andere Menschen. Liebe ist die wunderbarste Empfindung, die zu fühlen Gott uns gegeben hat. Was ist mit deiner Frau? Du hast Annag doch geliebt, als du sie geheiratet hast? Warum bist du dann manchmal so garstig zu ihr? Glaubst du, ich hätte nicht bemerkt, dass du sie behandelst, als wäre sie ein Möbelstück und nicht deine Frau?«
Adrian merkte selbst, dass seine Hände zitterten, als er auf Ervins Antwort wartete. Schnell schob er sie in die Taschen seiner Jacke, damit Ervin es nicht bemerkte.
»Annag war in meinem Alter, und ich musste eine Familie gründen. Sie war ebenso gut wie jede andere Frau, vielleicht ein wenig hübscher als die anderen. Darum war es gut und richtig, sie zur Frau zu nehmen. Alles Weitere geht dich nicht das Geringste an.«
Adrian saß da wie vom Donner gerührt. Seine Mutter war vor fünf Jahren gestorben, aber er hatte immer gesehen und gespürt, in welch tiefer Liebe seine Eltern einander zugetan waren, und er selbst hatte bisher nicht geheiratet, weil ihm nie eine Frau begegnet war, der er mehr als Freundschaft entgegenbringen konnte. Adrian wusste seit seiner Jugend, dass er anders als andere Männer war. Früher hatte ihn das erschreckt, fast sogar verzweifeln lassen, doch inzwischen hatte er sich mit sich und seinen Gefühlen abgefunden. Ervin gegenüber wurde er einer Antwort enthoben, denn in diesem Moment kam Màiri auf sie zugelaufen.
»Hier, das ist meine Puppe«, rief sie stolz und streckte Adrian eine einfache Figur, die entfernt Ähnlichkeit mit einem Men-

schen hatte, entgegen. Der Korpus war aus Holz, der Kopf und die Kleider aus Stofffetzen gefertigt, und die Puppe war weniger als einen Fuß groß.

»Wie heißt sie?«, fragte Adrian, froh über die Unterbrechung seines Gesprächs mit Ervin.

»Puppe«, antwortete Màiri erstaunt. »Sie heißt Puppe.«

Armes Mädchen, dachte Adrian, schenkte ihr jedoch ein Lächeln und hangelte nach seinen Krücken.

»Ich sollte wieder zurückgehen, es wird langsam kühl.« Dabei sah er Ervin bittend an, der seinem Blick jedoch auswich. Stattdessen half ihm die kleine Màiri von dem Felsbrocken hoch und drückte ihm beide Krücken in die Hand.

»Du kannst dich auf meine Schulter stützen«, bot sie bereitwillig an. »Ich bin stärker, als ich aussehe.«

Um das Kind nicht zu enttäuschen, stützte Adrian sich auf Màiri, ohne sie jedoch zu sehr zu belasten. Als er stand, wandte er sich noch mal an Ervin.

»Kommst du mit? Es wird bald dunkel.«

Ervin schüttelte den Kopf und nahm einen tiefen Zug aus seiner Pfeife.

»Hab noch zu tun.« Er steckte beide Hände in die Hosentaschen und ging in die entgegengesetzte Richtung davon.

Während des kurzen Weges fragte Adrian Màiri, wie es in der Schule gewesen war, und das Mädchen plauderte munter drauflos. Adrian merkte, dass er ihr kaum zuhörte. Immer wieder gingen ihm Ervins Worte, dass er seine Frau nicht aus Liebe geheiratet hatte, durch den Sinn. In den Monaten seines Aufenthalts hatte er bereits festgestellt, dass das Verhältnis des Paares nicht sehr liebevoll und noch weniger zärtlich war. Sie gingen höflich miteinander um, und es hatte keinen nennenswerten Streit zwischen ihnen gegeben. Aber weder in Annags noch in Ervins Augen hatte Adrian je das Leuchten gesehen, das sich normalerweise zeigt, wenn man einen Menschen ansieht, dem man von ganzem Herzen zugetan ist. Adrian wusste, er durfte das Gefühl, das sich bei dieser Erkenntnis in seinem Herzen ausbreitete, nicht zulassen, aber er konnte es nicht ändern – die Erkenntnis, dass Annag und Ervin sich nicht liebten, stimmte ihn froh. Adrian wusste nicht, dass Ervin aus einem ähnlichen Grund versuchte, ihm aus dem Weg zu gehen, soweit es möglich war. Seit Adrians Ankunft hatte Ervin bemerkt, dass er den Mann nicht nur bewunderte, sondern auch beneidete. Er lauschte gerne seiner Stimme, wenn Adrian sang, und er hatte sich dabei ertappt, wie er Adrian einfach nur angesehen hatte. Es waren seltsame, verwirrende Gefühle, die Ervin seit ein paar Wochen empfand. Gefühle, die er nie zuvor gekannt hatte, obwohl ihn mit einigen St. Kildanern eine jahrelange Freundschaft verband. Und es waren Empfindungen, von denen Ervin instinktiv wusste, dass sie nicht richtig waren.

Annag sah ihren Gast, auf Màiri gestützt, von der Bucht heraufkommen. Sofort schlug ihr Herz ein paar Takte schneller. Für einen Moment dachte sie, wie schön es wäre, wenn Adrian ihr Mann und Màiri seine Tochter wäre.
»Du bist verrückt!« Sie schimpfte laut mit sich selbst und wandte sich wieder dem Zuber zu, in dem sie seit dem Morgen Wäsche eingeweicht hatte. Mit der harten Wurzelbürste bearbeitete Annag die Wäschestücke so heftig, als würde sie damit ihre Gefühle, die sich in den letzten Wochen noch intensiviert hatten, aus ihrem Körper herausbürsten können. Als sich die Tür öffnete, drehte sie sich nicht um, sondern sagte nur: »Màiri, du kannst den Eintopf umrühren, er ist bald fertig.«
Das Mädchen kam dem Wunsch sofort nach, während Adrian sich auf das Bett sinken ließ und die Krücken zur Seite legte.
»Jeden Tag komme ich ein Stück weiter«, versuchte er ein Gespräch mit Annag zu beginnen, die ihm den Rücken zuwandte. Ein unverständliches Brummen war die Antwort, und Adrian

fuhr fort: »Annag, ich weiß, ich bin eine Belastung für euch, und es tut mir leid. Vielleicht könnte ich, bis ich die Insel verlassen kann, bei jemand anderem wohnen?«
Die Bürste fiel in den Zuber, und Wasser schwappte über den Rand. Annag drehte den Kopf zu ihm und sagte hastig: »Rede keinen Quatsch, du bist keine Belastung.«
»Aber das Kind muss bei einer Fremden schlafen, anstatt bei seinen Eltern sein zu können.« Adrian deutete auf Màiri, die begann, vier tönerne Suppenschüsseln auf dem Tisch zu verteilen.
»Kenna ist keine Fremde«, rief Màiri sofort. »Kenna ist meine Urgroßmutter. Nun ja, nicht ganz, aber sie ist Neills Urgroßmutter, und wenn ich Neill heirate, dann ist sie auch meine. Ich bin gerne bei ihr, denn Kenna erzählt immer so schöne Geschichten von den Menschen, die früher hier gelebt haben.«
Adrian verkniff sich ein Schmunzeln über Màiris unbeschwerte Antwort. Neill hatte er natürlich schon längst kennengelernt. Er war ein aufrichtiger und freundlicher Junge, aber ebenso wie Màiri noch viel zu jung zum Heiraten. Er war entsetzt gewesen, als er erfuhr, dass auf Hirta die Mädchen oft schon mit vierzehn oder fünfzehn Jahren in den Stand der Ehe traten. Du meine Güte, man lebte doch nicht mehr im Mittelalter, wo dies gang und gäbe gewesen war, sondern im neunzehnten Jahrhundert. Er wollte sich jedoch nicht in das Leben der Inselbewohner einmischen. In wenigen Monaten, wenn das erste Dampfschiff kam, würde er Hirta verlassen und wahrscheinlich niemals zurückkehren. Sein Leben und seine Arbeit waren in Glasgow, dennoch wusste Adrian, dass ein Teil seines Herzens für immer auf St. Kilda bleiben würde. Wenn diese Gefühle auch unrecht waren und nicht sein durften, konnte er seinem Herzen nicht befehlen, nicht derart stark zu empfinden. Tag für Tag kämpfte er dagegen an, sich etwas anmerken zu lassen. Schon einmal war er wegen einer Liebesgeschichte beinahe ins Gefängnis gekommen. Nur

die Fürsprache eines guten Freundes, der ihm noch etwas schuldig gewesen war, hatte Adrian davor bewahrt, Monate, wenn nicht sogar Jahre in einer Zelle zubringen zu müssen. Er wagte nicht sich vorzustellen, wie sein Vater reagieren würde, wenn dieser jemals erfahren sollte, welche Art von Gefühlen Adrian hegte. Wahrscheinlich würde er ihn totprügeln.

Erst als Màiri den Eintopf aus Kartoffeln und getrocknetem Basstölpel auf die Schalen verteilt hatte, stolperte Ervin zur Tür herein. Ohne ein Wort ließ er sich auf den Stuhl fallen und sah niemanden an. Während des Essens versuchte Adrian, seinen Blick aufzufangen, aber Ervin wich ihm offensichtlich aus. Adrian bereute seine Worte von vorhin. Wahrscheinlich hatte er Ervin beleidigt, und das hatte er nicht gewollt. Vor Annag und dem Kind wollte er sich aber nicht mit ihm aussprechen, sondern warten, bis er mit Ervin allein sein konnte.

Annag entging die gespannte Atmosphäre während des Essens nicht, aber sie schrieb sie ihren eigenen, verwirrten Gefühlen zu. Darum war sie froh, als – kaum dass sie mit dem Mahl fertig waren – Margaret Munro an die Tür klopfte und fragte, ob sie Annag mit der Wäsche helfen könne. Ervin stand auf und murmelte, er würde zu Bruce und den anderen gehen, um etwas zu trinken, und Adrian blieb nichts anderes übrig, als sich hinzulegen, zumal sein rechtes Bein schmerzte. Die Stelle, an der sich der Knochen durch sein Fleisch gebohrt hatte, war inzwischen gut verheilt, und es war nur eine kleine Narbe geblieben. Er vermutete allerdings, dass der Knochen nicht richtig zusammengewachsen war und er wahrscheinlich Zeit seines Lebens Schmerzen beim Gehen haben würde. Doch Adrian haderte nicht mit seinem Schicksal – er war froh, dass er das furchtbare Unglück überlebt hatte.

Màiri ließ die Erinnerung an die kleine Zeichnung, die Adrian in den Sand gemalt hatte, nicht mehr los. Unwillkürlich war sie dadurch an die Bilder erinnert worden, die sie manchmal in den Büchern in der Schule sah, und sie dachte wieder an den Ritter Lancelot, dessen Bild sich in ihren Kopf gebrannt hatte. So kam es, dass sie am nächsten Tag in der Schule recht unaufmerksam war. Reverend Munro hatte den Kindern Rechenaufgaben gegeben und blätterte in einem Buch, während die Schüler über ihren Schiefertafeln schwitzten. Màiri hatte die Zahlenkolonnen schnell addiert. Solche Aufgaben langweilten sie, weil sie immer früher fertig war als ihre Mitschüler. Da auf ihrer Tafel noch Platz war, begann sie unterhalb der Zahlen ein wenig zu zeichnen. Zuerst waren es nur ein paar voneinander unabhängige Striche, dann aber schien eine höhere Macht Màiris Hand zu führen, und sie war selbst erstaunt zu sehen, wie ihr Griffel die Village Bay auf die Tafel zeichnete. Schnell setzte sie noch zwei, drei Häuser in die Bucht und malte ein Boot an den Strand.

»Was tust du da?« Ein schmerzhafter Schlag in ihren Rücken brachte Màiri zur Besinnung. Sie hatte nicht bemerkt, wie der Reverend neben sie getreten und ihr mit dem Stock zwischen die Schulterblätter geschlagen hatte. »Nennst du diese Kritzelei etwa lernen?«

Màiri schluckte die Tränen, die ihr vor Schmerz in die Augen stiegen, hinunter und sagte so fest wie möglich: »Ich habe meine Aufgaben fertig, Reverend.« Sie schob die Tafel zu Munro, der nur einen kurzen Blick auf die Additionen warf.

»Die werden wohl alle falsch sein.« Sein spitzer Zeigefinger deutete auf die Zeichnung. »Wisch das weg, aber sofort! Ich möchte nie wieder sehen, dass du die kostbaren Griffel wegen eines solchen Unsinns verbrauchst.«

Mit dem Ärmel wischte Màiri über die kindliche Zeichnung. Als sie dabei auch einige der Aufgaben verschmierte, brachte ihr dies einen zweiten Schlag ein, dieses Mal auf ihren rechten Handrücken. Sie hatte keine Ahnung, warum der Reverend sie nicht mochte, obwohl sie eine gute Schülerin war. Aber seit er auf Hir-

ta unterrichtete, konnte Màiri ihm niemals etwas recht machen. Wenn die drei Jahre ältere Diana einen Text vorlesen musste, dabei herumstotterte und die meisten Wörter falsch betonte, dann war der Reverend voll des Lobes. Wenn jedoch sie, Màiri, las und keinen einzigen Fehler machte, verzog sich sein Gesicht, und er bezeichnete ihre Leistung gerade mal als annehmbar. Màiri bedauerte, mit niemandem über ihre Sorgen sprechen zu können. Ihr Vater wollte davon nichts wissen. Im Gegenteil, er gab Munro recht, dass Kinder nur mit Zucht und Ordnung erzogen werden konnten. Und ihre Mutter wollte Màiri nicht damit belasten, da sie ohnehin nichts ändern konnte. Früher hatten sie und Neill sich regelmäßig über den Reverend Munro ausgetauscht und über seine unbeherrschte Art Witze gemacht, aber Neill war jetzt ein Mann und kümmerte sich nicht mehr um ihre Probleme. So war es ganz natürlich, dass Màiri am Nachmittag zu Adrian Shaw ging, der auf der Kaimauer in der Bucht saß, und ihm sein Leid klagte.
»Ich habe nur ein bisschen gemalt, und dafür hat er mich geschlagen.« Màiri konnte nicht verhindern, dass ihre Augen feucht wurden. Der Schmerz war längst vergangen, aber die Schmach über die Schläge, die sie regelmäßig von Donald Munro erhielt, saß tief und machte sie traurig.
Adrian schloss sie in seine Arme.
»Ich finde es grausam, Kinder zu schlagen – gleichgültig, aus welchem Anlass. Es tut mir leid, wenn ich dich dazu animiert habe, zu malen. Das hätte ich nicht tun sollen, denn sinnlose Zeichnerei ist auf dieser Insel völlig überflüssig. Das brauchst du nicht, um hier zu überleben.«
»Es war dumm von mir, während des Unterrichts zu malen.« Màiri nickte und zog schniefend die Nase hoch. »Aber es macht Spaß, und sonst habe ich keine Gelegenheit.«
»Dann solltest du immer wieder mal zeichnen, wenn sich die Chance dazu bietet. Wenn ich wieder zu Hause bin, schicke ich

dir einen großen Zeichenblock und Stifte, die dir ganz allein gehören. Du kannst dann so viel malen, wie du möchtest.«
»Meinst du das im Ernst?« Das Leuchten in Màiris Augen wärmte Adrians Herz.
»Ich verspreche es dir hoch und heilig.« Lachend legte Adrian zwei Finger auf sein Herz. Spontan umarmte Màiri ihn und drückte ihm einen feuchten Kuss auf die Wange.
»Ich hab dich sehr lieb, Adrian«, rief sie in ihrer kindlichen Unbekümmertheit. »Ich möchte nicht, dass du weggehst. Kannst du nicht immer hierbleiben?«
Adrian rührte ihr unschuldiger Blick, in dem aufrichtige Zuneigung lag. Lächelnd strich er Màiri über den Kopf und zerzauste ihre roten Locken.
»Ich hab euch alle auch sehr lieb, Mädchen, aber mein Vater vermisst mich, und ich sehne mich nach zu Hause. Außerdem« – er deutete auf sein verletztes Bein – »bin für die Arbeit hier nicht geeignet und kann nichts beitragen.«
Màiri zog einen Schmollmund, aber ihre Augen strahlten.
»Du schreibst mir, nicht wahr? Ich würde dir auch gerne schreiben, aber ich habe kein Papier.«
»Vielleicht kannst du mich mal in Glasgow besuchen kommen, wenn du älter bist?« Adrian meinte die Einladung ernst, und er freute sich über das Leuchten in ihrem Gesicht.
»Das mache ich gerne, und Neill kommt bestimmt auch mit.«
Aus den Augenwinkeln sah Adrian Ervin auf die Bucht zukommen, darum gab er Màiri einen leichten Klaps auf die Schulter und sagte: »Lass mich jetzt mal mit deinem Vater allein, wir haben etwas zu besprechen.«
Màiri sah ihn aus großen Augen an.
»Du erzählst ihm aber nichts? Auch nicht, dass der Reverend mich geschlagen hat?«
»Natürlich nicht.« Adrian gab ihr erneut einen liebevollen Klaps. »Das bleibt unser beider Geheimnis.«

Erleichtert, von einem Erwachsenen ernst genommen zu werden, hüpfte Màiri davon. Ihre Mutter wartete auf sie, damit sie aus den Vorratshäusern getrockneten Fisch holte, den es zum Abendessen geben sollte.

Wenige Meter vor Adrian verlangsamte Ervin seine Schritte, aber Adrian streckte eine Hand aus und sagte: »Hast du einen Moment Zeit? Ich möchte mit dir sprechen.«

»Hm ...«, brummte Ervin und kramte umständlich seine Pfeife aus der Jackentasche, aber dann setzte er sich neben Adrian auf die Kaimauer. »Was ist?«

Adrian wusste nicht, wie er beginnen sollte, darum platzte er los: »Ich wollte mich bei dir für meine gestrigen Worte entschuldigen. Keinesfalls wollte ich dir unterstellen, du liebst dein Kind nicht. Ich habe kein Recht, mich in euer Privatleben einzumischen.«

Umständlich stopfte Ervin seine Pfeife. Er sah nicht auf, als er antwortete: »Du gehörst zu uns, darum kannst du sagen, was du willst. Es ist nur so ...« Zum ersten Mal spürte Adrian eine leichte Unsicherheit bei Ervin. »Wir sprechen hier nicht über Gefühle und solchen Quatsch. Dafür bleibt bei der Arbeit keine Zeit. Das mag bei euch in der Stadt anders sein.«

»Oh, auch in Glasgow muss man hart arbeiten«, wandte Adrian ein. »Du darfst nicht glauben, dass in der Stadt Milch und Honig fließen und das Leben einfach ist. Es gibt viele sehr arme Menschen, und immer wieder sterben Menschen den Hungertod, oder sie erfrieren im Winter mitten auf der Straße.«

Nun war Ervins Interesse geweckt. Genüsslich an seiner Pfeife ziehend, lehnte er sich entspannt zurück.

»Verhungert ist auf St. Kilda noch nie jemand. Wenn jemand zu krank oder zu alt ist, um zu arbeiten, dann versorgen ihn die anderen Familien. Darum bin ich froh, hier zu leben.«

»Soll ich dir von der Stadt erzählen?« Adrian wartete gespannt auf Ervins Antwort, denn noch nie hatten die beiden Männer ein so langes Gespräch miteinander geführt.

Ervin nickte. »Hab eh nichts Besseres zu tun, dann kann ich dir auch zuhören.«

Adrian nahm die Bemerkung nicht krumm und begann, von seiner Familie zu berichten und davon, wie sein Vater das Tuchgeschäft aus dem Nichts aufgebaut und zu einem florierenden Unternehmen gemacht hatte.

Die beiden Männer ahnten nicht, dass Annag sie vom Fenster ihres Hauses beobachtete. Da saßen der Mann, dem sie angetraut war, und der Mann, für den ihr törichtes Herz schlug, Seite an Seite, und sie schienen sich bestens zu verstehen. Das wunderte Annag, denn bisher hatte sie eher den Eindruck gehabt, Ervin würde Adrian aus dem Weg gehen. Nun, ihr konnte es recht sein. Für die kommenden drei, vier Monate, die Adrian noch auf Hirta sein würde, wäre es ohnehin besser, wenn Adrian sich mehr den Männern anschloss, als immer in ihrer Nähe im Haus zu sein. Je weniger sie ihn zu Gesicht bekam, desto besser war es für sie. Obwohl Adrian sie stets freundlich und zuvorkommend behandelte, deutete nichts in seinem Verhalten darauf hin, dass er ähnliche Gefühle für sie hegte. In der Stille der Nacht, wenn Ervin schnarchend neben ihr lag, gestattete Annag sich, davon zu träumen, wie sie mit Adrian St. Kilda verlassen und nach Glasgow gehen würde. Dort würden sie heiraten und bis ans Ende ihrer Tage glücklich zusammenleben. Dies jedoch war ein Traum, der wohl niemals in Erfüllung ging.

Margaret Munro wickelte den wollenen Umhang fest um sich, denn trotz der Sonne wehte ein kalter, scharfer Wind über die Insel. Sie griff nach ihrem Korb und verließ das Haus, um zu Annag zu gehen. Heute Nachmittag wollten die beiden Frauen zusammen Brot backen, und Margaret freute sich auf die Stunden, die etwas Abwechslung in ihren Alltag brachten. Ihr Mann hatte das Haus unmittelbar nach dem Mittagessen wie üblich ohne eine Erklärung verlassen. Margaret hatte keine Ahnung, wohin er ge-

gangen war. Der Winter auf Hirta war eintönig und langweilig, und Margaret suchte nicht nur Annags Nähe, weil sie dann Adrian Shaw sehen konnte, sondern weil sie die Frau wirklich gern hatte. Obwohl sie jetzt bald eineinhalb Jahre auf St. Kilda lebte, war Annag die einzige unter den Frauen, die sie nicht spüren ließ, dass sie immer noch eine Fremde war. Margaret war kaum ein paar Schritte gegangen, als sie plötzlich ein Wimmern hörte. Zuerst dachte sie, der Wind hätte ihr einen Streich gespielt, doch dann blieb sie stehen und sah sich um. Nein, sie hatte sich nicht verhört – hier weinte irgendwo ein Kind.
»Hallo? Wo bist du?«, rief sie, und das Schluchzen wurde stärker. Hinter einem übermannshohen Felsbrocken fand sie das Mädchen. Die kleine Flora saß auf dem Boden und hielt mit beiden Händen ihr linkes Fußgelenk umklammert.
»Es tut so weh!« Vor Aufregung sprach die Kleine gälisch, aber Margaret verstand den Sinn ihrer Worte.
»Bist du gefallen? Lass mich mal sehen.« Vorsichtig tastete sie über den Knöchel, der bereits stark geschwollen und gerötet war. Flora nickte, und die Tränen rannen über ihr Gesicht. »Komm, ich bring dich zur Krankenschwester. Sie wird dir helfen und dafür sorgen, dass es nicht mehr so weh tut. Weine nicht mehr, es wird alles wieder gut.«
Margaret hoffte, der Knöchel wäre nur verstaucht und nicht gebrochen, aber ihre Kenntnisse in der Medizin waren zu gering, um dies feststellen zu können.
Sie nahm Flora auf den Arm, und das Kind schlang beide Arme um ihren Hals. Ein Gefühl der Zärtlichkeit breitete sich in Margaret aus. Wie gerne hätte sie ein eigenes Kind gehabt! Ein kleines Wesen, das ganz ihr gehörte und sich voller Vertrauen an sie schmiegte und ihre Liebe erwiderte. Donalds Mädchen waren kein Ersatz, außerdem waren sie weit fort. Da ihr Ehemann seit Monaten jedoch nicht mehr ihr Bett teilte, würde der Wunsch nach einem eigenen Kind wohl immer ein Traum blieben.

Flora war nicht schwer, und so bewältige Margaret den steilen Anstieg zum Haus von Wilhelmina Steel mühelos. Hoffentlich ist sie da, dachte sie, als sie ohne anzuklopfen die Tür öffnete. Das Haus der Krankenschwester war vor drei Jahren im neuen Stil erbaut worden und verfügte über zwei Stockwerke. Unten befanden sich Küche und ein kleines Wohnzimmer, oben der Schlafraum und ein Raum, in dem Wilhelmina ihre Sachen, die sie zur Krankenpflege benötigte, aufbewahrte.

»Schwester Wilhelmina, ich bringe eine kleine Patientin«, rief Margaret und sah sich um. Es war niemand zu sehen, und niemand antwortete. Vorsichtig setzte sie Flora auf einen Stuhl. »Bleib ganz ruhig hier sitzen, ja, Mädchen? Ich suche nach der Schwester, vielleicht ist sie im Dorf.«

Margaret wollte das Haus schon wieder verlassen, als sie oben ein Geräusch hörte. Vielleicht hatte sich Wilhelmina ein wenig hingelegt? Sie ging die Treppe hinauf und rief erneut: »Schwester Wilhelmina? Sind Sie hier? Verzeihen Sie, wenn ich einfach so hereinkomme, aber ein Mädchen braucht ihre Hilfe ...«

Während ihrer Worte hatte Margaret die Tür zum Schlafraum aufgestoßen und verstummte schlagartig. Fassungslos starrte sie in zwei Augenpaare. Wilhelmina Steel sah sie beinahe triumphierend an, während Donald wenigstens den Anstand hatte, verlegen zu wirken. Die Situation war eindeutig, denn beide lagen auf dem Bett und waren splitterfasernackt.

»Margaret ... was machst du hier?«, stammelte Donald und griff hektisch nach seiner Hose.

Margaret sah ihn nicht an. Beherrscht sagte sie zu Wilhelmina: »Unten sitzt ein Kind, das sich offenbar den Knöchel verstaucht hat. Wenn ihr ... hiermit ... fertig seid, wäre es nett, wenn Sie sich um das Mädchen kümmern könnten.« Dann drehte sie sich um und ging ruhig die Treppe hinunter. Sie strich Flora kurz übers Haar. »Die Schwester kommt gleich, meine Kleine. Sie wird dich dann auch nach Hause bringen.«

Erst als die Haustür hinter ihr zugefallen war, begann Margaret zu laufen. Ihre Füße bewegten sich wie von selbst, und sie hatte keine Ahnung, wohin sie rannte. Hauptsache, weg von hier! Eigentlich hatte sie ja schon lange geahnt, was hinter Donalds *Gesprächen* mit der Krankenschwester steckte, aber es war eine Sache, es zu vermuten, und eine andere, es mit eigenen Augen zu sehen. Erst als Margaret die Village Bay erreichte und die Boote im seichten Wasser dümpeln sah, blieb sie stehen. Sie atmete keuchend, und erschöpft setzte sie sich auf einen größeren Stein. Für einen Augenblick überlegte sie, ein Boot ins Wasser zu schieben, um von hier wegzukommen, aber sie wusste selbst, wie sinnlos ein solches Vorhaben wäre. So schlug sie die Hände vors Gesicht und begann, haltlos zu weinen.

»Was ist mit Ihnen?«

Margaret hatte Adrian Shaw nicht kommen hören. Nach seinem recht unterhaltsamen Gespräch mit Ervin war er ein wenig in der Bucht auf und ab gegangen, um seine Muskeln zu stärken, und auf die völlig aufgelöste Frau des Reverends gestoßen. Margaret hob den Kopf.

»Oh, es tut mir leid … es ist nicht …« Sie wollte aufstehen und davonlaufen, aber da hatte Adrian sie schon erreicht. Er legte einen Arm um ihre Schultern und drückte sie auf den Stein zurück.

»Was ist passiert, Margaret? Ihrem Mann ist doch nichts geschehen, oder?«

Bei der Erwähnung ihres Mannes wandelte sich Margarets Verzweiflung in Zorn. Heftig schlug sie mit der Faust der einen Hand in die Handfläche der anderen.

»Glauben Sie mir, Adrian, das wollen Sie gar nicht wissen!«

Während sich Adrian und die St. Kildaner alle duzten, hatte der Reverend immer einen gewissen Abstand gewahrt und das Gleiche von seiner Frau erwartet.

»Sie können mir alles sagen, was Sie bedrückt, Margaret.«

Adrian hob die Hand, und bevor Margaret den Kopf drehen konnte, strich er ihr eine Haarsträhne aus der Stirn, die sich aus ihrer Frisur gelöst hatte. Diese leichte, kaum spürbare Berührung ließ Margaret innerlich erbeben. Sie hob den Kopf und sah in seine Augen, die in der Farbe des stillen Meeres leuchteten. Die langen Wimpern gaben seinem Blick etwas Verträumtes. Nie zuvor war sie mit ihm allein und ihm so nah gewesen. Margaret schluckte mehrmals, bevor sie sprechen konnte.

»Ich danke Ihnen für Ihre Hilfe, aber es ist etwas, mit dem ich selbst fertig werden muss.« Ihre Stimme klang belegt, und die Nähe des Mannes verwirrte sie zutiefst. Plötzlich verspürte Margaret den unbändigen Wunsch, seine vollen, sinnlichen Lippen zu küssen. Warum sollte sie ihn nicht verführen? Was Donald konnte, konnte sie schon lange! Sie beugte sich vor, schlang beide Arme um Adrian und presste ihren Mund auf seine Lippen.

Adrian erstarrte unter ihrem Kuss. Für einen Moment ließ er sie gewähren, dann machte er sich hastig aus ihrer Umarmung frei.

»Mrs. Munro … ich bitte Sie …«

Margaret sah die Röte in seinem Gesicht und lächelte ihn aufmunternd an.

»Du brauchst keine Skrupel wegen meines Mannes zu haben. Er macht dasselbe mit der Krankenschwester.«

Als sie ihn erneut umarmen wollte, hielt Adrian ihre Arme an den Handgelenken fest und schob sie energisch von sich.

»Mrs. Munro, bitte, vergessen Sie sich nicht. Sie sollten nichts tun, was Sie später bereuen werden.« Adrian versuchte zu lächeln, konnte aber seine Überraschung über Margarets Verhalten nicht verbergen. »Ich schätze Sie als hilfsbereiten Menschen, aber was veranlasst Sie zu vermuten, es könnte mehr zwischen uns sein?«

Langsam kam Margaret zu sich und merkte, dass Adrian ihre

Gefühle in keiner Weise erwiderte. Was hatte sie nur getan? Sich wie eine dumme Magd ihm einfach an den Hals geworfen, obwohl er nicht das Geringste von ihr wollte. Wie sollte sie ihm jemals wieder in die Augen sehen können? Ihre Scham entlud sich in Ärger, als sie Adrian anfuhr: »Stell dich doch nicht so an! Glaubst du, ich weiß nicht, dass du und Annag es miteinander treiben?«

»Annag? Ervins Frau?« Adrian sprang so schnell, wie es sein Bein zuließ, auf. »Wie kommen Sie denn auf diese abwegige Idee?«

Margarets ohnehin wenig hübsches Gesicht verzog sich zu einer Grimasse.

»Ich habe gesehen, wie Annag dich mit ihren Blicken regelrecht verschlingt, und da sie zugegebenermaßen trotz ihres Alters recht hübsch ist und du ein Mann bist ... In dieser Jahreszeit sind die Nächte auf Hirta lang und kalt, und jeder weiß, dass Ervin sich nicht viel aus seiner Frau macht und ihren Körper schon lange nicht mehr begehrt.«

Verwirrt strich sich Adrian über die Stirn. Trotz des kalten Windes schwitzte er, und in seinem Magen bildete sich ein Klumpen. In Margarets Augen sah er ein Feuer brennen, vor dem er regelrecht Angst bekam.

»Bitte, Mrs. Munro, lassen Sie uns vergessen, was gerade geschehen ist. Von mir wird niemand auch nur ein Wort erfahren, das verspreche ich Ihnen. Wenn ich jemals etwas gesagt oder getan habe, das bei Ihnen den Eindruck erweckt hat, ich könne mehr als nur Freundschaft und Dankbarkeit für Sie empfinden, dann tut mir das aufrichtig leid. Es lag nicht in meiner Absicht.«

Deutlicher konnte eine Abfuhr nicht sein, und Margaret wäre am liebsten in ein Mauseloch verschwunden. Wie konnte sie sich nur derart gehenlassen und ihren Stolz vergessen? Nie wieder konnte sie ihm unter die Augen treten, ebenso, wie sie Donald und Wilhelmina niemals wiedersehen wollte. Leider war es auf der Insel unmöglich, diesen Menschen aus dem Weg zu gehen. Hastig stand Margaret auf, doch bevor sie davonlief, rief sie Adrian zu: »Ich hasse dich, Adrian Shaw, und ich wünschte, du wärst bei dem Schiffbruch ertrunken! Ach, wärst du doch nie auf diese Insel gekommen!«

Völlig perplex starrte Adrian der Frau nach, die mit wehendem Umhang den Hügel hinauflief. Ihm kamen ihre Worte, Annag hätte ein Auge auf ihn geworfen, in den Sinn.

»O Gott, das ist doch alles völlig verrückt.« Stöhnend presste er beide Hände an seine schmerzenden Schläfen. Adrian erinnerte sich an die vielen kleinen Begebenheiten, bei denen er zu Annag nett gewesen war und das Gespräch mit ihr gesucht hatte. Er erinnerte sich tatsächlich, ein Leuchten in Annags Augen gesehen zu haben, wenn er sang, aber er hatte gedacht, es wäre ihre Freude an der Musik gewesen. Wenn Annag dachte, er würde tiefere Gefühle für sie hegen, konnte er das sogar ein bisschen verstehen, da er mit ihr sehr viel Zeit verbracht hatte – aber Margaret Munro? Gut, sie hatte bei seiner Pflege geholfen, aber sie hatten kaum mal ein privates Wort miteinander gewechselt. Adrians Gefühle galten einem ganz anderen Menschen, doch diese Person hatte davon noch nichts bemerkt. Oder es nicht bemerken wollen. Ein solches Verhalten war Adrian nicht neu, er hatte es bereits häufiger erlebt, darum hatte er versucht, sich seine Gefühle bisher nicht zu deutlich anmerken zu lassen. Zudem hatte er schreckliche Angst, es könne jemand anderes bemerken. Auch wenn die St. Kildaner ein friedliebendes Volk waren, *dies* würden sie nicht akzeptieren. Doch jetzt hatte sich alles geändert ...

Er musste von hier weg. Am besten sofort, aber er wusste, es war nicht möglich. So ein kleines Boot, das die Männer benutzten, um zu den Stacs hinauszurudern, würde ihn nur wenige Meilen übers Meer tragen, keinesfalls bis an die schottische Küste oder wenigstens bis zur Insel Lewis. Wollte er es versuchen, könnte er sich gleich hier an Ort und Stelle in der Village Bay ertränken.

Mit dem gesunden Fuß stieß er kräftig gegen den Felsen. Der Schmerz ließ ihn wieder klar denken, und langsam ging er ins Dorf zurück. Wie sollte das alles hier noch enden?

Es war weit nach Mitternacht, als Annag und Ervin durch heftiges Klopfen an der Tür aus dem Schlaf gerissen wurden.
»Was ist denn los?« Ervin schlüpfte in Hose und Hemd, stieg die Leiter hinunter und öffnete die Tür. »Reverend Munro? Was führt Sie zu dieser Stunde zu uns?«
Am Abend hatte der Himmel sich bewölkt. Jetzt regnete es, aber Donald Munro trug weder Mantel noch Hut. Das Wasser lief ihm in den Kragen, und im Schein der Lampe sah Ervin sein wachsbleiches Gesicht.
»Ist meine Frau hier?«, stieß Donald hervor, drängte sich an Ervin vorbei in den Raum und sah sich suchend um. Adrian war ebenfalls erwacht und starrte den Mann überrascht an.
»Ihre Frau, Reverend?« Ervin schüttelte verwirrt den Kopf. »Nein, natürlich nicht. Warum sollte sie auch?«
»Sie wollte am Nachmittag zu Ihrer Frau.«
»Das stimmt, aber Margaret ist nicht gekommen.« Annag hatte sich ebenfalls angezogen und zupfte an Munros Ärmel. »Sie sind pitschnass und werden sich erkälten. Ich mache uns eine Kanne Tee ...«
»Nein, nein, nicht nötig«, wehrte Donald ab. »Meine Frau ist verschwunden. Ich sah sie zum letzten Mal, als sie die verletzte Flora zu Schwester Wilhelmina brachte, und nahm an, danach wäre sie direkt zu Ihnen gegangen, Mrs. Daragh.«
Wohlweislich verschwieg er, in welch eindeutiger Situation Margaret ihn und die Krankenschwester vorgefunden hatte.
Nun waren auch Ervin und Annag besorgt, und niemand achtete auf Adrian, der leichenblass geworden war.
»Vielleicht hat sie sich verlaufen.« Als Annag die Worte ausgesprochen hatte, wusste sie selbst, wie unwahrscheinlich eine

solche Annahme war. Margaret Munro lebte nun lange genug auf Hirta, um sich auszukennen, zudem war die Village Bay beinahe von jedem Punkt der Insel gut zu sehen. Selbst wenn es regnete, musste sie den Weg nach Hause finden.
Ervin griff nach seiner Jacke, die an einem Nagel hinter der Tür hing.
»Wir werden sie suchen. Keine Sorge, Reverend, es ist bestimmt nichts Schlimmes geschehen. Haben Sie schon bei den anderen nachgefragt?«
Donald verneinte und meinte, zuerst zu den Daraghs gekommen zu sein. Er wusste von der Freundschaft seiner Frau zu Annag und hatte gehofft, Margaret hätte bei ihrer Freundin Unterschlupf für die Nacht gesucht, um einer Konfrontation mit ihm aus dem Weg zu gehen.
Binnen einer halben Stunde waren alle Männer mobilisiert. Mit allen verfügbaren Fackeln und Öllampen schwärmten sie aus. Die Frauen standen beisammen und überlegten, was wohl der Grund für Margarets Verschwinden war. Vielleicht war sie wie die kleine Flora gestürzt und hatte sich ein Bein gebrochen, so dass sie nicht mehr laufen konnte und irgendwo da draußen auf Hilfe wartete. Einzig Adrian Shaw vermutete, dass etwas Schreckliches geschehen sein musste. So aufgelöst hatte er Margaret nie zuvor erlebt, aber er brachte es nicht übers Herz, von ihrer peinlichen Begegnung zu erzählen. Er wollte Margaret nicht zum Gespött der Nachbarn machen.

Man fand Margarets Leiche kurz nach Sonnenaufgang. Zuerst entdeckte ein Mann ihren Umhang auf den Klippen oberhalb der Meerenge zur Insel Dùn. Als die Ebbe den Fuß der Klippen freigab, lag dort ihr zerschmetterter Körper. Drei Männer seilten sich ab und bargen den Leichnam. Es war totenstill, als sie ins Dorf zurückkehrten. Donald Munro warf sich weinend über den kalten und starren Körper.

»Warum hat sie das getan? Sie wusste doch, dass es eine große Sünde ist. Nie hätte sie so weit gehen dürfen, gleichgültig, was geschehen ist.«
Annags Kopf ruckte hoch.
»Glauben Sie etwa, Margaret hat sich selbst ... umgebracht?« Fassungslos schüttelte sie den Kopf. »Es war ein Unfall, sie muss auf den Klippen ausgerutscht sein.«
»Aber was wollte sie mitten in der Nacht oben auf den Klippen?« Der Einwand kam von Ben, dem ältesten Mann der Insel. »Mrs. Munro war keine Frau, die Spaziergänge auf der Insel machte, schon gar nicht bei Regen und in der Nacht. Wenn sie nicht selbst gesprungen ist, warum hat sie dann ihren Umhang abgelegt, bevor sie die Klippen hinunterfiel?«
Stumm starrten alle zuerst den Sprecher an, dann wandten sich ihre Blicke Donald Munro zu. Nicht nur Annag bemerkte seine Unsicherheit, denn er trat unruhig von einem Fuß auf den anderen.
»Der Gedanke, Margaret könne Hand an sich gelegt haben, ist absurd!« Plötzlich trat Wilhelmina Steel in den Kreis. Niemand hatte die Frau bisher gesehen, aber es hatte sie auch niemand vermisst. »So ungern ich es sage, aber Margaret war schon seit einiger Zeit etwas eigenartig.« Annag sah, wie die Krankenschwester mit Donald einen langen, beinahe verschwörerischen Blick tauschte, bevor sie fortfuhr: »Seit die Mädchen fort sind und seit dem Wintereinbruch war Margaret melancholisch. In den letzten Wochen suchte sie immer wieder die Einsamkeit. Ich denke, sie wollte allein sein, dabei verirrte sie sich und stürzte unglücklich von den Klippen.«
»Nun, wir werden es nie mit Sicherheit wissen.« Ben kratzte sich am Kopf und wandte sich an Robert. »Mach einen Sarg, damit wir die arme Frau anständig beerdigen können.«
Mit gebeugtem Rücken ging Donald Munro davon, Wilhelmina Steel an seiner Seite. Ein ungutes Gefühl beschlich Annag, als sie

den beiden nachsah, aber dann kehrten sie und Ervin ins Haus zurück. Zu ihrem Erstaunen saß Adrian mitten im Raum auf einem Stuhl, und ihm liefen die Tränen über die Wangen.
»Ich bin schuld!« Verzweifelt irrte sein Blick zwischen Annag und Ervin hin und her. »Ich hätte es verhindern können. Das wollte ich nicht. Ich bin schuld am Tod eines Menschen.«
Annag wollte zu ihm eilen, um ihn zu trösten, aber Ervin hielt sie zurück.
»Geh heute Nacht zu Kenna.« Es war mehr ein Befehl als ein Wunsch. »Ich glaube, Adrian braucht jetzt die Gesellschaft eines Mannes, nicht wahr, mein Freund?«
Adrian sah Ervin an, und für einen Augenblick verzogen sich seine Mundwinkel zu einem Lächeln.
»Ich danke dir.«
Annag wandte sich zur Tür, ohne weitere Fragen zu stellen. Margarets Tod hatte sie zu sehr erschüttert, als dass sie sich darüber gewundert hätte, wie freundlich Ervin seit einigen Tagen zu Adrian war, obwohl er ihn zuvor kaum beachtet hatte.
»Nun gut, ich wollte sowieso sehen, wie es Màiri geht. Hoffentlich hat sie geschlafen und von alldem nichts mitbekommen.«
Keiner der beiden Männer beachtete Annag, und sie verließ mit einem Schulterzucken das Haus. Während des kurzen Wegs zu Kennas Hütte hatte sie das Gefühl, von einer lauernden Gefahr bedroht zu sein. Genauer konnte sie ihre Empfindung nicht in Worte kleiden, aber irgendetwas hatte sich geändert, und zwar nicht zum Guten …

6. Kapitel

In einer so kleinen Gemeinschaft wie auf St. Kilda war es unvermeidlich, dass in den nächsten Wochen ständig über Margaret Munros rätselhaften Tod gesprochen wurde. Sie war noch an selben Tag, an dem man ihren Körper gefunden hatte, beerdigt worden, aber die Spekulationen, wie es zu diesem tragischen Unglück gekommen war, rissen nicht ab.

»Sie war hier nie glücklich«, sagte Coira, obwohl sie nur wenig Kontakt mit Margaret gehabt hatte. »Vielleicht hat sie die Jahreszeit, in der es nur wenige Stunden am Tag hell ist, nicht länger ertragen.«

»Halt den Mund, Coira.« Scharf unterbrach Annag die Sprecherin. »Margaret war die Frau eines Geistlichen. Niemals hätte sie den Weg in den Freitod gewählt. Wer das behauptet, ist ein Lügner.«

»Seltsam ist es aber schon.« Kenna schlurfte auf ihren Gehstock gestützt heran. Sie hatte Annags Worte gehört und sah sie ernst an. »Wir alle wissen, dass die Frau niemals Spaziergänge über die Insel gemacht hat. Auch waren ihre feinen, geknöpften Lederstiefel mit den Absätzen für einen so weiten Fußmarsch wenig geeignet. Selbstmord ist zwar eine Sünde, aber manchmal sind Menschen derart verzweifelt, dass sie trotz ihrer Liebe zu Gott keinen anderen Ausweg mehr finden.«

Niemand wagte, Kenna zu widersprechen. Das Wort der Alten galt in ihrer Gemeinschaft wie ein Gesetz, aber in Annags Gesicht stand deutlich zu lesen, dass sie Kennas Meinung nicht teilte. Màiri zupfte an Kennas Rock.

»Was ist Selbstmord?«, fragte sie mit einem unschuldigen Blick.

»Jetzt hast du das Kind verwirrt.« Annag schloss ihre Tochter in die Arme und warf Kenna einen zornigen Blick zu, aber die Alte schüttelte nur den Kopf.

»Das Mädchen ist alt genug, um zu erfahren, welche Abgründe es in den Herzen der Menschen gibt.« Sie lächelte Màiri freundlich zu und erklärte: »Es gibt Menschen, die warten nicht darauf, bis Gott sie zu sich holt, sondern sie beschließen, selbst den Weg ins Himmelreich zu beschreiten.«
»Wobei diese jedoch in der Hölle landen und nicht im Himmel«, rief Coira dazwischen. »Ebenso wie Mörder, die anderen das Leben nehmen. Nur Gott selbst bestimmt, wer lebt und wer stirbt.«
Annag führte Màiri von den Frauen fort.
»Komm, Kind, wir gehen nach Hause. Ich werde dir das alles erklären, wenn du etwas größer bist.«
Màiri, von dem Gespräch verwirrt, gab sich mit der Erklärung ihrer Mutter zufrieden, dennoch fragte sie: »Aber Mrs. Munro ist doch jetzt im Himmel? Sie ist nicht in der Hölle, oder?«
»Nein, nein, sie ist ganz sicher im Himmel, denn sie war immer gut zu allen Menschen und hat nie etwas Böses getan.«
Annag knirschte mit den Zähnen. Sie hoffte, Màiri würde keine weiteren Fragen stellen, auf die sie keine Antworten wusste. Wie sie Kenna und den anderen gesagt hatte, glaubte sie nicht daran, dass Margaret freiwillig von den Klippen gesprungen war. So mutig war die Frau nicht gewesen, und es gehörte eine ganze Menge Mut dazu, sich einfach in die Tiefe zu stürzen. Annag konnte jedoch die Argumente, dass es sehr unwahrscheinlich war, dass Margaret zufällig zu der Meerenge gelangt war, nicht von der Hand weisen. Sie wollte an dem Nachmittag zu ihr kommen, um mit ihr gemeinsam Brot zu backen, und auf solche Stunden hatte Margaret sich immer gefreut. Außerdem war es heller Tag gewesen. Unmöglich, dass sich Margaret auf diesem kurzen Weg verirrt hatte! Warum aber war sie nicht wie vereinbart gekommen? Annag wusste, dass Margaret die verletzte Flora gefunden und zur Krankenschwester gebracht hatte, doch wohin war sie danach gegangen? Irgendetwas musste passiert sein,

das Margaret veranlasst hatte, zu den Klippen zu gehen. Annag seufzte und dachte an die beiden Kinder des Reverends. Nun hatten sie bereits zum zweiten Mal die Mutter verloren, und sie wussten es nicht einmal. Es würde noch Monate dauern, bis Briefe das Festland erreichten, und wie schrieb man in einem Brief, dass die Stiefmutter gestorben war? Das teilte man doch lieber persönlich mit. Annag ahnte in diesem Moment, dass Reverend Munro St. Kilda wohl mit dem ersten Dampfschiff, das im Frühjahr erwartet wurde, verlassen und niemals zurückkehren würde.
»Glaubst du, dass der Reverend jetzt von hier weggeht?« Als hätte Màiri ihre Gedanken gelesen, stellte das Kind die Frage. Annag zuckte mit den Schultern.
»Ich weiß es nicht, Màiri, aber es kann durchaus sein.«
Màiri verzog das Gesicht. »Dann haben wir keine Schule mehr. Es ist jetzt schon dumm, dass der Unterricht ausfällt.«
Aus dem Mund eines anderen Kindes hätte dies freudig geklungen, aber Annag wusste, dass ihre Tochter gerne lernte, obwohl der Reverend sie schlecht behandelte. Màiris Wissensdurst war allerdings stärker als die Schläge mit dem Rohrstock. Doch es war nur zu verständlich, dass Donald Munro sich unmittelbar nach dem Tod seiner Frau in sein Haus zurückgezogen hatte und keinen Unterricht gab.
»Wenn Mr. Munro uns verlässt, werden sie uns jemand anderen schicken«, antwortete Annag, dann gab sie Màiri einen leichten Klaps. »Jetzt geh und melke die Kühe, wir sind mit unserer Arbeit heute im Verzug.«
Màiri griff nach der Milchkanne und lief davon. Annag schaute ihr nach. Kaum war sie außer Sicht, sah sie ihren Mann aus einem der kleinen Lagerhäuser westlich der Village Bay kommen. Annag runzelte die Stirn. Seit wann kümmerte sich Ervin um die Lagerbestände? Dies war doch ihre Aufgabe. Als Annag wenige Minuten später wieder in die gleiche Richtung schaute,

erkannte sie zu ihrem Erstaunen Adrian Shaw, der nun ebenfalls aus der niedrigen Türöffnung des kleinen Rundhauses trat. Er sah sich nach allen Seiten um, bevor er auf das Dorf zuging. Seit einigen Tagen brauchte Adrian die Krücken nicht mehr, und er genoss es, Streifzüge über die Insel zu unternehmen. Zwar hinkte er immer noch und würde es wahrscheinlich für den Rest seines Lebens tun, dies hielt ihn aber nicht davon ab, oft stundenlang zu verschwinden. Annag hatte keine Ahnung, wo Adrian sich aufhielt, und eigentlich ging es sie auch nichts an. Ihr Herz schlug zwar immer noch etwas schneller, wenn sie ihn sah und mit ihm sprach, und ihre Knie wurden weich, wenn sie sich zufällig berührten, aber sie hoffte, sie hatte ihre Mimik so gut im Griff, dass Adrian nichts merkte. Allerdings hatte er sich seit Margarets Tod sehr verändert. Vorher hatte Adrian immer ein Lächeln und einen lockeren Spruch auf den Lippen gehabt, aber nun wirkte er nachdenklich, manchmal sogar verschlossen. Auch an den geselligen Abenden, an denen er sonst von allen Männern am lautesten gesungen und alle mit seiner wohltönenden Stimme bezaubert hatte, war er ungewohnt still und lachte nur selten. Vor zwei Tagen hatte Annag bemerkt, wie er sie aus den Augenwinkeln kritisch gemustert, dann aber schnell den Kopf gesenkt hatte, als sie seinen Blick suchte. Nun, Adrian Shaw würde Hirta bald verlassen und dann nur noch eine vage Erinnerung für alle Einwohner – auch für sie selbst – sein. Er würde nach Glasgow zurückkehren, und ihr Leben würde wie die letzten Jahrzehnte in der gewohnten Art und Weise weitergehen. Irgendwann würde sie sterben und auf St. Kilda begraben und ebenfalls vergessen werden. Annag fuhr sich seufzend über die Stirn. Woher kam ihre plötzliche Unzufriedenheit? Bevor Adrian aufgetaucht war, hatte sie geglaubt, glücklich zu sein. Sie hatte einen gesunden und kräftigen Ehemann, der für sie sorgte, und ein gesundes Kind, obwohl einige andere früh gestorben waren. Was wollte sie eigentlich? Sie hatte so viel mehr als ande-

re Menschen. Adrians Eintreten riss Annag aus ihren wirren Gedanken.
»Hallo, Annag.« Er sah zwar in ihre Richtung, sein Blick ging jedoch an ihr vorbei. »Robert meint, es zöge ein Sturm auf.«
Annag schaute durchs Fenster zum Himmel hinauf. Die graue Wolkendecke, aus der es seit dem Morgen regnete, hatte sich verändert. Bedrohlich schwarze Wolken türmten sich am Horizont, und die ersten Blitze zuckten, aber es war noch kein Donner zu hören. Seit dem Orkan im vergangenen Oktober hatte es mehrere Stürme gegeben, darum machte sich Annag keine Sorgen über das Wetter.
»Wir haben jetzt Anfang März, da ist ein Unwetter normal. Manchmal scheint es mir, als würde sich das Wetter im beginnenden Frühjahr noch einmal so richtig austoben, so dass wir im Sommer von starken Stürmen meistens verschont bleiben.«
Annag merkte, dass Adrian ihr gar nicht richtig zuhörte, und verstummte. Aus der Jackentasche zog er ein Blatt Papier und einen Kohlestift. Interessiert trat Annag näher.
»Woher hast du das?«
»Wilhelmina Steel war so freundlich, mir Papier und Stift zu überlassen. Sie meinte, sie hätte noch einen Vorrat, den sie nicht verbrauchen würde, bis das nächste Schiff kommt.«
Adrian begann zu zeichnen, und zum ersten Mal seit Wochen entspannten sich seine Gesichtszüge. Er sah wieder jung und gelöst aus, und Annag konnte nicht verhindern, dass ihr Herz schneller schlug. Rasch verbot sie sich diese Gefühle und widmete sich der Zubereitung des Abendessens. Nach kurzer Zeit hatte Adrian das Blatt mit Häusern gefüllt, die zwei oder sogar drei Stockwerke in die Höhe ragten. Dazwischen malte er Wagen, die von Pferden gezogen wurden.
»Das ist die Straße, in der ich lebe«, beantwortete Adrian Annags stumme Frage, als sie einen Blick auf die Zeichnung warf.
»Du hast großes Heimweh, nicht wahr?« Spontan legte Annag

eine Hand auf seine Schulter, nahm sie aber sofort wieder weg, als sie merkte, wie er sich unter ihrer Berührung versteifte. »Es wird nicht mehr lange dauern, bis ein Schiff kommt.«
Er nickte. »Ervin hat mir gesagt, dass bald die ersten Papageientaucher in den Nistplätzen erwartet werden und die Jagd beginnen kann. Sobald die Vögel angekommen sind, bleibt das Wetter stabil genug für eine Überfahrt.«
In Adrians Augen lag eine solche Sehnsucht, dass Annag Mitleid, aber auch eine tiefe Liebe für ihn empfand. Schnell sagte sie: »Dein Vater wird sich sehr freuen, dich wiederzusehen. Ich hoffe, sein Herz setzt bei deinem Anblick nicht aus.«
Diese Bemerkung entlockte Adrian ein leichtes Lächeln, das seine Augen jedoch nicht erreichte.
»Als ich ihn im letzten Jahr verließ, war er kerngesund. Ich denke Tag und Nacht an ihn und hoffe, die Nachricht über meinen angeblichen Tod hat ihn nicht zu sehr erschüttert.«
Im letzten Moment konnte Annag der Versuchung, ihre Arme um Adrian zu schlingen, um ihn zu trösten, widerstehen. Schnell ging sie zur Tür, wickelte sich in ihren Umhang und sagte: »Ich muss sehen, wo Màiri bleibt. Das Kind trödelt mal wieder herum, und ich möchte, dass sie im Haus ist, bevor der Sturm losbricht.«
Als er allein war, lehnte Adrian sich entspannt zurück. Seit er von Margaret Munro erfahren hatte, dass Annag zarte Gefühle für ihn hegte, fühlte er sich in ihrer Gegenwart befangen. Dass die bedauernswerte Margaret ähnlich für ihn empfunden hatte, würde jedoch immer sein Geheimnis bleiben. Nach wie vor fühlte er sich an ihrem Tod schuldig, denn er war davon überzeugt, dass sie freiwillig von der Klippe gesprungen war, weil sie die Schmach, von ihm zurückgewiesen worden zu sein, nicht ertragen hatte. Sie hatte ihm von dem Verhältnis ihres Mannes zu Wilhelmina Steel erzählt, aber auch das würde er für sich behalten. Offenbar hatte niemand sonst Verdacht geschöpft. Dass

sich die Krankenschwester seit Margarets Tod um Donald Munro kümmerte, für ihn kochte, putzte und wusch, schien für alle ganz natürlich zu sein. Einerseits konnte Adrian das Eintreffen des Dampfschiffes, mit dem er Hirta verlassen konnte, kaum mehr erwarten, auf der anderen Seite hatte er hier etwas gefunden, was er seit Jahren gesucht hatte. Und dies zu verlassen, würde ihm sehr, sehr schwerfallen ...

Es war noch nicht ganz dunkel, als der Sturm mit aller Gewalt losbrach. Dieses Mal waren die St. Kildaner aber vorgewarnt und hatten die Fenster- und Türöffnungen zusätzlich mit Sandsäcken gesichert, und in der Bucht waren die Boote fest vertäut worden. Nicht nur Ervin fürchtete, dass die notdürftig reparierten Dächer einem neuen Sturm nicht standhielten, aber dagegen waren sie machtlos. Mehrmals hatten die Männer darüber diskutiert, dass sie von der Regierung fordern wollten, wieder ihre alten Häuer bauen zu dürfen, die für die Witterungsverhältnisse auf St. Kilda wesentlich besser geeignet waren als Holzsparren und Zinkblechdeckungen.
Annag erwachte von einem Klappern direkt über ihrem Kopf. Nachdem sie die Lampe angezündet hatte, sah sie, dass sich eine Dachplatte gelöst hatte. Regen strömte durch die Öffnung herein. Sie tastete zur Seite, um Ervin zu wecken.
»Wir müssen es abdichten, bevor es schlimmer wird.«
Erst jetzt bemerkte Annag, dass ihr Mann nicht neben ihr lag. Wahrscheinlich hatte er den Schaden bereits bemerkt und war dabei, ihn zu beheben. Sie schlüpfte in ihr Kleid und kletterte nach unten. Zu ihrer Überraschung war auch Adrian nicht in seinem Bett. Annag wunderte sich, denn er hatte nie handwerkliches Interesse oder gar Geschick gezeigt. Nun, dann würde sie eben selbst aufs Dach steigen und die undichte Stelle mit einem Sandsack stopfen müssen. Als Annag aus der Tür trat, hatte sie Mühe, auf den Füßen zu bleiben, so heftig zerrte der Wind an

ihren Kleidern. Aus den Augenwinkeln sah sie einen Lichtschein bei den Lagerhäusern in der Bucht. Sie blinzelte und meinte, sich geirrt zu haben. Diese Häuser waren aus massivem Stein erbaut, trotzten seit Jahrhunderten dem Wetter und würden diesen relativ harmlosen Sturm sicher unbeschädigt überstehen. Annag sah genauer hin, aber es war kein Trugbild gewesen. In dem Haus, in dem die Kartoffeln von der Ernte des letzten Herbstes lagerten, hielt sich jemand auf. Es war dasselbe Haus, aus dem sie am Nachmittag erst Ervin und dann Adrian hatte kommen sehen. Vergessen war die undichte Stelle im Dach. Eine starke innere Unruhe ergriff Annag, als sie zur Bucht hinunterging. Das Herz klopfte ihr im Hals, und eine innere Stimme riet ihr, sie solle sich besser um ihr Dach kümmern und nicht weitergehen, aber die Beine schienen dieser Stimme nicht zu gehorchen. Annag hörte hastig ausgestoßene Worte, als sie die Tür erreicht hatte.

»Mach schneller! Ja, fester.«

Das war eindeutig die Stimme von Ervin, aber warum keuchte und stöhnte er so? War er etwa verletzt? Annags ungutes Gefühl wurde immer stärker, aber als sie die Tür einen Spalt öffnete und in den kleinen, runden Raum hineinsah, war ihr, als würde ihr der Boden unter den Füßen weggezogen. Sie hatte sich nicht getäuscht – Ervin war tatsächlich hier –, aber er war nicht verletzt und auch nicht allein. Mit heruntergelassener Hose kniete er auf dem staubigen Boden, hinter ihm stand der völlig nackte Adrian Shaw, und was die beiden taten, war eindeutig. Annag hörte einen lauten, kaum menschlichen Schrei und merkte nicht, dass sie selbst es war, die diesen Laut ausstieß. Die beiden Männer fuhren wie vom Blitz getroffen herum und starrten Annag entsetzt an. Annag stand wie gelähmt da, unfähig, sich zu rühren oder fortzulaufen. Adrian hangelte nach seiner Hose und bedeckte rasch seine Blöße, dennoch hatte Annag seinen immer noch erigierten Penis gesehen. Die Gefühle, die sich jetzt bei ihr einstellten, waren jedoch alles andere als liebevoll. Urplötzlich löste sie sich aus ihrer Erstarrung, und mit erhobenen Fäusten stürzte sie sich auf ihn.

»Du Schwein! Du erbärmliches, niederträchtiges Stück Dreck!« Ihre Fäuste trommelten heftig auf seine nackte Brust. Adrian ließ es widerstandslos über sich ergehen, aber Ervin ergriff Annag, bog ihre Arme auf den Rücken und hielt sie fest.

»Hör auf!«, schrie er. »Hör sofort auf.«

Nun richtete sich Annags Wut gegen ihren Mann.

»Jetzt weiß ich, warum du mich nie gewollt hast.« Ihre Augen funkelten wie irrsinnig. »Zwanzig Jahre meines Lebens habe ich dir geschenkt, aber du hast mich nie als Frau gewollt. Dabei habe ich dich wirklich geliebt.«

»Das hat nichts mit uns zu tun.« Es war ein schwacher Versuch Ervins, sich zu verteidigen. »Das ist einfach etwas ... man kann nicht anders.«

»Es ist ekelhaft! Ekelhaft, tierisch und zutiefst verabscheuungswürdig!« Annag spie vor den Männern aus. »Wie lange geht das schon mit euch? Na los, sagt schon, seit wann treibt ihr es wie zwei Stück Vieh miteinander?«

»Annag, bitte, beherrsche dich.« Adrian trat einen Schritt auf sie zu. »Du verstehst das nicht, niemand hat es je verstanden. Bei den alten Griechen war es völlig normal, dass sich auch Männer lieben ...«

Annags Hand traf so schnell auf Adrians Wange, dass dieser nicht mehr ausweichen konnte. Langsam legte sich ihre Empörung, und sie wurde ganz ruhig. Nicht nur das Entsetzen, ihren eigenen Ehemann mit einem anderen Mann in einer solchen Situation erwischt zu haben, beschämte sie, sondern auch die Erkenntnis, wie lächerlich ihre zarten Gefühle für Adrian gewesen waren. Manchmal hatte sie sogar geglaubt, Adrian würde ähnlich für sie empfinden, dabei hatte er sich nur an Ervin herangemacht.

»So dankst du also unsere Gastfreundschaft. Ich wünschte, wir hätten dich damals in der Bucht ertrinken lassen.«

Adrian zuckte wie unter einem heftigen Schmerz zusammen. Annag sagte fast die gleichen Worte wie Margaret, nachdem er sie zurückgewiesen hatte – voller Hass und Verachtung. Dies war sein Schicksal, wenn er Frauen abwies, aber seit er wusste, dass er Männer liebte, hatte er niemals eine Frau auch nur geküsst.
»Es tut mir leid, aber gegen Gefühle ist man machtlos.«
Annag sah Ervin ruhig und fest in die Augen.
»Ich bin gespannt, was die anderen dazu sagen werden.«
»Die anderen?«, riefen Adrian und Ervin gleichzeitig. »Annag, du wirst niemandem auch nur ein Wort davon sagen«, fuhr Ervin beschwörend fort und trat zu ihr. In seinen Augen lag ein Ausdruck, der beinahe schon etwas Bedrohliches hatte und den Annag nie zuvor bei ihrem Mann gesehen hatte. Unwillkürlich wich sie zurück und verschränkte wie zum Schutz die Arme vor der Brust.
»Ha, das könnte dir so passen!« Sie war zu verletzt und verstört, um klar denken zu können. Das Einzige, was sie wollte, war Rache. »Der Sturm, der heute Nacht über der Insel tobt, ist nichts im Vergleich zu dem Orkan, den diese Nachricht auslösen wird.«
»Halt sie auf!«, stieß Adrian zwischen den Zähnen hervor. »Sie darf niemandem etwas sagen, denn auf das, was wir getan haben, steht Gefängnis.«
»Was sagst du?« Ervin sah ihn erstaunt an. »Ich weiß, dass es von Gott verboten ist, aber gibt es tatsächlich ein Gesetz dagegen?«
Adrian nickte. »Es stehen hohe Strafen darauf, wenn sich zwei Männer lieben. Es wurden Männer deswegen bereits gehängt, und ich bin nur knapp diesem Schicksal entronnen. Es darf niemand davon erfahren, koste es, was es wolle.« Adrians Gesicht verzerrte sich. Nichts war mehr von seiner beinahe schon engelhaften Schönheit zu erkennen, nur noch Wut und Verzweiflung lagen auf seinen Zügen.

Ervin erstarrte. Das hatte er nicht gewusst. Wie sollte er auch, denn auf St. Kilda wusste keiner etwas Genaues über das Gesetz und Recht des Festlands. Auf der Insel gab es keine Verbrechen. Hart umklammerte Ervin die Oberarme seiner Frau und schüttelte sie so heftig, dass ihr Kopf von einer Seite auf die andere flog.
»Du wirst deinen Mund halten, Weib, hörst du? Wenn du auch nur ein Wort zu irgendjemandem sagst, dann ...«
Er ließ den Satz unvollendet, und Annag lachte ihm ins Gesicht, aber es war ein Lachen der Verzweiflung, denn plötzlich bekam sie Angst vor Ervin. Er war schon oft wütend und aufbrausend gewesen, aber jetzt kam er Annag wie ein anderer Mensch vor, den sie nicht kannte. Trotzdem konnte sie nicht schweigen.
»Was dann? Ihr könnt nichts dagegen tun, gar nichts. Oh, Ervin, die ganze Insel wird über dich lachen und dich verspotten, das ist viel besser, als wenn sie dich ins Gefängnis werfen würden, so wir eines hätten.«
Adrian und Ervin tauschten einen Blick.
»Was sollen wir tun?« Ervin sah Adrian flehend an. »Wir müssen sie aufhalten. Zumindest so lange, bis das Schiff kommt und ich mit dir die Insel verlassen kann.«
Adrian zögerte nicht länger. Als Annag sich zur Tür wandte, war er mit einem Sprung bei ihr und riss sie zu Boden. Sein sonst so freundliches und zartes Gesicht verzerrte sich zu einer wütenden Fratze. In seinen Augen stand ein Ausdruck, vor dem Annag Angst bekam. Erst jetzt wurde ihr die volle Bedeutung der Geschehnisse und von Ervins letzten Worten bewusst. Mehr noch als eine eventuelle Strafe fürchteten die Männer die Schande, wenn ihre Beziehung bekannt würde. Niemand würde mehr etwas mit Ervin zu tun haben wollen, niemand würde mehr mit ihm in die Klippen einsteigen, und es würde noch Wochen dauern, bis er und Adrian die Insel verlassen konnten. Sie, Annag, würde mit der Schmach, für ihren Mann nicht gut genug gewe-

sen zu sein, dass er sich einem Mann zuwandte, zurückbleiben. Ihr Hass auf Adrian, der in ihren Augen an allem die Schuld trug, weil er Ervin zu diesem Treiben verführt hatte, steigerte sich ins Unermessliche. Es gelang Annag, sich loszureißen und auf die Beine zu kommen. Ihre Hände ertasteten den Stiel eines Spatens, der an der Wand lehnte. Ohne nachzudenken, was sie tat, hob sie das Werkzeug und ging auf Adrian los.
»So tu doch was!«, schrie dieser. Ervin sprang vor und zog Annag die Beine unter dem Körper weg, so dass sie vornüber auf den Bauch stürzte. Mit einem Satz schwang sich Adrian auf ihren Rücken. Seine Hände umklammerten Annags Kehle und drückten zu.
»Das kannst du nicht tun!« Ervin starrte fassungslos auf die Szene.
»Hast du eine andere Idee? Wenn sie weg ist, wird niemand jemals von uns erfahren, und du bist frei, mit mir diese gottverdammte Insel verlassen und ein neues Leben beginnen zu können.«
Annag merkte, wie sie immer weniger Luft bekam. Vor ihren Augen tanzten bunte Kreise, und der Druck in ihrer Brust war kaum noch auszuhalten. Instinktiv wusste sie, dass bald ihr letztes Stündlein geschlagen hatte. Und Ervin, ihr Ehemann, der einst vor dem Altar geschworen hatte, treu an ihrer Seite zu bleiben, hielt Adrian nicht davon ab, sie zu töten.
Plötzlich gab es einen dumpfen Schlag, und Adrians Hände lösten sich von ihrer Kehle. Annag drehte den Kopf und sah in seine vor ungläubigem Staunen weit aufgerissenen Augen. Dann bemerkte sie das Blut. Zuerst war es nur ein dünner, heller Faden, der über seine Stirn rann, doch dann sprudelte das Blut regelrecht über Adrians Gesicht und machte seine Züge unkenntlich. Wie ein nasser Sack kippte er zur Seite und blieb mit starren, offenen Augen auf dem Rücken liegen.
»Ervin ...« Annags Stimme war rauh, und ihre Kehle schmerzte.

Er hatte sie gerettet! Trotz allem hatte er nicht zugelassen, dass Adrian sie ermordete. Dann aber sah Annag, wie ihr Mann, bleich wie der Tod, an der Wand lehnte und beide Hände abwehrend hob, keinen Spaten oder sonstigen Gegenstand, mit dem er Adrian hätte erschlagen können, in seinen Händen. Ein leises Schluchzen neben ihr brachte Annag zur Besinnung. Neben Adrians Leiche kauerte ihre Tochter. Màiris Gesicht und ihre Brust waren mit Blut bespritzt, und ihre kleinen Hände hielten immer noch den Spaten umklammert.

»Jetzt tut er dir nicht mehr weh, Mama.« Màiri zitterte am ganzen Körper. »Er schläft jetzt, nicht wahr, Mama?«

Automatisch streckte Annag die Arme aus und zog Màiri an ihre Brust.

»Ja, mein Kind, er tut mir nicht mehr weh.« Mein Gott, was hast du getan?, dachte sie, und ihr Blick traf den von Ervin. Sie empfand keine Spur von Zuneigung oder gar Liebe mehr für ihren Mann. Durch sein Verhalten hatte er ihre Tochter zu einer Mörderin gemacht. Das würde sie ihm niemals verzeihen können – solange sie lebte nicht.

»Bring das Kind weg.« Ervins Stimme war kalt, scharf, aber auch beherrscht. Fast so, als würde er den Männern Anweisungen zur Vogeljagd geben. »Und hol einen Schubkarren und einen Lappen, damit wir das Blut aufwischen können. Na los, worauf wartest du noch?« Er gab Annag einen Stoß, als diese nicht sofort reagierte, dann umfasste er Màiris Kinn mit zwei Fingern und zwang das Mädchen, ihm in die Augen zu sehen. »Du sagst kein Wort zu irgendjemanden, ist das klar? Wenn du auch nur ein Wort sagst, dann ...« Er ließ die Drohung offen, aber sein Blick jagte Annag einen Schauer über den Rücken.

Màiri auf dem Arm, stolperte sie durch den Sturm und den Regen zu ihrem Haus hinauf. Sie säuberte die vor Schreck wie gelähmte Màiri, die kein Wort sprach, zog sie aus und legte das Kind in das Bett, in dem bis vor wenigen Stunden noch Adrian

geschlafen hatte. Ihre blutverschmierte Kleidung stopfte sie in den Ofen und schürte das glimmende Feuer, bis es hell aufloderte und die Sachen zu Asche verbrannten. Als Annag gehen wollte, streckte Màiri ihre Arme nach ihr aus.
»Mama …« Ihre Erstarrung löste sich, und sie begann zu wimmern. »Geh nicht weg.«
Die Verzweiflung in Màiris Augen tat Annag in der Seele weh. Rasch küsste sie ihre Tochter auf die Stirn.
»Du brauchst keine Angst zu haben. Es wird alles wieder gut.«
Nichts wird jemals wieder gut werden, dachte Annag, denn wir haben einen Menschen getötet. Auch wenn Màiri zugeschlagen hatte – sie alle trugen Schuld daran, sie ebenso wie Ervin, aber ganz besonders Ervin. Aus einem kleinen Holzfass schenkte sie einen Schluck Whisky in einen Becher und gab ihn Màiri zu trinken. Das Mädchen verzog angewidert das Gesicht und hustete, als die scharfe Flüssigkeit durch ihre Kehle rann, aber der Alkohol machte sie binnen einer Minute schläfrig. Annag küsste Màiri erneut auf die Stirn und deckte sie sorgsam zu, bevor sie sich auf den Weg zu Ervin machte.
Wenige Minuten später war Annag mit der Schubkarre, in der sie die toten Vögel transportierten, wieder im Lagerhaus. Ervin hatte Adrian inzwischen teilweise angekleidet und die Lider über seinen starren Augen geschlossen.
»Na endlich, das hat ja gedauert«, herrschte Ervin sie an. »Was macht das Kind?«
»Sie schläft. Ich habe ihr einen Schluck Whisky gegeben.«
»Gut, du scheinst ja mitzudenken«, erwiderte Ervin zynisch. »Hätte ich dir gar nicht zugetraut. Hilf mir jetzt, ihn auf die Karre zu legen. Wir müssen ihn von hier wegschaffen, bevor es hell wird.«
Entsetzt sah Annag, wie kaltblütig ihr Mann vorging. Sein Gesicht war wie aus Stein gemeißelt, und es schien ihr, als sehe sie Ervin heute zum ersten Mal. Ließ es ihn wirklich kalt, dass vor

seinen Augen gerade ein Mensch gestorben war? Dazu noch ein Mann, für den Ervin verbotene Gefühle hegte.
»Was hast du vor?« Annags Stimme schien ihr nicht mehr zu gehören, so fremd klang sie in ihren Ohren.
»Wir haben ihn aus der See gerettet. Nun wird er dorthin zurückkehren, wo er ohne unsere Hilfe seit Monaten liegen würde.« Ervin hob die Öllampe, so dass der Lichtschein auf sein Gesicht fiel. »Wir haben Glück, niemand auf dem Festland wird Adrian vermissen. In Glasgow gilt er seit letztem Herbst offiziell als tot, denn sie werden inzwischen wohl von dem Untergang seines Schiffes erfahren haben.«
»Was ist mit den Leuten hier?«, wandte Annag ein. »Was willst du denen sagen? Ihnen erklären, wo … er abgeblieben ist?«
Ervin zuckte nur lapidar mit den Schultern.
»Der Sturm heute Nacht hat ihn über die Klippen geweht. Das kann passieren …«
»So, wie es Margaret Munro passiert ist«, unterbrach Annag scharf. »Es ist schon ein seltsamer Zufall, dass binnen weniger Tage zwei Menschen ins Meer stürzen, während jahrzehntelang niemals Derartiges passiert ist.«
Plötzlich traf ein Gedanke Annag so heftig, als hätte ihr jemand die Faust in den Magen gerammt. Erst Margaret und dann Adrian …
»Ihr wart es!« Sie keuchte vor Entsetzen und hob abwehrend die Hände. »Du und Adrian, ihr beide habt Margaret umgebracht. Sie hat euer Geheimnis entdeckt, und darum musste sie sterben.«
»Was redest du für einen Unsinn!« Ervin umklammerte ihre Schultern und schüttelte sie heftig. »Es war ein Unfall, vielleicht auch Selbstmord, weil die Frau entdeckt hat, dass ihr Mann in das Bett der Krankenschwester steigt. Adrian hat es mir gesagt, auch, dass Margaret sich ihm an den Hals geworfen hat, von ihm jedoch abgewiesen worden war. Das hat Margaret offenbar nicht

verkraftet, sie war ohnehin etwas labil. Adrian und ich haben damit nichts zu tun. Und jetzt beeil dich und wisch das Blut, so gut es geht, auf. Wir müssen bei den Klippen sein, bevor die Sonne aufgeht.«

Annag glaubte ihrem Mann kein Wort. Noch immer spürte sie Adrians Finger, die sich um ihre Kehle gelegt hatten. Wochenlang hatte sie ihn als freundlich und zurückhaltend, fast schüchtern erlebt, doch vorhin hatte er sein wahres Gesicht gezeigt. Adrian hätte sie kaltblütig und ohne geringsten Skrupel erwürgt, und Ervin hatte keinen Finger gerührt, ihr zu helfen. Wenn Màiri nicht gewesen wäre, würde sie, Annag, jetzt auf dem Schubkarren liegen und ein nasses Grab im Meer finden …

Sie brauchten kein Licht, denn Annag und Ervin kannten jeden Weg und jeden Stein auf Hirta. Margaret Munro war im Süden der Village Bay ins Meer gestürzt, darum wählte Ervin den schmalen Weg nördlich der Bucht, der zum Oiseval aufstieg. Nach ungefähr zwei Meilen fielen die Klippen rechter Hand an die vierzig Fuß steil und schroff ins Meer. Das Tosen der Brandung war so laut, dass man sein eigenes Wort nicht verstand. Wer hier ausrutschte und stürzte, dessen Körper würde von der Wucht der Brandung immer wieder gegen die Felsen geschleudert werden, bis alle Knochen zerschmettert waren. Mit Einsetzen der Ebbe würde der Körper wahrscheinlich ins Meer hinausgezogen werden und niemals wieder auftauchen. Es schien Annag, als wäre es nicht sie, die zusammen mit Ervin den Toten vom Karren zog, ihn an den Fußgelenken packte, während ihr Mann Adrian an den Schultern fasste und mit einem Schwung über die Klippen warf. Durch das Heulen des Windes war das Aufklatschen des Körpers auf dem Wasser nicht zu hören. Ervin warf Adrians Jacke hinterher, und diese blieb auf einem hervorragenden Felsen hängen.

»Man wird annehmen, dass er hier abgestürzt ist und dabei seine Jacke verloren hat«, sagte Ervin mit versteinertem Gesicht und

warf keinen Blick zurück, als er wieder zur Village Bay ging. Noch einmal betrat er das Lagerhaus und streute Sand auf die Stellen, wo Adrians Blut in den Boden gesickert war, denn mit dem Lappen hatten sie nicht alle Spuren wegwischen können. Da der Boden jedoch aus festgestampfter Erde bestand, fiel ein wenig Sand darüber nicht auf. Zudem war es sein Lagerhaus, hier kam außer Annag und Màiri normalerweise niemand anderer herein. Kurz bevor sie ihr Haus erreichten, sah Annag einen Schatten in der Nähe. Unwillkürlich griff sie nach Ervins Arm.
»Da ist jemand!«, flüsterte sie erschrocken.
»Du siehst Gespenster, oder es war eines der Schafe«, antwortete Ervin barsch, sah aber in die von Annag gezeigte Richtung. Der Schatten war verschwunden, doch Annag war sich sicher, dass irgendjemand sie beobachtet hatte.
»Ich schwöre, am Kai war jemand«, flüsterte sie und sah sich hektisch um. »Jemand hat gesehen, wie wir ...«
»Halt deinen Mund.« Unwillig schüttelte Ervin ihre Hand ab. »Ich hoffe, du weißt, was geschieht, wenn auch nur ein Sterbenswörtchen von dem, was heute Nacht passiert ist, irgendjemandem zu Ohren kommt? Wir werden alle am Galgen baumeln, Màiri nicht ausgenommen. Darum reiß dich zusammen, Weib, und sorge dafür, dass das Kind den Mund hält.«
Annag war froh, zu sehen, dass Màiri trotz allem eingeschlafen war. Sie breitete eine zweite Decke über das schlafende Kind und strich ihr übers Haar. Màiri lag auf der Seite, beide Knie bis zur Brust hochgezogen, und auf ihrem Gesicht lag ein entspannter Ausdruck. Annag wusste nicht, ob es dem Mädchen wirklich bewusst war, was heute Nacht geschehen war. Sie war ja erst elf Jahre alt – andererseits war sie in der Entwicklung ihrem Alter voraus. Wann war Màiri eigentlich in das Lagerhaus gekommen? Annag schauderte bei dem Gedanken, das Kind könne ihr unmerklich gefolgt sein und mitangesehen haben, wie Adrian und Ervin ... Sie schüttelte sich bei dieser Vorstellung und hoff-

te, Màiri wäre erst dazugekommen, als Adrian versucht hatte, sie zu erwürgen. Das war schon schrecklich genug, aber die Vorstellung, das Mädchen hätte ihren eigenen Vater in einer solchen Situation gesehen, trieb Annag die Tränen in die Augen. Vorsichtig, um die Kleine nicht zu wecken, kroch Annag neben sie ins Bett und schlang einen Arm um den warmen Körper ihrer Tochter. Es war ihr unmöglich, sich jetzt an die Seite ihres Mannes zu legen und so zu tun, als wäre nichts geschehen. Ervin schien dies alles nichts auszumachen, denn kaum lag er im Bett, hörte Annag auch schon sein lautes Schnarchen. Sie selbst fand in den wenigen Stunden bis zum Morgengrauen keinen Schlaf. Obwohl Annag nie eine Schule besucht hatte, war sie nicht dumm. Sie begann zu verstehen. Plötzlich ergaben die letzten Jahre einen Sinn. Früher hatte sie geglaubt, Ervin hätte sie nicht nur deshalb zur Frau genommen, weil er irgendeine Frau brauchte, sondern dass er auch etwas für sie empfand. Annag wusste nichts über die Liebe, die in Romanen beschrieben wurde. Erst vor wenigen Jahren hatte sie begonnen, lesen zu lernen und, wenn die Schiffe Bücher auf die Insel brachten, in diesen zu lesen. Als sie Ervins Frau wurde, hatte sie von all den romantischen Gefühlen nicht die geringste Ahnung gehabt, aber sie hatte Ervin gemocht und auch gerne das Bett mit ihm geteilt, nicht nur zum Zweck der Fortpflanzung. Wenn sie dabei manchmal das Gefühl hatte, Ervin erledigte den körperlichen Akt wie eine lästige Pflichtübung, hatte sie sich eingeredet, Männer wären nun mal so. Als dann ein Kind nach dem anderen starb und Ervin sich immer mehr von ihr zurückzog, war ihr dies nicht unrecht gewesen, denn sie wollte keine neue Schwangerschaft. Allerdings hatte sie sich trotzdem danach gesehnt, von ihm in den Arm genommen zu werden. Einfach von ihm gehalten und ein wenig liebkost zu werden, aber das hatte Ervin niemals getan. Vielleicht war das der Grund für ihre Verwirrung bezüglich Adrian gewesen, denn dieser hatte ihr das Gefühl gegeben, sie als Frau zu sehen. Annag lachte leise auf, aber es war ein bitteres Lachen. Niemals, in ihren kühnsten Träumen nicht, hätte sie sich vorstellen können, dass Ervin und Adrian die Liebe von Männern vorzogen. Wie lange ging *das* bei Ervin schon so? War Adrian der Erste für Ervin gewesen war, denn die Anzahl der Männer auf Hirta war begrenzt, und bei keinem konnte Annag sich vorstellen, dass er ähnlich veranlagt wäre. Bei Ervin hatte sie sich allerdings auch getäuscht. Hatte ihr Mann in den vergangenen Jahren etwa einen Liebhaber gehabt? Wem hatte er sich bereits hingegeben? Robert etwa, oder gar dem jungen Craig? Hatte der verunglückte Fergus nicht auch etwas Weibisches an sich gehabt? Von den vielen ungeklärten Fragen schien Annags Kopf bersten zu wollen. Darum war sie froh, als Màiri sich in ihrem Arm regte und die Augen aufschlug.

»Mama …« Der Blick des Kindes irrte durch den Raum. »War es ein Traum? Er ist doch nicht wirklich tot, oder?«

Sanft strich Annag über ihre Wange.

»Nein, mein Mädchen, es war leider kein Traum. Aber du darfst dich nicht grämen, denn du hast mir das Leben gerettet.« Sie hatte sich gut überlegt, was sie zu Màiri sagen wollte. Auf keinen Fall wollte sie in Màiri Schuldgefühle wecken, die dazu führen konnten, dass sich das Kind jemandem anvertraute. Darum wählte sie auch direkte Worte, denn es half nichts, die Dinge zu beschönigen. »Du hattest keine andere Möglichkeit, als zuzuschlagen, sonst wäre ich jetzt tot.«

»Er hat dir weh getan, und vorher hat er Vater weh getan. Er hat so sehr gestöhnt.« Bei diesen Worten durchfuhr es Annag heiß. Sie hatte es also doch gesehen! Für Annag war es so abartig und widerwärtig, dass sie selbst es nicht in Worte fassen konnte. Wie sollte sie einem Kind erklären, was Adrian und Ervin miteinander getan hatten?

»Versuch, nicht mehr daran zu denken«, flüsterte sie Màiri ins Ohr. »Es ist auch ganz wichtig, dass du niemandem etwas davon erzählst. Verstehst du, Màiri, solange du lebst, darfst du niemals über die Dinge, die in der letzten Nacht geschehen sind, sprechen. Sonst holen sie dich und bringen dich ganz weit fort, und man wird dir weh tun. Vielleicht musst du sogar sterben und kommst in die Hölle.«

Das Mädchen nickte ängstlich. Es tat Annag weh, Màiri derart in Angst zu versetzen, aber sie sah keine andere Möglichkeit, das Kind zum Schweigen zu zwingen.

Màiri hatte längst begriffen, dass sie einen Menschen erschlagen hatte, dazu noch einen freundlichen und netten Mann, den sie sehr gemocht hatte. Als sie jedoch gesehen hatte, wie Adrian seine Hände um die Kehle der Mutter gelegt und zugedrückt hatte, hatte sie nicht anders handeln können.

»Ich wollte ihn nicht töten«, flüsterte Màiri und sah ihre Mutter traurig an. »Adrian war so nett, ich wollte das nicht. Ich wollte nur, dass er aufhört, dir weh zu tun.«

»Pscht, es ist gut, mein Kind. Du hast völlig richtig gehandelt, aber das wissen nur wir drei.«

»Darf ich auch Neill und Kenna nichts sagen?«

Annags Griff um Màiris Körper verstärkte sich.

»Nein, auch mit deinen Freunden darfst du nicht darüber sprechen. Sie würden es nicht verstehen.« Annag gab ihre Tochter frei. »Jetzt müssen wir aber aufstehen, die Arbeit wartet. Durch das Dach hat es in der Nacht geregnet, wir müssen es abdichten. Lauf, melk die Kuh und sammle die Eier ein, damit wir frühstücken können. Danach werden wir das Dach reparieren.«

Annag war über sich selbst erstaunt, wie einfach sie zur Tagesordnung überging und die gewohnten Handgriffe verrichtete, als wäre nichts geschehen. Das half ihr jedoch, nicht zu verzweifeln oder gar verrückt zu werden. Màiri war kaum fort, als Ervin stumm und ohne ihr einen Blick zu schenken an ihr vorbeiging. Annag erschauerte und griff haltsuchend an die Tischkante, da der Boden unter ihren Füßen zu schwanken schien. Wie sollte es ihr nur gelingen, für den Rest ihres Lebens dieses grausige Geheimnis zu wahren?

Zielstrebig ging Ervin von Haus zu Haus.
»Hat der Sturm bei euch auch Schäden angerichtet?«, fragte er mit einem unschuldigen Blick. »Bei uns ist ein Loch im Dach. In der Nacht versuchten wir, es zu stopfen, aber es ist doch größer als vermutet.«
Die meisten waren während des Sturms ebenfalls aufgewacht, aber niemand hatte sein Haus verlassen, wie Ervin zufrieden zur Kenntnis nahm. Also hatte auch niemand beobachtet, was unten im Lagerhaus und später auf den Klippen geschehen war. Robert versprach, später vorbeizukommen, um bei der Reparatur des Daches zu helfen. Als Ervin seinen Rundgang beendet hatte, klopfte er an die Tür seiner unmittelbaren Nachbarn.
»Habt ihr eigentlich Adrian gesehen?« Angus zuckte mit den Schultern, und Bridget, seine Frau, schüttelte den Kopf. »Seltsam, als wir heute Morgen aufwachten, war er nicht in seinem Bett, dabei war er heute Nacht, als der Sturm tobte, nicht aufgestanden. Zuerst dachte ich, er würde sich ein wenig die Beine vertreten, aber jetzt machen Annag und ich uns Sorgen um ihn, denn eigentlich ist er zum Frühstück immer wieder zurück.«
»Der Hunger wird ihn schon in euer Haus treiben.« Angus lachte und klopfte Ervin auf die Schulter. »Die Kochkünste deiner Annag lässt sich niemand freiwillig entgehen.«
Ervin stimmte in sein Lachen ein, dann ging er nach nebenan und ließ sich die gebratenen Eier und den Hirsebrei schmecken. Erst gegen Mittag sagte er den Leuten, dass Adrian verschwunden war, und bat um Hilfe. Wie einige Tage zuvor auf der Suche nach Margaret, schwärmten die Männer, Seile über den Schultern, aus. Annag stand an der Tür und sah dem Trupp nach. Ihr war speiübel, und sie hoffte, das Meer hätte Adrians Körper längst weit mit sich hinausgenommen, so dass die Männer ihn

nicht finden würden. Den Anblick seiner Leiche hätte sie nicht ertragen.

Gegen Abend wurde Màiri krank. Wie aus dem Nichts klagte sie plötzlich über Kopfschmerzen und Schwindelgefühle. Besorgt legte Annag eine Hand auf ihre Stirn. Sie war glühendheiß.

»Du hast Fieber, mein Kind. Leg dich ins Bett, ich mach dir einen Tee.«

Als hätte die alte Kenna geahnt, dass es Màiri nicht gutging, betrat sie in diesem Moment das Haus. Ein Blick auf die fieberglänzenden Augen des Kindes sagte ihr genug, und sie half Annag, den Tee zuzubereiten und Màiri kalte Wadenwickel anzulegen. Ervin und die Männer waren noch unterwegs, somit war sie mit Annag allein, als Màiri eingeschlafen war.

»Das Kind wird daran zugrunde gehen«, sagte Kenna plötzlich wie aus dem Nichts. Annag erschrak.

»Es ist nur ein kleines Fieber. Wahrscheinlich hat sie sich heute Nacht erkältet, als der Regen durch das Dach drang.«

Kenna sah die jüngere Frau scharf an. Ihre dunklen Augen, die in diesem Moment nichts greisenhaftes hatten, schienen sich in Annags Kopf zu bohren.

»Du weißt ebenso wie ich, dass Màiri noch nie krank war und immer jedem Wetter getrotzt hat. Das Fieber hat eine andere Ursache, die dir nicht unbekannt ist, Annag.« Kenna senkte ihre Stimme zu einem Flüstern, obwohl niemand in der Nähe war, der sie hätte hören können. »Ihr müsst sie von hier fortbringen, denn ein Kind ihres Alters wird auf Dauer nicht schweigen können.«

Die Büchse fiel aus Annags zitternden Händen, und die Teeblätter verteilten sich auf dem Fußboden.

»Ich weiß nicht, was du meinst ...«

»Du verstehst mich nur zu gut.« Kenna schnitt ihr mit einer Handbewegung das Wort ab. »Ich weiß nicht genau, was heute Nacht geschehen ist und warum ihr, du und Ervin, auf den Klippen gewesen seid, aber jetzt ist Adrian Shaw verschwunden. Wie vom Erdboden verschluckt. Es steht mir nicht zu, darüber zu urteilen, aber mir liegt das Wohl des Kindes am Herzen.«

Mit einem Stöhnen ließ Annag sich auf den Stuhl sinken und schlug die Hände vors Gesicht.

»Du warst der Schatten, den ich zu sehen glaubte«, presste sie mühsam hervor. Kenna nickte.

»Was ist geschehen? Warum habt ihr Adrian Shaw über die Klippen geworfen?«

Als wäre ein Damm gebrochen, sprudelten die Worte aus Annag heraus. Sie hatte keine Ahnung, wie Kenna bei der Dunkelheit hatte erkennen können, dass es Adrian war, den sie ins Meer geworfen hatten, aber das war schließlich gleichgültig. Kenna hörte schweigend zu, bis Annag geendet hatte. Sogar als die Alte erfuhr, was zwischen Ervin und Adrian vorgefallen war, zeigte sich keine Regung auf ihrem faltenreichen Gesicht. Schließlich sagte sie nur: »Von mir wird niemand etwas erfahren, aber ich rate dir, Màiri mit dem nächsten Schiff von der Insel fortzubringen. Das Kind wird sonst daran zugrunde gehen.«

»Ich trenne mich niemals von meinem Kind!«, rief Annag und sprang auf. »Wir bekommen das schon hin, Kenna. Sie ist noch jung, und sie wird vergessen ...«

»Ich finde, Kenna hat recht.« Niemand hatte Ervins Eintreten bemerkt. Er schien darüber, dass Kenna Bescheid wusste, weder entsetzt noch verärgert zu sein, aber er sah die alte Frau scharf an. »Ich danke dir für deinen Ratschlag. Wir werden entscheiden, was geschehen soll.«

Kenna zuckte mit den Schultern, griff nach ihrem Stock und schlurfte hinaus. Annag blickte Ervin fragend an.

»Er wurde nicht gefunden«, beantwortete Ervin ihre stumme Frage. »Allerdings haben wir seine Jacke an den Klippen entdeckt. Die Männer nehmen an, dass er ausgerutscht und ins Meer gestürzt ist. So wie Margaret Munro.« Ervins Lippen ver-

zogen sich zu einem hässlichen Grinsen. »Der alte Ben meint, es läge ein Fluch über der Insel, und die Männer haben sich bekreuzigt. Sollen sie glauben, was sie wollen.«
»Wie kannst du nur so kalt sein?« Annag schüttelte fassungslos den Kopf. »Hast du ihn denn nicht geliebt? Ich meine, da muss doch was zwischen euch gewesen sein, weil ihr ...«
»Halt deinen Mund, Weib!« Wütend funkelte Ervin sie an. »Darüber will ich niemals wieder etwas hören, und du bist die letzte Person, mit der ich darüber sprechen möchte.« Von oben drang ein leises Stöhnen herunter, und Ervin deutete auf die Leiter. »Kümmere dich um Màiri und sorg dafür, dass sie ihren Mund hält. Wenn das Dampfschiff kommt, werden wir sie fortschicken.«
»Fortschicken? Wohin denn? Das werde ich nicht zulassen. Außerdem – ist es nicht wahrscheinlicher, dass Màiri bei Fremden ihr Schweigen bricht? Hier können wir auf sie aufpassen ...«
»Aber ich will dieses Balg aus den Augen haben«, unterbrach Ervin. »Ich werde dem Kind niemals verzeihen, dass es den Menschen, den ich geliebt habe, ermordet hat.«
Jedes seiner Worte waren für Annag wie Schläge ins Gesicht. Hätte Ervin sie mit der Faust misshandelt, hätte sie nicht mehr verletzt sein können. Ihre Tochter jedoch würde sie nicht aufgeben. Sie würde Màiri beschützen und ihr helfen, die furchtbare Nacht zu vergessen. Instinktiv wusste Annag jedoch, dass sie das Kind von heute an vor ihrem eigenem Vater schützen musste.
»Ich bin Màiris Mutter, und niemals werde ich zulassen, dass mein Kind mir entrissen wird.«
Ervin holte so schnell aus, dass Annag seinem Schlag, der sie mitten ins Gesicht traf, nicht mehr ausweichen konnte. Tränen des Schmerzes schossen in ihre Augen, aber diese waren nichts im Vergleich zu den Qualen, die in ihrem Inneren tobten.
»Du wirst tun, was ich dir sage, Weib. Sorge dafür, dass mir das Balg so wenig wie möglich unter die Augen kommt, sonst kann

ich für nichts mehr garantieren. Es könnte gut sein, dass man Màiri eines Tages auch am Fuß der Klippen findet.«

Annag fühlte sich wie in einem schrecklichen Alptraum gefangen. Sie erkannte ihren Mann nicht wieder, es war, als stünde ein völlig Fremder vor ihr. Er hatte sie zuvor bereits geschlagen, aber nie mit einer solchen Brutalität, und dieses Mal würde er sich dafür nicht entschuldigen. Obwohl ihr das Blut aus der Nase lief und diese sich anfühlte, als wäre sie gebrochen, schwieg Annag und wehrte sich nicht, denn es blieb ihr nichts anderes übrig, als ihm zu gehorchen. Sie hatte furchtbare Angst, er könne Màiri etwas antun, um das Kind für immer zum Schweigen zu bringen, oder jemand anderes als Kenna könnte erfahren, was das Kind getan hatte. Vielleicht war es tatsächlich besser, Màiri von St. Kilda fortzuschaffen, auch wenn Annag nicht wusste, wie das möglich sein sollte. Wenn es jedoch bedeutete, sich von Màiri zu trennen, um sie zu beschützen, dann war Annag dazu bereit.

7. Kapitel

Drei Tage nach Adrian Shaws Verschwinden wurden die ersten Papageientaucher gesichtet, die in diesem Jahr ungewöhnlich früh an ihre Nistplätze in den Klippen von St. Kilda zurückkehrten. Binnen weniger Stunden waren die Männer gerüstet, auf die Jagd zu gehen, und die Frauen bereiteten alles vor, den ersten Fang der Saison zu verarbeiten. Über dieser hektischen Betriebsamkeit geriet Adrian Shaw bald in Vergessenheit, denn nun galt es, so viele Vögel wie möglich zu fangen, um die Nahrung für die kommende Zeit zu sichern und den kargen Speiseplan des letzten Winters aufzubessern.

Ervin hatte seit der Nacht kein Wort mehr mit Màiri gesprochen, und das Mädchen ging seinem Vater ebenfalls aus dem Weg. Nach zwei Tagen Bettruhe hatte Màiri sich von dem Fieberschub erholt, aber sie sprach nur das Nötigste. Sogar ihrer Mutter gegenüber war Màiri still und in sich gekehrt. Ihr Tag war von Sonnenaufgang bis Sonnenuntergang mit Arbeit gefüllt, somit blieb keine Zeit zum Nachdenken. Gerne hätte Annag ihre Tochter in die Arme genommen und sie getröstet, aber sie wusste nicht, was sie dem Kind sagen sollte. Mit elf Jahren war sich Màiri sehr wohl bewusst, dass durch ihre Hand ein Mensch ums Leben gekommen war, auch wenn dieser versucht hatte, ihre Mutter zu töten. Màiri fragte nie, was mit Adrians Leiche geschehen war, und Annag sagte sich, wenn sie nicht daran dachte und nicht darüber sprach, dann würde die Erinnerung daran irgendwann verblassen.

Reverend Munro hatte den Schulunterricht nicht wieder aufgenommen. Er absolvierte lediglich den sonntäglichen Gottesdienst, aber jeder merkte, wie wenig er bei der Sache war. Die Leute hatten dafür kaum Verständnis, aber die Munros waren, ebenso wie die Krankenschwester, auf Hirta immer Fremde gewesen, und nicht wenige hätten es begrüßt, wenn sie die Insel für immer verließen.

An einem Spätnachmittag war Màiri mit ihrer Arbeit früh fertig. Es würde noch ein oder zwei Stunden dauern, bis die Männer von den Klippen zurückkamen. Ohne nachzudenken, lenkte Màiri ihre Schritte zum Schulhaus hinauf. Hatte sie seit Margaret Munros Tod bedauert, keinen Unterricht mehr zu haben, so war sie jetzt froh, sich nicht täglich auf Buchstaben, Wörter und Zahlen konzentrieren zu müssen. Die harte Arbeit ließ zwar ihren Rücken und ihre Arme schmerzen, lenkte sie jedoch jeden Tag für ein paar Stunden von der Erinnerung an Adrians Tod ab. Erst als Màiri vor dem Schulhaus stand und die Tür, die niemals verschlossen war, aufdrückte, fragte sie sich, was sie eigentlich hier wollte. Die Luft in dem kleinen Raum roch abgestanden, und auf den Pulten lag eine dicke Staubschicht. Màiris Blick fiel auf das Bücherregal, und plötzlich wurde ihr bewusst, dass sie zum ersten Mal allein im Schulraum war. Ihr Herz begann schneller zu schlagen, als sie ein Buch aus dem Regal nahm. Der Reverend hatte den Kindern immer streng verboten, die Bücher anzufassen. Wenn jemand gegen das Verbot verstieß, hatte dieser schmerzhaft den Rohrstock zu spüren bekommen. Zufällig hatte Màiri das Buch mit der Artus-Sage erwischt, und schnell entdeckte sie die Zeichnung des Ritters Lancelot und war erneut von dessen feinen, ebenmäßigen Gesichtszügen beeindruckt. Wie aufrecht und stolz er auf seinem Pferd saß, und wie prächtig seine Rüstung glänzte! Màiri dachte nicht darüber nach, was sie tat, als sie die Schublade des Lehrerpultes öffnete und darin tatsächlich einen Stapel unbeschriebenes Papier und eine Anzahl von Bleistiften fand. Als würde ihre Hand von einer fremden Macht geführt, zeichnete Màiri das Bild des Ritters auf ein Blatt Papier ab. Erst als sie fertig war, fiel ihr auf, dass der Ritter nicht die Gesichtszüge Lancelots, sondern die von Adrian trug. Sie warf den Stift hin und schlug beide Hände vors Gesicht. Zum ersten Mal seit der verhängnisvollen Nacht konnte sie weinen, und die Tränen waren wie eine Erlösung für sie.

»Was machst du hier?« Eine Hand legte sich schwer auf Màiris Schulter, und sie hob ihr tränennasses Gesicht. Sie hatte Reverend Munro nicht kommen hören und erschrak, als sie seinen zornigen Blick bemerkte.

»Ich wollte ... nur etwas lesen ...«

Donald Munro entdeckte die Zeichnung, und seine Augen weiteten sich vor Wut. Bevor Màiri reagieren und ausweichen konnte, verabreichte er ihr eine Ohrfeige.

»Wie kannst du es wagen, meine Sachen derart zu besudeln?« Munro packte ihre Schultern und schüttelte sie heftig. »Du wirst mir das Papier ersetzen, hörst du?«

»Es ist doch nur ein Blatt.« Màiris Tränen flossen unaufhaltsam. »Ich wollte nichts Böses tun, Reverend. Bitte, ich dachte ... weil doch kein Unterricht ist ... ich wollte nur ein Buch lesen ...«
»Du verlogenes Miststück. Du wolltest mich bestehlen, gib es zu!«
Munro holte aus und hätte Màiri erneut geohrfeigt, wenn sich in dem Moment nicht die Tür geöffnet hätte und Neill in das Schulzimmer gerannt gekommen wäre. Beim Anblick der weinenden Màiri und des zornigen Reverends rief er laut: »Mr. Munro, lassen Sie sofort das Mädchen los!«
Seit der Arbeit in den Klippen war Neill nicht nur in die Höhe geschossen und überragte Munro um einen halben Kopf, auch sein Brustkorb und seine Schultern waren breiter und kräftiger geworden. Ein leichter Flaum bedeckte seine Wangen und sein Kinn, und er sah fast schon wie ein richtiger Mann aus. Neill breitete die Arme aus, und Màiri flog an seine Brust. Sie barg ihr Gesicht in seiner Jacke, und ihr Körper wurde von Schluchzern geschüttelt.
»Verschwinde, Mackay, das Kind hat versucht, mich zu bestehlen.«
Neill lachte laut auf. »Màiri und stehlen? Ganz sicher nicht, Reverend, sie weiß wahrscheinlich nicht einmal, wie man das Wort buchstabiert.« Er strich Màiri über die Wange. »Lauf nach Hause, Màiri. Ich komm nachher bei dir vorbei, ja?«
Màiri wischte sich mit dem Ärmel die Tränen vom Gesicht und nickte.
»Ich wollte wirklich nichts Böses tun«, versicherte sie noch einmal. Neill schickte sie nach draußen, dann trat er energisch vor Donald Munro.
»Ich weiß nicht, was Ihnen das Mädchen getan hat, Reverend.« Seine Stimme war ruhig, aber bestimmt. »Obwohl Màiri stets eine gute Schülerin war, haben Sie sie vom ersten Tag an schikaniert. Warum sind Sie überhaupt jemals nach St. Kilda gekom-

men? Als Lehrer sind Sie jedenfalls völlig ungeeignet, und auch auf Ihren geistlichen Beistand können wir getrost verzichten.«
Es war Donald Munro anzusehen, dass er Neill am liebsten geschlagen hätte, aber er wusste, dem Jungen gegenüber würde er den Kürzeren ziehen. Menschen wie Munro vergriffen sich nur an Kleineren und Schwächeren, daher knurrte er: »Du warst immer schon ein unverschämter und zudem strohdummer Bengel. Ich bin froh, dich nicht mehr unterrichten zu müssen, denn es hätte sowieso keinen Sinn, dir Bildung beizubringen.«
Über diese beleidigenden Worte konnte Neill nur lachen.
»Alles, was ich für mein Leben brauche, lerne ich hier auf der Insel.« Er trat einen Schritt näher zu Munro und sah ihm fest in die Augen. »Oder, Mr. Munro, meinen Sie etwa, es ist erstrebenswert, zu lernen, wie man seine eigene Ehefrau belügt und betrügt?«
Munro fuhr zurück, als hätte Neill ihm eine Ohrfeige versetzt.
»Ich weiß nicht, wovon du sprichst.«
Neill steckte die Hände in die Hosentaschen und zuckte mit den Schultern.
»Glauben Sie wirklich, wir wüssten nicht Bescheid über Ihr Verhältnis mit Wilhelmina Steel? Auf dieser Insel bleibt nichts lange geheim. Und nur, weil Sie sich seit Wochen nicht mehr im Dorf blicken lassen, sollten Sie nicht meinen, wir wüssten nicht, warum Ihre Frau unter solch seltsamen Umständen ums Leben gekommen ist. Wahrscheinlich hat sie Ihr Verhalten nicht länger ertragen. Was soll's? Es geht mich nichts an, solange Sie meine Freundin in Ruhe lassen.« Neill wandte sich ab und wollte zur Tür gehen, als sein Blick auf die Zeichnung fiel, die immer noch auf dem Pult lag. Er nahm das Blatt in die Hand und sah Munro fragend an. »Hat das Màiri gemalt?«
»Sie hat einfach meine Sachen benutzt«, knurrte Munro. »Dazu hatte sie kein Recht.«
»Sie scheint Talent zu haben, obwohl ich davon nicht viel verste-

he.« Neidlos betrachtete Neill die Zeichnung, die so genau war, als würde Adrian Shaw ihn ansehen. Er warf einen letzten Blick auf Munro. »Sie sollten stolz sein, eine solche Schülerin zu haben, anstatt sie zu schlagen. Mr. Munro. Sollte das noch einmal vorkommen, dann können Sie sich mit meiner Faust messen, das verspreche ich Ihnen.«

Donald Munro wusste darauf nichts zu erwidern. Neills Bemerkung, alle auf Hirta wüssten über seine Beziehung zu Wilhelmina Steel Bescheid, hatte ihn erschreckt. Für Munro waren die St. Kildaner immer nur einfache, naive Menschen gewesen, die nicht weiter denken konnten als bis zum kommenden Tag. Er hoffte, dass das Schiff bald käme, damit er diese vermaledeite Insel endlich verlassen konnte.

Entgegen Neills Wunsch war Màiri nicht nach Hause gelaufen, sondern wartete bei dem großen Felsbrocken in einiger Entfernung des Schulhauses. Als Neill daran vorbeikam, sprang sie hinter dem Felsen hervor.

»Danke, Neill, dass du gekommen bist und mich gerettet hast.«
Er legte einen Arm um Màiris Schultern und drückte sie an sich. Màiri stellte sich auf die Zehenspitzen und küsste ihn leicht auf den Mund.

»Ich wünschte, ich wäre älter, und wir könnten heiraten«, sagte sie leise. »Du würdest mich immer beschützen, nicht wahr? Du würdest es nicht zulassen, dass mich jemand schlägt.«

»Was für ein unangenehmer Mensch dieser Munro doch ist.« Neill schüttelte sich wie ein nasser Hund, zwinkerte und zog ein Blatt Papier aus seiner Jackentasche. »Hier, das habe ich für dich gerettet«, fuhr er fort, als er Màiri ihre Zeichnung gab.

Sofort fiel ein Schatten über Màiris Gesicht.
»Ach, das Bild kannst du zerreißen, es ist schlecht.«
»Nein, Màiri, im Gegenteil. Ich finde die Zeichnung sehr hübsch. Der Ritter sieht aus wie Adrian.« Bei der Erwähnung des Namens stiegen erneut Tränen in Màiris Augen, und Neill fuhr

rasch fort: »Es tut mir leid, dass er verschwunden und wahrscheinlich tot ist. Ich weiß, du hast ihn sehr gern gehabt und warst oft mit ihm zusammen, nicht wahr? Auch wenn ich Adrian kaum gekannt habe, ist es doch schrecklich, dass er tot ist.«
Màiri musste mehrmals schlucken, bevor sie antworten konnte: »Er war kein guter Mensch.« Erst dann wurde ihr bewusst, was sie gesagt hatte, und schnell schlug sie eine Hand vor den Mund. »Ich meine ... er war freundlich, ja ... aber ...« Sie stockte, dann ballte sie die Hände zu Fäusten und rief laut: »Ich bin froh, dass er fort ist und niemals wiederkommt.«
Bevor Neill sich über Màiris plötzlichen Ausbruch wundern konnte, war sie bereits davongelaufen. Neill sah seiner Freundin nach. Er hielt immer noch die Zeichnung in seiner Hand, Màiri hatte sie nicht migenommen. Er faltete das Blatt zusammen und steckte es wieder in die Jackentasche. Erst letzte Woche hatte ihn sein Vater über gewisse Eigenarten von Frauen aufgeklärt und von deren Stimmungsschwankungen erzählt. Nun, Màiri war zwar noch ein Kind, aber auf dem Weg zur Frau, und offenbar war ein solches Verhalten in diesem Alter normal. Dann jedoch spürte Neill ein dumpfes Rumoren in seinem Magen, das eindeutig Hunger war, und ihm fiel das Essen ein, welches seine Mutter sicher schon auf dem Herd stehen hatte. Für den Rest des Tages dachte er nicht mehr an Màiri.

Zwei Arme legten sich von hinten um Donald Munro.
»Nimm dir die Worte eines dummen Bengels nicht so sehr zu Herzen.« Wilhelmina Steel schnurrte wie ein Kätzchen. Als sie jedoch versuchte, Donalds Nacken zu küssen, machte er sich aus ihrer Umarmung frei.
»Du hast leicht reden, du hast ja auch keinen Ruf zu verlieren«, entgegnete Donald so heftig, dass Wilhelmina erschrocken zurückfuhr. »Es war ja nicht deine Frau, die sich das Leben genommen hat und dafür für immer in der Hölle schmoren muss.«

Wilhelmina seufzte und begann, den Tisch für das Abendessen zu decken. Natürlich hatte es auch sie erschreckt, zu hören, dass offenbar die ganze Insel über ihr Verhältnis Bescheid wusste, dennoch konnte sie Donalds Ängste nicht nachvollziehen. Wilhelmina war es gleichgültig, was andere Menschen von ihr dachten, ganz besonders die St. Kildaner. Seit drei Jahren versuchte sie nun schon, den Inselbewohnern ein wenig Kultur und Hygiene beizubringen, aber all ihre Bemühungen waren vergeblich gewesen. Die St. Kildaner waren derart rückständig, dass jeder Versuch, ihre Lebensumstände zu verbessern, Zeitverschwendung war.

»Ich glaube, mein lieber Donald, du hast ein schlechtes Gewissen, weil dein Seitensprung aufgedeckt wurde, und nicht, weil du deine Frau betrogen hast.« Zum ersten Mal sprach Wilhelmina das aus, was ihr seit Margarets Tod auf der Seele lastete. »Wäre Margaret noch am Leben, hättest du keine Skrupel, weiterhin mein Bett aufzusuchen, doch jetzt spielst du seltsamerweise den Heiligen.«

Seit dem Tod seiner Frau hatte Donald Munro nicht mehr mit Wilhelmina geschlafen, obwohl sie sich vorher zwei oder drei Mal in der Woche zu einer heimlichen Liebesstunde getroffen hatten. Jetzt ließ er es gerade noch zu, dass Wilhelmina ihn küsste, erwiderte ihre Liebkosungen allerdings nicht. Wilhelmina hatte geglaubt, er bräuchte Zeit, denn obwohl Donald Margaret nie geliebt hatte, empfand er so etwas wie Reue und Scham über sein Verhalten. Doch seine Frau war schon seit Wochen tot und begraben, und wenn die ganze Insel ohnehin über ihre Beziehung sprach – warum konnten sie dann nicht wie Mann und Frau zusammenleben?

»Ich werde St. Kilda verlassen«, sagte Donald plötzlich und stand auf. Er ging zum Fenster und sah in die Dämmerung hinaus. »Meine Kinder brauchen mich, und ich will versuchen, ihnen ein besserer Vater zu sein als bisher. Irgendeine Arbeit werde ich in

Schottland schon finden, um mich und meine Töchter zu ernähren.«
Wilhelmina war über diese Ankündigung nicht überrascht. Sie nahm ihren ganzen Mut zusammen und sagte: »Vielleicht brauchen die Mädchen auch eine neue Mutter. An Margaret konnten sie sich ja kaum gewöhnen, und dann unter diesen Lebensumständen hier …« Sie seufzte und fuhr fort: »Wenn du willst, gehe ich mit dir fort. Gemeinsam können wir uns in Edinburgh oder Glasgow ein neues Leben aufbauen.«
Donald fuhr zu Wilhelmina herum und starrte sie so entsetzt an, als hätte sie von ihm verlangt, in einem Ruderboot den Atlantik zu überqueren.
»Begreife es endlich, Wilhelmina, es ist vorbei.« Donalds Augen verengten sich zu Schlitzen, und seine Stimme klang gepresst. »Das mit uns war der größte Fehler, den ich machen konnte, und ich bereue den Tag, an dem ich meinen Fuß auf diese Insel gesetzt habe. Lass mich einfach in Ruhe. Hast du verstanden?«
Wilhelmina schluckte den Kloß, der sich in ihrer Kehle bildete, hinunter. Sie wollte ihn nicht merken lassen, wie sehr er sie mit jedem seiner Worte verletzte, denn einen letzten Rest Stolz wollte sie sich bewahren. Darum straffte sie die Schultern und streckte das Kinn vor.
»Ganz wie du willst, Donald. Ab sofort werde ich nicht mehr für dich kochen oder deine Wäsche waschen. Ich bitte dich, mein Haus zu verlassen und niemals wieder einen Schritt über meine Schwelle zu setzen.«
»Aber Wilhelmina … wir können doch Freunde bleiben …« Donald runzelte die Stirn. Die Aussicht, sich nun selbst um den Haushalt kümmern zu müssen, behagte ihm gar nicht, aber Wilhelmina blieb hart.
»Ich hab gesagt, du sollst gehen. Worauf wartest du noch? Und ich wünschte, das Schiff käme bereits morgen, damit ich dich nicht länger sehen muss.«

Sie drehte sich um, und ihre Haltung zeigte Donald, dass jedes weitere Wort sinnlos war. So blieb ihm nichts anderes übrig, als in seine einfache, ungeheizte Hütte zu gehen und sich zu bemitleiden.

Die Überfahrt war sehr stürmisch gewesen und dauerte über dreißig Stunden. Lady Eleonor McFinnigan hatte die ganze Zeit unter Übelkeit und Erbrechen gelitten, daher war sie froh, als am Horizont endlich die Umrisse des Inselarchipels auftauchten. Ihre Pelzkappe tief in die Stirn gezogen und die Hände in dem Muff aus weichem Kaninchenfell vergraben, stand sie an der Reling und sah auf die sich nähernde Landmasse.
»Es wird noch eine Stunde dauern, bis wir anlegen. Du solltest wieder unter Deck gehen. Bei dem Wetter holt man sich schnell eine Erkältung.«
Lady Eleonor schenkte ihrem Mann einen liebevollen Blick.
»Sei um mich nicht besorgt, Thomas. An der frischen Luft fühle ich mich wohler als in der stickigen kleinen Kabine, und mein Magen rebelliert nicht ständig.«
»Ich verstehe immer noch nicht, warum du mich auf dieser Reise wieder begleiten wolltest.« Lord Thomas McFinnigan sah seine Frau lächelnd, aber auch fragend an. »Mich zwingt man quasi dazu, St. Kilda aufzusuchen, um einige Dinge zu besprechen und zu regeln. Du jedoch hättest in unserem warmen und gemütlichen Haus in der Stadt bleiben können.«
Lady Eleonor zuckte mit den Schultern und starrte auf die Bucht von Hirta. Wenn sie sie Augen ein wenig zusammenkniff, konnte sie bereits die Umrisse der ersten Häuser erkennen.
»Mir geht das kleine Mädchen einfach nicht aus dem Sinn.« Leicht legte sie eine Hand auf den Arm ihres Mannes. »Nenn mich sentimental, aber im vergangenen Jahr habe ich oft an sie denken müssen und mich gefragt, ob sie gesund ist und ob es ihr gutgeht.«

Thomas bedachte seine Frau mit einem zärtlichen Blick. Er wusste, ihre Sorge war echt, und darum liebte er sie. Eleonor dachte oft an andere Menschen. Stundenlang ging sie durch die Armenviertel von Edinburgh, um den Menschen Essen und Decken zu bringen. Auch um die Pächter auf ihrem Landbesitz fünfzig Meilen südlich der Stadt kümmerte sie sich rührend und hatte stets ein offenes Ohr für deren Sorgen und Nöte.

»Das Kind ... wie war noch mal ihr Name?«, fragte Lord Thomas.

»Màiri.«

»Also, diese Màiri ist ein Kind der Insel und an das harte Leben dort gewöhnt. Ich bin sicher, sie ist kräftig gewachsen und bei guter Gesundheit. Wenn es dich jedoch beruhigt, werden wir ihre Familie aufsuchen, bevor ich mit Reverend Munro spreche.«

Für einen Moment ließ Lady Eleonor ihren Kopf an die Schulter ihres Mannes sinken.

»Ich habe ihr einen Zeichenblock und Buntstifte mitgebracht. Glaubst du, sie freut sich darüber?«

Thomas lachte und drückte Eleonor an sich.

»Ganz sicher, aber vielleicht noch mehr über die vielen Süßigkeiten, mit denen deine Tasche bis zum Bersten gefüllt ist.«

»Oh, du weißt es?«

»Sicher, mein Schatz, und ich finde es rührend, wie du an das Kind denkst, aber du hast so viel Schokolade in deine Tasche gesteckt, dass es für alle Kinder auf der Insel reicht. Wenn Màiri das alles allein isst, bekommt sie bestimmt Bauchschmerzen.«

Eleonor stimmte in sein Lachen ein und blickte wieder in Richtung der immer größer werdenden Felsen. Sie war gespannt, was sie auf Hirta erwarten würde.

Die Nachricht über die Ankunft des Dampfschiffes verbreitete sich wie ein Lauffeuer auf der Insel. Die Frauen ließen ihre Arbeit ruhen, die Männer brachen die Arbeit in den Klippen ebenfalls ab und eilten zur Village Bay. Das Schiff kam in diesem Jahr ungewöhnlich früh. Ob es außer den sehnsüchtig erwarteten Waren auch Besucher an Bord hatte?

»Ich glaube nicht«, sagte Annag. »Diesen feinen Pinkeln ist es im April viel zu kalt, die kommen erst im Sommer.«

»Von mir aus können sie für immer fortbleiben.« Robert, der Schreiner, verzog missmutig das Gesicht. »Hauptsache, wir bekommen die Materialien, um unsere Häuser ordentlich reparieren zu können, und ausreichend Kohle, damit wir es warm haben. Sicher ist wieder so ein Gesandter von der Regierung oder von diesem Komitee an Bord, der uns vorschreiben will, wie wir zu leben haben.«

»Du hast ganz recht, Robert«, mischte sich Angus ein. »Wir werden dem Herrn die Meinung sagen.«

Die Männer hatten eine Liste von Forderungen erstellt. Eine Abordnung von vier Männern – darunter Ervin – sollte diese dem Gesandten vorlegen und das Gespräch mit ihm suchen. In erster Linie ging es um die Erlaubnis, ihre Häuser wieder in der Art und Weise zu bauen, wie sie seit Jahrhunderten auf der Insel üblich war.

»Zement für die Mauern und Zinkblech für die Dächer. Pah!« Angus spuckte in hohem Bogen aus. »Ich wünschte, die Herren, die das angeordnet haben, würden einen Winter hier verbringen, dann würden sie schnell einsehen, welch ein Unsinn diese Baumaterialien sind.«

»Es ist aber nicht alles schlecht, was vom Festland kommt.« Ervin nahm einen langen Zug aus seiner Pfeife und sah in die Runde. »Die Frauen bekommen Töpfe und Pfannen zum Kochen sowie Nadeln und sonstige Utensilien für die Näharbeiten. Außerdem schätzen die Frauen den Tee, und wir selbst sind einem Schluck Whisky nicht abgeneigt.«

Der alte Ben grinste. »Wir sollten versuchen, selbst Whisky zu brennen. So schwer kann das ja nicht sein.«

»Woher willst du die Gerste nehmen?« Ervin schüttelte den Kopf. »Im Ernst, wir müssen auch die Probleme mit Reverend Munro ansprechen. Die Trauer um seine Frau in allen Ehren, aber es kann nicht angehen, dass er seine Pflichten, für die er schließlich bezahlt wird, derart vernachlässigt und dass unsere Kinder seit Wochen keinen Unterricht erhalten.«

»Munro wird uns sowieso verlassen.« Robert machte eine wegwerfende Handbewegung. »Um den Mann ist es nicht schade, und am besten nimmt er seine Buhle, diese Krankenschwester, gleich mit. Aber sag, Ervin, hast du den Brief an den Vater von Adrian Shaw geschrieben?«

»Was für einen Brief?« Ervin hoffte, niemand würde seine Erregung, als Adrians Name fiel, bemerken.

»Na, dass sein Sohn tot ist«, antwortete Angus und sah Ervin erstaunt an. »Ein Tuchhändler mit Namen Shaw wird in Glasgow wohl ausfindig zu machen sein.«

»Ist es nicht besser, den armen Mann im Glauben zu lassen, sein Sohn wäre bereits im letzten Herbst mit dem Schiff untergegangen, anstatt ihm mitzuteilen, dass er noch einige Monate hier gelebt hat und dann auf unerklärliche Art und Weise ins Meer gestürzt ist?« Ervin sah fragend in die Runde. »Der Schmerz von Mr. Shaw war damals sicher sehr groß, er wird inzwischen aber abgeebbt sein. Meiner Meinung nach sollte man alte Wunden nicht wieder aufreißen.«

»Wie du meinst, eigentlich geht es uns auch nichts an«, brummte Robert und wandte sich dem Meer zu. »Schaut, das Schiff wird gleich anlegen. Mal sehen, was es dieses Jahr für uns dabeihat.«

Zu Ervins Erleichterung wurde das Thema Adrian Shaw fallengelassen, denn nun galt es, dem Schiff beim Anlegen zu helfen und die Ladung zu löschen. In den nächsten zwei Stunden herrschte rund um die Village Bay hektische Betriebsamkeit, die Ervin keine Zeit zum Nachdenken ließ.

Annag sah überrascht von ihrem Spinnrad auf, als plötzlich die feine Lady vor ihr stand.

»Guten Tag, Mrs. Daragh. Erinnern Sie sich noch an mich?«

»Selbstverständlich, Mylady.« Langsam stand Annag auf und verschränkte abwehrend die Hände vor der Brust. Aus halb zusammengekniffenen Augen musterte sie den aufwendig gearbeiteten, hellgrauen Pelzmantel und die geknöpften Lederstiefel der Dame. »Was führt Sie in dieser Jahreszeit auf unsere Insel?«

Lady Eleonor lächelte, aber für Annag war es ein herablassendes Lächeln.

»Mein Mann hat im Namen des Komitees einiges zu klären, und ich habe ihn begleitet.« Ihre blassblauen Augen huschten durch den Raum. »Wo steckt denn die kleine Màiri?«

Annag war überrascht, dass die Lady sich den Namen ihrer Tochter gemerkt hatte. Kühl antwortete sie: »War sie denn nicht mit den anderen am Hafen, das Schiff zu begrüßen? Sie muss irgendwo draußen sein.«

Lady Eleonor strich über ein Stück gewebten Stoffes, der auf dem Tisch lag.

»Das ist eine gute Arbeit. Haben Sie den Stoff gewebt?«

Annag verneinte. »Wir haben nur einen Webstuhl, und der steht im Haus von Ann Sheridan. Ich spinne die Wolle und stricke hauptsächlich. Hier hat jede Frau ihre festen Aufgaben, die sie von früh bis spät beschäftigt hält. Auf St. Kilda ist keine Zeit für Müßiggang.«

Entweder hatte Lady Eleonor die feine Spitze nicht gehört, oder sie wollte diese nicht bemerken. Ihr Lächeln blieb unverändert, als sie fortfuhr: »Ich werde mir ein wenig die Beine vertreten und dabei nach Màiri Ausschau halten. Vielleicht hat das Mädchen Lust, mich wieder über die Insel zu führen?«

Annag brummte etwas Unverständliches und widmete sich erneut dem Spinnrad. Vor der Tür traf Lady Eleonor mit Ervin zusammen. Er starrte die Dame wenig freundlich an, dann besann er sich auf sein gutes Benehmen und zog schnell die Kappe vom Kopf.

»Einen guten Tag, Mylady. Wenn Ihr Euren Mann sucht – ich habe ihn gerade gesehen, wie er zum Haus der Krankenschwester hinaufging.«

Lady Eleonor nickte beifällig.

»Es gibt wieder vieles zu besprechen, guter Mann. Eigentlich bin ich auf der Suche nach Ihrer Tochter. Ich habe ein paar Geschenke für das Mädchen dabei.«

»Nach Màiri?« Nun war auch Ervin überrascht.

»Ich sagte ihr bereits, dass Màiri irgendwo herumstrolcht«, rief Annag, die den Wortwechsel verfolgt hatte. »Wahrscheinlich treibt sie sich zusammen mit Neill herum.«

Ervin schüttelte den Kopf. »Der Junge ist am Kai und hilft, die Kohle zu entladen.«

Lady Eleonor zuckte lächelnd mit den Schultern und zwinkerte Annag vertraulich zu. »Ich werde sie schon finden, so groß ist die Insel ja nicht.«

Kaum war sie außer Sichtweite, fragte Ervin aufgeregt: »Ist das nicht die Frau, die im letzten Sommer schon mal hier war?«

Annag nickte. »Lord und Lady McFinnigan aus Edinburgh. Der Lord ist Vorsitzender des Komitees zur Verbesserung der Lebensumstände auf St. Kilda.« Sie lachte grimmig. »Sie hat uns ein paar Pennys hingeworfen, als wären wir Bettler. Diese feinen Pinkel denken, mit Geld könne man alles kaufen.«

Ervin ließ sich rittlings auf einen Stuhl fallen. Seine Gedanken arbeiteten fieberhaft.

»Waren das nicht die Leute, die angeboten hatten, Màiri mit aufs Festland zu nehmen?«

Vor Schreck fiel Annag die Spindel aus der Hand. Ein Blick in das Gesicht ihres Mannes sagte ihr, worum sich seine Gedanken drehten.

»Nein! Das wirst du nicht tun!«
»Warum nicht? Es wäre für alle das Beste.« Ervin stand auf, trat vor seine Frau und legte seine Hände fest auf Annags magere Schultern. »Wenn sie das Mädchen noch wollen, sollen sie es am besten gleich heute mitnehmen. Ich werde Màiri sofort suchen, du packst derweil ihre Sachen.«
Annag erzitterte unter seiner Berührung. Ihr drohte die Stimme zu versagen, als sie hervorstieß: »Ich gebe mein Kind nicht her. Das kannst du nicht von mir verlangen.«
Ervins Finger gruben sich hart in ihr Fleisch, und Annag stöhnte vor Schmerz. Er beugte sich zu ihr hinunter und zischte leise: »Ich will das Balg nicht mehr im Haus haben. Sie ist eine Mörderin, und früher oder später wird sie ihren Mund nicht mehr halten können. Jedes Mal, wenn ich sie ansehe, kommt die Erinnerung an das, was sie getan hat, wieder in mir hoch.«
Annag nahm ihren ganzen Mut zusammen, als sie entgegnete: »Du solltest dich lieber daran erinnern, was *du* getan hast. Es wäre nie zu dieser schrecklichen Tat gekommen, wenn du und Adrian nicht …«
Annag war an Ervins Schläge gewöhnt, doch der Kinnhaken, den er ihr nun verpasste, war so brutal, dass ihr Kiefer bedenklich knirschte und sie rückwärts vom Stuhl fiel. Ohne Rücksicht darauf, dass man sie hören konnte, trat Ervin mit der Schuhspitze hart in Annags Seite und brüllte: »Du wirst tun, was ich dir befehle, Weib. Geh und packe Màiris Sachen zusammen. Ich will sie hier nie mehr sehen, sonst kann ich für nichts garantieren. Das Geld, das ich von dem Lord für sie bekomme, wird eine kleine Entschädigung für das sein, was ich durchmachen musste.«
Wimmernd blieb Annag am Boden liegen, als Ervin aus dem Haus stampfte. Sie konnte und wollte sich nicht von dem einzigen Kind, das ihr geblieben war, trennen. Gleichzeitig wusste sie aber, dass ihr keine andere Wahl blieb, denn sie musste auch an das Wohl von Màiri denken. Das Mädchen hatte nicht nur ein

besseres Leben verdient, auch befüchtete Annag von Tag zu Tag mehr, Ervin könne ihr etwas antun. Seit der verhängnisvollen Nacht erkannte sie ihren Mann nicht wieder. Es war, als wäre sie die ganzen Jahre mit einem völlig Fremden verheiratet. Ervin hatte sich noch nie viel aus seiner Tochter gemacht, aber nun schien er sie regelrecht zu hassen.
Mühsam rappelte Annag sich auf die Füße. Sie schmeckte Blut im Mund und spuckte einen ihrer Schneidezähne aus, aber das war ihr gleichgültig. Ihr Leben war nichts mehr wert. Sie musste jedoch alles tun, damit Màiri die Chance bekam, eines Tages die Geschehnisse zu vergessen und glücklich zu werden.

Màiri hatte sich bei den Felsen auf dem Oiseval versteckt, als sie das Herannahen des Postschiffes bemerkte. Die letzten Jahre hatte sie sich immer auf das Schiff gefreut und war auf die Waren und die Menschen, die es nach Hirta brachte, gespannt gewesen. Heute jedoch wollte sie keine Fremden sehen. Sie wollte mit niemandem sprechen, wollte nicht zu jemandem freundlich und zuvorkommend sein und so tun müssen, als ginge es ihr gut, während die Verzweiflung wie ein Geschwür in ihrem Inneren fraß. In den letzten Wochen hatte Màiri sich immer wieder gesagt, dass sie mit dem Spaten zuschlagen *musste*, sonst hätte Adrian ihre Mutter getötet. Zusätzlich belastete sie das Verhalten des Vaters. Teilnahmslos hatte er zugesehen, wie Adrians Hände Annags Kehle zudrückten, und war nicht eingeschritten. Màiri hatte vor ihrem Vater immer Respekt gehabt, ganz so, wie es sich für ein Kind gehörte, aber jetzt hatte sie Angst vor ihm. Sie zitterte, wenn Ervin das Haus betrat, und ihre Stimme versagte, wenn er das Wort an sie richtete, was allerdings selten geschah. Ihre bisher kleine, aber schöne Welt hatte tiefe Risse bekommen, und Màiri wusste sogar in ihrer kindlichen Unschuld, dass diese niemals wieder gekittet werden würden.
»Màiri! Wo bist du?« Sie hörte das Rufen ihrer Mutter und

drückte sich tiefer in den Schutz der Felsen. »Kind, ich weiß, dass du irgendwo hier bist. Hör auf, dich zu verstecken, ich muss mit dir reden.«

Wieso wusste die Mutter, wo sie war? Offenbar hatte Neill ihr geheimes Versteck verraten. Zorn auf den Freund packte Màiri. Nicht einmal ihm konnte sie mehr vertrauen. Zögernd trat sie hinter dem Stein hervor. Als Annag ihre Tochter sah, stürzte sie sich mit einem Schrei auf sie. Zuerst dachte Màiri, Annag würde sie schlagen, aber die Mutter riss sie in die Arme und drückte sie so fest an sich, dass Màiri kaum noch Luft bekam.

»Mein liebes, liebes Kind.«

Màiri merkte, dass die Mutter weinte, und sie hob den Kopf. Die eine Gesichtshälfte Annags war geschwollen, und in ihrem Mundwinkel klebte Blut. Màiri erschrak.

»Was ist geschehen?«, fragte sie schüchtern, obwohl sie ahnte, wer ihre Mutter so zugerichtet hatte. In den letzten Wochen hatte der Vater sie öfter geschlagen, und Màiri gab sich die Schuld dafür. Wenn sie Adrian nicht getötet hätte, dann wäre ihr Vater auch nicht so böse. »Bist du hingefallen?«

Annag zögerte keinen Moment und nickte hastig.

»Komm jetzt, Kind, wir haben Besuch.« Sie nahm Màiris Hand, und dem Mädchen blieb nichts anderes übrig, als der Mutter zu folgen. Während sie im Laufschritt den Berg hinuntereilten, fuhr Annag fort: »Die feine Lady vom letzten Jahr ist wiedergekommen und möchte dich sehen.«

Màiri erinnerte sich vage an die Dame. Sie hatte schöne und weiche Kleider getragen und gut gerochen. Lediglich die Erinnerung, dass die Lady sie mitnehmen wollte, hatte sich fest in Màiris Gedächtnis gegraben, darum wollte sie die Frau nicht wiedersehen, aber sie musste ihrer Mutter folgen. Annag hatte es offenbar sehr eilig, denn Màiri konnte kaum mit ihr Schritt halten. Als sie die Bucht erreichten, sah Màiri, wie das Dampfschiff bereits wieder beladen wurde. Unzählige Ballen von Stoff, die die fleißigen Hände der Frauen über den Winter gewebt hatten, verschwanden im Bauch des Schiffes, ebenso Dutzende von Säcken mit den gereinigten Vogelfedern – dem Tribut an den Landlord von St. Kilda.

In der Nähe des Kais stand die Lady und sprach mit einem der Matrosen. Als die Dame Màiri sah, kam sie ihr lächelnd und mit ausgebreiteten Armen entgegen. Schnell versteckte sich Màiri hinter dem Rücken ihrer Mutter.

»Màiri, mein Kind«, rief Lady Eleonor. »Du bist ja schon beinahe eine kleine Dame, so groß, wie du geworden bist. Willst du mir nicht guten Tag sagen?«

Annag gab ihrer Tochter einen Schubs. Artig knickste Màiri vor der Lady und murmelte höflich eine Begrüßung.

Lady Eleonor betrachtete das Kind von oben bis unten. In dem einem Jahr war sie nicht nur gewachsen, sondern es war jetzt schon zu erkennen, dass sie eines Tages eine Schönheit werden würde. Allerdings war Eleonor entsetzt zu sehen, wie schmutzig das Kind war. Ihre wundervollen kupferroten Locken schienen seit langem nicht mehr gewaschen worden zu sein und hingen Màiri verfilzt auf die Schultern. Ihr einfacher Kittel war an vielen Stellen geflickt, der Saum nass und schmutzig, und Màiris nackte Beine und Füße strotzen nur so vor Dreck. Nun, das würde sich ja jetzt bald ändern. Eleonor hatte es nicht fassen können, als Ervin Daragh zu ihr gekommen war und sie daran erinnert hatte, dass sie im letzten Jahr Màiri mit aufs Festland nehmen wollte.

»Wenn Sie das Kind noch wollen, können Sie sie haben«, hatte Ervin gebrummt. »Allerdings verlangen wir eine kleine Entschädigung, denn es ist nicht einfach, sein einziges Kind in die Fremde ziehen zu lassen.«

Zuerst hatte Eleonor an einen schlechten Scherz geglaubt, aber als dann Annag die Worte ihres Mannes bestätigte, hatte sie sofort Thomas aufgesucht und ihn gebeten, mit Ervin die Details zu klären. Thomas McFinnigan, an die manchmal seltsamen Launen und Wünsche seiner Frau gewöhnt, hatte zuerst zwar versucht, ihr die Idee auszureden, sich dann aber ihren Argumenten, das Kind würde es in ihrer Obhut viel besser haben, gefügt. Ausschlaggebend war natürlich auch die Mitteilung von Reverend Munro gewesen, mit dem Lord Thomas den Vorschlag der Daraghs diskutiert hatte. Munro würde die Insel noch heute verlassen – eine Entscheidung, die Lord Thomas nachvollziehen konnte, als er von dem schrecklichen Unfall Margaret Munros hörte. Somit waren die Kinder von St. Kilda ohne Lehrer und ohne geistlichen Beistand. Bis das Komitee, dessen Vorsitz Lord Thomas innehatte, einen kompetenten Nachfolger für Munro finden würde, konnte es Wochen, wenn nicht sogar Monate dauern. Es lag also nahe, wenigstens ein Kind aus dieser unzivilisierten Lebensgemeinschaft zu erretten.

Màiri wusste nicht, was vor sich ging, als Annag sie auf die Stirn küsste und dann ihre kleine Hand in die Hand der feinen Dame legte. Sie erblickte ihren Vater, der mit dem Lord aus ihrem Haus trat und sich mit dem feinen Herrn offenbar gut zu verstehen schien. Seit langem hatte Màiri den Vater nicht mehr derart entspannt, beinahe fröhlich, gesehen. Ervin trug ein kleines Bündel unter dem Arm, das er Màiri in den Arm drückte.

»Mach uns bloß keine Schande.« Hart, ohne einen Funken Gefühl, sah er Màiri in die Augen. »Jeden Tag musst du beten und Gott danken, dass er dir die Möglichkeit gibt, ein besserer Mensch zu werden.«

Màiri verstand noch immer kein Wort. Erst als Lady Eleonor sie an der Hand in Richtung der Anlegestelle zog und sagte: »Ich glaube, es wird Zeit, an Bord zu gehen«, begriff Màiri, was vor sich ging.

»Nein!« Sie schrie und stemmte die Füße in den Boden. »Mama, nein!«

Obwohl es Annag beinahe das Herz zerriss, blieb sie, die Arme

hinter dem Rücken verschränkt, bewegungslos stehen. Alles in ihr schien zu Eis erstarrt zu sein. Ervin trat neben sie und legte bestimmend einen Arm um Annags Schultern. Sein Blick war ohne jedes Gefühl, als er auf Gälisch zu sprechen begann. Ervin wusste, dass die McFinnigans diese Sprache nicht beherrschten.
»Nun kannst du deine Nase von morgens bis abends in Bücher stecken. Das ist es doch, was du immer wolltest, anstatt mit deinen Händen zu arbeiten. Mylord und Mylady sind in ihrer Großzügigkeit bereit, dir eine Ausbildung zukommen zu lassen, wie sie nie zuvor jemand von St. Kilda genossen hat. Offenbar haben sie einen Narren an dir gefressen, was uns zugutekommt, denn so muss ich deine Anwesenheit nicht länger ertragen. Welch ein Glücksfall.«
»Mama!« Erneut rief Màiri nach ihrer Mutter, in der vagen Hoffnung, sie möge die Trennung verhindern, aber Annag schwieg, wich dem Blick ihrer Tochter aus und senkte den Kopf. Lady Eleonor empfand Mitleid mit dem Kind. Sie ging vor Màiri in die Hocke und sah ihr eindringlich in die Augen.
»Ich weiß, wie du dich fühlst, aber du darfst jetzt über das Meer in eine große Stadt fahren. Dort gibt es viele Häuser, Kutschen und Geschäfte mit Spielsachen. Du zeichnest doch gerne, nicht wahr? Ich habe dir einen großen Block mit vielen weißen, leeren Blättern mitgebracht und viele bunte Stifte. In der Stadt wirst du in unserem Haus leben, und unsere Töchter werden deine Freundinnen werden. Als Erstes besorgen wir dir Schuhe und schöne Kleider, und du wirst in eine Schule gehen, in der du viel mehr lernst, als dieser Munro dir jemals hätte beibringen können.«
Màiri schossen die Tränen in die Augen. Lady Eleonors Worte rauschten wie ein Wildbach an ihren Ohren vorbei. Sie registrierte nur, dass sie all das hier, was ihr lieb und teuer war, verlassen musste.
»Wann komme ich zurück?«, fragte sie schließlich leise. »Im Herbst?«

Màiri bemerkte nicht, wie Lady Eleonor mit ihrem Mann rasch einen Blick tauschte.

»Wenn es dir bei uns nicht gefällt, kannst du jederzeit wieder heimfahren. Dann bringen wir dich auf das nächste Schiff.«

»Bekomme ich bei Ihnen auch einen Apfel zu essen?«

Lady Eleonor nickte erleichtert. »Du kannst jeden Tag zehn Äpfel essen, wenn du möchtest, dazu Bonbons und Schokolade. Aber nicht zu viel, sonst bekommst du Bauchschmerzen. Jetzt komm, wir müssen an Bord gehen. Der Kapitän hat bereits zum zweiten Mal das Signal gegeben.«

Erst jetzt bemerkte Màiri, wie sich der Großteil der St. Kildaner um sie versammelt hatte. Die Frauen starrten sie überrascht an, manche Mitleid im Blick, während die Männer so taten, als ginge sie das alles nichts an. Plötzlich drängte sich Neill durch die Menge.

»Ich habe es eben erst gehört.« Er blieb vor Màiri stehen und schüttelte fassungslos den Kopf. »Du gehst doch nicht wirklich fort? Màiri, sag, dass das nicht wahr ist!«

Zum ersten Mal an diesem Tag zeigte sich ein Lächeln auf Màiris Gesicht.

»Ich komme bald wieder, spätestens im Herbst. Bis dahin werde ich dir jeden Tag schreiben. Und dann bringe ich dir schöne Dinge aus der Stadt mit.«

»Du weißt, ich kann nicht sonderlich gut lesen.« Verlegen scharrte Neill mit der Schuhspitze in der Erde. »Wenn du in der Stadt jetzt eine feine Dame wirst ... dann ...« Er zögerte, und trotz der Männlichkeit, die Neill gerne an den Tag legte, errötete er bis über beide Ohren. »Wirst du mich dann überhaupt noch heiraten wollen?«

Schnell nahm Màiri die Hand ihres Freundes.

»Natürlich, Neill, wie kannst du daran zweifeln? Ich werde dich zum Ehemann nehmen, wenn ich alt genug bin, aber bis dahin bin ich längst wieder zu Hause.«

Lady Eleonor rührte Màiris kindliche Unschuld. Sie hatte keinesfalls vor, ihre Kraft, Energie und auch ihr Geld in die Ausbildung dieses Kindes zu stecken, nur damit es nach St. Kilda zurückkehrte, jung heiratete und ebenso verhärmt wie all die Frauen hier wurde und vor ihrer Zeit alterte. Lady Eleonor fühlte sich, als würde sie ein heroisches Werk vollbringen, wenn sie das Kind von St. Kilda fortbrachte, und sie war überzeugt davon, dass Màiri nach ein oder zwei Wochen den Wunsch, heimzukehren, nicht mehr äußern würde. Wenn das Mädchen erst einige Zeit in der Stadt lebte, würde sie schnell merken, wie armselig ihr Leben auf St. Kilda gewesen war.
»Wir müssen jetzt wirklich gehen.« Lord Thomas schob seine Frau und Màiri mit sanfter Gewalt in Richtung des Schiffes. »Wenn wir Glück haben, sind wir morgen Abend bereits auf dem Festland.«
Màiri blickte ein letztes Mal zu ihrer Mutter. Sie hoffte, Annag würde sie in die Arme nehmen und zum Abschied küssen, aber diese wandte sich wortlos ab und ging mit langsamen Schritten davon, als wäre sie binnen weniger Minuten um viele Jahre gealtert. Plötzlich trat die alte Kenna vor Màiri. Sie umarmte Màiri und flüsterte ihr auf Gälisch ins Ohr: »Gehe mit den Leuten und kehre niemals wieder zurück. Es ist das Beste für dich, Mädchen, denn hier würdest du niemals vergessen. Es war unrecht, was du getan hast, und nun du musst deinen Eltern ihren Frieden wiedergeben. Wenn sie dich jeden Tag vor Augen haben, werden sie immer daran erinnert, dass du ihr Leben zerstört hast. Denk daran, Kind, du musst deine Tat für den Rest deines Lebens büßen und darfst niemals darüber sprechen. Niemals, verstehst du, sonst wird dich das, was sie auf dem Festland Gesetz nennen, treffen, und sie sperren dich für denn Rest deines Lebens in ein feuchtes Loch, wenn sie dich nicht gleich töten.«
Ebenso schnell, wie Kenna erschienen war, verschwand sie auch wieder, aber ihre Worte hatten Màiri mitten ins Herz getroffen.

Sie begann zu verstehen – ihre Eltern schickten sie fort, weil sie es nicht länger ertrugen, mit einer Mörderin unter einem Dach zu leben. Nicht nur ihr Vater, sondern auch die Mutter hasste sie und wollte sie nie wiedersehen. Unter Aufbietung all ihrer Kraft straffte sie die Schultern und hob den Kopf. Màiri blickte nicht zurück, als sie die Planken des Schiffes betrat, das sie weit fort von dem Ort brachte, der ihre Heimat war.

8. Kapitel

Die Überfahrt auf die Insel Lewis, von dort das erneute Übersetzen aufs Festland, die Fahrt in der schaukelnden Kutsche und die Übernachtungen in verschiedenen Gasthäusern – Màiri brummte der Kopf von den zahlreichen neuen Eindrücken. Obwohl sie todmüde war, presste sie ihre Nase an die Fensterscheibe, um ja kein einziges Detail der draußen vorbeihuschenden Landschaft zu verpassen. Seit St. Kilda am Horizont verschwunden war, war Màiri von Stunde zu Stunde mehr bewusst geworden, wie wenig sie wusste und wie vieles sie nicht kannte. Das hatte schon beim Essen auf dem Schiff angefangen. Da gab es Speisen, die Màiri nie zuvor gesehen hatte, und als sie zum ersten Mal eine Zitronenlimonade trank, hatte sie über den säuerlichen Geschmack erst das Gesicht verzogen, dann aber Gefallen an dem Getränk gefunden. Lord Thomas McFinnigan hatte nur wenige Worte mit ihr gewechselt. Da Reverend Munro mit ihnen reiste, waren die beiden Männer die meiste Zeit in Gespräche vertieft gewesen. Màiri war in eine fensterlose Kabine mit einem Bett gebracht worden, hatte aber wegen der ungewohnten Geräusche des Schiffes die ganze Nacht kein Auge zugetan. Auf der Insel Lewis, die sie nach fünfundzwanzig Stunden Überfahrt erreichten, waren sie auf ein anderes Schiff gegangen, das sie in die Stadt Oban an der Westküste Schottlands brachte. Von dort hatten sie weitere vier Tage mit Postkutschen das Land von West nach Ost durchquert, bis endlich ihr Ziel – Edinburgh – in Sicht kam. Lady Eleonor hatte Màiri während der Fahrt ausführlich von ihrer Familie erzählt.

»Wir haben zwei Töchter und einen Sohn. Alexander wird im November achtzehn. Er studiert die Rechtswissenschaften, wahrscheinlich wird er wie sein Vater ein politisches Amt bekleiden. Auch bei der Verwaltung unseres Gutes zeigt Alexander großes Geschick. Susanna ist dreizehn, mit ihr wirst du dich gut verstehen, da ihr fast im gleichen Alter seid. Unsere Kleine ist erst acht und noch sehr kindlich.« Lady Eleonor schmunzelte und tätschelte Màiris Hand. »Dorothy wird über deine Ankunft froh sein, da du auch ein wenig jünger bist. Susanna findet es nämlich unter ihrer Würde, mit ihrer kleinen Schwester zu spielen.«

Màiri schwirrte der Kopf von den vielen Namen, aber sie war froh zu hören, dass es im Haus der McFinnigans Kinder in ihrem Alter gab. Nach einem weiteren anstrengenden Tag in der ständig schaukelnden Kutsche glaubte Màiri, vor Erschöpfung keinen Augenblick länger die Augen offenhalten zu können. Als jedoch links und rechts der Straße die Häuser immer dichter standen und die Gebäude immer größer wurden, war ihre Müdigkeit verflogen. Nie zuvor hatte sie so viele Häuser auf einmal und so hohe Gebäude gesehen. Sie zählte vier, fünf, ja, manchmal sogar sechs Stockwerke. Es schien ihr unvorstellbar, dass hinter all diesen Mauern Menschen leben sollten. Trotz der späten Stunde herrschte auf den Straßen reger Betrieb. Auf Hirta schlief man um diese Zeit schon, um am nächsten Morgen bei Sonnenaufgang für die Arbeit ausgeruht zu sein. In der Stadt jedoch schien es keine Nacht zu geben. Hinter vielen Fenstern brannte Licht, und auf den Straßen war es beinahe so hell wie am Tag. Das kam von hohen, metallenen Pfählen, an denen leuchtende Glaskugeln hingen.

»Das ist Gaslicht«, erkläre Lady Eleonor. »Die ganze Stadt wird seit Jahren mit Gas beleuchtet. Letztes Jahr haben wir auch in unserem Haus Gaslicht legen lassen.«

Màiri traute sich nicht, zu fragen, was Gas eigentlich sei, denn sie hatte das Gefühl, ihr ganzes Leben bestünde nur noch aus Fragen.

Als die Kutsche wegen eines quer stehenden Pferdefuhrwerks für ein paar Minuten stoppen musste, konnte Màiri einen Blick in eine schmale, kopfsteingepflasterte Gasse werfen. Vor den Fenstern hingen Leinen mit Wäsche; Kinder, die eigentlich längst im Bett sein sollten, saßen auf dem Boden, und Männer und Frauen standen in Gruppen beisammen und unterhielten sich lautstark. Allein in dieser kleinen Gasse schienen mehr Menschen versammelt zu sein, als es Einwohner auf ganz St. Kilda gab.

»Du wirst dich schnell an alles gewöhnen.« Vertraulich drückte Lady Eleonor Màiris Hand. »Unser Haus, dein neues Heim, liegt in einer ruhigeren Gegend, und direkt gegenüber ist ein Park mit einem kleinen Springbrunnen.«

Màiri, die mit dem Begriff Park nichts anfangen konnte, nickte stumm. Die Kutsche setzte sich wieder in Bewegung. Nach einigen Minuten bogen sie auf einen großen Platz ein, der von einer Reihe dreistöckiger, aus hellem Stein erbauter Häuser gesäumt war, von denen jedes wie ein Ei dem anderen glich. Die Menschen auf der Straße, die Màiri erblickte, waren ebenso elegant gekleidet wie der Lord und die Lady. Die Kutsche hielt nun vor einem dieser Häuser. Sofort öffnete sich die Tür, und eine Frau und ein Mann eilten eine Treppe herab. Der Mann öffnete den Schlag, die Stufen wurden heruntergeklappt, und er half zuerst Lady Eleonor und dann Lord Thomas aus der Kutsche.

»Willkommen daheim, Mylady ... Mylord.« Seine Stimme war sonor und sein Verhalten unterwürfig, aber als sein Blick auf Màiri fiel, die sich instinktiv tief in die Ecke der Kutsche gekauert hatte, weiteten sich seine grauen Augen erstaunt, und er stieß einen Laut der Überraschung aus.

»Das Mädchen wird bei uns leben, Barnaby«, sagte Lady Eleonor und wandte sich dann an die ältere Frau, die abwartend auf den zum Eingang hinaufführenden Stufen stehen geblieben war. »Hilda, sorgen Sie dafür, dass das Kind etwas in den Magen bekommt, und dann richten Sie eines der Dachzimmer. Für ein Bad ist es heute zu spät, das Kind ist sehr müde.«

Ohne sich weiter um Màiri zu kümmern, gingen Lord und Lady McFinnigan ins Haus. Die angesprochene Frau trug ein schlichtes dunkelblaues Kleid, das bis zum Hals geschlossen war, und ihr graues Haar war zu einem strengen Knoten geschlungen. Ihre Blick richtete sich abschätzend auf Màiri, als sie sich vorbeugte, die Hand ausstreckte und zu ihr sagte: »Komm, Mädchen, du musst jetzt aussteigen.«

Màiri ignorierte die angebotene Hand und kletterte aus der Kutsche. Hinter der Frau betrat sie das Haus. Bevor sie sich umsehen konnte, stürmten zwei Mädchen mit lautem Geschrei die Treppe herunter.

»Mama! Papa! Endlich seid ihr wieder da!«

»Wir dachten, ihr kämt heute Nacht nicht mehr.«

Das größere Mädchen, wie ihre Schwester bereits in Nachthemd und Morgenmantel, warf sich in die Arme Lady Eleonors, während sich die Jüngere an die Seite des Vaters schmiegte und ihn erwartungsvoll anblickte.

»Wie war das Wetter auf der Insel? War die Überfahrt auch nicht zu stürmisch? Habt ihr uns etwas mitgebracht?«

»Der Hund von den Collins hat Junge bekommen«, rief das ältere Mädchen dazwischen. »Kann ich einen Welpen haben? Am Sonntag ist Jahrmarkt in Leith. Mama, da fahren wir doch hin, nicht wahr? Ich brauche unbedingt neue bunte Bänder für mein Haar und einen neuen Gürtel.«

Lachend schob Lady Eleonor ihre Tochter zur Seite.
»Es ist spät, wir werden eure Fragen morgen in aller Ruhe beantworten, aber, Susanna« – sie drehte sich um und sah zu Màiri, die abwartend in dem kleinen Vestibül stehen geblieben war –, »wir haben euch tatsächlich etwas mitgebracht. Eine Spielkameradin oder auch eine neue Schwester. Das Mädchen wird künftig bei uns leben.«
Schlagartig verstummte das muntere Geplapper der beiden Mädchen. Die hellblauen Augen der Älteren weiteten sich entsetzt, als ihr Blick über Màiris Gestalt glitt.
»Dieses schmutzige, kleine Ding? Das ist nicht euer Ernst! Mama ... Papa ... sagt, dass das nur ein Spaß ist.«
»Nein, meine Liebe, wir haben das Mädchen von dieser furchtbaren Insel weggebracht, um ihm eine anständige Erziehung zu geben. Ihr macht euch keine Vorstellungen, unter welchen armseligen Umständen die Kinder auf St. Kilda ihr Dasein fristen müssen.«
»Sie trägt ja nicht einmal Schuhe«, rief das jüngere Mädchen und zeigte entrüstet auf Màiris Füße. »Und wie dreckig sie ist. Mama, sie darf meine Spielsachen aber nicht anfassen, sie wird alles schmutzig machen.«
Lady Eleonor trat zwischen ihre Töchter und legte jeder einen Arm um die Schultern.
»Susanna ... Dorothy ... kommt einmal mit, ich werde es auch erklären ...«
Sie führte die Mädchen in einen angrenzenden Raum. Bevor sie die Tür hinter sich schloss, hörte Màiri sie noch sagen: »Wo ist eigentlich Alexander?«
»Er ist ausgegangen, Mama, wollte aber am Abend wieder zurück sein«, antwortete eines der Mädchen, und Lady Eleonor seufzte.
»Hoffentlich, denn es ist schon spät, und ein junger Mann sollte um diese Uhrzeit nicht in der Stadt unterwegs sein. Aber euer Bruder macht ja immer, was er will ...«

Die Tür fiel hinter den dreien ins Schloss, und Màiri konnte dem Gespräch nicht mehr folgen. Unschlüssig und allein blieb sie im Vestibül stehen. Lord Thomas war die Treppe hinaufgegangen, ohne sie weiter zu beachten, und auch diese Hilda, die offenbar die Haushälterin war, und der Butler waren nirgends mehr zu sehen. Offenbar hatte man sie vergessen. Unsicher scharrte sie mit den nackten Zehen auf dem weichen Teppich und sah sich interessiert um. Obwohl Lady Eleonor Màiri während der Reise von ihrem Haus erzählt hatte, war Màiri auf diese Pracht nicht vorbereitet gewesen. Für sie war es unvorstellbar, dass so wenige Menschen in einem solch großen Haus lebten. Allein die Eingangshalle mit ihrem schwarz-weißen Marmorboden war ungefähr doppelt so groß wie ihr Elternhaus auf Hirta und mit mehr Möbeln eingerichtet, als Màiri jemals in einem Raum gesehen hatte. Gegenüber dem Vestibül führte eine breite, mit einem karminroten Teppich ausgelegte Treppe in die oberen Stockwerke. Das hölzerne Geländer war reich an Schnitzereien und schimmerte wie frisch poliert. Zu Màiris Verwunderung waren die Lampen direkt an die Wände montiert, und das Licht, das sie ausstrahlten, war viel heller und klarer als das Licht der Öllampen, die sie bisher gekannt hatte. Auf Màiris rechter Seite hing ein mannshoher Spiegel mit einem breiten, goldfarbenen Rahmen an der Wand. Als Màiris Blick auf ihr Spiegelbild fiel, wunderte sie sich nicht, warum die beiden Mädchen sie so abfällig gemustert hatten. Von der langen Fahrt hing ihr Haar zerzaust bis über die Schultern, um ihre Augen lagen dunkle Schatten, im Gesicht hatte sie mehrere Schmutzstreifen, und auch ihr Kleid war nicht gerade als sauber zu bezeichnen. Màiri wusste nicht viel von der Welt außerhalb ihrer kleinen Insel, aber instinktiv hatte sie deutlich die Ablehnung der zwei Mädchen gespürt. Das Gefühl von Heimweh traf sie mit einer solchen Wucht, dass sich ihre Augen mit Tränen füllten. War Màiri während Reise durch die vielen neuen Eindrücke von den Erinnerungen an das schreckliche Geschehen abgelenkt worden, so stand nun das Bild, als Adrian tot zusammenbrach, ihr wieder deutlich vor Augen. Damit kehrte auch die Erinnerung an den Hass des Vaters wieder. Ihre Eltern wollten sie nicht mehr, aber hier wollte sie auch niemand. Am besten wäre es, sie würde weglaufen, irgendwohin, wo niemand sie kannte und keiner wusste, was sie getan hatte. Màiri drehte sich um. Gerade als sie die Hand auf den Knauf gelegt hatte und die Tür öffnen wollte, wurde diese von außen aufgedrückt.

»Hoppla! Ja, wen haben wir denn hier?«

Wie angewurzelt verharrte Màiri. Sie legte den Kopf in den Nacken und starrte den Eintretenden mit offenem Mund an. Das war er – der Ritter aus ihren Träumen! Er war zwar jünger und nicht ganz so breitschultrig wie ihr Lancelot, aber seine Gesichtszüge waren denen des Ritters verblüffend ähnlich. Er kam auch nicht auf einem großen weißen Pferd angeritten und trug keine glänzende Rüstung, sondern einen hellen Anzug, der seine schlanke, eigentlich schon schlaksige Gestalt betonte. Glattes, tiefschwarzes Haar, das bis auf den Kragen reichte, umrahmte ein schmales Gesicht mit einer großen, vorspringenden Nase. Die hellbraunen Augen musterten sie überrascht, aber dann lächelte er, und Màiris Heimweh verflog so schnell, wie es gekommen war, denn sie blickte auf zwei Reihen makellos weißer Zähne zwischen vollen Lippen.

»Hallo, Sir Lancelot.«

»Was sagst du da?« Der junge Mann schüttelte erstaunt den Kopf. »Was machst du in unserem Haus? Hast du dich verlaufen, Kleine?«

Màiri störte es, dass er sie Kleine nannte, auch wenn er gut und gerne drei Köpfe größer war als sie, sagte jedoch vertrauensvoll: »Ich soll hier leben. Lady Eleonor hat mich mitgebracht.«

Der Mann, bei dem es sich um Alexander, den Sohn der McFinnigans handelte, runzelte die Stirn. Er kannte die spontanen Ein-

fälle seiner Mutter. Im letzten Jahr hatte sie nach ihrer Reise nach St. Kilda von den armen Kindern erzählt, daher sah es ihr ähnlich, eines mit in die Stadt zu bringen. Er sah Màiri freundlich an und fragte: »Hast du Hunger?« Sie nickte, und Alexander sah ein erwartungsvolles Aufleuchten in ihren Augen. »Komm, ich bring dich in die Küche, offenbar scheint sich hier niemand um dich zu kümmern.«
Vertrauensvoll folgte Màiri ihrem Ritter durch die Halle zu einer Tür unter der Treppe, die sie zuvor nicht bemerkt hatte. Dahinter führten Steinstufen ins Souterrain. Als sie einen schmalen Gang erreicht hatten, kam ihnen eine aufgeregte Hilda entgegen.
»Ach, junger Herr, verzeihen Sie. Ich wollte das Mädchen gerade abholen. Über dem ganzen Trubel der Ankunft Ihrer Eltern habe ich die Kleine völlig vergessen.«
Sie griff nach Màiris Arm und zog sie hinter Alexanders Rücken hervor, wo Màiri sich verborgen hatte.
»Es ist gut, Hilda, kümmern Sie sich bitte um sie und geben Sie ihr zu essen. Ich werde mal mit meinen Eltern sprechen, um zu erfahren, wer dieses Kind ist und was es in unserem Haus zu suchen hat.«
Alexander drehte sich um, doch bevor er ging, blickte er noch einmal zu Màiri und zwinkerte ihr kaum merklich zu. Màiris Herz tat einen Sprung. Vielleicht war es hier doch nicht so schlimm. Nein, ganz sicher nicht, denn Gott hatte ihr ja Sir Lancelot geschickt, der sie behüten und beschützen würde.

»Bist du fertig? Gut, ich bring dich jetzt in dein Zimmer, denn es ist spät, und ich möchte endlich ins Bett gehen.«
Hilda zog den Teller Màiri unter der Nase fort, bevor diese bitten konnte, noch eine Kelle von der Hühnersuppe zu bekommen, denn sie war immer noch hungrig. Màiri blieb nichts anderes übrig, als der Haushälterin zu folgen. Anstatt die Treppe zu be-

nutzen, auf der sie heruntergekommen war, ging Hilda eine schmale Steintreppe durch ein schmuckloses Treppenhaus hinauf.

»Das ist die Treppe der Dienstboten«, teilte sie Màiri über die Schulter hinweg mit. »Auf der Haupttreppe hast du nichts zu suchen. Verstanden?«

Màiri nickte, obwohl sie es nicht verstanden hatte, aber Hilda erwartete offenbar keine Antwort. Immer weiter ging es hinauf, und als Màiri einmal nach unten schaute, wurde ihr schwindlig, und sie umklammerte haltsuchend das Geländer. Auf dem letzten Treppenabsatz öffnete Hilda eine Tür und betrat einen schmalen Flur mit zahlreichen Türen. Hilda öffnete die zweite Tür auf der rechten Seite und schob Màiri in einen kleinen Raum. Dort entzündete Hilda mit einem Handgriff eine Kerze.

»Hier wirst du schlafen.« Ihr Blick glitt abschätzend über Màiri. »Wasch dich ordentlich, bevor du ins Bett gehst, damit die frische Wäsche nicht gleich schmutzig wird. Gebadet wird erst morgen. Und lösch die Kerze, wenn du fertig bis. Gaslicht gibt es in den Dachräumen nämlich keines.«

Dann ließ Hilda Màiri stehen, ging hinaus und schloss die Tür hinter sich. Im flackernden Schein der Kerze sah Màiri sich in dem Zimmer um. In einer schmalen Dachgaube befand sich ein Fenster, darunter stand ein Bett, gegenüber ein eintüriger Schrank. Ein Tisch mit einem Stuhl vervollständigten die Einrichtung. Auf dem Tisch standen ein Krug mit Wasser und eine Schüssel. Màiri füllte das Wasser in die Schüssel und wusch sich die Hände und das Gesicht. Dass das Wasser kalt war, störte sie nicht, denn auf Hirta wusch man sich stets mit kaltem Wasser – sommers wie winters. Als sich Màiri abtrocknete, sah sie neben der Waschschüssel ein rosafarbenes, kleines und ovales Stück liegen. Vorsichtig nahm sie es in die Hand. Es war glatt und samtig weich. Ein feiner Duft stieg in Màiris Nase, der sie an den Geruch, der Lady Eleonor umgab, erinnerte. Einmal hatte sie die

Lady gefragt, nach was sie denn roch, und sie hatte lächelnd geantwortet: »Nach Rosenwasser. Ich liebe Rosen, es sind meine Lieblingsblumen.«
Màiri kannte viele Blumen – blaue und gelbe, im Herbst waren die Hügel Hirtas von lilafarbenen kleinen Blüten übersät, aber sie kannte die Blumen nicht mit Namen. Über die Pflanzen von St. Kilda hatte der Reverend niemals gesprochen.
»Was ist eine Rose?« Schüchtern stellte Màiri die Frage.
Fassungslos stupste Lady Eleonor ihrem Mann in die Seite.
»Hast du das gehört, Thomas? Das arme Kind hat noch nie eine Rose gesehen.« Zu Màiri gewandt, fuhr sie fort: »Rosen sind die edelsten und schönsten Blumen, die Gott je erschaffen hat. Ihre Farbenpracht und ihr einzigartiger Duft versetzen die Menschen in Entzücken, und manche widmen ihr ganzes Leben der Rosenzucht. In dem kleinen Park gegenüber unserem Haus wachsen ganz viele Rosen, da wirst du welche zu sehen bekommen.«
Darauf hatte Màiri nichts erwidert, denn es war ihr unvorstellbar, wie man seine Zeit damit verbringen konnte, Blumen zu züchten, anstatt sich um die nächste Mahlzeit zu kümmern.
Màiri schnupperte an dem ovalen Stück. Dies war eindeutig keine Rose, auch wenn es danach roch. Vielleicht konnte man es essen? Da Màiris Magen knurrte, biss sie vorsichtig in eine Ecke des unbekannten Gegenstandes.
»Pfui Teufel!« Sie spie das Stück hastig wieder aus und warf den Rest auf den Tisch. Der Geschmack war widerlich und hatte so gar nichts mit dem köstlichen Geruch zu tun. Màiri zog ihr Kleid aus, löschte die Kerze und schlüpfte ins Bett. Die Matratze gab unter ihrem Gewicht nach, und das Kissen und die Decke waren ungewohnt weich. Schnell wurde ihr warm, doch trotz ihrer Müdigkeit konnte sie nicht einschlafen. Obwohl es bereits Nacht war, drang immer noch ein Lichtschein durch das schmale Fenster. Zudem war der Raum von vielfältigen, für Màiris Ohren ungewohnten Geräuschen erfüllt. Kutschenräder rollten auf der

Straße, leichte Schläge ertönten, und sie hörte sogar hin und wieder Stimmen. Einmal lachte eine Frau schrill und sehr laut. Schliefen die Menschen in dieser Stadt eigentlich nicht? Màiri schloss die Augen, zog sich die Decke über den Kopf und versuchte einzuschlafen. Auf Hirta war es in der Nacht immer totenstill gewesen, sie musste sich wohl erst an die vielen Geräusche gewöhnen.

Trotz Susannas heftigen Protests waren die Mädchen der Mc-Finnigans ebenfalls zu Bett geschickt worden.
»Es ist bald Mitternacht, und ihr seid schon viel zu lange auf.« Lord Thomas sprach ein Machtwort. »Wir haben euch gestattet, uns zu begrüßen, aber nun geht in eure Zimmer.«
»Ich will aber wissen, warum Mama dieses Geschöpf in unser Haus gebracht hat.« Susannas Augen funkelten, und sie stampfte trotzig mit dem Fuß auf. »Mama, du kannst nicht von mir erwarten, dass ich mich mit der in der Öffentlichkeit zeige. Was sollen da meine Freundinnen von mir denken?«
»Wenn Màiri erst gewaschen ist und neue Kleidung bekommen hat, ist sie ein Kind wie jedes andere auch.« Unsicher sah Lady Eleonor von ihrem Mann zu ihrem Sohn. »Ich meine es ja nur gut mit der Kleinen.«
Sir Thomas tätschelte ihren Handrücken.
»Das weiß ich, Eleonor, darum habe ich ja auch zugestimmt, das Mädchen mit in die Stadt zu nehmen.« Sein strenger Blick ging zu seinen Töchtern. »Wir sprechen morgen in Ruhe darüber. Bis dahin werden wir überlegen, was mit dem Kind geschehen soll.«
Susanna murrte zwar noch etwas, folgte dann aber ihrer Schwester Dorothy in den zweiten Stock, in dem sich die Kinderzimmer befanden. Als sie allein waren, schenkte Alexander für sich und die Eltern Branntwein ein. Als sie getrunken hatten, runzelte Sir Thomas die Stirn.
»Susanna hat vielleicht sogar recht. Dieses Mädchen stammt aus

einfachsten Verhältnissen. Wir können sie nicht wie eine eigene Tochter behandeln, das wäre gegenüber Susanna und Dorothy nicht richtig. Der soziale Unterschied ist zu groß.«
»Also, ich finde sie ganz entzückend.« Alexander stellte lächelnd sein Glas zur Seite. »Etwas schmutzig, sicher, aber sie hat einen wachen und ehrlichen Blick. Mama, ich finde es gut, was du getan hast.«
Nachdem Lady Eleonor Màiris Geschichte in groben Zügen erzählt hatte, war sie bei Susanna auf völliges Unverständnis gestoßen, während Alexander geschmunzelt hatte. Dorothy war noch zu jung, um sich ein Urteil bilden zu können. Die jüngere Schwester befürchtete nur, das fremde Mädchen könnte ihr etwas von der Liebe der Eltern wegnehmen.
Die Worte ihres Mannes machten Lady Eleonor unsicher. Sie hatte spontan gehandelt, als Màiris Vater ihr angeboten hatte, das Kind mitzunehmen, doch nun regten sich erste Zweifel.
»Was soll ich jetzt tun? Ich habe die Verantwortung für das Kind übernommen. Ihrer Mutter fiel es sichtlich schwer, das Mädchen gehen zu lassen, und sie hat nur zugestimmt, weil ich ihr versprach, gut für Màiri zu sorgen. Sollen wir sie mit dem nächsten Schiff wieder nach St. Kilda zurückschicken?«
»Auf keinen Fall, das würde ja so aussehen, als hätten wir versagt.« Beruhigend nickte Sir Thomas Eleonor zu. »Ich hatte ohnehin den Eindruck, der Vater war froh, das Kind loszuwerden, zudem bedauere ich das Mädchen. Selbstverständlich können wir sie nicht wie eine eigene Tochter behandeln, aber du hast selbst gesehen, welche Arbeiten die Kinder auf St. Kilda verrichten müssen. Ich bin der Meinung, es wird für Màiri ein Leichtes sein, Hilda etwas zur Hand zu gehen. Seit das Hausmädchen uns im Winter verlassen hat, haben wir noch keinen geeigneten Ersatz gefunden. Nun, Màiri kann sich in der Küche nützlich machen. Das ist immer noch eine einfachere Arbeit als das Schlachten von Seevögeln.«

»Aber sie ist doch noch ein Kind«, wandte Eleonor ein, wurde aber von Thomas unterbrochen.
»In dieser Stadt arbeiten Tausende von Kindern. Nicht nur in Haushalten, sondern auch in Fabriken. Da hat es das Mädchen in unserem Haus gut. Selbstverständlich wird sie eine Ausbildung erhalten. Sie kann am Vormittag an Susannas und Dorothys Unterrichtsstunden teilnehmen und sich am Nachmittag im Haushalt nützlich machen.«
»Ich halte das für eine gute Regelung«, sagte Alexander und sah seinen Vater bewundernd an. »Wenn sie intelligent ist und fleißig lernt, dann stehen ihr später viele Möglichkeiten offen, sich ihren Lebensunterhalt zu verdienen.«
Lady Eleonor nickte nachdenklich.
»Ja, auch ich halte das für einen annehmbaren Vorschlag. Auf jeden Fall soll Hilda morgen gleich die alten Sachen von Susanna durchsehen und ein paar abgelegte Kleider raussuchen, die Màiri passen könnten. Ein Paar Schuhe werden sich auch finden lassen. Man stelle sich vor – das Kind hat noch nie Schuhe getragen.«
Lady Eleonor schüttelte ungläubig den Kopf. Alexander lachte.
»Aber das Kind scheint über eine lebhafte Phantasie zu verfügen. Als sie mich sah, sprach sie mich mit Ritter Lancelot an.«
»Lancelot? Aus der Artus-Sage?« Nun lachte auch Lord Thomas.
»So wenig ich Reverend Munro mag, doch offenbar hat er versucht, den Kindern eine gewisse Grundbildung beizubringen. Allerdings sehe ich in dir, mein Sohn, nur wenig Ähnlichkeit mit Lancelot.«
Alexander leerte sein Glas und stand auf, seine Eltern taten es ihm gleich.
»Es ist spät, und ich spüre die lange Reise in meinen Knochen. Wir sollten schlafen gehen.« Lady Eleonor gähnte verstohlen hinter vorgehaltener Hand.
Als Alexander in seinem Zimmer war und sich für die Nacht zurechtmachte, dachte er an das Kind, das im Dachgeschoss be-

stimmt bereits in tiefem Schlaf lag. Das Mädchen hatte irgendetwas an sich, das ihn rührte und sein Mitleid weckte. Mit zwölf Jahren war er in ein Internat im Norden geschickt worden, und er hatte die ersten Monate sehr unter Heimweh gelitten, obwohl es ihm in der Schule an nichts fehlte. Das arme Kind vermisste seine Eltern bestimmt sehr, aber Alexander war wie seine Mutter überzeugt davon, dass sie das Richtige getan hatte. Nach allem, was er über St. Kilda gehört hatte, war es unmöglich, dort zu leben.

Das Geräusch des Milchkarrens weckte Màiri. Zuerst wusste sie nicht, wo sie war, dann fiel ihr alles schlagartig wieder ein. Die lange Schiffsüberfahrt, die Postkutsche und die Gasthäuser und schließlich dieses Haus hier in der riesigen Stadt. Gewöhnt, früh aufzustehen, schlüpfte sie in ihr Kleid und trat ans Fenster. Es dämmerte, und am Horizont zeigte sich ein glutroter Streifen. »Morgenrot – Schlechtwetterbot.« Unwillkürlich erinnerte sich Màiri an Kennas Worte, und ein Kloß bildete sich in ihrem Hals. Ob sie Kenna wohl jemals wiedersehen würde? Die Frau war alt, und es könnte gut sein, dass sie starb, bevor Màiri nach Hause zurückkehrte. Dann wurden ihre trüben Gedanken von den Geschehnissen auf der Straße abgelenkt. Màiri öffnete das Fenster und zog den Stuhl heran, um daraufzusteigen und besser hinaussehen zu können. Der Milchmann lud schwere Kannen von dem Wagen, und aus allen Häusern kamen junge Mädchen heraus, um die Kannen abzuholen. Weitere Pferdefuhrwerke fuhren vorbei, alle bis obenhin beladen. Der eine oder andere feine Herr war auch schon auf der Straße zu sehen, und Màiri wunderte sich über zwei laut juchzende Jungen, die, einen Ball kickend, um diese frühe Morgenstunde über den Gehweg rannten. Dann wurde Màiris Aufmerksamkeit auf die Grünanlage gegenüber dem Haus gelenkt. Das war bestimmt der Park, von dem Lady Eleonor gesprochen hatte. Màiri überlegte nicht lange. Schnell war sie zur Tür hinausgeschlüpft und das Treppenhaus hinuntergelaufen. Im Haus war noch alles still, lediglich aus dem Kellergeschoss hörte Màiri das Klappern von Töpfen. Offenbar war Hilda auch schon wach und mit den Vorbereitungen für das Frühstück beschäftigt. Màiri fand die Vordertür unverschlossen, denn der Butler hatte die Zeitungen bereits ins Haus gebracht. Auf der Straße musste sie warten, bis sie diese überqueren konnte, da immer mehr Pferdefuhrwerke hin und her fuhren. Dann jedoch stand sie vor dem Park, der zu ihrem Bedauern von einem hohen eisernen Zaun umgeben war. Enttäuscht ging Màiri an dem Zaun entlang, bis sie auf eine abgeschlossene Pforte stieß. Gerade als sie sich überlegte, den Zaun einfach zu überklettern, und einen Fuß auf das Gitter setzte, legte sich von hinten eine Hand schwer auf ihre Schulter.

»Na, Kleine, was machst du denn hier? Hast du dich verlaufen?«
Màiri fuhr erschrocken herum und starrte in das Gesicht eines älteren Mannes. Dieser trug schwarze Kleidung und einen Helm, der mit einem Riemen am Kinn befestigt war.

»Ich will da rein«, sagte sie und deutete auf den Park. »Ich will die Rosen sehen.«

Der schmallippige Mund des Mannes verzog sich zu einem Lächeln.

»Aber Kind, jetzt blühen noch keine Rosen. Da musst du ein paar Wochen warten. Außerdem ist der Park Privatbesitz. Nur die Anwohner des Charlotte Square dürfen ihn betreten, und die haben alle einen Schlüssel zu dem Tor.« Er musterte Màiri von oben bis unten. Als er sah, dass sie keine Schuhe trug, runzelte er missbilligend die Stirn. »Verschwinde jetzt von hier, Kind, und geh nach Hause. Die feinen Leute, die hier wohnen, mögen es nicht, wenn die armen Kinder sich in dieser Gegend herumtreiben.«

»Aber ich wohne doch auch hier!«, rief Màiri enttäuscht. »Dann darf ich auch in den Park hinein.«

Der Mann lachte gackernd.

»Ganz klar, Mädchen, du wohnst hier. Und wo, bitteschön, soll das sein?«

Màiri ging ein paar Schritte entlang des Zaunes in die Richtung, aus der sie gekommen war, bis die Häuserzeile vor ihren Augen wieder auftauchte. Doch, o Schreck, aus welchem Haus war sie gekommen? Die sechs Häuser sahen alle gleich aus, hatten lediglich unterschiedlich farbige Türen, aber Màiri konnte sich nicht mehr an die Farbe der Haustür der McFinnigans erinnern. Trotzdem sagte sie: »Da drüben in einem der Häuser. Ich bin erst gestern angekommen.«

Der Mann glaubte ihr kein Wort, und es wurde ihm langsam lästig, sich um das Kind zu kümmern. Es war jedoch seine Aufgabe als Bobby, am Charlotte Square – einer der elegantesten Wohnviertel Edinburghs – dafür zu sorgen, dass sich hier keine unautorisierten Leute aufhielten. Spöttisch lächelnd fragte er: »Wie heißen denn die Leute, bei denen du angeblich wohnst?«

Màiri atmete erleichtert auf. Diese Frage konnte sie leicht beantworten.

»Lord Thomas und Lady Eleonor McFinnigan.«

Die Augenbrauen des Bobbys schossen in die Höhe.

»Aha, die McFinnigans also. Warum solltest du auch nicht bei einer der reichsten Familien der Stadt wohnen? Besonders mit deinem schmutzigen Kleid und ohne Schuhe noch dazu.«

Màiri bemerkte, dass der Mann sich über sie lustig machte, darum ging sie zielstrebig auf die Straße zu.

»Es gibt da eine Frau, die heißt Hilda. Vorhin, als ich das Haus verließ, war sie schon wach. Warum bringen Sie mich nicht zu ihr? Sie wird Ihnen bestätigen, dass ich dort wohne.«

Der Bobby zuckte mit den Schultern, aber er legte eine Hand auf Màiris Schultern und führte sie über die Straße zu dem zweiten Haus von rechts. Er kannte die Haushälterin Hilda. Sollte die sich doch um dieses Balg kümmern. Nachdem er im Souterrain an die Tür geklopft hatte, wurde diese sogleich von Hilda geöffnet.

»Mr. Twatt, was führt Sie zu so früher Stunde in unser Haus?«
Der Bobby tippte kurz an seinen Helm, dann zeigte er auf die hinter ihm stehende Màiri.

»Dieses Kind behauptet, hier zu wohnen. Wobei ich das natürlich als völlig unmöglich ansehe, aber …«

»Du meine Güte, wo kommst du denn her?« Mit einem Schritt war Hilda bei Màiri, packte sie am Arm und zog sie in die Küche. Zu Mr. Twatt gewandt, sagte sie: »Mylady brachte das Kind gestern ins Haus. Sie hat es irgendwo auf einer Insel im Nordatlantik aufgegabelt und will es anständig erziehen.« Vertrauensvoll beugte Hilda sich zu dem Bobby vor. »Wenn Sie mich fragen, ist das aber hoffnungslos. Das Kind hat bisher ohne jegliche Zivilisation gelebt. Schauen Sie nur mal, es trägt nicht einmal Schuhe.«

Mr. Twatt kratzte sich verlegen am Kinn.

»Ja, nun … also … dann lasse ich die Kleine hier.«

»Möchten Sie auf einen Sprung hereinkommen, Mr. Twatt?« Hilda sah ihn erwartungsvoll an. »Ich habe gerade Kaffee aufgebrüht, aber die Herrschaften schlafen noch mindestens eine Stunde. Solange können wir uns ein Tässchen genehmigen.«
Schnuppernd kräuselte der Bobby die Nase, und seine Augen leuchteten. Kaffee trank er nur äußerst selten, denn sein Gehalt als Polizist ließ solch einen Luxus nicht zu.

»Sehr gerne, Miss Hilda. Wenn ich Sie nicht von der Arbeit abhalte.«

Hilda lachte, und auch Màiri huschte in die Küche. Es roch tatsächlich ganz vorzüglich nach etwas, das sie nicht kannte, aber Hilda wandte sich nur kurz an sie.

»Du siehst zu, dass du wieder in dein Zimmer kommst. Wenn ich hier so weit bin, hole ich dich zum Frühstück. So lange verlässt du das Zimmer nicht. Hast du verstanden?«

Màiri nickte beklommen. Irgendwie hatte sie das Gefühl, mit dem Verlassen des Hauses etwas Verbotenes getan zu haben. Auf Hirta hatte sie jederzeit überall hingehen können, aber sie hatte bereits gemerkt, dass das Leben in der Stadt nichts mit dem auf ihrer Insel zu tun hatte. Als Màiri hinausging, hörte sie, bevor die Tür hinter ihr zufiel, wie Hilda sagte: »Ich weiß nicht, was sich Mylady gedacht hat, dieses Ding ins Haus zu schleppen. Aber sie ist die Herrin, und ich habe hier eine angenehme Stellung. Darum werde ich machen, was Mylady mir aufträgt.«
Der Bobby lachte, dann huschte Màiri die Treppe hinauf in ihr Zimmer und setzte sich aufs Bett. Hoffentlich wurde es bald Herbst, und sie konnte nach Hause zurück. Auch wenn der Vater sie nicht mehr bei sich haben wollte, könnte sie ja zu Kenna ziehen und sich um die alte Frau kümmern. Màiri musste über eine Stunde warten, bis Hilda sie endlich zum Frühstück in die Küche holte. Während Màiri den warmen Haferbrei löffelte, erhitzte die Haushälterin Wasser auf dem Herd. Kaum legte Màiri gesättigt den Löffel beiseite, schleppte Hilda eine Zinkwanne aus dem Nebenraum in die Küche und goss das Wasser hinein.
»Na los, zieh dich aus, ich werde sehen, ob ich dich sauber bekomme.«
Màiri zögerte. Es war ihr peinlich, sich vor einem fremden Menschen zu entkleiden.
»Jetzt mach schon, ich hab nicht den ganzen Tag Zeit«, herrschte Hilda sie an. »Du gehörst tüchtig abgeschrubbt, damit du nachher die Kleider, die ich dir rausgesucht habe, anziehen kannst. Mylady ist mit den beiden Mädchen zum Einkaufen ausgegangen, aber sie will dich beim Lunch sprechen. Da musst du ordentlich aussehen, auch wenn ich noch nicht weiß, wie ich das hinbekommen soll.« Seufzend ließ Hilda eine von Màiris schweren Lockenflechten durch ihre Finger gleiten.
Schnell zog Màiri ihr Kleid über den Kopf und stieg in die Badewanne. Angenehm warm umhüllte das Wasser sie, und sie tauch-

te unter. Zu Hause hatte sie niemals gebadet. Niemand auf St. Kilda tat das, außer vielleicht im Sommer, wenn sie in der ruhigen Village Bay im Meer planschten. Badezuber gab es keine, und die Frauen hatten keine Zeit, stundenlang Wasser über dem Feuer zu erhitzen. Für Màiris Empfinden schrubbte Hilda sie viel zu schnell ab. Dabei ging sie nicht gerade zimperlich vor, und Màiris Haut rötete sich.

»Du meine Güte, bist du mager!« Der bisher eher ablehnende Ausdruck in Hildas Augen wurde etwas freundlicher. »Na, ich werde dich schon herausfüttern.«

Màiri ließ alles schweigend über sich ergehen. Sie gab auch keinen Laut von sich, als Hilda mit einem grobzinkigen Kamm durch ihr langes Haar fuhr, was furchtbar ziepte. Nachdem sie sich abgetrocknet hatte, schlüpfte sie in weiße Unterwäsche, die sich angenehm weich auf ihrer Haut anfühlte. Darüber kam ein dunkelbraunes Leinenkleid, das ihr an der Taille zu weit und auch etwas zu lang war.

»Das können wir lassen, du wächst ja noch«, murmelte Hilda. »Ich mache mir jetzt nicht die Mühe, es abzuändern, und in drei, vier Monaten kann ich den Saum wieder rauslassen.«

Mit geschickten Fingern flocht Hilda ihr noch feuchtes Haar zu einem dicken Zopf und steckte diesen an ihrem Hinterkopf fest. Dann kam die größte Überraschung für Màiri – ein paar Schuhe! Skeptisch betrachtete sie diese und strich beinahe ehrfürchtig über das Leder, obwohl es sich dabei um ein Paar alte, an einigen Stellen bereits abgestoßene Schuhe von Susanna handelte.

»Ich habe noch nie Schuhe getragen.« Màiri flüsterte so leise, dass Hilda zuerst dachte, sie hätte sich verhört. Fassungslos schüttelte die Haushälterin den Kopf.

»Dann wird es aber höchste Zeit. Auf deiner unkultivierten Insel mag es vielleicht angehen, barfuß zu laufen, ganz bestimmt aber nicht einem solch herrschaftlichen Haushalt wie dem der McFinnigans.«

Màiri ging ein paar Schritte in der Küche auf und ab. Es war ein ungewohntes Gefühl, und sie meinte, keinen Kontakt zum Boden zu haben. Die Schuhe drückten an der Ferse, und prompt stolperte sie, als sie einen Schritt über die Türschwelle machen wollte. Hilda konnte sich ein Grinsen nicht verkneifen, und aus ihrer anfänglichen Abneigung Màiri gegenüber, die ihr zusätzliche Arbeit bescherte, wurde Mitleid. Außerdem hatte der Butler Barnaby ihr heute Morgen mitgeteilt, das Mädchen solle ihr in der Küche helfen. Hilda war über zwei helfende Hände – auch wenn sie noch klein waren – dankbar. Sie würde Màiri schon entsprechend erziehen und ihr die richtigen Arbeiten zuteilen.

Von alledem erfuhr Màiri erst, als sie ins kleine Speisezimmer gerufen wurde. An einem runden Tisch saßen Lady Eleonor und ihre zwei Töchter. Sechs Augenpaare starrten Màiri entgegen. Hilda hatte ihr vorhin gezeigt, wie man knickste und was sie sagen sollte, und so beugte Màiri das Knie.
»Sie möchten mich sprechen, Mylady?«
Wohlwollend glitt Lady Eleonors Blick über das Mädchen. Was so ein bisschen Wasser und Seife und anständige Kleidung ausmachten. Sie streckte die Hand nach Màiri aus.
»Komm her, mein Kind.« Zögernd trat Màiri neben den Stuhl der Lady. »Ich hoffe, du hast dich schon ein wenig eingewöhnt und gut geschlafen?« Màiri senkte den Blick und nickte zögernd. Ob Lady Eleonor wohl etwas von ihrem morgendlichen Ausflug erfahren hatte? Wahrscheinlich nicht, denn sie sah sie freundlich an und fuhr fort: »Mein Mann und ich haben uns einige Gedanken gemacht, wie sich dein Leben von nun an gestalten soll. Wir haben deinen Eltern versprochen, dich ausbilden und anständig erziehen zu lassen, darum wirst du ab morgen jeden Vormittag an den Unterrichtsstunden von Susanna und Dorothy teilnehmen, die von einem Hauslehrer abgehalten werden. Da du aber auch lernen musst, wie man einen Haushalt führt, wirst du den

restlichen Tag in der Küche arbeiten und den Anweisungen von Hilda folgen. Hast du das verstanden?«

Màiri knickste erneut. »Ja, Mylady. Ich danke Ihnen, Mylady, Sie sind sehr großzügig zu mir.« Auch diese Worte hatte Hilda ihr eingeschärft zu sagen.

»Pah, großzügig!« Susanna verzog unwillig das Gesicht und verschränkte die Arme vor der Brust. »Wir brauchen ein neues Hausmädchen, und fürs Töpfe- und Bödenschrubben kommst du gerade recht. Ich verstehe allerdings immer noch nicht, warum sie mit uns lernen soll, Mama. Sie wird den Unterricht durch ihre Unwissenheit nur aufhalten und stören.«

»Susanna, ich bitte dich.« Tadelnd sah Lady Eleonor ihre ältere Tochter an. »Wir haben es ausführlich besprochen. Das Kind soll es einmal besser haben, als tagein tagaus in einer armseligen Hütte um sein tägliches Brot kämpfen zu müssen.«

»Ich verstehe nur nicht, warum das auf unsere Kosten geschehen soll.« Susanna machte aus ihrer Abneigung gegenüber Màiri keinen Hehl und schenkte ihr einen verächtlichen Blick. »Sie trägt meine Kleider, wird an meinem Unterricht teilnehmen … wer weiß, was sie als Nächstes von mir will.«

»Susanna, jetzt ist es aber genug.« Scharf wies Lady Eleonor ihre Tochter zurecht. »Du benimmst dich wie ein trotziges Kind und nicht wie eine angehende Dame. Nimm dir ein Beispiel an deiner Schwester. Sie scheint Màiri offener gegenüberzustehen.«

Die kleine Dorothy hatte die ganze Zeit geschwiegen, aber ihre grauen Augen fixierten die neue Hausbewohnerin argwöhnisch. Dorothy war sich nicht sicher, wie sie sich dem Mädchen gegenüber verhalten sollte, daher sagte sie lieber mal gar nichts. Doch ihre Schwester hatte sicher recht, dass man zu Màiri nicht allzu freundlich sein sollte, denn sie stammte aus einer niedrigen Klasse. Und was die Schwester sagte, musste stimmen, immerhin war Susanna schon dreizehn Jahre alt, und Dorothy versuchte stets, ihrer Schwester in allem, was diese tat, nachzueifern.

Die Beine des Stuhls kratzten über das Parkett, als Susanna aufstand und ihre Serviette auf den Tisch warf. Ihre Augen funkelten vor Wut, vor Màiri derart heftig kritisiert worden zu sein.
»Du erlaubst, dass ich mich in mein Zimmer zurückziehe, Mama? Ich werde versuchen, mich deinen und Vaters Wünschen zu fügen.« Auf dem Weg zur Tür musste Susanna dicht an Màiri vorbeigehen. Für Lady Eleonor nicht merklich, kniff Susanna Màiri so stark in den Oberarm, dass Màiri nur mit Mühe einen Schmerzenslaut unterdrücken konnte. Der Blick, den Susanna ihr dabei zuwarf, sagte Màiri, dass sie in dem Mädchen niemals eine Freundin finden würde.

Vier Wochen später hatte Màiri sich einigermaßen an ihr neues Leben und den Tagesablauf gewöhnt. Der Frühling bescherte Edinburgh sonnige und warme Tage, an denen es lange hell blieb, und Màiri liebte die Stunden, wenn Hilda sie zu kleineren Besorgungen auf den Markt oder in die Altstadt schickte. Zweimal hatte Màiri die Haushälterin begleitet, dann war Hilda der Meinung, das Mädchen könne die Botengänge auch allein bewältigen. Einmal verlief sich Màiri in den Winkeln der mittelalterlichen Stadt und kam mit dem Einkauf zu spät nach Hause. Hilda schimpfte zwar mit ihr, aber sie schlug sie nicht. Das war für Màiri eine neue Erfahrung, denn ihr Vater war mit Schlägen immer schnell bei der Hand gewesen, und auch bei Reverend Munro waren Schläge an der Tagesordnung.
Sie bekam Lady Eleonor wenig zu sehen, Lord Thomas so gut wie gar nicht, und die beiden McFinnigan-Töchter standen ihr nach wie vor ablehnend gegenüber. Susannas Abneigung hatte sich sogar in so etwas wie Hass gewandelt, da diese schnell merkte, dass Màiri – obwohl jünger – ihr im Unterricht überlegen war. Mr. Nevis, der Hauslehrer, hatte Màiri gleich in der ersten Stunde gelobt, als er ihre Kenntnisse getestet hatte. Màiri hatte ihm von Donald Munro und der kleinen Schule auf St. Kilda erzählt.

»Mir scheint, der Reverend, der dich bisher unterrichtet hat, verstand etwas von seiner Arbeit. Ich hätte nicht erwartet, dass du so gut lesen und schreiben kannst, und wünschte, eine gewisse andere junge Dame würde einen solchen Lerneifer und Fleiß an den Tag legen.«

Während dieser Worte blickte Mr. Nevis zu Susanna hinüber, die ein säuerliches Gesicht zog, während Dorothy kicherte. Ihre ältere Schwester verhielt sich ihr gegenüber oft herablassend und besserwisserisch, so dass es Dorothy freute, wenn diese auch mal kritisiert wurde.

Obwohl Màiri wusste, dass sie sich Susanna noch weniger zur Freundin machen konnte, wenn sie eifriger lernte als sie, war ihr Wissensdurst stärker. Wie ein Schwamm sog sie alles in sich auf, was Mr. Nevis erzählte. Wenn sie am Nachmittag in der Küche die Töpfe und Pfannen schrubbte und das Gemüse für das Abendessen putzte, erinnerte sie sich an den Unterricht vom Vormittag und ging alles in Gedanken noch mal durch. Sie scheute sich nicht vor schwerer körperlicher Arbeit – war sie an diese doch ihr ganzes Leben lang gewöhnt. Darum fand es Màiri im Haus der McFinnigans sehr angenehm, denn sie hatte ein Dach über dem Kopf, saubere und warme Kleidung und regelmäßige, reichhaltige Mahlzeiten. Täglich kostete Màiri Speisen, die sie vorher nicht gekannt hatte, und die meisten von ihnen schmeckten ihr sehr gut. Ein wenig wurden Màiris Tage nur durch die Tatsache getrübt, dass Alexander McFinnigan kaum zu Hause war. Er studierte an der Universität St. Andrews nördlich von Edinburgh und kam nur an den Wochenenden – und das unregelmäßig – nach Hause. Obwohl sie kaum miteinander gesprochen hatten, verkörperte Alexander für Màiri immer noch den strahlenden Ritter, und sie dachte oft an ihn. Wenn er im Haus war, schien es Màiri, als würde die Sonne wärmer und strahlender als sonst scheinen.

Jeden Sonntag nach dem Kirchgang schrieb Màiri einen langen

Brief an ihren Freund Neill und schilderte ihm, was sie die Woche über erlebt hatte. Diese Briefe sammelte sie in ihrem Zimmer und hoffte, Lord Thomas würde im Sommer wieder nach St. Kilda reisen und sie Neill überbringen.
»Wahrscheinlich wird Neill mit dem Lesen noch gar nicht fertig sein, bis ich im Herbst wieder nach Hause komme«, vertraute sie Hilda an, als diese die Briefe sah. »Neill kann nämlich nicht gut lesen.«
Hilda hob verwundert eine Augenbraue.
»Was redest du da, Mädchen? Wieso solltest du im Herbst wieder auf diese vergessene Insel am Rande der Welt fahren? Gefällt es dir denn nicht bei uns?«
»Oh, doch, sehr, Hilda, aber Lady Eleonor hat mir versprochen, dass ich wieder nach Hause fahren kann, wenn ich will. Ich vermisse meine Mama schrecklich, und auch Neill und die alte Kenna natürlich, darum möchte ich wieder heim, bevor der Winter kommt.«
»So, so«, murmelte Hilda und strich Màiri kurz über den Kopf, dann ging sie wieder an ihre Arbeit.
An diesem Abend wurde Màiri in den Salon gerufen, wo Lord Thomas und Lady Eleonor sie erwarteten. Màiri wurde nicht aufgefordert, sich zu setzen, so blieb sie, die Hände hinter dem Rücken verschränkt, an der Tür stehen.
»Unsere Haushälterin berichtete mir, du trägst dich mit dem Gedanken, uns wieder zu verlassen?« Lord Thomas ergriff das Wort und sah Màiri streng an. »Wirst du hier nicht gut behandelt? Fehlt es dir an irgendetwas, dass du solch undankbare Gedanken hegst?«
Màiri erschrak über seinen scharfen Tonfall und beeilte sich zu versichern: »Natürlich nicht, Mylord, mir gefällt es hier sehr gut. Aber Sie haben gesagt, dass ich im Herbst wieder nach Hause fahren kann.«
»So, haben wir das?« Lord Thomas runzelte die Stirn. Màiri sah

hilfesuchend zu Lady Eleonor, die jedoch ihrem Blick auswich und den Kopf senkte. »Das war wohl ein Missverständnis, Kind. Deine Eltern möchten, dass du für immer auf dem Festland bleibst, damit es dir besser geht als auf St. Kilda. Wenn du erwachsen bist, dann kannst du sie ja mal besuchen, aber die nächsten Jahre unterstehst du unserer Obhut und wirst in unserem Haus bleiben.«

»Das glaube ich nicht!« Heftig fuhr Màiri auf. »Mama hätte mich niemals so lange fortgeschickt.«

»Dein Vater hat ein nettes Sümmchen dafür bekommen, dass wir dich mitnehmen durften.« Schonungslos offenbarte Lord Thomas Màiri die Wahrheit. »Ich hatte das Gefühl, er konnte dich nicht schnell genug loswerden, und auch deine Mutter hat sofort zugestimmt.«

Màiri schossen Tränen in die Augen. Was ihren Vater betraf, glaubte sie Lord Thomas jedes Wort. Zudem hatte Kenna ihr gesagt, dass er sie nie wiedersehen wollte. Seit Adrian Shaws Tod hasste er sie, aber ihre Mutter …

»Du hast das Kind zum Weinen gebracht, Thomas.« Lady Eleonor stand auf und ging vor Màiri in die Hocke. »Mädchen, vergiss deine Vergangenheit. Die Zeit auf St. Kilda ist ein für allemal vorbei, und du musst Gott danken, dass er dir die Möglichkeit gibt, ein besseres Leben zu führen. Mein Mann hat es vielleicht etwas zu hart ausgedrückt, aber im Grunde genommen hat er recht. Deine Eltern wünschen nicht, dich jemals wiederzusehen. Das tut mir leid für dich, aber sieh doch, welche Möglichkeiten sich dir hier bieten.«

Màiri nickte und schluckte die Tränen tapfer hinunter. Sie wollte sich ihr Heimweh vor den beiden nicht anmerken lassen.

»Ich verstehe und danke Ihnen, dass Sie mir ein neues Zuhause geben«, sagte sie schlicht und hoffte, sich nun in ihr Zimmer zurückziehen zu können. Alles, was sie wollte, war, mit ihrem Schmerz allein zu sein.

»Da wäre noch etwas.« Lord Thomas hielt sie zurück. »Ich finde deinen Namen unpassend für unser Haus.«
»Mein Name?« Màiri sah Lord Thomas erstaunt an. Er nickte nachdenklich.
»Màiri ist zwar die gälische Form von Maria, klingt aber doch ein wenig ... primitiv. Zudem wird in unserem Haus englisch und nicht gälisch gesprochen, daher haben meine Frau und ich beschlossen, dich fortan Marianne zu nennen.«
»Marianne ...« Langsam ließ Màiri den Namen auf der Zunge vergehen. Er klang fremd in ihren Ohren, aber sie würde sich daran gewöhnen. Ihr blieb nichts anderes übrig, so, wie sie sich daran gewöhnen musste, St. Kilda niemals wiederzusehen.

ZWEITER TEIL

MARIANNE

Edinburgh, Schottland, Juni 1871

9. Kapitel

»Hier, nimm einen Schluck. Das beruhigt die Nerven.«
Skeptisch blickte Marianne die dunkelhaarige Frau an, die ihr ein Glas Champagner reichte. »Ich weiß nicht ... Alkohol so früh am Tag ...«
»Ach, papperlapapp!« Julia de Lacourt lachte und drückte Marianne das Glas in die Hand. »Es ist schließlich deine erste Ausstellung, allein dies ist ein Grund zum Feiern. Jetzt schau nicht wie ein verschrecktes Mäuschen und freu dich, denn du hast allen Grund, stolz auf dich zu sein.«
»Ich weiß nicht ...« Marianne sah sich in dem hohen, lichtdurchfluteten Raum um. An den weißen Wänden hingen rund vier Dutzend Bilder verschiedener Künstler, darunter – wie Marianne fand – ausgesprochene Kunstwerke, auch wenn ihr die Signaturen der Maler unbekannt waren. »Meine Bilder sind so« – sie suchte nach dem richtigen Wort – »dilettantisch im Vergleich zu den anderen.«
Julia de Lacourt lachte und warf ihr langes schwarzes Haar zurück, das ihr entgegen der Mode offen auf die Schultern fiel.
»Selbstzweifel sind für einen Künstler normal, meine liebe Marianne, aber glaube mir, meine Kunden werden von deinen Bildern begeistert sein. Ich kann das beurteilen, schließlich ist meine Galerie seit Jahren eine der führenden in der ganzen Stadt. Meine Gäste wissen, dass ich stets ein paar Überraschungen von jungen Malern für sie bereithalte, und nicht nur Bilder von Künstlern, die in ganz Schottland zu haben sind.«
An der Wand dem Eingang gegenüber hingen acht Karikaturen, die Marianne gleich beim Betreten der Galerie ins Auge gefallen waren. Es handelte sich um einfache Kohlezeichnungen, die gerade wegen ihrer Schlichtheit einen besonderen Reiz ausstrahlten. Dargestellt waren Szenen aus dem täglichen Leben der

armen Bevölkerung, die eindringlich ihre Sorgen und Nöte zeigten – durchaus sozialkritisch, aber auch mit einem hintergründigen Humor, der einem zum Schmunzeln verleitete.

»Wer ist dieser Maler?«, fragte Marianne und deutete auf die unleserliche Signatur aus zwei miteinander verschlungenen Buchstaben am unteren rechten Bildrand. »Mir gefallen die Zeichnungen sehr. Sie sind so ... lebensecht.«

Ein Schatten fiel über Julias Gesicht, als sie antwortete: »Dahinter steckt eine sehr traurige Geschichte. Ich werde nachher, wenn die Gäste da sind, ein paar Worte über den Maler sagen.«

Unsicher blickte Marianne sich um. Alle ausgestellten Gemälde waren von einer faszinierenden Schönheit und Ausdruckskraft. Wie sollten da ihre eigenen Werke die Aufmerksamkeit des Publikums erregen?

»Mrs. de Lacourt, ich weiß nicht, wie ich Ihnen danken soll ...«, setzte Marianne an, wurde von Julia jedoch sofort unterbrochen.

»Wann wirst du mich endlich Julia nennen?«, sagte sie mit charmantem Lächeln. »Wir Künstler gehen miteinander nicht so förmlich um, Marianne. Daran wirst du dich gewöhnen müssen.«

Marianne lächelte verlegen. »Also gut, Julia ... aber danken für diese vielleicht einmalige Chance, in deiner Galerie auszustellen, darf ich dir trotzdem.«

Julia de Lacourt war trotz ihres Alters von knapp fünfzig Jahren eine schöne und attraktive Frau. Die wenigen Fältchen um ihre blauen Augen störten nicht das harmonische Gesamtbild ihrer Gesichtszüge, und Marianne vermutete zu Recht, dass Julia ein wenig nachhalf, vereinzelte graue Strähnen in ihrem Haar mit Farbe zu überdecken. Ihre erste Begegnung würde Marianne nie vergessen. Vier Monate war es jetzt her, als ihre frühere Lehrerin Miss Faulkner sie überraschend in der Stadt aufsuchte und sie ihrer Cousine Julia de Lacourt vorstellte. Zuvor hatte Marianne nichts über die verwandtschaftliche Beziehung zwischen der netten, aber äußerlich eher unscheinbaren Ellen Faulkner und der allseits bekannten Galeristin Julia de Lacourt gewusst. Schon mehrfach war Marianne vor dem großen Schaufenster der Galerie in der Altstadt gestanden und hatte die ausgestellten Bilder bewundert, sich aber nie getraut, die Galerie zu betreten. Als Miss Faulkner ihr nun sagte, die bekannte Galeristin wäre ihre Cousine, war Marianne überrascht gewesen. Julia de Lacourt – ihr Nachname war frei erfunden, denn sie hieß schlicht Miller – trug ein farbenfrohes Gewand aus verschiedenen Stoffen und eindeutig kein Korsett darunter, ihre Augen hatte sie mit einem Kohlestift umrandet, und Marianne bemerkte erstaunt, dass sie auch Rouge benutzte. Sie wusste sofort, Lady Eleonor würde die Bekanntschaft mit der Galeristin nicht billigen, daher verschwieg Marianne das Treffen ebenso wie die Tatsache, dass sie die ungewöhnliche Frau sofort sympathisch fand. Keiner der McFinnigans wusste, dass heute in Julias Galerie ein paar von Mariannes Bildern zum ersten Mal der Öffentlichkeit präsentiert wurden. Die letzten Tage hatte Marianne so gut wie nicht geschlafen, denn sie hatte sich davor gefürchtet, Lady Eleonor würde von der Vernissage irgendwie erfahren oder sogar persönlich erscheinen, um ihr, Marianne, eine Szene zu machen. Obwohl die Familie McFinnigan an Kunst interessiert war und zahlreiche Gemälde ihr Stadthaus sowie den Landsitz schmückten, war Julia de Lacourt eine Frau, mit der Lady Eleonor nicht verkehren würde. Marianne war den McFinnigans sehr dankbar, dass diese sie mit vierzehn Jahren in ein Internat im Norden Englands geschickt hatten. Zuerst hatte sie sich vor den vielen fremden Menschen gefürchtet und gedacht, sie würde dem Lernpensum niemals gewachsen sein, aber dann hatte sie schnell Anschluss gefunden. Aus den Kontakten waren allerdings keine engeren Freundschaften entstanden, denn Marianne wollte sich emotional an niemanden binden. So war sie während ihrer vierjährigen Schulzeit freundlich, höflich und zuvorkommend, aber niemals herzlich zu den anderen Mädchen gewesen. Die Kunstlehrerin Ellen Faulkner hatte Mariannes Talent schnell erkannt. Wann immer es möglich war, hatte Marianne gezeichnet, und im Internat gab es niemanden, der ihr das verbot. Im Gegenteil, Miss Faulkner lehrte Marianne alles, was sie selbst wusste, und animierte sie, sich im Malen ständig fortzubilden. Ohne dass es Marianne bewusst war, zeigten ihre Motive stets Ansichten von Hirta. Es schien, als würde eine unsichtbare Kraft ihre Hand führen und nur das, was vor ihrem inneren Auge auftauchte, zu Papier bringen. Mit Hilfe von Ellen Faulkner hatte sie gelernt, mit Ölfarben und auf einer richtigen Leinwand zu malen. Diese Farben und die sich daraus ergebenden Mischungen ermöglichten es Marianne, das Licht, das auf Hirta etwas ganz Besonderes ist, einzufangen, und wenn sie malte, kam es ihr vor, als wäre sie heimgekehrt. Das Malen war Mariannes einzige Verbindung zu der Insel, denn im Haus der McFinnigans wurde niemals mehr über St. Kilda gesprochen.

Folglich wusste im Internat niemand, wo Marianne geboren und aufgewachsen war. Fragte man sie danach, so gab sie stets das an, was Lady Eleonor ihr eingeschärft hatte: Sie wäre die Tochter einer früh verstorbenen entfernten Verwandten von der Westküste. Die McFinnigans wollten vermeiden, dass Mariannes Herkunft und ihre Vergangenheit auf St. Kilda bekannt wurden. Obwohl Lady Eleonor aus durchaus ehrenvollen Gründen gehandelt hatte, als sie Màiri mit sich nahm, haftete den Bewohnern von St. Kilda in ganz Schottland etwas Minderwertiges an. In den zehn Jahren, die Marianne nun schon auf dem Festland lebte, hatte sie immer wieder die negative Meinung der Schotten über die Bewohner des Inselarchipels weit draußen im Nordatlantik mitbekommen.

»Das sind allesamt ungebildete Barbaren, die unseren Staat unnötig Geld kosten, weil wir sie unterstützen müssen« – das war

noch eine der harmloseren Bemerkungen über die St. Kildaner. Einmal hatte Marianne in einem Schaufenster ein Plakat gesehen, das mit blumigen Worten für einen Ausflug nach St. Kilda warb. Marianne war es beinahe schlecht geworden, als sie las, dass für St. Kilda wie für einen Zoo mit exotischen Tieren geworben wurde, und sie war schnell weitergegangen.
»Träumst du?« Julia riss Marianne aus ihren Gedanken an die Vergangenheit und stieß ihr einen Finger in die Rippen. »Die ersten Gäste kommen.«
Mariannes Herz begann schneller zu schlagen, und sie blickte beklommen zur Tür, durch die jetzt die ersten Besucher zur Vernissage hereinströmten. Sie atmete tief durch, straffte die Schultern und bemühte sich um ein strahlendes Lächeln. Es gab keinen Grund, ängstlich zu sein, auch wenn ihre Bilder zum ersten Mal einem breiten Publikum vorgestellt wurden. Das Schlimmste, was geschehen konnte, war, dass niemand Notiz von ihren einfachen Landschaftsmalereien nahm, doch davon ging die Welt nicht unter.
Routiniert und mit einem bezaubernden Lächeln begrüßte Julia de Lacourt die Gäste. In der nächsten halben Stunde schwirrten Marianne Dutzende von Namen um die Ohren. Sie würde sich keinen einzigen von ihnen merken können. Nur einer der Männer fiel ihr besonders ins Auge. Er war nicht mehr jung, etwas korpulent, und seine schwammigen Gesichtzüge und die erweiterten Äderchen auf seinen Wangen wiesen auf ein ausschweifendes Leben hin. Das allein war es aber nicht, was Mariannes Blick immer wieder anzog. Sein Anzug war zweifellos elegant und aus einem teuren Stoff, aber in einem unüblichen hellen Rosaton, der überhaupt nicht zu dem gelben Hemd passte. Zusätzlich hatte sich der Herr noch eine dunkelrote Nelke ins Knopfloch gesteckt und sah damit beinahe schon lächerlich aus. Wenn er sprach, dann hörten sich seine Worte in Mariannes Ohren affektiert an. Julia, die bemerkte, wie Marianne den Mann

musterte, trat neben sie und flüsterte: »Das ist Gilbert Capstone, ein Bauunternehmer, der sein Geld mit dem Aufkauf von Bruchbuden, die er saniert und für das Zehnfache weiterverkauft, gemacht hat.«

»Er ist etwas … seltsam … angezogen«, gab Marianne leise zurück. Julia lachte und zwinkerte ihr verschwörerisch zu.

»Du bist noch so jung, meine Liebe, dass du von manchen Dingen, die es auf dieser Welt gibt, wahrscheinlich nichts weißt. Um deine Naivität bist du fast zu beneiden. Gilbert Capstone hat es nicht so sehr mit Frauen, wenn du verstehst, was ich meine? Und Herren, die diese … Neigung verspüren, haben nicht selten einen etwas seltsamen Geschmack, was ihre Kleidung betrifft. Manche können ihre Veranlagung gut verbergen, aber Capstone sieht dazu keine Veranlassung, auch wenn *das* unter Strafe steht.«

»Oh!« Marianne riss entsetzt die Augen auf und hob abwehrend die Hände. Sie war jedoch keinesfalls so schockiert, wie Julia ihr Entsetzen interpretierte, sondern wurde mit einer solchen Wucht an Vergangenes erinnert, das sie vergessen glaubte. Rasch nahm sie ein gefülltes Champagnerglas von einem der Stehtische und leerte es in einem Zug. Julia tätschelte beruhigend ihren Arm.

»Ich wusste, die Wahrheit über Capstone wird dich entsetzen, aber es gibt viele Künstler, die diese Art von Liebe bevorzugen.« Sie blickte zur Uhr. »Nun wird es Zeit, die Ausstellung offiziell zu eröffnen.«

Julia de Lacourt stieg auf ein kleines Podium und begann mit ihrer Rede. Sie bedankte sich bei allen Anwesenden – Marianne schätzte, es drängten sich an die hundert Menschen in den Räumen der Galerie – und begann, die einzelnen Künstler vorzustellen. Im Vorfeld hatte Marianne gebeten, ihren Namen erst am Schluss zu erwähnen, da sie die einzig anwesende Künstlerin war, also lauschte sie gespannt, was Julia über die anderen Maler zu erzählen hatte.

»Hier drüben, meine Damen und Herren« – Julia wies mit der

Hand auf die Karikaturen, die Marianne so interessant fand –, »sehen Sie einen Teil der umfangreichen Sammlung von Kohlezeichnungen eines Künstlers, die nicht nur durch ihre realistische und eindringliche Aussagekraft des Milieus der Arbeiterschicht besticht, sondern hinter dem Maler verbirgt sich eine äußerst tragische Geschichte.«

Die Gäste lauschten aufmerksam, bei den meisten Damen weiteten sich die Augen erwartungsvoll. Tragik und Kunst waren schon immer zwei Pole, die eine besondere Faszination ausübten.

»Weilt der Künstler unter uns?«, rief eine Dame und sah sich suchend um. »Ich würde ihn gerne kennenlernen.«

Julia schüttelte den Kopf und fuhr fort: »Wann die Bilder entstanden sind, lässt sich heute nicht mehr mit Gewissheit sagen, aber der Künstler verstarb vor über zehn Jahren. Er ertrank auf einer Schiffsreise in den Fluten des Meeres. Niemand wusste etwas von diesen Karikaturen, erst vor wenigen Monaten tauchten sie hier auf.« Julias Blick fiel auf Gilbert Capstone, als sie fortfuhr: »Gilbert, möchtest du vielleicht erzählen, wie du in den Besitz der Zeichnungen gekommen bist?«

In die Augen des Herrn im rosa Anzug trat ein wehmütiger Ausdruck, als er leise sagte: »Der Maler und ich waren einst … Freunde … Dann verstarb er auf tragische Art und Weise, wie Julia bereits erwähnte, und es gab nichts, was mir von ihm blieb. Damals lebte sein Vater noch, aber dieser wollte mich in seinem Haus nicht empfangen. Erst im vergangenen Winter, als der Vater starb, konnte ich das Haus, in dem der Künstler gelebt hatte, erwerben. Bei Umbauarbeiten fand ich unter losen Dielenbrettern mehrere Mappen mit Zeichnungen. Zuerst hütete ich sie wie einen Schatz in meinem Haus, war dies doch das Einzige, was mir von meinem Freund geblieben ist. Dann jedoch entschloss ich mich, sie auszustellen. Mein Freund kann es nicht mehr miterleben, aber ich weiß, es würde ihn freuen, wenn

Ihnen seine Werke gefallen. Zu Lebzeiten musste er sich den Befehlen seines strengen Vaters beugen und durfte sein großes Zeichentalent nicht ausleben.«

Capstones Stimme brach. Schnell senkte er den Kopf, doch nicht nur Marianne hatte in seinen Augen Tränen gesehen. Offenbar hatte Capstone und diesen Künstler eine besonders innige Beziehung verbunden, und Marianne ahnte, welcher Art diese gewesen sein musste.

»Wie ich bereits sagte, ist es eine traurige Geschichte.« Julia ergriff wieder das Wort. »Darum lassen Sie uns auf den Künstler anstoßen und darauf, dass er dank seiner Zeichnungen ewig weiterlebt.« Sie tauschte einen Blick mit Capstone und erhob das Glas. »Auf Adrian Shaw aus Glasgow.«

Die Gäste stimmten in den Trinkspruch mit ein, und in dem allgemeinen Gemurmel fiel es niemanden auf, wie Mariannes Händen das Glas entglitt und auf dem Boden zerschellte. Haltsuchend griff sie nach der Lehne eines Stuhls und glaubte, jeden Moment ohnmächtig zu werden. Das Blut rauschte ihr in den Ohren, und eine Welle der Übelkeit drang aus dem Magen in ihre Kehle. Die vorher angenehme Wärme in der Galerie wurde zur unerträglichen Hitze. Plötzlich stand Julia neben ihr.

»Marianne, was ist mir dir?«, flüsterte sie besorgt. »Du bist bleich wie der Tod und siehst aus, als hättest du einen Geist gesehen.«

»Das habe ich auch ... im gewissen Sinne ...« Beinahe panisch sah Marianne sich um. »Ich muss hier raus ... Verzeih bitte.«

Bevor Julia sie zurückhalten konnte, lief Marianne zu einer Tür und stürzte hinaus. Sie befand sich in einem kleinen Hinterhof, der von allen Seiten von einer hohen Mauer umschlossen war und in dem Gerümpel lagerte. Marianne sank auf einen alten Stuhl, dessen Sitzfläche durchgesessen war, und versuchte vergebens, das Zittern ihrer Hände unter Kontrolle zu bringen. Adrian Shaw – die Vergangenheit hatte sie eingeholt. Es war äußerst unwahrscheinlich, dass es sich um eine zufällige Namensgleichheit handelte, dagegen sprachen die Zeichnungen und die Geschichte des Malers. Deutlich, als wäre es nicht über zehn Jahre her, sondern erst gestern gewesen, stand Marianne die Erinnerung an Adrians Porträts der St. Kildaner vor Augen, und wie er ihr erklärte, was Karikaturen waren. Er musste diese, die jetzt in Julias Galerie hingen, vor seiner Reise, die eine Reise in den Tod gewesen war, angefertigt und unter den Dielenbrettern vor seinem Vater versteckt haben. Marianne erinnerte sich ebenfalls, wie Adrian erzählt hatte, sein Vater habe für die Malerei kein Verständnis und bezeichne diese als brotlose Kunst. Ihre Gedanken irrten zu Gilbert Capstone. Der Mann war offenbar einmal der Geliebte Adrians gewesen. Zumindest Capstones Gefühle mussten sehr tief gewesen sein, denn noch heute war ihm der Schmerz über den Verlust anzumerken. Was der schillernde Beau wohl dazu sagen würde, dass sie – Marianne – Adrian gekannt und er eine Beziehung zu einem anderen Mann – nämlich ihrem Vater – gehabt hatte? Marianne lachte bitter auf. Wahrscheinlich würde Capstone der Schlag treffen, erführe er, dass sein Geliebter durch ihre Hand gestorben war, dass sie Adrian Shaws Mörderin war …

Die Tür klappte, und Julia trat in den Hof.

»Marianne, Liebes, was ist mit dir? Du musst wieder hereinkommen, die Leute fragen nach dir.«

Müde, als hätte sie seit Tagen nicht geschlafen, hob Marianne den Kopf und sah Julia an.

»Ich kann nicht, bitte verzeih. Ich möchte nach Hause.«

Julia runzelte die Stirn, packte Marianne am Oberarm und schüttelte sie leicht.

»Ich weiß nicht, was gerade geschehen ist, dass du so einfach fortläufst, aber nun rede ich als deine Galeristin und nicht als deine Freundin. Marianne, da drinnen gibt es Leute, die vielleicht das eine oder andere Bild von dir kaufen wollen, und du kannst es dir nicht erlauben, diese vor den Kopf zu stoßen. Du kommst jetzt sofort wieder mit mir hinein.«

»Du hast ja recht. Entschuldige.« Langsam stand Marianne auf. Irgendwie würde sie die nächsten Stunden hinter sich bringen und sich nicht vom Schatten Adrian Shaws niederdrücken lassen. So lächelte Marianne bemüht, als Julia sie mit einem jungen, attraktiven Mann bekannt machte.

»Meine liebe Marianne, erlaube, dass ich dir Sir Dean Lynnforth vorstelle? Mein lieber Dean, das ist meine neueste Entdeckung, Marianne Daragh. Sind ihre Bilder nicht ganz wundervoll?«

»Ganz entzückend, in der Tat«, murmelte der junge Mann, blickte dabei jedoch nicht auf die Bilder, sondern Marianne tief in die Augen und hielt ihre Hand länger als schicklich. Unangenehm berührt machte Marianne sich frei, und er fuhr fort: »Julia sagte mir, Sie hätten beim Malen keine bestimmte Landschaft vor Augen, und die Bilder würden Ihrer Phantasie entspringen, Miss Daragh.«

»Das ist richtig«, antwortete Marianne und wich seinem Blick aus. »Die Klippenlandschaften sind typisch für unser Land und können sich überall an Schottlands Küsten befinden: vielleicht hoch im Norden oder im äußersten Westen?«

Lynnforth zuckte mit den Schultern.

»Das ist bedauerlich, Miss Daragh, ich würde eine solche Gegend, wie Sie sie darstellen, nur zu gerne besuchen. Aus Ihren Bildern spricht Ruhe und Frieden, fast so, als hätten Sie mit ihrem Pinsel das Paradies eingefangen.«

Das Paradies?, dachte Marianne und bemühte sich, ihre Gefühlsregung nicht zu zeigen. In gewissem Sinn war St. Kilda für sie tatsächlich das Paradies gewesen, bis der Teufel kam und es zur Hölle machte.

»Malen Sie denn niemals reale Landschaften?« Eine Dame trat zu ihnen und sah Marianne fragend an.

»Alles, was ich auf die Leinwand banne, entsteht vor meinem inneren Auge«, antwortete Marianne ausweichend, ohne lügen zu müssen.

»Ich hoffe, recht bald mehr von Ihnen zu sehen zu bekommen«, sagte nun wieder Dean Lynnforth, und Marianne spürte, dass er damit nicht nur ihre Bilder meinte. Julia fing den Ball geschickt auf und warf ein: »Am Wochenende gebe ich in meinem Haus einen kleinen Empfang. Nichts Großes, nur ein kleines, intimes Souper für meine Freunde und ein paar musikalische Darbietungen. Dean, Marianne, ich würde mich freuen, wenn ihr kommen würdet.«

»Aber gern, Julia.« Lynnforth beugte sich vor und küsste Julia die Hand, dann richtete sich sein Blick wieder auf Marianne. »Dann haben wir sicher mehr Zeit, über Ihre Arbeit zu plaudern, Miss Daragh.«

»Es tut mir leid, Sie, Sir Lynnforth, und auch dich, Julia, enttäuschen zu müssen, aber ich reise bereits morgen nach Ballydaroch House und werde ein oder zwei Wochen dort bleiben.«

»Ballydaroch House?« Dean Lynnforth runzelte überrascht die Stirn. »Dann sind Sie mit den McFinnigans bekannt?«

»Ja, Sir, am Wochenende wird sich die älteste Tochter, Susanna McFinnigan, verloben.«

Er nickte. »Ich habe davon gehört, halb Edinburgh spricht über diese lukrative Verbindung.« Lynnforth wandte sich an Julia und verneigte sich. »Verzeih mir bitte, aber ich muss jetzt gehen. Wir sehen uns bald wieder, meine Liebe, und Ihre Karriere, Miss Daragh, werde ich verfolgen.« Den letzten Satz hatte er mit einem Augenzwinkern gesagt, und Marianne musste unwillkürlich lächeln.

»Da wird es nicht viel zu verfolgen geben, Sir Lynnforth.«

»Bitte, nennen Sie mich Dean.« Sein Blick bohrte sich in Mariannes Augen, und sie merkte, wie ihr das Blut in die Wangen schoss. Sie verzichtete auf eine Antwort, nickte ihm nur unverbindlich zu, sah ihm jedoch nach, als er mit federnden Schritten die Galerie verließ.

Kaum hatte sich die Tür hinter Lynnforth geschlossen, raunte Julia Marianne zu: »Ist er nicht unbeschreiblich attraktiv? Dazu unverheiratet, und eines Tages erwartet ihn ein großes Erbe, da er der einzige Sohn ist. Wenn ich jünger wäre, würde ich es bei ihm versuchen. Dean Lynnforth hat zwar einen ... nun ja ... etwas zweifelhaften Ruf, was Frauen betrifft, denn es gibt kaum eine, die seinem Charme und seinem guten Aussehen widerstehen kann, dennoch ist er ein liebenswürdiger Mann. Was kann er dafür, wenn die Frauen ihn anschmachten, sobald er nur ein paar Worte mit ihnen wechselt? Ich habe den Eindruck, er ist an dir interessiert, denn er konnte seinen Blick ja gar nicht mehr von dir lösen.«

»Es hätte mir mehr gefallen, wenn er seine Aufmerksamkeit meinen Bildern geschenkt hätte«, antwortete Marianne und drohte Julia scherzhaft mit dem Finger. »Ich gebe zu, er sieht gut aus und er hat Charme, aber ich hoffe, du versuchst nicht, uns zu verkuppeln. Das Letzte, was ich möchte, ist eine seiner zahllosen Eroberungen zu werden.«

»Ach, liebste Marianne, was du immer denkst.« Julia lachte und zog einen Schmollmund. »Lynnforth wäre jedoch eine gute Partie ...«

»... der nicht mehr als einen Flirt mit mir will«, unterbrach Marianne. »Du solltest mich besser kennen, liebe Julia. An flüchtigen Abenteuern habe ich kein Interesse. Schon unsere unterschiedliche Gesellschaftsschicht verhindert eine nähere Bekanntschaft oder mehr. Ich mag zwar eine entfernte Verwandte der McFinnigans sein, stehe jedoch gesellschaftlich weit unter dieser Familie.« Marianne fühlte sich elend, Julia derartig anlügen zu müssen, und fuhr rasch fort: »Lynnforths Vater wäre wohl alles andere als begeistert, wenn sein einziger Sohn und Erbe mit einer mittellosen Malerin eine Beziehung anfängt.«

Julia machte eine wegwerfende Handbewegung. »Ach, wir leben doch nicht mehr im Mittelalter. Warum sollst du nicht auch einmal ein bisschen Spaß haben? Marianne, du bist immer so ernst. Genieße doch mal dein Leben. Die Jugend geht so rasend schnell vorbei, und plötzlich bist du alt. Du stehst vor dem Spiegel, betrachtest deine Falten und die grauen Strähnen in deinem Haar und denkst, das Beste im Leben verpasst zu haben. Das kannst du einer älteren Frau wie mir ruhig glauben.«

Marianne konnte nicht in Julias unbekümmerten Plauderton einstimmen, und sie hatte Dean Lynnforth in dem Moment, als er gegangen war, schon wieder vergessen. Ihre innere Anspannung, die sie zu verbergen versuchte, war zu stark, und als nun Gilbert Capstone zu den beiden Frauen trat und mit ihnen ein Gespräch begann, verbarg sie schnell ihre Hände hinter dem Rücken, damit er ihr Zittern nicht bemerkte. Capstone wollte von Julia wissen, ob sie an weiteren Zeichnungen Adrian Shaws interessiert sei, und Marianne nutzte die Gelegenheit, sich mit ein paar höflichen Worten zu entfernen. Ein verstohlener Blick auf die am Revers ihrer Jacke befestigten Uhr sagte ihr, dass die Vernissage in ungefähr einer Stunde beendet sein würde. Marianne sehnte sich danach, endlich wieder allein zu sein. Es fiel ihr zunehmend schwerer, eine unbekümmerte Fassade aufrechtzuhalten, denn ihr wurde schmerzhaft bewusst, dass das Schreckgespenst Adrian Shaw sie niemals verlassen würde. Der Erinnerung an ihn und an ihre furchtbare Tat konnte sie niemals entfliehen.

Nachdem Julia ihre Unterhaltung mit Capstone beendet hatte, trat sie zu Marianne und sagte: »Es ist schade, dass du am Wochenende nicht zu meinen Fest kommen kannst und stattdessen mit den McFinnigans aufs Land fährst. Kannst du diese Verlobungsfeier nicht sausen lassen? Ich verspreche dir, es wird ein interessanter Abend, an dem du den einen oder anderen Künstler kennenlernen wirst, der dir vielleicht für deine Karriere nützlich sein könnte.«

»Es tut mir leid, Julia, aber das kann ich nicht machen.« Marianne sah die Freundin entschuldigend an. »Nach der eigentlichen Verlobungsfeier findet noch eine mehrtägige Jagd statt, und es sind Picknicks geplant. Lady Eleonor benötigt meine Hilfe.«
Missbilligend zog Julia die Mundwinkel nach unten. Sie kannte Marianne zwar noch nicht lange, hatte aber bereits mitbekommen, dass die junge Frau im Haus der McFinnigans eher wie ein Dienstbote denn wie eine Verwandte behandelt wurde. Julia ging wie alle davon aus, Marianne hätte es als verarmte Cousine eines Nebenzweigs der Familie der Großzügigkeit Lady Eleonors zu verdanken, sich nicht nach einer Stellung umsehen zu müssen. Da Julia de Lacourt jedoch eine Frau war, die ihre Unabhängigkeit liebte und sich nichts und niemandem verpflichtet fühlen wollte, zeigte sie für Mariannes Ergebenheit gegenüber den McFinnigans wenig Verständnis. Daher sagte sie schroffer, als es sonst ihre Art war: »Du bist einundzwanzig Jahre alt, Marianne, und damit volljährig. Höchste Zeit also, das Haus am Charlotte Square zu verlassen und dir ein eigenes Leben aufzubauen.«
»Ich soll ausziehen?« Marianne lachte erstaunt auf. »Eine Dame wohnt nicht allein, solange sie nicht dazu gezwungen ist.« Im selben Augenblick, als sie die Worte ausgesprochen hatte, wurde Marianne sich ihres Fauxpas bewusst. Schnell griff sie nach Julias Hand und drückte sie. »Verzeih bitte, ich wollte damit nicht sagen ... ich meine, du wohnst ja auch allein ...«
Julia war eine sehr verständnisvolle Frau. Vor allen Dingen hatte sie erkannt, wie streng in Marianne gewisse Regeln und Formen verankert waren. Zweifellos war daran die Erziehung durch die snobistischen McFinnigans schuld, die Julia zwar nicht persönlich kannte, aber genügend über sie gehört hatte. In der Stadt war Lady Eleonor für ihre strengen Moralvorstellungen bekannt, und die Familie umgab sich stets nur mit Menschen, die aus ihren Kreisen stammten. Julia wusste, warum Marianne niemandem aus der Familie von der Ausstellung erzählt hatte, denn

damit hätte sie bei Lady Eleonor nur Entsetzen und völlige Ablehnung ausgelöst.
»Wir Künstler sind eben anders als andere Menschen, meine Liebe«, sagte Julia und zwinkerte Marianne vertraulich zu. »Ich kenne da eine sehr ehrenwerte Witwe, die in ihrem Haus Zimmer vermietet. Im Augenblick ist eines der Dachzimmer frei. Der Raum hat ein großes Südfenster und viel Platz für deine Staffelei. Vielleicht möchtest du es dir mal ansehen? Es liegt nur zwei Straßen weiter und hat einen wunderbaren Blick auf Arthur's Seat.«
Lächelnd schüttelte Marianne den Kopf. »Ich danke dir, aber wovon sollte ich die Miete für ein Zimmer bezahlen? Lady Eleonor würde in Ohnmacht fallen, wenn ich ihr sagte, ich wolle künftig allein in einer Dachkammer in der Altstadt wohnen.«
»Du hast deinen Verwandten sicher eine Menge zu verdanken, aber du kannst nicht dein ganzes Leben damit verbringen, diese Dankbarkeit abzuarbeiten, Marianne. Irgendwann musst du eigene Wege gehen und die Vergangenheit hinter dir lassen.«
Die Vergangenheit hinter sich lassen ... Marianne wünschte, das wäre irgendwann einmal möglich, aber was sie getan hatte, konnte sie niemals vergessen. Und – wie es der heutige Tag zeigte – würde das Schicksal auch sie nicht vergessen und immer wieder daran erinnern, welch schwere Schuld auf ihren Schultern lastete. Marianne war froh, als in diesem Moment ein Ehepaar zu Julia trat und sie bat, ihnen ein Bild eines Edinburgher Malers zu verkaufen, und sie dadurch einer Antwort enthoben wurde. Sie wechselte noch ein paar freundliche Worte mit einigen Gästen, dann verließen die Besucher nach und nach die Galerie. Niemand hatte eines ihrer Bilder erworben, aber Marianne hatte auch nicht damit gerechnet und war deshalb nicht enttäuscht. Wenigstens hatte sich keiner abfällig über ihre Landschaftsbilder geäußert, und Dean Lynnforth hatte sie sogar gelobt. Sie war froh, die Stadt für ein oder zwei Wochen verlassen

zu können, denn um nichts in der Welt wollte sie erneut mit Gilbert Capstone zusammentreffen. Bevor sie ging, ließ sie sich von Julia dazu überreden, noch ein Glas Champagner zu trinken.

»Die Flasche ist offen, es wäre doch schade, den Rest fortzuschütten.« Julia nahm einen Schluck und schloss genießerisch die Augen. »Ah, es geht doch nichts über Champagner. Kein anderes Getränk prickelt derart erfrischend auf der Zunge.«

Marianne konnte Julias Empfinden nicht teilen. Champagner schmeckte zwar recht angenehm, aber sie machte sich im Allgemeinen nichts aus alkoholischen Getränken. Da es heute jedoch bereits ihr zweites Glas war, stieg ihr der ungewohnte Alkohol zu Kopf. Schnell stellte sie das Glas zur Seite.

»Ich sollte jetzt gehen, Julia, ich muss noch packen. Wir reisen morgen bei Sonnenaufgang.« Marianne deutete auf ihre Bilder. »Was geschieht jetzt mit ihnen? Soll ich sie mitnehmen? Allerdings weiß ich nicht, wo ich sie unterbringen soll. Lady Eleonor erlaubt mir zwar, in meinem Zimmer zu malen, sie weiß jedoch nicht, dass ich alle Bilder aufgehoben habe, sondern meint, ich würde sie jedes Mal wieder übermalen. Sie hat keine Ahnung, dass ich sie hierher zu dir gebracht habe.«

»Mach dir keine Sorgen. Ich werde deine Bilder in der Galerie behalten, denn ich bin überzeugt, es werden sich Käufer dafür finden lassen.«

»Danke für deine Worte«, sagte Marianne gerührt, »doch ich weiß, dass sie nicht gut sind. Jedenfalls nicht so gut wie viele andere, die hier hängen.«

Julia legte eine Hand auf Mariannes Schulter und zwinkerte ihr zu.

»Ich mag zwar deine Freundin sein, aber in erster Linie bin ich Geschäftsfrau, die von den Einnahmen dieser Galerie leben muss. Du kannst mir ruhig glauben, dass ich sicherlich keine Bilder ausstelle, von denen ich nicht überzeugt bin, sie verkaufen zu können. Du stehst noch am Anfang, meine Liebe, aber ich rate dir, nicht aufzugeben. Mit jedem Bild, das aus deinen Fingern fließt, wirst du besser werden, und irgendwann werden deine Werke in der National Gallery hängen.«

Die letzten Worte hatte Julia mit einem Augenzwinkern gesagt, und Marianne stimmte in ihr Lachen ein.

»Es wundert mich nicht, dass du so erfolgreich bist, Julia. Deinem Charme kann wohl keiner widerstehen.«

Julia nickte und bemühte sich um einen ernsthaften Gesichtsausdruck.

»Dass ich heute alle Zeichnungen von Adrian Shaw verkauft habe, ist allerdings weniger meinem Charme als der tragischen Geschichte des Malers zu verdanken. Eine furchtbare Vorstellung, bei einem Sturm im Meer zu ertrinken, nicht wahr?«

Bei der Erwähnung des Namens fiel ein Schatten über Mariannes Gesicht, und ihr Lächeln erstarb.

»Ich muss jetzt wirklich gehen«, sagte sie und griff nach ihrem leichten Sommermantel. »Ich melde mich, wenn wir wieder zurück in der Stadt sind, ja?«

Endlich allein, atmete Marianne tief durch. Der Tag war für Juni ungewöhnlich warm, aber regnerisch, so dass nur wenige Menschen auf den Straßen unterwegs waren. Julia de Lacourts Galerie lag in der Victoria Street, einer schmalen und steilen Gasse, die den großen Platz Grassmarket mit der Royal Mile verband. Wie immer, wenn Marianne die lange Straße entlangging, die die Burg mit dem königlichen Palast von Holyrood verband, empfand sie tiefe Ehrfurcht. Die Royal Mile war eine der ältesten Straßen Großbritanniens, die beinahe unverändert war und eigentlich aus vier Abschnitten bestand: Direkt nach der Esplanade vor der Burg schloss sich Castle Hill an, wo in früheren Zeiten Hexen und Ketzer verbrannt wurden, dann Lawnmarket, wo immer mittwochs und samstags Tuche, an den übrigen Tagen Milchprodukte verkauft wurden. Der Abschnitt High Street war der Mittelpunkt der Altstadt. Hier befand sich das alte Parlamentsgebäude und die St.-Giles-Kathedrale, die größte Kirche der Stadt. Canongate, der letzte Abschnitt der Royal Mile, der bis zum Holyroodhouse-Palast führte, war einst ein selbständiger Burgflecken mit eigener Verwaltung. Bis vor hundert Jahren lebten und arbeiteten Hunderttausende von Menschen in der Altstadt, bis das *Nor' Loch*, ein stinkendes Schlammloch unterhalb der Burg, in das die Edinburgher ihre Exkremente und Abfälle leiteten, trockengelegt wurde und dahinter ein neues Wohngebiet entstand. Edinburgher, die es sich leisten konnten, bauten in der *New Town*. Die Gegend entwickelte sich schnell zu einem exklusiven Wohnviertel des Adels und der reichen Kaufleute, in dem auch die McFinnigans lebten. In der Altstadt wohnten nur noch Arbeiter, Handwerker und Tagelöhner, aber in den letzten zehn Jahren hatten sich in der Gegend immer mehr Künstler angesiedelt, die von der Schönheit des Stadtteils mit seinen bis zum Teil acht Stockwerke in die Höhe ragenden Häusern fasziniert waren und hier die Inspiration für ihre Werke fanden. Marianne hatte nie daran gedacht, Impressionen der Stadt in ihren Bildern darzustellen. Obwohl sie seit Jahren in den hohen und engen Häuserfluchten wohnte, lebten in ihrer Vorstellung immer nur die unbebauten grünen Hügel von Hirta und die Unberührtheit der Natur. Mit niemandem konnte sie über ihre Sehnsucht, die Heimat wiederzusehen, sprechen. Lady Eleonor hatte ihr damals wenige Wochen nach ihrer Ankunft unmissverständlich klargemacht, sie wolle den Namen St. Kilda niemals wieder hören. Susanna und Dorothy hatten ohnehin nur das Notwendigste mit Marianne gesprochen. Einzig Alexander McFinnigan hatte sie immer mal wieder nach ihrer Kindheit auf St. Kilda gefragt. Damals war Marianne zu verängstigt gewesen, etwas von dem großen Geheimnis und ihrer Schuld am Tod eines Menschen zu verraten, so dass sie Alexander nur ausweichend und einsilbig antwortete und er es schließlich aufgegeben hatte,

Marianne Fragen zu stellen. Zudem hatte sie die Anwesenheit Alexanders stets verwirrt, und sie hatte sich ihm gegenüber dumm, linkisch und ungeschickt gefühlt. An liebsten war es Marianne gewesen, wenn sie schweigend in einer Ecke sitzen und Alexander beobachten konnte, ohne dass er das Wort an sie richtete.

Vom Glockenturm der St.-Giles-Kathedrale schlug die dritte Nachmittagsstunde, und Marianne beschleunigte ihre Schritte. Es war später als beabsichtigt. Sie musste sich beeilen, um ihre Sachen zu packen und dann noch Susanna und Dorothy beim Packen zu helfen. Über die gewundene Cockburn Street gelangte Marianne zum Bahnhof Waverley und überquerte über eine eiserne Fußbrücke die Gleise. Während sie die breite Prachtstraße Princess Street hinaufging, von wo aus es nicht mehr weit bis zum Charlotte Square war, konnte sie nicht verhindern, dass ihre Gedanken wieder nach St. Kilda wanderten. Im ersten Jahr nach ihrer Ankunft in Edinburgh hatte sie Neill jede Woche einen Brief geschrieben. Es war zwar ungewiss, wann der Freund die Briefe erhalten würde, da diese von Edinburgh erst nach Oban, von dort mit dem Schiff nach Lewis und dann weiter nach St. Kilda gebracht werden mussten. Marianne fühlte sich jedoch dem Freund nahe, wenn sie ihm von ihren Erlebnissen in der großen Stadt, in der alles fremd für sie war, berichtete. Sie hatte nicht erwartet, dass Neill ihr ebenso regelmäßig antwortete, denn er konnte nicht gut lesen, und schreiben mochte er überhaupt nicht gern, aber Marianne hoffte, es würde sich jemand finden, der ihm ihre Briefe vorlas. Als nach einem Jahr keine Nachricht von Neill gekommen war, hatte sie sich keine Sorgen gemacht. Das Dampfschiff fuhr nur zwei oder drei Mal im Jahr auf die Insel, da konnte es dauern, bis ein Brief sie erreichte. Als nach weiteren zwei Jahren jedoch noch immer keine Antwort gekommen war, war Marianne sehr traurig gewesen. Neill hatte sie offenbar vergessen. Oder, dieser Gedanke ließ Marianne nicht mehr los, er hatte erfahren, dass sie Adrian Shaw getötet hatte und wollte – verständlicherweise – nichts mehr mit ihr zu tun haben. Einen Brief an ihre Eltern hatte Marianne nie geschrieben. Annag und Ervin hassten sie für das, was sie getan hatte, denn sonst hätten sie sie nicht den McFinnigans überlassen. Marianne dachte nicht oft an ihre Eltern. Neill zu verlieren, das stimmte sie jedoch noch heute traurig. Der Freund musste inzwischen ein Mann sein. Ob er wohl noch auf Hirta lebte, oder hatte er die Insel auch verlassen, um anderswo sein Glück zu suchen? Vielleicht war er schon längst verheiratet? Marianne überlegte, welche junge Frau von Hirta für Neill in Frage käme. Vielleicht die kleine Flora, die heute längst im heiratsfähigen Alter war. Oder Diana mit dem breiten Mund und der zu großen Nase? Nun, es konnte ihr gleichgültig sein, denn sie würde Neill ebenso wie St. Kilda niemals im Leben wiedersehen.

Nach 1862 war Lord Thomas McFinnigan nur noch ein Mal nach St. Kilda gereist. Marianne hatte ihm damals ihre Briefe an Neill mitgegeben, und Sir Thomas hatte nach seiner Rückkehr gesagt, er habe sie dem Jungen übergeben, dieser habe jedoch keine Nachricht für sie gehabt. Sir Thomas war mit einem neuen Lehrer zu den Inseln gefahren, der die Nachfolge von Reverend Munro antrat. Er war alleinstehend und im fortgeschrittenen Alter. Unwillkürlich stellte Marianne sich vor, wie Wilhelmina Steel ihre Finger nach dem Junggesellen ausstrecken würde. Nach dieser Reise hatte Sir Thomas sein Amt als Vorsitzender des Komitees zur Verbesserung der St. Kildaner niedergelegt, da ihm der Posten eines Abgeordneten im britischen Parlament angeboten wurde. Dies erforderte eine regelmäßige, längere Anwesenheit Sir Thomas' in London, aber weder Lady Eleonor noch die Töchter begleiteten den Vater jemals in die britische Hauptstadt. Folglich lebte Marianne in den vergangenen zehn Jahren einzig zwischen Edinburgh und Ballydaroch House, dem Landsitz der McFinnigans. Sie freute sich, die Stadt für einige Tage zu verlassen, denn sie mochte die liebliche Umgebung der Lowlands, die ganz anders als ihre Heimat und doch faszinierend war. Die saftigen grünen Wiesen und Weiden, gelbe, sich im Wind wiegende Kornfelder und Obstplantagen mit Apfel-, Birnen- und Pflaumenbäumen unterschieden sich sehr von dem harten und rauhen Leben der Menschen auf den äußeren Hebriden. Seit zehn Jahren war Marianne, außer im Hafen von Leith, nicht mehr am Meer gewesen. Als würde der Wind ihre Gedanken erahnen, frischte er just in diesem Moment auf und wehte eine salzige Brise über die Stadt, die Marianne begierig einsog. Während sie auf den Charlotte Square einbog und den kleinen Park passierte, lächelte Marianne vor sich hin. Nie würde sie den Morgen vergessen, als sie versucht hatte, den Park zu betreten, um dort die Rosen zu sehen. Heute wusste sie längst über die gesamte Flora und Fauna Schottlands Bescheid, und sie mochte Rosen beinahe ebenso gerne wie Lady Eleonor. Mariannes Lieblingsblumen allerdings waren Hortensien, die in den Sommermonaten in geschützten Lagen in Hülle und Fülle blühten.

Hilda erwartete sie bereits aufgeregt, als sie das elegante Haus durch den Eingang im Souterrain betrat.

»Wo warst du denn so lange?«, schalt sie, die Wangen gerötet. »Hast du deine Sachen gepackt? Nein? Dann beeil dich, Miss Susanna hat bereits zweimal nach dir gefragt. Sie erwartet deine Hilfe.«

»Ich werde sofort zu Miss Susanna gehen«, antwortete Marianne. »Mein Gepäck ist schnell fertig, ich brauche ja nicht viel mitzunehmen.«

Als Marianne sich an Hilda vorbeidrücken wollte, hielt die Haushälterin sie am Arm fest. Sie beugte sich vor und schnüffelte vor Mariannes Gesicht. Hildas Augen weiteten sich erstaunt.

»Hast du etwa getrunken? Du riechst nach Alkohol!«

Erschrocken, dass man das eine Glas Champagner, das sie vor

mittlerweile einer knappen Stunde getrunken hatte, immer noch riechen konnte, zuckte Marianne zusammen.

»Es hat nichts zu bedeuten«, sagte sie schnell und wollte die Küche verlassen, aber Hilda hielt sie am Ärmel fest. Ernst und streng sah sie Marianne an.

»Mädchen, eines sage ich dir: Trunkenheit wird in diesem Haus nicht geduldet. Lass die Finger von dem Teufelszeug, das so manchen in den Abgrund gestoßen hat. Es mag angehen, dass die Männer trinken, manche auch regelmäßig und lieber, als es ihnen guttut, bei einer Frau aber ist das einfach nur ... ekelhaft. Hast du verstanden?«

Marianne überlegte kurz, ob sie Hilda von der Vernissage erzählen sollte. Die Haushälterin war immer freundlich zu ihr gewesen, und sie hatte viel von der älteren Frau gelernt. Hilda wusste, wie gern Marianne malte, und hatte auch schon das eine oder andere Bild von ihr gesehen. Sie würde sich bestimmt freuen zu erfahren, dass einige von Mariannes Werken in einer Galerie ausgestellt wurden. Dennoch schwieg Marianne. Jetzt war nicht der richtige Zeitpunkt, ihr Geheimnis zu offenbaren, darum senkte sie schuldbewusst den Kopf und murmelte: »Es tut mir leid, Hilda, und es wird nie wieder vorkommen.«

»Das will ich hoffen«, gab Hilda brummend zurück. »Ich hoffe es für dich, mein Kind, denn du willst sicher nicht in der Gosse oder in einem schlimmen Haus enden, nicht wahr?«

»Ganz bestimmt nicht«, versicherte Marianne, dann ließ Hilda sie gehen. Allerdings schickte sie ihr eine Ermahnung hinterher.

»Spül deinen Mund mit Pfefferminze aus, bevor du zu Miss Susanna gehst. Nicht auszudenken, wenn sie oder gar Lady Eleonor bemerken würden, dass ein Mädchen während des Tages trinkt.«

Marianne schmunzelte, als sie daran dachte, was die brave und konservative Hilda wohl von Julia de Lacourt halten würde. Julia machte keinen Hehl daraus, regelmäßig ein Glas Champagner oder Wein oder sogar einen Whisky zu sich zu nehmen, dazu rauchte sie Zigaretten. Hilda wäre sicher geschockt, und Lady Eleonor würde der Schlag treffen. Marianne konnte sich gerade noch das Lachen verkneifen, als sie Susannas Zimmer betrat, wo sie bereits sehnsüchtig erwartet und mit einer Fülle von Aufgaben, die es zu erledigten galt, überhäuft wurde.

10. Kapitel

Es war ein herrlicher und warmer Frühsommertag, und Marianne hätte die ungefähr dreistündige Fahrt nach Ballydaroch, dem Landsitz der McFinnigans in der Nähe der kleinen Stadt Peebles, sicherlich genossen, würden nicht die Schatten des vorherigen Tages wie eine dunkle Wolke über ihr hängen. Nach einer unruhigen Nacht, in der Marianne immer wieder von Adrian Shaw geträumt hatte, waren sie am frühen Morgen aufgebrochen. Sie fuhren in zwei Kutschen. In der einen saßen Marianne, Susanna, Dorothy und Lady Eleonor, in der anderen die Haushälterin Hilda, Lady Eleonors Zofe Jane Hastings und ein junges Dienstmädchen, das erst seit wenigen Wochen im Haushalt lebte. Lord McFinnigan und der Butler Barnaby weilten bereits seit einigen Tagen in Ballydaroch House, um die Vorbereitungen für die Verlobungsfeier zu überwachen. Aus der Stadt Peebles hatte Barnaby Mädchen und Frauen eingestellt, die seit Tagen für die Feier kochten und buken, ebenso eine zweite Köchin, denn Hilda konnte die Arbeit für die rund vier Dutzend Gäste nicht allein bewältigen, zumal sie zuvor in Edinburgh unabkömmlich gewesen war.
Susanna, voll gespannter Erwartung auf ihren großen Tag, sprach während der ganzen Fahrt von nichts anderem.

»Ach, Mama, ich weiß nicht, ob mein Kleid wirklich dem Anlass angemessen ist.« Susanna lehnte sich seufzend zurück und kniff skeptisch die Augen zusammen.

»Natürlich, mein Schatz«, antwortete Lady Eleonor mit einem verständnisvollen Lächeln. Seit Tagen machte sich ihre älteste Tochter um ihre Garderobe Gedanken. Lady Eleonor hingegen beschäftigte weniger das Kleid, das extra für die Verlobung angefertigt wurde, sondern die Tatsache, dass die meisten Gäste noch einige Tage in Ballydaroch blieben. Nächste Woche sollte eine große Jagd veranstaltet werden, und für jeden Abend waren kleinere musikalische Darbietungen geplant. Hoffentlich klappte alles reibungslos, und hoffentlich ließ das Wetter sie nicht im Stich.

Marianne schaute durch das Fenster auf die vorbeiziehende sattgrüne und leicht hügelige Landschaft, damit Susanna nicht merkte, wie genervt sie von deren andauerndem Gerede von Kleidern und Frisuren war. Ihre Ohren jedoch konnte Marianne nicht verschließen, als Susanna weinerlich sagte: »Dorothys Kleid ist viel schöner als meines, dabei ist es meine Verlobung.« Lady Eleonor, die neben Marianne ihren Töchtern gegenübersaß, beugte sich vor und tätschelte Susannas Hand.

»Dein blaues Kleid hat exakt die Farbe deiner Augen, meine Liebe. Du wirst sehen, alle Gäste werden von dir hingerissen sein, am meisten Matthew, dein Verlobter.«

»Der apricotfarbene Stoff, den Dorothy bekommen hat, würde meinem Teint viel mehr schmeicheln«, quengelte Susanna weiter. »Das Blau macht mich so blass …«

»Du sieht wunderschön aus«, ergriff nun die jüngere Schwester das Wort. »Wenn du jedoch willst, dann tauschen wir die Kleider. Allerdings muss meines etwas enger gemacht werden, denn du bist viel schlanker als ich.« Bemüht, ihrer Schwester immer alles recht zu machen und damit ihre Gunst zu erhalten, bot Dorothy ihr bereitwillig an, auf ihr eigenes Kleid zu verzichten.

»Ich trage doch keine abgeänderten Sachen.« Susanna funkelte ihre Schwester an, als hätte diese gerade von ihr verlangt, mit bloßen Händen einen Stall auszumisten. »Ich werde mich eben damit abfinden, blass und kränklich und so gar nicht wie eine glückliche und strahlende Braut auszusehen.«

Marianne lag bei dieser Bemerkung Susannas eine scharfe Erwiderung auf der Zunge, die sie jedoch hinunterschluckte. In den letzten Jahren hatte sie gelernt, wann es besser war, zu schweigen. Und Schweigen war in Gegenwart von Susanna McFinnigan das Beste, was man tun konnte, wollte man nicht mit ihr streiten. Seit dem Tag, als Marianne das erste Mal das Haus der McFinnigans betreten hatte, hatte Susanna nichts unversucht gelassen, sie zu schikanieren und ihr deutlich zu machen, in welche Gesellschaftsschicht sie gehörte. In Susannas Augen war Marianne ein Dienstmädchen, auch wenn sie das Privileg genoss, mit den Töchtern zusammen unterrichtet zu werden. Als Susanna dann in ein Internat nach Südfrankreich geschickt wurde, besserte sich Mariannes und Dorothys Verhältnis. Die kleine Schwester stand stets im Schatten der schönen und eleganten Susanna, die ein Gesicht wie ein Engel und Haar wie gesponnenes Gold hatte, dazu eine glockenhelle Singstimme besaß, die jeden Zuhörer andächtig lauschen ließ, wenn sie sang. Susanna bewegte sich anmutig, und bei Tanzveranstaltungen war ihre Tanzkarte binnen weniger Minuten randvoll. Männer scharten sich um Susanna wie Motten um das Licht, dennoch hatte es lange gedauert, bis sie einen von ihnen erhörte. Lady Eleonor und Sir Thomas hatten ihre Tochter nie zu einer Ehe gedrängt, aber jetzt war sie schon dreiundzwanzig Jahre alt, und es wurde langsam Zeit, zu heiraten, um nicht als spätes Mädchen zu gelten. Marianne hatte Lord Matthew Chrisholm, Susannas Zukünftigen, nur drei- oder viermal gesehen. Das waren kurze Momente gewesen, in denen sie dem älteren Herrn Hut, Schal und Mantel abnahm, als er das Haus betrat. Matthew Chrisholm war für seine vierzig Jahre noch recht attraktiv, auch wenn er etwas zur Fülligkeit neigte und sein Haar sich bereits deutlich lichtete. Es war offensichtlich, dass er die schöne Susanna regelrecht vergötterte und stolz war, sie zur Frau zu bekommen. Marianne vermutete allerdings, Susannas Zuneigung gelte wohl eher Chrisholms dickem Bankkonto, seiner angesehenen Stellung in der Gesellschaft und seinen vier Landgütern, anstatt ihm in aufrichtiger und ehrlicher Liebe verbunden zu sein. Nun, das war eine Sache, die sie nichts anging. Schon lange hatte Marianne nicht mehr an die Worte Lady Eleonors von damals gedacht, Marianne sollte in ihrem Haus wie eine eigene Tochter leben. Seit zehn Jahren war sie nicht mehr als eine unbezahlte Dienstmagd, auch wenn sie den McFinnigans dankbar war, dass diese ihr den Internatsaufenthalt ermöglicht hatten. Obwohl sie immer schon gern gezeichnet hatte, hatte sie erst dort ihre Liebe zum Malen entdeckt, und nun waren ihre Bilder sogar ausgestellt worden. Bei dem Gedanken an den gestrigen Tag spürte Marianne ein flaues Gefühl im Magen, doch bevor sie wieder an Adrian Shaw dachte, richtete Dorothy das Wort an sie.

»Was für ein Kleid wirst du tragen, Marianne?«

»Spinnst du?«, fuhr Susanna ihre jüngere Schwester an und stieß ihr den Ellenbogen in die Seite. »Marianne wird am Empfang nicht teilnehmen.« Der Blick ihrer blauen Augen richtete sich auf Marianne. »Du verstehst sicher, Marianne, dass du zu dieser Gesellschaft nicht passt. Es sind einflussreiche Leute aus den besten Familien Schottlands geladen, unter denen du dich nur langweilen würdest. Was solltest du mit ihnen schon reden können?«

Ruhig erwiderte Marianne Susannas Blick, der kalt wie Eis war, und erwiderte: »Selbstverständlich, liebe Susanna, außerdem benötigt Hilda meine Hilfe in der Küche, somit werde ich gar keine Zeit für Vergnügungen haben.«

»Du könntest vielleicht servieren und so bei den Gästen sein.« In

Lady Eleonors Stimme klang ein wenig Scham mit, wie Marianne feststellte, aber so leicht wollte sie es ihr nicht machen. Darum schüttelte sie den Kopf und sagte bestimmt: »Lassen Sie mich ruhig in der Küche unter meinesgleichen. Auf keinen Fall möchte ich Sie vor Ihren Gästen blamieren, Mylady. Ich bin doch zu ungeschickt, um mit hochgestellten Persönlichkeiten zu verkehren.«

Zu Mariannes Befriedigung röteten sich Lady Eleonors Wangen. In diesem Moment erinnerte sie sich offenbar, ebenso wie Marianne zuvor, an ihre einstigen Versprechungen. Marianne lehnte sich bequem zurück und sah wieder aus dem Fenster. Rechter Hand erhob sich der Crailzie Hill, an dessen Fuß sich der Landsitz der McFinnigans befand. Noch etwa zwanzig bis dreißig Minuten, dann würden sie ihr Ziel erreicht haben.

»Wo warst du eigentlich gestern Nachmittag?«, fragte Dorothy plötzlich. »Ich habe dich im ganzen Haus gesucht, und Hilda wusste nicht, dass du ausgegangen warst.«

»Gestern war mein freier Tag«, entgegnete Marianne ruhig. »Ich war im Park spazieren.«

»Aber es hat geregnet.« Dorothy ließ nicht locker. »Du wirst doch nicht stundenlang bei Regen durch den Park gelaufen sein.«

Marianne seufzte innerlich, ließ sich aber nichts anmerken und lächelte das Mädchen freundlich an. »Vielleicht war ich auch in einem Caféhaus.«

»Aber doch nicht etwa allein?« Susanna beugte sich gespannt vor und deutete mit dem Zeigefinger auf Marianne, als hätte sie ein Verbrechen begangen, doch da schaltete sich Lady Eleonor ein.

»Susanna, Dorothy … Marianne ist alt genug, um zu wissen, was sie tut. Sie hat recht, gestern war ihr freier Tag, und wenn ihr der Sinn nach einem Spaziergang und einem Caféhausbesuch steht, denn ist sie frei, dies zu tun.« Sie beugte sich zu

Marianne und tätschelte leicht deren Knie. »Ich bin sicher, du tust nichts Unehrenhaftes, nichts, was dem Ansehen unserer Familie schaden könnte, nicht wahr, Marianne?«
»Natürlich nicht«, antwortete Marianne hastig. Vielleicht etwas zu schnell, denn sie ahnte, dass Lady Eleonor eine Ausstellung ihrer Bilder sicher nicht gutheißen würde. In den Kreisen, in denen die McFinnigans verkehrten, kaufte und handelte man zwar mit Kunst, darunter natürlich auch mit Gemälden, aber man gab sich nicht mit den Künstlern ab. Außer vielleicht, wenn diese reich und berühmt waren, aber davon war Marianne Lichtjahre entfernt.
So leicht ließ Susanna jedoch nicht locker und meinte: »Ich finde einen Cafébesuch für eine Dame ohne Begleitung skandalös. Marianne, du lebst unter unserem Dach, da kannst du nicht einfach tun, was dir in den Sinn kommt. Nicht auszudenken, wenn Matthew erfährt, dass du dich allein in der Stadt herumtreibst.«
»Du kannst unbesorgt sein, Susanna.« Mariannes Ton wurde nun doch eine Nuance schärfer. »Ich weiß mich zu benehmen, und ich treibe mich nicht herum, auch wenn ich nur von einer mit Barbaren bevölkerten Insel stamme.«
»Jetzt lasst es gut sein«, mischte sich Lady Eleonor mit sichtlichem Unbehagen ein. »Marianne, auch wenn du Hilda bei den Vorbereitungen hilfst, spricht nichts dagegen, dass du an dem Tanz teilnimmst, welcher nach dem Dinner stattfindet. Du hast auch etwas Vergnügen verdient. Bestimmt ist unter deinen Sachen ein Kleid, das dem Anlass entsprechend ist?«
»Ja, Mylady, es wurde für mich im letzten Jahr für die Gartenparty geschneidert«, gab Marianne leise zur Antwort. Am liebsten hätte sie gesagt, sie wolle keine Almosen, und das Angebot, beim Dinner zwar nicht mit am Tisch sitzen, aber danach beim Tanz dabei sein zu dürfen, war dem vergleichbar, wenn man einem Kettenhund ab und zu ein paar Knochen hinwirft. Marianne war es jedoch nicht anders gewöhnt, daher schluckte sie

ihren Stolz hinunter und schwieg. Susanna fand den Vorschlag allerdings empörend und machte ihrer Entrüstung sogleich Luft.
»Mama, was sollen wir denn den Leuten sagen, wer Marianne ist? Ich wage nicht, mir vorzustellen, was passiert, wenn jemand sieht, wie sie zuerst in der Küche hilft und sich dann unter die Tanzenden mischt. Es ist schließlich meine Verlobung, und da möchte ich ...«
»Schluss jetzt, Susanna, ich möchte kein Wort mehr darüber hören.« Lady Eleonor unterbrach ihre Tochter in einem ungewohnt scharfen Tonfall und deutete nach draußen. »Seht her, da ist schon das Pförtnerhaus. Ach, ich freue mich, wieder in Ballydaroch zu sein. So schön die Stadt ist, hier draußen ist die Luft viel frischer und klarer.«
In Marianne kochte der Zorn, aber die Jahre hatten sie gelehrt, ihre Mimik zu beherrschen. Unwillkürlich dachte sie an Julia de Lacourts Angebot, sich ein eigenes Zimmer in der Stadt zu nehmen. Marianne war volljährig, die McFinnigans konnten ihr das nicht verbieten, aber von welchem Geld sollte sie leben? Mit der Malerei würde sie nichts verdienen können, so blieb ihr nur, sich eine andere Stelle in einem Haushalt zu suchen. Davor war Marianne bisher zurückgeschreckt, denn trotz allem fühlte sie sich im Hause der McFinnigans wohl. Hilda war eine ältere Freundin für sie geworden, und mit dem Butler Barnaby kam sie gut zurecht, auch wenn er manchmal ziemlich griesgrämig wirkte. Und dann gab es noch einen anderen Grund, warum sie aus dem Haus am Charlotte Square nicht fortgehen wollte, aber daran wollte sie jetzt nicht denken ...
Die Kutsche hielt vor dem Haus, und zwei Diener eilten die Stufen hinunter, um den Schlag zu öffnen und den Damen beim Aussteigen behilflich zu sein. Marianne stieg als Letzte und ohne Hilfe aus und sah sich um. Es war ihr erster Aufenthalt in Ballydaroch House in diesem Jahr, aber es hatte sich seit dem letzten

Herbst nichts verändert. Die Rosenrabatten vor dem Haus standen in voller Blüte, und das Sonnenlicht spiegelte sich in Dutzenden blank polierter Fensterscheiben. Das Haus war sehr alt. Bereits vor über fünfhundert Jahren hatte der erste Lord Ballydaroch das Haupthaus erbauen lassen. Seitdem hatten Generationen es stetig um- und angebaut, so dass die meisten Räume heute die Annehmlichkeiten und den Komfort des neunzehnten Jahrhunderts boten. Vor knapp einhundertdreißig Jahren war es der Familie gelungen, das Anwesen vor der Annektierung durch die Engländer zu retten, obwohl die McFinnigans Anhänger von Charles Edward Stuart waren und an seiner Seite bei Culloden gekämpft hatten. Marianne hatte seit zwei oder drei Jahren in Edinburgh gelebt, als sie zum ersten Mal von diesem wohl blutigsten und grausamsten Ereignis in der Geschichte Schottlands hörte. Hinter vorgehaltener Hand hatte Hilda ihr zugeflüstert, dass ein McFinnigan wohl extra nach London gereist war und sich dort König George vor die Füße geworfen und um Gnade gebettelt hatte. Von Geldern, die geflossen waren, und dem Angebot des Lords, mit seiner ganzen Macht gegen die in Schottland verbliebenen Jakobiten vorzugehen, war ebenfalls die Rede. Das war natürlich kein Thema, über das Thomas McFinnigan gerne sprach, denn welche schottische Familie hatte schon gerne einen Feigling und Verräter am eigenen Volk in seiner Ahnengalerie? Nun, Marianne war die Vergangenheit gleichgültig. Sie mochte die verwinkelten kleinen Räume mit den niedrigen Decken und die Terrassengärten, die sich bis zum Fluss Tweed hinunterzogen und im Sommer in verschwenderischer Pracht grünten und blühten.

Während die Dienerschaft das Gepäck von den Kutschdächern lud, trat Marianne zu Hilda, die sich ausgiebig dehnte und reckte. In den letzten Jahren beherrschte das Rheuma Hildas Glieder, und nach dem langen Sitzen schmerzte ihr der Rücken.

»Ich ziehe mich nur rasch um, dann komme ich in die Küche«,

sagte Marianne zu Hilda. »In den nächsten zwei Tagen gibt es noch jede Menge zu tun.«

Hilda lächelte und drückte Mariannes Hand. »Lass dir ruhig Zeit. Wahrscheinlich muss ich zuerst alles überprüfen, was bisher gemacht wurde, denn die Leute von hier haben doch keine Ahnung, was es heißt, ein Fest für fast fünfzig Gäste auszurichten. Dazu noch die Verlobung der ältesten Tochter des Hauses.« Sie schlug theatralisch die Hände über dem Kopf zusammen. »Ach, Gott, ach Gott, wie sollen wir das alles in nur zwei Tagen schaffen?«

Lachend ließ Marianne Hilda stehen und wandte sich Sir Thomas zu, der aus dem Haus kam, um die Ankömmlinge zu begrüßen. Nachdem er seine Töchter kurz umarmt und seine Frau auf die Wange geküsst hatte, sah er Susanna ernst an.

»Es tut mir so leid, mein Kind …«

»Ist etwas mit Matthew?«, rief Susanna angstvoll. »Ihm ist doch nichts geschehen, oder?«

Thomas McFinnigan schüttelte den Kopf und lächelte beruhigend. »Wie ungeschickt von mir, dich derart zu erschrecken. Verzeih, liebe Susanna, aber es handelt sich um deinen Bruder. Er kann leider nicht kommen.«

»Aber warum nicht?«, rief Susanna.

»Sein Arbeitgeber hat ihm einen brisanten Fall übertragen, der für die Kanzlei von äußerster Wichtigkeit ist. Daher musste Alexander nach Aberdeen fahren. Er versprach zu versuchen, es Ende nächster Woche einrichten zu können, für ein paar Tage nach Ballydaroch zu kommen.«

»Das kann er doch nicht machen!« Trotzig, als wäre sie ein Kind und nicht eine erwachsene Frau, die bald heiraten würde, stampfte Susanna mit dem Fuß auf. »Es ist schließlich meine Verlobung, und da möchte ich meinen Bruder dabeihaben.«

»Er ist seinem Arbeitgeber verpflichtet, mein Kind«, versuchte Lady Eleonor ihre Tochter zu beruhigen, aber ihre Worte waren nur Wasser auf Susannas Mühlen.

»Ich verstehe nicht, warum Alexander überhaupt für diese Kanzlei schuftet. Er wird eines Tages all dies hier übernehmen, da sollte er sich doch besser um Ballydaroch kümmern, anstatt um die Verbrechen irgendwelcher obskuren Subjekte. Ich finde es peinlich, dass mein Bruder für andere Leute arbeitet.«

Sir Thomas seufzte. »Alexander hatte schon immer seinen eigenen Kopf, da ist er dir sehr ähnlich, Susanna. Er hat sich nun mal entschlossen, den Anwaltsberuf zu ergreifen, auch wenn ich gehofft hatte, er würde ein politisches Amt bekleiden und in meine Fußstapfen treten. Er ist jedoch noch jung, seine Meinung kann sich durchaus ändern.«

»Ich finde es auch blöd, dass Alexander am Samstag nicht hier ist«, mischte sich nun Dorothy ein. »Ich habe mich so auf einen Tanz mit ihm gefreut.«

Lady Eleonor gab ihr einen liebevollen Nasenstüber. »Du wirst genügend andere Tanzpartner haben, meine Kleine. Lasst uns jetzt hineingehen, ich brauche nach der langen Fahrt eine gute Tasse Tee.«

Untergehakt betrat die Familie das Haus. Marianne folgte ihnen schweigend in einigem Abstand. Nichts in ihrer Mimik verriet, wie enttäuscht sie über die Nachricht war, dass Alexander, wenn überhaupt, erst Ende nächster Woche nach Ballydaroch kommen würde. Auch wenn sie keinesfalls auf einen Tanz, ja, nicht einmal auf ein längeres Gespräch mit Alexander während der Verlobungsfeier hatte hoffen können, so hätte es ihr genügt, ihn aus der Ferne zu beobachten. Während der ganzen Fahrt hatte sie sich auf ein Wiedersehen mit ihm gefreut, und diese Vorstellung hatte die gestrigen Schatten ebenso erträglich gemacht wie Susannas Sticheleien. Während Marianne in ihr Zimmer ging, um sich für die Arbeit umzukleiden, überlegte sie, wann sie Alexander zum letzten Mal gesehen hatte. Es war sicher schon drei, wenn nicht gar vier Monate her. Seit er für eine renommierte Anwaltskanzlei in Glasgow arbeitete und dort in einer kleinen Wohnung lebte, kam er nur noch selten in sein Elternhaus nach Edinburgh. Nachdem Alexander McFinnigan vor sechs Jahren sein Studium der Rechtswissenschaften als einer der Jahrgangsbesten abgeschlossen hatte, war er auf die sogenannte *Grand Tour* gegangen. Diese Reise, die jeder junge und wohlhabende Mann aus gutem Hause absolvierte, hatte Alexander fast zwei Jahre quer durch ganz Europa geführt. In zahlreichen Briefen hatte er von den Schönheiten Italiens und der Faszination der Stadt Paris geschwärmt, so dass Lady Eleonor schon fürchten musste, ihr Sohn würde für längere Zeit auf dem Kontinent bleiben. Diese zwei Jahre waren Marianne damals unendlich lang erschienen.

Sie hatte zwar erkannt, dass Alexander McFinnigan nichts mit ihren kindlichen und romantischen Vorstellungen von einem Ritter gemein hatte, und sie hatte festgestellt, dass die Realität des neunzehnten Jahrhunderts eine völlig andere war als die verklärten Geschichten des Mittelalters, dennoch hatte Marianne ein tiefes Gefühl für Alexander entwickelt. Aus der anfänglichen Schwärmerei war eine Verliebtheit geworden, obwohl Marianne über Liebe nur das wusste, was in Romanen geschrieben wurde. Es musste Liebe sein, was sie für Alexander empfand, denn in seiner Gegenwart fühlte sie sich seltsam gehemmt und wusste nie, was sie sagen sollte, obwohl sie sonst selten um Worte verlegen war. Sah sie Alexander, dann war es, als würden Tausende von Schmetterlingen in ihren Bauch tanzen, und es wurde ihr abwechselnd heiß und kalt. Im Gegensatz zu seinen Schwestern hatte Alexander McFinnigan Marianne immer mit Freundlichkeit und Respekt behandelt. Als Einziger der Familie hatte er sich für ihre schulischen Fortschritte interessiert. Einer der glücklichsten Tage in Mariannes Leben war gewesen, als Alexander zufällig eine ihrer Zeichnungen entdeckt hatte. Er war in ihr Zimmer gekommen, um sie etwas zu fragen, und Marianne hatte das Bild nicht schnell genug verstecken können. Stattdessen versuchte sie, das Blatt Papier mit ihren Armen zu verdecken.

»Was hast du da?« Interessiert hatte sich Alexander über den Tisch gebeugt und mit sanfter Gewalt Mariannes Arme zur Seite geschoben.

»Es ist nichts ... Bitte, nicht ...«

Alexander hatte das mit Kohlestift gezeichnete Bild lange betrachtet und dann anerkennend genickt.

»Ich wusste gar nicht, dass wir eine Künstlerin in unserem Haus haben.« Bei dem Blick, der seine Worte begleitete, schoss Marianne das Blut in den Kopf. »Was ist das für eine Bucht?«

Sie wand sich unbehaglich und sagte schließlich: »Ach, ich habe nur eine Landschaft von St. Kilda gezeichnet, aber es ist nicht besonders ...«

Alexander anschwindeln und sagen, die Bucht mit den kleinen Vorratshäusern und den Schafen wäre ihrer Phantasie entsprungen, konnte Marianne nicht. Außerdem wusste er ja über ihre Herkunft Bescheid, und es war ihr unmöglich, ihm nicht die Wahrheit zu sagen.

»Es ist ein sehr schönes Bild«, sagte Alexander und sah Marianne aufmunternd an. »Du malst wohl öfter, oder?« Sie nickte, ihr Mund war jedoch zu trocken, um etwas zu sagen, und Alexander fuhr fort: »Meine Mutter sagte mir, dass du in dem Internat den Kunstunterricht besucht hast. Offensichtlich waren diese Stunden nicht vergeben, wenn ich mir deine Zeichnung hier ansehe. Hast du noch mehr davon?«

Marianne stand langsam auf. Sie war unsicher, was sie tun und was sie sagen sollte. Tatsächlich lag in ihrem Schrank ein ganzer Stapel von ähnlichen Zeichnungen, denn damals hatten ihr nur Kohlestifte zum Malen zur Verfügung gestanden. Eine Staffelei und Ölfarben kosteten eine Menge Geld. Geld, das Marianne nicht hatte und um das sie die McFinnigans nicht bitten wollte.

»Was wollten Sie eigentlich von mir, Sir?«, fragte Marianne nun zur Erinnerung, warum Alexander in ihr Zimmer gekommen war. Während sie Susanna und Dorothy duzte, hatte Lady Eleonor darauf bestanden, dass Marianne Alexander seiner Stellung gebührend ansprach. Alexander hatte dies zwar lachend abgewehrt, aber Marianne gab es eine gewisse Sicherheit, wenn sie in der Anredeform den sozialen Unterschied, der zwischen ihnen bestand, wahrte. Dies machte ihr bewusst, wie kindisch und fern jeglicher Realität ihre dummen Träumereien von einem Leben an Alexanders Seite waren.

»Ach ja, ich möchte dich bitten, mir zwei Knöpfe an meinen Jagdrock anzunähen. Er liegt in meinem Zimmer über einem Stuhl. Kannst du das bitte bis heute Abend machen?«

»Selbstverständlich, Sir Alexander«, versicherte Marianne und stand auf. »Ich werde es sofort erledigen.«

Sie wandte sich zur Tür, aber Alexander war am Tisch stehen geblieben und hatte noch einmal die Zeichnung betrachtet. Ein Sonnenstrahl drang durch das geöffnete Fenster und traf sein schwarzes Haar. Für einen Augenblick sah es so aus, als trüge Alexander einen Heiligenschein, und Marianne wischte sich schnell über die Augen. Der Stich in ihrer Brust war zugleich schmerzhaft, aber auch angenehm. Am liebsten hätte sie Alexander umarmt und ihren Kopf an seine Brust gelehnt, aber das durfte sie nicht tun. Sie würde es niemals tun dürfen, trotzdem wollte sie keinen Augenblick in seiner Nähe missen, auch wenn er niemals von ihren tiefen Gefühlen erfahren würde.

»Ihr Rock, Sir …« Marianne öffnete die Tür, und Alexander riss sich von der Betrachtung der Zeichnung los und ging an ihr vorbei aus dem Zimmer. Auf dem ersten Treppenabsatz drehte er sich zu ihr um und fragte: »Malst du nur mit Kohle, oder hast du es schon einmal mit anderen Farben versucht?«

Marianne senkte den Blick und antwortete schüchtern: »In der Schule habe ich gelernt, in Öl zu malen, Sir.«

»Aha, Öl. Nun ja, das bietet auch viel mehr Möglichkeiten, die Farben zu mischen und andere Motive zu gestalten, nicht wahr?«

Alexander wartete ihre Antwort nicht ab, ging die Treppe hinunter und ließ eine verwirrte Marianne zurück.

Im folgenden Februar, zu Mariannes zwanzigstem Geburtstag, schenkte Alexander McFinnigan ihr eine Staffelei und einen Kasten mit Ölfarben und den dazugehörigen Pinseln. Vor Überraschung verschlug es Marianne die Sprache, aber ihre Freude dauerte nicht lange an. Einen Tag nach ihrem Geburtstag säuberte sie am Morgen den Kamin in der Bibliothek, als im Nebenraum die Tür klappte. Marianne wollte sich gerade bemerkbar machen, als sie Lady Eleonor sagen hörte: »Alexander, ich habe ein ernstes Wort mit dir zu reden. Wie konntest du diesem Kind nur ein so teures Geschenk wie eine Staffelei und die Farben machen? Ich bin über deine Handlungsweise schockiert.«
Marianne verharrte in der Bewegung und hielt die Luft an. Sie hoffte, Lady Eleonor und Alexander würden die Bibliothek nicht betreten und sie bemerken. Sie wusste, sie hätte jetzt gehen sollen, aber ihre Neugier war stärker. Sie hörte Alexander leise lachen.
»Mama, als Kind kann man Marianne wirklich nicht mehr bezeichnen. In einem Jahr wird sie volljährig, und aus dem einst mageren Mädchen ist eine hübsche junge Frau geworden.«
Mariannes Herz klopfte bei Alexanders Bemerkung, er finde sie hübsch, heftiger, sie erhielt aber gleich darauf einen empfindlichen Dämpfer, als sie hörte, wir Lady Eleonor scharf die Luft einzog.
»Alexander! Ich hoffe, du vergisst nicht, welche Stellung du bekleidest und wer dieses Mädchen ist ...«
»Mama, deine Sorgen sind unbegründet«, unterbrach Alexander mit einem Lachen in der Stimme. »Marianne ist mir so lieb wie meine Schwestern, mehr aber ganz sicher nicht. Das Mädchen rührt mich irgendwie, und ich habe Mitleid mit ihr. Nie werde ich den Abend vergessen, als ich sie zum ersten Mal sah. Sie

wirkte so verloren und traurig. Sie musste ein so schweres und entbehrungsreiches Leben führen, und ihre Zukunft liegt darin, anderen zu dienen.«

»Das ist Jahre her, seitdem haben wir ihr ein Leben und eine Ausbildung geboten, wovon sie früher nie zu hoffen gewagt hätte. Ich kenne dein weiches Herz, mein Sohn, dennoch bitte ich dich, den gebührenden Abstand zu Marianne zu wahren. Das Geschenk können wir kaum rückgängig machen, aber für die Zukunft verlange ich, dass du von solch teuren und persönlichen Geschenken Abstand nimmst. Ein Schal oder ein paar neue Handschuhe hätten völlig ausgereicht, meinst du nicht auch? Was soll Marianne mit einer Staffelei anfangen? Gut, sie mag ein gewissen Talent zum Malen besitzen, aber meiner Ansicht nach ist das Gekleckse verschwendete Zeit.«

»Ich wüsste nicht, dass Marianne ihren Pflichten nicht ordnungsgemäß nachkommt, Mama«, wandte Alexander ein. »Lass ihr doch die Freude, in ihrer freien Zeit zu malen.«

Stoff raschelte, offenbar erhob sich Lady Eleonor und ging zur Tür. Marianne hörte, wie sie noch sagte: »Lass uns das Thema beenden, Alexander. Nächste Woche wirst du ohnehin deine neuen Stellung antreten und nur noch selten in der Stadt sein. Du weißt, dein Vater sähe es gerne, wenn du ebenfalls in die Politik gehen würdest, bevor du den Besitz übernimmst, aber wir lassen dir die Freiheit, das zu tun, was du für richtig hältst. Darum wirst du meiner Bitte, Begegnungen und Gespräche mit Marianne auf ein Minimum zu beschränken, wohl nachkommen, nicht wahr, Alexander?«

So, wie Lady Eleonor sprach, klang es mehr nach einem Befehl als nach einer Bitte, und Alexander seufzte.

»Wie du und Vater es wünschen, Mama.«

Die Tür klappte, und im Nebenraum sank Marianne auf einen Stuhl. Ihre Beine zitterten, das Herz raste in ihrer Brust. Kein Wort in dem von ihr belauschten Gespräch war überraschend für sie gewesen, dennoch traf sie die Erkenntnis, dass Lady Eleonor nicht wollte, dass Alexander zu ihr freundlich war, wie ein scharfes Messer mitten ins Herz. In all den Jahren hatte jedes nette Wort, jedes Lächeln von Alexander nicht nur ihre Tage erhellt, sondern auch die Erinnerung an die Vergangenheit verblassen lassen. Es war nicht so, dass Marianne St. Kilda und die furchtbaren Ereignisse je hatte vergessen können. War sie jedoch mit Alexander zusammen, so erschien ihr alles wie in weiter Ferne, beinahe wie ein böser Traum, auch wenn sie immer gewusst hatte, dass zwischen ihr und Alexander nie mehr als Freundschaft sein konnte. Am meisten schmerzte Marianne die Erkenntnis, dass Alexander in ihr nur eine Schwester sah, mit der man Mitleid haben musste. Marianne ballte die Hände zu Fäusten. Sie wollte nicht sein Mitleid, sie wollte … Ja, was wollte sie? Dass er ähnlich starke Gefühle für sie entwickelte wie sie für ihn? Ihrer Kehle entrang sich ein bitteres Lachen. Sie sollte aufhören, Romane zu lesen. Alexander war ein McFinnigan, Erbe eines großen Vermögens, und bekleidete trotz seiner jungen Jahre eine hohe Stellung. Sie war jedoch nur ein armes Mädchen von einer rückständigen Insel, zudem noch schuld am Tod eines Menschen. Sollte Alexander jemals davon erfahren, würde er sie verachten und niemals auch nur noch ein Wort mit ihr wechseln …

Marianne griff nach Besen, Schaufel und Eimer und fuhr mit dem Reinigen des Kamins fort. Die Arbeit hatte ihr immer geholfen, nicht mehr über Dinge, die ohnehin nicht zu ändern waren, nachzugrübeln.

Diese Erinnerungen gingen Marianne durch den Kopf, während sie sich den Staub von der Reise aus dem Gesicht wusch und sich umkleidete. Ihr Zimmer befand sich, wie in dem Stadthaus in Edinburgh, ebenfalls unter dem Dach, war aber größer und heller. Durch die weit geöffneten Fensterflügel drang der Duft von frisch gemähtem Gras und Kletterrosen herein, die sich an der Hauswand emporrankten und verströmten das Gefühl nach Sommer. In Ballydaroch House lebten ständig um die zwanzig Bedienstete, die das Haus und die Gärten in Ordnung hielten. Bei großen Festen, wie der anstehenden Verlobung, wurde zusätzliches Personal aus den umliegenden Dörfern und der Stadt Peebles geholt, und der Butler Barnaby führte zusammen mit der Haushälterin Hilda die Oberaufsicht über die große Schar der Dienstboten. Marianne nahm ihr einfaches dunkelblaues Kleid aus dem Koffer, den sie selbst in ihr Zimmer getragen hatte, und zog es an. Sie steckte die Strähnen, die sich aus ihrer Frisur gelöst hatten, mit Nadeln fest und befestigte die weiße Haube über dem Haar. Lady Eleonor mochte es nicht, wenn in der Küche mit offenem Haar gearbeitet wurde. Jetzt noch die weiße gestärkte Schürze über das Kleid gebunden, und fertig war die Küchenhilfe Marianne, die sich völlig von der Marianne unterschied, die eben noch zusammen mit den Frauen der Familie eine Kutsche geteilt hatte. Marianne wusste, sie gehörte weder zum Personal noch richtig zur Familie. Sie befand sich irgendwo dazwischen, aber sie hatte gelernt, sich mit dieser Situation zu arrangieren. Für einen Moment dachte sie erneut an Julias Vorschlag, sich ein eigenes Zimmer in der Stadt zu nehmen, und fand den Gedanken zwar verlockend, ein eigenständiges Leben führen und sich völlig auf die Malerei konzentrieren zu können, aber dieser Wunsch würde für sie immer nur ein Traum bleiben.

Ein Blick auf die kleine, auf dem Kaminsims stehende Uhr sagte Marianne, dass es Zeit war, sich zu beeilen. Hilda brauchte jede Hand, um mit den Vorbereitungen fertig zu werden. Für den Rest des Tages lenkte die Arbeit Marianne von ihren Gedanken an ein eigenständiges Leben und an Alexander McFinnigan ab.

Am Nachmittag des folgenden Tages, einen Tag vor der Verlobungsfeier, brachte Marianne einen Stapel schneeweißer, frisch gestärkter Leintücher in die Wäschekammer im zweiten Stock.
»Mach, dass du fortkommst, du unnützes Ding!« Etwas fiel scheppernd zu Boden, und Marianne hielt erschrocken inne. »Sieh, was du angerichtet hast! Geh mir aus den Augen, sonst prügle ich dich windelweich!«
Die aufgebrachte Stimme gehörte eindeutig Susanna McFinnigan, und Marianne fragte sich, was die junge Frau derart in Rage versetzte. Sie befand sich auf dem Flur vor Susannas Zimmer und konnte jedes Wort gut verstehen. Bevor Marianne weitergehen konnte, wurde die Tür aufgerissen, und ein junges Mädchen, kaum älter als dreizehn oder vierzehn Jahre, stürmte heraus. Seine Augen waren vor Tränen blind, so prallte sie gegen Marianne, die nur mit Mühe den Wäschestapel festhalten konnte.
»Na, na, nicht so stürmisch«, rief sie dem Mädchen zu. Dieses hörte jedoch nicht auf sie und lief schluchzend die Treppe hinunter.
Unter dem Türsturz erschien Susanna.
»Dieser Bauerntrampel hat mir beinahe mein Haar ruiniert.«
Marianne sah Susanna an, wie verärgert sie war. Allerdings regte diese sich ausnahmsweise mal nicht grundlos auf, denn Susannas helles Haar wirkte irgendwie verfilzt und stand in alle Richtungen ab. Nur mit Mühe konnte Marianne ein Grinsen unterdrücken und fragte stattdessen: »Was ist denn geschehen?«
Susannas Lippen zitterten, sie stand kurz vor einem Tränenausbruch, als sie sich mit beiden Händen durch die Haare fuhr.
»Mama benötigt die Dienste unserer Zofe, aber wer soll mir die Haare machen? Das dumme Ding meinte, sie könne ebenso gut frisieren, also habe ich es sie versuchen lassen. Sieh, was sie mit mir angestellt hat! Ich sehe aus wie eine Vogelscheuche, dabei wird Matthew in weniger als einer Stunde eintreffen.«

Jammernd verzog Susanna das Gesicht, und in Marianne regte sich Mitleid. Obwohl Susanna selten nett zu ihr war, verstand Marianne, dass sie ihrem Zukünftigen so schön wie möglich gegenübertreten wollte. Mit den wirren Haaren war sie im Moment wahrlich kein schöner Anblick.
»Wenn du willst, helfe ich dir«, schlug Marianne in Erwartung, ihr Angebot würde vehement abgelehnt werden, vor. »Ich muss nur schnell die Wäsche in die Kammer bringen.«
Susanna hob den Kopf, überlegte kurz und zuckte dann mit den Schultern.
»Na, schlimmer als das Mädchen wirst du es wohl nicht machen. Lass die Wäsche hier liegen und komm rein. Wir müssen uns beeilen.«
Marianne tat, wie geheißen, dann sah sie sich Susannas Haar genauer an. Offenbar hatte das Mädchen versucht, einzelne Strähnen für eine Hochsteckfrisur zu toupieren, hatte dabei jedoch die Haare mehr verfilzt, als sie voluminöser zu machen. Marianne griff nach einer Bürste.
»Es tut mir leid, Susanna, aber es wird jetzt ein bisschen ziepen. Ich muss deine Haare auskämmen.«
»Mach, was du für nötig hältst«, entgegnete Susanna mit verkniffenen Lippen. »Hauptsache, du beeilst dich. Ich brauche auch noch Hilfe beim Ankleiden, denn ich kann Matthew ja kaum im Morgenmantel entgegentreten.«
Während Marianne vorsichtig, um ihr nicht unnötig weh zu tun, Susannas Haar bürstete, trat Dorothy ein. In der einen Hand hielt sie ein Stück Schokolade, das sie wohl aus der Küche stibitzt hatte, und ihre Lippen waren verschmiert.
»Du siehst aber lustig aus, Susa.«
»Halt deinen Mund und verschwinde.« Susanna hasste es, wenn sie Susa genannt wurde, dennoch konnte Dorothy nicht widerstehen, die Schwester mit diesem Namen zu necken.
»Eines der Mädchen hat ihre Frisur durcheinandergebracht«, er-

klärte Marianne, ohne von ihrer Arbeit aufzusehen. »Ich versuche, sie wieder in Ordnung zu bringen.«

»Das ist auch dringend nötig, bevor dein Verlobter kommt, Susa.« Dorothy kicherte und stopfte sich den Rest der Schokolade in den Mund. Ungeachtet der Tatsache, dass dieser nun voll war, sprach sie weiter. »Den schönen Matthew würde vor Entsetzen der Schlag treffen, wenn er dich so sähe. Dann würde er dich bestimmt nicht mehr heiraten wollen.«

Wie von einer Tarantel gestochen fuhr Susanna zu ihrer Schwester herum. »Und dich wird niemals überhaupt irgendein Mann heiraten wollen! Sieh dich doch mal an, wie du aussiehst. Selbst wenn du ausnahmsweise mal einen sauberen Mund hättest, bist du mit deiner dicken Nase und deinem mausbraunen Haar hässlich wie die Nacht. Wenn du weiter das süße Zeug in dich hineinstopfst, wirst du so fett wie ein Schwein werden, und Männer mögen keine dicken Weiber.«

Dorothys unbekümmertes Lachen erstarb. Sie bemühte sich, die Reste der Schokolade hinunterzuschlucken, bevor sie leise sagte: »Du bist gemein, Susa.«

Dann drehte sie sich auf dem Absatz um und rannte aus dem Zimmer.

»Das war nicht nett, Susanna.« Marianne konnte diesen Tadel nicht zurückhalten.

»Es geht dich zwar nichts an, wie ich mit meiner Schwester spreche, aber glaubst du wirklich, dass irgendein Mann sie zur Frau haben will? Alles, was Mama und ich versuchen, ihr an Kultur beizubringen, ist umsonst. Hast du gesehen, wie schmutzig ihr Gesicht war? Das Kleid, das sie trug, hatte sie bereits gestern an, und auch du musst zugeben, dass Dorothy im letzten Jahr mehr als üblich zugenommen hat.«

»Dorothy denkt sicher nicht ans Heiraten«, wandte Marianne zögerlich ein. »Sie ist ja noch jung …«

»Papperlapapp!« Susanna unterbrach sie mit einem zornigen

Blick. »Sie ist achtzehn! Ein Alter, in dem andere Mädchen längst verheiratet oder zumindest verlobt sind. Ich werde wirklich froh sein, wenn wir einen Mann für sie gefunden haben.«
»Wer braucht einen Mann?« Niemand hatte das Eintreten von Lady Eleonor bemerkt. »Ach herrje, was ist denn mit deinen Haaren geschehen?« Sie blickte zu Marianne, die noch die Bürste in der Hand hielt. »Hast du das gemacht?«
Für einen Augenblick befürchtete Marianne, Susanna könnte tatsächlich ihr die Schuld für ihr desolates Aussehen geben, aber Susanna hatte wohl gerade einen ihrer eher seltenen aufrichtigen Momente.
»Es ist nicht Mariannes Schuld, Mama, sondern so ein dummes Ding hier vom Land wollte mich frisieren. Marianne hat nur versucht, etwas zu retten.«
»Warum hast du nicht auf Jane gewartet? Du weißt doch, sie ist eine wahre Zauberin, was Frisuren angeht.«
Susanna zog einen Schmollmund. »Es dauerte mir zu lange, aber du siehst sehr gut aus, Mama. Allerdings wird *mein* Verlobter erwartet, darum ...«
Lady Eleonor winkte schmunzelnd ab und sagte: »Ich schicke dir sofort Jane. Keine Sorge, mein Kind, sie wird dir eine schöne Frisur zaubern. Aber jetzt sag mir, wer sollte heiraten? Ihr habt gerade darüber gesprochen, als ich eintrat.«
»Na, Marianne natürlich«, antwortete Susanna so schnell, dass es Marianne die Sprache verschlug. »Sie ist immerhin volljährig, und ich frage mich, wie lange sie uns noch auf der Tasche liegen möchte.«
Marianne hätte Susanna am liebsten die Haarbürste auf den Kopf gehauen, aber jahrelange Erfahrung hatte sie Beherrschung gelehrt. Deswegen legte sie die Bürste auf die Kommode und sagte ruhig: »Sie erlauben, dass ich mich zurückziehe, Mylady? Ich habe noch viel zu tun.«
»Warte!« Lady Eleonor rief sie zurück und musterte sie so in-

tensiv von oben bis unten, als würde sie Marianne heute zum ersten Mal sehen. »Susanna hat nicht unrecht, Mädchen. Du bist alt genug, um in den Stand der Ehe zu treten, dazu bist du recht ansehnlich. Gibt es vielleicht jemanden, dem du zugetan bist?«
Eine heiße Welle schoss durch Mariannes Körper, und sie hoffte, die Röte in ihren Wangen war nicht zu verräterisch. Sie senkte den Kopf und murmelte: »Nein, Lady Eleonor, ich verspüre auch nicht den Wunsch nach einer Ehe.«
Lady Eleonor runzelte überlegend die Stirn.
»Wenn die Feierlichkeiten vorüber sind, werde ich mit meinem Mann über das Thema sprechen. Ich bin sicher, wir können einen netten Mann für dich finden, einen Kaufmann vielleicht, oder einen aufrechten Handwerker, der über deine Vergangenheit und den Mangel einer Mitgift hinwegsieht.«
Dann wollen Sie mich also loswerden, lag es Marianne zornig auf der Zunge, aber sie schwieg. Jahrelang hatte sie für die McFinnigans gearbeitet, nie einen Penny Lohn erhalten, und jetzt sprach Susanna davon, sie läge ihnen auf der Tasche. Sollten sie sich nur Gedanken machen und Pläne schmieden – sie war schließlich volljährig, und man konnte sie nicht zu einer Ehe zwingen.
»Wenn Sie mich hier nicht mehr brauchen, möchte ich gerne mit meiner Arbeit fortfahren«, sagte sie und wandte sich zur Tür. Mit einer Handbewegung erlaubte Lady Eleonor Marianne, das Zimmer zu verlassen. Als sie die Tür hinter sich schloss, hörte sie, wie sie zu ihrer Tochter sagte: »Sei nicht verzweifelt, mein Kind, Jane wird dir eine wunderschöne Frisur machen. Ich bin stolz auf dich, dass du an einem Tag wie heute an das Wohl von Marianne denkst. Du bist immer so selbstlos ...«
Auf dem Flur trat Marianne zornig mit dem Fuß gegen die Ecke einer Truhe.
»Ich miete das Zimmer, von dem Julia sprach«, murmelte sie, während sie den Wäscheberg auf die Arme nahm. »Sobald wir

wieder in der Stadt sind, ziehe ich bei den McFinnigans aus. Ich brauche diese Leute nicht.«
Eine Träne, die Marianne über die Wange rollte, strafte ihre Worte allerdings Lügen.

11. KAPITEL

Am Morgen von Susannas großem Tag machte der Frühsommer eine Pause. Der Himmel war wolkenverhangen, immer wieder nieselte es, und ein kühler Wind machte den Aufenthalt im Freien nicht zu einem Vergnügen. Thomas McFinnigan wartete bis zum frühen Nachmittag, dann befahl er, Tische und Stühle, die am Vortag auf der Terrasse aufgebaut worden waren, wieder ins Haus zu räumen, da wohl niemand Lust verspüren würde, bei solchem Wetter draußen zu feiern.
»Schade, ein Gartenfest wäre so schön gewesen.« Susanna seufzte und verdrehte die Augen, aber der Regen tat ihrer guten Laune keinen Abbruch. Da es der Zofe gelungen war, Susanna hübsch herzurichten, hatte sie einen angenehmen Abend im Kreis ihrer Familie und mit Matthew Chrisholm verbracht. Es war nur ein kleines, intimes Dinner gewesen, zu dem Marianne selbstverständlich nicht geladen war. Lord Chrisholm hatte keine näheren Verwandten. Seine Eltern waren schon lange tot, und ein jüngerer Bruder hatte vor fünf Jahren beschlossen, Schaffarmer in Australien zu werden, da er in Schottland keine Zukunft für sich gesehen hatte. Man munkelte, dass das Verhältnis der beiden Brüder nicht das beste und Matthew Chrisholm über die Auswanderung des Bruders hocherfreut gewesen sei. Das jedoch war Dienstbotengeschwätz, auf das Marianne nichts gab. Es ging sie auch nichts an, denn sie würde mit Lord Chrisholm nichts zu

tun haben. Die Hochzeit war auf den ersten Dezember angesetzt und sollte in großer Pracht in Edinburgh stattfinden. Danach würde Susanna wie bisher zwischen der Stadt und den Landgütern ihres Gatten pendeln, und Marianne würde sie zwar hin und wieder sehen, mit ihr aber nicht mehr unter einem Dach leben müssen.

»Gestern wolltest du noch ausziehen«, murmelte Marianne leise vor sich hin, aber nach einer ruhigen Nacht, in der sie tief und fest geschlafen hatte, war ihr bewusst geworden, dass sie nicht gehen würde – jedenfalls nicht in naher Zukunft. Die Ankündigung, Lady Eleonor wolle einen Mann für sie finden, nahm Marianne nicht ernst. Die Dame hatte anderes zu tun, als sich um eine Ehe für eine ihrer Angestellten zu kümmern, und mehr als ein Dienstbote schien Marianne für die Familie ja nicht zu sein.

Gegen sieben Uhr am Abend trafen die ersten Gäste ein. Selbstverständlich waren alle Nachbarn geladen worden, dazu einige Bekannte aus anderen Gegenden Schottlands, die in Ballydaroch House übernachteten. Es handelte sich ausschließlich um Männer und Frauen der ersten schottischen Gesellschaft. Sogar der Herzog und die Herzogin von Sutherland hatten es auf sich genommen, den weiten Weg vom hohen Norden in die Lowlands zu machen, um bei der Verlobungsfeier anwesend zu sein. Sir Thomas und der Herzog kannten sich aus ihrer gemeinsamen Studienzeit an der Universität von St. Andrews, und sie waren über all die Jahre hinweg in Kontakt geblieben. Wenn schon eine Verlobung mit derartigem Pomp gefeiert wurde, wie würde dann wohl die Hochzeit werden, fragte sich Marianne. Rund vier Dutzend Gäste hielten sich heute Abend in Ballydaroch House auf, für die Hochzeit wurden an die zweihundert Gäste erwartet.
In Dunkelblau und Gelb, die Wappenfarben der McFinnigans gekleidete Diener eilten in der großen Halle umher und reichten Champagner und Kanapees. Susanna sah in ihrem blauen Kleid,

das am Ausschnitt gerüscht war und ihr makelloses Dekolleté in schicklicher Weise freigab, bezaubernd aus und keinesfalls blass oder gar kränklich. Ihre Augen strahlten, und auf ihren Wangen lag eine leichte, natürliche Röte. Lord Matthew Chrisholm trug wie die meisten Männer einen Frack, einige hatten sich jedoch in den traditionellen, festlichen Kilt ihres Clans gekleidet. Während das Tragen des Kilts vor rund hundert Jahren nach der Niederlage der Schotten bei Culloden bei Strafe verboten war, war es im letzten Jahrzehnt immer mehr in Mode gekommen, diese traditionelle Kleidung bei offiziellen und festlichen Anlässen anzulegen. In den Highlands folgten immer mehr Männer dieser Mode, während es sich in den Lowlands noch nicht ganz durchgesetzt hatte.

Nach einem sechsgängigen Dinner räumten die Diener die Tische und Stühle in der Halle zur Seite, und eine Kapelle spielte zum Tanz auf. Nachdem Marianne Hilda beim Abräumen des Geschirrs geholfen hatte, eilte sie in ihr Zimmer, wusch sich Gesicht und Hände und kleidete sich um. Eine trotzige innere Stimme sagte ihr zwar, sie sollte besser in ihrem Zimmer bleiben, aber die Lust, an dem Tanzvergnügen teilzunehmen, überwog. Susannas Meinung interessierte Marianne schon lange nicht mehr, und in wenigen Monaten würde sie nicht mehr mit ihr unter einem Dach leben müssen. Mariannes Kleid war aus schlichter, dunkelgrüner Seide, die die Farbe ihrer Augen widerspiegelte und einen schönen Kontrast zu ihrem roten Haar bildete, aber es war gänzlich ohne Zierat gearbeitet. Der Ausschnitt war züchtig und ließ nur den Ansatz ihrer Schlüsselbeine sehen, aber die Seide schmiegte sich eng um ihre schmale Taille. Schmuck besaß Marianne keinen, aber ihre vor Freude geröteten Wangen verliehen ihr ein junges und frisches Aussehen.

Susanna und Matthew eröffneten den Tanz mit einem Walzer, und wenig später wiegten sich die anderen Paare im Dreiviertel-

takt. Susanna trug ihren Verlobungsring mit dem großen Brillanten an der rechten Hand und zeigte ihn voller Stolz jedem, der ihn sehen wollte. Obwohl Susanna über das ganze Gesicht strahlte und sehr glücklich aussah, konnte Marianne nicht umhin, auch eine gewisse Zufriedenheit in ihrem Blick zu erkennen. Dies war verständlich, denn Susanna hatte sich einen der begehrtesten Junggesellen Schottlands geangelt. Wenn Matthew Chrisholm auch deutlich älter als Susanna war, verfügte er über einen gewissen Charme, dem schon viele Frauen erlegen waren. Marianne, die bisher nicht zum Tanz aufgefordert worden war, wollte sich gerade ein Glas Wasser vom Buffet holen, als ihr plötzlich ein Mann in den Weg trat und sich vor ihr verneigte.
»Miss Daragh, ich hoffte, Sie hier zu finden. Darf ich Sie um den nächsten Tanz bitten?«
»Sir Lynnforth!« Marianne starrte den überraschend eingetroffenen Gast fassungslos an. »Was machen Sie denn hier?«
Dean Lynnforth lächelte, während er antwortete: »Als ich hörte, dass Sie das Wochenende in Ballydaroch House verbringen, hielt mich nichts mehr in der Stadt. Ich musste Sie einfach wiedersehen.«
»Aber ... aber wie ... haben Sie eine Einladung erhalten? Sind sie mit Lord Chrisholm bekannt?«
Bevor Dean Lynnforth antworten konnte, war Dorothy plötzlich an ihrer Seite und musterte den fremden Gast interessiert. Marianne entging nicht das Aufleuchten in den Augen der jüngsten McFinnigan, denn Dean Lynnforth war ein ausgesprochen attraktiver Mann.
»Ich glaube, wir sind uns noch nicht vorgestellt worden, Sir«, sagte Dorothy, und ihre Stimme zwitscherte wie die eines jungen Vögelchens. Entgegen Susannas unfreundlicher Bemerkung vom Vortag sah Dorothy recht hübsch aus, auch wenn sie sich nicht mit der Schönheit ihrer älteren Schwester messen konnte.

Lynnforth verneigte sich und küsste formvollendet Dorothys behandschuhte Hand.

»Mein Name ist Sir Dean Lynnforth, Miss …?« Er hob fragend eine Augenbraue.

»Dorothy McFinnigan«, antwortete Marianne an Dorothys Stelle. »Sie ist die Schwester der Braut.«

»Es ist mir eine Freude, mit zwei so schönen jungen Damen zu plaudern«, bemerkte Lynnforth zwar galant, aber Marianne bemerkte deutlich, wie er Dorothys bewunderndem Blick auswich und den ihren suchte.

»Woher kennt ihr euch?«, fragte Dorothy interessiert, der es nicht entgangen war, dass der gutaussehende Fremde Marianne nicht unbekannt war.

Marianne versuchte, Deans Blick aufzufangen und ihm mit den Augen zu signalisieren, er solle nichts von der Ausstellung sagen. Sie schwitze Blut und Wasser, und er verstand.

»In Edinburgh haben wir eine gemeinsame Bekannte, bei der wir uns vorgestellt wurden.« Er lächelte Dorothy gewinnend an, und unter seinem Blick errötete diese. Dean Lynnforth wusste, dass er eine gewisse Wirkung auf Frauen besaß. Gleichgültig, welchen Alters und welchen Standes – letztendlich sanken sie alle in seine Arme. »Ich bitte Sie um diesen Tanz, Miss Daragh«, wiederholte er und griff nach Mariannes Hand.

»Das ist völlig unmöglich!« Marianne wich einen Schritt zurück und deutete auf Dorothy. »Sie sollten zuerst mit den Mitgliedern der Familie tanzen.«

Dorothy war zwar jung, aber sie war nicht dumm, und sie kannte die Blicke von Männern, wenn diese sich für eine Frau interessierten. Besonders, wenn nicht sie selbst das Interesse des Mannes geweckt hatte. Sie schluckte und sagte dann beherrscht: »Es ist in Ordnung, wenn Sie zuerst mit Marianne tanzen. Später werden Sie dazu keine Gelegenheit mehr haben, denn dann wird Marianne wieder in der Küche gebraucht. Sie wissen doch bestimmt, dass Marianne in unserem Haus für ihren Lebensunterhalt arbeitet?« Ein Blick wie ein Giftpfeil flog aus Dorothys Augenwinkeln zu Marianne hinüber. »Manchmal macht meine Mutter allerdings eine Ausnahme und lässt sie an Festen teilnehmen. Auch Dienstboten brauchen mal ein wenig Abwechslung.«

Nach diesen Worten ging Dorothy zwar mit hocherhobenem Kopf davon, aber Marianne ahnte, wie brüskiert sie sich durch Lynnforths Zurückweisung fühlte. Ihr selbst war Lynnforths Verhalten Dorothy gegenüber furchtbar peinlich, deshalb war sie über Dorothys Worte nicht verärgert, denn das Mädchen hatte nur die Wahrheit gesagt.

»Das war sehr unfreundlich von Ihnen, Sir Lynnforth«, zischte sie ihm zu. »Die Etikette hätte es erfordert, zuerst mit der Tochter des Hauses zu tanzen, bevor Sie Ihre Aufmerksamkeit einer anderen Dame schenken.«

»Es liegt mir jedoch weitaus mehr an der Aufmerksamkeit dieser einen bestimmten Dame als an der eines Backfisches, der mich während des Tanzes lediglich schmachtend anhimmelt und zu keiner vernünftigen Konversation in der Lage ist.«

Bei dieser Bemerkung verflog Mariannes Ärger, sie entlockte ihr sogar ein leises Lachen. Schnell hielt sie sich die Hand vor den Mund und flüsterte: »Sind Sie immer so direkt?«

Er nickte und bemühte sich, ernst zu bleiben, um seine Mundwinkel zuckte es jedoch verdächtig.

»Wenn es Ihnen peinlich ist, hier im Saal mit mir zu tanzen, dann kommen Sie mit.« Dean zwinkerte ihr verschwörerisch zu. »Hier sind ohnehin zu viele Menschen.«

Bevor Marianne protestieren konnte, zog er sie zu einer Tür, die auf die Terrasse führte. Sie wusste, sie sollte sich von ihm losmachen und nicht mit ihm gehen, aber ein kleines Teufelchen ritt sie, genau das zu tun, als sie erkannte, was er vorhatte. Niemand schenkte ihnen Beachtung, zudem waren sie durch hohe Topf-

pflanzen, die aus dem Gewächshaus zur Dekoration in die Halle gebracht worden waren, vor Blicken geschützt. Draußen hatte es aufgehört zu regnen, aber die Luft war feucht und unangenehm kühl. Marianne schauderte.
»Bitte, lassen Sie mich, Sir. Ich bekomme großen Ärger, wenn uns jemand entdeckt.«
Im schwachen Licht, das aus der Halle auf die Terrasse fiel, sah Marianne ein Glitzern in Lynnforths Augen, das ihr einerseits schmeichelte, andererseits aber auch ein wenig Angst einflößte. Sie war jedoch sicher, er würde ihr hier, wo sie nur laut rufen musste, um die Aufmerksamkeit aller auf sich zu ziehen, nicht zu nahe treten. Deans rechter Arm legte sich um ihre Taille, und bevor Marianne wusste, wie ihr geschah, drehte er sich mit ihr im Walzertakt. Im Internat hatte Marianne Tanzunterricht gehabt, also folgte sie ihm mühelos, zumal Dean ein guter Tänzer war. Ihre Körper berührten sich nicht, dennoch meinte Marianne seine männliche Ausstrahlung zu spüren, aber es war kein angenehmes Gefühl. Nun gut, sie würde den Tanz hinter sich bringen, denn sie wollte Dean nicht brüskieren, und dann so schnell wie möglich in ihr Zimmer eilen.
»Sie fragten, wie ich zu einer Einladung gekommen bin«, begann Dean das Gespräch und lachte leise. »Chrisholm hat keine Ahnung, wer ich bin, zumindest sind wir uns noch nie begegnet, aber er kennt den Namen meiner Familie. Meine Urgroßmutter und seine Großmutter waren Cousinen, somit sind die Lynnforths entfernt mit den Chrisholms verwandt, wenngleich kein Kontakt zwischen unseren Familien besteht.«
»Dann hatten Sie schon länger vor, an der Feier teilzunehmen?«, fragte Marianne. »Vor wenigen Tagen noch sagten sie Julia de Lacourt zu, das Wochenende bei ihrem Fest zu verbringen.«
Dean antwortete nicht gleich, sondern sah Marianne lange an. Wider Willen musste sie zugeben, dass seinem Blick etwas Magisches anhaftete, dem auch sie sich nicht völlig entziehen konnte.

»Bis vor drei Tagen hatte ich nicht vor, in die Lowlands zu reisen, gestern jedoch wusste ich, dass ich Sie wiedersehen muss, und zwar so schnell wie möglich. Ich wollte nicht warten, bis Sie zurück in Edinburgh sind.«
Die Musik endete, und Marianne löste sich aus seinem Arm, der ihre Taille umfasst hielt.
»Ich muss jetzt wieder hinein.«
»Nein, bitte, warten Sie.«
Marianne zögerte. Die Situation, in der sie sich befand, war zwar surreal, hatte aber auch etwas Prickelndes und Aufregendes, darum ließ sie es zu, dass Dean sie zum Ende der Terrasse führte, wohin das Licht nicht reichte. Ein Beobachter, der zufällig aus den Fenstern der Halle schaute, würde sie hier nicht sehen können.
»Miss Marianne ...« Dean stockte, dann nahm er ihre Hand und drückte sie. »Ich darf Sie doch Marianne nennen, nicht wahr?«
»Ich glaube nicht, dass Sie das tun sollten, Sir Lynnforth«, antwortete Marianne, konnte jedoch nicht verhindern, dass ihr Herz ein paar Takte schneller schlug.
»Dean. Sagen Sie Dean zu mir, bitte.« Er drehte sich um, und Marianne dachte schon, er wolle gehen, aber da sagte er: »Bitte, warten Sie hier. Ich hole uns etwas zu trinken.«
Marianne wusste, es wäre besser, die Gelegenheit zu nutzen und so schnell wie möglich ins Haus zu laufen, aber ihre Beine waren wie gelähmt. Trotz der feuchten Kühle des Abends fror sie nicht mehr, und sie begann zu verstehen, warum Dean bei Frauen so beliebt war. Dennoch wäre es besser, wenn sie jetzt ginge, aber da kam Dean bereits mit zwei Gläsern Champagner zurück. Marianne, die sich an Hildas mahnende Worte erinnerte, lehnte dankend ab.
»Ich muss jetzt wirklich wieder hinein. Man wird mich bestimmt schon vermissen.«
Dean Lynnforth stellte sich ihr in den Weg, trank einen Schluck

aus seinem Glas und sagte: »Als wir uns in der Galerie begegneten, wusste ich nicht, dass Sie eine Verwandte der McFinnigans sind. Umso erfreuter bin ich über diese Nachricht.«

»Wie kommen Sie darauf, ich wäre mit den McFinnigans verwandt?«, fragte Marianne.

»Unsere gemeinsame Freundin Julia war so nett, mir etwas über Sie zu erzählen, Miss Marianne. Nein, bitte, zürnen sie ihr nicht«, fuhr er rasch fort, als er sah, wie Marianne die Stirn runzelte. »Ihr Wohl liegt Julia sehr am Herzen. Sie fand es eine ausgezeichnete Idee, Sie in Ballydaroch aufzusuchen. Verraten Sie mir Ihr Geheimnis?«

»Welches Geheimnis?« Marianne erschrak. Sie griff nun doch zu dem zweiten Glas, das Dean immer noch in der Hand hielt, und stürzte den Champagner in einem Schluck hinunter.

Er lachte leise. »Ich bin sicher, Sie sind eine Frau mit vielen Geheimnissen, deren Erkundung ich gerne meine Zeit widmen würde. Zuallererst interessiert mich Ihr Verhältnis zu dieser Familie, denn ich werde das Gefühl nicht los, dass Sie nicht als vollwertiges Mitglied der Familie behandelt werden. Miss *Schmachtende Augen* deutete an, Sie müssten als Dienstbote arbeiten.«

Marianne wunderte sich über seine Auffassungsgabe. Sie bemühte sich um ein unverkrampftes Lächeln, als sie antwortete: »Sie wissen ja, wie es mit armen Verwandten so ist. Lord und Lady McFinnigan haben mich aufgenommen, als ich niemanden mehr hatte, und mir eine gute Ausbildung ermöglicht. Es ist selbstverständlich, mich dafür erkenntlich zu zeigen, und mir macht die Arbeit sogar Freude. Von irgendetwas muss ich ja schließlich leben, und es gibt wesentlich schlechtere Anstellungen.«

»Ihre Einstellung ist bewundernswert, aber das überrascht mich nicht, Miss Marianne. Haben Sie schon einmal daran gedacht, als freischaffende Künstlerin zu arbeiten?«

»Die Malerei ist eine brotlose Kunst«, wandte Marianne ein.

»Ich glaube kaum, dass ich jemals von den Kleckereien leben kann.«

Dean lächelte verschmitzt. Er beugte sich zu Marianne hinunter, und für einen Augenblick befürchtete sie, er würde sie zu küssen versuchen, aber Dean flüsterte ihr lediglich ins Ohr: »Nun, der Anfang ist gemacht. Ich habe alle Ihre Bilder gekauft. Wenn Sie wieder in der Stadt sind, wird Julia Ihnen den Scheck überreichen.«

Überrascht wich Marianne zurück.

»Das hätten Sie nicht tun dürfen, Sir Lynnforth!« Sie weigerte sich, ihn Dean zu nennen, denn sie wollte keine Vertrautheit zwischen ihnen aufkommen lassen. »Ich brauche Ihre Almosen nicht.«

»Sie sind nicht nur schön, sondern auch stolz, Miss Marianne. Eine Kombination, die ich an Frauen nicht nur bewundere, sondern die mich auch dazu bringt, mich in sie zu verlieben. Ich glaube, ich könnte mein Herz ernsthaft an Sie verlieren, Marianne.«

»Es ist besser, wir beenden das Gespräch«, sagte Marianne laut und bestimmt. »Offenbar haben Sie zu viel getrunken, denn nur so lassen sich Ihre Worte erklären. Ich werde das Geld nicht annehmen und Ihnen den Scheck zurückschicken lassen. Die Bilder können Sie von mir aus behalten, aber jetzt lassen Sie mich bitte vorbei. Ich …«

»Ach, Marianne, du weißt gar nicht, wie schön du bist, wenn du wütend wirst …« Bevor Marianne ausweichen konnte, legte sich Deans Arm um ihre Schultern, und er zog sie dicht an sich heran. Sie fühlte sich in seinem Griff wie gefangen und konnte nicht verhindern, dass sich seine Lippen auf die ihren legten. Zwar versuchte sie, sich zu befreien, und schlug auf seinen Rücken, aber Dean Lynnforth war stärker als sie. Seine Lippen waren zwar weich und warm, und unter anderen Umständen hätte der Kuss für Marianne recht angenehm sein können, aber sie fühlte sich völlig überrumpelt. Gerade als Dean versuchte, mit seiner Zungenspitze ihre Lippen zu öffnen, hörte Marianne eine männliche Stimme.

»Lassen Sie sofort die Frau los!« Deans Griff lockerte sich, und schnell trat Marianne aus seiner Reichweite. »Wer zum Teufel sind Sie eigentlich?«

Mariannes Herz tat einen Sprung, als sie den Sprecher erkannte, der jetzt aus dem Schatten in den Bereich der Terrasse trat, die von Lichtern der Halle erleuchtet wurde.

»Alexander! Wir haben Sie heute nicht erwartet...«

Er streifte Marianne mit einem kurzen Blick.

»Das habe ich bemerkt, und es tut mir leid, euer kleines Tête-à-Tête zu stören.« Alexander McFinnigans Stimme klang unerwartet kühl, und er musterte Marianne abschätzend von oben bis unten. »Ich hätte nicht erwartet, dass du dich wie eine Magd mit einem zweifelhaften Menschen in einer dunklen Ecke herumdrückst. Weiß meine Mutter davon?«

»Alexander, Sie glauben doch nicht etwa...?« Marianne verschlug es die Sprache. Hilfesuchend blickte sie zu Dean. Sie erwartete, dass er die Situation aufklärte, aber dieser verneigte sich nur kurz vor Alexander und sagte: »Mein Name ist Dean Lynnforth, ich bin mit Lord Chrisholm verwandt. Und Sie sind wohl Alexander McFinnigan, der Bruder der bezaubernden Braut?«

Alexander nickte grimmig. »Wenn Sie zu Chrisholms Gästen gehören, denn sollten Sie wohl besser drinnen im Saal sein. Und du, Marianne« – er wandte sich zu ihr um – »gehst wohl nun auch am besten. Ich werde Mama nichts davon sagen, aber ich bin sehr enttäuscht von dir.«

»Es war doch ganz anders...«, rief Marianne, aber da hatte Alexander sich schon umgedreht, öffnete die Tür und trat in die Halle. Wie eine Furie ging Marianne auf Lynnforth los. »Sie werden die Sache klarstellen! Ich verlange, dass Sie Alexander sagen, dass Sie mich gegen meinen Willen geküsst haben.«

Dean Lynnforth lächelte, aber für Marianne war es kein charmantes, sondern eher ein verschlagenes Lächeln.
»So ganz abgeneigt warst du ja wohl nicht, meine Liebe. Es wird vermutlich das Beste sein, wenn ich das Fest nun verlasse. Glücklicherweise habe ich mir in einem Hotel in Peebles ein Zimmer genommen.« Er trat einen Schritt zurück und verneigte sich vor Marianne. »Wir sehen uns wieder, meine Liebe, und dann hoffe ich, die Umstände werden günstiger für uns sein.«
Marianne wartete nicht ab, bis Dean gegangen war. Sie raffte ihren Rock, rannte die Stufen in den Garten hinab und von dort aus um das Haus herum zum Eingang in den Küchentrakt. Ihr Herz schlug hart gegen ihre Rippen, und ihre Wangen brannten vor Scham. Wie furchtbar, dass ausgerechnet Alexander sie in einer solch kompromittierenden Situation überrascht hatte. Was machte er eigentlich hier? Es hatte doch geheißen, er käme – wenn überhaupt – nicht vor Ende der nächsten Woche? Nun, das war gleichgültig. Marianne hoffte, ihn am nächsten Tag allein sprechen und den Irrtum aufklären zu können. Obwohl es ihr eigentlich gleichgültig sein konnte, was Alexander von ihr hielt, war es Marianne ungemein wichtig, dass er erfuhr, dass sie sich Lynnforth nicht an den Hals geworfen hatte.

Der Vorfall auf der Terrasse war bei den Gästen im Saal unbemerkt geblieben. Erst als Alexander McFinnigan die Tür öffnete und Susanna sich mit einem Schrei auf ihn stürzte, verstummten die Gespräche.
»Alex!« Susanna warf sich in seine Arme und drückte ihn fest. »Ich wusste, du kommst.«
Alexander strich seiner Schwester liebevoll übers Haar, ohne ihre kunstvoll hochgesteckte Frisur durcheinanderzubringen.
»Es geht doch nicht an, dass ich meine kleine Schwester an einem solch bedeutenden Tag im Stich lasse«, sagte er und blickte zu seiner Mutter, die freudig überrascht zu ihm trat. »Mama, ver-

zeih meinen Überfall, aber der Prozess in Aberdeen kam überraschend gestern Abend zum Abschluss, so konnte ich euch keine Nachricht mehr zukommen lassen.«

Lady Eleonor umarmte ihren Sohn und gab ihm einen Kuss auf die unrasierte Wange.

»Du hast die lange Reise an einem einzigen Tag gemacht? Du musst hungrig sein. Mein Junge, es ist so schön, dass du gekommen bist, aber du solltest dich etwas frisch machen und dich rasieren.«

Alexander fuhr sich lachend über das Kinn und bemerkte: »Nun, so komfortabel die Eisenbahn ist, um damit weite Strecken zurückzulegen, die sanitären Einrichtungen lassen zu wünschen übrig. Mama, Susanna … ihr erlaubt, dass ich meine Kleidung wechsle, bevor ich zu der Feier stoße.«

»Ich sage einem Mädchen, es möge dir heißes Wasser bringen«, sagte Lady Eleonor und winkte einen Diener herbei.

»Alexander!« Nun hatte auch Dorothy, die am anderen Ende der Halle in ein langes Gespräch mit einem jungen Mann vertieft gewesen war, ihren Bruder bemerkt, und forderte ebenfalls eine gebührende Begrüßung.

»Ich bin gleich wieder unten.« Alexander lachte und machte sich aus der Umklammerung der kleinen Schwester frei. »Ich hoffe, du schenkst mir den nächsten Tanz?«

Bevor Dorothy antworten konnte, rief Susanna: »Nichts da, der nächste Tanz gehört mir, dann erst bist du vielleicht an der Reihe.«

Die in der Nähe stehenden Gäste lachten, und Alexander ging zu der breiten Treppe, die in die Wohnräume der Familie führte. Während er die Stufen hinaufstieg, erstarb das Lächeln, mit dem er seine Familie begrüßt hatte, auf seinem Gesicht, und er seufzte. In der Eisenbahn hatte er den ganzen Tag Zeit gehabt, von dem Fall, der ihn nach Aberdeen geführt hatte, Abstand zu gewinnen. Es war ihm jedoch nicht gelungen. Er hatte einen Mann,

einen einfachen, wenig intelligenten Hafenarbeiter, verteidigt, der angeklagt war, seine Frau, die ihn seit Jahren nach Strich und Faden betrogen hatte, erschlagen zu haben. Obwohl der Mann seine Unschuld beteuerte, war er gestern zum Tode verurteilt worden. Er hatte ein starkes Motiv, kein Alibi, und alle Indizien sprachen gegen ihn. Alexander hatte gekämpft wie ein Löwe, Leumundszeugen für den Mann vorgeladen und befragt und – als er merkte, dass das Gericht von seiner Schuld überzeugt war – versucht, ein milderes Urteil in Form einer Haftstrafe für ihn zu erwirken, aber es war umsonst gewesen. Der Mann war nur ein Angehöriger eines niederen Standes, der kaum lesen und schreiben konnte, und die Gerichte waren überlastet. Nach nur drei Verhandlungstagen war das Todesurteil gesprochen worden, und der Arme würde in einer Woche zum Galgen geführt werden. Seit gestern machte Alexander sich bittere Vorwürfe und fühlte sich schuldig am Tod eines Unschuldigen, denn er hatte von Anfang an die Unschuld des Arbeiters geglaubt. Das war kein eiskalter Mörder, der einer Frau einfach den Schädel einschlug. Bei seinem ersten großen Fall hatte er kläglich versagt, und die Konsequenz war der Tod eines Menschen. Während der Fahrt hatte Alexander begonnen, an seiner Tätigkeit zu zweifeln. Vielleicht sollte er doch, wie es sich sein Vater seit Jahren wünschte, in die Politik gehen. Dort wurden zwar auch viele Fehler gemacht, unter denen Unschuldige zu leiden hatten, aber diesen musste er wenigstens nicht in die Augen sehen, wenn sie erfuhren, dass sie sterben mussten. Gleichzeitig wusste Alexander aber auch, dass ein solcher Rückzieher feige wäre. Er würde sich selbst verachten, wenn er gleich beim ersten Mal, wenn etwas nicht so lief, wie er es sich vorgestellt hatte, aufgeben würde.
Er hatte den Flur im zweiten Stock, an dessen Ende sein Zimmer lag, erreicht. In Ballydaroch House gab es noch kein Gaslicht, und er hatte keine Kerze mitgenommen, so lag der Gang im

Dunkeln. Alexander kannte das Haus allerdings wie seine Westentasche, er brauchte kein Licht. Als jedoch plötzlich ein Schatten aus einer Nische vor ihn trat, zuckte er erschrocken zusammen.

»Alexander, bitte, hören Sie mich an!«

»Marianne?« Er runzelte verwundert die Stirn. »Was willst du?«

Marianne nahm ihren ganzen Mut zusammen und sagte leise: »Die Situation vorhin ... es war nicht so, wie es ausgesehen hat. Dean Lynnforth hat versucht, mich zu küssen, gegen meinen Willen, ich kenne den Mann kaum.«

Alexander hob abwehrend die Hände, eine Geste, die Marianne trotz der Dunkelheit erkennen konnte.

»Mir ist es völlig gleichgültig, was du tust oder wem du dich an den Hals wirfst. Ich finde jedoch, es sollte nicht unbedingt vor den Augen meiner Eltern und in deren Haus sein. Wir haben einen Ruf zu wahren.«

Der Schmerz, der bei Alexanders Worten in Mariannes Herz schnitt, war unbeschreiblich, aber in den vergangenen Jahren hatte sie gelernt, sich ihre Gefühle nicht anmerken zu lassen. Wie hatte sie auch nur einen Moment glauben können, Alexander würde nicht wollen, dass ein anderer Mann sie küsste? Nein, er war lediglich auf das Ansehen des Hauses McFinnigan bedacht. Welch ein Unsinn, etwas anderes zu glauben!

»Es tut mir leid«, sagte sie leise, und nur ein leichtes Vibrieren in ihrer Stimme verriet, wie aufgewühlt sie war. »Ich habe mich falsch verhalten und hätte mit Lynnforth nie nach draußen gehen dürfen, aber es ging alles so schnell.«

»Woher kennst du den Mann überhaupt?«, unterbrach Alexander. »Mir ist sein Name unbekannt, folglich verkehrt er nicht in unseren Kreisen.«

Marianne zögerte. Sollte sie Alexander von der Vernissage erzählen? Sie entschied sich dagegen. Ein dunkler Flur war nicht der richtige Platz, um von ihrem ersten kleinen Erfolg als Malerin zu berichten.

»Er ist der Bekannte einer Freundin in Edinburgh«, antwortete sie ausweichend.

»Dann solltest du bei der Wahl deiner Freundinnen sorgsamer vorgehen«, gab Alexander zur Antwort und öffnete die Tür zu seinem Zimmer. »Ist sonst noch etwas? Ich würde mich jetzt gerne waschen und umziehen, um noch ein wenig von der Verlobungsfeier mitzubekommen.«

Es war eindeutig, dass er das Gespräch für beendet hielt und an einer Fortsetzung nicht interessiert war. Ohne ein weiteres Wort schloss er die Tür hinter sich und ließ Marianne stehen. In ihrem Hals bildete sich ein Kloß, aber sie weinte nicht. Sie wünschte, Alexander wäre nicht nach Ballydaroch House gekommen, denn das Wissen, dass er in ihr nichts anderes als eine Angestellte sah, war leichter zu ertragen, wenn er nicht in ihrer Nähe war.

»Begrab endlich deine kindischen Träumereien«, murmelte Marianne und machte sich wieder auf den Weg in die Küche. Obwohl der Verstand ihr seit Jahren sagte, dass eine Verbindung zwischen ihr, einem einfachen Mädchen von St. Kilda, und dem Erben eines alten und vermögenden Adelsgeschlechts niemals Realität sein konnte, hatten seine Worte sie verletzt. All die kleinen, zum Teil liebevollen Aufmerksamkeiten, die er Marianne geschenkt hatte, sein Interesse an ihrem Leben und seine Blicke, mit denen er sie bedacht hatte, bekamen nun eine andere Bedeutung. Alexander McFinnigan war ein von Natur aus höflicher Mensch, der nur freundlich zu ihr gewesen war und ihr das Leben in einer fremden Welt weit fort von zu Hause und ihrer Familie erleichtern wollte. Sie jedoch hatte in sein Verhalten etwas hineininterpretiert, was niemals da gewesen war. Seine Blicke waren nur freundlich, nicht liebevoll gewesen. Wenn er sie zufällig berührt hatte, war er nicht wie sie zusammengezuckt, sondern es hatte ihm nichts bedeutet. Bevor Marianne die Küche betrat, wo Hilda bereits auf sie wartete, holte sie tief Luft und straffte die Schultern. Niemals sollte Alexander erfahren, was er ihr bedeutete. Diese Blöße würde sie sich nicht geben, denn einen Rest Stolz musste sie sich bewahren und nicht einem Mann nachlaufen, der kein Interesse an ihr hatte.

Ein Mädchen brachte Alexander warmes Wasser in sein Zimmer. Während er sich frischmachte und umkleidete – ein Frack befand sich, ebenso wie andere Kleidung, stets in Ballydaroch House –, dachte er an Mariannes Worte. Sie hatte verzweifelt geklungen, und es tat ihm leid, so barsch zu ihr gewesen zu sein. Während der Reise von Aberdeen in den Süden hatte er versucht, nicht ständig an den armen Mann zu denken, dessen Leben er nicht hatte retten können, sondern sich auf die Zeit im Kreise seiner Familie zu freuen. Und er hatte sich auf die Begegnung mit Marianne gefreut. Als er sie jedoch vorhin in inniger Umarmung mit einem attraktiven Mann vorfand, war es, als zerspringe in ihm etwas. Aus dem barfüßigen und schmutzigen Mädchen, das einst mit Tränen in den Augen im Vestibül gestanden und bewundernd zu ihm aufgeschaut hatte, war eine schöne junge Frau geworden. Aufgrund seines Berufes kam es vor, dass er Marianne manchmal monatelang nicht sah und dann jedes Mal aufs Neue von ihrer natürlichen Schönheit überrascht wurde. Im Laufe der letzten Jahre war Alexander vielen schönen Frauen begegnet, aber es waren alles Frauen seiner Gesellschaftsschicht gewesen, während Marianne trotz eleganter Kleider immer das kleine, wilde Mädchen aus St. Kilda geblieben war. Entgegen seiner Worte, es wäre ihm gleichgültig, was sie tat und von wem sie sich küssen ließ, erfasste Alexander ein heftiger Zorn, wenn er an Dean Lynnforth dachte. Er fragte sich, wie lange sich die beiden bereits kannten und was sich zwischen ihnen abspielte.

»Marianne ist wie eine Schwester für mich«, murmelte er, als er sich die Fliege umband. Da war es doch nur natürlich, dass er wissen wollte, mit wem sie sich traf, besonders, wenn es sich um einen so gutaussehenden Mann wie Lynnforth handelte. Bevor er wieder nach unten ging, betrachtete Alexander sein Gesicht im Spiegel. Das Kerzenlicht schmeichelte ihm, denn es ließ die dunklen Augenringe schwächer erscheinen. In den drei Tagen des Prozesses hatte er kaum geschlafen, und auch gestern Nacht war es ihm nicht möglich gewesen, Ruhe zu finden. Nun, er wollte sich jetzt für den Rest des Abend amüsieren und auf diese Weise vielleicht den Prozess für ein Weilchen vergessen, und außerdem lag noch eine interessante Woche Jagd vor ihm, bevor er sich dem nächsten Fall widmen musste. Alexander hoffte, dass es sich nicht wieder um ein Tötungsdelikt handeln würde, denn er zweifelte daran, für solche Verfahren geeignet zu sein.

»Da bist du ja endlich!« Lady Eleonor eilte ihrem Sohn mit ausgestreckten Armen entgegen. An ihrer Seite war Sir Thomas, der Alexander kräftig auf die Schulter klopfte.
»Schön, dass du es geschafft hast, mein Junge. Wie ist der Prozess verlaufen?«
»Nicht jetzt, Vater«, antwortete Alexander leise. »Ich erzähle es dir morgen, wenn wir allein sind.«
Alexander musste nicht weitersprechen, denn Susanna griff nach seinem Arm und zog ihn auf die Tanzfläche. In der nächsten halben Stunde tanzte Alexander ebenso mit Dorothy und seiner Mutter und sprach einige Worte mit Matthew Chrisholm, bis es ihm gelang, sich am Büfett einen Whisky zu holen. Schnell stürzte er das erste Glas hinunter und füllte es sogleich erneut. Alexander war kein Trinker. Er wusste, man konnte seine Sorgen nicht im Alkohol ertränken, denn Sorgen waren hervorragende Schwimmer, dennoch beruhigte ihn der Whisky ein wenig. Er ließ seinen Blick durch die Halle schweifen, konnte Marianne jedoch nirgends entdecken. Wahrscheinlich hatte sie nach ihrem

Disput keine Lust mehr auf die Feier gehabt und sich bereits zurückgezogen. Alexander war kein längerer Moment der Ruhe vergönnt, denn seine Mutter winkte ihm zu, und pflichtschuldig trat er zu einer kleinen Gruppe, die mit seinen Eltern in ein Gespräch vertieft war.

»Alexander, ich glaube, du kennst Lord und Lady Willingale noch nicht?« Alexander küsste der Dame die Hand und verneigte sich vor dem grauhaarigen Lord, dann wandte er sich an die junge Frau, die hinter ihrer Mutter stand und schüchtern den Blick gesenkt hielt. Lady Eleonor fuhr fort: »Und das ist ihre reizende Tochter Elisabeth. Wir trafen uns letztes Weihnachten bei dem Ball der McInnerys, an dem du leider nicht teilnehmen konntest.«

»Ich bin erfreut, Ihre Bekanntschaft zu machen, Miss Elisabeth«, sagte Alexander und deutete bei Elisabeth einen Handkuss an.

Zum ersten Mal hob sie den Blick, und unwillkürlich dachte Alexander, sie könnte vielleicht reizvoll sein, wenn sie lächelte, aber ihre Lippen blieben unbewegt. Elisabeth Willingale hatte schwarzes, dichtes Haar und Augen, die an die eines Rehs erinnerten, dazu einen hellen Teint und eine schmale, wohlgeformte Nase. Sie mochte vielleicht siebzehn oder achtzehn Jahre alt sein. Lady Willingale bestätigte Alexanders Vermutung, in dem sie just in diesem Moment sagte: »Unsere Tochter ist erst vor wenigen Tagen aus der Schweiz, wo sie in einem Pensionat ihre Ausbildung beendete, nach Hause zurückgekehrt. Sie spricht drei Sprachen fließend und hat ganz hervorragende Beurteilungen über ihren Gesang und ihr Klavierspiel erhalten.«

»Mama, bitte, lass das …«

Zum ersten Mal sprach Elisabeth Willingale, und Alexander war über ihre Stimme überrascht. Im Gegensatz zu ihrem scheuen Auftreten war diese tief und kräftig, und er bezweifelte nicht, dass sie schön singen konnte.

Die Kapelle spielte zum nächsten Tanz – einem schnellen schottischen Reel. Alexander verneigte sich vor Elisabeth.

»Lady Willingale, erlauben Sie, diesen Tanz mit Ihrer Tochter zu tanzen?«

»Selbstverständlich, Sir Alexander.« Sie blickte dem Paar nach und tauschte mit Lady Eleonor einen verschwörerischen Blick, von dem die beiden Ehemänner nichts bemerkten.

Elisabeth Willingale war keine gute Tänzerin. Sie stolperte mehr über ihre Füße, als dass sie diese bei dem flotten Tanz richtig setzte, und in den Passagen, die mit dem Partner getanzt wurden, hing sie schwer an Alexanders Arm. Als sie ihm zum wiederholten Mal auf den Fuß trat, errötete sie und stotterte: »Verzeihen Sie ... in der Schweiz ... solche Tänze wurden da nicht gelehrt ...«

»Der Reel ist der nationale Tanz unserer Heimat.« Alexander konnte sich diese kleine Zurechtweisung nicht verkneifen. »Eigentlich liegt er jedem Schotten im Blut. Sie sind doch Schottin, Miss Elisabeth?«

Sie nickte, antwortete jedoch nicht gleich, da sie versuchte, eine schwierige Passage mit einem kleinen Sprung zu meistern. Elisabeth kam zwar einen Takt später als üblich auf den Boden, aber wenigstens stolperte sie nicht wieder.

»Unsere Familie stammt aus Argyll, wir leben jedoch die meiste Zeit in Edinburgh.«

»Oh, dann gehört Ihre Familie zum Clan der Campbells? Den Verrätern ...« Alexander waren diese Worte unwillkürlich entschlüpft, und er schämte sich sogleich dafür. Gleichgültig, was er über die Campbells dachte, so behandelte man nicht einen Gast auf Ballydaroch. »Verzeihen Sie, Miss Elisabeth, ich hätte das nicht sagen sollen.«

Zum ersten Mal lächelte sie, was ihr sonst eher reizloses Gesicht etwas hübscher erscheinen ließ.

»Unsere Familie muss, ebenso wie viele andere, mit dieser Geschichte leben, Sir Alexander, wenngleich sie wenig rühmlich ist. Ihren Worten darf ich entnehmen, dass Ihre Familie den Stuarts stets treu ergeben war?«

»Das waren wir in der Tat«, entgegnete Alexander stolz, vergessend, wie sich sein Vorfahre beim englischen König angebiedert hatte, um seinen Hals zu retten. »Man sagt, Bonnie Prince Charlie habe auf seiner Flucht sogar eine Nacht in diesem Haus verbracht, aber das behaupten fast alle großen schottischen Häuser von sich. Wenn Sie möchten, kann ich Ihnen den Raum ja mal zeigen.«

Da Elisabeth nun zutiefst errötete, begriff Alexander, welchen ungeheuerlichen Vorschlag er eben einer Dame der ersten Gesellschaft gemacht hatte. Verflixt, er war im Umgang mit Damen wirklich nicht sehr geübt, hatte wohl zu viele Stunden über Paragraphen und verstaubten Büchern zugebracht.

»Nun muss ich mich erneut entschuldigen«, sagte er schnell. Glücklicherweise endete der Tanz, und er konnte Elisabeth an die Seite führen. »Ich meinte natürlich, ich würde Ihnen gerne das ganze Haus zeigen, wenn Sie Zeit haben, und das selbstverständlich bei Tageslicht.«

Sie hob die Augen und blickte Alexander ins Gesicht, aber sie schien nicht mehr verärgert zu sein.

»Das Angebot nehme ich gerne an, Sir. Sie müssen sehr stolz sein, ein solch altes Anwesen Ihr Eigen nennen zu können.«

»Bleibt Ihre Familie zur Jagd?«

Sie nickte. »Wobei ich an diesem zweifelhaften Vergnügen nicht teilnehme. Ich finde keinen Gefallen daran, unschuldige und verängstigte Tiere so lange zu hetzen, bis die Bluthunde sie zu Tode beißen, aber mein Vater liebt die Jagd.«

Zum ersten Mal, seit Alexander Elisabeth Willingale kannte, empfand er einen Funken Sympathie für sie. Auch er beobachtete Tiere lieber aus der Ferne und erfreute sich an ihrem Anblick, als mit einer Meute Hunde hinter ihnen herzuhetzen.

»Morgen werden Moorhühner gejagt«, erklärte Alexander. »Dies ist wichtig, um den Bestand niedrig zu halten. Zudem sind sie gebraten ganz schmackhaft.«
Seine letzte Bemerkung entlockte Elisabeth ein Lächeln, und Alexander sah, dass sie ebenmäßige, weiße Zähne hatte.
»Ich esse auch gerne Fleisch, dennoch jage ich nicht«, sagte sie leise. »Ich glaube, wenn ich allein auf einer Insel lebte, würde ich mich nur von Beeren und Kräutern ernähren und eher verhungern, bevor ich ein Tier schlachten könnte. Es ist doch sehr praktisch, dass uns solche Arbeit vom Personal abgenommen wird, nicht wahr?«
Elisabeth war es gelungen, Alexander zu überraschen. Er hätte dieser scheuen Person eine solche Betrachtungsweise nicht zugetraut.
»Es ist warm hier drinnen. Möchten Sie etwas trinken?«
Elisabeth stimmte zu, und Alexander verbrachte den Rest des Abends in ihrer Gesellschaft. Die Frau begann ihn zu interessieren, obwohl er sich nicht körperlich zu ihr hingezogen fühlte. Allerdings schien sie sehr intelligent zu sein, und die Gespräche, die er in den nächsten Stunden mit Elisabeth führte, lenkten ihn von seinen Erinnerungen an den verlorenen Prozess ab.
Als Lord und Lady McFinnigan die Gäste verabschiedeten – die Willingales waren unter den Letzten, sie übernachteten bei Bekannten drei Meilen von Ballydaroch House entfernt –, hatte sich Alexander mit Elisabeth für den morgigen Tag verabredet. Als er ihre Hand küsste, sagte er ehrlich: »Ich freue mich auf unseren morgigen Ausritt. Hoffentlich regnet es nicht, denn ich würde Ihnen gerne die Umgebung zeigen.«
Elisabeth lächelte, hielt ihren Blick aber wieder schüchtern gesenkt.
»Ich freue mich ebenfalls und werde pünktlich sein, Sir Alexander.«
Alexander sah ihr nach, bis sie in die Kutsche stieg. Aus diesem

Grund bemerkte er weder den zufriedenen Gesichtsaudruck seiner Mutter noch Marianne, die auf dem ersten Treppenabsatz stand und Alexander ihren brennenden Blick in den Rücken bohrte. Bevor er sich umdrehen und sie sehen konnte, war sie schon wieder im Schatten des Flurs verschwunden.

12. Kapitel

Obwohl Marianne sich sonst auf dem Land wohler als in der Stadt fühlte, konnte sie es dieses Mal nicht abwarten, wieder nach Edinburgh zurückzukehren. Alexander blieb ihr gegenüber kühl und abweisend, und Marianne versuchte, ihm weitgehend aus dem Weg zu gehen. Sie sah ihn nicht oft, denn er verbrachte viel Zeit mit den Gästen, die zur Jagd geblieben waren, während es für Marianne von früh bis spät Arbeit im Haushalt gab. Der Stachel der Eifersucht bohrte sich in Mariannes Herz, als sie beobachten musste, wie Alexander und Elisabeth Willingale zusammen ausritten oder beim Dinner nebeneinandersaßen. Obwohl Marianne sich immer wieder sagte, dass Alexander die letzten Jahre wohl kaum als Mönch gelebt hatte, hatte sie ihn nie in Gesellschaft einer Frau gesehen, aber er war ein junger, gesunder und attraktiver Mann, und sicherlich hatte es Frauen in seinem Leben gegeben. Allerdings hatte er seiner Familie nie eine Frau vorgestellt, so dass Marianne die Überlegung, Alexander könne heiraten, stets verdrängt hatte. Jetzt schien sich die Situation zu ändern – Miss Elisabeth stammte aus einer guten und vermögenden schottischen Familie, und es war offensichtlich, dass beide Elternteile die aufkeimende Freundschaft zwischen Alexander und Elisabeth nicht nur billigten, sondern begrüßten. Die Tatsache, dass Elisabeth auf den ersten Blick nicht besonders reizvoll war, beruhigte Marianne keineswegs. Alexander war kein Mann, der nach Äußerlichkeiten urteilte. Er legte Wert auf einen guten Charakter und eine gewisse Intelligenz, und über beides musste Elisabeth wohl verfügen, denn sonst würde er seine Zeit nicht mit ihr verbringen.

Während der Rückfahrt nach Edinburgh sprach Marianne kein Wort. Nur mit halbem Ohr hörte sie dem Geplapper von Susanna zu, die ihrer Schwester immer wieder von den Höhenpunkten ihrer Verlobung und den Tagen danach erzählte. Obwohl Dorothy das alles auch erlebt hatte, lauschte sie Susanna aufmerksam und warf immer mal wieder ein »Oh, tatsächlich?« oder »Wie schön!« ein. Lady Eleonor plante bereits die glanzvolle Hochzeit, obwohl bis dahin noch mehrere Monate Zeit war, denn die Trauung war auf den ersten Dezember festgesetzt worden.
Als sie das Haus am Charlotte Square erreicht hatten, wollte Marianne sich sofort in ihr Zimmer zurückziehen, doch Lady Eleonor bat sie, die Post, die während ihrer Abwesenheit angekommen war, durchzusehen und entsprechend zu verteilen. Es war nicht viel, denn die meisten Leute, mit denen die McFinnigans verkehrten, waren in Ballydaroch House gewesen oder hatten zumindest von der Reise gewusst und deswegen keine Nachricht in das Haus am Charlotte Square geschickt. In der ovalen, silbernen Schale auf einer Anrichte in der Kommode im Vestibül lag allerdings eine kleine, elfenbeinfarbene Karte, die an Marianne adressiert war.
Die Worte *Komm bitte sofort zu mir, sobald Du wieder in der Stadt bist. J.* war alles, was auf der Karte stand, aber Marianne wusste, dass es eine Nachricht von Julia de Lacourt war. Einem ersten Impuls folgend, wollte sie die Karte zerknüllen und fortwerfen, denn sie zürnte Julia, dass sie Dean Lynnforth so viel Persönliches von ihr erzählt hatte, dann jedoch überlegte sie es sich anders. Sie hatte nicht viele Freunde. Um genau zu sein, gab

es nur eine einzige Person, die Marianne als Freundin bezeichnen konnte – und dies war Julia de Lacourt. Sie konnte es sich nicht erlauben, es sich mit ihr zu verderben, außerdem freute sie sich darauf, Julia wiederzusehen. Mit ihrer offenen und unkomplizierten Art war die Frau genau das, was Marianne nach den Tagen in der Gesellschaft der McFinnigans brauchte.
Nachdem Marianne ihr Gepäck in ihr Zimmer gebracht hatte, kleidete sie sich rasch um, dann gab sie Hilda Bescheid, sie wäre zum Abendessen nicht da.
»Wo willst du denn hin?« Die Haushälterin runzelte die Stirn und musterte Marianne neugierig. »Wir sind doch eben erst angekommen.«
»Eine Freundin bittet um ein Gespräch«, antwortete Marianne. Sie sah keinen Grund, Hilda gegenüber zu schwindeln, allerdings verschwieg sie lieber, dass der besagten Freundin eine der bekanntesten Kunstgalerien in der Stadt gehörte. »Mach dir keine Sorgen, Hilda, es ist lange hell, und ich bin bald wieder zurück«, fügte Marianne beruhigend hinzu.
»Was soll ich der Herrschaft sagen?«
Marianne zuckte die Schultern. »Mylady wird es gleichgültig sein, ob ich beim Essen da bin oder nicht.« Wahrscheinlich wird Susanna denken, ich treibe mich wieder mal herum, dachte Marianne, aber das war ihr egal. Sie war schließlich eine erwachsene und freie Frau und konnte besuchen, wen und wie lange sie wollte.
Da es zwar warm war, aber regnete, schlüpfte Marianne in ihren Mantel und nahm einen Schirm. Sie hätte auch mit einer Mietdroschke in die Altstadt fahren können, aber nach der langen Fahrt wollte sie sich die Beine vertreten. Wegen des schlechten Wetters waren nicht viele Leute unterwegs, und die meisten Geschäfte hatten bereits geschlossen. Auch an Julia de Lacourts Galerie hing ein Schild mit dem Wort *Geschlossen*, doch Marianne klopfte gegen die Scheibe. Sie musste nicht lange warten,

bis Julia aus einem der hinteren Räume erschien und ihr die Tür öffnete. Ungeachtet des nassen Mantels von Marianne, wurde sie von Julia stürmisch umarmt.

»Schön, dass du gleich gekommen bist. Ich habe phantastische Nachrichten!«

»Nun mal langsam, Julia.« Lachend befreite sich Marianne aus der Umarmung, trat ein und legte Mantel und Schirm ab. »Ich kann mir schon denken, was du mir zu sagen hast.« Sie erwartete, Julia würde ihr erzählen, dass sich ein Käufer für ihre Bilder gefunden hatte, und ihr den Scheck überreichen. Auf dem Weg zu Julia hatte sich Mariannes Entschluss, Dean Lynnforths Geld abzulehnen, gefestigt. Sie wollte mit dem Mann nichts zu tun haben, ihm am liebsten nie wieder begegnen. Dass er sie in Ballydaroch derart bloßgestellt hatte, würde sie ihm niemals verzeihen.

»Ich habe frischen Tee aufgebrüht. Ich denke, dir wird eine Tasse guttun, was? Nicht, dass du dich bei dem Wetter noch erkältest. Wir haben mal wieder typisch schottisches Wetter – erst ist es so warm, dass man sich kaum auf die Straße traut, und dann regnet es tagelang ohne Unterlass.«

Marianne folgte Julia in den Raum im hinteren Ladenbereich, der als Büro diente, und nahm dankend die Tasse mit dem heißen Tee entgegen. Als Julia sagte: »Deine Bilder sind alle verkauft ...«, unterbrach Marianne sie heftig.

»Ich weiß, Dean Lynnforth hat sie erworben. Er hatte nichts Besseres zu tun, als nach Ballydaroch zu kommen, mir das zu erzählen und mich in eine äußerst unangenehme Situation zu bringen.«

Julias Augen weiteten sich vor Überraschung.

»Er hat dich aufgesucht?« Sie pfiff anerkennend durch die Zähne. »Ich spürte doch gleich, dass Dean Interesse an dir hat.«

»Auf *dieses* Interesse kann ich verzichten.« Marianne stellte so heftig ihre Teetasse auf den Tisch, dass sie klirrte. »Weißt du,

was er getan hat? Er hat versucht, mich zu küssen, und ausgerechnet in dem Moment trat Alexander zu uns ...«
»Aha, daher weht der Wind.« Julia schmunzelte wissend. »Ich verstehe, die Aufmerksamkeit, die Dean dir schenkte, war dir wahrscheinlich nur deswegen unangenehm, weil euch dieser Alexander erwischt hat.«
Mariannes Gesicht verschloss sich. Sie stand auf und griff nach ihrem Mantel.
»Es ist wohl besser, wenn ich wieder gehe. Ich möchte mich nicht mit dir streiten, aber ich möchte auch nicht mehr über Dean Lynnforth sprechen.« Und über Alexander erst recht nicht, fügte sie in Gedanken hinzu.
»Marianne, warte.« Beruhigend legte Julia eine Hand auf Mariannes Arm. »Er tut mir leid, aber ich vergaß, dass du Männern gegenüber eine andere Einstellung hast als ich. Ich verstehe, dass deine Erziehung es nicht zulässt, dich einfach auf ein Abenteuer einzulassen, aber dass dieser Alexander McFinnigan dir mehr bedeutet, habe ich längst gemerkt. Deine Augen leuchten, wenn du seinen Namen erwähnst, und deine Stimme verändert sich. Ich bitte dich – bleib! Wir wollen auch nicht mehr über Dean oder Alexander sprechen, denn ich habe dir etwas anderes zu berichten.« Sie zögerte und sah Marianne erwartungsvoll an. »Etwas, was dich alles andere vergessen lässt, das verspreche ich dir.«
Marianne seufzte. Ihr lag nichts an einem Zerwürfnis mit Julia, darum gab sie nach.
»Worum geht es?«
Nun griff Julia ihrerseits zu ihrem Mantel und sagte: »Für die Überraschung müssen wir jemanden besuchen. Es ist nicht weit, sein Büro liegt am Adam Square hier in der Altstadt. Wir können trotz des Regens zu Fuß gehen.«
Während die beiden Frauen über die Royal Mile gingen, fing Julia zwar wieder von Dean Lynnforth an, erklärte jedoch nur,

dass er zwar alle von Mariannes in der Galerie ausgestellten Gemälden gekauft hätte, sie jedoch zwei weitere Bilder zurückgehalten habe.

»Während du auf dem Land warst, habe ich mir erlaubt, diese Bilder jemandem zu zeigen.« Julia warf Marianne einen schelmischen Blick zu, und Marianne zürnte der Freundin nicht wegen dieser Eigenmächtigkeit, sondern sie fragte: »Wer hat sie gesehen?«

Julia schüttelte nur den Kopf. »Warte es ab, meine Liebe. Wir sind zu dieser Person unterwegs. Du wirst gleich alles erfahren.«

Nach wenigen Minuten bog Julia von der High Street in eine kleine Gasse ein, die durch ein hohes, geöffnetes Tor in einen Innenhof führte, der an allen vier Seiten von vierstöckigen Gebäuden umgeben war. Marianne staunte nicht schlecht, als sie das Messingschild am Eingang des im neugotischen Stil erbauten Gebäudes las.

»Die Kunstschule? Was in aller Welt wollen wir hier?« Marianne beschlich eine Ahnung, aber sie wollte sich keine unsinnigen Hoffnungen machen.

Julia schmunzelte. »Du wirst schon sehen.«

Die Pförtnerloge war trotz des anbrechenden Abends besetzt. Nachdem Julia ihren Namen genannt hatte, schickte der Pförtner die beiden Frauen hinauf in den zweiten Stock. An der ersten Tür auf der rechten Seite des Ganges klopfte Julia, und sogleich wurde geöffnet.

»Mr. Forbes, hier bringe ich Ihnen Miss Marianne Daragh. Sie ist erst heute in die Stadt zurückgekehrt.«

Julia schob Marianne vor sich in das Büro, und Mariannes Atem beschleunigte sich. Sie hatte bereits von Mr. Gordon Forbes und dessen Einfluss in der Edinburgher Kunstszene gehört. Er war ein älterer, schmächtiger Herr mit schmalen Schultern und einem kleinen Kopf. Sein Gesicht war von Falten durchzogen und das gelichtete Haar schlohweiß, aber hinter seinen runden Brillengläsern blickten zwei wache graue Augen Marianne freundlich an.

»Miss Daragh, ich freue mich, endlich Ihre Bekanntschaft zu machen. Mrs. de Lacourt hat mir schon viel von Ihnen erzählt, und ich bin von Ihrer Arbeit beeindruckt.«

Perplex nahm Marianne Platz. Sie hatte nie zu hoffen gewagt, den Mann, bei dem die besten Maler Schottlands studierten, jemals persönlich kennenzulernen.

Mr. Forbes war kein Mann langer Reden. Er kam gleich zur Sache, und was er zu sagen hatte, verschlug Marianne die Sprache.

»Mrs. de Lacourt berichtete mir, Sie leben als eine Art Haustochter bei Lord und Lady McFinnigan. Selbstverständlich ist mir diese Familie bekannt, deswegen glaube ich, dass Sir Thomas nichts dagegen haben wird, wenn Sie bei uns Ihr Studium aufnehmen.«

Marianne musste mehrmals schlucken, denn ihr Hals war wie zugeschnürt, bevor sie ein Wort hervorbringen konnte.

»Ich soll hier studieren?« Sie schüttelte verwundert den Kopf. »Ihr Angebot ist sehr freundlich, Mr. Forbes, aber ich fürchte, meine finanziellen Mittel übersteigen eine solche Ausbildung. Ich bezweifle, dass Lord McFinnigan bereit ist, die Kosten zu tragen, denn es wurde mir bereits eine gute Ausbildung in einem Internat ermöglicht, und ich möchte die Großzügigkeit der Familie nicht weiter strapazieren.« Abgesehen davon, dass Lady Eleonor dies niemals zulassen würde, da sie mich als billige Arbeitskraft braucht, fügte Marianne in Gedanken hinzu.

Mr. Forbes hob die Hand.

»Sie erhalten selbstverständlich ein Stipendium, Miss Daragh. Hat Mrs. de Lacourt Ihnen nichts von meinem Angebot gesagt?«

Julia kicherte hinter vorgehaltener Hand, und Marianne sah sie fassungslos an.

»Ich wollte meine Freundin überraschen«, sagte Julia mit einem verschmitzten Lächeln.

»Das ist dir wahrlich gelungen.« Marianne blickte wieder zu Mr. Forbes und fuhr fort: »Wie kommen Sie ausgerechnet auf mich, Mr. Forbes? Meine Arbeiten sind schlicht und einfach und können sich in keiner Weise mit den Bildern, die in Ihrer Schule entstehen, messen.«

»Gerade diese Schlichtheit hat mich beeindruckt«, unterbrach Mr. Forbes. »Bedenkt man, dass die Landschaften lediglich in ihrem Kopf entstehen und nicht real sind, ist Ihre Phantasie außergewöhnlich und sollte gefördert werden. Zudem gefällt mir Ihre Pinselführung, die man durchaus verfeinern kann. Darum würde ich mich freuen, Sie als Studentin in unserem Haus begrüßen zu dürfen.«

In Mariannes Kopf wirbelten die Gedanken durcheinander. Das Angebot, die Malerei, die sie bisher als Hobby betrieben hatte, professionell zu erlernen, versetzte sie in eine Art Euphorie. Gleichzeitig wusste sie jedoch, dass Lady Eleonor niemals ihre Erlaubnis dazu geben würde, selbst wenn für die McFinnigans keine Kosten anfielen.

»Du bist volljährig«, flüsterte Julia ihr zu, als hätte sie Mariannes Gedanken gelesen. »Geh deinen eigenen Weg, und dieser ist nicht der Weg, den die McFinnigans für dich planen.«

Marianne dachte an Lady Eleonors Vorschlag, sich für sie nach einem Ehemann umzusehen. Unwillkürlich schüttelte sie sich wie ein nasser junger Hund, dann hob sie den Kopf und sah Mr. Forbes offen in die Augen.

»Mr. Forbes, ich weiß nicht, wie ich es bewerkstelligen soll, aber, ja, ich möchte bei Ihnen studieren. Ich danke Ihnen für die Chance, die Sie mir geben, und hoffe, Ihre Erwartungen nicht zu enttäuschen. Ach, ich kann mir nichts Schöneres vorstellen, als zu malen und immer wieder zu malen – am liebsten Tag und Nacht.«

Mr. Forbes lachte. »Nun, das ist die richtige Einstellung eines Künstlers. Wissen Sie, Miss Daragh, ein guter Maler hat die Bilder in sich und lässt sich durch keinerlei Widrigkeiten davon abbringen, diese auf Papier oder auf Leinwand zu bannen. Zu malen, ich meine, gut zu malen – das ist kein Beruf, sondern eine Berufung, der man nicht entfliehen kann. In Ihren Augen, Miss Daragh, sehe ich den Funken glimmen, der allen Künstlern zu eigen ist. Ich würde mich freuen, Ihnen behilflich sein zu können, damit aus diesem Funken ein loderndes Feuer wird.«

Julia drückte Mariannes Unterarm, und Mr. Forbes hielt ihr die Hand hin, aber Marianne zögerte.

»Kann ich ein paar Tage darüber nachdenken?«

Mr. Forbes war über Mariannes Bitte nicht überrascht und erwiderte freundlich: »Selbstverständlich, aber bedenken Sie, dass die Anzahl unserer Plätze beschränkt ist. Wenn Sie sich entscheiden, mein Angebot anzunehmen, können Sie bereits ab September anfangen. Meine Sekretärin wird Ihnen den Kursplan aushändigen, denn vor der Sommerpause finden noch einige Vorlesungen und Arbeitstreffen statt, an denen Sie bereits teilnehmen können. Leinwand, Pinsel, Farben und alles, was Sie benötigen, werden selbstverständlich von der Schule gestellt. Zudem erhalten Sie hier ein Mittag- und ein Abendessen, so dass Sie lediglich die Nächte und die Wochenenden zu Hause verbringen werden. Ich würde mich freuen, Sie als neue Studentin begrüßen zu dürfen.«

»Ich verstehe nicht, warum du dir Bedenkzeit erbeten hast.« Julia schüttelte verwundert den Kopf. »Eine solche Chance bekommst du so schnell kein zweites Mal. Ich habe doch gesehen, wie begeistert du von Forbes Angebot warst. Warum hast du nicht gleich zugesagt?«

»Ich weiß, trotzdem ...« Gedankenverloren rührte Marianne

in ihrem Tee, obwohl sie weder Zucker noch Milch genommen hatte.

Nach dem Gespräch mit Mr. Forbes hatte Julia sie zu einem Besuch in einem Caféhaus am Lawnmarket überredet, um Mariannes Stipendium an der führenden Kunstschule Edinburghs zu feiern. Während sich Julia einen Whisky bestellte, bevorzugte Marianne Tee, zudem war ihr nicht nach Feiern zumute. Zugegeben, eine solche Gelegenheit bot sich ihr wahrscheinlich kein zweites Mal, dennoch hatte sie dem Angebot nicht sofort mit Freuden zugestimmt.

»Du fühlst dich immer noch den McFinnigans verpflichtet und denkst, sie würden es nicht gutheißen, wenn du eine ernsthafte Künstlerin werden möchtest, nicht wahr?« Julia brachte Mariannes zögerliches Verhalten auf den Punkt. »Du bist auf diese Familie nicht mehr angewiesen. Wenn sie dich aus dem Haus werfen, dann nimmst du dir eben ein eigenes Zimmer. Du bist alt genug, dein Leben selbst in die Hand zunehmen und dich nicht mehr von anderen gängeln zu lassen.«

»Ein eigenes Zimmer.« Marianne lächelte traurig. »Für die Schule mag ich zwar ein Stipendium erhalten, aber wovon sollte ich ein Zimmer bezahlen und von welchem Geld meinen Lebensunterhalt bestreiten, denn ich werde wohl noch etwas mehr brauchen, als zwei Mahlzeiten täglich in der Schule.«

Ein breites Lächeln erhellte Julias Gesicht.

»Du vergisst, dass ich deine Bilder verkauft habe. Bisher hatte ich keine Gelegenheit, dir das Geld auszubezahlen, aber es ist so viel, dass du mindestens ein Jahr davon leben kannst. Ich kenne dich, Marianne, du bist nicht verschwenderisch, und nach dem Jahr sieht man weiter. Wer weiß, vielleicht reißen sich dann die Leute bereits um deine Gemälde, und du bist unermesslich reich!«

Den letzten Satz hatte Julia mit einem Augenzwinkern gesagt, und Marianne musste wider Willen lächeln, wurde aber gleich wieder ernst.

»Ich nehme das Geld nicht an, Julia. Dean Lynnforth hat die Bilder nicht gekauft, weil sie ihm gefallen, sondern weil er sich bei mir einschmeicheln wollte. Auf solches Geld kann ich getrost verzichten ...«

»Rede keinen Quatsch!«, unterbrach Julia sie ärgerlich. »Wenn du in der Gesellschaft überleben möchtest, dann musst du lernen, dass Beziehungen wichtig sind. Mag sein, dass Dean andere Motive als Kunstverstand zu dem Verkauf angeregt haben, wenn du ihm das Geld jedoch zurückschickst, dann bist du nicht nur naiv, sondern auch dumm. Dein Stolz in allen Ehren, aber hier und jetzt ist er völlig fehl am Platz.«

Marianne schnappte empört nach Luft. Ihr lag bereits eine scharfe Erwiderung auf der Zunge, doch dann erkannte sie den Funken Wahrheit in Julias Worten. Was hatte sie bei den McFinnigans noch zu erwarten? Tagein, tagaus lief ihr Leben in den gleichen Bahnen ab, und früher oder später würde Lady Eleonor sie drängen, zu heiraten. Unwillkürlich schob sich das Bild ihrer Mutter vor Mariannes Augen. Damals, als die schreckliche Sache mit Adrian Shaw geschehen war, hatte Marianne nichts über die Liebe gewusst. Heute jedoch war sie erwachsen und hatte selbst in dem konservativen Haushalt, in dem sie lebte, von der Liebe zwischen Männern gehört. Sie verstand nun, was zwischen ihrem Vater und Adrian geschehen war, und sie bedauerte ihre Mutter. Ervin hatte sie nur geheiratet, weil er auf St. Kilda eine Frau brauchte, aber er hatte ihr niemals Liebe entgegengebracht. Marianne würde die Blutergüsse in Annags Gesicht ebenso wenig vergessen wie die vielen Stunden, in denen die Mutter heimlich geweint hatte. Nein, sie selbst wollte niemals heiraten! Sie wollte niemals einem Mann untertan sein. Eine Ehefrau war ohne Rechte, hatte nur Pflichten, gebar Jahr für Jahr ein Kind und wurde früher oder später von ihrem Mann betrogen.

»Woran denkst du?« Mitfühlend drückte Julia Mariannes Hand. »Ich wollte dich keinesfalls verletzen, sondern aufrütteln. Wenn

du auch nur im Entferntesten die Hoffnung hegst, eines Tages nicht nur das Herz, sondern auch die Hand dieses Alexander McFinnigan erringen zu können, so wach auf, Mädchen! Selbst wenn er mehr als geschwisterliche Zuneigung für dich empfinden sollte – eine Verbindung zwischen euch ist unmöglich. Ich kenne ihn zwar nicht persönlich, aber was man so hört, legt er großen Wert auf Konventionen. Der künftige Earl von Ballydaroch wird niemals eine arme Verwandte zur Frau nehmen.«
Marianne hob den Kopf und sah die Freundin an. Obwohl sie ihr gegenüber nie über ihre Gefühle für Alexander gesprochen hatte, schien diese in ihren Gedanken regelrecht lesen zu können. Eine Träne rollte über Mariannes Wange, als sie sagte: »Du hast mit allem, was du sagst, recht. Trotzdem brauche ich Zeit, einen solchen Schritt zu wagen.« Einen Augenblick war Marianne drauf und dran, Julia ihre wahre Herkunft zu offenbaren und ihr von St. Kilda zu erzählen, verwarf den Gedanken aber sogleich wieder. Nein, dies hätte bei Julia bestimmt tausend Fragen aufgeworfen, und früher oder später hätte Marianne von Adrian erzählt, einem Geheimnis, das niemals gelüftet werden durfte. Julias Freundschaft wäre schnell beendet, sollte sie jemals erfahren, dass Marianne eine Mörderin war.
»Ich werde es mir überlegen«, sagte Marianne ernsthaft. Als sie einen Blick auf die Uhr warf, erschrak sie. »Schon nach neun! Ich muss sofort nach Hause, sonst bekomme ich Ärger.«
Die hellen Abende und Nächte um die Jahreszeit täuschten, darum hatte Marianne völlig die Zeit vergessen. Hilda würde mit ihr schimpfen, und Susanna, wenn sie mitbekam, wie lange Marianne weg gewesen war, würde sie wieder als Herumtreiberin bezeichnen. Damit hatte die junge Frau nicht ganz unrecht, denn eine anständige Frau war um diese Uhrzeit nicht mehr allein unterwegs. Trotzdem verzichtete Marianne auf eine Droschke und ging zu Fuß. Der Regen hatte nachgelassen, und in der Luft lag der Duft Hunderter blühender Rosen, als sie den Princess Street

Garden passierte. Ob ihre Mutter wohl jemals in ihrem Leben eine Rose sehen würde?, schoss es Marianne durch den Kopf. Obwohl sie nicht glaubte, Annag jemals wiederzusehen, schweiften ihre Gedanken öfter, als ihr lieb war, zu ihren Eltern. Gleichgültig, was geschehen war – Marianne konnte St. Kilda niemals vergessen und niemals aufhören, sich dorthin zurückzusehnen. Das Glück war auf Mariannes Seite, denn es gelang ihr, durch den Dienstboteneingang ungesehen das Haus zu betreten und in ihr Zimmer zu eilen, ohne jemandem zu begegnen. Sie war nicht hungrig und auch nicht müde. In dieser Nacht lag sie lange wach und sah durch das schmale Dachfenster, wie die Dämmerung langsam über die Stadt zog, aber es wurde nicht vollständig dunkel. Der Juni auf St. Kilda war immer der schönste Monat gewesen. Er war hell, warm, und die Stürme hatten sich weitgehend gelegt. Nun war die Zeit der Jagd auf die Basstölpel gekommen, die Vögel mit dem fettesten Fleisch, die auf den Inseln brüteten. Als Marianne die Augen schloss, hörte sie die Schreie der Seevögel und das Rauschen der Brandung, wenn die hohen Wellen auf die Felsen schlugen. Vielleicht war es wirklich das Beste, wenn sie sich von allem löste, was sie mit St. Kilda verband. Die McFinnigans waren die Einzigen, die von ihrer Vergangenheit wussten. Ohne sie würde es Marianne vielleicht gelingen, eines Tages völlig frei zu sein. Ihre Schuld würde sie jedoch niemals tilgen können.

Nach zwei Tagen war Marianne zu der Überzeugung gelangt, das Stipendium anzunehmen – gleichgültig, welche Konsequenzen sich für sie daraus ergaben. Malen war ihr Leben. Wenn durch ihre Hand der Pinsel Farben und Formen auf die Leinwand zauberte, dann fühlte sie sich so frei wie sonst nie. Sie musste aufhören, sich den McFinnigans gegenüber verpflichtet zu fühlen, und sie musste ihre dumme Mädchenschwärmerei für einen Mann, der nie der ihre werde würde, endlich begraben. Es war das Beste, wenn sie Alexander niemals wiedersehen würde. Irgendwann würde sie ihn sicher vergessen und wäre frei, einem anderen Mann gegenüber ihr Herz zu öffnen. Marianne war entschlossen, das Risiko, sich als Künstlerin selbständig zu machen, einzugehen. Sie wollte nur noch einen günstigen Moment abwarten, um mit Lady Eleonor und Sir Thomas zu sprechen. Lord McFinnigan wollte Anfang nächster Woche wieder nach London reisen, darum nahm sie all ihren Mut zusammen und beschloss nach einer weiteren ruhelosen Nacht, der Familie ihren Entschluss, ab dem Herbst an der Edinburgher Kunsthochschule zu studieren, mitzuteilen. An diesem Morgen, es war ein Donnerstag, war niemand mehr im Morgenzimmer, in dem üblicherweise das Frühstück eingenommen wurde, als Marianne eintrat. Lady Eleonor war mit ihren Töchtern bereits früh in die Stadt zu der Schneiderin gefahren, die Susannas Hochzeitskleid fertigte. Dorothy hatte es sich nicht nehmen lassen, Mutter und Schwester zu begleiten. Sie hoffte, vielleicht ebenfalls ein neues Kleid oder zumindest einen Hut oder einen neuen Schal zu bekommen. Sir Thomas ging stets sehr früh in sein Büro bei der Stadtverwaltung, so dass Marianne in aller Ruhe erst eine Tasse Tee trank und sich dann von den Eiern und dem Speck bediente, die auf einer Warmhalteplatte auf der Anrichte standen. Sie hatte keinen großen Hunger und überlegte, mit welchen Worten sie ihr Gespräch, das sie am Abend führen wollte, beginnen sollte. Plötzlich wurde die Tür aufgerissen, und der Butler Barnaby stolperte herein. Nie zuvor hatte Marianne den distinguierten Mann derart aufgelöst gesehen.

»Miss Marianne ... Mylord ... sie bringen ihn her ...«

Marianne verstand nicht, was er meinte, aber die graue Farbe seines Gesichts verhieß nichts Gutes. Sie folgte Barnaby zur Eingangstür. Vor dem Haus hielt ein offener Landauer, und auf der Sitzbank lag Sir Thomas. Zwei Männer halfen Barnaby, den offenbar Bewusstlosen ins Haus zu tragen.

»Er griff sich an die Brust und brach einfach zusammen«, sagte einer der Männer, und Marianne reagierte sofort und zog einen Mantel über, der im Vestibül hing.

»Ich hole Doktor Buchanan«, rief sie Barnaby zu, der hastig nickte.

»Danke, aber beeilen Sie sich, Miss Marianne. Es scheint ein Herzanfall zu sein.«

Dr. Angus Buchanan, seit Jahren der Hausarzt der Familie, hatte seine Praxis nur drei Straßen weiter, und Marianne war erleichtert, ihn gleich anzutreffen. Als er ihren kurzen Bericht hörte, zögerte er nicht lange, nahm Hut, Mantel und seine Tasche und kehrte mit Marianne in das Haus am Charlotte Square zurück. Barnaby und Hilda hatten Sir Thomas in sein Zimmer gebracht und ins Bett gelegt, und er hatte das Bewusstsein wiedererlangt, aber seine Wangen waren wachsbleich, seine Lippen hatten einen blauen Schimmer, und er rang mühsam nach Atem. Marianne überlegte, ob es Sinn machte, Lady Eleonor zu suchen, aber die Frauen hatten die Schneiderin bestimmt schon verlassen und tätigten Einkäufe irgendwo in der Stadt. Im Augenblick konnten sie Sir Thomas ohnehin nicht helfen.

Der Arzt war immer noch bei ihm, als die Kutsche vorfuhr. Bereits in der Halle hörte Marianne das Lachen von Susanna, offenbar war sie mit ihren Einkäufen zufrieden. Sie öffnete die Tür und trat den dreien ernst entgegen.

»Lady Eleonor ... Ihr Mann ...« Unsicher sah sie von einer zu anderen. »Es ist offenbar das Herz, Dr. Buchanan ist bei ihm.« Lady Eleonor erstarrte und ließ die Schachtel, die sie in der Hand trug, zu Boden fallen.

»Wo ist er?«

»In seinem Zimmer, Mylady.«

Ohne Hut, Mantel oder Handschuhe abzulegen, eilte Lady Eleonor nach oben, während Susanna und Dorothy sich fassungslos anstarrten.

»Wie ernst ist es?«, fragte Dorothy als Erste.
Marianne zuckte die Schultern. »Ich habe keine Ahnung, aber der Arzt ist bereits seit über drei Stunden bei ihm.«
Sie gingen in den Salon, und Susanna bat Barnaby um Tee. Obwohl es Zeit zum Lunch war, hatte keiner von ihnen Hunger, auch nicht Lady Eleonor, die nach wenigen Minuten zu ihnen stieß.
»Er will mir nichts sagen.« Ihre Augen waren vor Sorge geweitet. »Ich durfte Thomas nur kurz sehen, aber er hat mich erkannt. Dr. Buchanan rät, Alexander zu benachrichtigen, damit er nach Hause kommt.«
Ein Schluchzer begleitete Eleonors Worte, und Marianne drückte spontan ihre Hand. Es war also offenbar so ernst, dass man nach dem Sohn des Hauses schicken musste. Dorothy, die diese unausgesprochene Botschaft ebenfalls verstanden hatte, begann zu weinen.
»Papa wird doch nicht sterben, oder? Marianne, sag, dass Papa nicht sterben muss.«
Gerne hätte Marianne etwas Tröstendes gesagt, aber ihre Kehle war wie zugeschnürt. Obwohl Sir Thomas ihr nie große Aufmerksamkeit geschenkt hatte, bangte sie mit den anderen um sein Leben. Er war nicht mehr der Jüngste und hatte sich besonders in den letzten Jahren keine Ruhe gegönnt. Diese vielen Reisen nach London und die Sitzungen, die oft bis in die Nacht dauerten.
»Quatsch, Papa wird nicht sterben.« Susanna stand auf und ging unruhig im Zimmer auf und ab. Sie ballte ihre Hände zu Fäusten und rief zornig: »Das kann er nicht machen! Wenn er stirbt, dann müssen wir das Trauerjahr einhalten, und Matthew und ich können im Dezember nicht heiraten. Das kann Papa mir nicht antun.«
Marianne verschlug es über so viel Egoismus die Sprache. Scharfe Worte der Zurechtweisung lagen ihr auf der Zunge, da sie

jedoch merkte, dass Lady Eleonor Susanna gar nicht zugehört hatte, verzichtete sie auf eine Bemerkung. Marianne zweifelte nicht an Susannas Besorgnis um den Vater. Vielleicht musste sie ihre Anspannung auf diese Art und Weise loswerden, dennoch waren ihre Worte einfach geschmacklos. Dorothy begann lauter zu weinen, und auch Lady Eleonors Schultern zuckten.
»Wenn Sie möchten, schicke ich ein Telegramm an Alexander«, schlug Marianne vor. Wenn sie Sir Thomas auch nicht helfen konnte – sie musste irgendetwas tun, anstatt hilflos mit den drei Frauen im Salon zu sitzen und abzuwarten.
Lady Eleonor sah sie dankbar an.
»Das wäre sehr freundlich von dir. Barnaby soll dir die Adresse von Alexander in Glasgow und das Geld geben. Du weißt, wo das Telegrafenamt ist?«
Marianne nickte. Sie war froh, dem Haus für einige Zeit entfliehen zu können. Sie beeilte sich, das Telegramm aufzugeben und hoffte, Alexander würde es heute noch erhalten. Leider war die Eisenbahnstrecke zwischen Glasgow und Edinburgh noch nicht fertiggestellt, also musste Alexander mit der Kutsche reisen und konnte nicht vor morgen Abend eintreffen. Nachdem sie wieder zu Hause war, bereitete sie frischen Tee und ein paar Gurkensandwiches zu und brachte alles in den Salon, obwohl keiner Appetit verspürte.
Die nächste Stunde verging in stillem Warten. Das Ticken der goldenen Uhr auf dem Kaminsims und ihr Schlagen zur vollen Stunde waren die einzigen Geräusche. Selbst die vorlaute Susanna schwieg, und Dorothy schluchzte hin und wieder. Gedankenverloren rührte Lady Eleonor in ihrem längst erkalteten Tee, als sich die Tür öffnete und Barnaby den Arzt in den Salon führte. Lady Eleonor sprang auf und ging dem Arzt einen Schritt entgegen.
»Wie geht es meinem Mann? Ist er …?« Es war ihr anzuhören, dass sie das Schlimmste befürchtete, aber Dr. Buchanan lächelte beruhigend.

»Er ist jetzt stabil und schläft. Mylady, es war ein schwerer Herzanfall. Hat Ihr Gatte in letzter Zeit nie über ein Enge- oder Druckgefühl im Brustkorb geklagt oder Übelkeit erwähnt?«
Eleonor schüttelte den Kopf.
»Nicht mir gegenüber, Doktor, allerdings ist mein Mann viel unterwegs, und wir sehen uns manchmal tagelang nicht.«
Marianne schenkte eine Tasse ein und reichte diese dem Arzt. Dankbar nahm Dr. Buchanan den Tee entgegen und sagte: »Ich denke, es besteht im Augenblick keine akute Lebensgefahr, aber Sir Thomas wird sich künftig sehr schonen müssen. Er wird nicht mehr arbeiten können, und Sie müssen alles tun, um Aufregungen von ihm fernzuhalten.«
Während Lady Eleonor zustimmend nickte, schoss es Marianne durch den Kopf, dass es jetzt wohl mit ihrer Idee, Kunst zu studieren, vorbei sein würde. Sie konnte es weder Sir Thomas noch Lady Eleonor zumuten, sich damit zu befassen, außerdem wurde sie jetzt hier gebraucht. Und Alexander würde nach Hause kommen … Schnell wischte sie diesen letzten Gedanken beiseite und hörte, wie Dr. Buchanan fortfuhr: »Ihr Gatte, Mylady, benötigt rund um die Uhr Pflege. Zumindest in den nächsten vier oder fünf Wochen sollte jemand Tag und Nacht in seiner Nähe sein, danach müssen wir sehen, wie stabil sein Zustand ist.«
»Ich kümmere mich selbstverständlich um meinen Mann …«
»Es ist zu viel Arbeit für Sie, Mylady«, unterbrach der Arzt. »Er wird Hilfe beim Essen sowie bei der Körperpflege brauchen, wenn Sie verstehen, was ich meine. Das ist keine Arbeit, die man einer Dame zumuten kann. Daher schlage ich vor, eine Krankenschwester zu engagieren.« Er sah Lady Eleonor abwartend an, und als diese nickte, fuhr er fort: »Vor drei Monaten zog zufällig eine ältere Frau zwei Häuser neben mir ein. Sie ist seit wenigen Monaten Witwe, ausgebildete Krankenschwester und verfügt über viel Erfahrung. Soviel ich weiß, arbeitet sie als private

Pflegerin und war bis letzte Woche in Stellung, wäre jetzt jedoch wieder frei.«
»Wann kann sie kommen?«, gab Lady Eleonor zur Antwort.
»Noch heute, Mylady, wenn wir ihr gleich eine Nachricht schicken.«
Er griff nach Papier und Tinte und schrieb ein paar Zeilen, dann wandte er sich fragend an den Butler. »Wer kann die Nachricht überbringen? Ich möchte gerne noch einmal nach Sir Thomas schauen.«
Marianne sprang auf und griff nach dem Zettel.
»Das kann ich machen.«
Lady Eleonor nickte ihr dankbar zu, und Marianne war froh, das Haus wieder verlassen zu können.
»Warten Sie, Miss, der Name der Schwester lautet …«
Marianne hörte die Worte nicht mehr, denn sie war bereits zur Tür hinaus.
Zum dritten Mal an diesem Tag lief sie durch die Straßen der New Town. Der Frühsommertag ging langsam in den Abend über, aber der hohe Sonnenstand ließ die Nacht noch fern erscheinen. Nachdem Marianne die Heriot Row, die Straße, in der sich Dr. Buchanans Praxis befand, erreicht hatte, fiel ihr ein, dass sie weder die Hausnummer noch den Namen der Krankenschwester wusste. Sie erinnerte sich jedoch daran, dass der Arzt gesagt hatte, sie wohne zwei Häuser neben ihm. Vor dem besagten Haus zögerte sie. Das Haus war schmal und mit zwei Stockwerken für diese Gegend niedrig und zugleich ungepflegt. Im kleinen Vorgarten wucherte das Unkraut, der Verputz blätterte von der Fassade, und die Rahmen der Fenster zeigten deutliche Spuren von Verwitterung. Marianne meinte, sich in der Adresse zu irren. Aber wer immer hier lebte würde ihr sagen können, wo sie die Krankenschwester finden konnte. Sie betätigte den Türklopfer, und kurz darauf wurde die Tür einen Spaltbreit geöffnet.
»Ja, bitte? Sie wünschen, Miss?«

»Miss Steel!« Marianne taumelte und griff haltsuchend nach dem Rahmen, sonst wäre sie gefallen. Das konnte nicht wahr sein! Erst hörte sie zehn Jahre weder von St. Kilda noch ihren Bewohnern etwas, dann wurde sie binnen weniger Wochen mit zwei der früheren Bewohner konfrontiert – erst der tote Adrian Shaw, und nun stand sie leibhaftig Wilhelmina Steel gegenüber. Die Jahre hatte sie zwar altern lassen, und durch ihr Haar zogen sich zahlreiche graue Strähnen, aber es bestand kein Zweifel.
»Sie wünschen, Miss?«, wiederholte Wilhelmina Steel und musterte Marianne skeptisch von oben bis unten. Offenbar erkannte sie in der jungen Frau in dem zwar einfachen, doch gutsitzenden Kleid nicht das kleine, wilde Mädchen von Hirta. Stumm reichte Marianne Wilhelmina Steel die Nachricht des Arztes, denn sie brachte kein Wort hervor. Wilhelmina überflog die wenigen Zeilen. Sie öffnete die Tür ganz und sagte: »Selbstverständlich komme ich sofort. Treten Sie bitte ein, Miss, ich muss noch ein paar Sachen zusammenpacken.«
»Das ist ... nicht ... danke ... Miss Steel«, stotterte Marianne. »Ich warte hier ...«
»Ach was, kommen Sie rein.« Gewohnt resolut zog sie Marianne in einen schmalen Flur. »Wieso nennen Sie mich Miss Steel?« Einen Lidschlag lang hoffte Marianne, sich geirrt zu haben und die Frau würde der ehemaligen Krankenschwester von St. Kilda nur ähnlich sehen, aber als sie fortfuhr, lief es Marianne kalt über den Rücken. »Kennen wir uns etwa von früher, Miss, weil Sie mich mit meinen Mädchennamen ansprechen? Heute heiße ich Munro. Wilhelmina Munro.« Marianne, nun dankbar, eingetreten zu sein, sank unaufgefordert auf einen Stuhl, der in dem schlichten Flur stand. »Ist Ihnen nicht gut, Miss ...?«
»Marianne«, antwortete Marianne schnell, ohne ihren Nachnamen zu erwähnen. Wilhelmina Steel, beziehungsweise jetzt Munro, hatte sie nicht erkannt, und Marianne wünschte, dass dies so blieb. »Wenn ich vielleicht ein Glas Wasser haben könn-

te?«, bat sie und versuchte, unbefangen zu lächeln. »Die Aufregung um den Gesundheitszustand von Lord McFinnigan hat mich doch sehr mitgenommen.«
Während Wilhelmina in einen Raum ging, der offenbar die Küche war, rief sie Marianne zu: »Sind Sie seine Tochter?«
»Nein, nur eine Bekannte der Familie«, antwortete Marianne und hoffte, Wilhelmina würde das Zittern in ihrer Stimme nicht bemerken. »Dr. Buchanan erwähnte, Sie wären Witwe, Mrs. Munro. Wie lange ist Ihr Mann bereits tot?«
Wilhelmina erschien unter dem Türsturz und runzelte die Stirn.
»Sie sind sehr direkt, Miss Marianne, aber ich habe nichts zu verschweigen. Mein Mann starb Anfang des Jahres an einer Lungenentzündung. Der kalte Winter hatte ihm sehr zu schaffen gemacht. Bitte warten Sie hier, während ich meine Sachen packe.«
Marianne nickte und sah der älteren Frau nach, als sie die steile Stiege zum oberen Stockwerk hinaufstieg. Das Haus war klein und, so weit es Marianne sehen konnte, spartanisch eingerichtet, und auch innen zeigten sich deutliche Spuren von Verwahrlosung, wobei alles jedoch peinlich sauber war. Auf St. Kilda war Wilhelmina allerdings mit wesentlich weniger Komfort zurechtgekommen. Sie hatte es also doch noch geschafft, Donald Munro zu heiraten. Marianne zweifelte keinen Moment daran, dass Wilhelminas verstorbener Mann der Reverend war, von dem sie zahlreiche Schläge und Demütigungen hinnehmen musste. Ihr Interesse, zu erfahren, wann sich die beiden wieder begegnet waren, war geweckt, denn Munro war damals mit ihr und den McFinnigans aufs Festland gereist, während die Krankenschwester auf St. Kilda geblieben war. Und was war aus den Töchtern des Reverends geworden? Marianne erinnerte sich noch gut an Emma und Judith und fragte sich, ob sie inzwischen wohl verheiratet waren. Nun, Marianne wollte Wilhelmina natürlich

nicht offenbaren, wer sie war, wenn Wilhelmina Munro sie nicht erkannte, hoffte jedoch, durch Gespräche von ihr etwas in Erfahrungen bringen zu können. Vielleicht war sie noch einige Jahre auf der Insel geblieben, dann könnte sie Marianne sagen, wie es ihren Eltern und Neill ging. Und was war mit der alten Kenna? Lebte sie überhaupt noch? Plötzlich durchfuhr Marianne ein eisiger Schreck – Lady Eleonor und Sir Thomas würden Wilhelmina Munro erkennen. Zumindest Sir Thomas war ihr bei seinen damaligen Besuchen auf Hirta mehrmals begegnet. Wilhelmina war zwar gealtert, hatte sich aber kaum verändert. Würden die McFinnigans sagen, dass sie, Marianne, einst Màiri gewesen war? Wie würde sie dann dastehen? War es da nicht besser, ihr gleich die Wahrheit zu sagen? Diese Fragen wirbelten in Mariannes Kopf durcheinander. Noch vor wenigen Wochen war ihr Leben so verlaufen wie zehn Jahre zuvor, und sie hätte nie gedacht, dass sich plötzlich alles ändern könnte. Jetzt war sie auf den ehemaligen Geliebten von Adrian Shaw getroffen, bekam die Chance, an der Kunsthochschule zu studieren, und stand einer ehemaligen Bewohnerin von St. Kilda gegenüber.

Wilhelmina Munro brauchte nicht lange, ihre Sachen zu packen. Mit einem kleinen Koffer und einer größeren Tasche aus abgewetztem Leder kam sie die Treppe herunter. Die Tasche drückte sie Marianne in die Hand und sagte: »Ich bin fertig, wir können gehen.« Sie sah Marianne aufmerksam an, und diese dachte schon, Wilhelmina würde sie nun doch erkennen, aber dann sagte sie: »McFinnigan ... irgendwie kommt mir der Name bekannt vor. Hat Lord McFinnigan nicht einmal für das Komitee zur Verbesserung der Lebensumstände auf St. Kilda gearbeitet?«

Marianne war über das Zwielicht, das in dem schmalen Flur herrschte, dankbar, verhinderte es doch, dass Wilhelmina sah, wie sie erbleichte. Zögernd nickte sie.

»Ja, Mrs. Munro, aber das ist lange her. Inzwischen widmet sich

Sir Thomas den Belangen aller Schotten und versucht, deren Meinungen im Parlament in London zu vertreten.«

Wilhelmina zuckte mit den Schultern. »Ist auch egal, jetzt ist er ein kranker Mann, der Pflege braucht. Stehen in dem Haushalt noch mehr Personen zur Verfügung, die mir bei der Arbeit zur Hand gehen können?«

»Es gibt den Butler, eine Haushälterin und ein junges Dienstmädchen, Schwester«, antworte Marianne, während sie auf die Straße traten. »Selbstverständlich stehe ich Ihnen ebenfalls zur Verfügung, auch wenn ich nur über wenig Kenntnisse in der Krankenpflege verfüge.«

»Nun, für das Leeren der Bettpfanne und das Waschen des Patienten wird es ausreichen.« Wilhelmina grinste und warf Marianne einen Blick von der Seite zu. »Ich kann mir nicht helfen, aber irgendwie habe ich das Gefühl, wir wären uns schon einmal begegnet. Sind Sie aus Edinburgh, Miss ... wie war doch gleich der Name?«

»Marianne.«

»Haben Sie auch einen Nachnamen?«

Marianne wand sich unbehaglich. Es schien ihr, als würden Wilhelminas Augen sie so eindringlich fixieren wie eine Katze eine mögliche Beute. Glücklicherweise erreichten sie nun den Charlotte Square, und Marianne wurde einer Antwort enthoben, indem sie auf das Haus deutete und sagte: »Hier ist es, Mrs. Munro.«

Barnaby erwartete sie in der Halle und brachte die Krankenschwester sofort hinauf ins Zimmer von Sir Thomas, in dem der Arzt wartete. Marianne entschloss sich, Lady Eleonor die Wahrheit zu sagen, bevor diese Wilhelmina Munro entgegentrat. Sie fand Eleonor im Salon, und zu Mariannes Erleichterung waren Susanna und Dorothy nicht anwesend.

»Mylady, die Krankenschwester ist jetzt bei Ihrem Mann«, begann Marianne das Gespräch.

Lady Eleonor nickte. Sie schien geweint zu haben, denn ihre Augen waren gerötet.

»Was macht sie für einen Eindruck?«, fragte sie Marianne. »Kann man sich auf sie verlassen?«

»Oh, ich denke, einen sehr guten, denn sonst würde Dr. Buchanan sie nicht empfehlen. Es gibt da allerdings etwas, was Sie wissen sollten, Mylady.« Aufmerksam sah Eleonor sie an, und Marianne fuhr schnell fort: »Wilhelmina Steel oder besser Wilhelmina Munro, wie sie jetzt heißt, war in meiner Kindheit Krankenschwester auf St. Kilda. Ihr Mann müsste sich an sie erinnern, wahrscheinlich sind auch Sie, Mylady, ihr damals begegnet.«

Zum ersten Mal seit zehn Jahren war in diesem Haus das Inselarchipel St. Kilda erwähnt worden. Die ganze Zeit über hatten die McFinnigans so getan, als gäbe es für Marianne keine Vergangenheit, doch jetzt hatte diese sie eingeholt. Lady Eleonor erbleichte, und es dauerte einige Zeit, bis sie heiser bat: »Gib mir bitte einen Gin. Ich brauche jetzt etwas Stärkeres als Tee.« Nachdem sie das Glas in einem Zug geleert hatte, fragte sie: »Sie hat dich hoffentlich nicht erkannt?«

In Marianne regte sich Trotz. Obwohl ihr selbst nicht daran gelegen war, dass Wilhelmina Munro erfuhr, wer sie war, stieß sie heftig hervor: »Ich glaube nicht, aber selbst wenn – wäre das so schlimm?«

Lady Eleonor runzelte ärgerlich die Stirn. Sie war es nicht gewohnt, dass Marianne in einem solchen Ton mit ihr sprach. »Du weißt, ich ... mein Mann und ich wünschen nicht, dass bekannt wird, woher du kommst. Wir haben Jahre gebraucht, um aus dir einen zivilisierten Menschen zu machen, da ist es nicht nötig, dass die Leute erfahren, unter welchen Umständen du die ersten Jahre deines Lebens verbracht hast. Dass Dr. Buchanan ausgerechnet diese Krankenschwester in unser Haus holt ...«

»Tja, manchmal gibt es eben Zufälle, auf die wir keinen Einfluss haben«, bemerkte Marianne kühl. »Sie brauchen sich keine Sorgen zu machen, Mylady, von mir wird Mrs. Munro die Wahrheit nicht erfahren. Es wird also keinen Grund für Ihre Familie geben, sich für mich zu schämen.«

Marianne wandte sich zur Tür und wollte den Salon verlassen, doch Lady Eleonor rief sie zurück.

»Marianne, warte, so habe ich es doch nicht gemeint, aber schau dich doch mal an. Du bist gebildet, ordentlich gekleidet und sehr intelligent. All dies wird es erleichtern, einen passenden Ehemann für dich zu finden. Dies könnte allerdings erschwert werden, wenn ans Licht kommt, dass du von dieser barbarischen Insel stammst und unter welch rückständigen Umständen du deine Kindheit verbracht hast. Es ist also in deinem eigenen Interesse, der Schwester aus dem Weg zu gehen.«

»Vielleicht ist es aber nicht in meinem Interesse, einfach verheiratet zu werden.« Marianne wusste, wie respektlos, wenn nicht sogar ungehörig ihr Verhalten war, aber sie konnte ihre Zunge nicht länger im Zaum halten. Natürlich war jetzt nicht der richtige Zeitpunkt, Lady Eleonor mitzuteilen, sie wolle studieren und sich ein eigenes Zimmer nehmen, aber sie würde sich vehement dagegen verwehren, auf dem Heiratsmarkt wie eine Zuchtstute angeboten zu werden. »Lady McFinnigan, bei allem Respekt, aber ich werde mein künftiges Leben so gestalten, wie ich es möchte. Ich werde Ihnen und Ihrem Mann immer dankbar sein für alles, was Sie für mich getan haben. Diese Dankbarkeit wird jedoch nicht so weit gehen, dass ich einen Mann heirate, den Sie für mich wählen. Nein, ich habe andere Pläne ...«

»So, du schmiedest also eigene Pläne.« Lady Eleonors Augen funkelten ungewöhnlich zornig. »Muss ich dich daran erinnern, dass du ohne unsere christliche Barmherzigkeit, nicht zu vergessen unserem guten Willen und unser Geld, niemals in der Lage wärst, überhaupt an eigene Pläne zu denken? Wer oder was wärst du jetzt, wenn wir dich nicht von dieser Insel fortgeholt hätten? Auf St. Kilda wärst du längst verheiratet, hättest vielleicht schon

mehrere Kinder geboren, die gleich darauf wieder gestorben wären, und von deinem netten Äußeren wäre bei der harten Arbeit bald nichts mehr übrig. Und da wagst du es, dich gegen meine Wünsche zu stellen, nach all dem, was ich für dich getan habe?«
Marianne schluckte mehrmals, um ihre Erregung in den Griff zu bekommen. Sie wollte mit Lady Eleonor nicht streiten, dennoch musste sie endlich all das, was ihr seit Jahren auf der Seele lastete, loswerden.
»Solange ich lebe, werde ich Ihnen und Ihrer Familie in Dankbarkeit verbunden sein«, wiederholte sie leise, vermied jedoch, Lady Eleonor direkt anzusehen. »St. Kilda ist allerdings ein Teil von mir, den man durch nichts, auch nicht durch Totschweigen, aus meiner Seele und meinem Herzen tilgen kann. Es ist meine Heimat, und nur Gott allein weiß, wie sehr ich einmal unter Heimweh litt. Gleichgültig, welche Sprachen ich spreche, und gleichgültig, ob meine Kleider aus Samt und Seide sind – ich bin ein Kind von St. Kilda und werde es für den Rest meines Lebens bleiben, und ich bin stolz darauf. Jeder Mensch sollte auf die Heimat stolz sein und die Erinnerung daran in seinem Herzen bewahren.«
»Du bist also stolz auf deine Eltern, die dich bereitwillig fortgeschickt haben, sobald mein Mann mit ein paar Geldscheinen gewedelt hat?« Marianne war über die Ironie in Lady Eleonors Stimme entsetzt. »Haben sie dir jemals geschrieben? Nein, ich weiß, dass sie es nicht getan haben. Ebensowenig wie dein kleiner Freund, für den du Woche für Woche einen Brief verfasst hast. Sie alle waren froh, als wir dich mit uns nahmen, und du solltest eigentlich gelernt haben, dass man Menschen, die nichts mehr von einem wissen wollen, weder nachläuft noch ihnen nachtrauert.«
»Neill hat mich nicht vergessen«, stieß Marianne trotzig hervor. »Er kann nur nicht gut schreiben und hatte sicher viel zu tun ...«

Marianne wurde durch das Eintreten des Arztes unterbrochen, und Lady Eleonor brauchte einen Moment, sich von der Überraschung über Mariannes Ausbruch zu erholen, doch dann sagte sie hastig: »Wie geht es meinem Mann? Kann ich zu ihm?«

Dr. Buchanan sah kurz von Lady Eleonor zu Marianne. Er spürte, dass etwas geschehen sein musste, denn die Spannung war regelrecht mit Händen zu greifen. Familienzwiste gingen ihn jedoch nichts an, darum sagte er ruhig, an Lady Eleonor gewandt: »Sir Thomas schläft jetzt, und die Schwester ist bei ihm. Sie können ihn jederzeit besuchen, aber achten Sie bitte darauf, sämtliche Aufregungen von ihm fernzuhalten.« Er warf einen eindringlichen Seitenblick zu Marianne.

»Ich gehe in mein Zimmer«, murmelte Marianne und schloss die Tür hinter sich. Sie hatte einen Entschluss gefasst. Sie würde noch so lange bleiben, bis Alexander heimkehrte, dann wollte sie endgültig das Haus der McFinnigans verlassen.

13. KAPITEL

Thomas McFinnigan war alles andere als begeistert, als der Arzt ihm eine Frau präsentierte, die sich rund um die Uhr um ihn kümmern sollte.

»Ich brauche keine Schwester«, murrte er und versuchte, obwohl er sehr schwach war, sich aufzurichten. »In ein paar Tagen bin ich wieder gesund, ich muss mich nur noch ein wenig ausruhen. Ich lasse mich doch von so einem kleinen Anfall nicht ans Bett fesseln.«

»Mein lieber Sir Thomas, Sie wissen ebenso gut wie ich, dass dieser *kleine* Anfall, wie Sie ihn bezeichnen, Sie beinahe das Leben gekostet hat.« Ernst sah Dr. Buchanan seinen Patienten an. »Ebenso wissen wir beide, dass ich Sie seit Jahren gewarnt habe. Sie leiden unter Übergewicht und gönnen sich keine Ruhe. Die Zigarren hatte ich Ihnen bereits vor längerer Zeit verboten ...«

»Damit ist jetzt Schluss!« Resolut trat Schwester Wilhelmina aus dem Hintergrund des Zimmers, wo sie gewartet hatte, ans Bett von Sir Thomas. »Ich versichere Ihnen, Doktor, ich werde dafür sorgen, dass der Patient eine strenge Diät einhält, keinen Alkohol trinkt und schon gar keine Zigarren raucht.«

»Verschwinden Sie, Sie Schreckschraube!« Trotz der immer noch starken Schmerzen in seiner Brust stemmte Thomas Mc-Finnigan sich hoch und sah Wilhelmina Munro wütend an. »Ich lasse mir von niemandem vorschreiben, wie ich zu leben habe, und von so einer alten Schachtel wie Ihnen schon zweimal nicht.«

Dr. Buchanan konnte nur mit Mühe ein Schmunzeln unterdrücken, obwohl die Worte sehr beleidigend waren, aber Wilhelmina Munro war an schwierige Patienten gewöhnt. Verächtlich rümpfte sie die Nase und entgegnete mit nach unten gezogenen Mundwinkeln: »Wettern Sie nur, Mylord, das stört mich nicht. Ich bin schon mit ganz anderen Kalibern fertig geworden.«

»Daran zweifle ich keinen Moment«, murmelte Dr. Buchanan leise und fuhr dann lauter fort: »Mein lieber Sir Thomas, Schwester Wilhelmina ist eine hervorragende Krankenschwester mit langjähriger Erfahrung. Sie sind bei Ihr in den besten Händen. Wenn Sie noch einige Jahre auf dieser Welt bleiben möchten, dann rate ich Ihnen eindringlich, sich an ihre Anweisungen, die im Übrigen die meinen sind, zu halten. Ansonsten kann ich gleich auf meinem Heimweg bei den Herren Bourges und Fawkes vorbeigehen und Ihnen einen lukrativen Auftrag offerieren.«

Sir Thomas knurrte ungehalten und ließ sich wieder in die Kissen sinken. Bei der in der New Town ansässigen Firma *Bourges & Fawkes* handelte es sich um ein Bestattungsinstitut, dem alle vermögenden und adligen Familien der Stadt ihre verstorbenen Angehörigen anvertrauten.

»Sie wollen mir nur Angst machen.« Sir Thomas wollte scherzhaft klingen, konnte aber seine Unsicherheit nicht verbergen.

Dr. Buchanan nahm Sir Thomas' Handgelenk und fühlte den Puls, dann putzte er umständlich seine Brillengläser, bevor er ernst und eindringlich sagte: »Mylord, es ist mir nicht zum Scherzen zumute. Ich bin Arzt geworden, um Menschenleben zu retten, darum werde ich alles in meiner Macht Stehende tun, Sie noch einige Zeit bei uns zu behalten. Ich bin dafür, die Wahrheit zu sagen, darum verschweige ich Ihnen nicht, dass sich ein solcher Herzanfall jederzeit wiederholen kann. Beim nächsten Mal gibt es dann vielleicht keine Rettung mehr, Sir Thomas. Sie haben also die Wahl. Machen Sie weiter wie bisher, und ich werde noch in diesem Jahr an Ihrem Grab stehen, oder ändern Sie Ihre Lebensweise, und Sie werden es vielleicht noch erleben, ein Enkelkind auf Ihren Knien zu schaukeln. Ich habe gehört, Ihre älteste Tochter heiratet in diesem Jahr. Sie möchten an der Hochzeit bestimmt teilnehmen, oder?«

»Natürlich«, brummte Sir Thomas, dann sah er die Krankenschwester zum ersten Mal an. »Wie heißen Sie noch gleich?«

»Wilhelmina Munro, Sir.«

»Munro ... Munro ... Der Name sagt mir etwas. Kann es sein, dass wir uns schon mal begegnet sind?«

Zum ersten Mal, seit Wilhelmina das Haus betreten hatte, lächelte sie.

»Ja, Sir, es ist jedoch viele Jahre her. Damals arbeitete ich auf der Insel Hirta, die zum Archipel von St. Kilda gehört.«

Nun war Thomas McFinnigans Interesse geweckt, und er winkte ihr, näher zu kommen. Er musterte sie von oben bis unten, dann sagte er nickend: »Ich erinnere mich, aber damals hießen Sie doch nicht Munro. War das nicht der Name des Reverends, der die Insel verlassen hat?«

»Wir trafen uns auf dem Festland wieder und haben sechs Jahre später geheiratet«, gab Wilhelmina kühl zur Antwort. »Leider verstarb mein Mann Anfang des Jahres.«
Sir Thomas schloss die Augen und atmete tief durch. Das Gespräch hatte ihn erschöpft, und Schweißperlen traten auf seine Stirn.
»St. Kilda ...«, flüsterte er. »Ich habe nicht geglaubt, diesen Namen jemals wiederzuhören ...«
»Sie müssen jetzt schlafen, Mylord. Schwester Wilhelmina wird dafür sorgen, dass es Ihnen bald bessergeht.« Der Arzt gebot Wilhelmina, ihm auf den Flur hinauszufolgen, dort sagte er leise: »Ich wusste nicht, dass Sie Lord McFinnigan kennen, Schwester.«
Sie zuckte mit den Schultern. »Kennen wäre zu viel gesagt, Doktor. Wir sind uns zweimal begegnet, als Sir Thomas die Insel besuchte.«
»Nun gut, es ist eigentlich gleichgültig. Sie wissen ja, was zu tun ist. Ich werde jeden zweiten oder dritten Tag nach ihm sehen. Wenn sich sein Zustand verschlimmert, verständigen Sie mich bitte sofort.«
»Selbstverständlich, Doktor. Können Sie mir bitte die junge Frau, die mich geholt hat, heraufschicken? Sie hat mir ihre Hilfe angeboten, und ich würde gerne mit ihr sprechen.«
Mit einem flauen Gefühl ging Marianne nach oben, als Dr. Buchanan ihr ausrichtete, Schwester Wilhelmina wünsche sie zu sprechen. Das Streitgespräch mit Lady Eleonor belastete sie mehr, als sie vermutet hatte, dennoch bereute sie keines ihrer Worte. Zum ersten Mal seit über zehn Jahren hatte ihre Maske, hinter der sie ihre Gefühle versteckte, einen Sprung bekommen, und Marianne fühlte sich wie befreit.
Schwester Wilhelmina erwartete sie auf dem Flur vor dem Zimmer von Sir Thomas.
»Miss Marianne, so war doch Ihr Name, nicht wahr?«

Marianne schien es, als würde Wilhelmina sie lauernd beobachten, und sie nickte zögernd. »Wären Sie bitte so freundlich, mir mein Zimmer zu zeigen? Mylord schläft jetzt, ich werde in einer Stunde wieder nach ihm sehen.«

Nein, sie erkennt mich nicht, dachte Marianne erleichtert und führte die Schwester zu einem Zimmer an Ende des Ganges. Der Raum war nicht groß, aber elegant eingerichtet und wurde als Gästezimmer genutzt. Wohlwollend sah sich Wilhelmina um.

»Es ist gut, dass ich auf demselben Stockwerk wie mein Patient schlafe. Ich werde Lord McFinnigan ein Glöckchen ans Bett stellen, mit dem kann er dann läuten, wenn er nächtens meine Hilfe benötigt. Ich habe einen leichten Schlaf und kann sofort zur Stelle sein.«

»Möchten Sie die Mahlzeiten hier einnehmen?«, fragte Marianne.

»Nein, ich werde mit Mylord in seinem Zimmer essen. Da habe ich gleich ein Auge darauf, was er isst. Wenn Sie mich jetzt bitte in die Küche führen? Ich muss mit der Köchin den Speiseplan für Lord McFinnigan besprechen. Der Arzt hat ihm eine strenge Diät verordnet.«

Marianne war froh, als sie Wilhelmina in der Obhut von Hilda lassen konnte. In der Gegenwart von Wilhelmina Munro war ihr unwohl, obwohl die Krankenschwester keine Anzeichen dafür zeigte, sich an das kleine Mädchen mit Namen Màiri Daragh zu erinnern. Trotzdem wäre Marianne froh, wenn es Sir Thomas bald wieder bessergehen und Wilhelmina das Haus verlassen würde.

In den folgenden zwei Wochen war Marianne trotz des Streits mit Lady Eleonor und der Krankheit von Sir Thomas glücklicher als jemals zuvor in ihrem Leben, denn sie und Alexander verbrachten beinahe jede freie Minute miteinander. Er war am selben Tag, als ihn das Telegramm erreicht hatte, sofort nach

Edinburgh aufgebrochen und am Mittag des folgenden Tages in der Stadt eingetroffen. Der Zustand seines Vaters hatte sich in den folgenden Tagen stabilisiert, aber es war deutlich, dass Sir Thomas niemals wieder der Alte werden würde. Dr. Buchanan meinte, wenn überhaupt, würde er vor dem Herbst das Bett nicht verlassen können. Schwester Wilhelmina kümmerte sich rund um die Uhr um den Patienten, und Lady Eleonor hatte ein Mädchen eingestellt, das die Krankenschwester unterstützte. Natürlich hätte dies auch Marianne machen können, aber Lady Eleonor wollte den Kontakt zwischen Marianne und Wilhelmina Munro so gering wie möglich halten. Seit ihrem offenen Gespräch gingen sich die beiden Frauen aus dem Weg. Lady Eleonor schickte ihre Töchter nach Ballydaroch House, um ihnen die bedrückende Atmosphäre im Haus zu ersparen. Sie konnten ihrem Vater ohnehin nicht helfen, und der Sommer auf dem Land würde ihnen guttun. Jane Hastings, die Zofe, sollte die Mädchen begleiten, und Lady Hay, eine verwitwete Nachbarin von Ballydaroch, würde ins Schloss ziehen und als Anstandsdame fungieren.

»Mama, ich bin erwachsen und werde in wenigen Monaten heiraten!«, protestierte Susanna. »Ich brauche keine Frau, die auf mich aufpasst.«

Lady Eleonor blieb jedoch bei ihrem Entschluss, und eigentlich hätte auch Marianne die beiden begleiten sollen. Sie war jedoch nicht wenig erstaunt zu hören, dass Alexander seine Mutter darum bat, Marianne in der Stadt zu behalten. Der Zwischenfall und die Missstimmung bei Susannas Verlobung schienen vergessen zu sein, und Alexander zeigte sich Marianne gegenüber so freundlich, manchmal sogar so liebenswürdig wie eh und je. Der Name Dean Lynnforth wurde nie erwähnt, und Marianne kam es vor, als hätte sie den Zwischenfall bei Susannas Verlobung nur geträumt.

»Ich bin froh, dich hier zu haben«, sagte Alexander in einer ruhigen Minute nach dem Lunch, als sie beide allein im Esszimmer waren. »Du bist immer so ausgeglichen und wirkst wie ein ruhiger Pol in diesem Haus.« Er griff über den Tisch, legte seine Hand auf Mariannes und drückte sie fest.

Marianne freute sich über seine Worte, und sie genoss seine Berührung. Ihr Entschluss, die Familie zu verlassen, begann zu wanken. Ruhig antwortete sie: »Ich danke dir, Alexander, und ich hoffe, deinem Vater geht es bald wieder besser.«

Am Abend seiner Ankunft hatte Alexander darauf bestanden, dass Marianne aufhörte, ihn mit Sir und Sie anzusprechen. »Wir sind doch eine Familie«, hatte er mit einem Augenzwinkern gesagt. »Wir beide haben uns immer gut verstanden, daher sollten wir mit diesen albernen Förmlichkeiten aufhören.«

Nun seufzte Alexander und lächelte traurig.

»Dr. Buchanan war so ehrlich, zu sagen, dass sich ein solcher Herzanfall jederzeit wiederholen kann. Das nächste Mal könnte Vater diesen nicht überleben. Auf jeden Fall werde ich nun für die Familie da sein, denn die Arbeit muss weitergehen. Ballydaroch hat zwar einen guten Verwalter, aber es ist notwendig, diesem auf die Finger zu sehen. Darum habe ich meine Arbeit in Glasgow aufgegeben.«

»Du bleibst jetzt also für immer hier?« Vor Aufregung schlug Mariannes Herz schneller.

Alexander nickte. »Gestern ging es Vater so gut, dass wir eine Stunde miteinander sprechen konnten. Er übertrug mir alle geschäftlichen Belange und Vollmachten. Ich bin nun das Oberhaupt der Familie.« Alexander lächelte zwar, aber Marianne hörte die Bitterkeit in seiner Stimme, als er fortfuhr: »Ich habe gewusst, dieser Zeitpunkt würde irgendwann kommen, hoffte jedoch, noch einige Jahre Zeit zu haben. Versteh mich nicht falsch, Marianne, ich führe Vaters Arbeit gerne fort, aber die Selbständigkeit als Anwalt hat mir schon gefallen, wenn die Fälle auch nicht immer einfach waren. Damit ist es nun vorbei.«

»Es tut mir leid für dich.« Marianne musste den Blick senken, damit er nicht das freudige Funkeln in ihren Augen sehen konnte. Wie konnte sie daran denken, das Haus zu verlassen, wenn er jetzt für immer hier war und so freundlich mit ihr sprach? Alexander hatte sich verändert. Trotz der Sorge um seinen Vater wirkte er entspannt, beinahe fröhlich, und da war ein Leuchten in seinen Augen, das Marianne zuvor nie bemerkt hatte. Manchmal dachte sie, sein Blick verweile oft auf ihr, und hatte er nicht vor zwei Tagen, als sie ihm die Post übergeben hatte, ihre Hand länger als nötig gehalten?

»Hast du Lust auf einen Spaziergang?« Alexander riss sie aus ihren Gedanken. »Es ist so schönes Wetter, und Mama ist in den nächsten Stunden bei Vater.«

Marianne sprang auf. »Sehr gerne, ich hole nur schnell Hut und Mantel.«

Nie zuvor war Marianne gemeinsam mit Alexander durch die Stadt gegangen. Die Sonne lockte zahlreiche Menschen ins Freie. Frauen und Männer in eleganten Kleidern flanierten auf der Princess Street oder im Park. Alexander wurde immer wieder gegrüßt, die meisten Leute erkundigten sich nach seinem Vater, denn die Erkrankung von Sir Thomas hatte sich schnell in der ganzen Stadt herumgesprochen. Plötzlich ergriff Alexander Mariannes Hand.

»Komm, lass uns in die Altstadt gehen. Ich war ewig nicht mehr auf der Burg.«

Der Anstieg vom Princess Street Garden führte über zahlreiche Treppen und durch die steilen Closes, durch die früher die Bewohner der Altstadt ihre Abfälle in das Moorloch gekippt hatten, die jetzt aber renoviert und sauber waren. Die ganze Zeit hielt Alexander Mariannes Hand, und Marianne hätte vor Glück jubeln können. Nie zuvor war sie ihm so nahe gewesen, und sie hoffte, der Tag würde niemals enden. Ein wenig außer Atem und mit geröteten Wangen, erreichten sie Castle Hill, den oberen

Abschnitt der Royal Mile, und betraten die Esplanade vor der Burg. Soldaten in roten Uniformjacken patrouillierten auf den Mauern, und plötzlich zerriss ein lauter Knall die Luft. Marianne zuckte zusammen, und Alexander legte einen Arm um ihre Schultern. Für einen Moment war Marianne versucht, ihr Gesicht an seine Brust zu schmiegen, um ihm zu zeigen, was sie für ihn empfand. Sie beherrschte sich jedoch und sagte stattdessen: »Das war nur die Ein-Uhr-Kanone. Ich werde mich wohl nie daran gewöhnen.«

»Ich auch nicht«, gab Alexander lachend zur Antwort.

Das Abfeuern der Ein-Uhr-Kanone war vor zehn Jahren angeordnet wurden, um den Seefahrern die genaue Uhrzeit mitzuteilen, damit diese bei der Einfahrt in die Meerenge Firth of Forth ihre Chronometer justieren konnten. Der Schuss wurde von der Half Moon Battery von einer achtzehnpfündigen Vorderladerkanone abgefeuert und wurde an keinem Tag im Jahr ausgelassen.

Alexander trat an die steinerne Balustrade und schaute über die Stadt. Da der Himmel wolkenlos und die Luft klar war, konnte man bis zum Meer hinübersehen.

»Edinburgh ist eine schönere Stadt als Glasgow«, sagte Alexander gedankenverloren. »Ich bin froh, wieder zu Hause zu sein.«

Ich ebenfalls, hätte Marianne am liebsten gerufen, stattdessen sagte sie nur leise: »Deine Anwesenheit ist ein großer Trost für deine Mutter.«

Offenbar hatte Lady Eleonor Alexander bisher nichts von dem Streitgespräch erzählt, und Marianne wollte es nicht erwähnen. Ebenso wie Marianne ihm nicht sagte, dass sie die Pflegerin seines Vaters von früher kannte. Bei Alexander hatte Marianne zwar nie den Eindruck gehabt, er schäme sich ihrer Herkunft und vermeide es, St. Kilda zu erwähnen, aber sie wollte diesen schönen Tag nicht trüben. Ein sehr verliebtes Paar schlenderte vorbei, und der junge Mann wagte es, in der Öffentlichkeit den

Arm um die Hüfte der Frau zu legen. Marianne wurde verlegen, als Alexanders Blick den ihren traf. Das Sonnenlicht ließ goldene Reflexe in Alexanders Pupillen tanzen, und sie schlug errötend die Augen nieder.

»Marianne, ich muss dir etwas sagen.« Plötzlich wurde Alexander sehr ernst und nahm ihre Hand in die seine. »Das war auch der Grund, warum ich dich zu diesem Spaziergang bat, denn ich wollte zuerst mir dir allein sprechen, bevor ich es Mutter oder gar Vater sage.«

»Du kannst mir alles sagen, Alexander.« Mariannes Stimme war vor Aufregung heiser, und sie zitterte. Konnte es wirklich sein? Sollten ihre Träumereien, die sie stets als dumme Mädchenschwärmerei abgetan hatte, tatsächlich in Erfüllung gehen?

»Ich weiß, dass ich dir vertrauen kann, darum wollte ich auch zuerst mir dir sprechen. Weißt du, ich schäme mich ein wenig, derart glücklich zu sein, während mein Vater so krank ist, dass man jederzeit mit seinem Tod rechnen muss.«

»Dafür brauchst du dich nicht zu schämen, denn wenn wir in der Lage sind, Glück zu empfinden, dann können wir auch alle Widrigkeiten ertragen.«

Er lachte, eine Strähne seines schwarzen Haares fiel ihm in die Stirn, und er strich sie nicht zur Seite. Atemlos sah Marianne ihn an. Nie zuvor war ihr Alexander so attraktiv vorkommen, und ihr Herz war voller Liebe und Zuneigung für ihn.

»Eben aus diesem Grund möchte ich, dass du bei uns bleibst, meine liebe Marianne, auch wenn es vielleicht egoistisch von mir ist, dich zu bitten, mich nicht zu verlassen. Wir haben uns in den letzten Monaten nicht oft gesehen, doch ich spüre, dass dich etwas bedrückt. Wenn es damit zusammenhängt, dass Mutter dich verheiraten möchte, so verspreche ich dir, ich werde alles tun, um dies zu verhindern. Außer du verspürst selbst das Bedürfnis, eine Ehe einzugehen, aber ich werde nicht zulassen, dass du jemals unglücklich wirst.«

An deiner Seite werde ich niemals unglücklich sein, rief Mariannes Herz, aber ihre Lippen sagte: »Das ist sehr freundlich von dir. Ich denke, solange es Sir Thomas so schlechtgeht, hat deine Mutter ihre Heiratspläne für mich vergessen. Außerdem bin ich volljährig und entscheide selbst, wessen Frau ich werde.« Und deine Frau werde ich mit dem größten Vergnügen werden, Alexander, fügte sie in Gedanken hinzu.

»Weißt du, Marianne, so gern ich als Anwalt gearbeitet habe, mein Gehalt war doch recht bescheiden, und eine Unterstützung von Vater habe ich abgelehnt. Ich wollte auf eigenen Füßen stehen, doch wenn ich jetzt das Familienoberhaupt bin, hat das auch viele Vorteile. Nun bin ich in der Lage, einer Frau ein angemessenes Heim und all das, was sie bisher gewohnt war, zu bieten. Es wird Zeit, meinem Junggesellenleben ein Ende zu bereiten.«

»Du willst heiraten?« Atemlos stieß Marianne die Worte hervor. In ihren kühnsten Träumen hätte sie niemals damit gerechnet, aber alles schien darauf hinzudeuten, dass Alexander sich über alle Konventionen hinwegsetzen würde. »Weiß es Lady Eleonor schon?«, fügte sie hinzu, wohl wissend, dass diese außer sich sein würde, wenn Alexander sie zu seiner Frau machen würde.

»Nein, denn die Auserwählte weiß es auch noch nicht.« Alexander seufzte und schaute in die Ferne. »Ich wollte sie erst fragen, wenn ich finanziell auf sicherem Boden stehe. Nun kam dies schneller als erwartet, und zudem ist es Zeit, dass ich heirate. Ich bin schließlich nicht mehr der Jüngste und habe nicht vor, ein alter Hagestolz zu werden.«

Marianne lachte und knuffte Alexander kameradschaftlich in die Seite.

»O ja, du bist ja schon furchtbar alt.«

Er stimmte in ihr Lachen ein und fuhr fort: »Ich weiß allerdings nicht, ob die betreffende Dame überhaupt meine Frau werden möchte. Zwar meine ich, eine gewisse Zuneigung zu mir zu spü-

ren, wenn wir beisammen sind, ob es jedoch für eine Ehe ausreicht, ahne ich nicht.«
»Dann frage sie!«, rief Marianne mit geröteten Wangen. »Ich kann mir nicht vorstellen, dass es eine Frau auf dieser Welt gibt, die dich nicht zum Ehemann wollte.«
»Marianne, was sollte ich nur ohne dich machen?« Er drückte ihren Arm. »Genau solche Worte wollte ich hören, und du bist immer so offen und ehrlich.«
»Was deiner Mutter durchaus missfällt«, konnte Marianne sich nicht verkneifen zu sagen.
»Ich glaube, du wirst ihr eine liebevolle Freundin sein und sie wie eine Schwester liebgewinnen.«
»Wen?« Marianne sah ihn erstaunt an.
»Elisabeth Willingale, die Frau, die ich bitten möchte, mich zu heiraten.«
Marianne war es, als schöbe sich eine dicke, dunkle Wolke vor die Sonne, und ein kühler Schauer rann über ihren Rücken.
»Elisabeth Willingale«, wiederholte sie und griff haltsuchend nach der Mauerbrüstung.
Alexander nickte. »Du müsstest dich an sie erinnern, Marianne, sie war mit ihren Eltern bei Susannas Verlobung auf Ballydaroch. Wir haben uns seitdem ein paar Mal in Glasgow gesehen, wenn sie mit ihren Eltern in der Stadt war.«
»Natürlich, es ist eine gute Verbindung.«
Marianne wusste nicht, woher sie die Kraft nahm, so ruhig und gelassen zu bleiben, während in ihrem Inneren alles in Aufruhr war. Wie hatte sie auch nur eine Sekunde glauben können, Alexander wolle ihr einen Antrag machen! Sie wäre am liebsten vor Scham im Boden versunken. Hoffentlich hatte sie sich nicht durch Blicke oder gar mehr verraten, welch törichter Vorstellung sie beinahe erlegen war. Ihre Lippen lächelten, während ihr Herz zu Eis erstarrte, als er sagte: »Ich denke, Elisabeth und ich passen gut zusammen, und sie stammt aus einer guten und alten Familie,

auch wenn sie damals auf Seiten der Engländer gekämpft haben. Die Zeiten der Fehden und Kriege sind jedoch vorbei, zumindest hier in Schottland. Ich danke dir fürs Zuhören, du hast mir Mut gemacht, Elisabeth recht bald einen Antrag zu machen.«
»Das habe ich gerne getan«, sagte Marianne. Hätte Alexander in diesem Moment in ihr Gesicht geblickt, hätte er gesehen, wie ihre Augen ihre Worte Lügen straften. »Ich denke, wir sollten jetzt wieder nach Hause gehen. Es wird kühl.«
Alexander nickte, obwohl die Sonne nach wie vor hoch am Himmel stand und die Luft warm war.
»Es ist schön, eine Freundin wie dich zu haben, Marianne«, sagte er, und Marianne brauchte all ihre Kraft, sich ihre Enttäuschung nicht anmerken zu lassen. Dies schien ihr gut zu gelingen, denn Alexander plauderte unbefangen über Elisabeth Willingale, zählte deren Vorteile auf und gab seiner Hoffnung Ausdruck, sie und Marianne würden recht bald gute Freundinnen werden. Für Alexander stand es außer Frage, dass sie, Marianne, auch nach seiner Hochzeit im Haus blieb, und Marianne fragte sich, in welcher Rolle er sie dabei sah. Vielleicht als eine Art Gesellschafterin für seine Frau? Oder gar als Zofe? Sie wusste nicht, was sie sagen, und noch weniger, was sie tun sollte, sondern sehnte sich nur danach, allein zu sein, um in Ruhe nachdenken zu können. Und um in aller Stille zu weinen …

Vier Tage später richtete Hilda Marianne aus, als diese die Küche betrat, die Krankenschwester wünsche sie zu sprechen.
»Du sollst so schnell wie möglich zu ihr hochkommen.« Hilda verzog unwillig das Gesicht. Sie kam mit der resoluten und bestimmten Art von Wilhelmina Munro nicht zurecht und war ihr nicht sonderlich zugetan, auch wenn sie bisher kein schlechtes Wort über die Krankenschwester hatte verlauten lassen. »Manchmal denke ich, die Frau war in der Armee, bei dem Befehlston, den sie anschlägt.«

»Ich glaube, in diesem Beruf muss man manchmal etwas barsch sein.« Marianne lachte unbefangen. »Bestimmt gibt es unbequemere und störrischere Patienten als Sir Thomas.«
Marianne nahm sich einen Apfel aus dem Korb und biss herzhaft hinein. Sie hatte Hunger, denn sie hatte keinen Tee getrunken, da sie bei Julia de Lacourt gewesen war. Und bis zum Abendessen dauerte es noch eine Weile. Zudem war sie nicht gewillt, sich von Schwester Wilhelmina herumkommandieren zu lassen. Erst als sie den Apfel gegessen und das Kerngehäuse in den Abfall geworfen hatte, stieg sie in den zweiten Stock hinauf. Sie fand Wilhelmina Munro am Bett von Sir Thomas, der tief und fest schlief. Das Mädchen, das Wilhelmina zur Hand ging, saß in einem Sessel am Fenster und nähte an einem Bettlaken.
»Sie wollten mich sprechen, Schwester?« Marianne flüsterte, um Thomas McFinnigan nicht zu wecken.
Wilhelmina Munro erhob sich, warf einen Blick auf ihren Patienten und raunte dem Mädchen zu: »Ich bin in meinem Zimmer. Wenn er unruhig wird, rufst du mich sofort, ja?«
Nachdem sie Wilhelminas Zimmer am Ende des Ganges betreten hatte, fragte Marianne: »Wie geht es Sir Thomas?«
Wilhelmina winkte ab und verzog unwillig das Gesicht.
»Ich möchte mit Ihnen nicht über meinen Patienten sprechen, Miss Marianne. Oder sollte ich besser Màiri Daragh sagen?«
Marianne erbleichte. »Woher wissen Sie?«
Wilhelmina lächelte zwar, aber es war ein kaltes Lächeln, das ihre Augen nicht erreichte.
»Ich mag zwar älter als du sein, aber ich bin keinesfalls blind oder dumm.« Unwillkürlich war sie zum vertraulichen Du übergegangen. »Bei unserer ersten Begegnung war ich mir nicht sicher, wusste jedoch sofort, dass ich dich schon mal gesehen habe. Als ich dann jedoch Lord McFinnigan als den Mann erkannte, der damals das kleine, wilde Mädchen aus St. Kilda mitgenommen hatte, konnte ich eins und eins zusammenzählen.«

Sie verstummte und musterte Marianne abschätzend von oben bis unten. »Du bist ja eine richtige Dame geworden, unglaublich, wenn man an deine Vergangenheit denkt. Ich nehme nicht an, die ehrenwerten und stolzen McFinnigans wissen, was du getan hast.«

Marianne war froh, an der Wand zu lehnen. Alles in ihr war in Aufruhr, dennoch gelang es ihr, ruhig zu sagen: »Ich weiß nicht, wovon Sie sprechen, Mrs. Munro.«

»Im April 1861 wurdest du von den McFinnigans aus St. Kilda fortgebracht, und seitdem hat dort niemand jemals wieder etwas von dir gehört. Glaubst du, ich wüsste nicht, was der Grund für dein Fortgehen gewesen ist und dass dein Vater eine hübsche Summe Geld für dich erhalten hat?«

»Meine Eltern wollten mir ein besseres Leben ermöglichen.« Marianne war völlig durcheinander, dennoch klang ihre Stimme ruhig und bestimmt. Wie hatte sie auch nur einen Augenblick glauben können, die Frau würde sich nicht an sie erinnern?

»In erster Linie wollten sie dich aus den Augen haben.« Wilhelmina fixierte Marianne, und diese war unfähig, den Kopf abzuwenden. »Wer will schon zusammen mit einer Mörderin unter einem Dach leben, selbst wenn es die eigene Tochter ist.«

Ein übler Geschmack schwappte aus Mariannes Magen in die Kehle, und sie fürchtete, sich übergeben zu müssen. Mühsam unterdrückte sie den Würgereiz, denn diese Schwäche würde sie sich vor Wilhelmina Munro nicht erlauben.

»Dr. Buchanan wird wissen, warum er Sie als Pflegerin empfohlen hat, Schwester«, sagte sie betont kühl und wunderte sich, wie es ihr gelang, so ruhig zu bleiben. »Sie mögen vielleicht über gute Kenntnisse in der Krankenpflege verfügen, ansonsten scheinen Sie mir jedoch verrückt, wenn nicht sogar wahnsinnig zu sein. Nur so kann ich mir den Unsinn, den Sie hier verbreiten, erklären.«

Unter Aufbietung ihrer letzten Kraft wandte Marianne sich zur

Tür und wollte das Zimmer verlassen, aber Wilhelmina kicherte hinter ihrem Rücken und rief: »Ach, dann stimmt es also nicht, dass du den Mann, der als Schiffbrüchiger nach Hirta gekommen ist, erschlagen hast? Wie war noch mal seine Name? Adrian Shaw, nicht wahr? Weiß seine Familie eigentlich darüber Bescheid, unter welchen Umständen er ums Leben kam?«

Mariannes Hand glitt kraftlos von der Klinke, und sie drehte sich langsam um. »Woher wollen ausgerechnet Sie das wissen?« Marianne konnte sich nicht vorstellen, dass ihre Eltern über die furchtbare Nacht gesprochen hatten, denn damit hätte ihr Vater seine abartigen Neigungen offenbaren müssen.

Wilhelmina Munro trat so dicht vor Marianne, dass ihre Nasenspitzen nur noch eine Handbreit voneinander entfernt waren. Marianne konnte ihren Atem riechen und dachte unwillkürlich daran, dass es die Frau mit der Zahnpflege nicht sehr genau nahm.

»Du erinnerst dich sicher an Kenna? Die alte Frau, die mit ihren Kräutertinkturen und Salben ständig meine Autorität untergraben hat.« Marianne konnte nur stumm nicken, sie fühlte sich wie gelähmt. »Nun, auch für sie kam der Tag, an dem sie sich nicht mehr selbst helfen konnte und meine Dienste in Anspruch nehmen musste. Dumm nur für dich, dass ihr Geist zum Schluss etwas verwirrt war und sie meinte, ich wäre du, die da an ihrem Krankenbett sitzt. Da hat sie mir die ganze Geschichte erzählt.«

»Kenna ist tot?« Das war das Erste, was Marianne zu sagen einfiel, obwohl es sie nicht überraschte. Kenna war bereits vor zehn Jahren sehr alt gewesen, und niemand lebte ewig.

»Tot und begraben«, bestätigte Wilhelmina. »Ihr Geheimnis hat sie jedoch nicht mit ins Grab genommen. Sie hat mir erzählt, wie sie beobachtet hat, als deine Eltern Adrians Leiche ins Meer warfen. Daraufhin musste ich natürlich mit deinen Eltern sprechen. Du bist ganz ihre Tochter, denn Annag reagierte ebenso wie du vorhin. Zuerst stritten sie alles ab, und als ich drohte, die Behörden zu informieren, wagte dein Vater sogar, mir zu drohen.« Sie kicherte und schüttelte den Kopf. »Ervin Daragh dachte tatsächlich, mich einschüchtern zu können, und meinte, ich hätte keine Beweise. Daraufhin sagte ich ihm, dass – sollte mir etwas geschehen –, die ganze Insel von seinen gewissen Vorlieben erfahren würde.«

»Woher wissen Sie das alles?«, stieß Marianne hervor und wich zur Seite, weil sie den Blick aus Wilhelminas stechenden Augen nicht mehr ertragen konnte.

»Ich habe Augen im Kopf und Ohren, die hören können. Dieser Adrian Shaw war mir von Anfang an unsympathisch, auch wenn ihr St. Kildaner ihn beinahe wie einen Gott behandelt habt. Ich spürte sofort, dass mit ihm etwas nicht stimmte. Als er dann plötzlich verschwand, du daraufhin die Insel verließest und dein Vater sich völlig veränderte, machte ich mir so meine Gedanken. Den endgültigen Beweis erhielt ich jedoch erst von Kenna, kurz bevor sie starb.«

Marianne nestelte an der Manschette ihres linken Ärmels. Sie überlegte krampfhaft, was sie sagen oder tun sollte.

»Was haben Sie jetzt vor?«, fragte sie schließlich. »Wollen Sie mich anzeigen? Sie sagen selbst, ihre einzige Zeugin ist tot, und mein Vater hat recht, wenn er sagt, es gibt keine Beweise. Wer sollte Ihnen glauben?« Und meine Eltern werden bestimmt nicht die Wahrheit gestehen, fügte Marianne in Gedanken hinzu.

»Da hast du nicht ganz unrecht, Màiri.« Der Name klang in Mariannes Ohren so fremd, als hätte er niemals etwas mit ihr zu tun gehabt. »Ich dachte da mehr an Lord und Lady McFinnigan. Haben sie nicht einen Sohn, der Anwalt ist? Was würden die wohl dazu sagen, unter ihrem Dach eine Mörderin zu beherbergen? Selbst wenn ich nicht beweisen kann, dass du Adrian Shaw ermordet hast – ein Schatten des Zweifels wird bleiben, nicht wahr?«

»Was ... wollen ... Sie?« Marianne beherrschte sich, der Frau nicht mitten ins Gesicht zu schlagen, als Wilhelmina nun hinterhältig grinste.

»Was ich will? Nun, es ist ein großes Glück, das mich ausgerechnet in dieses Haus geführt hat. Du weißt es vielleicht nicht, aber der Lohn für Pflegerinnen ist nicht gerade üppig …«

»Ich habe kein eigenes Geld«, unterbrach Marianne, die geahnt hatte, dass Wilhelmina versuchen würde, sie zu erpressen.

»Von dir will ich auch kein Geld«, fuhr Wilhelmina ungerührt fort. »Aber ich werde dafür sorgen, recht lang in diesem Haus bleiben zu können, denn hier habe ich ein Dach über dem Kopf und bekomme drei warme Mahlzeiten am Tag. Mit der Miete für das Haus bin ich seit zwei Monaten im Rückstand, zudem sind die Fenster undicht, und der Kamin qualmt mehr als er heizt.« Sie sah sich in ihrem Zimmer um, das zwar nicht besonders luxuriös, dennoch elegant eingerichtet war und sogar über ein eigenes kleines Bad verfügte. »Es gefällt mir hier, darum habe ich beschlossen, recht lange zu bleiben. Das Mädchen, das mir für ein paar Stunden am Tag hilft, ist nicht gerade helle, und sie tut alles, was ich ihr sage, aber sie hat keine Ahnung von Krankheiten und davon, wie man mit ihnen umgeht. Darum wirst du deine Augen schließen und deinen Mund halten, wenn Sir Thomas für seine Genesung vielleicht etwas länger braucht als üblich. Zumindest den kommenden Winter möchte ich in diesem Haus verbringen. Dann sieht man weiter.«

Marianne brauchte einige Minuten, bis sie verstand, was Wilhelmina vorhatte. Das Entsetzen über ihren Plan kroch wie eine dicke, haarige Spinne über ihren Nacken.

»Sie wollen Sir Thomas also gar nicht helfen?«, stieß sie atemlos hervor. »Im Gegenteil, Sie werden dafür sorgen, dass es ihm schlechtergeht? Dass er vielleicht sogar stirbt?«

Wilhelmina Munro schüttelte den Kopf und sah Marianne tadelnd an.

»Nicht doch, Màiri, *ich* bin schließlich keine Mörderin. Außerdem – mir wäre wenig damit gedient, wenn der Lord stirbt. Du hast mir nicht richtig zugehört. Ich sagte, mir liegt sehr viel an dieser Stellung, darum werde ich mich aufopfernd um den Herrn kümmern. Nur darf er sich eben nicht zu schnell erholen. Und du wirst deinen Mund halten und keine Zweifel an meiner Pflege äußern. Nicht gegenüber Lady Eleonor oder Sir Alexander und schon gar nicht gegenüber dem Arzt,«

»Sie sind ja krank!« Angewidert wich Marianne zurück und streckte beide Hände abwehrend aus. »Krank oder verrückt, aber wahrscheinlich beides. Glauben Sie, ich wüsste nicht, dass Sie ebenso Schuld am Tod eines Menschen tragen? Margaret Munro hat sich das Leben genommen, nachdem sie entdeckte, dass Sie und ihr Mann eine Affäre hatten.«

Zufrieden sah Marianne, wie Wilhelmina erschrak und ihr Blick flackerte. Sie hatte die Behauptung ins Blaue hinein aufgestellt, denn – obwohl damals auf Hirta viel über den seltsamen Tod der Frau des Reverend gemutmaßt worden war – mit Sicherheit hatte niemand sagen können, warum sich Margaret von den Klippen gestürzt hatte.

»Dann wären wir ja quitt«, sagte Wilhelmina ohne einen Anflug von Scham. »Trotzdem wirst du mir helfen, denn Margaret Munro hat ihren Tod frei gewählt, und eine Liaison mit einem verheirateten Mann zu haben, das ist längst kein Verbrechen mehr. Wir leben schließlich nicht mehr im Mittelalter. Zudem – wer würde dir schon glauben?«

»Sagen Sie mir nur noch eines: Wie ist es Ihnen gelungen, Donald Munro zum Ehemann zu bekommen?«

Wilhelmina runzelte die Stirn, während sie antwortete: »Wir beide waren füreinander bestimmt. Das spürten wir am ersten Tag, als wir uns begegneten. Nur leider war Donald verheiratet, und als er dann endlich frei war, plagte ihn sein Gewissen. Jahre später jedoch, als er krank und gebrechlich war, brauchte er mich plötzlich wieder. Ich hätte ablehnen und ihn zum Teu-

fel schicken können, aber es war ganz angenehm, eine verheiratete Frau zu sein. Leider hinterließ Donald mir nur Schulden, so dass ich jetzt wieder gezwungen bin, zu arbeiten. Nun, zumindest für die nächsten Monate muss ich mir keine Sorgen um mein Auskommen machen. Nicht wahr, liebste Màiri?«
Wilhelminas letzter Satz troff vor Hohn, und Marianne floh aus dem Zimmer. Sie wusste nicht, was sie denken, und noch weniger, was sie tun sollte. Wenn die Wahrheit ans Licht kam, würde sie alles, was ihr etwas bedeutete, verlieren. Auch die Freundschaft Alexanders, die ihr so wichtig war, wenn sie schon nicht seine Liebe erringen konnte.
Marianne stolperte die Treppe hinunter und lief Alexander geradewegs in die Arme, der gerade das Haus betrat.
»Hoppla, hast du es eilig?« Er lachte und wirkte gelöst und entspannt.
»Es tut mir leid …« Marianne wollte sich an ihm vorbeidrücken, doch da ergriff er ihren Arm und zog sie dicht an sich heran. Er senkte seine Stimme, als er ihr ins Ohr flüsterte: »Heute Vormittag habe ich Elisabeth Willingale einen Antrag gemacht. Sie hat ja gesagt, und nachher gehe ich zu ihrem Vater, aber Elisabeth hat keinen Zweifel, dass er uns seinen Segen geben wird. Drück mir trotzdem die Daumen, ja? Die Verlobung wollen wir so schnell wie möglich feiern, und vielleicht sind Susanna und William mit einer Doppelhochzeit einverstanden.«
»Das … ist … ganz wundervoll«, stotterte Marianne und sah Alexander an. Sie sah seine braunen Augen, die wie reifer Sherry in geschliffenen Gläsern funkelten, das glatte schwarze Haar, von dem immer wieder eine widerspenstige Strähne ihm in die Stirn fiel, die etwas zu große Nase, die ihm jedoch eine interessante Note verlieh, und die vollen Lippen, die sie so gerne nur ein einziges Mal geküsst hätte. Warum eigentlich nicht? Was hatte sie jetzt noch zu verlieren?

»Was ist mir dir, Marianne?«, fragte Alexander, der die Veränderung in Mariannes Gesichtsaudruck bemerkte.
Marianne antwortete nicht. Stattdessen stellte sie sich auf die Zehenspitzen, umfasste mit einer Hand seinen Nacken, so dass er seinen Kopf ein Stück zu ihr herunterbeugen musste, und bevor Alexander registrierte, was geschah, küsste Marianne ihn mitten auf die Lippen. Der Kuss dauerte nur eine Sekunde, war jedoch von einer Intensität, die mehr sagte als tausend Worte, dann ließ sie Alexander wieder los.
»Verzeih mir«, flüsterte sie, wandte sich zur Tür und lief so, wie sie war, in ihrem einfachen Hauskleid und ohne Hut und Mantel, hinaus, obwohl es in Strömen regnete.
Alexander starrte ihr perplex nach. Mit den Fingern tastete er über seine Lippen und begann zu verstehen. Die Erkenntnis traf ihn wie ein Schlag, und plötzlich schien alles verändert.

14. KAPITEL

Paris, Februar 1874

Die Menschen drängten sich durch die Ausstellungsräume. Die Luft war erfüllt vom Stimmengewirr und dem Parfum der elegant gekleideten Damen. Ein Paar blieb vor einem Gemälde stehen, die Dame sagte: »Entzückend! Als ob man den Strand betreten könnte. Sieh hier, diese Möwe. Als würden ihre kleinen Augen einen direkt ansehen. Es ist sicher irgendwo in der Bretagne gemalt worden, nicht wahr, Pierre?«
Ihr Begleiter beugte sich vor und las das unter dem Bild angebrachte Schild *Fischer am Strand*, dann blätterte er in dem Ausstellungskatalog.

»Das Bild wurde von Marianne Daragh gemalt, ebenso wie die vier hier auf der linken Seite.«

»Ach ja, ich habe von der Malerin gehört«, bestätigte die Dame nickend. »Unglaublich, dass eine Engländerin hier ausstellt. Du musst jedoch zugegeben, Pierre, sie hat es verdient, nicht wahr?«

»Nun, hier steht, die Künstlerin stammt aus Schottland. Da würde es ihr kaum gefallen, als Engländerin bezeichnet zu werden«, antwortete der als Pierre Angesprochene mit einem Lachen. »Diesbezüglich sind die Schotten sehr empfindlich.«

Das Paar schlenderte davon, um weitere Gemälde anzusehen. Julia de Lacourt zwinkerte Marianne vertraulich zu.

»Wo er recht hat, hat er recht. Wie unhöflich, dich als Engländerin zu bezeichnen.«

»Ich glaube, die beiden mochten mein Bild«, sagte Marianne nicht ohne Stolz, und Julia nickte.

»Ebenso wie die hundert anderen Besucher dieser Ausstellung. Du hast Paris im Sturm erobert.«

»Nicht ich, sondern meine Bilder«, wandte Marianne ein, aber sie musste zugeben, dass sie die Aufmerksamkeit, die man ihr in der Weltstadt der Künste entgegenbrachte, genoss.

Als Julia im letzten Herbst vorschlug, ein paar ihrer Bilder einem Pariser Galeristen zu schicken, hatte Marianne sich keine Hoffnungen gemacht, in Frankreich auf Anerkennung zu stoßen. In Paris lebten und arbeiteten die derzeit berühmtesten Künstler der Welt. Obwohl Mariannes Gemälde seit über einem Jahr nicht nur in Schottland, sondern auf der ganzen britischen Insel bekannt und auch äußerst beliebt waren und sie von einer Ausstellung zur nächsten eilte, hatte Julia ihre ganze Überredungskunst einsetzen müssen, damit Marianne dem Kontakt mit dem Pariser Galeristen zustimmte. Und nun war nicht nur sie selbst in Paris, sondern ihre Bilder hingen im Salon des Refusés, und seit Tagen strömten die Besucher herbei, um Mariannes Bilder zu betrachten. Obwohl der Name der Galerie übersetzt *Salon der Zurückgewiesenen* lautete, war es eine große Ehre, hier ausgestellt zu werden. Julia hatte Marianne erklärt, was es mit diesem Salon auf sich hatte.

»Lange Zeit war der Pariser Salon die einzige und wichtigste Ausstellungsplattform Frankreichs, doch vor elf Jahren kam es zu einem Eklat, nachdem Werke von wirklich bedeutenden Künstlern dort abgelehnt wurden. Die Betreiber des Pariser Salons sind sehr konservativ, verschließen sich den modernen Stilrichtungen und unterdrücken neue Ideen. Bei der Auswahl der für den Salon ausgewählten Bilder kam es regelmäßig zu Intrigen. Hinter vorgehaltener Hand wurde sogar über Schmiergelder gesprochen, die geflossen sein sollen, damit gewisse Künstler ausstellen durften. Das ist allgemein bekannt und wird wahrscheinlich noch heute praktiziert. Also kam es immer wieder zu Gegenausstellungen, und Monsieur Louis Martine gründete den Salon des Refusés.« Julia lächelte verschmitzt. »In Paris mehren sich die Stimmen, dass, um als Künstler anerkannt zu werden, es mehr gelte, hier ausstellen zu dürfen als im Pariser Salon. Du kannst also stolz auf dich sein. Im nächsten Jahr werden wir dann Kontakte nach Florenz und Rom knüpfen. Vielleicht reisen wir sogar schon im Herbst nach Italien, um dem schottischen Wetter zu entfliehen …«

Marianne hörte dem munteren Geplauder ihrer Freundin mit einem Lächeln zu. Julia de Lacourt war eine unkonventionelle und phantasievolle Frau, die auf den ersten Blick vielleicht etwas überdreht wirkte, aber sie war eine Geschäftsfrau, die genau wusste, was sie wollte. Alles, was Julia in den letzten drei Jahren für Marianne getan hatte, war immer zu ihrem Besten gewesen.

»Ich danke dir so sehr …«, begann Marianne, aber Julia unterbrach sie mit gerunzelter Stirn.

»Es besteht kein Grund, *mir* dankbar zu sein, Marianne. *Du* hast das Talent, zu malen, ich bin nur die Vermittlerin, für die dabei auch noch ein hübsches Sümmchen herausspringt. Ich glaubte, du hättest die Rolle der ewig Dankbaren an dem Tag abgelegt, als du das Haus der McFinnigans verlassen hast.«

Marianne senkte den Blick. Die Erinnerung an diesen Nachmittag vor drei Jahren, als Wilhelmina Munro sie zu erpressen versuchte und Marianne Alexander das erste und einzige Mal küsste, stand wieder so deutlich vor ihren Augen, als wäre es erst gestern gewesen. Im strömenden Regen war sie damals ohne Hut und Mantel durch die Stadt geirrt und hatte nicht gewusst, was sie tun sollte. Eine höhere Macht jedoch hatte ihre Schritte zur Kunsthochschule gelenkt, und plötzlich hatte sich der Nebel vor ihren Augen gelichtet. Sie musste Mr. Forbes einen schönen Anblick geboten haben – die Kleidung völlig durchnässt, ihr Haar ebenfalls nass und wirr am Kopf klebend und ihre Augen vom Weinen gerötet. Mr. Forbes war jedoch Gentleman genug, keine Bemerkung darüber zu machen. Stattdessen freute er sich, als Marianne um die notwendigen Papiere bat und sich für ein zweijähriges Studium einschrieb. Nachdem dies geschehen war, suchte und fand Marianne Unterschlupf bei Julia de Lacourt, die keine Fragen stellte, sondern Marianne erst einmal ein heißes Bad bereitete und eine Tasse Tee mit einem großzügigen Schuss Whisky darin in die Hand drückte. Eine Woche später bezog Marianne zwei helle und luftige Zimmer in der Altstadt. Dean Lynnforth hatte für ihre Bilder an die einhundert Pfund bezahlt – eine Summe, die Marianne unermesslich groß erschien und die es ihr ermöglichte, sich völlig frei und unabhängig auf ihr Studium zu konzentrieren. Julia veranlasste, dass Mariannes Kleidung durch einen Boten aus dem Haus am Charlotte Square geholt wurde. Marianne selbst sandte den McFinnigans nur einen kurzen Brief, in dem stand, sie werde von nun an ihr Leben selbst in die Hand nehmen. Sie hinterließ keine Adresse, also erfuhr sie nie, ob Wilhelmina Munro Lady Eleonor die Wahrheit über Adrian Shaw erzählt hatte. Einige Zeit lebte Marianne in der täglichen Angst, die Polizei würde vor ihrer Tür stehen und sie verhaften, doch dann verlor die Erinnerung an Wilhelminas Drohung ihren Schrecken. In der Zeitung las Marianne von der Doppelhochzeit der Geschwister Susanna und Alexander McFinnigan, und sie versuchte, den Schmerz zu ignorieren, der auch noch nach Monaten in ihrer Brust wütete. Alexander McFinnigan war ein Mensch, der zu einem früheren Leben gehörte und mit dem sie niemals wieder etwas zu tun haben würde.

In den ersten Monaten ihres Studiums war Marianne manchmal nahe daran, aufzugeben. Hatte sie bisher aus ihrem Gefühl heraus und nach den Anleitungen ihrer früheren Lehrerin gemalt, so erfuhr sie jetzt, dass professionelles Malen harte Arbeit war, und alles, was sie bisher fertiggestellt hatte, erschien ihr dilettantisch und unvollkommen. Sie lernte, wie eine Leinwand zu grundieren war, bevor man auch nur einen einzigen Strich malen konnte; sie erfuhr, dass erfahrene Künstler stets eine Zeichnung von ihrem Motiv machten, bevor sie begannen, die teuren Ölfarben zu mischen; und sie lernte, den Pinsel auf eine andere Art als bisher zu führen und die Schichten der Farben aufzutragen. Zum ersten Mal hörte sie von Proportionen, die es beim Malen zu beachten galt, und von den zahlreichen verschiedenen Stilen, die gerade in diesem Jahrzehnt auf der ganzen Welt Furore machten. Marianne hatte nie darüber nachgedacht, welche Stilrichtung sie bevorzugte, und unwillkürlich im Stil der ausgehenden Romantik gemalt, da die Bilder des englischen Malers William Turner sie faszinierten. Während ihres Studiums lernte sie den Realismus kennen und fand sich darin wieder. Mit dem Impressionismus, der sich in den letzten Jahren von Frankreich aus über Europa verbreitete, konnte sie nicht viel anfangen. Mariannes erste Versuche, im Stil des Realismus zu malen, scheiterten kläglich. Nach einem Jahr jedoch lobte Mr. Forbes sie vor der versammelten Studentenschaft – zu der übrigens rund ein Drittel Frauen zählte –, und Marianne spürte zum ersten Mal, wie es war, auf etwas richtig stolz sein zu können. Und sie nahm das Lob dankbar an, ohne verlegen zu werden.

Sie hörte von Malern mit den klangvollen Namen Paul Cézanne, Claude Monet und Gustave Courbet, deren Wirken und Schaffen den Studenten als Vorbilder dienten. Überhaupt schien Frankreich und ganz besonders Paris der Nabel der Welt zu sein – was sie Malerei betraf. Darum hatte Marianne auch nur laut gelacht und an einen Scherz geglaubt, als Julia ihre Werke in Paris ausstellen wollte.

Dies alles war lange her … und nun stand sie hier! Mitten in Paris, inmitten einer Szene, die von Künstlern und Kunstliebhabern geprägt war, und inmitten von Menschen, die sie mit offenen Armen empfangen hatten. Zuerst war Marianne entsetzt gewesen zu erfahren, dass sie und Julia bei einem Mann in dessen Wohnung am Montmartre wohnen sollten, der seit Jahren von seiner Frau zwar getrennt lebte, aber nicht geschieden war.

»In Paris geht es nicht so streng zu wie in unserem guten alten Edinburgh«, hatte Julia mit einem breiten Grinsen gesagt. »Henri Barbey ist ein netter Kerl, und seine Wohnung ist groß genug. Warum also sollen wir unser Geld für ein Hotel verschwenden? Du wirst sehen, in Paris gibt es mehr Möglichkeiten, Geld auszugeben, als du dir vorstellen kannst. Ich kenne da einige Modegeschäfte … du wirst aus dem Staunen nicht mehr herauskommen.«

Marianne lachte und meinte, sie mache sich nicht viel aus modischem Tand, konnte sich dann aber doch der Vielfalt der Farben, Stoffe und Schnitte nicht entziehen. Schon während ihres Studiums hatte sie regelmäßig Bilder verkauft und im letzten Jahr damit richtig gut Geld verdient. Vor fünf Monaten hatte sie sich eine geräumige Wohnung in der Candlemaker Row gemietet, in der sie ein großes und helles Zimmer als Atelier einrichtete. Sie war zwar nicht reich, hatte aber keine Geldsorgen, daher war die Reise nach Paris für Marianne ein spannendes und aufregendes Abenteuer.

Nach zwei Tagen bemerkte Marianne, dass Julia und Henri Barbey mehr als nur eine gute Freundschaft verband, denn Julia hatte in der Wohnung zwar offiziell ein eigenes Zimmer, ihre Nächte verbrachte sie jedoch bei Henri. Marianne sagte dazu nichts. In den Jahren im Kreise der Künstler hatte sie gelernt, dass die Moralvorstellungen, die die McFinnigans sie gelehrt hatten, hier nicht galten. Zwischen den beiden Gesellschaftsschichten gab es kaum Berührungspunkte, und Marianne dachte, dass die Künstler, um aufzufallen, sich bewusst gegen die strengen Sitten der Zeit auflehnten. Obwohl Marianne mit dem anderen Geschlecht lockerer als früher umging und es ihr an Verehrern nicht mangelte – allein im letzten Jahr hatte sie fünf Heiratsanträge erhalten, sie jedoch allesamt abgelehnt –, war sie hier und da einem kleinen Flirt nicht abgeneigt, doch sie überschritt niemals die Grenzen der Schicklichkeit. Keiner der Männer, die um sie warben, erweckte in ihr den Wunsch nach körperlicher Nähe oder gar danach, den Rest ihres Lebens mit ihm zu verbringen. Heiraten wollte sie nie. Zu deutlich war das Schicksal ihrer Mutter in ihr Gedächtnis eingeprägt, außerdem – und daran erinnerte sich Marianne mit einem Schmunzeln – hatte sie bereits einem Mann ihre Hand versprochen: Neill Mackay. Marianne dachte oft an den Freund aus Kindertagen und die unbeschwerte gemeinsame Zeit, in der sie beide so gut wie nichts von der Welt außerhalb ihrer Insel wussten. Längst glaubte Marianne nicht mehr daran, Neill eines Tages wiederzusehen, er hatte sie bestimmt vergessen. Oder aber, und bei diesem Gedanken wurde es Marianne immer flau im Magen, die alte Kenna hatte ihrem Urenkel ebenso wie Wilhelmina Munro erzählt, welch schreckliche Tat Marianne begangen hatte. Erst in den letzten Jahren war es Marianne bewusst geworden, wie gefährlich die Arbeit der Männer von St. Kilda war, und sie hoffte, dass Neill noch lebte. Sie würde es jedoch niemals erfahren …

Ein älterer Herr riss Marianne aus ihren Gedanken. Er äußerte sich anerkennend zu ihren Gemälden und lobte, nachdem Marianne sich höflich bedankt hatte, ihr beinahe akzentfreies Französisch. Durch die Menge drängte sich ein junger Mann mit zwei Gläsern Champagner zu ihr. Nachdem er ihr eines in die Hand gedrückt und mit ihr angestoßen hatte, sagte er: »Herzlichen Glückwunsch zu deinem Erfolg, meine Liebe. Du hast Paris im Sturm erobert, die Herzen aller liegen dir zu Füßen.«

»Ach, Dean, auch wenn ein paar Leute meine Bilder ganz nett finden, liegt doch noch ein langer und beschwerlicher Weg vor mir, auch auf dem Festland eine anerkannte Malerin zu werden.« Marianne lachte und nippte an ihrem Glas. Dean Lynnforth war ihr ein guter Freund geworden. Längst hatte sie ihm den kleinen Vorfall während Susannas Verlobung verziehen, denn Dean war ein angenehmer Gesellschafter. Er war witzig und charmant, gebildet und intelligent, aber auch rastlos und unbeständig. In regelmäßigen Abständen versuchte er, sich Marianne zu nähern. Es geschah jedoch nie auf eine plumpe Art und Weise, und jedes Mal wehrte Marianne ihn mit einem Scherz ab.

»Marianne, du bist die Frau meines Lebens!« Das war Deans liebster Satz, und wie er dabei Marianne mit einem Blick, der an einem liebeskranken Dackel erinnerte, ansah, konnte man beinahe meinen, er meine es ernst. »Wenn die Umstände andere wären, würde ich dich sofort heiraten.«

»Ja, wenn du bereit wärst zu arbeiten und deinen Lebensunterhalt selbst zu verdienen, anstatt deine Tage auf Partys, Reisen, in Bars und an Spieltischen zu verbringen. Alles finanziert von deinem großzügigen Vater, der seinem einzigen Sohn kaum etwas abschlagen kann, jedoch nicht zögern würde, ihn zu enterben, sollte er eine Frau aus falschen Kreisen heiraten.«

Dean verdrehte die Augen. Er konnte tatsächlich den Eindruck erwecken, verzweifelt zu sein, als er sagte: »Wenn mein Vater dich kennenlernen würde ...«

»Nein danke, Dean. Selbst wenn es möglich wäre, *ich* würde dich nicht heiraten. Du bist zwar ein netter Kerl, aber von einem Ehemann erwarte ich mehr, als dass er charmant ist und gut aussieht.«

»Ach, Marianne, du brichst mir das Herz!« Theatralisch legte Dean eine Hand auf seine Brust. »Mit dir an meiner Seite würde ich mein Leben ändern und seriös werden. Wenn du mir nur eine Chance geben würdest.«

Spielerisch schlug Marianne mit ihrem Fächer auf seinen Arm und lachte laut. Solche Gespräche führten sie regelmäßig, und beide wussten, wie wenig ernst es ihnen mit ihren Worten war. Marianne bekam Dean manchmal wochen- oder gar monatelang nicht zu Gesicht, immer dann, wenn er eine neue Eroberung gemacht hatte und seine Zeit voll und ganz dieser holden Weiblichkeit widmete. War es dann vorbei, suchte er bei ihr Trost und Zuspruch und begann erneut, um Marianne zu werben. Sie fragte sich, warum Lord Lynnforth, Deans Vater, nicht längst darauf drängte, dass sein Sohn eine standesgemäße Ehe einging, und Deans Eskapaden nicht nur akzeptierte, sondern auch noch finanzierte. Offenbar liebte er seinen Sohn sehr, würde es jedoch niemals zulassen, dass er eine Frau heimführte, die nicht aus den ersten schottischen Adelskreisen stammte. Marianne hatte es sehr überrascht, als Dean ihr seine Begleitung nach Paris anbot. Selbstverständlich wohnte er in einem Hotel und nicht mit Julia und Marianne in der Wohnung von Julias Freund, aber das Hotel lag nur drei Häuser weiter in derselben Straße. Da Dean seit 1871, dem Ende des Deutsch-Französischen Krieges, als in der Stadt das Leben wieder zu pulsieren begann, mehrmals in Paris gewesen war, zeigte er den beiden Frauen die Sehenswürdigkeiten und führte sie jeden Abend in exklusive und teure Restaurants und kleine, gemütliche Bars, wenn Julias Freund mal keine Zeit hatte.

»Hallo, Dean.« Julia trat am Arm von Henri Barbey zu ihnen. »Was haltet ihr davon, wenn wir noch ein wenig feiern gehen? Hier wird in einer Stunde geschlossen, aber ich kenne da ein nettes Lokal am Montmartre.«

Marianne schüttelte bedauernd den Kopf.

»Auf meine Anwesenheit müsst ihr verzichten. Es war ein langer Tag, und ich bin müde. Ich möchte heute mal früh ins Bett gehen. Ich kann nicht jede Nacht zum Tag machen.«

»Ach, Marianne!« Gespielt entrüstet zog Julia die Augenbrauen hoch. »Paris ist keine Stadt, in der man schläft, das kannst du wieder, wenn wir zu Hause sind.«

»Julia hat recht«, stimmte Dean zu, und Marianne entging das verschwörerische Zwinkern, das er mit Julia tauschte. »Nach diesem Erfolg kannst du nicht einfach in dein Bett gehen. Nein, wir lassen die Korken knallen.«

»Na gut, aber nur eine Stunde.« Marianne seufzte. In den neuen, eleganten Stiefeletten, die für ihre Verhältnisse sündhaft teuer gewesen waren und sehr chic aussahen, aber furchtbar drückten, taten ihr die Füße weh, und sie hätte die Ereignisse des Tages gerne in aller Stille und für sich allein Revue passieren lassen, wollte jedoch ihre Freunde nicht enttäuschen.

Das *Cabaret des Assassins* war die derzeit beliebteste Lokalität der Künstler auf dem Montmartre. Sein Name, der übersetzt so viel hieß wie *Kabarett der Mörder*, sagte jedoch nichts über die Gäste aus. Das Lokal war vor vierzehn Jahren bei der Eingemeindung mehrerer kleiner Dörfer zum Pariser Stadtteil Montmartre eröffnet worden. Seitdem trafen sich hier diejenigen, die in Paris auf Erfolg hofften – Maler, Bildhauer, Schauspieler, Sänger und Schriftsteller. Von außen war das zweistöckige Gebäude eher unscheinbar, wenn nicht sogar schäbig, denn der Putz bröckelte von der Fassade, und die Fensterrahmen hatten dringend einen neuen Anstrich nötig. Innen jedoch herrschte stets eine gemütliche und ausgelassene Atmosphäre.

Sie fuhren zu viert in einer Mietdroschke, und als sie sich dem Lokal näherten, sagte Marianne verwundert: »Es scheint heute geschlossen zu haben, denn es brennt kein Licht.«
Weder Dean noch Julia antworteten, aber Marianne bemerkte ein kurzes Lächeln auf Henris Lippen. Dean half Marianne beim Aussteigen, dann ging er zielstrebig auf die Eingangstür zu, öffnete diese und ließ Marianne an sich vorbei in den völlig dunklen Gastraum treten. Sie wollte gerade protestieren und darauf bestehen, sofort nach Hause zu fahren, als in dem Raum vereinzelte Lichter aufflackerten und aus vielstimmigen Kehlen das Lied »Bon anniversaire, bon anniversaire ...« erklang. Binnen einer Minute war der Raum von unzähligen Kerzen hell erleuchtet, und Marianne sah sich rund vier Dutzend Leuten gegenüber, die ihr ein Ständchen brachten. »Nous te souhaitons un joyeux anniversaire – beaucoup de bonheur, bonne année entière ...«
»Du weißt?« Erstaunt blickte Marianne Dean an, der schelmisch grinste.
Er nickte. »Ja, und ich dachte, du kannst deinen Geburtstag unmöglich sang- und klanglos vorübergehen lassen. Julia sagte mir, dass du nicht feiern möchtest, aber das kommt überhaupt nicht in Frage.« Er nahm sie in den Arm, drückte sie und küsste sie nach französischer Sitte dreimal abwechselnd auf die Wangen. »Erlaube, dass ich dir als Erster zum Geburtstag gratuliere.«
»Danke.« Mehr konnte Marianne nicht erwidern. Sie war über diese Überraschung derart gerührt, dass ihr die Tränen in die Augen stiegen. Als Nächstes gratulierten Julia und Henri, dann schüttelte Marianne unzählige Hände. Sie kannte nur wenige der Gäste, aber offenbar waren all diese Leute gekommen, um ihr nicht nur zum neuen Lebensjahr Glück zu wünschen, sondern auch zu der gelungenen und erfolgreichen Ausstellung zu gratulieren, und sie hörte viele bewundernde Worte zu ihren Bildern.
Wie in Trance trank Marianne das ihr von Dean gereichte Glas

Champagner in einem Zug leer. Da sie vorhin bereits etwas getrunken hatte, stieg ihr der ungewohnte Alkohol zu Kopf, und sie fühlte sich herrlich frei und unbeschwert. Sie lachte und scherzte mit den Gästen, und als drei Männer ihre Instrumente hervorholten und zu musizieren begannen, flog sie von einem Arm in den anderen. Keiner ahnte, dass dies das erste richtige Geburtstagsfest war, das Marianne erlebte. Auf St. Kilda hatten Geburtstage keine Bedeutung gehabt, und im Haus der McFinnigans wurde von diesem Tag ebenfalls kein großes Aufhebens gemacht. Hilda hatte ihr Jahr für Jahr einen kleinen, mit Zuckerguss verzierten Kuchen gebacken und ihr ein Geschenk gemacht – mal ein wärmendes Schultertuch, einen hübschen Gürtel oder eine neue Haarspange. Susanna und Dorothy hatten den Tag bewusst ignoriert, Lady Eleonor hatte ihr lediglich mit ein paar gemurmelten Glückwünschen die Hand gedrückt und ihr ebenfalls eine Kleinigkeit überreicht. Lord Thomas war so selten zu Hause gewesen, dass Marianne vermutete, er kannte den Tag ihrer Geburt gar nicht, und seit Alexander ihr die Staffelei und die Ölfarben schenkte, was das Missfallen seiner Mutter ausgelöst hatte, war er zu keinem ihrer Geburtstage mehr in Edinburgh gewesen.

Alexander … Die Erinnerung an ihn trübte für einen Moment Mariannes Stimmung. Was er wohl sagen würde, wenn er von der Pariser Ausstellung erführe? Er musste doch mitbekommen haben, dass sie in Schottland eine gefragte Malerin geworden war, denn ihr Name hatte in den letzten Monaten oft in den Edinburgher Zeitungen gestanden. Lange Zeit hatte Marianne gehofft, er würde einfach mal eine Ausstellung besuchen oder in die Galerie kommen und ihr zu ihren Erfolgen gratulieren. Dann jedoch hatte ihr Verstand über ihre Hoffnung gesiegt. Nicht nur, dass ein McFinnigan nicht mit einer Künstlerin verkehrte, nein, durch den einzigen Kuss, den sie ihm damals zum Abschied gegeben hatte, war es ihm unmöglich, ihr zu begegnen, wenn er sie nicht in Verlegenheit bringen wollte. Alexander war verheiratet, hatte sicher schon ein Kind und gehörte nicht zu ihren Kreisen. Marianne fand sich in Deans Armen wieder und drehte sich im Dreivierteltakt des Walzers, der nahtlos in eine Française überging, einen Tanz, bei dem alle miteinander die Figuren ausführten. Nach dem Tanz reichte jemand Marianne ein Glas mit warmem Früchtepunsch, den sie dankbar trank, denn sie wollte nicht betrunken sein, sondern jeden Augenblick des Festes mit allen Sinnen genießen. Weitere Personen, die sie nur flüchtig oder gar nicht kannte, schüttelten ihr die Hand oder küssten sie auf die Wangen, um ihr Glück für das neue Lebensjahr zu wünschen. Ewald Dunois, ein Maler, den Marianne bereits am Tag zuvor getroffen hatte, zog einen Stuhl heran und setzte sich zu ihr.

»Ich wünschte, ich würde das Farbenspiel so gut beherrschen wie Sie, Mademoiselle Marianne. Wie machen Sie das nur?«

Marianne lachte. »Ach, Monsieur Dunois, stellen Sie Ihr Licht bloß nicht unter den Scheffel. Ich habe Ihr Bild *Abend in La Rochelle* gesehen, und Ihrer Arbeit gebührt meine Hochachtung.«

Er schien von ihren Worten nicht überzeugt und lächelte verlegen.

»Meine Städteansichten können sich in keiner Weise mit Ihren grandiosen Landschaftsgemälden messen, Mademoiselle. Ich hörte, Sie beschäftigen sich intensiv mit dem Realismus. Also, ich bedaure, dass die Romantik nicht mehr gefragt ist, denn Ihren Landsmann Turner bewundere ich sehr.«

Marianne nickte. »Gerne hätte ich einen Maler wie William Turner persönlich kennengelernt. Er war ein unglaublicher Mann. Wissen Sie, Monsieur, dass Turner in seinem Leben mehr als zwanzigtausend Werke gemalt hat? Besonders seine dramatischen Naturszenen, die sich mit keinen Werken anderer Künstler vergleichen lassen, beeindrucken mich, wenn ich sie sehe, jedes Mal aufs Neue.«

»Auch wenn Turners Stil derzeit nicht mehr en vogue ist, bin ich überzeugt, dass seine Bilder auch noch in Jahrzehnten, ach, was sage ich, in Jahrhunderten gefragt sein werden.«
Eine Hand legte sich von hinten auf Mariannes Schulter, und Dean sagte: »Wie immer bist du in Fachsimpeleien vertieft, meine Liebe.« Dean warf Dunois einen unfreundlichen Blick zu. »Monsieur, Sie erlauben, dass ich Ihnen die junge Dame entführe? Es ist schließlich ihr Geburtstag, und sie soll sich amüsieren und nicht über die Arbeit sprechen.«
»Dean …«, versuchte Marianne zu protestieren, aber da hatte er sie bereits an der Hand gefasst und auf die Tanzfläche gezogen. Die Kapelle spielte wieder einen Walzer, und Marianne ließ sich von der Musik mitreißen, und wie von selbst drehten sie sich im Kreis. Nachdem Marianne nach dem Tanz wieder zu Atem gekommen war, konnte sie sich Dean gegenüber einen Tadel nicht verkneifen.
»Du warst sehr unfreundlich zu Ewald Dunois.«
»Ich kann es eben nicht ertragen, wenn du deine Aufmerksamkeit einem anderen Mann als mir schenkst.« Das Zwinkern in Deans Augen sagte Marianne, dass er seine Worte nicht ernst meinte, und sie war heute Abend viel zu glücklich, um ihm böse zu sein. Dean neigte nicht dazu, besitzergreifend zu sein, darum schlug Marianne ihm mit dem Fächer spielerisch gegen die Brust und lachte.
»Die Frau, die dich irgendwann mal dazu bringt, sie zu heiraten, beneide ich nicht, Dean. Die Zeiten der Sklaverei sind vorbei, auch was uns Frauen betrifft.«
Dean beugte sich vor und küsste Marianne leicht auf die Stirn. Seine Augen wurden dunkel, als er leise sagte: »Du weißt, dass ich nur dich heiraten möchte, Liebste. Irgendwann werde ich es auch tun …«
»Ach, da seid ihr!« Julias helle Stimme unterbrach ihr Geplänkel, und Marianne war froh, dass Dean am Weitersprechen ge-

hindert wurde. Sie mochte ihn zweifellos, doch selbst wenn er die Zustimmung seines Vaters erhielte oder sich sogar von diesem lossagte – Marianne wollte nicht Deans Frau werden. Sie wollte überhaupt niemanden heiraten, dazu hatte sie in den letzten drei Jahren ihr ungebundenes Leben viel zu sehr genossen. Niemals wieder wollte sie sich einem Menschen, schon gar nicht einem Mann, unterordnen und irgendwann eine traurige und verhärmte Frau wie ihre Mutter werden …
Rasch griff Marianne nach einem Glas Champagner, um die Gedanken an die Vergangenheit zu vertreiben, dann tanzte sie mit Henri und danach mit einem Mann, dessen Namen sie in dem Moment wieder vergaß, als die Musik endete. Es war ein herrlicher Abend. Vielleicht der bisher schönste Abend in ihrem ganzen Leben.

Es war vier Uhr am Morgen, als die Musiker ihre Instrumente einpackten und die letzten Gäste mehr oder weniger nüchtern das *Cabaret des Assassins* verließen. Marianne war nicht müde, sie fühlte sich vom vielen Tanzen nur etwas erschöpft, aber es war eine angenehme Erschöpfung. Schon lange hatte sie sich nicht so lebendig und so voller Elan gefühlt wie in dieser Nacht. Sie umarmte Julia und küsste sie auf die Wange.
»Danke für das wundervolle Fest. Es war der schönste Geburtstag meines Lebens.«
»Na, ich habe auch dazu beigetragen.« Dean Lynnforth schürzte die Lippen, blinzelte ihr jedoch zu. »Ich denke, ich habe auch einen Kuss verdient.«
Marianne lachte. Sie stellte sich auf die Zehenspitzen und wollte Dean ebenfalls auf die Wange küssen, aber just in diesem Moment drehte er den Kopf, und Mariannes Lippen landeten auf seinem Mund, sein Arm schlang sich um ihre Taille, und er zog sie dicht an sich heran. Marianne war zu glücklich, um über

Deans Verhalten verärgert zu sein, darum gab sie ihm nur einen leichten Klaps auf die Schulter, als er sie wieder freigab.

Dichter Nebel war aufgezogen, als sie auf die Straße traten, und nach der Wärme im Lokal fröstelte Marianne, aber die frische Luft belebte sie auch. Am liebsten hätte sie hier auf der Straße einfach weitergetanzt.

»Wir werden jetzt wohl keine Kutsche mehr bekommen«, sagte Henri und sah sich um, aber die Straße lag wie ausgestorben vor ihnen.

»Na und?«, rief Julia. »Wir haben gesunde Beine, und es ist nicht weit. Also, mir tut etwas frische Luft jetzt sogar gut.«

»Man sieht aber seine eigene Hand vor Augen nicht …«, wandte Henri ein. Julia hängte sich bei ihm ein.

»Hast du etwa Angst, dich ausgerechnet in Paris, der Stadt, in der du dein ganzes Leben verbracht hast, zu verlaufen?«

Das wollte Henri nun doch nicht auf sich sitzen lassen, und so machten sie sich auf den Weg zu dem Haus, in dem Henri wohnte. Bereitwillig nahm Marianne Deans Arm, denn ihre Absätze waren hoch, und der feuchte Nebel konnte bei diesen kalten Temperaturen auf dem Boden gefrieren. Sie wollte nicht ausrutschen und stürzen.

Das Klappern ihrer Absätze war das einzige Geräusch, das den Nebel durchbrach. Sie konnten zwei, vielleicht drei Meter weit sehen, und niemand begegnete ihnen, aber Henri kannte die Gegend um dem Montmartre wie seine eigene Westentasche, und nach einer Viertelstunde hatten sie ihr Ziel erreicht. Dean verabschiedete sich mit einem höflichen Handkuss von Marianne. Sein Hotel lag nur drei Häuser weiter.

»Danke für den schönen Abend«, flüsterte Marianne und ließ es zu, dass er ihre Hand länger als nötig hielt und diese leicht drückte.

Kichernd und untergehakt gingen Julia und Henri die zwei Treppen zu seiner Wohnung hinauf. Der Concierge schlief bereits, hinter seiner Tür war alles ruhig. Im Flur wünschten sie Marianne eine gute Nacht, oder was von dieser noch übrig war, dann schloss sich Henris Schlafzimmertür hinter ihnen. Marianne konnte Julia lachen hören. Plötzlich ergriff sie eine Traurigkeit, die nicht zu ihrer Hochstimmung der letzten Stunden passte. Nachdem sie die Gaslampe angezündet und ihren Hut abgenommen hatte, betrachte sie sich im Spiegel. Die Anstrengungen der letzten Tage, die von Ausstellungen und Festen geprägt waren, hatten in ihrem Gesicht keine Spuren hinterlassen. Im Gegenteil – Marianne fragte sich, wann ihre Augen zuletzt in einem solchem Glanz gestrahlt und sie sich so voller Elan und Tatendrang gefühlt hatte. Ungewollt schob sich die Erinnerung an Neill und an St. Kilda in ihre Gedanken, ebenso wie das Gesicht von Alexander McFinnigan, und schnell konzentrierte sie sich, daran zu denken, dass sie in den nächsten Tagen wohl einige lukrative Verträge abschließen würde. Ein Pariser Galerist hatte angeboten, weitere Bilder von ihr zu kaufen. Trotz dieser positiven Aussicht wollte die Melancholie nicht von ihr weichen. Was bedeuteten schon Ruhm und Geld, wenn das Herz leer blieb?

»Du benimmst dich wie ein naives Mädchen in einem schlechten Roman«, flüsterte sie ihrem Spiegelbild zu, und plötzlich fasste sie einen Entschluss. Verflixt, sie war jung, und sie war schön – und sie war in Paris, der Stadt der Liebe. Sie wollte das Leben spüren, und sie wollte lieben, endlich mit allen ihren Sinnen fühlen und nicht nur als unbeteiligte Zuschauerin am Rand stehen. St. Kilda und das, was dort geschehen war, war Vergangenheit, ebenso Neill Mackay, und auch Alexander McFinnigan würde sie niemals wiedersehen. Aus und vorbei – es galt, in die Zukunft zu schauen, anstatt länger sentimentalen Erinnerungen nachzuhängen.

Rasch, bevor sie es sich wieder anders überlegen konnte, schlüpfte Marianne in ihren Mantel und verließ ihr Zimmer. Unter dem Türspalt zu Henris und Julias Schlafzimmer sah sie einen Lichtschimmer, und sie hörte leise Stimmen. Julia de Lacourt hatte ihr immer gesagt, sie solle sich von der Vergangenheit lösen. Nun, sie war jetzt vierundzwanzig Jahre alt, und heute war ein guter Moment, etwas zu tun, was sie schon längst hätte tun sollen. Auf Zehenspitzen schlich Marianne aus der Wohnung und zuckte zusammen, als die Tür hinter ihr ins Schloss fiel. Als sie auf die Straße trat – der Nebel war noch dichter geworden –, klopfte ihr das Herz im Hals. Sie stellte sich vor, wie Lady Eleonor reagieren würde, wenn sie von ihrer Absicht, einen Mann in seinem Hotelzimmer aufzusuchen, erführe. Wahrscheinlich würde sie der Schlag treffen, und die Dame würde ihrem vor knapp zwei Jahren verstorbenen Gatten auf direktem Weg ins Grab folgen. Fort mit den Gedanken an Lady Eleonor und die McFinnigans, sagte sie sich und presste für einen Moment die Lippen zusammen. Sie hatte mit diesen Leuten nichts mehr zu schaffen.

Vor dem Eingang des Hotels zögerte Marianne einen Augenblick, dann atmete sie tief durch und betrat die Halle, in der Tag und Nacht ein Portier anzutreffen war. Sie wusste nicht, was sie dem Mann sagen sollte, aber ein glücklicher Zufall entband sie von dieser Peinlichkeit. Der Portier schien gerade eine Pause zu machen, denn der Platz hinter dem Tresen war leer. So huschte Marianne ungesehen in den ersten Stock hinauf. Vor der Tür mit der Nummer fünf blieb sie stehen und presste beide Hände auf ihr pochendes Herz. Dean hatte seine Zimmernummer vor ein paar Tagen in einem Gespräch erwähnt, und Marianne hoffte, sie habe sich nicht verhört oder er zwischenzeitlich das Zimmer gewechselt. Die Peinlichkeit, sollte ein anderer Mann als Dean öffnen, würde sie wohl kaum ertragen können. Ihre Bedenken war umsonst, denn nach nur einem Klopfen wurde die Tür einen Spalt geöffnet. Deans Augen weiteten sich in ungläubigem Staunen, als er die unerwartete Besucherin erblickte.

»Marianne! Ist etwas passiert? Mit Julia ...«

»Willst du mich nicht hereinbitten?« Marianne wartete eine

Antwort nicht ab und drängte sich an ihm vorbei ins Zimmer. Er schloss die Tür und blieb, mit dem Rücken dagegengelehnt, stehen. Dean hatte noch nicht geschlafen, denn er trug einen Hausmantel, und sein Bett war unberührt.
Langsam legte Marianne ihren Mantel ab und sah Dean herausfordernd an.
»Hast du noch Champagner da? Ich hätte gerne ein Glas.«
Immer noch sprachlos, öffnete Dean eine Flasche und schenkte zwei Gläser ein. Marianne leerte ihres in einem Zug. Sie brauchte sich allerdings keinen Mut anzutrinken, denn plötzlich hatte sie überhaupt keine Angst mehr.
»Marianne …« Seine Stimme war ein heiseres Flüstern, als er sich ihr näherte. »Du bist so wunderschön.«
Marianne schloss die Augen, drehte Dean den Rücken zu und sagte: »Hilfst du mir bitte, das Kleid zu öffnen? Allein ist es doch recht mühsam.«
Wenig später spürte sie Deans Finger auf ihrer Haut. Seine Berührungen waren warm und sanft, und Marianne wusste, dass sie auf dem Weg war, das Richtige zu tun.
Die Marianne Daragh, die in einer unglückseligen Liebe zu ihrer Heimat und zu Alexander gefangen war, würde es, wenn die Sonne aufging, nicht mehr geben. Mit einem Seufzer schlang sie ihre Arme um Dean und ließ sich von ihm zum Bett tragen.

»Ich glaube, du hast sein Herz gebrochen.« Ernst, aber nicht vorwurfsvoll, sah Julia Marianne an, nachdem sie sich von Dean Lynnforth verabschiedet hatten. »Ich kenne Dean seit vielen Jahren, aber derart geknickt habe ich ihn nie zuvor erlebt.«
Marianne seufzte. »Sei nicht so theatralisch, Julia. Wir wissen beide, dass Deans Herz schnell wieder heilen wird – spätestens, wenn er in Rom in den Armen einer jungen und hübschen Frau liegt.«
»Da hast du wahrscheinlich recht, meine Liebe.« Julia lachte und

lehnte sich bequem im weich gepolsterten Sitz des Eisenbahnwagens zurück.

Am Morgen nach Mariannes Geburtstagsfeier hatte Julia der Freundin sofort angesehen, dass etwas Außergewöhnliches geschehen war. Darauf angesprochen, hatte Marianne nur den Blick gesenkt und eine ausweichende Antwort gegeben, aber inzwischen wusste Julia, dass Marianne die Nacht – beziehungsweise die Stunden bis zum Morgengrauen – in Dean Lynnforths Bett verbracht hatte. Marianne hatte ihr jedoch schnell klargemacht, dass es eine einmalige Aktion gewesen war. Julia hatte es verstanden und lediglich bemerkt: »Ich hoffe, er war gut zu dir. Es ist beim ersten Mal sehr wichtig, dass der Mann zärtlich ist, damit du an dieses Erlebnis immer gern zurückdenkst.«

Die Wangen vor Scham gerötet, senkte Marianne den Kopf und verzichtete auf eine Antwort. Ja, es war angenehm, wenn nicht sogar schön gewesen. Das große Glückgefühl jedoch, von dem manche Frauen hinter vorgehaltener Hand erzählten, war ausgeblieben. Dennoch bereute Marianne nicht, was sie getan hatte. Schwieriger war es, Dean klarzumachen, dass diese eine Nacht nicht der Beginn einer längerfristigen Affäre zwischen ihnen war. Er hatte ihr zwar keine peinliche Szene gemacht, sich jedoch beleidigt zurückgezogen. Erst heute, als Julia und Marianne zur Heimfahrt nach Schottland aufbrachen, war Dean wieder aufgetaucht.

»Ich fahre nach Rom«, hatte er knapp gesagt. »Das Wetter in Paris ist mir zu nass und zu kalt, und nach Hause zieht es mich noch viel weniger. Ich warte lieber in Rom auf den Frühling.«

Marianne hatte ihn freundschaftlich auf die Wange geküsst und ihm leise ins Ohr geflüstert: »Wir wissen beide, dass es keine Zukunft für uns gäbe. Ich danke dir für die schönen Stunden. Bitte lass uns diese immer in guter Erinnerung behalten und Freunde bleiben.«

Statt einer Antwort hatte Dean Marianne in die Arme genommen, und sie hatte ihm den leidenschaftlichen Kuss nicht verwehrt. Jetzt war sie für Julias Gesellschaft dankbar, denn mit der Freundin konnte sie über alles sprechen, und ihre unbeschwerte Art, zu plaudern, lenkte Marianne von den Gedanken an Dean Lynnforth ab.

»Was ist eigentlich mit dir und Henri?«, fragte Marianne. »Es scheint mir nicht so, als wärst du besonders traurig, ihn verlassen zu müssen.«

»Ach, wir kennen uns schon lange.« Julia zog die Stirn kraus. »Mindestens seit zehn, wenn nicht sogar elf oder zwölf Jahren. Manchmal reise ich nach Paris, oder Henri kommt nach Edinburgh, und dann sehen wir uns. Ansonsten führen wir beide unser eigenes Leben.«

»Dann bist du nicht in ihn verliebt?«

Julia schüttelte den Kopf. »Liebe? Was ist das schon? Wir treffen einen Mann, der unser Herz zum Glühen und unseren Körper zum Erzittern bringt. Wir denken, ohne diesen Menschen nicht mehr leben zu können, und jeder Moment, den wir in seiner Nähe verbringen, erscheint uns als Augenblick allergrößten Glücks. Doch dann heiraten wir unser Objekt der Begierde, und früher oder später zieht der Alltag ein. Kindergeschrei und verschmutzte Windeln, Essen kochen und den Haushalt in Ordnung halten – und plötzlich merkst du, dass die Schmetterlinge aus deinem Bauch verschwunden sind und dass du nicht mehr zitterst, wenn er den Raum betritt oder dich berührt. Nichts auf dieser Welt ist wohl so vergänglich wie die Liebe. Oder vielmehr das, was wir dafür halten.«

Marianne schwieg betroffen. Nie zuvor hatte sie die Freundin so sprechen hören. Sie vermutete, in Julias Leben musste irgendwann etwas geschehen sein, das sie zu dieser Ansicht über die Liebe veranlasste. Vielleicht hatte ihr einst ein Mann das Herz gebrochen, und um sich zu schützen, ließ Julia keine tieferen Gefühle mehr zu. Marianne wollte im Augenblick nicht weiter

in sie dringen, auch konnte sie Julias Ansichten ein wenig nachempfinden. Sie hatte zwei Männer geliebt – den einen, Neill Mackay, in einer unschuldigen, kindlichen Art, den anderen, Alexander McFinnigan, mit der schwärmerischen Verehrung ihrer erwachenden Weiblichkeit. Der eine, Neill, hatte sie und sein Versprechen, sie eines Tages wieder nach Hause zu holen, längst vergessen, und der andere, Alexander, hatte eine andere Frau geheiratet. Eine Frau, die zu seinem Stand passte und die ihre Herkunft und ihre Vergangenheit nicht verschweigen musste. Und die nicht einen Mann ermordet hatte …
Marianne zuckte zusammen, als hätte jemand sie geschlagen. Julia hatte die Augen geschlossen und bemerkte nicht, wie aufgewühlt Marianne war. Liebe – war es Liebe gewesen, was ihren Vater und Adrian Shaw verbunden hatte? Jetzt, da Marianne genau wusste, was ein Mann und eine Frau im Bett miteinander taten, erschauderte sie bei der Vorstellung, wie zwei Männer dies miteinander taten. Und mehr noch, dass einer dieser Männer ihr eigener Vater gewesen war. Adrian Shaw hatte den Tod verdient, sagte sie sich. Er hatte nicht nur Vater verführt, sondern auch versucht, ihre Mutter zu töten. Seit Jahren versuchte Marianne sich einzureden, dass sie damals in der stürmischen Nacht nicht anders hatte handeln können. Manchmal gelang es ihr, ihre Schuldgefühle, den Tod eines Menschen auf den Gewissen zu haben, zu unterdrücken. Weichen würden diese jedoch niemals von ihr.

15. Kapitel

Anders als bei ihrer Reise nach Frankreich zeigte sich die Nordsee während der Überfahrt von Frankreich nach Schottland von ihrer besonders stürmischen Seite. In Calais mussten Marianne und Julia vier Tage warten, bis ein Schiff es wagen konnte, in See zu stechen. In Kingston-upon-Hull im Norden Englands legten sie einen weiteren Aufenthalt von drei Tagen ein, bevor sie ihre Reise fortsetzen konnten und zwei Tage später endlich in den Hafen von Leith einliefen. Marianne bedauerte Julia, die auf dem schwankenden Schiff von der Seekrankheit geplagt wurde, während sie selbst davon verschont blieb. Auch das schottische Wetter zeigte sich von seiner unfreundlichsten Seite. Während in Paris die ersten Krokusse bereits blühten, war der Frühling hier im Norden noch fern. Schnee- und Graupelschauer weichten die Straßen auf, und sturmartige Winde ließen die Kutsche, die sie vom Hafen in die Stadt brachte, immer wieder bedrohlich schwanken. Manchmal strauchelten die Pferde auf vereisten Stellen, und mehrmals befürchtete Marianne, die Kutsche würde gleich umstürzen. Sie atmete erleichtert auf, als sich gegen den Hintergrund des grauen, wolkenverhangenen Himmels die Umrisse der Burg abzeichneten. Es war früher Nachmittag, aber so dunkel, als wäre der Abend bereits hereingebrochen.

»Wir hätten mit Dean nach Rom fahren sollen. Dort ist bestimmt kein so garstiges Wetter.« Julia seufzte, und Marianne lachte.

»Du vergisst, dass ich bis Ende nächsten Monats drei neue Bilder an den Pariser Galeristen schicken muss. Ich kann nur hier in Schottland malen, in Rom wäre ich viel zu sehr von der Stadt abgelenkt.«

»Ich weiß.« Julia sah durch das Fenster nach draußen. »Eigentlich bin ich ja auch froh, wieder zu Hause zu sein. Wenn nur der Winter bald vorbei wäre …«

Die Kutsche hielt am Grassmarket. Von hier aus waren es nur wenige Schritte bis zu Julias Wohnung, auch Marianne hatte es nicht mehr weit.

Während Julia sich nach einem Burschen umsah, der ihr Gepäck nach Hause bringen würde, atmete Marianne tief durch. So fas-

zinierend und schön Paris gewesen war – Schottland war eben Schottland und ließ sich mit nichts auf dieser Welt vergleichen. Sie war froh, wieder zu Hause zu sein.
Zwei Frauen erregten Mariannes Aufmerksamkeit, da bei dem Wetter nicht viele Menschen auf den Straßen unterwegs waren. Beiden waren in dunkle, für die Witterung viel zu dünne und fadenscheinige Umhänge gehüllt, und die eine saß in einer Art Rollstuhl. Die andere Frau versuchte, die Räder des Stuhls aus einem Schlammloch freizubekommen, in das sie unbeabsichtigt gerutscht waren. Kurzentschlossen trat Marianne zu den beiden Frauen und bot ihre Hilfe an.
»Wenn wir gemeinsam schieben, geht es leichter«, sagte sie mit einem freundlichen Lächeln.
Der Kopf der Frau, die den Rollstuhl schob, fuhr herum, dabei rutschte ihr die Kapuze vom Kopf. Marianne sah in ein verhärmtes, aber noch recht junges Gesicht mit einem bitteren Zug um den Mund, und sie wich erschrocken zurück. Obwohl viele Jahre vergangen waren und das Schicksal die Frau vor ihrer Zeit hatte altern lassen, hätte sie das Gesicht überall und jederzeit wiedererkannt.
»Emma! Emma Munro!«
Die Frau verengte die Augen zu Schlitzen und runzelte skeptisch die Stirn.
»Kennen wir uns? Ich glaube nicht, denn meine Schwester und ich verkehren nicht mit so feinen Damen, wie Sie eine sind.«
Erst jetzt schenkte Marianne der im Rollstuhl sitzenden Frau einen Blick. Durch Emma Munros Worte vorgewarnt, gelang es Marianne, sich ihr Erschrecken nicht anmerken zu lassen, als sie Judith, Emmas jüngere Schwester, in dem Stuhl erkannte. Marianne wusste nicht, was sie zuerst sagen oder tun sollte. Das Schicksal hatte es mit den beiden Schwestern offenbar nicht gut gemeint, denn ihre Kleider waren zwar sauber, aber aus billigem Stoff und mehrfach geflickt. Marianne wunderte sich nicht, dass

Emma sie nicht sofort erkannt hatte, denn sie war ein kleines Mädchen gewesen, als Emma und Judith St. Kilda verließen. Seitdem hatte Marianne sich sehr verändert, und ihre Kleidung ließ darauf schließen, dass sie in besseren Kreisen verkehrte.

»Emma, es ist lange her ...«, begann Marianne zögerlich. »Ich bin es – Marianne ... äh ... Màiri Daragh«, korrigierte sie sich schnell.

»Màiri?« Ein Schimmer der Erinnerung glomm in Emmas Augen auf, und Judith rief: »Das kann nicht sein. Màiri Daragh ist schon lange tot.«

Bevor Marianne auf diese Eröffnung etwas sagen konnte, hörte sie Julia nach ihr rufen.

»Kommst du, Marianne? Ich sehne mich nach einem heißen Tee und einem warmen Bad, sonst hole ich mir bei diesem Wetter noch den Tod.« Julia trat zu den drei Frauen. Erstaunt glitt ihr Blick über Emma und Judith, und sie runzelte die Stirn.

Marianne konnte sich lebhaft vorstellen, welchen Eindruck Julia auf die beiden Munro-Schwestern machen musste. Die Freundin trug einen lilafarbenen Mantel aus einem teuren Tuch mit abgesteppten schwarzen Säumen und Umschlägen aus Samt und dazu einen ausladenden, farblich passenden Hut. In Paris entsprachen die Farbe wie auch die Machart des Mantels durchaus der derzeitigen Mode, hier jedoch in Edinburgh wirkte sie völlig fehl am Platz.

»Es tut mir leid, aber Sie müssen sich irren.« Emmas Gesicht verschloss sich, und sie wandte sich wieder dem Rollstuhl zu. »Ich kenne Màiri Daragh, auch wenn wir uns sehr lange nicht mehr gesehen haben. Màiri war ein einfaches Mädchen, während Sie eine Dame sind.«

Spontan griff Marianne nach Emmas Arm.

»Glaube mir, ich bin es wirklich. Ich weiß nicht, wie ihr darauf kommt, ich wäre nicht mehr am Leben, aber hier ist es zu ungemütlich, um unser Wiedersehen zu feiern.« Sie blickte zum

Himmel, denn der Schneeregen wurde immer heftiger. »Ich denke, wir brauchen jetzt alle einen starken Tee. Julia, würdest du mir bitte helfen? Ein Rad hat sich in dem Loch festgefahren. Wo wohnt ihr? Wir bringen euch nach Hause.«
»Das ist nicht nötig.« Ablehnend drehte Emma sich um und machte sich wieder am Rollstuhl zu schaffen. Kurzerhand schob Marianne sie zur Seite, und mit Julias Hilfe gelang es, das Rad aus dem schlammigen Loch zu befreien.
»Rede keinen Unsinn«, sagte Marianne bestimmt. »Wir gehen jetzt zu euch, und ich hoffe auf eine Tasse Tee, denn es ist heute doch sehr kalt draußen. Wohnt ihr in der Nähe?«
Zum ersten Mal erschien die Andeutung eines Lächelns auf Judiths Gesicht. Sie hob die Hand und deutete auf die steile Gasse linker Hand von ihnen.
»Dort oben, das letzte Haus auf der rechten Seite.«
Julia beugte sich zu Marianne und raunte ihr ins Ohr: »Soll ich mitkommen?«
Marianne zögerte und überlegte, dann flüsterte sie: »Ja, ich glaube, die beiden brauchen unsere Hilfe.«
Sie war ihrer Freundin dankbar, dass sie nicht fragte, woher Marianne die beiden Frauen kannte und warum diese sie Màiri nannten. Später würde sie Julia alles erklären.
Obwohl es kalt war, geriet Marianne ins Schwitzen, während sie zusammen mit Emma den Rollstuhl die steile, enge Gasse hinaufschob. Sie fragte sich, wie Emma es allein hätte schaffen wollen, aber offenbar war die einstige Freundin kräftiger, als ihre hagere Gestalt vermuten ließ. Das schmale Haus war sehr alt, bestimmt schon ein oder zwei Jahrhunderte, und seit vielen Jahren war nichts mehr daran gemacht und repariert worden. Der Verputz blätterte ab, die hölzerne Eingangstür hatte kein Schloss und hing schief in den Angeln, und die Fensterscheiben waren schmutzig und blind. Als sie den dunklen Flur betraten, hielt Marianne bei dem üblen Geruch nach saurem Kohl und

Unrat die Luft an. Emma deutete auf die erste Tür auf der linken Seite.

»Hier wohnen wir. Wir mussten ein Zimmer im Erdgeschoss nehmen, denn …«

Sie verstummte, blickte auf Judith, und Marianne verstand. Aufgrund des desolaten Zustands des Mietshauses war Marianne auf einiges gefasst, darum gelang es ihr, ihr Erschrecken zu verbergen, als sie das Zimmer betraten. Es war düster, klein und eng, und es roch muffig. Im Kamin brannte kein Feuer, und auf den ersten Blick konnte Marianne nirgends einen Korb mit Holz entdecken. Lediglich ein Bett an der Längsseite, ein Tisch mit zwei Stühlen und eine abgewohnte und an den Ecken angeschlagene Anrichte mit einer Waschschüssel darauf bildeten die ganze Einrichtung.

Emma sah Marianne an und lächelte zynisch. »Du hast ja unbedingt mitkommen wollen. Ich sehe, wie entsetzt zu bist, auch wenn du zu höflich bist, etwas zu sagen.«

Hinter Marianne trat Julia ein. Sie erfasste die Situation mit einem Blick und sagte: »Ich bin gleich wieder zurück.«

»Deine elegante Freundin hat recht, wenn sie flüchtet.« Auch in Judiths Stimme klang Zynismus, und Marianne durchflutete eine Welle des Mitleids. Dies würde sie die beiden jedoch nicht merken lassen, denn instinktiv spürte sie, dass weder Emma noch Judith von ihr bedauert werden wollten. Marianne half Emma, die Schwester aus dem Rollstuhl zu heben und auf das Bett zu legen. Die Decke war zwar sauber, für die Kälte hier drinnen jedoch viel zu dünn, darum behielt Judith ihren Mantel an. Marianne suchte nach den richtigen Worten, doch bevor sie etwas sagen konnte, kehrte Julia zurück und brachte einen Korb Feuerholz mit.

»Jetzt heizen wir erst mal ein.« Ihre resolute Art duldete keinen Widerspruch. »Äußerlich wie innerlich«, fügte sie mit einem Schmunzeln hinzu und nahm eine Flasche Gin und vier Gläser aus dem Korb. »Das habe ich alles von dem Wirt des Gasthauses zwei Häuser weiter.«

»Es hat wohl keinen Sinn, abzulehnen?« Emmas Augen leuchteten beim Anblick der Flasche, und Marianne vermutete, dass sie sich wohl öfter mit Alkohol wärmte – wenn ihre finanziellen Mittel es zuließen. Während Julia einschenkte, schichtete Emma ein paar Holzscheite in den Kamin und entzündete das Feuer, dann griff sie nach dem Gin.

»Danke«, sagte sie schlicht und leerte das Glas in einem Zug. Judith hingegen nippte nur daran. Sie lehnte mit geschlossenen Augen in den Kissen und war offensichtlich erschöpft. Marianne zog einen Stuhl heran, setzte sich und sah Emma offen an.

»Was ist passiert?«

Emma verstand. Marianne meinte nicht nur, welches Schicksal Judith in den Rollstuhl gezwungen, sondern was die beiden Schwestern in diese ärmliche Umgebung verschlagen hatte. Bevor Emma antwortete, schielte sie nach der Ginflasche. Julia verstand und schenkte ihr ein weiteres Glas ein, nicht ohne jedoch zu sagen: »Tee werdet ihr doch haben, oder? Ich glaube, eine heiße Tasse Tee wäre jetzt besser als Alkohol.«

Emma nickte, und Julia hängte den Wasserkessel über das inzwischen hell auflodernde Feuer. Wärme füllte langsam das Zimmer und machte einen Aufenthalt erträglich, aber Marianne war nicht entgangen, dass die Ecken des Raums feucht und schimmelig waren. Offenbar konnten es die beiden Schwestern sich nicht leisten, täglich zu heizen, und der Winter würde noch viele Wochen andauern.

»Sag es ihr«, sagte Judith leise vom Bett her. »Aber zuerst will ich wissen, warum Vater gesagt hat, du wärst tot, Màiri.«

Marianne zuckte unter der ungewohnten und längst vergessenen Anrede zusammen. Aus den Augenwinkeln sah sie, wie ihr Julia einen fragenden Blick zuwarf, aber sie schüttelte nur den Kopf und blickte Emma an.

»Ich weiß es nicht.« Sie dachte an Wilhelmina Steel, die sie vergessen glaubte und die sich jetzt wieder mit aller Macht in ihre Erinnerung drängte. »Hat der Reverend von meinem Tod gesprochen, als er die Krankenschwester heiratete?«
Emmas Kopf ruckte zu Marianne herum. »Du weißt das?«
Marianne nickte. »Schwester Wilhelmina und ich sind uns vor einigen Jahren zufällig begegnet, aber da war euer Vater bereits tot. Sie hat mir jedoch kein Wort von euch gesagt. Wenn ich es früher gewusst hätte …«
»Dann hättest du uns Almosen zukommen lassen«, unterbrach Emma sie. »Es scheint dir offenbar gutzugehen, wenn ich deinen feinen Mantel und die schönen Lederstiefel ansehe, aber wir brauchen kein Mitleid. Judith und ich schaffen es auch ohne Hilfe.«
»Rede keinen Unsinn!« Dankbar griff Marianne nach der Tasse, in die Julia den heißen Tee gefüllt hatte, und schloss ihre Finger darum. »Wir waren Freundinnen, Emma«, sagte sie und sah Emma eindringlich an. »Als ich St. Kilda verließ, hätte ich euch gerne wiedergesehen, aber ich wusste nicht, wo ich suchen sollte. Zudem war ich noch ein Kind. Ein Mädchen, das seiner Heimat entrissen und in eine für es völlig fremde Welt versetzt wurde.«
Emma nickte. »Als Vater ebenfalls die Insel verließ, erzählte er, ein reiches Ehepaar habe dich mitgenommen. Er berichtete von Margarets Tod, und diese Nachricht hat uns sehr betroffen gemacht. Auch wenn Margaret nur unsere Stiefmutter gewesen war – irgendwie hatten wir sie gern, und sie hatte es als Vaters Frau nie leicht gehabt.«
»Hat der Reverend … ich meine, euer Vater, euch nicht gesagt, bei wem ich fortan leben sollte?«
Emma zuckte mit den Schultern und schüttelte den Kopf. »Nein, er meinte, er kenne diese Leute nicht.«
»Das ist nicht wahr!«, begehrte Marianne auf. »Er kannte die Familie, bei der ich ein neues Zuhause fand.«

Emma beachtete Mariannes Einwand nicht und fuhr fort: »Er sagte, du wärst sehr krank und es gäbe keine Heilung für dich. Man habe dich von der Insel fortgebracht, weil deine Eltern es nicht ertrugen, dich sterben zu sehen. Deshalb sind wir davon ausgegangen, du wärst schon lange tot.«

Fassungslos schüttelte Marianne den Kopf. Sie begegnete Julias fragendem Blick und sagte leise: »Ich erkläre dir später alles.« Lauter fuhr sie, zu Emma gewandt, fort: »Wir werden nie wissen, warum euer Vater das gesagt hat, aber jetzt interessiert es mich, zu erfahren, wie es euch ergangen ist. Soviel ich weiß, wart ihr doch in einem Internat, nicht wahr?«

Emma zuckte mit den Schultern, einen bitteren Zug um ihren Mund.

»Nachdem Vater seine Arbeit auf St. Kilda aufgegeben hatte, konnte er das Schulgeld nicht mehr bezahlen. Wir zogen nach Glasgow, und Vater versuchte, als Lehrer eine Anstellung zu finden. Ich weiß nicht, warum, aber keine Schule wollte ihn haben. Hin und wieder unterrichtete er ein paar Monate in Privathaushalten, aber immer wieder verlor er die Arbeit. Er sagte, die Kinder seien zu unerzogen, zu schwierig, und seine Nerven hielten es nicht aus, sich mit solchen Bälgern herumzuschlagen, aber ich glaube, er war einfach unfähig, mit Kindern umzugehen.«

Marianne war nicht überrascht, Emma in dieser Art und Weise von ihrem Vater sprechen zu hören. Außerdem hatte sie recht – Donald Munro hätte niemals unterrichten dürfen. »Bald begann Vater zu trinken«, fuhr Emma fort, und Marianne sah, wie ihre Augen feucht wurden, aber sie hatte sich schnell wieder im Griff und berichtete weiter: »Judith und ich nahmen Näharbeiten an, um uns über Wasser zu halten.«

»Ihr wart doch noch Kinder!«, rief Marianne dazwischen. »Seid ihr nicht mehr zur Schule gegangen?«

Emma schüttelte den Kopf. »Wir mussten Geld verdienen, sonst wären wir verhungert. Es wurde erst ein bisschen besser, als

Vater Schwester Wilhelmina traf. Wir wissen nichts Genaues, denn sie hat nie darüber gesprochen, aber sie hatte ein wenig Geld geerbt, und als Vater und sie heirateten, ging es uns eine Zeitlang besser. Wilhelmina arbeitete als Krankenschwester, aber Vater verfiel zunehmend dem Alkohol. Dann, eines Nachts ...«
Es fiel Emma schwer, weiterzusprechen, darum sagte Judith: »Vater lag völlig betrunken in der Ecke einer Kneipe. Wilhelmina – so haben wir sie immer genannt, denn Stiefmutter konnten und wollten wir nicht zu ihr sagen – befahl uns, ihn nach Hause zu holen. Er wollte natürlich nicht mit uns kommen, sondern weitertrinken, darum schleppten Emma und ich ihn auf die Straße. Vater war sehr schwer, und ich weiß bis heute nicht, wie es genau geschehen ist, dass wir am oberen Absatz einer Treppe strauchelten. Während es Emma und Vater gelang, das Gewicht zu halten, stürzte ich die Stufen hinab. Dabei überschlug ich mich mehrmals, und seitdem ...« Sie sah auf ihre Beine, dann wandte sie den Blick ab.
Marianne hörte, wie Julia vor Entsetzen die Luft einzog, aber sie sagte kein Wort. Auch Marianne wusste nicht, wie sie reagieren sollte, aber Emma nahm ihr die Entscheidung ab, indem sie ruhig fortfuhr: »Als Vater starb, verließ Wilhelmina Glasgow und zog nach Edinburgh, wo sie niemanden kannte und sich niemand an Vater erinnerte. Zuerst wohnten wir bei ihr in einem alten, kleinen Haus in der Altstadt, aber bereits nach wenigen Wochen merkten wir, dass wir eine unnötige Belastung für sie waren. Täglich gab Wilhelmina uns zu verstehen, welche Kosten wir verursachten, obwohl wir versuchten, jede mögliche Arbeit anzunehmen. Judith kann jedoch nicht viel tun, und sie braucht meine ständige Hilfe, deshalb konnte ich keine Stellung in einem Haushalt annehmen. Da ich geschworen habe, mich immer um meine Schwester zu kümmern, beschlossen wir, von nun an unser eigenes Leben zu führen. Wir brauchen nicht viel, und das Wenige verdienen wir wieder mit Nähen. Das können wir zu

Hause machen, denn Judith kann zwar nicht mehr gehen, aber ihre Hände und Finger sind unversehrt. Den Kunden ist es schließlich egal, ob die Krägen an den Hemden von einer Frau, die laufen kann, oder einer Gelähmten angenäht werden. Manchmal putze ich auch am Abend, wenn Judith schläft, für ein paar Stunden in einem Ladengeschäft. Wir haben also unser Auskommen, und uns geht es so weit gut.«

Da war Marianne ganz anderer Meinung, wenn sie sich in dem ärmlichen Zimmer umsah, aber sie hütete sich, etwas zu sagen. Während Emmas Bericht hatte Marianne den Stolz in ihren Augen gesehen, und ihre Haltung ließ darauf schließen, dass Emma Munro keinerlei finanzielle Hilfe von ihr annehmen würde.

»Aber nun sag – wie ist es dir ergangen?« Emma richtete ihren Blick voller Interesse auf Marianne. »Du hast wohl das bessere Ende der Wurst erwischt, wenn ich sehe, wie elegant du gekleidet bist.«

»Ich bin Malerin geworden«, sagte Marianne schlicht und entlockte Emma ein Lächeln.

»Wenn ich dich so ansehe, kann man offenbar davon leben. Was malst du für Bilder?«

»Landschaften«, sagte Marianne, dann gab sie sich einen Ruck und fügte hinzu: »Ausschließlich Motive von St. Kilda.«

Julia rief überrascht: ›Ich dachte, es ist alles Phantasie ...«, aber Marianne brachte sie mit einem Blick zum Schweigen.

Lange sah Marianne Emma und Judith an, bevor sie sagte: »Versteht mich jetzt bitte nicht falsch, aber ich möchte euch helfen. Nein, nein, ich werde euch keine Almosen anbieten«, wehrte sie schnell ab, als sie den Widerspruch in Emmas Gesicht sah. »Im Gegenteil, ich biete euch eine Stellung an. Ich brauche eine Frau, die sich um meinen Haushalt kümmert, damit ich in Ruhe malen kann. Es gelingt mir einfach nicht, Bilder auf die Leinwand zu bringen, wenn ich daran denken muss, die Wäsche zu machen und den Fußboden aufzuwischen. Ich trage mich bereits seit einiger Zeit mit dem Gedanken, ein Mädchen einzustellen. Und du« – Marianne sah Judith fest in die Augen –, »du könntest dich um meine Kleider kümmern. Ich habe noch nie gerne genäht und wäre sehr dankbar, wenn mir jemand diese Arbeit abnehmen würde.«

Der Gedanke, Emma und Judith Arbeit zu geben, war Marianne erst in diesem Moment gekommen. Es stimmte, die Hausarbeit lenkte sie vom Malen ab, und finanziell war sie in der Lage, sich eine Hilfe zu leisten. Sie war aus Paris mit weiteren Aufträgen heimgekehrt, die gut bezahlt wurden.

»Ich weiß nicht.« Emma zögerte, aber Marianne bemerkte erleichtert, dass sie dem Vorschlag nicht völlig ablehnend gegenüberstand.

»Ach, Emma, sag ja!« Zum ersten Mal seit ihrer Begegnung leuchteten Judiths Augen, und Marianne erkannte das kleine, unbekümmerte Mädchen von einst in ihr wieder. »Es ist hier immer so kalt, und ich habe solchen Hunger ...«

»Schweig, Judith!«, fuhr Emma ihre Schwester an. Spontan griff Marianne nach Emmas Hand und drückte sie.

»Es gibt keinen Grund, sich für eine Situation zu schämen, in die man unverschuldet geraten ist.« Emma errötete und senkte verlegen den Blick. »Auch mein Leben war nicht immer eitel Sonnenschein, aber jetzt geht es mir gut, und ich überlege seit Wochen, woher ich ein anständiges und zuverlässiges Mädchen bekommen kann, das mir zur Hand geht. Ihr könnt in meiner Wohnung leben, sie ist groß genug.« Mit einem Blick zu Judith ergänzte sie: »Sie liegt allerdings im oberen Stockwerk, aber gemeinsam tragen wir dich die Treppen hinauf und auch wieder hinunter.«

»Komm, Emma, gib dir einen Ruck!«, bat Judith flehentlich, und Marianne amtete erleichtert auf, als diese nickte.

»Nun gut, ich denke, wir sollten es versuchen. Es wird zwar ungewohnt sein, für eine Frau zu arbeiten, die wir einst als kleines

Mädchen mit nackten Füßen und wirrem Haar kannten, aber wenn es uns nicht gefällt, können wir ja wieder gehen.«
Marianne widersprach nicht. Sie wusste, Emma musste so etwas sagen, um ihren Stolz zu wahren, und sie respektierte ihre Haltung. Langsam stand sie auf.
»Noch heute werde ich veranlassen, dass ein Träger euch und eure Sachen holt und zu mir bringt. Ich war einige Wochen in … auf Reisen, darum wirst du, Emma, gleich genügend zu tun bekommen. Meine Wohnung ist bestimmt sehr staubig, und ich habe nichts zu essen zu Hause. Du siehst, ich brauche eure Hilfe dringend.«
Emma rang sich ein Lächeln ab, das ihre Augen jedoch nicht erreichte, aber Marianne war sich sicher, sie würde ihren Stolz bald vergessen, und sie konnten wieder Freundinnen werden. Doch dafür brauchte es Zeit, und sie würde Emma diese Zeit geben.
Julia erhob sich ebenfalls. Als sie bereits die Tür geöffnet und auf den Flur getreten waren, rief Judith: »Ist das nicht ein eigenartiger Zufall? Erst treffen wir letzte Woche den jungen Mann und jetzt Màiri.«
»Welchen jungen Mann?«, fragte Marianne in der Annahme, Judith spreche von irgendeiner Zufallsbekanntschaft.
»Na, der Junge mit den strubbeligen Haaren, mit dem du, Màiri, auf Hirta immer zusammen warst.«
Marianne erstarrte. Langsam wandte sie sich um und sah Emma fassungslos an.
»Ihr meint aber nicht Neill? Neill Mackay?«
Emma nickte. »Ja, so war sein Name.«
»Wo habt ihr ihn gesehen?«
Ihre eigene Stimme dröhnte Marianne in den Ohren, und sie meinte, sich zu verhören, als Judith antwortete: »Es war ein ähnlicher Zufall wie heute. Wir waren auf der High Street, als er plötzlich vor uns stand. Ich war es, die ihn zuerst erkannte, denn er hat immer noch so wirre Haare wie früher und hat sich kaum

verändert. Leider hatte Neill nicht viel Zeit, er war offenbar auf der Durchreise.«

Haltsuchend griff Marianne nach dem Türrahmen.

»Geht es dir nicht gut?«, fragte Julia und trat neben sie. »Du siehst aus, als hättest du einen Geist gesehen.«

»Gesehen nicht, aber von einem gehört«, murmelte Marianne. »Hat Neill gesagt, was er in Edinburgh macht oder wo er abgestiegen ist? Hat er euch irgendeine Adresse hinterlassen?«

Emma und Judith tauschten einen Blick, dann schüttelte die Ältere den Kopf.

»Wie Judith sagte, er war in Eile. Auch hatte ich das Gefühl, er legt keinen Wert auf ein längeres Gespräch mit uns. Seine Kleidung und der ganze Eindruck, den er machte, ließen jedoch nicht darauf schließen, dass er in einem der besseren Häuser der Stadt wohnt. Offenbar hatte er auch keine leichte Zeit gehabt. Wenn wir gewusst hätten, dass wir dich treffen, Màiri, hätten wir Neill nach seiner Adresse gefragt, stattdessen haben wir ihm gesagt, du wärst schon vor langer Zeit gestorben.« Emma hob bedauernd die Hände. »Es tut mir leid, aber wir konnten ja nicht wissen…«

In Mariannes Ohren rauschte das Blut. Neill war in Edinburgh! Zumindest war er es vor einigen Tagen gewesen. Natürlich hatte er nicht nach ihr gesucht, wenn er davon ausgehen musste, dass sie nicht mehr am Leben war.

Julia legte stützend einen Arm um Mariannes Taille und sagte zu den beiden Schwestern: »Packt also eure Sachen, heute Abend zieht ihr zu Marianne. Ein Wagen wird euch abholen.« Sie führte Marianne auf die Straße. »Möchtest du jetzt allein sein, oder wäre es dir lieber, wenn ich bei dir bleibe?«

Marianne schenkte der Freundin einen dankbaren Blick. »Du möchtest bestimmt nach Hause, immerhin waren wir über vier Wochen fort.«

»Wenn du mich brauchst, bleibe ich bei dir«, antwortete Julia schlicht. »Zudem bin ich gespannt zu erfahren, wer diese Frauen sind und welche Rolle sie in deinem Leben gespielt haben. Ebenso dieser Neill …« Sie lächelte verschmitzt und drohte schalkhaft mit dem Finger. »Man konnte dir ansehen, wie sehr dich die Erwähnung seines Namens bewegt hat. Und was hast du mit St. Kilda zu tun? Habe ich es richtig verstanden – du stammst von diesem Inselarchipel, und deine Bilder sind Landschaften von dort?«

Marianne kam nicht umhin, laut zu lachen.

»Ich sehe, du platzt vor Neugier, alles zu erfahren, liebste Julia. Es tut mir leid, dich bisher über meine Vergangenheit im Dunkeln gelassen zu haben, aber es erschien mir nie wichtig, denn ich meinte, all dies läge weit hinter mir. So kann man sich irren …« Gedankenverloren blickte Marianne in die Ferne.

Julia drückte freundschaftlich ihren Arm.

»Ich brenne darauf, deine Geschichte zu erfahren. Seit Jahren ahnte ich, dass du ein Geheimnis in dir birgst, aber du musst mir nur so viel erzählen, wie du möchtest. Allerdings verstehe ich nun, woher die Ideen für deine Bilder kommen. Du malst dein Zuhause, nicht wahr?«

Zwei Stunden später wusste Julia über St. Kilda und die dortigen Lebensumstände Bescheid. Nun ja, so weit man in kurzer Zeit einem Menschen, der stets in Städten und in einer luxuriösen Umgebung gelebt hatte, auch nur annähernd etwas von dem harten und entbehrungsreichen Leben auf dem Inselarchipel im Nordatlantik vermitteln konnte. Julia erfuhr von Mariannes Jugendfreund Neill und ihrem Versprechen, einander einmal zu heiraten, und wie die McFinnigans Marianne aufs Festland gebracht und ihr einen anderen Vornamen gegeben hatten. Marianne erzählte ihr fast alles, doch den Namen Adrian Shaw und die Rolle, die er in ihrem Leben gespielt hatte, erwähnte sie mit keinem Wort. Nicht nur, weil Julia den Namen Adrian Shaw und dessen einstigen Geliebten kannte und seine Zeichnungen in ihrer Galerie ausstellte – nein, bei allem Verständnis, welches Julia an den Tag legte, und auch wenn sie unkonventionell lebte, wagte Marianne nicht, sich ihre Reaktion vorzustellen, sollte sie je erfahren, dass durch ihre Hand ein Mensch getötet worden war. Dass der Mythos des Malers, dessen Zeichnungen auf dem Markt nach wie vor gefragt waren, nicht darauf gründete, während einer Seereise verschollen zu sein, sondern dass er in Wahrheit von einem kleinen Mädchen mit einem Spaten erschlagen worden war.

»Was für eine Geschichte!« Julia seufzte und verdrehte träumerisch die Augen, dann stahl sich ein geschäftsmäßiger Ausdruck auf ihr Gesicht. »Wir sollten damit an die Öffentlichkeit gehen, Marianne. Soll ich dich eigentlich weiter Marianne nennen oder lieber ... wie heißt du gleich ...?«

»Meine Eltern nannten mich Màiri. Das ist die gälische Form von Mary, also passt Marianne sehr gut. Ich habe mich an diesen Namen gewöhnt, die Màiri vom damals existiert schon lange nicht mehr. Was meinst du damit, ich solle meine Geschichte öffentlich machen?«

Nachdenklich zog Julia die Unterlippe zwischen die Zähne, bevor sie antwortete: »Deine Bilder werden sich noch besser verkaufen, wenn die Leute wissen, dass eine geheime Sehnsucht nach deiner Heimat in dir steckt, die du durch deine Bilder zum Ausdruck bringst. Heimweh ist die Antriebsfeder für dein Schaffen – das rührt die Menschen. Deine Bilder haben plötzlich ein reales Vorbild, und ich bin sicher, jeder, der etwas auf sich hält, möchte eine Landschaft von St. Kilda in seinem Haus hängen haben.«

Marianne rührte in ihrer Tasse, obwohl der Tee darin längst erkaltet war.

»Das möchte ich nicht. St. Kilda und alles, was dort geschah, liegt so lange zurück, dass es mir wie in einem anderen Leben vorkommt. Lassen wir die Menschen weiter in dem Glauben, meine

Bilder entstünden in meiner Phantasie. Schon damals kamen jeden Sommer Besucher nach Hirta, und es war nicht immer gut, was sie mitbrachten. Sollte St. Kilda durch meine Bilder bekannter werden, so werden noch mehr Leute die weite und beschwerliche Reise auf sich nehmen, um mein Volk wie wilde Tiere im Zoo zu bestaunen, sie einen Tag lang zu bemitleiden und dann wieder ihrem Schicksal zu überlassen.«

Julia wollte entgegnen, dass Marianne dies doch anders sehen müsse, denn die Besucher brachten Geld auf die Insel, aber Mariannes Gesichtsaudruck hieß sie schweigen. Instinktiv spürte sie, dass Marianne ihr nicht alles erzählt hatte. Es gab noch etwas, das der Freundin aufs Gemüt drückte, aber Julia wollte nicht weiter in sie dringen. Wenn die Zeit gekommen war, würde Marianne sich ihr bestimmt anvertrauen, dann würde sie für sie da sein.

»Ich muss Neill unbedingt finden.« Marianne stand auf und trat ans Fenster. Eine nahe Kirchturmuhr schlug die sechste Abendstunde, und in den Straßen flammten die ersten Gaslaternen auf.

»Aber nicht mehr heute Abend«, wandte Julia ein. »Emma und Judith müssen jeden Augenblick kommen.«

Marianne nickte, blickte jedoch weiter zum Fenster hinaus.

»Vielleicht wäre es besser, die Vergangenheit ruhen zu lassen.« Langsam wandte sie sich um, und die Freundin sah den Schmerz in Mariannes Augen. »Trotzdem möchte ich nichts unversucht lassen, Neill zu finden, sollte er sich noch in der Stadt aufhalten.«

»Ich helfe dir«, erwiderte Julia spontan. »Wenn ich etwas tun kann, lass es mich wissen. Gestatte mir jedoch noch eine Frage: Wenn du diese Insel, ich meine, St. Kilda, nie vergessen hast – warum bist du dann in den letzten Jahren nie dorthin gefahren? Leisten kannst du es dir, auch wenn du nicht reich bist, aber so teuer wird die Überfahrt wohl nicht sein. Hast du nie den Wunsch verspürt, deine Eltern wiederzusehen?«

Erstaunt bemerkte Julia, wie Mariannes Gesichtzüge sich verkrampften und sie hervorstieß: »Nein, niemals! Mit diesen Menschen will ich nie wieder etwas zu tun haben.«
Zögernd ging Julia zur Tür.
»Ich muss jetzt gehen, aber du weißt, dass ich für dich da bin, wenn du jemanden zum Reden brauchst. Ich denke, für heute ist genug geschehen. Habe ich dir eigentlich gesagt, wie beeindruckt ich bin, dass du Emma und Judith in dein Haus aufnimmst? Ich wusste schon immer, was für ein gutes Herz du hast, liebe Marianne.«
Marianne nickte Julia zum Abschied zu, und wenig später fuhr auch schon der Wagen, den sie beauftragt hatte, die beiden Frauen abzuholen, vor das Haus. Marianne eilte nach unten, um zu helfen, Judith hinaufzutragen, und nichts ließ darauf schließen, wie aufgewühlt sie innerlich war. Instinktiv spürte Marianne, dass sie erneut an einem Wendepunkt in ihrem Leben angekommen war.

16. Kapitel

»He, du fauler Hund!« Ein schmerzhafter Tritt in die Rippen weckte Neill Mackay. »Aufstehen, du hast nur bis sechs Uhr bezahlt, und jetzt ist es fünf Minuten nach.«
Verschlafen richtete sich Neill auf und blinzelte. Ein bulliger Kerl stand vor seinem Bett – oder vielmehr das, was man in dieser Unterkunft für einen Halfpenny als Schlafstatt bekam – und deutete unmissverständlich auf die Tür.
»Ich bin schon weg«, murmelte Neill und stopfte seine Sachen in einen Beutel. Viel war es nicht, was er besaß, aber er hatte sich angewöhnt, nachts darauf zu schlafen, denn sonst hätten die an-

deren finsteren Gestalten ihm wohl noch diese wenigen Habseligkeiten geklaut. Nachdem er sich in einem engen, finsteren Hinterhof notdürftig das Gesicht mit eiskaltem Wasser aus einer Pumpe gewaschen hatte, fühlte er sich zwar munter, sein Magen jedoch knurrte laut und vernehmlich. Neills letzte warme Mahlzeit lag drei Tage zurück, seitdem hatte er sich nur von trockenem Brot und einmal einem kleinen, trockenen Stück Käse ernähren können. Als er das Gebäude, in dem man für einen halben Penny eine harte Pritsche mit einer schmuddeligen Decke bekam, aber wenigstens ein Dach über dem Kopf hatte, verließ, fing es wieder an zu regnen. Neill seufzte. Er war an unwirtliches und kaltes Wetter gewöhnt, Wind, Regen oder auch Schnee machten ihm nichts aus, aber heute würde es wieder schwierig werden, eine Arbeit zu finden. Mit was für Plänen war er von zu Hause fortgegangen, um sich jenseits des Atlantiks in dem Land, wo offenbar jeder, der fleißig und strebsam war, reich werden konnte, eine neue Existenz aufzubauen. Jetzt saß er bereits seit drei Wochen in Edinburgh fest, da kein Schiff nach Amerika auslief.

»Vor April oder gar Mai wird die Route nicht befahren, denn die Fahrt um die Nordspitze herum ist bei Stürmen zu gefährlich.« Diese Auskunft hatte Neill von einem freundlichen Hafenarbeiter erhalten. »Versuchen Sie es doch in Liverpool, da laufen auch in dieser Jahreszeit mehrmals in der Woche Schiffe nach New York oder Boston aus.«

Neill hatte sich nicht getraut zu fragen, wo sich dieses Liverpool befand. Später hatte er dann festgestellt, dass es weit im Süden – in England – lag. Das war zu weit für ihn, denn er hatte nur noch ein paar Pennys in der Tasche, die für eine Reise gen Süden nicht ausreichten. Seitdem verdingte er sich als Tagelöhner im Hafen von Leith und hoffte, bald auf einem Schiff, das nach Amerika fuhr, anheuern zu können. An manchen Tagen verdiente er gut – immer dann, wenn ein Schiff vom Festland kam und er beim

Löschen der Ladung helfen konnte –, an anderen Tagen jedoch gab es für ihn nichts zu tun. Kürzlich hatte er in einem Gasthaus den Boden gekehrt und gewischt und dafür lediglich einen wässrigen Eintopf mit ein paar fettigen Wurststücken darin erhalten. Da die Nächte frostig und feucht waren, war Neill gezwungen, sein Geld in Herbergen, die Obdachlosen Unterkunft für eine Nacht boten, auszugeben. Er hoffte auf besseres Wetter, dann würde ihm ein Schlafplatz unter einer Brücke ausreichen, aber der Frühling schien in Edinburgh noch fern zu sein.

Bis zur Mittagszeit irrte Neill umher, aber niemand hatte Arbeit für ihn. Zwar lief ein Kohledampfer aus England ein, aber die Besatzung hatte ihre eigenen Leute zum Löschen der Ladung. Neill war beinahe übel vor Hunger. Gerade als er überlegte, seinen letzten verbliebenen Halfpenny in eine warme Suppe und ein Bier zu investieren und dafür die folgende Nacht unter freiem Himmel zu verbringen, sprach ihn ein älterer, gut gekleideter Herr an.

»Sind schwere Zeiten, nicht wahr?« Neill wusste nichts zu antworten, da der Herr jedoch freundlich lächelte, nickte er nur.

»Arbeit kann ich Ihnen keine geben, guter Mann, aber Sie sehen hungrig aus.« Der Fremde entnahm seiner Aktentasche ein in Zeitungspapier eingewickeltes kleines Päckchen und drückte es Neill in die Hand. »Hier, sind zwar nur Butterbrote mit Käse, aber meine Frau gibt mir immer viel zu viel mit. Sie meint es nur gut, und ich möchte sie nicht verletzen, indem ich ihr sage, dass ich immer nur die Hälfte essen kann.«

»Danke.« Neill fühlte sich zwar wie ein Bettler, der Almosen annahm, aber das nagende Gefühl in seinem Magen war so unerträglich, dass er sich nicht dafür schämte. Früher, auf St. Kilda, hatte er das Wort Scham überhaupt nicht gekannt, und die letzten Wochen hatten ihn gelehrt, nicht wählerisch zu sein, wenn er überleben wollte.

Der fremde Herr lächelte ihm noch einmal aufmunternd zu, und

Neill wartete, bis er außer Sicht war, bevor er die Brote auswickelte und herzhaft hineinbiss. Er fand einen Torbogen und stellte sich darunter, um vor dem stärker werdenden Regen, in den sich immer mehr Schnee mischte, geschützt zu sein. Nachdem er sich die Brote, die für ihn köstlicher als ein Stück Fleisch waren, hatte schmecken lassen, dachte er an die beiden Frauen, die er letzte Woche zufällig getroffen hatte. Offenbar war es das Schicksal von ehemaligen St. Kildanern, auf dem Festland in ärmlichen Verhältnissen zu leben. Wenn die eine der beiden Frauen ihn nicht angesprochen hätte, hätte er die Töchter von Reverend Munro nicht wiedererkannt. Als sie St. Kilda verließen, waren sie noch Kinder gewesen, und er hatte sich damals schon weder für die Schule und noch weniger für den Reverend und seine Familie interessiert. Ihr Gespräch war kurz gewesen, denn Neill hatte nicht gewusst, was er sagen sollte. Die Bemerkung der Jüngeren, sie habe erfahren, Màiri Daragh wäre vor vielen Jahren gestorben, hatte Neill jedoch einen Schock versetzt. Damals, als Màiri von dem fremden, reichen Paar mitgenommen wurde, hatte er geschworen, ihr bald aufs Festland nachzureisen, um sie zu suchen. Aber dann hatte Màiri ihm nie geschrieben. Weder ihm noch ihren Eltern oder sonst jemandem auf St. Kilda. Und das, obwohl Màiri gut lesen und schreiben konnte. Irgendwann hatte Neill die Meinung seiner Urgroßmutter geteilt. Kenna hatte ihm gesagt, Màiri lebe jetzt in einer anderen Welt, die ihr viele schöne Dinge biete, in der sie feine Kleidung trage und mit Leuten verkehre, die nicht tagein, tagaus nach Fisch rochen.

»Màiri hat uns und St. Kilda längst vergessen, Neill«, hatte Kenna ihn getröstet, als er ein Jahr später immer noch traurig war, wenn das Postboot Hirta verließ, ohne ihm einen Brief gebracht zu haben.

»Sie hat doch versprochen, mich zu heiraten, Urma!«

Kenna lachte, und ein bitterer Unterton lag in ihrer Stimme, als sie sagte: »Ihr wart Kinder, mein Junge. Màiri war immer schon etwas Besonderes. Sie ist sehr intelligent, und ich kann ihr nicht verübeln, wenn sie die Chance, die sich ihr jetzt bietet, ergreift.« Kenna legte ihre knochige Hand auf Neills Schulter. »Vergiss das Mädchen, sie gehört nicht mehr zu unserer Welt. Es ist besser, sie kommt niemals wieder hierher.« Kennas Blick hatte sich getrübt, und die folgenden Worte waren so leise gewesen, dass Neill sie nur mit Mühe verstehen konnte. »Besser für sie und besser für uns alle hier.«

Er hatte nicht gefragt, was Kenna damit meinte, denn er war darüber, dass Màiri ihn vergessen hatte, sehr verletzt gewesen.

In den folgenden Jahren hatte Neill dennoch oft an Màiri gedacht, mit der Zeit jedoch akzeptiert, dass er sie niemals wiedersehen würde. Bestimmt war sie sehr schön geworden, vielleicht hatte sie inzwischen sogar geheiratet. Die Nachricht, sie wäre seit langem nicht mehr am Leben, hatte Neill sehr zugesetzt, ihn jedoch in seinem Entschluss, nach Amerika auszuwandern, bekräftigt. In Schottland gab es nichts, was ihn hielt, und auf St. Kilda noch viel weniger. Nicht nach dem, was dort geschehen war ...

Nein, er wollte jetzt nicht daran denken, was ihn von zu Hause fortgetrieben hatte, sondern in die Zukunft schauen. Irgendwie würde er die Zeit, bis er auf einem Schiff anheuern könnte, überbrücken und dann in eine vielversprechende Zukunft aufbrechen.

Während dieser Gedanken hatten seine Finger die Zeitungsseite, in die das Brot eingewickelt war, glatt gestrichen. Er warf einen Blick darauf und wollte das Papier schon achtlos in die Gosse werfen, als ihm plötzlich der Name *Daragh* ins Auge sprang. Hastig trat er aus dem Torbogen ins Licht und entzifferte mühselig die Überschrift *Großer Erfolg in Paris für Marianne Daragh – die schottische Malerin stellt ihre neuen Gemälde in Edinburgh aus.*

Marianne Daragh … Grübelnd zog Neill die Unterlippe zwischen die Zähne. Seltsam, gerade hatte er an Màiri gedacht, und schon las er in der Zeitung über eine Frau mit demselben Nachnamen. Neill wusste nicht, ob der Name Daragh in Schottland weit verbreitet war. Tatsache war jedoch, dass es niemand aus Màiris Familie sein konnte, denn von den Daraghs auf St. Kilda hatte niemand je die Insel verlassen. Es war sicher bloß ein Zufall, dennoch ließ Neill der Gedanke nicht los, dass diese Malerin eventuell mit Màiri verwandt sein könnte. Mühsam, da er seit über zehn Jahren nichts mehr gelesen hatte, versuchte Neill, den ganzen Artikel zu entziffern. Von einer Ausstellung an der *Royal Scottish Academy* war die Rede, die die Künstlerin gegen Abend höchstpersönlich eröffnen würde. Unwillkürlich fiel Neills Blick auf das Datum der Zeitung. Sie war von heute Morgen! Das hieß, die Ausstellung würde heute eröffnet, und er hatte die Möglichkeit, einen Blick auf Marianne Daragh zu werfen. »Warum nicht? Heute bekomme ich eh keine Arbeit mehr, warum sollte ich nicht hingehen?«, sagte er laut zu sich selbst und trat auf die Straße. Nach ein paar Schritten hielt er einen besser gekleideten Herrn an und fragte, wo sich diese Akademie befand.

Der Mann blickte ihn befremdet an. »Mitten in Edinburgh, natürlich. Wo denn sonst?«

Neill dankte und ging rasch davon. Er konnte sich denken, welchen Eindruck er auf den Herrn gemacht hatte: durchnässt, abgemagert und in abgetragener Kleidung. Was wollte so ein Mensch in einer der führenden Kunstgalerien Edinburghs? Während er sich auf den Weg in die Stadt machte – der Hafen Leith lag dreieinhalb Meilen nordöstlich des Stadtzentrums –, fragte er sich, was er sich erhoffte. Eine zufällige Namensgleichheit war alles, was ihn veranlasste, diese Marianne Daragh persönlich aufzusuchen. Wahrscheinlich würde sie gar nicht mit ihm sprechen wollen, zumal sie heute ihre Ausstellung eröffnete. Während Neill den Claremont Park passierte, überlegte er, wieder kehrtzumachen und seine Zeit doch lieber in die Arbeitssuche zu investieren. Er hatte keinen Penny mehr in der Tasche, das ihm großzügig überlassene Brot war das Einzige, was er heute in den Magen bekommen würde, und wo er die kommende Nacht schlafen sollte, stand völlig in den Sternen. Dennoch setzte er einen Schritt vor den anderen. Beinahe war es, als dränge ihn eine unbekannte Macht, der er hilflos ausgeliefert war, vorwärts.

Der Regen trommelte auf das Kutschendach, als sie in die Princess Street einbogen. Marianne war froh, ein warmes Kleid, das vielleicht nicht ganz so elegant war wie das ursprünglich gedachte, und ihren gefütterten Mantel angezogen zu haben, denn in den Regen mischte sich immer mehr Schnee, und der Wind war schneidend kalt. Sie konnte es sich nicht leisten, sich zu erkälten, da der Galerist in Paris bis Ende des nächsten Monats drei neue Bilder erwartete, und bei der heutigen Ausstellungseröffnung wollte sie den Gästen nicht mit triefender und roter Nase entgegentreten. Als sie letzte Woche die Nachricht erhalten hatte, sie möge in der *Royal Scottish Academy* die Eröffnungsrede halten, hatte Marianne dies zuerst für einen Scherz gehalten. Dann jedoch hatte sie in allen Edinburgher Zeitungen Artikel über ihre Ausstellung in Paris gelesen.

Schottische Künstlerin erobert Paris im Sturm
Wir sind sehr stolz, dass sich die Edinburgher Malerin Marianne Daragh mit ihren Werken nun auch in Frankreich etabliert hat.

Dies schrieb die *Edinburgh Gazette,* und andere Blätter fanden ähnliche, äußerst wohlwollende Worte. Bei Julia de Lacourt, die immer noch als Mariannes Agentin fungierte, häuften sich die

Angebote und Aufträge. Um diese alle zu erledigen, würde Marianne bis Ende dieses Jahres voll beschäftigt sein. Es war schade, dass Julia sie heute nicht zu der Ausstellung begleiten konnte, aber die Ärmste lag seit zwei Tagen mit Schnupfen und Husten mit Bett. Marianne hoffte, dass es der Freundin bald besserging und die Erkältung sich nicht zu einer Lungenentzündung ausweiten würde.

Die Kutsche hielt am Straßenrand direkt vor dem schmalen Fußweg, der zum Eingang der Akademie führte. Während des Aussteigens sah Marianne einige Passanten, die sich interessiert nach ihr umdrehten, und hörte hier und da jemanden ihren Namen flüstern. Noch vor ein paar Wochen wäre ihr diese Popularität peinlich gewesen, doch nach Paris hatte sich dies geändert. Eigentlich hatte sich ihr ganzes Leben geändert, seit sie aus Frankreich heimgekehrt war. Nicht nur, dass sie keine unerfahrene Jungfrau mehr war, in Paris hatte sie gelernt, Bewunderung anzunehmen und sich nicht schüchtern und verlegen in eine Ecke zu verdrücken. Gut, manche Leute meinten ihre Worte nicht ehrlich und wollten ihr nur schmeicheln, aber Marianne hatte es nicht nötig, von jedem nur nette und freundliche Worte über ihre Arbeit zu hören. Sie wusste, was sie konnte – und auch, was sie nicht konnte. Niemals, und selbst wenn sie täglich üben würde, könnte sie die Pinselführung und Farbenmischung eines William Turners erreichen. Sie wollte ja auch niemanden kopieren, sondern ihren eigenen Stil prägen und diesen weiterentwickeln. In ihrem Kopf gab es noch so viele Bilder von St. Kilda und so viele Erinnerungen, die sie auf die Leinwand bannen wollte.

Marianne zog sich die Kapuze ihres Mantels über den Kopf, während sie den schmalen, gepflasterten Weg zum Eingang eilte. Zwei Herren kamen ihr mit einem Schirm entgegen.

»Miss Marianne, welch ein scheußliches Wetter«, rief der Ältere. Mr. Scott war der Leiter der *Royal Scottish Academy*, der es sich nicht nehmen ließ, die Künstlerin persönlich hineinzubegleiten.

Marianne nickte, und plötzlich trat ein junger Mann neben sie.
»Ich muss Sie sprechen, Miss Daragh.«
Bevor Marianne sich zu ihm umdrehen konnte, rief Mr. Scott zornig: »Mach, dass du wegkommst! Wie kannst du es wagen, die Dame zu belästigen?«
»Verzeihen Sie, aber ich wollte nur ...«
Irgendetwas in der Stimme des Mannes, der tropfnass und mit gesenktem Kopf vor ihr stand, ließ Marianne aufhorchen. Er sprach einen in Edinburgh unüblichen Dialekt, aber es schwang ein Klang in seiner Stimme, den sie nicht nur kannte, sondern den sie früher selbst gesprochen hatte.
»Lassen Sie nur, Mr. Scott«, sagte Marianne und trat auf den Mann zu. Er hob den Kopf und sah Marianne mitten ins Gesicht.
»Neill!«
Neill Mackay erbleichte. Ungläubig weiteten sich seine Augen.
»Màiri? Du bist Màiri, nicht wahr? Wie kann das sein?«
»Nicht hier und nicht jetzt.« Schnell sah sich Marianne um und senkte ihre Stimme. »Ich habe hier zu tun, aber in einer ... nein, besser in zwei Stunden kann ich hier wieder gehen.«
Mr. Scott hatte die Szene aus halbzusammengekniffenen Augen beobachtet. Er packte Neill am Arm und schob ihn aus dem Weg.
»Ich muss Sie bitten zu gehen. Gleich werden die Gäste eintreffen, da können Sie hier nicht mehr herumlungern.« Er warf Marianne einen fragenden Blick zu, die diesen jedoch unbeantwortet ließ. Sie konnte sich denken, was er dachte, denn Neill Mackay befand sich in einem erbärmlichen Zustand. Er war nicht nur nass, sondern man sah ihm an, dass das Schicksal es in letzter Zeit nicht gut mit ihm gemeint hatte. In ihrem Kopf wirbelten die Gedanken durcheinander. Mehrere Tage hatte sie sich in beinahe jeder Herberge der Stadt erfolglos nach Neill erkundigt und angenommen, er habe Edinburgh längst verlassen. Und nun stand er plötzlich vor ihr. Am liebsten hätte sie auf die Er-

öffnung der Ausstellung verzichtet, denn sie wollte so schnell wie möglich mit Neill sprechen, aber das konnte sie sich nicht erlauben. Zweihundert geladene Gäste warteten auf sie, die sie nicht enttäuschen konnte. Sie musste ihre Pflicht erfüllen und hoffen, sich so bald wie möglich verabschieden zu können.
»Mr. Scott, ich komme gleich.« Marianne bemühte sich, sich ihre Aufregung nicht anmerken zu lassen. Er verstand und ging hinein, nicht ohne Neill noch einen skeptischen Blick zuzuwerfen. Marianne nestelte ihren Geldbeutel aus der Rocktasche, entnahm diesem eine Pfundnote und reichte sie Neill, dessen Gesicht sich sofort verschloss.
»Das nehme ich nicht an.«
»Rede keinen Blödsinn«, zischte Marianne ihm leise zu. »Gegenüber ist ein Café. Warte dort bitte auf mich.«
Neill zögerte, dann griff er doch nach dem Geldschein und steckte ihn schnell in seine Jackentasche, denn er fror und war schon wieder hungrig.
»Ich zahle es dir natürlich zurück …«
»Darüber sprechen wir später«, unterbrach Marianne ihn. »Ich muss jetzt gehen, aber ich komme so schnell wie möglich zu dir. Bitte, geh nicht fort!«

Marianne wusste später nicht, wie sie die nächsten Stunden überstanden hatte. Die Eröffnungsrede hatte sie mehrmals geprobt, daher trug sie diese ohne zu stocken oder von einem Zettel abzulesen vor. Dann begrüßte sie einzelne Gäste persönlich und wechselte mit den meisten ein paar Worte über die Ausstellung. Danach wurde sie von Mr. Scott Dutzenden von Fremden vorgestellt, schüttelte unverbindlich lächelnd zahlreiche Hände und nahm Komplimente über ihre Arbeit entgegen. Ihr Blick irrte dabei immer wieder zur Uhr, und ihre Gedanken weilten bei Neill Mackay. Einem Reporter der *Edinburgh Gazette* musste sie Fragen beantworten und dabei ihre ganze Konzentration aufbringen, um den Mann nicht spüren zu lassen, wie sehr ihr sein Interesse auf die Nerven ging. Eine Ewigkeit schien vergangen zu sein, bis Marianne nicht mehr im Mittelpunkt des allgemeinen Interesses stand. Ohne von jemandem bemerkt zu werden, holte sie ihren Mantel und verließ den Ausstellungsraum. Der Regen hatte inzwischen nachgelassen, und Marianne lief schnell über die Straße zu dem Café. Sie stieß die Tür auf und sah sich atemlos um. Als sie Neill nicht sofort sah, befürchtete sie schon, er wäre verschwunden, doch dann entdeckte sie ihn in einer Nische in der hintersten Ecke.

»Neill, du hast gewartet.« Die Erleichterung stand Marianne ins Gesicht geschrieben.

Während Neill ihr aus dem Mantel half, merkte sie, wie sie zitterte. Sie bestellte einen Tee. Am liebsten hätte sie auch einen Whisky getrunken, aber eine Dame trank in der Öffentlichkeit keinen Alkohol. Bis die Kellnerin den Tee brachte, schwieg Neill und starrte sie nur an. Das gab Marianne Gelegenheit, ihn eingehend zu betrachten. Der Jugendfreund hatte sich kaum verändert. Natürlich war er älter und reifer geworden – Neill Mackay war jetzt ein richtiger Mann –, seine hellen Haare wuchsen immer noch in alle Richtungen und schienen nicht zu bändigen zu sein, und seine grauen Augen schimmerten wie ein nasser Felsen in der Bucht von Hirta. Da Neill in Mariannes Erinnerung stets der Junge von damals geblieben war, irritierte sie sein Vollbart ein wenig, der jedoch hell wie sein Haar und nicht besonders dicht war.

»Warum hast du St. Kilda verlassen?«, fragte Marianne, nachdem sie einen Schluck Tee getrunken hatte.

Über Neills Gesicht fiel ein Schatten. »Das ist eine lange Geschichte.«

Marianne lehnte sich zurück. »Ich habe Zeit.«

Neill schüttelte jedoch den Kopf und senkte seine Stimme.

»Sag du mir zuerst, warum du dich Marianne nennst. Es war ein

Schock für mich, dich zu sehen. Erst vor ein paar Tagen erfuhr ich, du wärst vor vielen Jahren an einer Krankheit gestorben.«
»Ich weiß, ich habe Emma und Judith Munro getroffen.« Marianne seufzte. Am liebsten hätte sie nach Neills Hand, die auf der Tischplatte lag, gegriffen, aber der einstige Freund war so unnahbar, dass sie vor einer solchen Vertraulichkeit zurückschreckte. »Meine Geschichte ist ebenso lang. Emma Munro sagte, du willst nach Amerika?«
Neill nickte. »Vor dem Frühjahr läuft jedoch kein Schiff in die Neue Welt aus.« Er lächelte bitter. »Ich dachte, auf dem Festland wäre alles besser, dabei scheint es hier nicht viel anders zu sein als zu Hause. Auch dort mussten wir monatelang auf ein Schiff warten. Und dass hier Milch und Honig fließen, konnte ich bisher auch nicht feststellen.«
Das sieht man dir an, dachte Marianne, sagte jedoch: »Glaub mir, Neill, das Leben ist hier zwar anders, aber nicht unbedingt besser. Du hast sicher eine schwere Zeit hinter dir, und ich möchte so vieles von dir wissen. Aber nicht hier.« Sie sah sich in dem Café um, das sich jetzt in den Abendstunden füllte. »Lass uns zu mir gehen. Emma soll uns etwas kochen, und dann reden wir.«
»Emma?«
»Ja, ich habe die Munro-Schwestern in meinen Haushalt aufgenommen.«
Seine Augenbrauen zuckten nach oben, und er erwiderte spöttisch: »Du bist wahrlich eine Dame geworden, wenn du dir Angestellte leisten kannst. Ich glaube nicht, dass ich der richtige Umgang für dich bin ...«
»Ach, halt den Mund!« Marianne hatte so laut gesprochen, dass sich ein Paar am Nebentisch pikiert zu ihnen umdrehte. »Die letzten Jahre haben uns zwar in verschiedene Richtungen gebracht, aber wir sind doch immer noch Freunde.« Sie zögerte und fügte hinzu: »Oder nicht, Neill? Wir sind doch noch Freunde?«

Er senkte den Blick. »Warum hast du mir nie geschrieben?«
»Das habe ich!« Nun legte Marianne doch ihre Hand auf die seine. Sollten die Leute denken, was sie wollten. »Anfangs jede Woche, und meine Briefe wurden dann mit dem Schiff nach St. Kilda gebracht, aber du hast mir nie geantwortet.«
»Ich habe nie einen Brief erhalten.« Neill sah sie überrascht an.
»Zwei Jahre lang habe ich die Ankunft des Schiffes kaum erwarten können, weil ich hoffte, eine Nachricht von dir zu erhalten. Es kam jedoch nie ein Lebenszeichen von dir. Kenna meinte, du würdest mit mir und allen auf St. Kilda nichts mehr zu tun haben wollen und hättest deine Freunde vergessen.«
»Dann hat Lady Eleonor meine Briefe abgefangen«, murmelte Marianne. »Und ich war traurig, von dir nichts zu hören und dachte, du hättest ...« Erschrocken verstummte sie.
»Ich hätte was?«, fragte Neill prompt.
»Mich ebenfalls vergessen«, antwortete Marianne hastig und stand auf. »Lass uns bitte gehen.«
Neill zögerte, dann gab er sich einen Ruck. Er runzelte unwillig die Stirn, als Marianne auf der Straße einer Mietdroschke winkte, denn einen solchen Luxus kannte er nicht. Neill musste jedoch zugeben, dass es wesentlich bequemer und angenehmer war, auf diese Art und Weise durch die Stadt zu fahren, zumal Mariannes Wohnung in der Altstadt lag.
Staunend sah er sich in den großzügig geschnittenen Räumen um.
»Hier wohnst du ganz allein?«, fragte er erstaunt.
»Nicht ganz, ich sagte ja bereits, dass Emma und Judith bei mir leben und mir den Haushalt führen.«
Marianne klopfte an eine Tür, die sogleich von Emma Munro geöffnet wurde. Als sie Neill Mackay erkannte, weiteten sich ihre Augen vor Überraschung, und in ihrer Stimme klang Freude, als sie rief: »Du hast ihn tatsächlich gefunden!«
»Nun, sagen wir, er hat mich gefunden.« Marianne lachte. »Wir

sind schrecklich hungrig, Emma. Machst du uns bitte etwas zu essen?«
Emma nickte. »Von heute Mittag ist noch Braten übrig, ich wärme ihn gleich auf und mache frische Kartoffeln dazu. Ich sage nur noch Judith Bescheid, dass wir einen Gast haben.«
Marianne lächelte über Emmas Eifer. Es war eine gute Entscheidung gewesen, die beiden Schwestern aufzunehmen. Nicht nur, dass Marianne sich nicht mehr selbst um die lästige Hausarbeit kümmern musste und sich stattdessen dem Malen widmen konnte, Emma wurde allmählich wieder zu ihrer Freundin. Marianne nahm Neill an der Hand und zog ihn den Flur entlang. Am Ende öffnete sie eine Tür und entzündete das Gaslicht. »Schau, das ist mein Atelier.«
Auf St. Kilda gab es keine Kunst, daher konnte Neill mit Gemälden nicht viel anfangen. Er erkannte jedoch auf den ersten Blick die Motive. Überrascht trat er zu den Bildern.
»Das ist die Village Bay!«, rief er. »Und hier … die südlichen Klippen von Boreray … und die Glen Bay … Stac an Armin …«
Er drehte sich zu Marianne um, in seinem Augen stand aufrichtige Bewunderung. »Das hast du alles gemalt? Ich verstehe von solchen Sachen nichts, aber wenn ich die Bilder ansehe, ist es, als wäre ich wieder zu Hause.«
Marianne trat neben ihn und ließ ihren Kopf an seine Schulter sinken.
»Warum bist du fortgegangen? Ich dachte, du würdest St. Kilda nie verlassen, denn du warst immer mit der Insel verwurzelt.«
»Das dachte ich von dir auch, Màiri.« Marianne wurde es beim Klang ihres richtigen Namens warm. »Du hast mich bisher nicht nach deinen Eltern gefragt«, sagte er plötzlich, obwohl er das Thema lieber nicht angesprochen hätte. Aber früher oder später würde Marianne nach Annag und Ervin fragen, dann wollte er es lieber gleich hinter sich bringen. Überrascht bemerkte er, wie Marianne zusammenzuckte.

»Wie geht es ihnen?«, fragte sie tonlos, während ihr Herz vor Aufregung schneller pochte.
Neill überlegte sich jedes Wort, bevor er antwortete: »Annag, deiner Mutter, geht es gut, aber ...«
»Vater ist tot?«, rief Marianne, und Neill bemerkte überrascht, wie sich ihre Wangen vor Aufregung röteten. Sicher täuschte er sich, wenn er in ihren Augen einen erwartungsvollen Ausdruck zu erkennen glaubte. Schnell schüttelte er den Kopf.
»Nein, nein, aber ...« Wie sollte er ihr die Wahrheit sagen? Eine Wahrheit, die so unvorstellbar war, dass er heute, zwei Monate nach dem Vorfall, es immer noch nicht glauben konnte und manchmal dachte, es wäre nur ein böser Alptraum gewesen.
»Was ist geschehen?« Eindringlich sah Marianne Neill an. »Hat mein ... hat Ervin etwas gemacht, was dich vielleicht schockiert hat?«
Neill zuckte zurück. »Du weißt es?« Nein, unmöglich, dass Màiri den wahren Charakter ihres Vaters kannte. Sie war, als sie fortging, doch noch ein Kind gewesen.
Marianne nickte, ihre Mundwinkel zuckten. Gleich würde sie anfangen zu weinen. Du meine Güte, nach so langer Zeit brodelten ihre Gefühle immer noch wie glühende Lava unter der Haut, bereit, schon bei Erwähnung ihres Vaters an die Oberfläche zu brechen.
»Er hat versucht, mich zu verführen.« Tonlos hatte Neill die Worte geflüstert. Er war nicht in der Lage, Marianne anzusehen.
»Du kannst unmöglich wissen, was dein Vater getan hat. Nachdem du Hirta verlassen hast, veränderte sich Ervin. Er trank zu viel und machte bei der Arbeit Fehler, die ihm zuvor nie passiert wären. Zuerst dachten wir, es wäre der Kummer, seine Tochter verloren zu haben, doch dann gab es ... Anzeichen, dass er sehr vertraulich mit manchen Männern umging. Wenn Ervin getrunken hatte, verhielt er sich oft sehr peinlich. Lediglich Kenna, meine Urma, hatte den Mut, mit ihm und mit Annag zu spre-

chen, aber es änderte sich nichts an Ervins Verhalten. Und dann ... kurz nach Weihnachten ... im vergangenen Jahr ...« Neill stockte, seine Stimme zitterte, und er drehte Marianne den Rücken zu, als er fortfuhr: »Ervin hatte wieder einmal zu viel getrunken. Wir waren bei Robert, und man bat mich, Ervin nach Hause zu bringen, da er selbst kaum noch laufen konnte. Sobald wir allein waren, fing er an, mich ... anzufassen ... er wollte mich küssen. Ich sagte, er solle damit aufhören, aber du kennst deinen Vater. Er ist groß und kräftig. Plötzlich packte er mich, warf mich zu Boden und versuchte, mir meine Hose auszuziehen ...«

Marianne schlang beide Arme von hinten um Neills zuckenden Oberkörper. Sie spürte, wie er lautlos weinte, und auch sie konnte die Tränen nur mit Mühe zurückhalten.

»Wenn es Weihnachten war, wie kommst du dann jetzt aufs Festland?«, fragte sie, um Neill abzulenken. »Seit wann gibt es eine Verbindung während des Winters?«

»Ich hatte Glück. Ein größerer Fischkutter verirrte sich im Nebel nach Hirta. Trotz der widrigen Wetterumstände wollte der Kapitän seine Fahrt fortsetzen, und er nahm mich mit. Um nichts in der Welt wäre ich einen Tag länger als nötig in der Nähe deines Vaters geblieben.«

»Hast du es den anderen gesagt?«

Neill schüttelte den Kopf. »Vielleicht hätte ich es machen sollen, aber es hätte nichts geändert. Ich wollte nur noch fort. Ganz weit weg, und der Kapitän des Fischkutters erzählte mir von Amerika und den Möglichkeiten, die ein junger und kräftiger Mann dort hat.«

»Ach, Neill.« Liebevoll strich Marianne ihm eine Haarsträhne aus der Stirn. »Ich verstehe dich gut. Leider viel zu gut, denn ich habe es gewusst. Ja, Neill, es war einer der Gründe, warum ich den McFinnigans wie eine Sache, für die man keine Verwendung mehr hat, mitgegeben wurde. Meine Eltern wollten ... mich los-

werden.« Marianne wollte Neill von Adrian Shaw erzählen, aber sie hatte große Angst, er würde sofort gehen, wenn er davon erführe. Sie wollte jedoch nicht, dass er ging. Nicht jetzt, da sie ihren Jugendfreund endlich wiedergefunden hatte.
»Von Ervin hätte ich nie gedacht, dass er ... nun, ich habe nicht gewusst, dass es *so etwas* überhaupt gibt. Es ist so ... ekelhaft.«
»Lass uns nicht mehr davon sprechen, Neill.« Marianne stellte sich auf die Zehenspitzen und küsste Neill auf den Mund. »Wir haben ein neues Leben, das nichts mehr mit St. Kilda zu tun hat. Ich bin sicher, du wirst in Amerika Karriere machen.«
Neill riss sie so plötzlich und fest in seine Arme, dass Marianne für einen Moment die Luft wegblieb.
»Komm mit mir, Màiri. Du und ich – lass uns die letzten Jahre vergessen und gemeinsam ein neues Leben beginnen. Es mag vielleicht seltsam klingen, aber schon als Junge habe ich gewusst, dass ich dich liebe und dich heiraten möchte. Mein Schwur damals war kein Scherz, und jetzt werde ich ihn einlösen.«
Für einen Augenblick war Marianne geneigt, sich in Neills Umarmung fallen zu lassen, doch dann siegte ihre Vernunft. Sachte löste sie sich von ihm.
»Lass uns keine voreiligen Entschlüsse fassen«, sagte sie leise. »Du bleibst jetzt erst mal bei mir, dann sehen wir weiter.«
»Ich soll hier bei dir bleiben?« Verwundert hob er eine Augenbraue. »Das geht doch nicht, ich meine, die Nachbarn ...«
Marianne lachte. »Die Leute, die hier leben, sind alle mehr oder weniger Künstler. Wir haben eine andere Art zu leben, aber das musste ich auch lernen. Warte, bis du meine Freundin Julia kennenlernst. Ich wette, du wirst zuerst schockiert sein, aber es gibt keine liebenswertere Frau als sie.« Sie wandte sich zur Tür. »Also, ich habe jetzt Hunger. Wollen wir mal sehen, was Emma uns zu essen gezaubert hat.«
Obwohl sie beide hungrig waren, konnten weder Marianne noch Neill unbeschwert genießen, was Emma ihnen servierte. Immer

wieder begegneten sich ihre Blicke, und als Marianne nach dem Essen Neill bat, eine Flasche Wein zu öffnen, gingen sie wie selbstverständlich in Mariannes Schlafzimmer. Sie tranken jeder ein Glas, dann begann Marianne, sich langsam zu entkleiden. Neill starrte sie wie gebannt an. Er war unfähig, etwas zu sagen. Als sie nackt wie Gott sie geschaffen hatte vor ihm stand, schloss er sie in die Arme und küsste sie leidenschaftlich. Sie waren keine Kinder mehr, sondern Mann und Frau, deren Körper einander begehrten. Als Neill sie zum Bett trug und ebenfalls begann, seine Sachen auszuziehen, dachte Marianne für einen Moment an Alexander McFinnigan, an ihrem Traum, der längst Vergangenheit war. Neill jedoch war keine Wunschvorstellung und war hier an ihrer Seite. Sie kannten sich ihr ganzes Leben lang, und vor Neill brauchte Marianne sich nicht verstellen. Bei ihm konnte sie das sein, was sie trotz des Erfolges im Herzen immer noch war – das kleine, rothaarige und barfüßige Mädchen von St. Kilda. Was sie im Begriff waren zu tun, war gut und richtig. Worte waren nicht notwendig, als sich ihre beiden Körper fanden und vereinten. Es war, als wäre die Zeit stehengeblieben und die letzten dreizehn Jahre nicht existent. Doch sie liebten sich nicht mehr wie unschuldige Kinder, sondern wie zwei Menschen, die ihr halbes Leben auf diesen Moment gewartet hatten.

Marianne hatte recht behalten – niemand schien sich daran zu stören, dass sie und Neill zusammenwohnten. Die Munro-Schwestern erledigten ihre Arbeit meistens still und im Hintergrund, lediglich Emma ließ sich zu der Bemerkung: »Jetzt sind wir eine richtig kleine St.-Kilda-Gemeinschaft geworden«, hinreißen, worüber Marianne schmunzelte. So viele Jahre hatte sie nichts von ihrer Heimat gehört, und jetzt lebten gleich vier St. Kildaner unter einem Dach. Gut, Emma und Judith zählten eigentlich nicht richtig dazu, da sie ja nur kurze Zeit auf der Insel verbracht hatten, dennoch teilten sie gemeinsame Erinnerungen.

Neill sprach nie wieder über den Vorfall, der ihn veranlasst hatte, Hirta für immer den Rücken zu kehren, und auch Marianne erwähnte ihre Eltern nicht mehr. Er erzählte von der Zeit, als Kenna krank wurde, und von den Tagen, bevor sie starb. Als Neill dabei Schwester Wilhelmina erwähnte, zögerte Marianne, ob sie ihm sagen sollte, dass die Krankenschwester den alten Lord McFinnigan gepflegt hatte, entschied sich jedoch dagegen. Sie hatte von Wilhelmina Munro nie wieder etwas gehört. Vielleicht lebte sie gar nicht mehr in der Stadt. Offenbar wusste Neill nicht, was seine Urgroßmutter der Schwester auf dem Sterbebett anvertraut hatte. Also wollte sie selbst auch nicht an Vergangenes rühren, sondern in die Zukunft schauen.

Was Julia de Lacourt betraf, hatte Marianne die Freundin richtig eingeschätzt. Sie zeigte sich keinesfalls schockiert zu erfahren, dass Marianne unverheiratet mit einem Mann zusammenlebte. Stattdessen schloss Julia sie in die Arme und meinte: »Er tut dir gut, deine Augen haben lange nicht mehr so gestrahlt. Liebst du diesen Neill?«

»Ich weiß nicht.« Marianne seufzte und zuckte ratlos mit den Schultern. »Neill und mich verbinden so viele Erinnerungen, und früher dachte ich, wir würden eines Tages heiraten. Obwohl wir lange getrennt waren, ist keine Fremdheit zwischen uns. Wir sehen uns an, und jeder weiß, was der andere gerade denkt. Dennoch« – Marianne lächelte wehmütig –, »ich glaube nicht, dass ich mit ihm fortgehen möchte.«

»Fortgehen?« Julia sah sie erstaunt an.

»Neill möchte nach Amerika auswandern, und er hat mich gebeten, ihn zu begleiten – als seine Frau natürlich, aber ich kann mir nicht vorstellen, Schottland zu verlassen. Versteh mich nicht falsch, Julia, ich mag Neill, ich mag ihn sogar sehr, ich glaube aber nicht, dass ich mein ganzes Leben mit ihm verbringen will.«

Ungewöhnlich ernst nahm Julia Mariannes Hände und drückte sie.

»Du musst ihm das sagen!«, beschwor sie die Freundin. »Ich habe euch beobachtet – Neill liebt dich, du brichst ihm sonst das Herz. Er kann doch auch in Edinburgh bleiben und hier Arbeit finden.«

»So leicht ist das nicht.« Marianne schüttelte den Kopf. »Neill hat keine Schulbildung, er kann kaum lesen und schreiben, vom Rechnen ganz abgesehen, und bisher hat er immer nur Vögel gefangen. Der Vogelfang auf St. Kilda ist zwar eine der anstrengendsten und gefährlichsten Tätigkeiten, die du dir vorstellen kannst, dies nützt Neill in der Stadt allerdings nichts. Sein Stolz leidet sehr darunter, dass er von meinem Geld lebt und sich von mir aushalten lassen muss.«

Neill hatte Marianne nicht davon abhalten können, von ihr neu eingekleidet zu werden – natürlich auf ihre Kosten. Außerdem aß und schlief er unter ihrem Dach und lebte von ihrem Geld. Während Marianne malte, lief er auf der Suche nach Arbeit durch die ganze Stadt. Ab und zu bekam er für ein paar Stunden etwas zu tun, aber niemand wollte ihn fest anstellen, obwohl er kräftig und fleißig war. In der Altstadt wimmelte es von Männern, die keine Arbeit hatten und bereit waren, alles zu tun, damit ihre Familien nicht verhungerten. So konnte Neill nichts zu ihrem Haushalt beitragen, und das kränkte ihn über alle Maßen.

»Du bist offenbar sehr reich«, sagte er eines Abends zu ihr.
Marianne lachte. »Nun, das ist übertrieben. Sagen wir, ich habe mein Auskommen, jedenfalls im Moment. Als Künstlerin kann ich allerdings nie sicher sein, was die nächste Zeit bringt. Heute sind die Leute von meinen Bildern begeistert und kaufen sie, doch schon morgen kann sich die Mode und der Geschmack ändern, und niemand will mehr einen Daragh in seinem Salon hängen haben.«

»Dann komm mit mir nach Amerika!« Neills Augen funkelten vor Begeisterung. »Dort fragen die Leute nicht, woher du kommst und was du früher getan hast. Hauptsache, du bist gesund und kannst arbeiten. Auch noch Jahre nach dem schrecklichen Sezessionskrieg liegt im Süden viel Land brach. Dort braucht man fleißige Menschen. Wir könnten uns ein Stück Land kaufen und ...«

»Du und Rinder züchten!« Lachend unterbrach Marianne ihn. »Mein lieber Neill, du hast von Landwirtschaft genauso wenig Ahnung wie ich, ebenso vom Baumwoll- oder Tabakanbau. Und ich glaube nicht, mit dem Malen in Amerika so viel verdienen zu können wie hier. Dort drüben kennt mich und meine Bilder niemand, ich müsste wieder ganz von vorn anfangen. Der Geschmack der Amerikaner ist vielleicht ein ganz anderer, und niemand würde meine Gemälde kaufen wollen.«

»Als meine Frau brauchst du nicht zu arbeiten.« Neill runzelte die Stirn und sah Marianne ernst an.

»Malen ist für mich keine Arbeit«, entgegnete Marianne. »Es ist eher eine Berufung als ein Beruf. Außerdem – auf St. Kilda arbeiten die Frauen auch, und nicht minder schwer als ihr Männer.«

»Das ist etwas völlig anderes.« Marianne stellte überrascht fest, dass Neill ernsthaft verärgert war. »Wir Männer sind dafür geboren, unsere Frauen zu ernähren, während ...«

»Wir Frauen euch den Haushalt führen und sonst still und brav sind?« Abwehrend verschränkte Marianne die Arme vor der Brust, und in ihrer Stimme schwang ein scharfer Unterton mit, als sie fortfuhr: »Ich bin nun wirklich keine Anhängerin der Frauenrechtsbewegung, die auf dem Kontinent immer mehr um sich greift, aber ich bin nicht gewillt, mich vollständig einem Mann unterzuordnen und von ihm abhängig zu werden. Ich liebe meine Selbständigkeit viel zu sehr, als diese jemals aufzugeben und mich unter die Knute eines Ehemannes zu begeben.«

Während Mariannes Worten verfärbte sich Neills Teint dunkelrot, und er presste die Lippen zusammen. Ohne ein weiteres

Wort griff er nach seinem Mantel und verließ die Wohnung. Krachend fiel die Tür hinter ihm ins Schloss.

Marianne sank auf einen Stuhl. Erst jetzt merkte sie, wie sie zitterte. Es war der erste Streit zwischen ihnen gewesen, am liebsten wäre sie Neill nachgelaufen und hätte ihn zurückgeholt. Das jedoch käme einem Eingeständnis gleich, im Unrecht zu sein, aber Marianne hatte jedes Wort so gemeint, wie sie es gesagt hatte. Sie wollte nicht mit Neill streiten, aber sie wollte auch nicht mit ihm nach Amerika gehen, und noch weniger wollte sie als braves Hausmütterchen den Rest ihrer Tage an seiner Seite verbringen.

Marianne ging in ihr Atelier und entzündete die Gaslampen. Sie malte nicht gerne bei Licht, und sie würde das, was sie jetzt auf die Leinwand bannte, wahrscheinlich morgen wieder übermalen. Jetzt jedoch brauchte ihre Erregung ein Ventil. Mit nichts anderem konnte sie sich besser entspannen und nachdenken als mit einem Pinsel in der Hand.

Während sie die drei Primärfarben Kadmiumgelb, Krappkarmin und Preußischblau auf die Palette auftrug und begann, aus diesen Farben mit Zugabe von Weiß einen grünen Farbton herzustellen, schluckte sie mehrmals, um die Tränen, die ihr in die Augen steigen wollten, zurückzudrängen. Langsam, Strich für Strich, trug Marianne die Farbe auf die Leinwand auf, und es entstand eine niedrige Hecke, hinter der sich ein kleines Steinhaus duckte. Marianne war überrascht, wie ruhig ihre Hand den Pinsel führte, während sich ihr Gemüt so sehr in Aufruhr befand. Sie griff nach einem anderen, dünneren Pinsel, benetzte ihn mit der weißen Farbe und setzte kleine Tupfen, Blüten gleich, in die Hecke. Das Bild hatte sie vor vier Tagen begonnen, und es zeigte eines der alten Rundhäuser von St. Kilda, umgeben von etwa drei Dutzend Schafen. Wenn es fertig war, würde es zu der Kollektion gehören, die nach Paris versandt wurde. Marianne trat einen Schritt zurück und kniff die Augen ein wenig zusammen. Trotz des Lampenlichts war sie mit dem Ergebnis zufrieden. Nun begann sie, den grauen, wolkenverhangenen Himmel, mit dem sie bereits angefangen hatte, noch düsterer zu machen. Marianne malte stets in der Art, wie ihre Stimmung war, und jetzt wollte sie keinen blauen und strahlenden Himmel haben. Sie wusste nicht, wie viel Zeit vergangen war, bis sie mit dem Ergebnis zufrieden war. Das fast fertige Bild hatte etwas Düsteres, beinahe Bedrohliches, aber Marianne beschloss, es genau so zu lassen. Sie war deprimiert, und das Bild war ein Spiegel ihrer Seele geworden. Sie legte Palette und Pinsel zur Seite und zog ihren Kittel aus. Als sie auf die Uhr blickte, erschrak sie. Mitternacht war längst vorbei, aber Neill war noch nicht wieder zurückgekommen. Marianne ging zu Emmas und Judiths Zimmer und klopfte. Als niemand antwortete, öffnete sie leise die Tür. Im Zimmer war es dunkel, und Marianne hörte die regelmäßigen Atemzüge der beiden Schwestern. Sie seufzte. Neill war also nicht zurückgekommen, ohne dass sie es bemerkt hätte, denn dann hätte Emma ihr Bescheid gesagt. Sie ging in ihr Schlafzimmer und schaute aus dem Fenster. Edinburgh war eine Stadt, die niemals schlief. Zwar waren die Gaslaternen längst gelöscht, dennoch entdeckte Marianne einige Leute, die noch unterwegs waren. Um diese Nachtstunde waren sämtliche Bars und Kneipen geschlossen, und es war immer noch lausig kalt.

»Neill, wo bist du?«, flüsterte sie in die Stille ihres Zimmers, aber die Wände gaben ihr keine Antwort. Sie wusste, sie würde in dieser Nacht keinen Schlaf finden.

17. Kapitel

Dann gehen wir eben zurück nach St. Kilda.« Wie ein Häufchen Elend saß Neill im Sessel. Mit einer Hand hielt er einen Eisbeutel an die Stirn gepresst. In seinem Kopf schien eine ganze Mannschaft Bergleute damit beschäftigt zu sein, seine Schädeldecke Stück für Stück in Einzelteile zu zerlegen. Er hatte die Augen geschlossen, denn das helle Tageslicht verursachte ihm große Schmerzen. »Ich tue alles, was du willst, wenn wir nur zusammenbleiben können.«
»Ach, Neill.« Marianne seufzte, unterdrückte das Mitleid und legte eine Hand auf seine Schulter. Seine weinerliche Art berührte sie unangenehm. Das war nicht der Neill, den sie kannte. »Du solltest ein Bad nehmen, deinen Rausch ausschlafen, und dann sprechen wir darüber, ja?«
Langsam, da ihm jede Bewegung Pein bereitete, hob Neill den Kopf. Seine Augen waren von der durchzechten Nacht gerötet, und er roch, als wäre er in ein Bierfass gefallen. Vor einer Stunde war Neill plötzlich vor der Tür gestanden und Marianne, als sie öffnete, in die Arme getorkelt. Er war durch einige Pubs gezogen und im letzten irgendwann von der Bank gefallen und eingeschlafen. Der Wirt hatte ihn mit einem unsanften Tritt vor die Tür gesetzt, und Neill hatte die Nacht im Hinterhof des Wirtshauses verbracht, da er die Orientierung verloren hatte und nicht wusste, in welchem Teil der Stadt er sich eigentlich befand.
»Ich wollte mich nicht betrinken«, sagte er, um Verzeihung bittend. »Es tut mir leid …«
»Das kommt bei Männern manchmal vor.« Marianne griff nach einem kleinen silbernen Glöckchen, das auf dem Tisch lag, und klingelte. Nur einen Augenblick später erschien Emma, und Marianne bat: »Richte bitte ein heißes Bad her und brühe einen starken Kaffee auf.«

Emma warf einen Blick auf Neill und verstand. Mit einem Grinsen zog sie sich zurück, und Marianne ging neben Neill in die Hocke, damit sie ihm ins Gesicht sehen konnte.
»Du trägst dich wohl nicht im Ernst mit dem Gedanken, nach St. Kilda zurückzugehen? Nicht nach all dem, was geschehen ist.«
Neill zuckte mit den Schultern.
»Dein Vater war betrunken, er weiß wahrscheinlich gar nicht mehr, was geschehen ist. Wie es sich anfühlt, wenn man sich kaum noch an etwas erinnern kann, spüre ich gerade am eigenen Leib.« Er lächelte verkrampft und stöhnte sogleich, denn ein scharfer Schmerz, dem Stich eines Messers gleich, schoss durch seine Schläfen.
Obwohl er nach Alkohol roch, küsste Marianne Neill leicht auf die Lippen, dann stand sie auf und ging zum Fenster. Auf den Straßen herrschte Hochbetrieb, es war ein ganz normaler Arbeitstag. Wagen und Kutschen ratterten vorbei, Reiter hoch zu Ross trabten die Straße entlang, und Hunderte von Menschen eilten geschäftig hin und her. Trotz des geschlossenen Fensters drangen die Geräusche der Stadt ins Zimmer, und Marianne wurde an ihre erste Nacht in Edinburgh erinnert. Damals hatte sie wegen des Lärms nicht schlafen können und sich gefragt, wie die Menschen es in so einer Umgebung aushielten. Inzwischen hatte sie sich an die ständige Geräuschkulisse gewöhnt, jetzt jedoch holte sie die Erinnerung an die friedvolle Stille ihrer Heimat mit einer solchen Wucht ein, dass sie sich an die Fensterbank klammerte. Auf Hirta war die Nacht lediglich von den Schreien vereinzelter Seevögel und dem Blöken der Schafe erfüllt. Außer Mond und Sternen durchbrach kein Lichtschimmer die Dunkelheit, und in der Luft lag stets der Geruch nach Tang, Meer und Torf. Marianne schloss für einen Moment die Augen, und es war, als befände sie sich in der Village Bay. Sie meinte, das Plätschern der Wellen, die auf den flachen Strand schlugen, hören zu können, und ein Basstölpel zog seine Kreise am Himmel.

»Màiri, Liebes …« Sie hatte nicht bemerkt, dass Neill hinter sie getreten war. Er legte beide Arme um sie, und sie schmiegte sich an seine muskulöse Brust. »Du gehörst nicht hierher. Niemand, der auf St. Kilda geboren wurde, kann jemals an einem anderen Ort der Welt glücklich werden.«

St. Kilda … Die seit Jahren unterdrückte Sehnsucht in Mariannes Herzen, die sie lediglich durch ihre Bilder ausdrücken konnte, brach wie ein Damm nach heftigen Regenfällen, und Marianne fing an zu weinen. Bevor sie jedoch etwas sagen konnte, klopfte Emma, trat ein und meldete, dass Neills Bad fertig war.

»Schlaf dich aus«, flüsterte Marianne und strich Neill zärtlich über die Wange. »Ich wecke dich zum Lunch.«

Neill nickte und folgte Emma aus dem Zimmer. Obwohl Marianne die ganze Nacht vor Sorge um Neill nicht geschlafen hatte, war sie nicht müde. Mit seinem Vorschlag, nach St. Kilda zu gehen, hatte Neill eine Saite in ihr zum Klingen gebracht, die Marianne längst zerrissen glaubte. Sie sah sich in ihrem Wohnzimmer um – sah die schweren gelben Brokatvorhänge, den senfgelben flauschigen Teppich, die gepolsterten Sessel und den Tisch mit der polierten Platte. Im Kamin brannte ein Feuer, und der Raum war von einer angenehmen Wärme erfüllt. Wenn sie einen Wunsch hatte, zum Beispiel etwas zu essen oder zu trinken wollte, brauchte sie nur zu klingeln, und Emma brachte ihr das Gewünschte. Mariannes Kleid war zwar schlicht geschnitten und ohne Zierat, jedoch aus einem festen und guten Wollstoff und an keiner einzigen Stelle geflickt. Sie drehte sich wieder zum Fenster und lehnte ihre heiße Stirn an die kühle Scheibe. Mehr als die Hälfte ihres Lebens hatte Marianne die Annehmlichkeiten eines Lebens kennengelernt, die sich einem boten, wenn man nicht jeden Penny dreimal umdrehen musste. Wenn man den Winter nicht fürchten musste, da man immer über genügend Brennholz, ein dichtes Dach über dem Kopf und eine gut gefüllte Speisekammer verfügte. Ihr Leben bei den McFinnigans war nicht immer eitel Sonnenschein gewesen, und sie hatte oft hart gearbeitet, sich aber dennoch nie Sorgen um ihre nächste Mahlzeit machen müssen. Sie hatte Bücher lesen und lernen und viele Dinge erfahren und erkunden können, und es gab noch so vieles, was sie wissen und sehen wollte. Und sie hatte das Wunder der Liebe erlebt ...

Marianne schluckte. Warum musste sie ausgerechnet jetzt an Alexander McFinnigan denken? Obwohl sie ihn seit Jahren nicht mehr gesehen hatte, war die Erinnerung an seine hohe, schlanke Gestalt, sein schwarzes Haar, seine etwas zu große Nase und die hellbraunen Augen so real, als würde Alexander vor ihr stehen. Als sie als Malerin in Edinburgh die ersten nennenswerte Erfolge gefeiert und die Zeitungen immer mal wieder über sie berichtet hatten, hatte sie bei jeder Ausstellung gehofft, Alexander würde diese besuchen und ihr zu ihrem Erfolg gratulieren. Stets hatte sie sämtliche Besucher genau angesehen, und bei jedem dunkelhaarigen und großen Mann, der die anderen um einen Kopf überragte, hatte ihr Herz schneller geschlagen, aber immer war sie enttäuscht worden. Zwei- oder dreimal war Marianne kurz davor gewesen, Alexander zu schreiben und ihn um ein Treffen zu bitten, doch sie hatte es nie getan. In den Kreisen, in denen sie verkehrte, wäre es zwar nichts Anrüchiges gewesen, wenn sie als Dame einen Herrn um eine Verabredung bäte, aber ein Sir McFinnigan, der Earl von Ballydaroch – und das war Alexander seit dem Tod seines Vaters –, hätte wenig Verständnis dafür gezeigt. Dann hatte sich Marianne eingeredet, Alexander wäre es gar nicht wert, dass sie so oft an ihn dachte. Obwohl zwischen ihnen nie mehr als Freundschaft gewesen war und er wahrscheinlich nie gemerkt hatte, welch tiefe Gefühle Marianne für ihn empfand, wäre es doch freundlich gewesen, sich ab und zu nach ihr zu erkundigen. Hätte nicht die Höflichkeit es geboten, sie aufzusuchen und sich zu erkundigen, wie sie zurechtkam?

»Hör auf!«, rief Marianne sich zur Räson und presste ihre Finger auf die Schläfen. Seit Jahren suchte sie nach Entschuldigungen für Alexanders Missachtung ihr gegenüber, dabei war die Erklärung doch einfach: Er hatte sie längst vergessen und verschwendete keinen Gedanken mehr an sie. Alexander hatte eine andere Frau geheiratet und war mit dieser glücklich. Wenn sie sich zufällig irgendwo auf der Straße begegneten, würde er sie wahrscheinlich gar nicht mehr erkennen. Dennoch gelang es Marianne nicht, Alexander aus ihrem Kopf und noch weniger aus ihrem Herzen zu verbannen. Hatte sie deswegen mit Dean Lynnforth eine Nacht verbracht und unterhielt jetzt eine Beziehung zu Neill? Sie hatte Neill nie gefragt, ob es eine Frau in seinem Leben gegeben hatte, aber seine schüchternen und vorsichtigen Zärtlichkeiten ließen darauf schließen, dass er auf sexuellem Gebiet wenig Erfahrung hatte. Marianne hatte ihm nichts von Dean erzählt. Dies war eine einmalige Sache gewesen, und sie hatte Dean seit Paris nicht wiedergesehen, da er sich immer noch in Italien aufhielt. Marianne spürte jedoch jede Nacht, wenn sie mit Neill das Bett teilte, den Unterschied zwischen den beiden Männern. Dennoch schlief sie gerne mit Neill. In seinen Armen erlebte sie eine Geborgenheit, die sie nie zuvor gekannt hatte, außer in der Gegenwart von Alexander …

»Alexander, immer wieder Alexander!« Marianne knirschte mit den Zähnen, um nicht zu weinen. Gleichgültig, was sie tat und was sie dachte, Alexander McFinnigan ließ sich nicht aus ihrem Kopf vertreiben. Vielleicht sollte sie wirklich Neill heiraten, Edinburgh verlassen und eine Familie gründen. Kinder würden sie auf andere Gedanken bringen, und Neill würde sie gewiss niemals betrügen. Neill war für sie jedoch nicht mehr als der Freund aus Kindertagen. Ihre einstige, unbedarfte Liebe hatte in der Realität des Alltags keinen Bestand.

Plötzlich verspürte Marianne das dringende Bedürfnis, Julia zu besuchen. Obwohl es noch früh war und Julia nie vor Mittag aufstand, wusste Marianne, die Freundin würde sie freudig empfangen. Wahrscheinlich hatte Julia gestern Abend wieder gefeiert – ihre Feste waren in den Künstlerkreisen Edinburghs sehr beliebt – und war erst im Morgengrauen ins Bett gegangen. Marianne fragte sich, wie Julia es schaffte, bei ihrem Lebenswandel – sie rauchte regelmäßig, und sie trank auch gerne –, derart jung und frisch auszusehen. Ihren Mantel bereits in der Hand, zögerte Marianne. Was sollte sie Julia sagen? Die Freundin wusste, dass Neill sie immer wieder bat, ihn zu heiraten. Welche Erklärung sollte sie Julia geben, dass sie auf keinen Fall mit ihm nach St. Kilda zurückkehren konnte? Marianne entschied sich, den Weg zu Julias Wohnung zu Fuß zu gehen. Die frische Luft würde ihr guttun und helfen, ihre Gedanken zu ordnen.

Gegen ein Uhr servierte Emma einen leichten Lunch, bestehend aus einer klaren Gemüsesuppe, kaltem Huhn vom Vorabend und als Nachtisch einem Schokoladenpudding. Das Bad und der Schlaf hatten Neill gutgetan. Zwar lagen um seine Augen noch dunkle Schatten, seine Kopfschmerzen waren jedoch verschwunden, und er hatte Hunger. Marianne wartete, bis er mit gutem Appetit gegessen hatte, sie selbst stocherte nur in den Speisen, dann begann sie das Gespräch.
»Neill, du sagtest heute Morgen, du würdest nach St. Kilda zurückgehen.«
Er zuckte kaum merklich zusammen.
»Da du nicht mit mir nach Amerika gehen willst und ich nicht in Edinburgh bleiben kann, wäre es für uns wohl die beste Lösung. Nein, warte, Màiri«, sagt er rasch, als sie ihn unterbrechen wollte. »Inzwischen habe ich verstanden, dass deine Chancen als Malerin in der Neuen Welt gering sind, dass du jedoch das Malen brauchst wie die Luft zum Atmen. Zu Hause könntest du es weiterhin tun. Die Materialien kommen mit den Schiffen, die deine

Bilder dann wieder aufs Festland bringen, und deine Freundin Julia kann sie in ihrer Galerie verkaufen. Ich kann mir sogar vorstellen, deine Popularität könnte steigen, wenn bekannt wird, dass du auf St. Kilda malst. Die Menschen mögen es doch, wenn einem Künstler etwas Geheimnisvolles und Außergewöhnliches anhaftet, nicht wahr?«

Marianne schwieg für einen Augenblick betroffen, dann sagte sie leise: »Du hast dir alles gut überlegt?«

Er nickte und griff über den Tisch hinweg nach ihrer Hand.

»Màiri, du und ich ... wir sind füreinander bestimmt. Wir sind zwar keine Kinder mehr, aber die Bindung, die von jeher zwischen uns bestand, ist nie zerrissen.« Er zögerte, dann fügte er hinzu: »Jedenfalls nicht bei mir. Als ich davon ausgehen musste, du wärst nicht mehr am Leben, war es, als wäre auch ein Teil von mir gestorben.«

Vor Rührung über seine Worte musste Marianne heftig schlucken. Nie zuvor hatte ein Mann so liebevoll zu ihr gesprochen, nie zuvor hatte sie eine derart bedingungslose Liebe in den Augen eines anderen Menschen gesehen. Wie einfach wäre es, ja zu sagen. An Neills Seite würde sie ein ruhiges und sicheres Leben erwarten – gleichgültig, ob hier in Edinburgh, in Amerika oder auf St. Kilda. Marianne zuckte zusammen. Nein, nicht St. Kilda! Niemals, so lange sie lebte, wollte sie dorthin zurückkehren. Sie konnte ihren Eltern nicht unter die Augen treten, und sie konnte nicht das steinerne Haus wiedersehen, in dem sie einem jungen Mann das Leben genommen hatte.

Marianne stand hastig auf und blieb dabei an der Tischdecke hängen. Ihr Glas fiel um. Der Wein ergoss sich auf das Tischtuch und bildete einen roten Fleck. Rot wie Blut ... wie Adrian Shaws Blut, das sie von Kopf bis Fuß besudelt hatte.

»Ich kann nicht.« Marianne zitterte am ganzen Körper. Neill sprang erschrocken auf und wollte sie umarmen, aber sie stieß ihn weg. »Neill, ich kann nicht mir dir gehen. Nicht nach Ame-

rika und nicht … nach Hause. Nein, bitte, frag nicht und lass mich allein.«
Sie lief aus dem Zimmer und ließ einen verblüfften Neill zurück, der sie nie zuvor derart aufgelöst erlebt hatte und sich nicht bewusst war, was er falsch gemacht hatte.

Drei Tage lang schloss Marianne sich in ihrem Atelier ein. Sie aß nichts, trank nur hin und wieder den Tee, den Emma ihr vor die Tür stellte, da Marianne nicht öffnete. In den Nächten war an Schlaf kaum zu denken. Marianne malte wie im Rausch – der Pinsel schien die Verlängerung ihrer Hand zu sein, und er flog einem Vogel gleich über die Leinwand. Sie malte die schroffen Klippen der Insel Dùn, auf dem Stac Lee nisteten Hunderte von Eissturmvögeln. Marianne malte liebevoll jedes einzelne Detail ihres grau-weißen Gefieders, und die alten *Black Houses* auf Hirta wirkten so lebendig, dass der Betrachter meinte, jeden Moment würde sich die niedrige Holztür öffnen und jemand das Haus verlassen. Vier mittelgroße Bilder waren so entstanden, bevor Marianne erschöpft das Atelier verließ und Emma bat, ihr ein heißes Bad zu richten.
»Wo ist Neill?«, fragte Marianne, während sie sich entkleidete.
»Er ist heute Morgen zu Mrs. de Lacourt gegangen.«
»Zu Julia?« Marianne runzelte erstaunt die Stirn.
Emma nickte. »Neill hat sich sehr um dich gesorgt, und er hofft, dass deine Freundin dich vielleicht beruhigen kann.«
Mit einem Seufzer sank Marianne in das warme Wasser, dem Emma ein paar Tropfen Lavendelöl beigefügt hatte. Sie schloss die Augen und murmelte: »Es tut mir leid, wenn ich euch Sorgen bereitet habe, aber mein Innerstes hat mich gedrängt, diese Bilder jetzt zu malen. Du kannst das wahrscheinlich nicht verstehen, aber die Motive sind tief in mir drin und müssen einfach heraus.«
Emma zuckte nur mit den Schultern. Sie hatte sich zwar ihre

Gedanken über Marianne gemacht, war aber nicht richtig in Sorge gewesen. In einem schwachen Moment hatte Neill mit ihr und Judith darüber gesprochen, dass Marianne nicht mit ihm fortgehen wolle und seinen Antrag abgelehnt habe. Emma konnte es nicht verstehen. Auch wenn Neill auf den ersten Blick kein sehr attraktiver Mann war und Marianne von besser aussehenden und vermögenden Männern regelrecht umschwärmt wurde – er und Marianne hatten dieselben Wurzeln, und Emma fand, sie passten sehr gut zusammen. Natürlich war es ihr recht, wenn Marianne nicht fortging, denn was würde dann aus ihr und ihrer Schwester werden? Sie und Judith führten seit Wochen ein so angenehmes Leben, wie es sich Emma nicht mehr erhofft hatte. Doch sie wollte sich nicht einmischen. Marianne musste ganz allein entscheiden, wie es mit ihr und Neill weiterging.

Die Arme vor der Brust verschränkt, stand Marianne unter der Tür und beobachtete Neill, wie er seine Sachen in ein Bündel packte. Viel war es nicht, was er in sein neues Leben mitnahm. Das Wichtigste jedoch musste er nicht einpacken, denn das hatte er in sich: Mut, Kraft und Stärke, in einem fremden Land, in dem er nichts und niemanden kannte, völlig neu anzufangen. Insgeheim bewunderte Marianne Neill um seinen eisernen Willen. Sie ignorierte den leichten Schmerz der Gewissheit, ihn wahrscheinlich niemals wiederzusehen, aber sie hatte ihre Entscheidung getroffen.
Vor zwei Tagen hatte Neill ihr gesagt, dass endlich ein Schiff von Leith nach Boston an der Ostküste von Amerika auslaufen würde.
»Ich habe als Hilfskraft angeheuert.« Neills Lächeln konnte nicht die Traurigkeit in seinen Augen überspielen. »Den ganzen Tag werde ich Nachttöpfe leeren und die Decks schrubben, dafür erhalte ich freie Fahrt und drei warme Mahlzeiten am Tag.«

»Du musst nicht fortgehen ...«
Neill hob die Hand und schüttelte den Kopf.
»Ich habe keine andere Wahl. Hier in der Stadt wäre ich immer nur dein Anhängsel und müsste von deinem Geld leben. Die Leute würden sich fragen, wie die schöne und erfolgreiche Malerin Marianne Daragh es nur mit diesem ungebildeten und grobschlächtigen Bauerntrampel aushält.«
»Neill, nein! So darfst du nicht sprechen.« Marianne legte die Arme um ihn und barg ihr Gesicht an seiner Brust. »Du bist nicht dumm, und ich bin sicher, du wirst eine Arbeit finden. Wir müssen nur weiter suchen, dann ...«
Sanft löste Neill sich aus ihrer Umarmung, trat einen Schritt zurück und sah sie ernst an.
»Sieh mir in die Augen, Màiri, und antworte mir ehrlich: Liebst du mich?«
Marianne zögerte einen Moment zu lange. Noch bevor sie antworten konnte, fiel ein Schatten über Neills Gesicht, und er senkte betroffen den Blick.
»Wir sind keine Kinder mehr.« Marianne legte eine Hand auf seinen Unterarm. »Bitte verzeih, Neill, dass ich deine Gefühle nicht erwidern kann. Das Leben hat uns beiden gezeigt, dass es mehr gibt, als wir früher ahnen konnten. Eine Erinnerung an eine unbeschwerte Kindheit reicht nicht aus, um den Rest seines Lebens miteinander zu verbringen.«
»Ich wäre bereit gewesen, mit dir nach St. Kilda zurückzugehen«, flüsterte Neill. »Du gehörst nicht hierher in diese laute und schmutzige Stadt. Da du jedoch über dieses Thema mit mir nicht sprechen möchtest und bereits bei der Erwähnung deiner Heimat in eine Art Panik verfällst, bleibt mir keine andere Wahl, als mein Glück anderswo zu suchen.« Neill strich ihr sanft über die Wange. Marianne ahnte die Berührung mehr, als dass sie sie spürte. »Auch ohne dich«, fügte er hinzu, dann begann er, einen festen Knoten um sein Bündel zu machen. Ma-

rianne schien es, als schlösse Neill sein bisheriges Leben endgültig ab.

Neill hatte Marianne nicht daran hindern können, ihn zum Schiff zu begleiten, und Julia de Lacourt hatte ebenfalls darauf bestanden, nach Leith mitzukommen. Marianne war ihr für diesen Freundschaftsdienst dankbar. Sie wusste, wenn Neills Schiff ablegte, würde sie bestimmt weinen, und dann war es schön, einen tröstenden Arm zur Stütze zu haben. Sie nahmen eine Mietdroschke, und während der kaum eine Stunde dauernden Fahrt sprach niemand ein Wort. Die *Proud of Inverness* war ein großer Handelsfrachter, der regelmäßig zwischen Amerika und Schottland verkehrte. Marianne stand am Kai und legte den Kopf in den Nacken, um die Reling erkennen zu können, denn das Schiff war höher als jedes Haus in Edinburgh. Julia hielt sich im Hintergrund, als Neill Marianne zum Abschied ein letztes Mal umarmte.
»Also dann … es wird Zeit, ich muss mich beim Zahlmeister melden.«
Marianne schluckte. Sie wollte vor Neill nicht weinen. Obwohl es ihr schwerfiel, ihn gehen zu lassen, wusste sie, dass es für sie beide die richtige Entscheidung war. Ihre Zuneigung war nicht stark genug, um mit Neill zu gehen. Er hatte es nicht verdient, dass sie ihm Gefühle vorspielte, die sie nicht empfand. Nur so war er frei, ein neues Leben zu beginnen und vielleicht auch bald eine neue Liebe zu finden.
Sie stellte sich auf die Zehenspitzen und küsste ihn, ungeachtet der vielen Menschen um sie herum, auf den Mund.
»Ich wünsche dir alles Glück dieser Erde, Neill Mackay. Du wirst es schaffen, da bin ich mir ganz sicher. Wer weiß, vielleicht bist du in einem Jahr schon Millionär?« Mit diesem Scherz versuchte Marianne, ihre Traurigkeit zu verbergen.
»Wenn es so sein sollte, lass ich es dich wissen.« Neill ging leich-

ten Herzens auf ihre Worte ein. Seine Antwort entlockte Marianne ein Lächeln.

»Ach, dann würdest du dich sogar dazu durchringen, mir zu schreiben? Obwohl du Feder und Tinte sonst meidest wie der Teufel das Weihwasser.«

»Nun, wenn ich Millionär bin, dann habe ich einen Sekretär, dem ich meine Briefe diktieren werde.«

Marianne schloss die Augen und atmete tief durch. Neills lockere Art erleichterte ihr den Abschied ein wenig, obgleich sie wusste, dass Neill keinesfalls so unbeschwert zumute war, wie er sich gab. Ein letztes Mal drückte sie seine Hand.

»Leb wohl … und vergiss mich nicht ganz …«

Bevor er etwas erwidern konnte, bahnte sie sich einen Weg durch die Menschenmenge, die sich auf dem Kai tummelte, und blieb erst stehen, als Neill außer Sicht war. Nun liefen ihr doch Tränen über die Wangen. Energisch wischte Marianne sie ab, denn sie hatte ihre Entscheidung getroffen – nun gab es kein Zurück mehr. Nach wenigen Schritten hatte Julia sie eingeholt. Mitfühlend legte sie einen Arm um Mariannes zuckende Schultern, aber sie sagte kein Wort, und Marianne war der Freundin für ihr Schweigen dankbar.

Am Ende des Kais hörte Marianne plötzlich jemanden ihren Namen rufen. Sie blickte sich um, und bevor sie richtig erfasste, zu wem die Stimme gehörte, stand ein hochgewachsener Mann vor ihr und starrte sie ungläubig an.

»Marianne? Mein Gott, du bist es wirklich!«

Haltsuchend klammerte Marianne sich an Julias Arm.

»Alexander …« Sie wusste nicht, was sie sagen sollte. »Warum … ich meine, was tust du hier?«

Er lachte, und Marianne erkannte, dass sie in den vergangenen Jahren keine Einzelheit seines Gesichts vergessen hatte. Älter war er geworden, auf seiner Stirn zeigten sich Querfalten, auch zogen sich zwei scharfe Falten von seiner Nase bis zu den Mundwinkeln, seine Augen schimmerten jedoch immer noch in jenem unvergleichlichen hellen Braun. Marianne konnte ihren Blick nicht von seinen Augen losreißen.

Er beantwortete ihre Frage nicht sogleich, sondern sagte: »Ich bin überrascht, dich hier zu treffen. Bist du im Hafen auf der Suche nach neuen Motiven für deine Bilder?«

»Nein, ich habe einen … Freund verabschiedet.« Marianne wunderte sich, wie ruhig ihre Stimme klang und nichts von dem Aufruhr verriet, der in ihr tobte. Erst jetzt fiel ihr Julia wieder ein, die neben ihr stand, und sie sagte: »Alexander … darf ich dir Julia de Lacourt vorstellen? Ihr gehört eine Galerie in der Altstadt. Julia, das ist Alexander McFinnigan, oder vielmehr der Earl von Ballydaroch. Er ist der Sohn der Familie, bei der ich aufwuchs.«

Mit keiner Regung ließ Julia sich anmerken, dass sein Name ihr nicht unbekannt war. Mit einem bezaubernden Lächeln schlug sie die Augen nieder und bemerkte: »Sehr erfreut, Ihre Bekanntschaft zu machen, Mylord.«

Formvollendet verbeugte sich Alexander. »Die Freude ist ganz auf meiner Seite, Mrs. de Lacourt. Ich habe bereits viel von Ihnen gehört, und von dir ebenfalls, Marianne.« Er wandte sich wieder ihr zu. »Du bist inzwischen richtig berühmt geworden, und wie ich sehe, scheint es dir gutzugehen.«

Sein Blick glitt anerkennend über ihre Gestalt, und Marianne war froh, sich an diesem Morgen für ihren eleganten dunkelgrünen Mantel mit den roten Paspelierungen und den kleinen, ebenfalls grünen Hut, der ihr keck auf den Locken saß, entschieden zu haben.

»Danke, Alexander, ja, es geht mir gut.« Sie stockte und sah ihn fragend an. »Darf ich dich überhaupt noch so nennen, jetzt, da du ein Earl bist? Der Tod deines Vaters tut mir leid. Wie hat es Lady Eleonor aufgenommen? Und wie geht es Susanna und Dorothy?«

Alexander lachte erneut, und Marianne kam es vor, als würde die graue Wolkendecke aufreißen und die Sonne scheinen. Der Tag, der so düster begonnen hatte, erstrahlte plötzlich in hellem Licht. Sein Lachen war – außer seinen Augen – immer das gewesen, was sie an Alexander McFinnigan am meisten geliebt hatte.
»Immer noch so viele Fragen, liebe Marianne. Schon als du ein Kind warst, war dein Wissensdurst kaum zu stillen. Es freut mich, feststellen zu können, dass dies sich nicht wesentlich geändert hat.« Er sah sich in der Straße um. »Wenn ich die Damen zu einem Tee einladen dürfte, wäre es eine Freude für mich. Gleich da vorn ist ein Caféhaus, in dem ich öfter verkehre, wenn ich in Leith bin.«
Bevor Marianne zustimmen konnte, rief Julia bereits freudig: »Wir nehmen die Einladung sehr gerne an, Mylord. Wir sind doch etwas durchgefroren, auch wenn es heute ausnahmsweise mal nicht regnet. Der Frühling lässt in diesem Jahr lange auf sich warten.«
Zu dritt betraten sie das Café. Marianne schwieg, bis die Kellnerin den Tee serviert und Julia sich eine Zigarette angezündet hatte. Sie sah sein Erschrecken darüber sofort in Alexanders Blick. Er war jedoch zu höflich, sich anmerken zu lassen, wie schockiert er war, eine Frau in der Öffentlichkeit rauchen zu sehen. Zumal der Genuss von Zigaretten – die Herren rauchten Pfeife oder Zigarren – in Schottland noch wenig verbreitet war. Seit über zehn Jahren gab es in Frankreich nun schon Fabriken, die Zigaretten herstellten und diese auf dem Markt günstiger als Zigarren anboten. Bei ihrer Reise nach Paris hatte Julia sich mit einem Vorrat davon eingedeckt. Marianne hatte es bisher vehement abgelehnt, diesen zweifelhaften Genuss auch nur ein Mal zu kosten. Jetzt jedoch war sie drauf und dran, Julia um eine Zigarette zu bitten, denn Marianne wusste vor Verlegenheit nicht, wohin mit ihren Händen. Sie rührte in der Teetasse, obwohl sie bisher weder Milch noch Zucker hineingetan hatte, und hoffte, Alexan-

der möge nicht bemerken, wie sehr ihre zufällige Begegnung sie aufwühlte.

In der nächsten Stunde erfuhr Marianne, dass Alexander vor zwei Jahren beschlossen hatte, seine politische Laufbahn an den Nagel zu hängen und sich seitdem fast ausschließlich um Ballydaroch kümmerte.

»Ich lebte schon immer lieber auf dem Land als in der Stadt. Nach Vaters Tod, und als sich Mutter nach Ballydaroch House zurückgezogen hatte, verbrachte ich viel Zeit auf unserem Landsitz. Dabei stellte ich fest, dass unser Verwalter einen großen Teil der Einnahmen in die eigene Tasche wirtschaftete. Kurzerhand habe ich ihn entlassen und beschlossen, mich selbst um Ballydaroch zu kümmern. Wie du weißt, Marianne, befinden sich auf unserem Besitz weitläufige Gerstenfelder, und so habe ich begonnen, mich mit der Whiskyherstellung zu beschäftigen.« Da Marianne erstaunt die Augenbrauen hob, fuhr er lachend fort: »Ja, sich mich in einer Brennerei vorzustellen, mag dir seltsam erscheinen, aber es macht mir mehr Spaß, als ich zuerst dachte. Wir sind jetzt so weit, bald den ersten Whisky zu brennen, daher habe ich aus Amerika Fässer bestellt, um diesen darin abzufüllen.«

»Die Fässer kommen aus Amerika?« Julia beugte sich interessiert vor, und Alexander nickte.

»In den letzten zwei Jahren bin ich quer durch ganz Schottland gereist und habe mich bei anderen Brennereien umgesehen. Obwohl jede ihre Rezepte natürlich wie ein Staatsgeheimnis hütet, habe ich viel gelernt, unter anderem auch, dass man für einen guten Whisky niemals neue Fässer verwenden darf. Die meisten der schottischen Brennereien verwenden spanische oder portugiesische Sherryfässer, einige auch Fässer, in den zuvor Bourbon gelagert wurde.« Mit einem Seitenblick auf Marianne erklärte er: »Bourbon wird der Whisky in Amerika genannt, und er wird aus Mais statt aus Gerste hergestellt.«

»Das ist mir durchaus bekannt«, sagte Marianne. Da war er wieder gewesen – der leicht herablassende Blick, der Alexander zu eigen war, wenn er ihr etwas erklärte, aber dies hatte Marianne nie an ihm gestört. Im Gegenteil, er gehörte zu ihm wie jede Geste, mit der er seine Worte unterstrich, und die Mimik, die sich in seinem Gesicht zeigte.

»Und für die Kinder ist es natürlich auch schöner, auf dem Land als in der Stadt zu leben.«

Marianne hatte den Anfang von Alexanders Satz verpasst, und so fragte sie scheinbar beiläufig: »Wie viele Kinder haben du und deine Frau?«

»Einen Sohn«, antwortete er. »Andrew wird im April zwei Jahre alt. Elisabeth ist erneut guter Hoffnung. Wir erwarten unser zweites Kind im Sommer.«

Marianne senkte den Blick, daher entging ihr der Schatten, der Alexander über das Gesicht fiel. Julia hatte ihn jedoch bemerkt, und sie machte sich ihre eigenen Gedanken. Sie hatte in ihrem Leben mit vielen Leuten zu tun gehabt und eine gute Menschenkenntnis entwickelt. Dieser Alexander McFinnigan schien eine Rolle zu spielen, mit der er etwas überdecken wollte. Obwohl er vor Charme regelrecht sprühte, meinte Julia, ab und zu einen flüchtigen Blick hinter seine Fassade werfen zu können und dort eine Art Verletzlichkeit zu entdecken, die zu seinem sonstigen Auftreten nicht passte. Sie würde sich jedoch hüten, Marianne davon etwas zu sagen, denn sie sah nur zu gut, wie aufgewühlt die Freundin auf das Zusammentreffen mit dem Mann, der mit einer anderen Frau verheiratet war, reagierte.

Alexander erzählte nun von seinen Schwestern. Susanna hatte ebenfalls ein Kind, eine Tochter, aber ihre Ehe war nicht glücklich. Matthew Chrisholm ließ sie viel allein, und Alexander scheute sich nicht, seine Vermutung, Matthew treffe sich wohl regelmäßig mit anderen Frauen, auszusprechen. Dorothy war seit ein paar Monaten verlobt.

»Ihr Ausgewählter ist zwar nur ein Bankier und nicht von Adel, aber ich musste mich Dorothys Hartnäckigkeit beugen.« Alexander seufzte und verdrehte in gespielter Verzweiflung die Augen. »Mutter hat natürlich gezetert und wäre beinahe in Ohnmacht gefallen, als Dorothy sagte, wenn sie ihren Christopher nicht haben könne, würde sie in ein Kloster nach Frankreich gehen. Schlussendlich hat Mutter nachgegeben, auch wenn sie der Meinung ist, unsere Familie sei mit dieser Verbindung bei allen guten schottischen Familien für immer und ewig blamiert.«

»Die Zeiten ändern sich, Sir«, sagte Julia. »Traditionen sind wichtig und gut, dürfen jedoch nicht dazu führen, Menschen unglücklich zu machen. Wenn Ihre Schwester diesen Mann liebt, dann wird ihr an seiner Seite mehr Glück beschieden sein, als ehelichte sie einen Earl oder gar Duke. Ich bin froh, dass Sie nicht so altmodisch sind, wir leben schließlich nicht mehr im Mittelalter.«

Ein bewundernder Blick Alexanders streifte Julia.

»Sie sind eine sehr intelligente Frau. Kein Wunder, dass Sie und Marianne befreundet sind.«

»Warum bist du nie zu einer Ausstellung gekommen?« Zusammenhanglos platzte Marianne mit der Frage, die ihr vom ersten Augenblick ihrer Begegnung auf der Zunge gelegen hatte, heraus. »Warum hast du dich in den vergangenen drei Jahren nie bei mir gemeldet?«

Marianne spürte, wie Julia sie unter dem Tisch mit der Schuhspitze anstieß und ihr Einhalt gebieten wollte, doch sie konnte nicht anders.

»Du hast recht, Marianne.« Alexander sah sie um Verzeihung bittend an, und bei diesem Blick konnte Marianne ihm nicht zürnen. »Ich könnte jetzt sagen, Vaters Tod und die Arbeit ließen mir keine Zeit, aber das entspräche nicht ganz der Wahrheit. In Wirklichkeit dachte ich, es ist besser, wenn sich unsere Wege nicht mehr kreuzen.«

Warum?, lag es Marianne auf der Zunge, aber dieses Mal gelang es ihr, zu schweigen. Seine Antwort war Zurückweisung genug. Wenn Alexander auch bereit war, einen Bankier in seiner Familie zu akzeptieren, und sich selbst als Landwirt und Whiskybrenner versuchte – die Kluft zwischen ihr, dem wilden Mädchen von St. Kilda und der Künstlerin, und ihm, dem Earl von Ballydaroch, war wohl für immer unüberbrückbar. Sie blickte auf ihre Uhr, dann zu Julia.

»Ich glaube, es ist Zeit, zu gehen. Wir sind heute Abend zu einem Empfang eingeladen und sollten die Gastgeber nicht warten lassen.«

Julia verstand sofort, obwohl sie für diesen Abend keinerlei Pläne hatten. Sie reichte Alexander die Hand.

»Mylord, wir danken für den Tee und die nette Plauderei. Für Ihren Whisky wünsche ich Ihnen viel Glück, ich werde ganz sicher eine Flasche kaufen.«

»Leider werden Sie darauf noch mindestens sechs Jahre warten müssen«, gab er lachend zur Antwort. »So lange dauert es nämlich, bis der Alkohol seine volle Reife entfaltet und in den Handel kommen wird.«

Mariannes Hand zitterte etwas, als er sie ergriff. Im Gegensatz zur Hand Julias küsste er ihre nicht, sondern drückte sie nur leicht.

»Es hat mich gefreut, dich wiederzusehen, Marianne, pass auf dich auf. Ich wünsche dir weiterhin viel Erfolg, deine Bilder sind wunderschön. Sogar in Ballydaroch House haben wir eines hängen.«

Bei seinen letzten Worten tat Mariannes Herz einen Sprung. Fürsorglich schob Alexander, als sie aufstanden, ihre Stühle zurück und half erst Julia, dann Marianne in den Mantel. Sie hatten gerade die Straße betreten, als sich plötzlich alles in Marianne zu verkrampfen schien. Sie rang nach Luft, und ein Übelkeitsgefühl, stärker als alles, was sie bisher erlebt hatte, ergriff

sie. Das Blut rauschte in ihren Ohren, und das Letzte, an das sie sich erinnern konnte, war Julias Schrei: »Marianne, mein Gott! Was ist mit dir?«
Dann wurde es dunkle Nacht, und Marianne merkte nicht mehr, wie sie in Alexanders Armen bewusstlos zusammenbrach.

Das Erste, war Marianne wahrnahm, war der bittere Geschmack in ihrem Mund. Ihr war immer noch übel, trotzdem öffnete sie langsam die Augen. Sie lag zu Hause in ihrem Bett, Julia saß auf der Kante und schaute sie mit einem sorgenvollen Blick an.
»Marianne, endlich! Du hast uns einen großen Schrecken eingejagt.«
»Gibst du mir bitte etwas zu trinken?«, bat Marianne und leerte das Glas Wasser in einem Zug. Der üble Geschmack im Mund verschwand, aber sie fühlte sich immer noch schwach.
»Was ist geschehen?«, fragte sie leise.
»Plötzlich wurdest du leichenblass, und hätte Alexander nicht so schnell reagiert, wärst du mitten auf die Straße gestürzt. Wir brachten dich dann hierher, und ich habe bereits nach einem Arzt geschickt.«
»Wer ist wir?« Marianne richtete sich auf und ignorierte das Schwindelgefühl. »Ist *er* etwa mitgekommen?«
Julia wusste sofort, wen Marianne meinte, und nickte.
»Er war rührend um dich besorgt, aber als Emma und ich sagten, wir würden uns nun um dich kümmern, ist er gegangen. Meine Liebe, ich verstehe, dass dieser Tag eine große Belastung für dich war. Erst der Abschied von Neill und dann die unerwartete Begegnung mit dem Mann, den du liebst.«
»Ich liebe ihn nicht«, begehrte Marianne auf, aber ein Blick in Julias Augen sagte ihr, dass es sinnlos war, der Freundin die Wahrheit zu verschweigen. »Wie kann ich einen Menschen lieben, der sich seit Jahren nicht bei mir gemeldet hat und dem ich offenbar völlig gleichgültig bin? Der sich keinen Deut darum

schert, wie es mir geht, und mit einer anderen Frau ein Kind nach dem anderen in die Welt setzt.«
Sanft streichelte Julia Mariannes Handrücken.
»Liebe lässt sich nicht vom Verstand her erklären. Mit unserem Herzen lieben wir jemanden, obwohl jedes vernünftige Argument dagegenspricht. Wir sind schon glücklich, ihn nur hin und wieder zu sehen, seine Stimme zu hören und für wenige Minuten seine Aufmerksamkeit zu erringen. Auch wenn wir wissen, dass er keinen Gedanken an uns verschwendet, können wir nicht anders empfinden und sein Bild nicht verbannen. Wenn man einmal eine solche Liebe in seinem Herzen trägt, dann ändern auch Jahre der Trennung nichts an unseren Gefühlen – so weh es auch tun mag.«
»Du sprichst aus Erfahrung«, stellte Marianne verblüfft fest. »Warum hast du mir nie von ihm erzählt?«
Julia zuckte mit den Schultern und lächelte, aber es war ein trauriges Lächeln, als sie sagte: »Es ist lange her, so lange, dass ich manchmal denke, ich hätte alles nur geträumt.« Sie gab sich einen Ruck, und ihre sentimentale Stimmung verflog. »Vielleicht erzählte ich dir die Geschichte einmal, aber erst, wenn du wieder gesund bist. Hoffentlich ist es nichts Ernstes. Wo der Arzt nur so lange bleibt?«
Marianne richtete sich auf und schwang die Beine aus dem Bett.
»Du brauchst dir keine Sorgen zu machen, Julia, mir geht es schon wieder besser. Es ist nur …« Sie stockte, und Julia nickte wissend.
»Die Begegnung mit Alexander hat dich aus der Bahn geworfen. Obwohl ich weitaus attraktivere Männer kenne, muss ich zugeben, dass er über einen gewissen Charme verfügt, dem man sich schlecht entziehen kann. Besonders wenn er lächelt, dann finde ich ihn recht anziehend.«
Marianne lachte. »Verliebe dich bloß nicht auch noch in ihn.«

»Bestimmt nicht, außerdem ist er viel zu jung für mich. Solltest du aber nicht besser liegen bleiben, bis der Arzt bestätigt hat, dass dir wirklich nichts fehlt?«

Marianne schüttelte den Kopf und sah Julia ernst an.

»Julia, der Arzt wird nur das bestätigen, was ich schon seit ein paar Wochen weiß.« Sie sah die stumme Frage in Julias Augen und fuhr fort: »Ich erwarte ein Kind. Bevor du jetzt fragst – ja, Neill ist der Vater, und nein, ich habe ihm nichts davon gesagt.«

»In drei Teufels Namen – warum nicht?« Nur selten ließ sich Julia zum Fluchen hinreißen, aber jetzt war sie völlig perplex. »Ich bin sicher, hätte Neill es gewusst …«

»Wäre er niemals nach Amerika gegangen«, vollendete Marianne den Satz. »Genau aus diesem Grund habe ich geschwiegen. Neill hätte sich verpflichtet gefühlt, bei mir zu bleiben, aber wir wären niemals glücklich geworden. Er gehört nicht in die Stadt, und ich gehöre nicht mehr zu St. Kilda. Niemals wieder …«

Julia setzte sich neben Marianne auf die Bettkante, schloss die Freundin in die Arme und sagte leise: »Du erwartest ein Kind von einem Mann, der bald Tausende von Meilen fort sein und niemals etwas von dem Kind erfahren wird, und du liebst einen Mann, der einer anderen Frau gehört und nicht mehr als Freundschaft für dich empfindet. Ach, Marianne, was willst du jetzt tun?«

Marianne hob den Kopf, und Julia las die Verzweiflung in ihren Augen.

»Ich weiß es nicht. Ich weiß es wirklich nicht.«

Dritter Teil

Alexander

Ballydaroch House, Schottland, Mai 1874

18. Kapitel

Rein und klar wie frisches Quellwasser rann der Alkohol durch die Leitung aus dem zweiten Brennkolben in den Spirit Safe, den gläsernen, verplombten Kasten, in dem der Brennmeister überprüft, welcher Teil des Destillats schließlich zur Reifung in die Fässer abgefüllt werden kann, während die anderen Teile eventuell in einen weiteren Destillationsvorgang geleitet werden. Geschickt hantierte Alexander McFinnigan an den polierten Messinggriffen und blickte gebannt auf die Quecksilbersäulen.

»Die Temperatur ist einwandfrei. Unser erster Whisky, Mylord.« Der Stolz in der Stimme des älteren, untersetzten Mannes war unüberhörbar, und Alexander klopfte ihm wohlwollend auf die Schulter.

»McGregor, notieren Sie diesen historischen Tag in den Büchern. Der erste Ballydaroch Single Malt – in sechs Jahren werden wir wissen, ob er gelungen ist.«

Jack McGregor, der Brennmeister, den Alexander eingestellt hatte, grinste übers ganze Gesicht.

»Tja, das ist der Unterschied zum Bierbrauen. Da weiß man schon nach ein paar Tagen, ob das Bier gut ist oder nicht. Whisky jedoch muss lagern und reifen, und wenn wir in ein paar Jahren feststellen, dass die Zusammensetzung falsch war, dann war die ganze Arbeit umsonst.«

Alexander lächelte beruhigend. »Darüber mache ich mir keine Sorgen. Mit Ihnen, McGregor, habe ich den besten Brennmeister in ganz Südschottland gefunden. Ich danke Ihnen, dass Sie nie die Geduld verlieren, einem Laien wie mir die Vorgänge zu erklären.«

Jack McGregors Wangen färbten sich rot, verlegen senkte er den Blick.

»Ich habe Ihnen zu danken, Mylord. Wenn Sie nicht wären … ich wüsste nicht, wie ich meine Familie ernähren sollte.«
Eine schwere Zeit lag hinter dem Brennmeister. Er hatte zwar viele Jahre in einer Brennerei in Glasgow gearbeitet, deren Eigentümer hatte diese jedoch regelrecht versoffen und verspielt, so dass die Brennerei unter den Hammer kam. Der neue Eigentümer hatte als erste Amtshandlung alle Arbeiter rücksichtslos entlassen. Da Jack McGregor bereits auf die fünfzig zuging und durch einen angeborenen Hüftschaden keine körperlich schweren Arbeiten verrichten konnte, sah die Zukunft für ihn und seine Familie düster aus. Trotz seines fortgeschrittenen Alters war sein jüngstes Kind erst vier Jahre alt, und auch die älteste Tochter hatte keine Anstellung und lebte mit ihren zwanzig Jahren bei den Eltern. Noch heute, ein halbes Jahr später, erschien es McGregor wie ein Wink Gottes, dass er in einem Wirthaus von Alexander McFinnigan gehört hatte und dass der Earl von Ballydaroch entschlossen war, in die Whiskyproduktion einzusteigen. McGregor packte alles, was er hatte, zusammen – viel war es nicht –, nahm seine Familie und ging zu Fuß den weiten Weg nach Ballydaroch House. Er setzte alles auf eine Karte – und er gewann! Zwischen ihm und dem Earl bestand vom ersten Augenblick an eine Art Sympathie, und Alexander McFinnigan stellte ihn sofort als Brennmeister ein. McGregor erhielt ein geräumiges Cottage am Rande des weitläufigen Parks von Ballydaroch, das genügend Platz für seine ganze Familie bot. Damit nicht genug. Maureen, seine Tochter, wurde als zweite Küchenhilfe angestellt, und so waren die McGregors ihrer finanziellen Sorgen enthoben. Alexander McFinnigan war ein angenehmer Arbeitgeber, gar nicht so, wie Jack sich einen reichen und mächtigen Earl vorgestellt hatte. Für alle seine Angestellten hatte Alexander stets ein offenes Ohr für ihre Sorgen und Nöte und ein paar freundliche Worte. Er kannte jeden seiner Arbeiter, Diener und Pächter mit Namen und ritt regelmäßig über sein Land, um die Menschen, die von ihm

abhängig waren, persönlich anzuhören. Die Lady allerdings ... McGregor seufzte innerlich. Hier in der Brennerei hatte er mit Lady Elisabeth nichts zu tun, sah sie nur selten aus der Ferne, aber seine Tochter erzählte manchmal Geschichten, über die McGregor nur fassungslos den Kopf schütteln konnte. Lady Elisabeth schien launisch und herrisch zu sein, vor ihren Wutausbrüchen zitterte das gesamte Personal. McGregor fragte sich, wie so ein freundlicher Herr wie der Earl so eine Frau hatte heiraten können. Das Familienleben seines Arbeitgebers ging ihn jedoch nichts an. Er selbst jedenfalls würde niemals vergessen, was der Earl für ihn getan hatte, und er bangte mit seinem Herrn, ob ihnen ihr erster Whisky gelungen war.

Die beiden Männer starrten noch einige Zeit auf das Destillat, das unermüdlich in den Glaskasten floss, dann blickte Alexander auf die Wanduhr.

»Es ist bald Mitternacht«, sagte er und seufzte. »Wir sollten für heute Schluss machen. Morgen beginnen wir mit der Abfüllung in die Fässer. Sie sind doch alle ausgebrannt und gereinigt worden?«

»Selbstverständlich, Mylord. Ich habe es selbst überwacht.«

Alexander lächelte.

»Danke, McGregor. Gehen Sie jetzt nach Hause und schlafen Sie. Ihre Frau wird Sie bestimmt schon vermissen.«

Während Alexander durch die laue Frühlingsnacht zu dem eine halbe Meile von der Brennerei entfernten Haupthaus ging, waren seine Gedanken bei dem Whisky. Zum ersten Mal in seinem Leben hatte er mit eigenen Händen etwas geschaffen. Darauf war er sehr stolz. Ein glücklicher Zufall oder das Schicksal hatte ihn in die reiche Oberschicht hineingeboren, und Ballydaroch House mit seinem großen und ertragreichen Grundbesitz war das Ergebnis der harten Arbeit seiner Vorfahren. Er hatte nichts weiter zu tun gehabt, als sich in diese Gesellschaftsschicht einzufügen und das Werk seines Vaters fortzuführen. Die Jahre, als er sein Glück als Anwalt versucht hatte, waren für Alexander zwar hart, aber auch lehrreich gewesen. Bei dieser Tätigkeit hatten weder sein Name, seine Herkunft und auch nicht das Vermögen seiner Familie gezählt, sondern ganz allein sein Verstand und seine Arbeit. Nach dem Tod seines Vaters war Alexander allerdings keine Alternative geblieben – er war der Earl von Ballydaroch und als Erbe einer jahrhundertealten Tradition verpflichtet.

Das Haus lag in tiefster Dunkelheit. Leise und ohne eine Lampe anzuzünden, ging Alexander in den ersten Stock hinauf. Er überlegte, ob er nach seinem Sohn schauen sollte, entschied sich dann aber, Andrew nicht zu stören. Der Junge hatte einen leichten Schlaf, außerdem kränkelte er seit einigen Tagen wieder. Die Ärzte, die Alexander hatte rufen lassen, fanden keine Erklärung für die körperliche Schwäche des Jungen und die immer wiederkehrenden Fieberschübe. Obwohl es Andrew an reichhaltigem Essen sowie guter und frischer Luft nicht mangelte, war sein kleiner Körper mager und seine Haut von einer wächsernen Blässe, die Alexander Angst machte.

»Blutarmut«, war die Diagnose eines Edinburgher Arztes gewesen. »Er muss viel ruhen und darf sich nicht anstrengen.«

Alexander hoffte, das Kind, das Elisabeth in wenigen Wochen zur Welt bringen sollte, würde gesünder und kräftiger sein. Obwohl er seinen Sohn über alles liebte, machte er sich keine allzu großen Hoffnungen, dass Andrew das Erwachsenenalter erreichte.

Als er am Schlafzimmer seiner Frau vorbeiging – seit Elisabeth erneut schwanger war, bewohnten sie getrennte Räume –, sah er durch die Türritze einen Lichtschimmer, und einen Augenblick später öffnete sich die Tür.

»Du bist noch auf?«, fragte Alexander erstaunt. »Ich habe dich hoffentlich nicht geweckt?«

Elisabeth verschränkte die Hände über ihrem deutlich gerundeten Bauch und musterte Alexander aus halb zusammengekniffenen Augen.

»Ach, der gnädige Herr geruht, auch mal nach Hause zu kommen.«

»Ich war bis jetzt in der Brennerei. Das erste Destillat ist fertig, und morgen beginnen wir mit dem Abfüllen.« Im selben Moment, als Alexander die Worte ausgesprochen hatte, fragte er sich, warum er sich eigentlich verteidigte, da er nur seine Arbeit gemacht hatte. Zudem interessierte Elisabeth die Brennerei kein bisschen, sie hatte noch nie einen Fuß hineingesetzt.

Elisabeth zischte: »Whisky! Immer nur dieser dumme Whisky! Falls es dir entgangen sein sollte, Alexander, ich erwarte ein Kind. Und du lässt mich Abend für Abend allein hier herumsitzen. Wer weiß, wo, oder sollte ich sagen, mit wem du deine Zeit wirklich verbringst?«

Alexander bemühte sich, ruhig zu bleiben. Er war zu müde, um sich mit einem neuen Eifersuchtsanfall von Elisabeth auseinanderzusetzen.

»Elisabeth, meine Liebe, du darfst dich nicht aufregen. Geh bitte schlafen, wir sprechen morgen.«

»Morgen, ha! Wann werde ich dich da wohl zu Gesicht bekommen?« Ihr durch die Schwangerschaft aufgeschwemmtes Gesicht verzog sich weinerlich, und Alexander musste sich beherrschen, sich nicht einfach abzuwenden und Elisabeth stehenzulassen.

»Bitte, meine Liebe, ich bin müde.« Alexander zwang sich, seine Frau auf die Wange zu küssen, doch so leicht ließ sich Elisabeth nicht abspeisen.

»Wenn ich nur nicht hier auf dem Land versauern müsste«, begann sie in jammerndem Tonfall. »Wenn das Kind erst da ist, fahre ich nach Edinburgh oder zu meinen Eltern nach Glasgow. Ich möchte mal wieder ins Theater gehen oder ein Konzert besuchen. Den ganzen Winter war ich hier eingeschlossen und bekam immer nur dieselben Nachbarn zu Gesicht.«

»Ich dachte, du liebst Ballydaroch?«, entfuhr es Alexander, wohl wissend, dass er damit eine Diskussion heraufbeschwor, die er und Elisabeth schon oft geführt hatten.

»Im Sommer ist es auf dem Land ganz nett«, antwortete sie prompt. »Ich habe jedoch seit Monaten keine anderen Menschen als unser Personal und ein paar Nachbarn gesehen. Ich bin jung, und ich möchte leben, Alexander. Darum hoffe ich, dass dieses Kind bald kommt und ich mich endlich mal wieder amüsieren kann.«

Was Elisabeth unter Amüsieren verstand, wusste Alexander nur zu gut. Bereits kurz nach der Geburt ihres Sohnes hatte Elisabeth das Kind der Amme und der Kinderfrau überlassen und war wochenlang in der Stadt gewesen. Alexander fragte sich, wie eine Frau so wenig Mütterliches an sich haben konnte. Einmal hatte sie ihm, als er ihr Vorwürfe machte, Andrew so oft allein zu lassen, gesagt: »Ich weiß nicht, was du willst. Habe ich dir nicht einen Sohn und damit einen Erben geschenkt und meine Pflicht erfüllt? Du wirst es mir wohl kaum verübeln, wenn ich nun ein wenig Spaß haben möchte.«

Alexander wandte sich von seiner Frau ab.

»Ich gehe jetzt schlafen«, sagte er resigniert. »Du solltest dich auch wieder hinlegen. Gute Nacht, Elisabeth.«

Er wartete ihre Antwort nicht ab, sondern ging rasch den Gang bis zum Ende und betrat sein Schlafzimmer. Durch die geöffneten Vorhänge fiel fahles Mondlicht, und Alexander entzündete keine Lampe. Obwohl er sich vorhin von der Arbeit erschöpft gefühlt hatte, war er jetzt hellwach. Wie so häufig in den vergangenen zwei Jahren fragte er sich, weshalb Elisabeth sich so verändert hatte. Oder hatte er sich derart in dem schüchternen, zurückhaltenden Mädchen, das er bei Susannas Verlobung kennengelernt hatte, getäuscht? Er trat ans Fenster und schaute auf die lange, schnurgerade Zufahrt, die in das große Kiesrondell mündete, das in der Mitte mit farbenprächtigen Frühlingsblumen bepflanzt war. Ballydaroch war ein schöner Besitz, und einst hatte er gedacht, Elisabeth würde eine passende Herrin sein. Gut, auf den ersten Blick war sie nicht ausgesprochen hübsch, sie verfügte jedoch über einen wachen Verstand und zeigte reges Interesse an allem, was er tat. Auch hatte er ihre gemeinsamen Gespräche genossen, denn Elisabeth verlor sich nicht in lapidaren Plaudereien, wie es die meisten jungen Frauen ihres Standes taten. Als sie ihm wenige Monate nach der Hochzeit mitteilte, sie erwarte ein Kind, war Alexander überglücklich gewesen. Alles hatte sich so gefügt, wie es sein sollte, und auch wenn er damals schon gespürt hatte, dass seine anfängliche Faszination, vielleicht auch Verliebtheit, sich nicht in eine tiefe Liebe gewandelt hatte, war er mit seinem Leben zufrieden gewesen. Unwillkürlich schob sich die Erinnerung an ein anderes Gesicht vor Alexanders Augen. Ein Gesicht mit zwei leuchtend grünen Augen, umrahmt von einer Flut dunkelroter Locken und einem breiten Mund mit vollen Lippen. Obwohl Marianne in den vergangenen Jahren oft in seinen Gedanken gewesen war, hatte ihn die unerwartete Begegnung im März mehr aufgewühlt, als er sich zuerst eingestehen wollte. Alexander legte die Fingerspitzen an seine Lippen. So viele Jahre war es her, seit Marianne ihn geküsst hatte, und doch meinte er, noch heute ihre Lippen auf seinem Mund zu spüren. Warum war er ihr damals nicht nachgelaufen? Warum hatte er nicht erkannt, dass seine Gefühle für das Mädchen, das längst eine junge und schöne Frau geworden war, alles andere als brüderlich waren?

»Weil ein McFinnigan sich nicht mit einer Bürgerlichen einlässt«, murmelte Alexander in die Stille der Nacht.

Marianne hatte zwar die primitive Lebensart ihrer Kindheit längst abgelegt und war eine bekannte und wohlhabende Frau geworden, dennoch verkehrte niemand aus seinen Kreisen mit Künstlern. Allenfalls für eine kurzfristige Liaison, aber an eine Affäre mit Marianne hatte Alexander nie gedacht. Dazu war sie zu schade.

Er zog sich langsam aus und ging ins Bett, doch der Schlaf wollte sich in dieser Nacht nicht einstellen.

Am nächsten Morgen war von der nächtlichen Missstimmung Elisabeths nichts mehr zu spüren. Offenbar hatte sie die restliche Nacht gut geschlafen, denn frisch und ausgeruht erschien sie im Morgenzimmer und ließ sich von Barnaby ein reichhaltiges Frühstück servieren. Seit dem vergangenen Herbst lebte der Butler ständig in Ballydaroch House, da Elisabeth einerseits nicht auf seine Anwesenheit verzichten wollte, andererseits jedes herrschaftliche Haus, das etwas auf sich hielt, einen Butler brauchte. Lady Eleonor McFinnigan wohnte bis zur Heirat ihrer jüngsten Tochter mit Dorothy im Stadthaus in Edinburgh. Da Lady Eleonor nach dem Tod ihres Mannes keine Gesellschaften mehr gab und nur noch selten Gäste zum Tee empfing, benötigte sie keinen Butler, und die Küche war immer noch Hildas Domizil.

»Die Zeitungen, Mylord.« Beinahe geräuschlos war Barnaby hinter Alexander getreten und legte ihm die drei wichtigsten Tageszeitungen Schottlands auf den Tisch.

»Danke, Barnaby.« Alexander horchte auf. Das Geräusch von Kutschenrädern war zu hören. »Du meine Güte, wer besucht uns denn so früh am Morgen?« Er warf Elisabeth einen fragenden Blick zu. »Hast du jemanden eingeladen?«

»Natürlich nicht, wen sollte ich hier schon einladen können?«, gab sie schnippisch zurück, schob ihren Teller beiseite, stand auf und blickte an ihrem Körper hinunter. »Wer immer es ist, ich möchte niemanden sehen. Wie unhöflich, einer Dame in meinem Zustand zu einer solchen Uhrzeit unangemeldet die Aufwartung zu machen.«

»Nun, der Besuch kann auch für mich sein«, murmelte Alexander und erhob sich ebenfalls. Noch bevor er oder Barnaby in die Halle gehen und den überraschenden Ankömmling begrüßen

konnte, flog die Tür auf, und Susanna stürmte in das Morgenzimmer. Ohne Elisabeth zu beachten, warf sie sich in die Arme ihres Bruders.
»Susanna! Mein Gott, was ist geschehen?« Alexander drückte seine Schwester an sich. Ihm waren ihre geröteten und geschwollenen Augen nicht entgangen. »Ist etwas mit Mutter? Oder mit Dorothy?«, fragte er besorgt.
Susanna schniefte und schüttelte den Kopf, dann löste sie sich von Alexander und blickte zu Barnaby, der wie immer unbewegt in einer Ecke stand und sich jeglichen Kommentars enthielt.
»Lassen Sie uns bitte allein, Barnaby«, sagte Susanna bestimmt, woraufhin der Butler sich mit einer leichten Verbeugung zurückzog. Susanna zog ihre Handschuhe aus, warf den Hut auf einen Sessel und setzte sich an den Tisch. »Ich brauche jetzt einen Kaffee. Alexander, schenkst du mir bitte eine Tasse ein?«
Alexander tat, wie von Susanna gewünscht, und Elisabeth sagte spitz: »Guten Tag, Susanna. Was führt dich in unser Haus?«
Susanna runzelte die Stirn und musterte ihre Schwägerin von oben bis unten. »Es ist immer noch *mein* Elternhaus, liebe Elisabeth, und ich denke, ich kann hierherkommen, wann immer ich möchte.«
Alexander seufzte. Die beiden Frauen hatten sich von Anfang an nicht gemocht. Zwar hatte es nie einen ernsthaften Zwist zwischen ihnen gegeben, trotzdem herrschte, wann immer sie aufeinandertrafen, eine kühle und angespannte Atmosphäre zwischen ihnen. Da er es jedoch als seine Pflicht ansah, seiner Frau beizustehen, sagte er freundlich zu Susanna: »Selbstverständlich bist du in diesem Haus immer willkommen, liebste Schwester. Doch wirst du uns unsere Überraschung über dein unangekündigtes Erscheinen, dazu noch zu solch früher Stunde, nachsehen. Du musst ja die ganze Nacht durchgefahren sein.«
Susanna nickte, aber bevor sie etwas erwidern konnte, erklang Kindergeschrei aus der Halle.

»Du hast deine Tochter mitgebracht?«, fragte Elisabeth. »Warum mutest du dem Kind eine solch lange nächtliche Reise zu?«
Susanna trank einen Schluck Kaffee, lehnte sich dann zurück und blickte von Elisabeth zu Alexander.
»Ich habe Matthew verlassen und Verity mitgenommen.«
»Was?«, riefen Alexander und Elisabeth gleichzeitig, und Alexander fuhr fort: »Was soll das heißen, du hast deinen Mann verlassen?«
»Na, genau das, was ich gesagt habe.« Herausfordernd sah Susanna ihrem Bruder in die Augen. »Ich bin nicht gewillt, mir seine Eskapaden und Betrügereien noch länger gefallen zu lassen. Gestern Abend hatten wir einen furchtbaren Streit, woraufhin ich meine Sachen gepackt habe und gegangen bin.«
»Ein Streit kommt in jeder Ehe vor. Das renkt sich auch wieder ein«, wiegelte Elisabeth ab.
»Dieses Mal nicht, liebe Schwägerin. Ich habe mich entschlossen – ich werde nie wieder zu Matthew zurückgehen, sondern mich scheiden lassen.«
Alles Blut wich aus Elisabeths Gesicht. Schwer atmend sank sie auf einen Stuhl und keuchte: »Eine Scheidung ist unmöglich! Das kannst du der Familie nicht antun.«
»Glaube mir, Elisabeth, ich denke in erster Linie an *unsere* Familie, der du allerdings noch nicht lange angehörst«, gab Susanna schnippisch zurück und blickte zu Alexander. »Ich kann doch hierbleiben, bis ich weiß, wie es weitergehen soll, nicht wahr?«
Alexander nickte. »So lange du möchtest, Susanna.«
Er war über Susannas Mitteilung ebenso fassungslos wie seine Frau, aber für ihn kam sie nicht überraschend. Schon länger hatte er bemerkt, wie unglücklich seine Schwester in ihrer Ehe war, wenngleich das Wort Scheidung wie giftige Galle in seiner Kehle brannte. Im Moment war Susanna zu sehr aufgewühlt. Er wollte ihr Zeit geben, sich zu beruhigen, und dann mit ihr sprechen. Eine Scheidung würde einen großen Skandal bedeu-

ten, und vielleicht konnte er seine Schwester umstimmen, diesen Schritt nicht zu tun.

»Du hast eine lange Fahrt hinter dir und musst sehr müde sein, Susanna«, sagte er ruhig. »Ein Mädchen wird dir dein früheres Zimmer herrichten, dort kannst du dich ausruhen. Wir sprechen dann heute Nachmittag über alles.«

Susanna stand auf, ging zu Alexander und küsste ihn auf die Wange. »Danke, Bruder, ich wusste, du lässt mich nicht im Stich.« Sie verließ das Speisezimmer, ohne Elisabeth eines Blickes zu würdigen. Diese fuhr sich nervös über die Stirn.

»Weiß deine Mutter davon?«, fragte sie mit schriller Stimme. Alexander zuckte mit den Schultern.

»Ich denke nicht, aber das werde ich alles heute Nachmittag erfahren.«

»Was für ein Skandal!« Elisabeth stöhnte und presste die Hände auf ihren geschwollenen Leib. »Gerade jetzt, wenn ich Schonung und Ruhe brauche, bringt uns deine Schwester in eine solch unmögliche Situation. Ich wusste von Anfang an, dass deine Familie unserem Ruf nur schaden wird. Erst Dorothy, die einen bürgerlichen Mann heiraten will, und jetzt das skandalöse Verhalten Susannas.« Beschwörend sah sie ihren Mann an. »Alexander, du musst Susanna unter allen Umständen zur Vernunft bringen! Diese Schande kann sie der Familie nicht antun, wir würden ja zum Gespött von ganz Schottland.«

»Dass Susanna vielleicht sehr unglücklich ist, daran denkst du nicht?«, erwiderte Alexander ruhig, aber Elisabeth zuckte nur mit den Schultern und sagte spöttisch: »In unseren Kreisen spielt Glück keine große Rolle, Hauptsache, der Schein bleibt gewahrt. Wenn Susanna sich scheiden lässt, ist unser Ansehen für alle Zeit beschmutzt. Denk auch an unsere Kinder, Alexander! Willst du, dass sie mit einem solchen Makel aufwachsen?«

Müde fuhr sich Alexander über die Stirn. »Wir müssen erst mit Susanna sprechen und mehr über die Hintergründe erfahren, die sie zu einem solchen Entschluss treiben. Dann sehen wir weiter.« Er wandte sich zur Tür. »Ich muss jetzt in die Brennerei, Elisabeth, und werde zum Lunch nicht hier sein. Kümmerst du dich um Verity? Das Kind wird die nächtliche Fahrt sehr mitgenommen haben. Wenn sie ausgeschlafen hat, kannst du sie ja vielleicht zu Andrew bringen, er freut sich sicher über eine Spielkameradin.«

Ohne eine Antwort abzuwarten, ließ Alexander seine Frau stehen. Erst als er Hut und Mantel angezogen und das Haus verlassen hatte, fiel ihm ein, dass er durch die Ereignisse des Morgens keinen Blick in die Zeitungen geworfen hatte, obwohl er den Tag eigentlich nie ohne diese Lektüre begann. Nun, wenn auf der Welt etwas Wichtiges geschehen war, dann würde er es eben am Abend erfahren. Derzeit hatten die Belange seiner Familie und Susannas Entschluss, sich von ihrem Mann zu trennen, ohnehin erste Priorität. Auch Alexander fragte sich, wie seine Mutter wohl auf Susannas Ansinnen reagieren würde. Dorothys Entschluss, einen einfachen Bankier zu heiraten, hatte Eleonor lange zu schaffen gemacht, denn auch für die Mutter stand das Ansehen der Familie an erster Stelle. Sie selbst hatte mit seinem Vater Thomas eine glückliche Ehe geführt, obwohl diese von dessen Eltern arrangiert worden war. Und er hatte einst gedacht, er könne Elisabeth ehrlich und aufrichtig lieben lernen. Dass dies ein Trugschluss gewesen war, hatte Alexander längst erkannt, darum zollte er seiner Schwester insgeheim Bewunderung für ihren Entschluss, wenngleich auch er vermeiden wollte, dass der Ruf der Familie in den Schmutz gezogen wurde.

In den nächsten Stunden vergaß Alexander seine Sorgen. Fasziniert, beinahe ehrfurchtsvoll, stand er daneben, als Jack McGregor mit dem Abfüllen des noch glasklaren Whiskys in die Bourbonfässer aus den Vereinigten Staaten begann. Eigentlich war die Bezeichnung *Whisky* nicht korrekt, denn laut Gesetz durfte man den etwa siebzigprozentigen Alkohol erst nach mindestens

dreijähriger Reifezeit als Whisky bezeichnen. Bei der Abfüllung wurde dieser Alkohol mit frischem Quellwasser des Flusses Tweed vermengt und auf zirka fünfundvierzig Prozent verdünnt. Durch die jahrelange Lagerung verdunstete ein Teil des Alkohols. Das fertige Produkt würde dann mit rund vierzig Prozent Alkoholgehalt in den Handel gelangen. Diese Verdunstung nannte man *Angel's Share*, und es heißt, die über Schottland kreisenden Engel wären die glücklichsten auf der ganzen Welt.
Nachdem das erste Fass gefüllt war, verschloss es Jack McGregor fachmännisch. Der Geruch nach verbranntem Holz stieg Alexander in die Nase, als das vorbereitete heiße Brenneisen auf das Fass gedrückt wurde.
Ballydaroch Distillery – 1874 las Alexander auf dem Deckel, und Stolz erfüllte ihn. In sechs Jahren würde er das Fass öffnen und von dem köstlichen Getränk kosten. In sechs Jahren ... Ein Schatten fiel über sein Gesicht. Die Zeit erschien ihm unendlich lang. Was würde bis dahin noch alles geschehen? Wo würde er sein, und vor allen Dingen, wer würde er sein? Der Mensch veränderte sich im Laufe der Zeit, und die Vorstellung, in sechs Jahren wäre sein Leben unverändert, machte Alexander traurig. Natürlich liebte er Ballydaroch House und seinen Besitz und hoffte, ihn eines Tages voller Stolz in die Hände eines seiner Kinder übergeben zu können, aber tief in seinem Inneren spürte er, dass es noch mehr im Leben geben müsste.
Schnell wischte er sich mit der Hand über die Stirn, um solche Gedanken zu vertreiben, und klopfte dem Brennmeister auf die Schultern.
»Danke für Ihre Arbeit, McGregor. Ich denke, den Rest können Sie und die Arbeiter jetzt allein erledigen. Sie bringen dann die Fässer ins Lagerhaus, und vergessen Sie nicht, es gut zu verschließen. Wir wollen doch nicht, dass sich irgendwelche Langfinger an unserem flüssigen Gold vergreifen.«
McGregor nickte stolz.

»Selbstverständlich, Mylord. Sie können sich ganz auf mich verlassen.«
Alexander zog es nicht ins Haupthaus zurück. Die Sonne schien warm an diesem Frühlingstag, darum schlenderte er durch die Gärten hinunter zum Fluss. In der Luft lag der Duft der blühenden Rhododendronbüsche, die auf Ballydaroch in verschwenderischer Fülle wuchsen, gemischt mit dem Geruch des Torfbodens, der für die Umgebung typisch war. An einer von alten Eichen bewachsenen Stelle am Ufer des Tweeds entdeckte Alexander seinen Sohn und Susannas Tochter, die mit nackten Füßen im seichten Wasser planschten. Laura, das junge Kindermädchen, saß auf einer Decke unter einem Baum und ließ die Kinder nicht aus den Augen. Alexander beobachtete Andrew und Verity. Obwohl zwischen den beiden nur drei Monate Altersunterschied bestand, war Susannas Tochter größer und kräftiger als sein Sohn. Die Haut des Mädchens war leicht gebräunt, während Andrew zart und blass wie eine Porzellanfigur wirkte. Beim Anblick der Kinder ging Alexander das Herz auf. Er liebte Andrew mehr als alles andere auf der Welt. Wie hatte er auch nur einen Augenblick denken können, nicht restlos glücklich zu sein? Kurz nickte er dem Kindermädchen zu, dann begab er sich auf den Rückweg ins Haus. Es war Zeit, den Tee einzunehmen, und er brannte darauf, von seiner Schwester zu erfahren, ob der Bruch zwischen ihr und Matthew endgültig war.

Die Ruhe hatte Susanna gutgetan. Ihr Teint wirkte frisch und klar, und die dunklen Schatten unter ihren Augen waren verschwunden. Sie trug ein hellgelbes, luftiges Sommerkleid und erhob sich, als Alexander den Salon betrat, in dem um diese Zeit immer der Tee serviert wurde. Auf einem silbernen Wagen standen bereits zwei Kannen – eine mit Tee, die andere mit heißem Wasser gefüllt –, Tassen, Teller und Platten mit dünnen Gurkensandwiches und kleinen Apfeltörtchen.

»Soll ich einschenken?« Barnaby sah Alexander fragend an, da Elisabeth noch nicht anwesend war.
Dieser verstand und nickte.
»Ja, bitte, Barnaby. Meine Frau wird sicher gleich kommen.«
Alexander war es recht, mit seiner Schwester allein zu sein. Er wusste, sie würde offener sprechen, wenn Elisabeth nicht dabei war.
Sie warteten, bis Barnaby den Salon verlassen hatte, tranken jeder eine Tasse Tee, ließen die Speisen jedoch unangerührt.
»Du willst dich also wirklich von Matthew trennen?« Alexander kam gleich zur Sache. »Ich weiß, er ist nicht der Inbegriff eines treusorgenden Gatten, aber ich dachte, du hättest dich mit der Situation arrangiert. Schließlich hast du Matthew einmal geliebt.«
Susannas hübsches Gesicht verschloss sich, und bitter zog sie die Mundwinkel nach unten, als sie antwortete: »Habe ich das wirklich? In der letzten Zeit habe ich viel darüber nachgedacht, ob ich mich in den Mann oder vielmehr in das, was er verkörpert, verliebt habe.« Sie hob den Kopf und blickte Alexander in die Augen. »Dass Matthew mich seit Beginn unserer Ehe immer wieder betrogen hat, habe ich akzeptiert. Ich wusste, die Männer sind eben so, denen genügt eine Frau nicht.«
»Ich bin Elisabeth treu«, unterbrach Alexander spontan.
»Das glaube ich dir sogar, mein lieber Bruder, du bist viel zu anständig, um den Weg, den du einmal gewählt hast, zu verlassen. Ich muss Matthew zugestehen, dass er sich sehr diskret verhalten hat, und mir mangelte es nie an etwas. Als ich dann Verity hatte, dachte ich, ich wäre vollkommen glücklich, und Matthews Eskapaden berührten mich nur noch am Rande. Jetzt jedoch ist etwas geschehen …« Sie stockte, und Alexander bemerkte erschrocken, wie Susannas Augen feucht wurden. Er beugte sich vor und nahm ihre Hand.
»Hast du dich in einen anderen Mann verliebt?«

Susanna runzelte zuerst die Stirn, warf dann den Kopf zurück und lachte bitter.
»Nein, lieber Alexander, und dieses Glück wird mir auch für immer verwehrt bleiben. Niemals werde ich mich an einen anderen Mann binden können.«
»Warum willst du dich dann scheiden lassen?« Alexander verstand seine Schwester nicht. »Viele Ehepaare in eurer Situation leben mehr oder weniger voneinander getrennt, und dies wird von der Gesellschaft akzeptiert. Du bist noch jung, wirst vielleicht bald ein weiteres Kind bekommen und …«
»Nein!« Susannas Antwort war ein Schrei, und sie sprang so heftig auf, dass sie ihre Tasse umstieß und sich der Tee auf das blütenweiße Tischtuch ergoss. »Du verstehst nicht, Alexander. Ich werde nie ein zweites Kind haben können, ich werde niemals wieder die Liebe, ich meine die körperliche Liebe, eines Mannes genießen können.«
Im ersten Moment war Alexander schockiert, wie offen und ungeniert seine Schwester über die Vorgänge zwischen Mann und Frau sprach, doch dann erkannte er, wie zutiefst verzweifelt Susanna war.
»Was ist geschehen?« Leise und eindringlich sprach er auf Susanna ein. »Du weißt, du kannst mir alles sagen.«
Sie setzte sich wieder, zupfte ihren Rock zurecht und hielt den Kopf gesenkt, als sie antwortete: »Es ist so peinlich. So furchtbar demütigend und widerwärtig, dass du es gar nicht wissen möchtest. Ich habe bisher noch mit niemandem darüber gesprochen. Mutter würde es wahrscheinlich ins Grab bringen.«
Alexanders Kehle wurde trocken. Schon immer hatte Susanna eine Neigung zu theatralischen Auftritten gehabt, doch jetzt spürte er, dass seine Schwester ihm nichts vorspielte, sondern dass etwas geschehen sein musste, das sie an den Rand der Verzweiflung brachte.

»Ich möchte es wissen, Susanna. Egal, was es ist, du musst dich jemandem anvertrauen.«
Susanna blickte zur Tür, als befürchte sie, es könne jeden Augenblick jemand hereinkommen.
»Es ist gut, dass sie nicht da ist.« Alexander verstand, wen Susanna mit *sie* meinte, und er nickte. »Versprich mir, dass deine Frau nichts von dem, was ich dir jetzt sagen werde, erfährt. Schwöre es mir!«
Nie zuvor hatte Alexander seine Schwester derart ernst erlebt, also ging er vor ihr in die Hocke, nahm ihre Hände und drückte sie fest.
»Ich verspreche es dir.«
Susanna sah ihren Bruder nicht an, als sie flüsterte: »Matthew hat sich bei seinen zahlreichen Affären etwas geholt.« Sie schluckte, es fiel ihr sichtlich schwer, weiterzusprechen. »Aber nicht nur er ist betroffen, er hat auch mich angesteckt.«
Alles in Alexander gefror zu Eis. »Man kann es doch heilen. Ich meine, es ist doch nicht …?«
»Doch, lieber Bruder, es ist die Franzosenkrankheit. Es muss gleich zu Beginn unserer Ehe gewesen sein, dass Matthew mir dieses kleine Hochzeitsgeschenk verehrte. Erst jetzt wurde die Krankheit entdeckt. Du weißt, was das bedeutet.« Alexander schwieg betroffen. Er wusste nicht, was er sagen sollte, und wunderte sich, wie sachlich Susanna über die Krankheit sprechen konnte. Ein kalter Schauer lief über seinen Rücken, als sie tonlos fortfuhr: »Da ich also sterben werde, möchte ich die letzten Jahre meines Lebens in Freiheit verbringen und nicht an der Seite des Mannes, der mir den Tod gebracht hat. Meine Wut, ja, ich kann schon sagen, mein Hass auf Matthew steigerte sich derart, dass ich befürchtete, ich könne ihm etwas antun. Im letzten Moment konnte ich mich beherrschen, denn Verity wird zwar erleben müssen, wie ihre Mutter stirbt, aber nicht, wie ich am Galgen hingerichtet werde.«

»Ist bei Matthew die Krankheit schon fortgeschritten?« Alexanders Stimme klang heiser.

»Ich verstehe, was du damit sagen möchtest.« Susanna legte eine Hand auf Alexanders Kopf. »Wahrscheinlich wird er vor mir sterben. Somit würden Verity und ich in den zweifelhaften Genuss kommen, sein ganzes Geld zu erben. Wenn du jetzt jedoch meinst, ich solle in dieser Ehe ausharren, um meiner Tochter eine unbeschwerte Zukunft zu ermöglichen, so muss ich dir sagen, dass es mir unmöglich ist, mit diesem Mann auch nur einen Tag unter demselben Dach zu verbringen, geschweige denn die Nächte. Allein die Vorstellung, Matthew würde mich noch mal berühren, löst ein solch großes Ekelgefühl in mir aus, dass mir speiübel wird.« Susanna schüttelte den Kopf und fuhr fort: »Mein Entschluss steht fest, und der Skandal ist mir gleichgültig. Ich werde die Scheidung einreichen, egal, was danach mit mir geschieht.«

»Hast du keine Angst, Matthew könnte darauf bestehen, dass Verity bei ihm bleibt?«

Susanna lachte spöttisch. »Das wird er nicht, denn sonst werde ich in ganz Schottland verbreiten, dass er sich die Franzosenkrankheit geholt hat, und wenn ich es an alle Zeitungen geben muss. Matthew weiß das und wird Verity in meiner Obhut belassen.« Mit einer Hand hob sie Alexanders Kinn, bis sie in seine Augen blicken konnte. »Ich habe nur eine Bitte, liebster Bruder. Kann ich hier auf Ballydaroch bleiben? Ich glaube, Edinburgh würde ich nicht ertragen.«

»Selbstverständlich.« Für Alexander gab es nichts zu überlegen.

»Wirst du es Mutter sagen? Und was ist mit Dorothy?«

»Vorerst nicht. Dorothy ist mit ihrem Bankier so glücklich, da möchte ich sie nicht mit meinen Problemen belästigen. Und Mutter …« Sie seufzte schwer. »Irgendwann wird die Zeit kommen, wenn die Anzeichen der Krankheit sich nicht mehr verbergen lassen, dann werde ich entscheiden, ob ich mit Mutter spreche. Alexander, versprichst du mir, niemandem von unserem Gespräch zu erzählen?«

Alexander sprang auf, zog seine Schwester aus dem Stuhl und presste ihren zitternden Körper fest an sich. Er verbarg sein Gesicht in ihrem Haar und schluckte. Trotzdem konnte er es nicht vermeiden, dass seine Augen feucht wurden.

»Störe ich etwa eine traute geschwisterliche Zweisamkeit?«

Sie hatten nicht bemerkt, wie Elisabeth eingetreten war, und Susanna löste sich sofort von ihrem Bruder und bemühte sich um ein unverbindliches Lächeln.

»Elisabeth, soll ich dir Tee einschenken?«

Elisabeth setzte sich schwerfällig und stöhnte. Sie beachtete ihre Schwägerin nicht, als sie zu Alexander sagte: »Wie ich sehe, habt ihr mit dem Tee bereits angefangen. Nun, warum hättet ihr auch auf mich plumpe Kuh warten sollen?«

»Elisabeth, ich bitte dich!« Alexander zog die Augenbrauen in die Höhe. »Bei allem Verständnis für deinen derzeitigen Zustand bitte ich dich, deine gute Erziehung nicht zu vergessen.«

Eine tiefe Röte über Alexanders Zurechtweisung vor Susanna überzog Elisabeths Wangen. Sie nahm Susannas Angebot nicht an und griff selbst zur Kanne. Nachdem sie eine Tasse Tee getrunken und zwei Apfelküchlein gegessen hatte, lehnte sie sich zurück, verschränkte die Arme über ihrem Bauch, blickte von ihrem Mann zu ihrer Schwägerin und sagte dann zu Alexander, als wäre Susanna nicht anwesend: »Nun, ich hoffe, du hast deiner Schwester die Flausen austreiben und sie davon überzeugen können, zu ihrem Mann zurückzukehren, und ihr klargemacht, dass wir ein solches Verhalten auf keinen Fall akzeptieren werden.«

Susannas Gesicht verschloss sich, als sie antwortete: »Mein Entschluss steht fest. Ich verstehe, wenn ihr nicht auf meiner Seite steht, trotzdem wird es an meiner Entscheidung, mich von Matthew zu trennen, nichts ändern.«

»Aber nicht in unserem Haus!«, gab Elisabeth scharf zurück.
»Susanna ... Elisabeth ...« Hilflos hob Alexander die Hände und seufzte, dann gab er sich einen Ruck und sah seiner Frau fest in die Augen. »Susanna wird in diesem Haus bleiben, denn es ist schließlich auch ihr Elternhaus. Sie hat dasselbe Recht wie ich, hier zu leben. Ich werde meiner Schwester bei allem, was sie vorhat, zur Seite stehen und sie nach besten Kräften unterstützen.«
»Das wagst du nicht!« Entsetzt riss Elisabeth die Augen auf. »Sie ruiniert unseren Ruf, wir werden bei keiner guten Gesellschaft mehr willkommen sein. Eine Scheidung ist einfach unmöglich.«
»Das Glück meiner Schwester ist mir wichtiger als das Gerede der Leute«, entgegnete Alexander scharf. »Susanna hat ihre Gründe, die ich respektiere.«
Susanna stand auf, sie wirkte unendlich müde. »Lass es gut sein, Alexander, vielleicht ist es wirklich besser, wenn ich wieder gehe. Keinesfalls möchte ich für einen Streit zwischen euch verantwortlich sein.«
Alexander trat zu ihr und legte einen Arm um ihre bebenden Schultern.
»Nein, Susanna, du bleibst.« Eindringlich blickte er seine Frau an. »Dich, Elisabeth, muss ich daran erinnern, dass Ballydaroch mein Besitz ist, auf dem du lebst, weil ich dich geheiratet habe. Ich lasse mir nicht vorschreiben, wem ich hier Gastfreundschaft gewähre. Wenn du das nicht akzeptierst, dann tut es mir zwar leid, aber ich kann es nicht ändern.«
Elisabeths Röte wandelte sich in eine fahle Blässe. Mühsam rang sie nach Atem.
»Dann ist es wohl besser, wenn ich gehe.« Sie stand auf und ging zur Tür. Weder Alexander noch Susanna machten einen Versuch, sie zurückzuhalten. »Sobald dieses Kind hier in meinem Bauch geboren ist, werde ich nach Edinburgh ziehen. Ich denke, bei deiner Mutter werde ich auf mehr Verständnis stoßen.«

Die Tür fiel mit lautem Knall hinter Elisabeth ins Schloss, und Susanna senkte betroffen den Kopf.
»Das wollte ich nicht …«
»Pscht … liebste Schwester, mach dir keine Sorgen«, versuchte Alexander sie zu beruhigen. »Es wird sich alles zum Guten wenden.«
»Zum Guten?« Susanna schüttelte den Kopf. »Nein, gut wird mein Leben nie wieder werden, aber ich werde versuchen, in der Zeit, die mir noch bleibt, meiner Tochter eine gute Mutter zu sein. Wenn ich dann gehen muss, soll sie stolz auf mich sein. Ich lege mich wieder ein wenig hin, denn ich fühle mich erschöpft. Zum Abendessen rechnet nicht mit mir, ich habe keinen Hunger.«
Alexander wusste nicht, was er sagen sollte, und hinderte Susanna nicht daran, den Salon zu verlassen. Er selbst ging in die Bibliothek und schenkte sich an der dortigen Hausbar einen doppelten Brandy ein. Nachdem er das Glas mit einem Schluck geleert hatte, fiel sein Blick auf die Zeitungen, die er heute noch nicht gelesen hatte. Barnaby hatte sie in die Bibliothek gelegt, weil er wusste, dass er noch hineinschauen würde. Obwohl es Alexander im Augenblick wenig interessierte, was im Land und in der Welt vor sich ging, schlug er die erste Seite der *Edinburgh Gazette* auf. Vielleicht würde ihn die Lektüre von seinen sorgenvollen Gedanken ablenken. Die Zeitung berichtete über heftige Aufstände und furchtbare Kämpfe in Indien und dass die Friedensverhandlungen erneut gescheitert waren. Vor der Küste Aberdeens war in der Nordsee ein Fischerboot mit sechs Mann Besatzung gesunken, keiner der Männer konnte gerettet werden, und auf Seite vier war von drohenden Streiks der Arbeiter in Englands Kohlenbergwerken die Rede. Alexander seufzte. Dies alles interessierte ihn heute nicht, dennoch blätterte er eine Seite weiter.

Schottische Malerin mit eigener Ausstellung in Paris
Miss Marianne Daragh feiert erneute Erfolge in Frankreich

Die Schlagzeile sprang Alexander in die Augen, und rasch las er weiter.

… nachdem die junge Künstlerin bereits im Februar die ersten Schritte in die Pariser Kunstszene mit Erfolg gemeistert hat, wurde ihr nun von Monsieur Henri Barbey – einem der führenden Galeristen in Paris – die Möglichkeit einer dreimonatigen Ausstellung geboten. Wie aus gut informierten Kreisen von Freunden der Malerin bekannt wurde, wird Marianne Daragh danach nach Italien reisen, um dort ihre einzigartigen Bilder dem italienischen Publikum vorzustellen. Sosehr unsere Nation auf den Erfolg der Künstlerin stolz ist, bangen wir doch, ob Miss Daragh jemals nach Schottland zurückkehren wird, oder ob sie ihrem Heimatland den Rücken gekehrt hat und als Malerin nun ganz Europa erobern wird …«

Schwer atmend legte Alexander die Zeitung zur Seite und genehmigte sich ein zweites Glas Brandy. Scharf rann der Alkohol durch seine Kehle. Da er an diesem Tag seit dem Frühstück nichts mehr gegessen hatte, spürte er den Brandy bereits. Marianne war also wieder in Paris. Von dort aus würde sie nach Italien reisen. Vielleicht nach Mailand, Florenz, Neapel oder gar Rom. Was würde dann folgen? Madrid? Wien? Berlin? Vor seinem geistigen Auge sah er die junge Frau von zahlreichen Bewunderern umringt, wie sie strahlend lachte, ihr rotes Haar nach hinten warf und die Sommersprossen auf ihrer Nase tanzten. Alexander hatte lange Zeit versucht, die Erinnerung an Marianne auszublenden. Seit ihrer Begegnung am Hafen von Leith je-

doch war kaum ein Tag vergangen, an dem er sich nicht fragte, was sie jetzt wohl machte und wie es ihr ging. In den letzten Monaten war er mehrmals versucht gewesen, ein paar Tage nach Edinburgh zu reisen und Marianne aufzusuchen. Dann jedoch waren immer wichtige Termine dazwischengekommen, und schließlich wollte er die Brennerei auch nicht allein lassen, obwohl bei Jack McGregor alles in besten Händen war. Nun war Marianne fort. Alexander teilte die Befürchtung der Zeitung, dass sie vielleicht niemals wieder in ihre Heimat zurückkehren würde. Er selbst hatte auf der *Grand Tour* halb Europa bereist und war drauf und dran gewesen, sich längere Zeit in Rom niederzulassen. Dort war es auch im Winter immer angenehm warm, und die Italiener waren ein gastfreundliches Volk. Trotzdem hatte es ihn nach Schottland zurückgezogen, denn auch das schönste Wetter konnte das Heimweh nicht vertreiben.
Er musste Marianne vergessen. Sie lebte in ihrer Welt und er in seiner. Bis auf den einen Kuss hatte sie ihm nie gezeigt, mehr als Freundschaft für ihn zu empfinden. Alexander war über seine Gedanken entsetzt. Er war verheiratet, und seine Frau erwartete ihr zweites Kind. So tragisch Susannas Schicksal auch war – Alexander war beinahe ein wenig froh über die Ankunft seiner Schwester. Sie und ihre Tochter würden ihn auf andere Gedanken bringen.

19. Kapitel

Zur selben Zeit in Paris, Frankreich

Marianne war Eitelkeit stets fremd gewesen, in den letzten Jahren hatte sie jedoch ein Faible für schöne Kleider und dazu passende Accessoires entwickelt. Sie mochte es, sich dezent und zugleich elegant zu kleiden, lehnte es allerdings ab, Makeup zu verwenden, obwohl Julia meinte, in Paris würden alle Damen Rouge und Lippenfarbe benutzen, um ihre natürliche Schönheit zu unterstreichen.
»Du hast eigentlich recht.« Julia schmunzelte. »Deine Haut ist von einer solchen Reinheit, dass du durch deine jugendliche Frische bestichst und es nicht nötig hast, dich zu schminken.«
Marianne stand vor dem mannshohen Spiegel in ihrem Zimmer und betrachtete sich skeptisch. Die gängige Pariser Mode schrieb ein hochgeschlossenes, enges Oberteil mit einer über dem Gesäß aufgetürmten Tournüre vor. Mariannes Kleid war aus einem dunkelgrünen Seidenstoff gefertigt und lediglich mit elfenbeinfarbenen Paspelierungen am Kragen und an den Manschetten verziert. Noch konnte der zufällige Betrachter nichts erkennen, wenn er seinen Blick über Mariannes Körpermitte schweifen ließ. Sie wusste jedoch, in wenigen Wochen würde ihre Schwangerschaft für jedermann sichtbar werden, doch dann wäre sie bereits in Italien. Mariannes freute sich auf das Land, wo die Zitronen blühen, wie es der große deutsche Dichter Johann Wolfgang von Goethe beschrieben hatte. Aber auch hier in Paris zeigte sich der Mai von seiner strahlendsten Seite. Durch das geöffnete Fenster drang der Geruch der Rosen, die in verschwenderischer Fülle und Farbenpracht im Garten des Hauses von Monsieur Henri Barbey blühten. Marianne konnte sich nicht erinnern, um diese Jahreszeit in Schottland jemals bereits erblühte

Rosen gesehen zu haben. Dazu war das Klima im Norden zu rauh und zu kalt. Schottland ... bei der Erinnerung an die Heimat wurde Marianne wehmütig. Vor dem Winter wollte sie nicht nach Edinburgh zurückkehren – und dann würde sie, wenn alles gutging, nicht allein nach Hause kommen. Für Marianne hatte es nie Zweifel daran gegeben, Neills Kind auszutragen, obgleich Julia ihr erklärt hatte, es gäbe Frauen, die sie von der Last der Schwangerschaft befreien konnten. Marianne hatte dieses Ansinnen entrüstet von sich gewiesen. Sie wusste, als unverheiratete Frau mit einem Kind würde sie von der guten Gesellschaft geächtet werden – aber war sie das als Malerin nicht ohnehin? Ihre Bilder wurden gelobt und gerne gekauft, ihr als Person jedoch blieb der Zugang zu höheren Kreisen verschlossen. Wäre sie ein Künstler mit ähnlichem Erfolg, dann wäre sie ein gefeierter Star und beliebter Gast bei jedem Empfang. Eine Künstlerin indes hatte – gleichgültig, welcher Art ihre Kunst war – etwas Anrüchiges an sich und wurde hinter vorgehaltener Hand gerne einer Prostituierten gleichgestellt. Die Tatsache, dass sie bald ein Kind haben würde, zu dem es keinen Vater gab, würde diesem Gerede weitere Nahrung geben. Trotzdem freute Marianne sich auf das kleine Wesen, das in ihrem Leib heranwuchs. Sie wusste, die Künstler, mit denen sie und Julia befreundet waren, würden nicht die Nase rümpfen und sie nicht anders behandeln als zuvor. Dennoch hatte Marianne Julias Vorschlag, erst zu der geplanten längeren Ausstellung nach Paris zu reisen und dann den Sommer in Florenz zu verbringen, sofort begeistert zugestimmt.
»In Florenz kenne ich ein paar Leute, die gute Verbindungen zu italienischen Galeristen haben«, hatte Julia mit einem Augenzwinkern gesagt. »Pass auf, Marianne, im Herbst kennt ganz Italien deinen Namen, und jeder wird sich um einen echten Daragh reißen.«
Ganz so optimistisch sah Marianne ihre Reise nicht, wusste sie doch, dass sie die mehrwöchige Ausstellung ihrer Bilder in Bar-

beys Galerie weniger ihren Fähigkeiten als vielmehr Julias guten Beziehungen zu dem Herrn verdankte. Noch vor einem Jahr hätte Marianne dankend abgelehnt und gemeint, sie wolle es aus eigener Kraft schaffen und nicht aufgrund von Beziehungen protegiert werden. In den letzten Monaten hatte sie jedoch gelernt, dass es in Kunstkreisen vollkommen gleichgültig war, durch wen und auf welchem Wege man bekannt wurde. Hauptsache, man wurde bekannt und die Leute kauften einem seine Arbeiten ab. Gerade in Paris fristeten viele Maler ein brotloses und tristes Dasein, obwohl ihre Werke es durchaus verdient hätten, in den großen Galerien und Salons der Stadt ausgestellt zu werden. Die armen Teufel verfügten eben nicht über Beziehungen zu den richtigen Leuten. Marianne war es daher nicht peinlich, dass Henri Barbey ihr mit seinem Angebot half, denn sie wusste, dass ihre Gemälde gut waren. Eine Perfektion wie zum Beispiel bei den Arbeiten von William Turner, der nach wie vor Mariannes Vorbild war, oder bei John Constable würde sie zwar niemals erreichen, dennoch gab es keinen Grund, ihre Bilder verstecken zu müssen. Um ihre Wohnung in Edinburgh kümmerten sich Emma und Judith. In den letzten Monaten waren die Schwestern regelrecht aufgeblüht, hatten Fett auf den Rippen angesetzt, wie Julia zu sagen pflegte, und rosige Wangen bekommen. Emma hatte zwar protestiert, als Marianne einen modernen Rollstuhl für Judith anschaffte, aber seitdem war Judith innerhalb der Wohnung viel beweglicher. Ein freundlicher, großer und kräftiger Mann aus dem Nachbarhaus hatte sich spontan angeboten, Judith ein- oder zweimal in der Woche die Treppen hinunterzutragen, damit sie an die frische Luft kam. Noch vor ihrer Abreise hatte Marianne festgestellt, dass der Kaufmann – er betrieb einen Gemischtwarenladen am Grassmarket – die Schwestern bei ihren Spaziergängen begleitete. Das tat der junge Mann sicher nicht nur aus reiner Nächstenliebe, denn Marianne waren die Blicke, mit denen er Emma betrachtete, nicht entgan-

gen. Marianne hoffte, dass beider aufkeimende Gefühle wachsen mögen, auch wenn es bedeutete, dass sie sich nach einer neuen Haushaltshilfe würde umsehen müssen. Emmas und Judiths Glück lag ihr sehr am Herzen.
Sie selbst dachte oft an Neill und ebenso häufig an Alexander. Bei Neill war sie voller Sorge, ob der Jugendfreund gesund in Amerika angekommen war und ob er dort seine Träume und Vorstellungen verwirklichen konnte. Wenn sie im Herbst nach Schottland zurückkehrte, würde vielleicht schon ein Brief von Neill angekommen sein. Schweiften Mariannes Gedanken jedoch zu Alexander McFinnigan, dann zwang sie sich, an etwas anderes zu denken. Er hatte ihre zufällige Begegnung bestimmt schon vergessen, und für sie war es besser, dies ebenfalls zu tun. Dennoch konnte Marianne nicht verhindern, dass sie sich immer wieder fragte, wie Alexander wohl reagieren würde, wenn er erführe, dass sie ein Kind hatte. Bestimmt würde er ebenso wie die übrige elitäre schottische Gesellschaft den Stab über sie brechen.

Am Abend gab Henri Barbey einen Empfang. Geladen waren in erster Linie Künstler, von denen Marianne die meisten von ihrem letzten Besuch in Paris kannte. In den vergangenen Wochen hatte sie aber auch neue Kontakte geknüpft, und manchmal bedauerte sie, die Stadt schon in drei Wochen verlassen zu müssen, um nach Italien zu reisen.
Nach einem zwanglosen Abendessen unterhielten ein paar Damen die Gäste mit musikalischen Darbietungen. Eine von ihnen, Charlotte Noirt, war eine in Paris anerkannte und gefeierte Schauspielerin und Sängerin, und Marianne lauschte hingerissen ihrer glockenhellen Stimme. Brausender Beifall erklang, als Charlotte endete, und die junge Frau verbeugte sich nach allen Seiten.
»Ein wunderbarer Ohrenschmaus, nicht wahr?«, flüsterte plötzlich eine Stimme hinter ihr. Überrascht drehte sie sich um.

»Dean! Dean Lynnforth, ich glaube es nicht! Seit wann bist du wieder in Paris, und wo kommst du so plötzlich her? Beim Essen habe ich dich noch nicht gesehen.«

Freudig überrascht strahlte Marianne Dean an. Die Zeit in Rom hatte ihm offenbar gutgetan, denn sein Gesicht war braungebrannt, und seine Augen leuchteten in einem Glanz, den Marianne nie zuvor an ihm gesehen hatte.

Dean schmunzelte. »Du bist immer noch dieselbe wissbegierige Marianne, die tausend Fragen auf einmal stellt. Ich werde sie dir gerne alle beantworten. Zuerst – ich bat Julia und Henri, dir nichts von meiner Anwesenheit zu sagen, denn ich wollte dich überraschen.«

»Das ist dir gelungen«, stellte Marianne fest. Sie freute sich, dass zwischen ihr und Dean die gewohnte Vertrautheit herrschte und es keinen peinlichen Moment der Erinnerung an ihre gemeinsam verbrachte Nacht gab. Offenbar hatte er seinen Liebeskummer, was sie betraf, überwunden, aber etwas anderes hatte Marianne von Dean auch nicht erwartet. Bestimmt hatte die eine oder andere römische Dame dabei nach Kräften geholfen. Wie recht Marianne mit ihrer Vermutung hatte, sollte sie gleich erfahren. Dean wandte sich zu einer jungen Frau um, die ein paar Schritte hinter ihm stand. Marianne hatte sie zuvor nicht bemerkt, da sie mindestens zwei Köpfe kleiner als Dean war, dazu zierlich wie ein junges Reh. Unwillkürlich hielt Marianne die Luft an. Neidlos musste sie eingestehen, nie zuvor eine schönere Frau gesehen zu haben. Ihr Gesicht schien wie aus feinstem Marmor gemeißelt, und kein Maler hätte ihre ebenmäßigen Züge in perfekteren Proportionen auf die Leinwand bannen können. Ihr dichtes Haar glänzte wie frisch polierter schwarzer Lack, und ihre dunklen Augen ließen den Betrachter an geröstete Mandeln denken. Als Dean sie anlächelte, verzogen sich ihre vollen roten Lippen ebenfalls zu einem Lächeln, und Marianne erkannte zwei Reihen gerader und strahlend weißer Zähne. Dean sagte ein paar

Worte auf Italienisch, die Marianne nicht verstand, denn ihre Kenntnisse dieser Sprache waren nur rudimentär, dann wandte er sich an Marianne.

»Meine liebe Marianne, darf ich dir die Contessa Marcella dei Petroletti vorstellen.« Er zögerte und fügte dann mit sichtlichem Stolz hinzu: »Meine Frau.«

»Deine Frau?« Mariannes Augen weiteten sich vor Überraschung. »Das ging aber schnell«, stammelte sie. »Ich meine ... natürlich herzlichen Glückwunsch.«

Freundschaftlich gab sie der jungen Frau die Hand, und die Contessa erwiderte ihren Händedruck kräftiger, als Marianne der zarten Person zugetraut hätte.

»Ich mich freuen, Sie kennenzulernen«, sagte sie in gebrochenem Französisch. »Dean haben erzählt mir von Ihnen. Sie verzeihen, ich nicht sprechen gut Ihre Sprache, Englisch ich noch schlechter können.«

»Na, das wird Dean dir schon beibringen.« Julia war herangetreten und hatte Marcellas letzte Worte gehört. »Lass mal diese Förmlichkeiten. Du bist Deans Frau und damit unsere Freundin. Ich bin Julia, und das ist Marianne. Du kannst auch Maria zu ihr sagen, wenn dir die englische Aussprache zu schwierig erscheint.«

Obwohl Marianne die Freundin nun schon so viele Jahre kannte, war sie immer wieder über ihre unkomplizierte Art überrascht. Julia gelang es mühelos, Sympathie auszustrahlen, die zweifellos von Herzen kam und auch bei Marcella nicht ohne Wirkung blieb.

»Ich danken dir ... Julia. Das sein einfacher Name, ich muss nur denken an Romeo.« Marcella lachte, und Marianne empfand auch ihre Stimme als äußerst angenehm.

»Ich besorge uns etwas zu trinken«, sagte Julia und deutete auf einen runden Tisch. »Wollen wir uns setzen? Dean, du hast sicher viel zu erzählen.«

Sie warteten, bis Julia einen Diener gebeten hatte, für alle Champagner zu bringen, dann beugte sich Marianne gespannt vor und blickte Dean an.

»Nun sag schon, wie ist es dir gelungen, deinen Vater zu erweichen, dir deine Ehefrau selbst zu wählen?« Bevor Dean antworten konnte, schlug sich Marianne die Hand vor den Mund und fuhr rasch fort: »Oh, verzeih, aber wir sollten vielleicht Französisch sprechen, damit deine Frau sich nicht ausgeschlossen fühlt.«

Dean schüttelte den Kopf, raunte Marcella ein paar italienische Worte zu, woraufhin diese nickte, dann sagte er zu Julia und Marianne auf Englisch: »Es ist in Ordnung. Marcella weiß, dass ich ihr später unsere Unterhaltung haarklein übersetzen werde. Du fragst zu Recht, wie ich es geschafft habe, meinen Vater davon abzubringen, mir eine reiche schottische Erbin zu präsentieren, und ich muss leider antworten« – er grinste verlegen –, »Vater weiß noch nicht, dass ich eine Ehefrau habe.«

»Wie? Was?«, riefen Julia und Marianne gleichzeitig und sahen sich überrascht an.

Dean zuckte mit den Schultern und meinte verlegen: »Nun, wir haben vor zwei Monaten geheiratet und sind jetzt gerade auf der Reise nach Schottland in die Höhle des Löwen. Wir machen ein paar Tage Station in Paris, und ich erfuhr, dass ihr in der Stadt seid. Da ließ ich es mir natürlich nicht nehmen, euch zu treffen.«

»Du hast deinem Vater nicht geschrieben?«, fragte Marianne. »Keinen Brief oder ein Telegramm gesandt, dass sein einziger Sohn und Erbe geheiratet hat?«

Dean schüttelte den Kopf. »Ich dachte, es ist besser, ich stelle ihn vor vollendete Tatsachen. Wenn er Marcella erst kennenlernt, wird er sie ebenso in sein Herz schließen, wie ich es gleich bei unserer ersten Begegnung getan habe.« Er schenkte seiner Frau einen solch zärtlichen Blick, dass Marcella, die die Worte zwar nicht verstanden, aber die Reaktionen der Anwesenden richtig interpretiert hatte, zart errötete. »Vater wird es sicher versöhnen, dass ich keine arme Frau nach Hause führe, im Gegenteil, Marcellas Familie ist eine der vermögendsten und einflussreichsten in ganz Italien. Der Familie dei Petroletti gehören neben zwei Stadtvillen in Rom und in Neapel weitläufige Weingüter in der Toskana, einige Landhäuser sowie ein herrschaftliches Haus in Florenz. Ihr Vater hatte jedenfalls nichts dagegen, mich als Schwiegersohn zu bekommen.«

»Marcellas Vater hat einer Heirat zugestimmt, ohne dass jemand von deiner Familie anwesend war?« Julia schüttelte verwundert den Kopf. »Ich dachte immer, die Italiener seien so konservativ.«

»Signore dei Petroletti ist zwar ein Patriarch, wie er im Buche steht, aber schlussendlich war ihm das Glück seiner Tochter wichtiger als alle Konventionen. Das Einzige, was mein Vater wohl bemäkeln wird, ist die Tatsache, dass Marcella katholisch ist, während wir Lynnforths seit dem Sturz von Maria Stuart der reformierten Kirk of Scotland angehören. Das wird unser Glück jedoch nicht trüben.«

Dem stimmten Marianne und Julia zu, und sie hoben ihre Gläser, um auf das junge Paar anzustoßen.

»Wie schade, dass ihr auf der Reise nach Schottland seid.« Julia seufzte. »Du musst wissen, Dean, in ungefähr drei Wochen wird Marianne ihre Ausstellung hier in Paris beenden, und dann werden wir nach Florenz reisen, um den Sommer dort zu verbringen. Es wäre schön gewesen, euch dort öfter zu sehen.«

»Ihr fahrt nach Florenz?« Dean runzelte kurz die Stirn, dann beugte er sich zu Marcella und sprach mit ihr in einem schnellen Italienisch, von dem Marianne erneut kaum ein Wort verstand. Schließlich wandte Dean sich mit einem strahlenden Lächeln wieder ihr zu. »Marcella ist meiner Meinung. Der Besuch bei meinem Vater kann noch warten. Nun kommt es auf ein paar

Monate auch nicht mehr an. Wir reisen mit euch nach Florenz zurück, und ihr seid selbstverständlich unsere Gäste. Das heißt, wenn ihr nicht bereits andere Pläne habt.«

»Das ist sehr großzügig, aber ...«, begann Marianne, doch ein unsanfter Tritt von Julia gegen ihr Schienbein ließ sie verstummen.

»Diese Einladung nehmen wir gerne an«, antwortete Julia mit einem Lächeln.

Marianne war jedoch fest entschlossen, Dean ihr Geheimnis anzuvertrauen, damit er in einigen Wochen nicht eine unliebsame Überraschung erlebte.

»Es tut mir leid, Julia, aber ich finde, Dean muss die Wahrheit erfahren«, sagte sie bestimmt.

»Welche Wahrheit?« Interessiert musterte Dean Marianne und scherzte: »Ihr seid hoffentlich nicht auf der Flucht vor der Polizei?«

Marianne stimmte in sein Lachen nicht ein, sondern erwiderte ernst: »Der Familie deiner Frau wird es wohl kaum gefallen, wenn ihr Gäste mitbringt, von denen eine sich in anderen Umständen befindet.« Sie sah Deans erschrockenen Blick und hob schnell die Hand. »Noch ist kaum etwas zu bemerken, aber in einem Monat wird es sich nicht mehr verbergen lassen. Das ist auch der Hauptgrund für unsere Reise nach Florenz. Ich möchte mein Kind dort zur Welt bringen.«

»Wann ist es so weit?« Deans Stimme war nicht mehr als ein heiseres Flüstern, auf seinen Wangen bildeten sich hektische rote Flecken.

»Im späten Herbst«, flüsterte Marianne, obwohl niemand sonst sie hören konnte.

Dean erbleichte, griff nach Mariannes Hand und drückte sie fest. Mit einem beinahe panischen Blick zu Marcella hin raunte er: »Du meine Güte, warum hast du es mir nicht geschrieben? Ich hätte dich selbstverständlich geheiratet, wenn ich es gewusst hätte. Auch gegen den Widerstand meines Vaters. Nun jedoch ... was sollen wir jetzt bloß machen?«

Marianne runzelte erstaunt die Stirn, aber Julia begriff schneller als die Freundin. Sie stupste Marianne in die Seite.

»Dean meint, er wäre der Vater.«

Jetzt endlich verstand auch Marianne, und sie lachte laut auf.

»Oh, Dean, es tut mir leid, dir einen solchen Schrecken eingejagt zu haben. Du kannst beruhigt sein, das Kind ist nicht von dir.«

Dean stieß erleichtert die Luft aus, erst dann wurde er sich bewusst, was Mariannes Worte bedeuteten. Ein leichter Vorwurf klang in seiner Stimme, als er sagte: »Du hast ja keine Zeit verloren, nachdem das mit uns war, und da du hier allein bist, nehme ich an, du lebst nicht mit dem Vater des Kindes zusammen?«

Marianne nickte. »Er weiß es nicht und wird es niemals erfahren. Dean, es gibt keinen Grund, mich dir gegenüber zu rechtfertigen, aber du sollst wissen, dass ich diesen Mann wirklich gern hatte. Er wollte sein Glück jenseits des Ozeans in Amerika versuchen, und er bat mich, ihn zu begleiten. Ich allerdings wollte Europa nicht verlassen.«

»Ich verstehe.« Erleichtert und deutlich entspannt lehnte Dean sich zurück. »Also, für einen Moment hast du mir einen schönen Schrecken eingejagt, meine Liebe. Du hast sicher Verständnis dafür, dass ich diesen Teil unserer Unterhaltung für Marcella nicht übersetze?«

Marianne lachte, und Julia rief: »Ich sehe gerade, dass unsere Gläser leer sind.« Sie sah sich um und winkte einem Diener. »Wir sollten auf uns und darauf, dass Marianne ein gesundes Kind zur Welt bringt, anstoßen.«

Nach der überraschenden und freudigen Begegnung mit Dean Lynnforth und seiner sympathischen italienischen Ehefrau erwartete Marianne zwei Tage später eine weitere unerwartete Begegnung, über die sie jedoch weniger erfreut war. Am späten Vormittag gingen Julia und sie im Jardin des Tuileries spazieren, sie hatten sich mit Dean und Marcella zum Mittagessen in einem nahe gelegenen Restaurant verabredet. Das Wetter war weiterhin frühlingshaft, und Marianne genoss die warme Sonne auf ihrer Haut, wenngleich sie den Schirm aufgespannt hatte, denn sie wollte nicht gebräunt wie eine Bauernmagd aussehen. Plötzlich blieb Julia stehen und rief: »Ist das nicht Gilbert Capstone? Offenbar scheinen sich derzeit viele unserer Landsmänner in Paris aufzuhalten«

Mariannes Blick folgte Julias ausgestreckter Hand, und in ihrem Magen bildete sich ein Klumpen. Der Mann, der in wenigen Metern Entfernung zusammen mit einem zweiten, jüngeren Mann auf einer Bank saß, war zweifelsohne Gilbert Capstone – der ehemalige Geliebte von Adrian Shaw.

»Lass doch …«, begann Marianne, aber da war Julia bereits auf die beiden Herren zugegangen.

»Gilbert, welch eine Überraschung! Was machen Sie denn in Paris?«

Capstone stand auf, verbeugte sich und küsste Julia die Hand.

»Julia, die Freude ist ganz auf meiner Seite. Ich bin erst gestern angekommen und wollte Ihnen in den nächsten Tagen meine Aufwartung machen.«

Marianne betrachtete Gilbert Capstone verstohlen. Er trug einen hellbeigen Sommeranzug mit einem gerüschten lindgrünen Hemd und war damit dezenter gekleidet als bei ihrer ersten Begegnung. Der junge Mann neben ihm war eher unscheinbar, aber Marianne beschlich sofort das Gefühl, dass ihn und Capstone etwas Besonders verband. Julia winkte ihnen zu, und Marianne kam nicht umhin, Capstone ebenfalls zu begrüßen.

»Du erinnerst dich noch an Gilbert Capstone«, plapperte Julia unbedarft. »Damals bei deiner ersten Ausstellung in meiner Galerie hatte er mir Karikaturen seines Freundes Adrian Shaw zur

Verfügung gestellt. Du weißt, Marianne, der Mann, der irgendwo im Nordatlantik bei einem Schiffsunglück ums Leben kam.«
Marianne nickte. Ihr Mund war trocken, und so murmelte sie nur eine höfliche Begrüßungsfloskel, als Capstone nun auch ihren Handrücken leicht mit seinen Lippen berührte.
»Miss Daragh, ich freue mich, Sie wiederzusehen. Ihr Ruf als exzellente Malerin reicht weit über Schottland hinaus, und ich bin ein großer Bewunderer Ihrer Werke.«
»Gilbert, was führt Sie nach Paris?«, warf Julia ein und entband Marianne damit einer Antwort.
Capstone zuckte mit den Schultern. »Ach, mir war einfach danach, dem schottischen Wetter für ein paar Wochen zu entfliehen und den Frühling in Paris zu verbringen. Hinzu kommt, dass mein Freund noch nie in dieser schönen Stadt war. Ich glaube, ich habe Sie noch nicht miteinander bekannt gemacht.« Er winkte seinem Begleiter, der sich zögernd erhob. »Philipp, darf ich dir eine gute Bekannte aus Edinburgh vorstellen? Mrs. Julia de Lacourt, ich hatte dir bereits von ihrer Galerie erzählt, und ihre Freundin Miss Marianne Daragh, die berühmte Malerin. Julia, Miss Marianne, das ist Philipp Langside, ein ... Freund aus Schottland.«
Weder Julia noch Marianne war Capstones kurzes Zögern entgangen. Julia schlug Capstone mit ihrem Fächer leicht auf den Arm und zwinkerte ihm vertraulich zu. Er erwiderte ihr Lächeln, und Marianne wusste nicht, was sie tun und was sie sagen sollte. Am liebsten wäre sie davongelaufen, aber das wäre zu auffällig gewesen. Vielleicht sollte sie plötzlich auftretende Kopfschmerzen vortäuschen und bitten, nach Hause zurückkehren zu können? Dann jedoch straffte sie die Schultern. Ihr Schuldbewusstsein wurde zwar in der Nähe von Gilbert Capstone stärker, aber er wusste jedoch nichts von ihrer Verbindung zu Adrian Shaw. Ja, er wusste noch nicht einmal, dass sie von St. Kilda stammte, und noch weniger, dass Adrian auf dieser Insel gestran-

det war. Somit gab es also keinen Grund, in Capstones Gegenwart befangen zu sein, denn damit würde sie sich nur verdächtig machen. Folglich zwang Marianne sich zu einem Lächeln und sagte: »Genießen Sie auch den schönen Tag, Mr. Capstone?«
»In der Tat, das tun wir, Miss Daragh.« Gilbert Capstone sah von einer Frau zur anderen. »Würden Sie beide mir die Freude machen, heute Abend mit uns zu speisen? Nur wir vier im kleinen Kreis?«
Bevor Marianne dankend ablehnend konnte, hatte Julia bereits freudig lächelnd die Einladung angenommen. Daraufhin gab Capstone ihr seine Karte mit der Adresse, und sie trennten sich. Kaum war Capstone außer Sichtweite, raunte Marianne der Freundin zu: »Ich weiß nicht, ob wir da wirklich hingehen sollen. Dieser junge Mann ... der Begleiter von Capstone ... der ist doch sicher ...«
»Sein Freund«, vollendete Julia den Satz. »Oder sagen wir es genauer – Philipp wird Capstones Geliebter sein. Ich weiß, liebe Marianne, dass du ein Problem mit der Liebe zwischen zwei Männern hast, aber Capstone ist ein Mensch, mit dem man sich sehr gut unterhalten kann, denn er ist äußerst gebildet. Sein Freund macht auf mich ebenfalls einen guten Eindruck, wenngleich ich ihn etwas jung finde. Das soll jedoch nicht unsere Sorge sein.«
Marianne wusste nicht, was sie darauf erwidern sollte. Sie war froh, als sie kurz darauf das kleine Restaurant in der nahe gelegenen Rue du Honoré erreichten und dort bereits von Dean und Marcella Lynnforth erwartet wurden. Für die nächsten Stunden vergaß Marianne Gilbert Capstone, denn Marcella plauderte äußerst charmant, und ihr Kauderwelsch aus Französisch und Italienisch, das Dean immer wieder ins Englische übersetzen musste, sorgte für so manche Heiterkeit. Als sie sich am Nachmittag trennten, war es ausgemacht, dass Julia und Marianne so bald wie möglich Paris verlassen und mit den Lynnforths zu-

sammen nach Florenz reisen würden. Über Mariannes Schwangerschaft wurde nicht mehr gesprochen, und Marianne stellte fest, dass Dean ihr ein wirklicher Freund war. Sie freute sich auf Italien, und den einen Abend in der Gesellschaft von Gilbert Capstone würde sie auch überstehen.

Es blieb jedoch nicht bei dem einen Treffen. Wider Erwarten verlief der Abend mit Capstone und seinem jungen Geliebten Philipp Langside in heiterer Harmonie, und Marianne vergaß völlig ihre bisherige Abneigung gegen den Mann. In den eigenen vier Wänden – Capstone hatte ein kleines Haus im Quartier Latin gemietet – trat er wieder als schillernder Paradiesvogel auf. Er trug einen gelben Anzug mit rotem Kragen und Manschetten, dazu ein hellblaues, gerüschtes Hemd und weiße Lacklederschuhe. Marianne tat die Farbenzusammenstellung zwar in den Augen weh, aber sie hütete sich, sich auch nur das Geringste anmerken zu lassen. Philipp Langside hingegen gab sich eher zurückhaltend. Er sprach nur, wenn jemand das Wort an ihn richtete, und hielt sich auch sonst eher im Hintergrund. Während des Essens war es unvermeidlich, dass Julia auf Adrian Shaw zu sprechen kam.
»Es ist bedauerlich, Gilbert, dass Sie keine weiteren Zeichnungen mehr haben. Die Karikaturen waren sehr gefragt.«
Capstone lächelte und tupfte sich geziert die Lippen mit der Serviette ab.
»Liebste Julia, wer sagt denn, dass ich keine weiteren Zeichnungen habe? Sie werden jedoch verstehen, dass ich diese behalten möchte. Durch ein schreckliches Unglück habe ich Adrian zwar für immer verloren, aber ein Teil von ihm lebt in seinen Bildern weiter. Ich werde diese in meinem Besitz behalten, bis ich sterbe. Dann werde ich sie Ihnen gerne vermachen.« Die letzten Sätze hatte Capstone mit einem Zwinkern gesagt, und Julia stimmte in sein Lachen ein.

»Dann hoffe ich, noch sehr, sehr lange auf die Bilder warten zu müssen.«

Capstone hob sein Glas. »Auf Adrian Shaw.« Unsicher blickte Marianne zu Philipp, und Capstone verstand ihren fragenden Blick. »Philipp weiß alles über Adrian, wir haben keine Geheimnisse voreinander.«

Daraufhin hob auch Philipp sein Glas, und Marianne blieb nichts anderes übrig, als mit den anderen anzustoßen und auf das Wohl des Mannes, der durch ihre Hand gestorben war, einen Toast auszubringen. Dennoch wurde es ein vergnüglicher Abend, und alle vier merkten nicht, wie die Zeit verging.

»Du meine Güte, es ist ja schon nach zwei Uhr!« Julia sah überrascht auf die Uhr auf dem Kaminsims. »Marianne, nun müssen wir aber aufbrechen, denn wir haben morgen früh um acht Uhr einen Termin bei einem Galeristen. Dieser möchte nach Beendigung der Ausstellung die Bilder, welche Henri Barbey nicht bei sich unterbringen kann, in seine Galerie zum Verkauf nehmen«, fügte sie, an Capstone gewandt, hinzu.

Capstone weckte seinen Diener, der sich bereits zurückgezogen hatte, und schickte ihn los, eine Mietdroschke zu besorgen. Während Marianne durch die ruhige Nacht fuhr – auch Paris schien irgendwann einmal zu schlafen –, rekapitulierte sie den vergangenen Abend. Obwohl das Verhältnis zwischen Capstone und Philipp Langside offensichtlich war, war sie nicht peinlich berührt gewesen, sondern hatte gespürt, dass zwischen den beiden Männern eine tiefe Liebe bestand. Die Blicke, die sie sich zuwarfen, und die kleinen, beinahe unbeabsichtigten Berührungen hatten in Marianne etwas angerührt, was sie auch ein wenig traurig stimmte. Traurig, weil ein solches Miteinander zwischen ihren Eltern nie stattgefunden hatte, traurig aber auch, weil es sie an ihre kurze Beziehung zu Neill erinnerte. Vielleicht war es ein Fehler gewesen, ihn gehen zu lassen und ihm nichts von dem Kind zu sagen. Nun war es zu spät, und trotz allem blickte Marianne frohen Mutes und gut gelaunt in die Zukunft.

In den folgenden Tagen trafen sie sich noch zwei Mal, und auch Dean und Marcella gesellten sich zu der kleinen Gruppe. Marianne hätte nie gedacht, in der Gesellschaft von Gilbert Capstone so viel Spaß zu haben und so viel zu lachen. Später wusste sie nicht mehr, wie es gekommen war, dass Dean die beiden Männer ebenfalls nach Florenz einlud.
»Das Haus ist groß genug«, hatte Dean gesagt, mit einem Augenzwinkern jedoch hinzugefügt: »Allerdings geht es in Italien sehr viel konservativer und strenger zu als in Schottland. Obwohl Florenz die Stadt der Künste und der Künstler ist, herrscht der katholische Glauben über alles. Darum möchte ich Sie bitten, meine Herren, Ihre ... ähm ... Beziehung nicht öffentlich zu zeigen.«
Gilbert Capstone war über Deans offene Worte nicht verärgert. Im Gegenteil, er drückte Dean die Hand und bedankte sich überschwenglich für die überraschende Einladung.
»Sie werden keinen Grund zur Klage haben, Sir Lynnforth. Florenz! Ach, seit Jahren träume ich davon, einmal die Stadt von Dante, Michelangelo und Machiavelli mit eigenen Augen zu sehen. Ich weiß nicht, wie ich Ihnen jemals danken kann.«
Dean winkte ab. »Das ist nicht der Rede wert, Julias und Mariannes Freunde sind auch meine Freunde. Ich freue mich auf die Reise, die zu sechst sicher sehr unterhaltsam werden wird.«
Marianne wunderte sich, wie offen und leicht Dean mit dem Thema Homosexualität umging, und beneidete ihn darum. Marianne konnte sich einer gewissen Bewunderung für Gilbert Capstone nicht entziehen. Obwohl vom Gesetz verboten und in vielen Ländern mit jahrelangem Zuchthaus, wenn nicht sogar mit der Todesstrafe belegt, war Capstone nicht bereit, sein Naturell zu verleugnen und ein Leben zu leben, das nicht seinen

Empfindungen entsprach. Damit unterschied er sich gar nicht so wesentlich von ihr selbst. Marianne war ebenfalls aus einem Leben, das ihr Konventionen auferlegen wollte, ausgebrochen, um ihren eigenen Weg zu gehen. Aufgrund der guten Ausbildung, die ihr die McFinnigans ermöglicht hatten, wäre ihr normaler Weg gewesen, einen Kaufmann oder soliden Handwerker zu heiraten oder eine Stellung als Gesellschafterin anzunehmen. Stattdessen hatte sie sich nicht nur entschieden, ihren Lebensunterhalt als freie Künstlerin zu verdienen, sondern sie erwartete auch noch ein uneheliches Kind, dessen Vater sich am anderen Ende der Welt aufhielt. Wie konnte sie sich anmaßen, über Gilbert Capstone zu urteilen, da sie selbst mit allen gängigen Konventionen brach? Trotz dieser logischen Überlegungen gelang es Marianne nicht vollständig, für Capstone die gleiche Herzlichkeit zu empfinden wie für Dean Lynnforth. Mit der Zeit erkannte Marianne jedoch, dass ihr Unbehagen weniger an Capstones Neigung lag, sondern vielmehr von der Erinnerung an Adrian Shaw herrührte. Obwohl es unwahrscheinlich war, dass Capstone jemals erfahren würde, was mit seinem ehemaligen Geliebten wirklich geschehen war, fühlte sich Marianne in seiner Gegenwart nicht frei und ungezwungen. Und selbst als sie erkannte, dass es ihr gleichgültig war, ob Capstone Männer oder Frauen liebte, spürte sie tief in ihrem Inneren, dass für sie die Vorstellung von ihrem eigenen Vater und Adrian als Paar immer unverständlich bleiben würde.

Zu sechst machten sie sich Mitte Juni auf die knapp achthundert Meilen lange Route von Paris nach Florenz. Da nur Teilstücke mit der Eisenbahn erschlossen waren, mussten sie meistens Kutschen mieten und in zahlreichen Gasthäusern übernachten. Für Marianne war diese Reise ein völlig neues Erlebnis, besonders die Überquerung der Alpen würde sie niemals vergessen. Auf der Hälfte der Strecke machten sie für eine Woche in Genf Sta-

tion, und Marianne konnte sich an dem großen See, der tiefblau und spiegelglatt vor ihr lag, und den hohen Bergen nicht satt sehen. In Schottland gab es zwar auch Berge, aber ein solches Felsmassiv, auf dessen Gipfeln im Frühsommer noch Schnee lag, hatte Marianne nie zuvor gesehen. Je weiter südlich sie kamen, desto aufgeregter wurde sie, denn täglich stürmten neue Eindrücke auf sie ein. Immer wieder griff sie zu ihrem Skizzenblock, und zum ersten Mal in ihrem Leben zeichnete sie andere Motive als ihre Erinnerungen an St. Kilda.
»Bietet sich hier der Kunstwelt eine neue Marianne Daragh dar?«, fragte Julia. Mit einem anerkennenden Lächeln betrachtete sie Mariannes Skizzen. »In Florenz musst du sofort mit dem Malen beginnen. Ich bin sicher, es werden ganz hervorragende Bilder.«
»Ach, ich weiß nicht.« Skeptisch blickte Marianne auf ihren Block. »Glaubst du, es ist gut, eine neue Richtung einzuschlagen?«
»Selbstverständlich, meine Liebe! Nur wer sich weiterentwickelt und immer auf der Suche nach etwas Neuem ist, bleibt nicht nur körperlich, sondern auch im Herzen jung.« Mit einem Seufzen verdrehte Julia die Augen. »Die Vorstellung, in festgefahrenen Bahnen zu verharren und nie etwas Neues, Interessanteres auszuprobieren, ist doch schrecklich, findest du nicht auch?«
Marianne nickte. Unwillkürlich eilten ihre Gedanken nach St. Kilda. Die Menschen dort hatten keine andere Wahl, als ihr Leben in täglichem Einerlei zu verbringen. Von Geburt an, tagaus, tagein der gleiche Ablauf, bis man starb. Nur wenigen, wie zum Beispiel Neill, gelang es, aus dieser kleinen Welt auszubrechen, ob jedoch das Neue besser für ihn war, würde sie wahrscheinlich niemals erfahren.
»Du hast recht, Julia.« Marianne legte den Skizzenblock zur Seite und lächelte. »Ich werde versuchen, die vielfältigen Eindrücke, die uns diese Reise beschert, auf die Leinwand zu bannen. Das

Schlimmste, was geschehen kann, ist, dass niemand die Bilder kaufen will, dann male ich eben wieder das Altbewährte.«
Julia nickte zustimmend. »Das ist meine Marianne, wie ich sie kenne. Jetzt komm, das Wetter ist so herrlich. Wir sollten einen Spaziergang auf der Seepromenade machen.«
Marianne griff nach ihrem Hut und dem Sonnenschirm. Sie fühlte sich so glücklich wie schon lange nicht mehr.

Fünf Wochen nach ihrer Abreise aus Paris erreichte die kleine Reisegesellschaft endlich Florenz. Die letzten Tage waren regnerisch gewesen, aber je weiter sie nach Süden kamen, desto wärmer wurde es. Als sie an der Küste entlangfuhren, konnte sich Marianne an den kleinen, romantisch anmutenden Fischerhäfen nicht sattsehen. Fasziniert bestaunte sie die Haine aus Zitronenbäumen und Pinien und sog tief den Duft der ihr unbekannten Pflanzen und Blumen ein. Bei ihrer Ankunft in Florenz meinte Marianne, von der dort herrschenden schwülen Wärme regelrecht erdrückt zu werden, und Marcella nahm sie lachend in den Arm.
»Das geht allen so, die zum ersten Mal hier sind. Du wirst dich schnell an die Wärme gewöhnen.«
Die Stunden der Kutschfahrten hatten sie genutzt, um Marcellas Sprachkenntnisse zu verbessern. Da Deans junge Frau nicht nur schön, sondern auch intelligent war, lernte sie schnell, und ihr Französisch war jetzt beinahe fehlerfrei, und sie beherrschte sogar bereits einfache Sätze und Ausdrücke der englischen Sprache. Im Gegenzug hatte Marianne Italienisch gelernt, und sie mochte diese klangvolle Sprache, die sich anhörte, als würden die Italiener ständig singen.
Als Marianne Deans und Marcellas Haus sah, verschlug es ihr die Sprache.
»Du meine Güte, das Haus ist ja riesig!«, rief sie und starrte bewundernd auf die vier aus hellem Stein erbauten Stockwerke.

Marcella nickte, und Dean erklärte stolz: »Liebste Marianne, es handelt sich hier nicht um ein *Haus*. Gebäude dieser Art werden Palazzo genannt. Der Palazzo dei Petroletti wurde im Stil der Spätrenaissance von dem Baumeister Raffaello Sanzio, der für etliche Bauwerke der Stadt verantwortlich ist, Anfang des sechzehnten Jahrhunderts erbaut. Vorbild war ein Palast der mächtigen Familie Medici, den ich euch in den nächsten Tagen zeigen werde. Jetzt lasst uns hineingehen, dort ist es kühler, und wir können uns von der Reise ausruhen.«

Durch ein hohes, zweiflügeliges Tor betraten sie einen weitläufigen, quadratischen Innenhof, in dessen Mitte ein mit steinernen Engeln verzierter Springbrunnen einen Hauch von Frische verbreitete. Das untere Stockwerk war auf Säulen gebaut, die darüber liegenden Geschosse waren ein Stück zurückgesetzt.

»Und ich dachte, die McFinnigans wären reich«, entfuhr es Marianne. Verlegen schlug sie sich die Hand vor den Mund, aber Dean lachte nur laut.

»Man kann das Vermögen alter florentinischer Familien unmöglich mit den Gegebenheiten unserer Heimat vergleichen. Hier ist alles immer etwas großartiger und pompöser, und jeder zeigt gerne, was er hat und was er sich leisten kann.«

Während Marianne, Julia, Gilbert Capstone und Philipp Langside Dean und Marcella durch zahlreiche Gänge und über Treppen folgten, fühlte sich Marianne von den neuen Eindrücken beinahe erschlagen. Es würde Wochen dauern, bis sie sich in diesem Palast zurechtfinden würde, und noch länger, bis sie alle Gemälde, die die Wände zierten, ausführlich betrachtet hatte. Marianne erkannte auf den ersten Blick, welche Kostbarkeiten der Palast beherbergte, und sie sah Bilder von Malern, deren Namen sie fast vor Ehrfurcht erstarren ließen. Für einen kurzen Moment dachte sie an die Stunden der Leidenschaft mit Dean. Für ihn war es ein Glück, dass daraus nicht mehr entstanden war. Er liebte Marcella von ganzem Herzen, und Deans strenger und konservativer Vater würde sich sehr schnell mit der heimlichen Heirat abfinden, wenn er erst einmal einen Blick in diesem Palast geworfen hatte. Marianne fand es beinahe beängstigend, zu wissen, dass der Palazzo dei Petroletti nur eines von drei Stadthäusern war, und sie wagte nicht, sich vorzustellen, wie die Landsitze der Familie wohl aussehen mochten. Unzählige Diener in blau-weiß-grünen Livreen, den Wappenfarben der dei Petrolettis, eilten beinahe lautlos durch die Gänge, brachten das Gepäck der Ankömmlinge in die jeweiligen Zimmer und öffneten ihnen die Türen. Mariannes Zimmer war ein großer und luftiger Raum im zweiten Stock, der von einem ausladenden Himmelbett beherrscht wurde und einen kleinen Balkon hatte. Das Zimmer war in den Farben Beige und Grün gehalten, und Marianne fand alles vor, was sie sich an Komfort vorstellen konnte. Der Blick aus ihrem Fenster führte auf einen belebten Platz, auf dem heute offenbar Markttag war. Julia bewohnte das Zimmer nebenan, und beide Räume waren durch eine Tür miteinander verbunden.

»Ach, Julia, womit habe ich eigentlich so viel Glück verdient?«, fragte Marianne die Freundin, als Julia durch die Verbindungstür trat.

»Warum machst du dir solch trübe Gedanken an einem so herrlichen Tag?« Julia lachte unbekümmert. »Du hast alles Glück der Erde verdient, denn schlechte Zeiten hast du zur Genüge erlebt. Wir wollen die Tage hier einfach genießen. Du wirst sehen, bald werden alle florentinischen Galerien sich darum reißen, deine Gemälde ausstellen zu dürfen. Damit fangen wir aber erst nächste Woche an. Nach der langen Reise haben wir eine Ruhezeit verdient, und ich brenne darauf, die Stadt kennenzulernen und Einkäufe zu machen. Am liebsten würde ich sofort losziehen und alles erkunden.«

Julias schaffte es mit ihrer unbekümmerten Art mal wieder, Mariannes Stimmung zu heben. Sie war in Florenz, in Italien, in einem Haus, von dem sie sich vorher nicht hatte vorstellen können, dass es so etwas überhaupt gab. Und sie war von Freunden umgeben, auf die sie sich stets verlassen konnte. Eine wundervolle Zeit lag vor ihr.

Marcella konnte es nicht erwarten, ihren neuen Freunden all die Sehenswürdigkeiten der Stadt zu zeigen. Täglich standen sie früh auf und zogen los, um Kirchen, Paläste und Museen zu besichtigen. Atemlos vor Staunen stand Marianne auf der Ponte Vecchio, der ältesten Segmentbogenbrücke der Welt. Wie in vergangenen Zeiten auf der London Bridge in der britischen Hauptstadt gab es auf der Ponte Vecchio zahlreiche Geschäfte – hauptsächlich Goldschmiedewerkstätten und Juweliere. Julia und sie konnten nicht widerstehen und erwarben ein paar Schmuckstücke, die die Freundinnen für immer an Florenz erinnern würden. In den Uffizien hätte Marianne ganze Tage verbringen können. Sie hatte sich nicht vorstellen können, in einem einzigen Gebäude so viele Gemälde und Bildhauerarbeiten von weltberühmten Künstlern vorzufinden, und sie wurde sich ihrer eigenen Unzulänglichkeit bewusst. Dennoch zog es Marianne immer wieder in das Museum, und sie wusste, dass die Eindrücke, die sie hier gewann, ihre künftige Arbeit entscheidend beeinflussen würden.
Neben den Stadtbesichtigungen gab es zahlreiche gesellschaftliche Verpflichtungen. Die bedeutendsten italienischen wie auch englischen Familien der Stadt gaben sich im Palazzo dei Petroletti die Klinke in die Hand, und täglich flatterten Einladungen zu Dinnerpartys, Maskenbällen, Empfängen und zu Besuchen ins Theater oder in die Oper ins Haus. Julia knüpfte bei diesen Gelegenheiten zahlreiche Kontakte, und mehrmals die Woche zog sie los, um sich in den Galerien der Stadt umzusehen. Dank ihren Aktivitäten war Marianne Daragh wenige Wochen später in der florentinischen Kunstszene keine Unbekannte mehr. Sie hatte

bereits zwei Ausstellungen in kleineren Galerien gehabt, und eine dritte stand bevor. Selbst als ihre Schwangerschaft für jeden sichtbar wurde und sich Marianne weiterhin mit *Miss Daragh* ansprechen ließ, tat dies ihrer Popularität keinen Abbruch. Obwohl Italien ein erzkonservatives, katholisches Land war, herrschte unter den florentinischen Künstlern die gleiche zwanglose Art wie in Schottland oder in Paris. Hier zählten nicht der Name, der Familienstand oder das Vermögen eines Menschen, sondern ganz allein seine Werke und sein Schaffen. Marianne lernte viele neue Menschen kennen und bedauerte, den meisten von ihnen wohl niemals wiederzubegegnen.

Mitte November erlebte Marianne den bisher glücklichsten Augenblick ihres Lebens – ihr Sohn wurde geboren. Es war eine leichte und schnelle Geburt gewesen, von der sich Marianne binnen weniger Tage vollkommen erholte. Immer wieder nahm sie das Kind in die Arme und betrachtete voller Verwunderung das Baby, an dem alles zwar winzig klein, aber dennoch perfekt war. Auf dem Kopf hatte das Kind jetzt schon einen Flaum dunkelroter Haare, und die Form seines Mundes erinnerte Marianne an Neill.

Sie nannte ihren Sohn Craig. Der Name war gälischen Ursprungs und bedeute so viel wie *Klippen* oder auch *steiler Felsen*. Marianne fand den Namen sehr passend, denn beide Eltern stammten ja von einer Insel, die aus Klippen und steilen Felsen bestand. Auf diese Weise würde Craig wenigstens durch seinen Namen immer eine Verbindung zu St. Kilda haben, auch wenn Marianne wusste, dass er die Heimat seiner Vorfahren niemals sehen würde.

Gilbert Capstone und Philipp Langside reisten kurz nach Craigs Geburt ab, sie wollten Weihnachten in Schottland feiern. Marianne und Julia folgten Deans Einladung, den Winter im milden Florenz zu verbringen und erst im Frühjahr zu reisen, nur zu gerne. Sie und Marcella waren gute Freundinnen geworden, und alle drei bedauerten jetzt schon, sich in absehbarer Zukunft trennen zu müssen.

Zu Weihnachten malte Marianne ihr erstes Porträt – ein Bild ihres Sohnes. Sie würde es für ihn aufheben. So würde der Junge eines Tages erfahren, wie er als Baby ausgesehen hatte. Seit Craigs Geburt schienen alle Schatten der Vergangenheit von Marianne gewichen zu sein, und sie war überzeugt, St. Kilda, Adrian Shaw und alles, was damit zusammenhing, endgültig aus ihren Gedanken verbannt zu haben.

20. KAPITEL

Ballydaroch House, Schottland, Weihnachten 1874

Seit drei Tagen peitschte der Schneesturm um das Haus, ließ die Läden klappern, und der eiskalte Wind drang durch alle Ritzen. Ganz Schottland lag wie erstarrt unter einer dicken Schneeschicht, und jeder war froh, wenn er das Haus nicht verlassen musste. Seit Tagen waren die Straßen unpassierbar, und auch Ballydaroch House war von der Außenwelt abgeschnitten. In den Kellerräumen lagerten jedoch genügend Vorräte, und auch Holz, um die Räume zu heizen, war in ausreichender Menge vorhanden. Dennoch drückte der Sturm auf die Gemüter der Anwesenden. Bereits vor zwei Wochen, als das Wetter noch gut gewesen war, waren Lady Eleonor und Dorothy aus Edinburgh angereist. Dorothy war nun jedoch in denkbar schlechter Stimmung, denn ihr Mann würde bei diesem Wetter wohl kaum die Festtage mit ihr verbringen können, dabei waren sie erst seit vier Wochen verheiratet.

»Ich sagte Christopher, er solle gleich mit mir nach Ballydaroch fahren«, jammerte Dorothy. »Aber er meinte, er könne wegen der Arbeit erst einen Tag vor Weihnachten aus der Stadt fort. Und jetzt sind wir getrennt ...«

»Hör auf zu jammern, du wirst deinen Mann schon bald wiedersehen«, entgegnete Susanna ungeduldig. »Bei dem Schneesturm wäre es Wahnsinn, Edinburgh zu verlassen. Ich bin sicher, sobald sich der Sturm legt, wird er kommen und freudestrahlend in deine Arme sinken.«

Dorothy verzog das Gesicht. »Ach, du bist ja nur neidisch, weil dein Matthew dich nicht mehr so liebt wie Christopher mich. Warum sonst hätte er dich verlassen?«

»Du irrst dich, liebste Dorothy«, gab Susanna scharf zurück. »Nicht er, sondern ich habe ihn verlassen, und ich möchte über das Thema nicht mehr sprechen.«

Alexander warf Dorothy einen scharfen Blick zu, unter dem sie sich eine Entgegnung verkniff, und sagte: »Durch die Wettersituation sind wir alle etwas angespannt, Dorothy. Ich verstehe, dass du traurig bist, ausgerechnet das erste Weihnachtsfest nicht gemeinsam mit deinem Mann verbringen zu können, aber ich bin sicher, Christopher wird nach Ballydaroch kommen, sobald es ihm möglich ist. Wir waren uns zudem einig, die Entscheidung deiner Schwester zu akzeptieren und keine weiteren Fragen zu stellen.«

Dorothy senkte den Kopf und murmelte kaum hörbar: »Es tut mir leid, es ist nur so schrecklich, von Christopher getrennt zu sein. Gerade weil Weihnachten ist.«

»Schon gut, Schwesterchen«, sagte Susanna betont fröhlich. »Lass uns lieber schauen, ob alle Geschenke für die Kinder eingepackt sind. Ich bin auf Andrews und Veritys Augen gespannt, wenn sie morgen früh die Gaben finden werden. Weihnachten mit Kindern ist doch etwas sehr Schönes, nicht wahr? Das freudige Funkeln in ihren Augen lässt sich mit nichts anderem vergleichen.«

Über Alexanders Gesicht fiel ein Schatten, und er schluckte schwer. Er wusste, Susanna hatte sich bei ihren Worten nichts gedacht, aber ihm hatten sie wie ein scharfes Schwert ins Herz geschnitten. Seine kleine Tochter hatte nur vier Tage leben dürfen. Obwohl Elisabeths Schwangerschaft ohne Probleme verlaufen war und auch die Geburt in der errechneten Zeit begann, lag sie drei volle Tage in den Wehen. Als das kleine Mädchen schließlich das Licht der Welt erblickte, hatte sich die Nabelschnur um ihren Hals geschlungen, und sie atmete kaum noch. Sie riefen sofort nach einem Arzt, und obwohl er und die Hebamme alles in ihrer Macht Stehende taten, konnten sie das Leben des Kindes nicht retten. Nach dessen Tod verfiel Elisabeth zuerst in eine Art Depression, im Herbst jedoch verwandelte sich ihre stumpfe Niedergeschlagenheit ins Gegenteil. Von einem Tag auf den anderen beschloss Elisabeth, nach Edinburgh zu reisen. Im November hatte Alexander sie in der Stadt besucht und festgestellt, dass Elisabeth von einem Kreis mehr oder weniger zweifelhafter Freunde umgeben war, mit denen er nichts anfangen konnte. Sie wohnte auch nicht mehr im Stadthaus der McFinnigans, sondern hatte sich am Drummond Place ein eigenes kleines Haus gemietet, in dem Tag und Nacht Leute ein und aus gingen, die Alexander nicht kannte und auch nicht näher kennenlernen wollte. Wenn er seine Mutter besuchte, dann wurde er von ihr mit Vorwürfen überhäuft.

»Alexander, ich verstehe nicht, wie du es zulassen kannst, dass deine Frau ihre Familie derart sträflich vernachlässigt. Bei allem Verständnis für den Schmerz über eurer totes Kind – Elisabeth scheint vergessen zu haben, dass sie noch einen Sohn hat.«

»Ach, Mama.« Seufzend barg Alexander sein Gesicht in den Händen und sprach zum ersten Mal jemandem gegenüber das aus, was er selbst schon lange wusste. »Unsere Ehe war ein Fehler, Elisabeth und ich sind zu verschieden. Manchmal frage ich mich, ob sie mich nur geheiratet hat, um gut versorgt zu sein und eine angenehme Stellung in der Gesellschaft zu erlangen. Am liebsten würde ich …«

»Wage es nicht, an eine Trennung auch nur zu denken!« Scharf unterbrach Lady Eleonor ihren Sohn. Mit zornigem Blick fuhr sie fort: »Es reicht, welche Schande Susanna mit ihrer Scheidung über unsere Familie gebracht hat. Du bist das Oberhaupt, der Earl von Ballydaroch, und du wirst es nicht wagen, unseren guten Namen noch mehr in den Schmutz zu ziehen. Deine Ehe ist unauflösbar, und es ist deine Pflicht, deine Frau zur Räson zu bringen.«

Alexander wusste, dass seine Mutter recht hatte. Er hätte gegenüber Elisabeth ein Machtwort sprechen und sie zwingen müssen, mit ihm nach Ballydaroch House zurückzukehren. Wenn er jedoch ehrlich zu sich selbst war, fühlte er sich ohne seine Frau wohler. Er musste sich nicht ständig ihre Nörgeleien über die Eintönigkeit des Landlebens anhören und konnte sich ungestört seiner Arbeit widmen. Allerdings erschien es Alexander befremdlich, dass Andrew seine Mutter kaum vermisste. In den ersten Wochen hatte er manchmal nach der Mama gefragt, aber als Alexander Anfang Dezember nach Ballydaroch heimkehrte, zeigte Andrew mehr Interesse an den mitgebrachten Geschenken als an dem, was Alexander ihm von Elisabeth erzählte.

Kurz bevor Lady Eleonor nach Ballydaroch aufgebrochen war, hatte sie ihrer Schwiegertochter ins Gewissen geredet. Daraufhin hatte Elisabeth versprochen, das Weihnachtsfest mit der Familie auf dem Land zu verbringen, aber die Wetterlage hatte ihre Reise ebenso verhindert wie die von Dorothys Mann. Alexander vermutete, dass der tagelang andauernde Schneesturm Elisabeth gerade recht kam, und er seinerseits vermisste seine Frau auch nicht. Bei seinem Aufenthalt in Edinburgh war er dreimal in die Altstadt gegangen. Zweimal war er vor dem Haus, in dem Marianne wohnte, auf und ab gelaufen in der Hoffnung, sie zufällig zu sehen. Beim dritten Mal hatte er gewagt, zu klopfen. Es hatte eine junge Frau geöffnet, die ihm mitteilte, Miss Daragh befinde sich auf Reisen in Italien und werde nicht vor dem Frühjahr zurückerwartet. Ob er eine Nachricht hinterlassen wolle? Alexander war ohne Nachricht und ohne seinen Namen zu nennen davongegangen. Er fragte sich, was er sich von einer Begegnung mit Marianne erhofft hatte. Es hatte ohnehin keinen Sinn, denn die Kluft, die sie seit Jahren trennte, war unüberwindlich. An der Tatsache, verheiratet zu sein, konnte er nichts ändern, und er würde auch weiterhin seine Pflicht tun. Susannas Trennung und die vor zwei Wochen ausgesprochene Scheidung von Matthew Chrisholm hatten in Schottland hohe Wellen geschlagen. Alexander wollte seiner seit dem Tod des Vaters gesundheitlich ohnehin angeschlagenen Mutter keinen weiteren Skandal zumuten. Er hatte den Besitz Ballydaroch, seine Arbeit in der Whiskybrennerei und führte ein ruhiges und ausgefülltes Leben. Zudem war da noch sein Sohn Andrew, obwohl dieser ihm nach wie vor Sorgen bereitete. Seit es kalt geworden war, fieberte er beinahe ständig, und seit gestern war ein starker Husten hinzugekommen. Alexander hoffte, Andrew würde morgen kräftig genug sein, seine Geschenke auszupacken und sich über die hölzerne Eisenbahn, die Lady Eleonor bei einem Schreiner in Edinburgh hatte anfertigen lassen, freuen.

»Möchte noch jemand einen heißen Punsch?« Susannas Frage riss Alexander aus seinen Gedanken, und er nickte. Dankend nahm er die Tasse entgegen und betrachtete seine Schwester eingehend. Sie sah zwar etwas blass aus, auch hatte sie in den letzten Monaten an Gewicht verloren, aber sonst war von ihrer schrecklichen Krankheit nichts zu bemerken. Nach wie vor waren sie und er die Einzigen, die wussten, wie es um Susanna stand. In der Stadt hatte sich Alexander unter falscher Identität bei einem Arzt über die Franzosenkrankheit informiert. Obwohl Susanna sich bereits im zweiten Stadium befand, konnte sie, wenn sie Glück hatte, noch einige Jahre leben. Irgendwann wür-

de die Krankheit jedoch ihre Augen befallen und sie erblinden lassen, und es war auch möglich, dass sich ihr Geist veränderte. Susanna wusste das und hatte zu Alexander gesagt: »Bevor dies geschieht, setze ich meinem Leben selbst ein Ende. Ich werde nicht als sabberndes und irres Monstrum vor mich hin vegetieren.«
Alexander wusste, wie ernst seine Schwester dies meinte, und er hatte keinen Versuch gemacht, sie davon abzubringen. Er selbst würde ein rasches, schmerzloses Ende ebenfalls mehr begrüßen als eine lange Leidenszeit.
Er trank seinen Tee und stand auf.
»Es ist spät, ihr erlaubt, dass ich mich zurückziehe? Morgen früh, wenn die Geschenke verteilt werden, müssen wir ausgeruht sein, und am Mittag findet die Feier für das Personal statt.«
Auch Dorothy sprang auf.
»Du hast recht, wir sollten alle zu Bett gehen. Hoffentlich kann ich bei dem Sturm schlafen. Ich denke immer, der Wind könnte die Fenster eindrücken.«
Lady Eleonor lachte. »Da brauchst du dir keine Sorgen machen. Ballydaroch House hat schon weitaus schlimmere Unwetter überstanden. Hinter diesen Mauern sind wir sicher.«
Die Worte der Mutter begleiteten Alexander, während er in sein Zimmer ging. Er war nicht müde und wusste, auch in dieser Nacht würde der Schlaf wieder lange auf sich warten lassen, sofern es ihm überhaupt gelang, zur Ruhe zu kommen. Wahrscheinlich würde er sich wieder von einer Seite auf die andere wälzen und sehnsüchtig das Morgengrauen erwarten, obwohl der neue Tag keine seiner Sorgen löste. Seit dem Tod des Kindes fühlte er eine große innere Leere, die sich mit nichts mehr füllen ließ. Einzig die Arbeit auf dem Besitz und in der Brennerei schenkte ihm für einige Stunden Vergessen, aber immer, wenn er Susanna anblickte, stieg die Angst, was werden sollte, wenn

sie starb, erneut in ihm hoch. Elisabeth vermisste er nicht. Alexander wusste, halb Schottland zerriss sich den Mund über seine Ehe, erst recht, seit Susannas Scheidung öffentlich gemacht worden war. Dies war ihm jedoch gleichgültig. Schließlich hatte Elisabeth ihn verlassen, wenngleich sie sich offenbar Mühe gab, den Schein einer glücklichen Ehe nach außen hin aufrechtzuerhalten. In Edinburgh verbreitete sie, Alexander sei auf Ballydaroch unabkömmlich und könne sie deswegen nur selten in der Stadt besuchen.

Vor seiner Schlafzimmertür zögerte Alexander, dann ging er entschlossen in den dritten Stock hinauf zu den Kinderzimmern. Vorsichtig öffnete er die Tür zum Raum seines Sohnes und trat leise ein, um Andrew nicht zu wecken. Die Vorhänge waren geöffnet, und in dem schwachen Mondlicht erkannte er Andrews dunklen Haarschopf auf dem weißen Kissen. Er schlief tief und fest. Alexander beugte sich hinab, legte leicht eine Hand auf Andrews Stirn und murmelte: »Du bist alles, was mir geblieben ist, mein Sohn, bitte, lass mich nicht auch noch allein.«

Bevor er zu weinen beginnen würde, verließ Alexander rasch das Kinderzimmer. Irgendwo tief in seinem Inneren war eine leise Stimme, die ihm sagte, dass er auch Andrew verlieren würde. Obwohl Alexander versuchte, die Stimme zu ignorieren und positiv zu denken, erfüllte ihn große Angst. Bereits vor Monaten hatten die Ärzte davon gesprochen, dass Andrew kein langes Leben beschieden sein würde. Sobald das Wetter sich besserte, wollte er einen Spezialisten aus London holen lassen, der Andrew vielleicht helfen konnte. Die Kosten waren Alexander gleichgültig, denn an Geld mangelte es ihm nicht. Er war reich – aber was nutzte ihm das? Kein noch so dickes Bankkonto konnte verhindern, dass Alexanders Welt um ihn herum nach und nach in die Brüche ging. Und er wusste nicht, was er tun konnte, dies zu verhindern.

Das Jahr 1875 begann mit neuem Eis und Schnee, doch Mitte Januar wurde es milder. Nach tagelangen Regenfällen war von der weißen Pracht nichts mehr übrig, und die Landschaft war eine einzige graubraune Schlammpfütze. Sobald die Straßen und Wege passierbar waren, ließ Dorothy ihre Sachen packen und brach nach Edinburgh auf.

»Wenn mein Mann nicht zu mir kommt, dann muss ich eben zu ihm fahren«, sagte sie und ließ sich durch nichts bewegen, noch länger in Ballydaroch zu bleiben.

»Er wird viel Arbeit haben.« Alexander lächelte ihr aufmunternd zu. »Du hast dir eben einen berufstätigen und engagierten Ehemann gewählt, und für die Arbeit eines Mannes muss seine Frau Verständnis haben.«

»Du hast ja recht.« Dorothy seufzte und strich sich eine Haarsträhne, die sich aus ihrer Frisur gelockert und in ihre Stirn gefallen war, zurück. »Für Christopher steht Pflichtbewusstsein an erster Stelle, auch wenn das bedeutet, dass ich oft auf ihn verzichten muss. Wenn er allerdings nicht so wäre, hätte ich mich auch kaum in ihn verliebt.«

Liebevoll drückte Alexander seine Schwester an sich. Zwischen Dorothy und Susanna war es in der letzten Zeit zu keinen weiteren Streitigkeiten mehr gekommen, wofür Alexander dankbar war.

»Soll ich Elisabeth von dir grüßen, wenn ich sie sehe?« Dorothy blickte ihren Bruder fragend an. »Ich kann sie besuchen und ihr Briefe mitnehmen.«

»Hm …« Alexander zögerte. Auf der einen Seite hatte seine Mutter recht – er war das Familienoberhaupt und konnte Elisabeth befehlen, nach Ballydaroch zurückzukehren. Er bräuchte seiner Frau nur die monatlichen finanziellen Mittel zu streichen, dann würde Elisabeth keine andere Wahl haben, als zu Mann und Sohn heimzukehren. Alexander wollte jedoch nicht, dass Elisabeth auf dieser Basis auf Ballydaroch lebte. Unmissver-

ständlich hatte sie ihm klargemacht, wie sehr sie das Haus und die Einsamkeit auf dem Land hasste und dass sie nicht auf die Geselligkeiten der Stadt verzichten wollte. Trotzdem nickte er.
»Ich werde ein paar Zeilen schreiben und Elisabeth von Andrew berichten. Es ist sehr freundlich, dass du sie besuchen willst.«
»Tja, sie ist immerhin meine Schwägerin.« Dorothy lächelte, aber ihr Gesichtsausdruck ließ keinen Zweifel daran, dass sie für die Frau ihres Bruders keine tiefen Gefühle hegte. »Ich fahre morgen nach Sonnenaufgang«, fuhr Dorothy fort.

Selten hatte sich Alexander mit dem Schreiben eines Briefes so schwer getan wie an diesem Abend. Viermal begann er, zerriss das Blatt aber bereits nach wenigen Worten. Schließlich berichtete er kurz vom Gesundheitszustand Andrews und dass es für die Genesung des Jungen förderlich wäre, wenn seine Mutter an seinem Krankenbett sitzen würde. Davon, dass er selbst seine Frau vermisste, erwähnte Alexander kein Wort. Hätte er es getan, wäre es eine Lüge gewesen.

Ob es Alexanders Brief gewesen war oder ob Elisabeth der Stadt überdrüssig geworden war, wusste Alexander nicht, aber kaum eine Woche nach Dorothys Abreise traf sie in Ballydaroch House ein. Regungslos bot sie Alexander ihre Wange dar. Seine Lippen berührten kaum ihre kühle Haut, als er sie zur Begrüßung pflichtschuldig küsste. In der Halle legte Elisabeth Hut, Mantel und Handschuhe ab, drückte sie einem bereitstehenden Diener in die Hand und sah sich suchend um.
»Wo ist mein Sohn?«
»In seinem Zimmer«, antwortete Alexander. »Seit drei Tagen fiebert er, und seit gestern hat er Durchfall und keinen Appetit. Nicht einmal Verity gelingt es, Andrew aufzuheitern.«
Wie von einer Nadel gestochen fuhr Elisabeth herum.

»Verity Chrisholm ist kaum der geeignete Umgang für unseren Sohn. Das Kind einer Geschiedenen!«

»Elisabeth!« Erschrocken wich Alexander einen Schritt zurück. »Wie kannst du nur so sprechen? Verity ist der einzige Spielkamerad, den Andrew hier hat.«

»Schlimm genug, dass der Erbe der McFinnigans keine anderen Freunde hat.« Elisabeth zog die Brauen zusammen, was ihr einen grimmigen Ausdruck verlieh. »In der Stadt wäre das anders, aber du willst dich ja hier auf dem Land vergraben. Ebenso wie deine Schwester.« Erneut sah Elisabeth sich um. »Ich nehme an, sie ist immer noch hier?«

»Wenn du Susanna meinst« – die Arme vor der Brust verschränkt, nickte Alexander grimmig –, »ja, meine Schwester wird in diesem Haus leben, solange sie es möchte. Das Thema will ich auch nicht weiter mit dir erläutern.«

Elisabeth rümpfte die Nase und entgegnete zynisch: »Du hast mir ja deutlich zu verstehen gegeben, dass es *dein* Haus ist, und ich, deine rechtmäßig angetraute Ehefrau, habe keinerlei Rechte. Dann wundere dich aber auch nicht, dass ich meine Zeit lieber in der Stadt verbringe. In Edinburgh ist es ohnehin schwierig genug, Zugang zur Gesellschaft zu bekommen. Hier draußen hast du ja keine Ahnung, welchen Skandal die Scheidung ausgelöst hat! Glücklicherweise habe ich Freunde, die das schändliche Benehmen deiner Familie nicht auf mich übertragen, und es mangelt mir nicht an Einladungen.«

»Ich glaube, es ist besser, wenn du jetzt zu Andrew gehst.« Alexander strich sich über die Stirn, er fühlte sich plötzlich sehr müde.

»Das glaube ich auch.« Weder Alexander noch Elisabeth hatten bemerkt, dass Lady Eleonor auf dem ersten Treppenabsatz stand und zumindest einen Teil ihres Gesprächs mitangehört hatte. »Elisabeth, du weißt, wie wenig ich die Scheidung meiner Tochter billige, denn ich bin der Meinung, eine vor Gott geschlossene

Ehe ist unauflösbar, und keine Frau darf bei den ersten auftretenden Problemen einfach davonlaufen. Ich möchte dich dennoch bitten, deine Abneigung gegenüber Verity nicht in deren Gegenwart zu äußern und das Mädchen liebevoll zu behandeln. Das Kind kann schließlich nichts für die Fehler seiner Eltern, und sie ist meine Enkelin.«

Elisabeth lag eine scharfe Erwiderung auf diese Zurechtweisung auf der Zunge, aber gegenüber Lady Eleonor wagte sie nicht, ihr wahres Naturell zu offenbaren. Man sah ihr allerdings an, wie sie um Beherrschung rang, als sie leise sagte: »Gewiss, Mylady. Ich bin lediglich in Sorge um meinen Sohn.«

Und trotzdem lässt du ihn seit Monaten allein, dachte Alexander und wandte sich ab. Jedes weitere Wort wäre Verschwendung gewesen, jetzt galt es, dafür zu sorgen, dass Andrew bald wieder gesund wurde und zu Kräften kam.

Als Alexander die Bibliothek betrat, erhob sich Susanna aus einem der Sessel. Mit einem schiefen Grinsen meinte sie: »Meine liebe Schwägerin ist also angekommen.«

»Du hast es gehört?«

Susanna nickte seufzend. »Elisabeth sprach ja laut genug. Es tut mir leid, Alexander, aber deine Frau und ich werden wohl niemals Freundinnen werden. Ich wage nicht, mir vorzustellen, wie sie reagieren würde, wenn sie die Wahrheit wüsste. Du hast ihr doch nichts gesagt?«

Mit einem Schritt war Alexander bei Susanna, nahm sie in die Arme und küsste sie auf die Stirn.

»Natürlich nicht. Von mir wird sie nie ein Sterbenswörtchen erfahren.«

Erleichtert atmete Susanna auf. »Ich mache mir nur Sorgen um Verity. Was wird aus ihr werden, wenn ich nicht mehr bin? Bei dem Gedanken, sie müsste bei Matthew aufwachsen, wird mir ganz übel. Ich kann meine Tochter nicht diesem ... Unhold überlassen.«

»Susanna, mach dir keine Sorgen, wir haben das doch schon besprochen.« Alexander nahm ihre Hand und drückte sie beruhigend. »Zum einem wirst du bestimmt noch viele Jahre leben und deiner Tochter eine gute Mutter sein können, zum anderen wird Verity in diesem Haus immer ein Zuhause haben. Ich werde sie wie eine eigene Tochter lieben, was ich jetzt schon tue. Was Elisabeth dazu meint, ist mir egal. Wahrscheinlich wird sie ohnehin die meiste Zeit des Jahres in der Stadt verbringen.«

»So schlimm?« Susanna sah ihrem Bruder in die Augen. »Gibt es keine Chance, dass ihr euch wieder versöhnt? Schließlich hast du sie einmal geliebt, denn sonst hättest du sie ja wohl nicht geheiratet.«

Alexander zuckte mit den Schultern. »Ich mochte sie, ja, und ich war gern in ihrer Gesellschaft. Wahrscheinlich habe ich das für Liebe gehalten, dabei war es nicht mehr als Sympathie.«

»Zudem wolltest du Vaters Wunsch nach einer standesgemäßen Heirat erfüllen.« Susanna brachte die Sache auf den Punkt.

»Ebenso wie ich es tat. Von Anfang an ahnte ich, wie Matthew ist. Dass er nicht treu sein kann und mich lediglich als eine Art Aushängeschild braucht – jung, hübsch und in der Lage, sich auf jedem gesellschaftlichen Parkett stilsicher zu bewegen. Ich meinerseits habe mich von Matthews geschliffenen Umgangsformen, seinem Charme und schlussendlich auch von seinem Geld blenden lassen. Reichtum, Einfluss und Macht erschienen mir damals wichtiger als ehrliche und aufrichtige Liebe. Ich dachte, mit der Zeit würde ich lernen, Matthew zu respektieren und ihm eine gute Frau zu sein. Empfänge, Gesellschaften, elegante Kleider und Schmuck erschienen mit als das Erstrebenswerteste, was eine Frau unseres Standes erreichen kann. Als ich erkannte, wie Matthew wirklich ist und dass er mich nur zur Frau genommen hat, um den Konventionen zu entsprechen, ich als Mensch ihm jedoch völlig gleichgültig bin, war es bereits zu spät.«

Überrascht sah Alexander seine Schwester an. Nie zuvor hatte sie mit einer solchen Offenheit und Kritik gegenüber sich selbst gesprochen. Als sie noch Kinder waren, und auch später im jugendlichen Alter, war ihm Susanna leichtfertig, fast schon oberflächlich erschienen, als eine Person, die immer auf ihr Vergnügen aus war und die stets dachte, mit ihrer engelhaften Schönheit stünden ihr alle Türen und Tore weit offen. Alexander würde nie vergessen, wie herablassend, manchmal schon bösartig, sie sich gegenüber Marianne verhalten hatte, obwohl er das meiste davon nicht mitbekam, da er damals erst an der Universität und dann in der Anwaltskanzlei in Glasgow war.

»Wusstest du, dass Marianne nun auch in Florenz eine anerkannte Malerin ist?«, fragte er plötzlich völlig zusammenhangslos, weil seine Gedanken sich mit Marianne beschäftigten.

»Marianne?« Über den Themenwechsel erstaunt, zog Susanna die Augenbrauen hoch. »Woher weißt du das? Hast du mit ihr etwa noch Kontakt?«

»Nein, natürlich nicht«, beeilte sich Alexander zu versichern. Die kurze Begegnung im letzten Jahr am Hafen hatte er gegenüber der Familie nie erwähnt. »Es stand letzte Woche in der Zeitung. Offenbar befindet sich Marianne seit dem letzten Sommer in Italien.«

»Wie schön für sie, da wird wohl besseres Wetter sein als hier.« Alexander merkte, wie wenig es Susanna interessierte, was Marianne machte. »Ich habe mitbekommen, dass sie Bilder malt und diese offenbar auch verkauft. Wer hätte das von diesem verwahrlosten, schmutzigen und einfältigen Ding von einst geglaubt? Gut, dass wir keinen Kontakt mehr zu ihr haben, denn diese Künstler haben doch einen gewissen Ruf. Mutter hat es durch mein Verhalten schon schwer genug. Zwischen Marianne und uns gibt es Gott sei Dank keine Verbindung, und die wenigsten unserer Bekannten wissen, dass sie einst unter unserem Dach gelebt hat.«

Enttäuscht sah Alexander seine Schwester an. Es war ein Fehler

gewesen, Marianne zu erwähnen, dennoch hatte er gehofft, Susanna würde mehr Verständnis aufbringen. Noch vor ein paar Minuten war sie ihm so menschlich wie selten zuvor erschienen, doch jetzt rümpfte sie schon wieder ihre Nase über jemanden, der nicht zu ihren Kreisen passte.
Der Gong, der zum Abendessen rief, enthob Alexander einer Antwort. Er bot Susanna den Arm und geleitete sie in das kleine Speisezimmer, in dem die Familie dinierte, wenn sie unter sich war. Zu seiner Freude sagte Barnaby, Lady Elisabeth werde zum Essen nicht herunterkommen, sondern es im Zimmer seines Sohnes einnehmen. Auch wenn er und seine Frau sich nicht mehr verstanden, für Andrew war es wichtig, dass Elisabeth gekommen war. Vielleicht würde doch bald wieder alles gut werden.

Drei Wochen später, an einem kalten, aber klaren und sonnigen Februartag, starb Andrew. Sein kleiner, zarter Körper hatte einfach keine Kraft mehr, gegen die immer wiederkehrenden Fieberschübe anzukämpfen, und er schlief einfach ein. Zuvor hatte Alexander an die besten Ärzte im ganzen Land geschrieben, darunter drei Spezialisten aus London, und sie gebeten, nach Ballydaroch House zu kommen, aber es war zu spät. Dorothy und Christopher kamen aus Edinburgh zur Beerdigung, und Lady Eleonor alterte binnen weniger Tage um Jahre. Wie schon beim Tod ihrer Tochter im vergangenen Sommer wirkte Elisabeth wie erstarrt. Alexander sah oder hörte sie niemals weinen. Ihr Gesicht schien eine unbewegliche Maske zu sein, und ihre Bewegungen glichen denen einer Marionette. Am Tag der Beerdigung – Andrew sollte neben seiner Schwester in der Familiengruft von Ballydaroch zur letzten Ruhe gebettet werden – trat Alexander vor seine Frau und wollte sie in den Arm nehmen. Nicht, dass er Zärtlichkeit oder gar Liebe für sie empfand. Nein, er suchte einfach nur Trost, und schließlich – bei allen ihren Differenzen – hatten sie beide ein Kind verloren.

»Lass mich in Ruhe!« Erschrocken wich Alexander vor Elisabeths zurück. »Du bist schuld!«, herrschte sie ihn an. »Du allein! Ach, wäre ich dir niemals begegnet.«

»Elisabeth …« Hilflos ließ Alexander die Arme sinken. »Ich weiß, unsere Ehe ist nicht das, was wir uns beide vorgestellt haben, aber können wir denn nicht …«

»Was?« Zornig warf sie den Kopf zurück. »Willst du mir etwa vorschlagen, wir könnten ein neues Kind machen? Unsere beiden Kinder sind tot, doch was soll's? Na los, gehen wir ins Bett und zeugen ein neues.«

»Elisabeth, was redest du? Es ist der Schmerz, der dich solche Worte sagen lässt. Auch ich bin verzweifelt …«

Elisabeth ließ ihn nicht ausreden. Als wäre plötzlich ein Damm gebrochen, bröckelte die Mauer der Versteinerung, und sie herrschte ihn an: »Wenn du wissen willst, warum ich dich geheiratet habe, dann kann ich dir sagen, dass es dein Geld war. Dein Ansehen und der Status deiner Familie in diesem Land natürlich auch, aber in erster Linie bin ich deine Frau geworden, weil ich wusste, das ich dann niemals arm sein würde.«

»Aber … deine Familie … ihr habt doch selbst …«

»Ha, natürlich durfte niemand wissen, dass mein Vater fast unseren gesamten Besitz und das Barvermögen verspielt hatte. Wir ließen dich und deine Familie in dem Glauben, ich wäre eine reiche Erbin, denn sonst hättest du mich nicht geheiratet. Einzig dein Vater wusste es. Glücklicherweise lebte er lange genug, um unsere Hochzeit noch mitzubekommen. Danach hat er meinem Vater aus der Klemme geholfen, wie man so schön sagt. Alexander, bist du wirklich so naiv und hast nicht geahnt, dass unsere Verbindung eine abgesprochene Sache zwischen unseren Vätern war?«

Alle Farbe wich aus Alexanders Gesicht. Stöhnend ließ er sich in einen Sessel sinken.

»Ich habe dich gemocht, Elisabeth, ich habe dich wirklich gemocht und gedacht, wir beide würden uns gut ergänzen.«

Mit zusammengepressten Lippen, so dass Alexander Mühe hatte, die Worte zu verstehen, entgegnete Elisabeth: »Ich wurde gezwungen, dich zu heiraten. In Wahrheit gehörte mein Herz längst einem anderen, aber dieser war arm wie eine Kirchenmaus. Da ich nicht wollte, dass sich mein Vater wegen seiner Spielschulden eine Kugel in den Kopf jagt und meine Mutter und ich dann bettelnd durch die Straßen ziehen müssen, blieb mir keine andere Wahl als eine Ehe mit dir. Und was habe ich jetzt davon? Zwei tote Kinder … nicht einmal Andrew ist mir geblieben.«

»Du sprichst von Andrew?« In Alexander stieg die Wut hoch. »Monatelang hast du ihn alleingelassen, bist lieber deinen Vergnügungen in der Stadt nachgegangen, als dich um unseren Sohn zu kümmern. Vielleicht wäre Andrew nicht so krank geworden, wenn er seine Mutter an der Seite gehabt hätte!« Alexander wusste, wie ungerecht er klang, aber er konnte nicht anders. Sein Schmerz und die Trauer brauchten ein Ventil, und die Mitteilung, dass seine Heirat von Anfang an ein abgekartetes Spiel gewesen war, hatte ihn dermaßen in Aufruhr versetzt, dass er ohne Rücksicht auf Elisabeths Gefühle fortfuhr: »Nächtelang hat der Junge geweint und nach dir gefragt. Ich konnte nichts tun, als seine Tränen trocknen, ihn in meinen Armen wiegen und ihm versprechen, dass die Mama bald kommt. Jetzt ist unser Junge tot, und du wirst für den Rest deines Lebens mit der Schuld, Andrew im Stich gelassen zu haben, leben müssen.«

Wie ein Ballon, den man mit einer Nadel ansticht, sackte Elisabeth plötzlich in sich zusammen. Sie schlug die Hände vors Gesicht, und zum ersten Mal weinte sie.

»Glaubst du, ich mache mir keine Vorwürfe?« Nur undeutlich verstand Alexander ihre geschluchzten Worte. »Die ganze Zeit habe ich mich nach Andrew gesehnt und wollte ihn bei mir haben, aber du hast ihn nicht zu mir gelassen. Dann sagte ich mir, dass es besser ist, wenn er auf Ballydaroch bleibt, denn er hätte

mich ohnehin nur an etwas erinnert, was nie sein durfte ...« Elisabeth brach ab und schlug erschrocken die Hände vor den Mund.
In Alexander regte sich ein Verdacht. »Was meinst du?«, fragte er gefährlich leise und betete im Stillen, dass seine Vermutung sich nicht bestätigen würde. Nicht Andrew! Oh, Gott, bitte nicht Andrew!
Elisabeth hob ihr tränennasses Gesicht und nickte.
»Nun ist es auch gleichgültig, nicht wahr? Andrew war nicht dein Sohn. Ich sagte dir vorhin, dass ich einen anderen Mann geliebt habe, daran hat auch unsere Heirat nichts geändert.«
Als hätte ihm jemand mit der Faust in den Magen geschlagen, wich Alexander zurück, bis er den Türknauf in seinem Rücken spürte.
»Wer?«, keuchte er. »Sag mir, wer ist es?«
Elisabeth schüttelte den Kopf. »Warum? Es ist vorbei, ich werde ihn niemals wiedersehen. Ich wollte niemanden verletzen und dachte, so wäre es die beste Lösung. Von der ersten Sekunde an hast du Andrew geliebt und wärst niemals auf den Gedanken gekommen, er könne nicht dein lieblicher Sohn sein. Andrew wäre ein würdiger McFinnigan-Erbe gewesen ...«
Ohne ein Wort der Erwiderung rannte Alexander aus dem Zimmer und aus dem Haus. Erst kurz vor der Brennerei blieb er keuchend stehen. Die kalte Luft stach in seinen Lungen, aber er merkte nicht, wie er fror, obwohl er keine Jacke anhatte. Alles in ihm war in Aufruhr, und er fühlte sich wie in einem Alptraum gefangen, aus dem es kein Erwachen gab. In weniger als einer Stunde würde Andrew, sein Sohn, der niemals sein Sohn gewesen war, beerdigt werden. Alexander straffte die Schultern und warf den Kopf in den Nacken. Blinzelnd schaute er direkt in die Sonne und ballte die Hände zu Fäusten.
»Von nun an werde ich keine Rücksicht mehr nehmen!«, rief er, ungeachtet dessen, dass ihn jemand hören konnte. »Ich lasse

mich nicht mehr wie eine Spielfigur hin und her schieben, sondern werde mein Leben so leben, wie ich es möchte.«
Was er als Erstes tun würde, wusste er genau, doch das musste bis morgen warten.

Eine Stunde später stand Alexander aufrecht und stolz in der Familiengruft. Kein Muskel regte sich in seinem hageren Gesicht, als der kleine Sarg in die Maueröffnung geschoben wurde. Als seine Mutter neben ihm laut schluchzte, legte er einen Arm um sie. Die Wahrheit über Andrew würde er ihr nicht sagen. Er würde sie niemandem sagen, denn damit war keinem gedient. Als er die Gruft verließ, würdigte er Elisabeth keines Blickes. Mochten die Leute denken, was sie wollten. Zwischen ihm und Elisabeth war es endgültig vorbei.

21. KAPITEL

Zur gleichen Zeit in Edinburgh, Schottland

Du meine Güte, der Kleine ist ja herzallerliebst! Darf ich ihn auf den Arm nehmen?«
Marianne nickte, hob ihren Sohn aus dem Wagen und legte ihn Emma in die Arme. Gerührt beobachtete sie, wie Emma die kleinen Fingerchen staunend betrachtete und lächelte.
»Es ist schön, wieder zu Hause zu sein«, sagte Marianne und nahm den Hut ab. Emma sah nur kurz auf. Sie hatte den kleinen Craig vom ersten Augenblick an ins Herz geschlossen.
»In Italien war es gewiss wesentlich wärmer«, meinte Judith und reckte ihren Kopf, um auch einen Blick auf den neuen Mitbewohner erhaschen zu können.

»Das Wetter war zwar milder, aber Schottland ist eben doch Schottland und meine Heimat.« Marianne lachte. »Die Zeit in Europa war sehr interessant und schön, aber ich bin froh, wieder zu Hause zu sein. Wie ich sehe, hat sich hier nichts verändert.«
»Du musst uns alles erzählen«, sagte Emma gespannt. Craig gähnte und begann zu wimmern. »Oh, was hat er denn?«
»Er ist nur müde«, antwortete Marianne und nahm der Freundin das Baby ab. »Obwohl er während der langen Reise meistens geschlafen hat, war diese für so ein kleines Kind sicher eine große Anstrengung gewesen. Habt ihr alles besorgt, wie ich es euch in meinen Briefen mitgeteilt habe?«
Judith nickte hastig. »Du hättest Emma mal sehen sollen. Sie war kaum zu halten, das Kinderzimmer einzurichten, und sie konnte es nicht erwarten, den Kleinen endlich hier zu haben. Wir hoffen, es ist alles zu deiner Zufriedenheit.«
Dessen war Marianne sich sicher. Nach Craigs Geburt hatte sie einen langen Brief nach Hause geschrieben und mitgeteilt, dass sie nun ein Kind habe. Weiter hatte sie Anweisungen gegeben, ein komplettes Kinderzimmer einzurichten und all das zu kaufen, was ein Baby braucht. Vor ihrer Abreise hatte sie Emma und Judith eine größere Summe Geld zur Verfügung gestellt, da sie damals nicht wusste, wie lange sie fortbleiben würde. Von dem Geld sollte noch genügend vorhanden sein, um alles für Craigs und ihre Ankunft vorzubereiten.
Vor drei Wochen hatte Marianne es nicht mehr in Florenz ausgehalten. Obwohl sie sich im Palazzo dei Petroletti und bei ihren Freunden wohl fühlte und zahlreiche vielversprechende Kontakte in der florentinischen Kunstszene geknüpft hatte, wurde der Wunsch, nach Schottland zurückzukehren, immer stärker. Sie wollte ihren Sohn endlich nach Hause bringen, obwohl der Kleine es noch nicht wahrnahm, in welchem Land und in welcher Kultur er sich befand. Der einzige Wermutstropfen, der Mariannes Freude auf eine Heimkehr trübte, war, dass Julia bei ihrer

Rückreise in Paris, wo sie einige Tage Rast machten, beschlossen hatte, noch bei Henri Barbey zu bleiben.
»Ich komme in zwei, drei Monaten nach«, hatte Julia gesagt und Marianne um Verzeihung bittend angesehen. »Henri und ich … wir möchten einfach noch ein wenig Zeit für uns haben.«
Marianne hatte nicht weiter nachgefragt. So, wie Julia von Anfang an Mariannes Entschluss, Neills Kind zu bekommen, akzeptiert und ihr keine Vorwürfe gemacht hatte, so mischte sie sich nicht in das Liebesleben ihrer Freundin ein. Die Reise zur Küste nach Boulogne-sur-Mer und dann die zweitägige Überfahrt nach Leith wären mit Julia zwar kurzweiliger gewesen, so aber widmete sich Marianne völlig ihrem Sohn. Jeden Tag entdeckte sie etwas Neues an Craig. Wenn er sie anlächelte, erfüllte Marianne dies mit einer Wärme, die sie nie zuvor empfunden hatte.
Nachdem sie Craig in seinem Zimmer in das Kinderbett gelegt und gewartet hatte, bis er eingeschlafen war, kehrte sie ins Esszimmer zurück, wo sie von Emma und Judith bereits sehnlichst erwartet wurde.
»Heute Morgen habe ich den Nusskuchen, den du so gern magst, gebacken, und dazu noch ein paar Ingwerplätzchen. Willkommen zu Hause, Marianne.«
Gerührt blicke Marianne auf den liebevoll gedeckten Tisch. Der Duft von frisch aufgebrühtem Tee und Gebäck stieg ihr in die Nase, und das Wasser lief ihr im Mund zusammen. Das Essen in Italien war gut gewesen, nur völlig anders als das, welches sie gewöhnt war, und nichts ging über Emmas köstlichen Nusskuchen, von dem Marianne am liebsten jeden Tag gekostet hätte.
Nachdem sie eine Tasse Tee, ein Stück Kuchen und ein paar Plätzchen gegessen hatte, legte Emma einen Stapel Umschläge vor Marianne auf den Tisch.
»Die Post, die während deiner Abwesenheit angekommen ist«,

sagte sie. »Laut deinen Anweisungen habe ich die Rechnungen geöffnet und bezahlt und dir die Briefe, die mir wichtig schienen, nachgesandt. Es waren nicht viele, die meisten Leute wussten ohnehin, dass du auf dem Festland bist.«

»Danke, Emma, und auch dir, Judith. Ihr habt euch sehr gut um alles gekümmert. Noch heute danke ich dem glücklichen Zufall, der uns damals zusammengeführt hat. Wenn man bedenkt – nur eine Stunde früher oder später, und wir wären uns vielleicht niemals begegnet.«

Emma und ihre Schwester lachten, und Marianne bemerkte nicht zum ersten Mal seit ihrer Ankunft ein besonderes Leuchten in Emmas Augen. Ins Blaue hinein fragte sie: »Was macht eigentlich dieser freundliche Nachbar? Habt ihr noch Kontakt zu ihm?«

Marianne unterdrückte ein Schmunzeln, als sie sah, wie sich Emmas Wangen röteten und sie verlegen den Blick senkte. Judith klatschte in die Hände und rief: »Er hat uns beinahe jeden Tag besucht und mich ganz oft die Treppen hinuntergetragen. Emma hat einen Verehrer …«

»Sei doch still, Judith«, unterbrach Emma, aber deren Schwester ließ sich nicht den Mund verbieten.

»Ist doch wahr. Marianne, immerhin hat Adam dir bereits einen Antrag gemacht.«

»Und das erfahre ich erst jetzt?« Überrascht stellte Marianne ihre Tasse ab. »Emma, ich freue mich so sehr für dich!«

»Ach was.« Emma errötete erneut und winkte ab. »Ich habe seinen Antrag abgelehnt.«

»Aber warum denn?«, fragte Marianne. »Bereits vor meiner Abreise habe ich bemerkt, welch ein stattlicher Mann dieser … wie ist noch mal sein Name?«

»Adam Grant, und er betreibt einen Gemischtwarenladen am Grassmarket«, antwortete Judith an der Stelle ihrer Schwester.

Marianne fuhr schmunzelnd fort: »Also, ich habe gesehen, wie

Mr. Grant dich angeschaut hat, und ich dachte, du magst ihn auch.« Plötzlich begann Marianne zu verstehen, und sie seufzte leise. »Ist es wegen Judith? Du willst sie nicht allein lassen, nicht wahr? Da brauchst du dir keine Sorgen zu machen. Judith bleibt bei mir, und du wirst nicht weit von uns entfernt wohnen, und ihr könnt euch jeden Tag sehen.«

»Das ist es nicht.« Langsam hob Emma den Kopf. »Adam hat angeboten, Judith mit in sein Haus aufzunehmen. Nein, wir können dich nicht allein lassen, Marianne. Wer soll sich denn um deinen Sohn kümmern, wenn du malst?«

Marianne nahm Emmas Hand und drückte sie.

»Darum brauchst du dir keine Sorgen zu machen. Ich gebe zu, ich verliere euch beide nur ungern, denn wir sind jetzt wieder richtige Freundinnen geworden, aber dein Glück, Emma, steht an erster Stelle. Ich werde ein Haus- und ein Kindermädchen einstellen, und – wie gesagt – wir können einander jederzeit besuchen.« Beschwörend sah Marianne die Freundin an. »Emma, sei nicht dumm. Wenn du Adam Grant genügend magst, um seine Frau zu werden, dann zögere keinen Tag länger. Am besten lädst du ihn für morgen Nachmittag zum Tee ein, dann kann ich ihn kennenlernen und mir ein Bild von ihm machen.«

Ein Leuchten erhellte Emmas Gesicht.

»Du bist so lieb zu uns, Marianne. Wenn ich daran denke, wie unser Vater dich früher behandelt hat …«

Ein Schatten fiel über Mariannes Gesicht. Seit Monaten hatte sie nicht mehr an ihre Vergangenheit und an St. Kilda gedacht.

»Es ist lange her«, sagte sie leise. »Manchmal erscheint es mir, als wäre es in einem anderen Leben gewesen. Wir sollten die Vergangenheit ruhen lassen. Also, liebe Emma, lade Mr. Grant ein, und dann sehen wir weiter.«

Emma sprang auf und küsste Marianne spontan auf die Wange. Judith lachte laut und rief: »Erzähl Marianne auch von dem gutaussehenden Mann, der sie aufsuchen wollte.«

»Was für ein Mann?« Marianne sah von einer Schwester zur anderen. Emma zuckte mit den Schultern.

»Ach, das ist schon einige Zeit her, ich glaube, es war im letzten November. Zum ersten Mal ist mir der Mann aufgefallen, weil er einige Zeit auf der anderen Straßenseite stand. Ich hatte den Eindruck, er beobachtet unser Haus. Am nächsten Tag war er wieder hier. Gerade als ich überlegte, hinauszugehen und zu fragen, was er wollte, ging er weg. Drei Tage später klopfte er dann an unserer Tür und wollte dich sprechen. Ich sagte, du wärst auf Reisen und ich wisse nicht, wann du zurückkommst.«

Marianne runzelte die Stirn. »Wie war sein Name? Hat er eine Karte abgegeben?«

»Er nannte keinen Namen, und als ich fragte, ob er eine Nachricht für dich dalassen möchte, hat er den Kopf geschüttelt und ist gegangen.«

»Wie sah er aus?«, fragte Marianne.

»Oh, äußerst gut, wie ein richtiger Gentleman«, rief Judith. »Ich habe ihn gesehen, als er an der Tür war. Er war sehr groß und schlank, mit schwarzen Haaren und einem ausdrucksvollen Gesicht. Seine Kleidung war dunkel, aber sicher teuer, und er drückte sich sehr gewählt aus.«

Alexander!, schoss es Marianne durch den Kopf, und ihr Herz begann schneller zu schlagen. Sogleich rief sie sich jedoch zur Ordnung. Große, dunkelhaarige Gentlemen gab es viele in Edinburgh, und für Alexander McFinnigan bestand kein Grund, sie aufzusuchen.

»Nun, wenn es etwas Wichtiges war, wird der Mann sich wieder melden«, sagte Marianne lapidar und schenkte sich eine neue Tasse Tee ein.

Emma sprang auf. »Beinahe hätte ich es vergessen. Ich habe dir eine Zeitung vom Dezember aufgehoben, denn da stand etwas drin, was dich vielleicht interessieren könnte. Ich habe sie in meinem Zimmer, ich hole sie schnell.«

Binnen einer Minute war Emma wieder zurück und legte ein Exemplar der *Edinburgh Gazette* auf den Tisch. Marianne, in der Erwartung eines Artikels über ihre Bilder, griff nach der Zeitung, und gleich auf der Titelseite sprang die Schlagzeile ihr in die Augen:

Scheidung im Hause McFinnigan und Chrisholm
Lady Susanna Chrisholm verlässt untreuen Ehemann

Marianne stockte der Atem, und ihre Hände zitterten. Rasch überflog sie den dreispaltigen Artikel, in dem in knappen Worten über die Trennung von Lord und Lady Chrisholm und die Anfang Dezember stattgefundene Scheidung berichtet wurde.
»Ich dachte, es interessiert dich«, sagte Emma. »Immerhin hast du einige Jahre im Haus der McFinnigans gelebt und kennst Lady Susanna.«
Marianne nickte und schob mit einem Seufzer die Zeitung zur Seite.
»Ich hatte keine Ahnung davon, allerdings wundert es mich, dass die Familie eine Scheidung zugelassen hat. Besonders Lady Eleonor McFinnigan hält sehr viel von Moral und Pflichtbewusstsein.«
»Oh, wochenlang haben sich die Leute die Mäuler darüber zerrissen«, berichtete Emma. »Auf dem Markt und in jedem Geschäft war die Scheidung das Hauptgesprächsthema, und die meisten meinten, beide Familien würden sich von diesem Skandal niemals wieder erholen. Dann hieß es, Lady Susanna habe sich auf den Landsitz ihrer Familie zurückgezogen, und seitdem war sie in der Stadt nie wieder gesehen worden.«
Marianne wusste nicht, was sie denken sollte. Es fiel ihr schwer, sich vorzustellen, dass die kapriziöse und verwöhnte Susanna die Schande einer Scheidung auf sich genommen hatte. Sicher steckte ein anderer Mann dahinter. Ein Mann, der ihr noch mehr

bieten konnte als Matthew Chrisholm. Eigentlich ging sie die ganze Sache nichts an. Sie hatte mit dieser Familie nichts mehr zu tun. Als würde Judith ihre Gedanken lesen können, fuhr sie fort: »Man munkelt, es sei auch um die Ehe des Earls von xBallydaroch nicht gut bestellt. Seit seine Frau ihr Kind verloren hat, leben die beiden meistens getrennt.«
Marianne musste alle Kraft aufbringen, sich nicht anmerken zu lassen, wie sehr sie diese Nachricht aufwühlte, und sie winkte scheinbar desinteressiert ab.
»Ach, das ist sicher nur ein Gerücht. Was sagst du? Lady Elisabeth hat ihr Kind verloren?«
Emma nickte und beugte sich vor. Offenbar liebte sie Klatschgeschichten, denn ihre Augen leuchteten, als sie erzählte: »Es war im letzten Sommer. Das Kind wurde zwar zur rechten Zeit und lebend geboren, starb jedoch wenige Tage später. Lady Elisabeth soll danach nicht mehr sie selbst gewesen sein. Sie verbrachte den ganzen Herbst und Winter in der Stadt, während ihr Mann seinem Landsitz nicht verließ.«
Marianne sah von Emma zu Judith und fragte: »Woher wisst ihr das alles?«
»Och, in der Stadt wird viel geredet, und ich gehe ja regelmäßig zum Einkaufen. Da bekommt man so einiges mit.«
Marianne stand auf. »Du hast recht, es wird viel geredet, aber auf Gerede soll man nichts geben. Ich fühle mich von der Reise etwas erschöpft und werde mich zurückziehen. Vorher schaue ich noch zu Craig hinein. Emma, sollte ich einschlafen, weck mich bitte zum Abendessen, ja?«
Nachdem Emma zugesichert hatte, dies zu tun, verließ Marianne das Esszimmer. Keinen Augenblick länger wäre es ihr gelungen, sich unbeteiligt zu geben. Die Nachricht, Alexanders Frau hätte ihr Kind verloren und um deren Ehe stünde es nicht zum Besten, hatte sie erschüttert. Zum einem, weil Marianne sich vorstellen konnte, was in Elisabeth McFinnigan vor sich ging,

wenn das eigene Kind starb, zum anderen aber auch, weil sie sich fragte, wie es Alexander ging. Obwohl Marianne sich zur Ordnung rief, dass – selbst wenn seine Ehe nicht glücklich war – es niemals einen Weg zu Alexander geben würde, konnte sie ihre Gedanken nicht von ihm lösen. Während sie am Bett von Craig saß und ihrem Sohn beim Schlafen zusah, stellte Marianne sich einen Augenblick vor, Craig wäre nichts Neills, sondern Alexanders Sohn. Sie hatte Alexander seit einem Jahr weder gesehen noch sonst irgendeine Nachricht von ihm erhalten und musste endlich aufhören, ständig an diesen Mann zu denken. Mutter zu sein war eine Aufgabe, die sie für viele Jahre ihres Lebens vollständig ausfüllen würde. Craig sollte ein glückliches Leben führen, und Marianne wollte alles daran setzen, dass ihm niemals der Makel einer unehelichen Geburt anhaftete. Allerdings zog sie den Gedanken, irgendjemanden zu heiraten, nur um für Craig einen Vater zu haben, nicht in Betracht. Nach wie vor hatte sie zahlreiche Verehrer, darunter gutsituierte Geschäftsmänner, Unternehmer und Kaufleute, die sich gerne mit einer Frau, wie sie es war, schmücken würden. Eine solche Verbindung kam für Marianne jedoch nicht in Frage. Als Künstlerin trug sie ohnehin den Stempel, leichtlebig zu sein, und ein uneheliches Kind bestärkte diesen Eindruck nur noch. In den Kreisen, in denen Marianne verkehrte, zählte lediglich der Charakter des Menschen, und die meisten der Edinburgher Künstler lebten ebenso unkonventionell wie sie. Natürlich sehnte sie sich nach einem Mann an ihrer Seite. Einem Mann, an dessen Schulter sie sich anlehnen konnte, und sie hätte auch gerne weitere Kinder gehabt. In ihrem Leben hatte sie zwei Männer geliebt. Der eine war Tausende von Meilen entfernt, und sie würde ihn niemals wiedersehen, und der andere befand sich zwar in erreichbarer Nähe, war jedoch gebunden und durch seine Stellung in der Gesellschaft für sie weiter entfernt als der Mond.

Marianne beschloss, mit solchen Grübeleien aufzuhören. In Florenz hatte sie nach ihrem ersten Porträt von Craig noch rund ein Dutzend weitere gemalt – darunter jeweils ein Konterfei von Dean und Marcella – und dabei bemerkt, dass ihr das Malen von Porträts ebenso lag wie die Landschaftsmalerei. Sie hatte vor, sich in Edinburgh einen neuen Kundenkreis aufzubauen. Bestimmt gab es zahlreiche Menschen, die sich gerne von ihr porträtieren lassen würden.

Eine Woche später erlebte Marianne eine der größten Überraschungen ihres Lebens. Nachdem sie am Vormittag mit Craig einen Spaziergang im Holyrood Park gemacht – das Wetter war zwar nach wie vor kalt, aber es war sonnig – und einen leichten Lunch eingenommen hatte, war sie in ihr Atelier gegangen und hatte begonnen, Farben zu mischen. Craig würde die nächsten zwei, drei Stunden schlafen, und sie wollte versuchen, aus ihren zahlreichen Skizzen, die sie während ihrer Reise angefertigt hatte, endlich farbenprächtige Ölbilder auf die Leinwand zu bannen. Als Erstes hatte sie sich die Skizze vom Genfer See mit den schneebedeckten Bergen im Hintergrund zurechtgelegt. Entgegen allen Theorien und dem, was sie in der Kunstschule gelernt hatte, verzichtete Marianne nach wie vor darauf, auf der Leinwand eine Skizze zu machen, sondern sie begann sofort mit dem Auftragen der Farben.
Eine Stunde hatte Marianne konzentriert gearbeitet, als es an der Tür klopfte. Unwillig rief sie: »Was ist?«, denn Emma und Judith wussten, dass Marianne während des Malens nicht gestört werden wollte.
»Entschuldige bitte, Marianne, aber ...« Emma trat zögernd ein.
»Ist etwas mit Craig?«, rief Marianne erschrocken, und Emma schüttelte rasch den Kopf.
»Alles in Ordnung, er schläft. Ein Botenjunge hat soeben eine Nachricht für dich abgegeben und sagte, sie wäre dringend.«

Marianne seufzte, nahm aber den Zettel, den Emma ihr reichte, entgegen. Es waren nur zwei Zeilen:

Wenn Du Dich noch an Deinen Ritter Lancelot erinnerst – ich bin bis zum Abend im Running Lion

Die Farbe wich aus Mariannes Gesicht. Fest umklammerte sie Emmas Handgelenk.
»Wer hat die Botschaft abgegeben? Wartet er?«
Emma schüttelte den Kopf. »Es war ein kleiner Junge. Er drückte mir den Zettel in die Hand und meinte, ich möge ihn sofort Miss Marianne Daragh geben. Bevor ich nachfragen oder ihm einen Penny geben konnte, war er schon wieder fortgelaufen.«
Verwirrt griff sich Marianne an die Stirn. Sie glaubte an einen schlechten Scherz. Wer außer Alexander McFinnigan selbst wusste, dass sie ihn einst als Ritter Lancelot bezeichnet hatte? Wenn es sich bei dem Verfasser der Nachricht wirklich um Alexander handelte, warum hatte er dann nicht seinen Namen genannt? Und warum war er nicht einfach gekommen, um ihr seine Aufwartung zu machen? Wer außer Alexander hätte diese Zeilen schreiben sollen? Marianne kannte das *Running Lion*. Es war ein kleines Gasthaus am Grassmarket, in dem hauptsächlich Kaufleute aus der Altstadt verkehrten.
»Ist es eine schlechte Nachricht?« Emma war nicht entgangen, wie aufgewühlt Marianne plötzlich war. »Hoffentlich ist nichts Schlimmes passiert.«
»Nein, nein, oder … ich weiß nicht.« Rasch sah Marianne sich um, aber in ihrem Atelier gab es keinen Spiegel. Sie zog den Kittel aus und wischte sich die Hände an einem Tuch ab. In der Diele warf sie einen Blick in den Spiegel und erschrak. Haarsträhnen hatten sich aus ihrer Frisur gelöst und hingen ihr ins Gesicht, und auf der Wange prangte ein gelber Farbtupfer.

»Rasch, bring mir warmes Wasser zum Waschen und leg mir das dunkelgrüne Kleid heraus. Beeil dich bitte!«

Marianne wusste, wenn sie nicht in das Gasthaus gehen und nachsehen würde, wer ihr die Botschaft geschickt hatte, würde sie sich das nie verzeihen. Die Möglichkeit, dass es Alexander war, war sehr gering, dennoch wollte sie wissen, wer sich einen solchen Scherz mit ihr erlaubte. Es schien ewig zu dauern, bis Emma endlich das Wasser erhitzt hatte, Marianne sich waschen konnte und Emma ihr Haar richtete. Dabei war kaum eine halbe Stunde vergangen, bis sie fertig angezogen zur Tür eilte.

»Kümmere dich bitte um Craig«, bat sie Emma. »Ich weiß nicht, wann ich wiederkomme. Wenn er schreit, wickle und füttere ihn.«

Marianne wartete eine Antwort nicht ab, sie wusste, sie würde sich auf Emma verlassen können. Ihr Herz schlug aufgeregt, als sie auf die Straße trat und den Weg zum Grassmarket einschlug.

Sie sah Alexander sofort, als sie das *Running Lion* betrat. Er saß an einem Tisch in der rechten hinteren Ecke und starrte in ein Glas Bier, das vor ihm stand. Marianne bemerkte an seiner schwarzen Kleidung, dass er in Trauer war. Zögernd blieb sie an der Tür stehen. Die Gedanken wirbelten in ihrem Kopf durcheinander, und ihr wurde abwechselnd heiß und kalt. Langsam ging zu dem Tisch und sagte leise: »Hallo, Ritter Lancelot. Ich wusste nicht, dass du dich daran noch erinnerst.«

Alexanders Kopf ruckte hoch, und er sah sie an. Marianne erschrak über den schmerzvollen Blick in seinen Augen. In dem einen Jahr, in dem sie sich nicht gesehen hatten, schien Alexander deutlich gealtert zu sein. Das schwarze Haar begann an den Schläfen zu ergrauen, und zwei tiefe Falten zogen sich von den Nasenflügeln zu den Mundwinkeln hinab.

»Was ist geschehen?« Marianne setzte sich neben ihn auf die

Holzbank und nahm seine Hand. Instinktiv spürte sie, dass hier und jetzt kein Platz für Förmlichkeiten war.

»Du bist gekommen …« Die Müdigkeit in seiner Stimme trug nicht dazu bei, Marianne zu beruhigen. »Ich wusste nicht, ob du mich sehen möchtest, darum habe ich dich nicht zu Hause aufgesucht. Ich dachte, wenn du Lancelot nicht völlig vergessen hast, dann wirst du dich mit mir vielleicht treffen wollen.«

Marianne sah in seine Augen und wusste in diesem Moment, dass sich nichts geändert hatte. Sie liebte Alexander immer noch, und die Zeit der Trennung und nichts, was er tun oder sagen würde, konnte an diesen Gefühlen jemals etwas ändern.

»Was ist geschehen?«, wiederholte sie ihre Frage und hielt sich nicht mit lapidaren Floskeln auf.

»Mein Sohn ist letzte Woche gestorben.«

Marianne zuckte zusammen. Sie meinte, seinen Schmerz selbst körperlich zu spüren.

»Das tut mir leid …«, murmelte sie und wusste zugleich, dass es in einem solchen Fall keine Worte des Trostes gab. »War es ein Unfall?«

Alexander nahm einen Schluck aus seinem Bierglas, dann schüttelte der den Kopf.

»Andrew war ein kränkliches Kind. Die Kälte und der Schnee der letzten Monate waren zu viel für ihn gewesen.«

Marianne erinnerte sich an Emmas Worte, dass Alexander bereits im vergangenen Sommer eine Tochter verloren hatte. Um Zeit zu gewinnen, winkte sie dem Wirt und bestellte sich eine Tasse Tee, aber auch einen Whisky. Sollte der Wirt von ihr denken, was er wollte, sie brauchte jetzt etwas Stärkeres als Tee.

»Ich weiß, ich habe kein Recht, nach so langer Zeit von dir Hilfe zu erbitten«, sagte Alexander plötzlich. »Ich weiß auch nicht, was mich veranlasst hat, auf ein Pferd zu steigen, in die Stadt zu reiten und meine Familie allein zu lassen, aber ich musste einfach fort. Fort aus Ballydaroch und fort von allen, die mir eigentlich den größten Trost geben müssten.« Er stand auf und sah Marianne bittend an. »Ich habe Verständnis, wenn du mich jetzt gleich ohrfeigen wirst, denn es ist sehr vermessen von mir, dich zu fragen, ob wir zu dir gehen können. Bitte, liebste Marianne, lass mich jetzt nicht allein.«

Sie redeten die ganze Nacht. Das Abendessen, mit dessen Zubereitung Emma sich große Mühe gegeben hatte, als sie in Mariannes Gast den feinen Gentleman des vergangenen Jahres erkannte, ließen sie beinahe unangetastet. Mariannes Kehle war wie zugeschnürt, und sie dachte, dies wäre nur ein Traum, aus dem sie gleich erwachen würde. Alexander McFinnigan konnte unmöglich neben ihr in ihrem Salon sitzen und ihre Hand halten, während er sprach. Als es dunkelte, zündeten sie keine Lampen an, nur der Schein des Kaminfeuers erhellte das Zimmer. Marianne fühlte sich wie in einem Déjà-vu-Erlebnis, so sehr erinnerte sie alles an den Abend, als sie Neill getroffen hatte. Auch Neill hatte ihr sein Herz ausgeschüttet, was Alexander jedoch zu berichten hatte, entsetzte Marianne zutiefst. Elisabeth hatte ihn nie geliebt, hatte ihn nur geheiratet, um dem finanziellen Ruin zu entgehen, und ihn unmittelbar nach der Hochzeit betrogen. Andrew war nicht Alexanders Sohn gewesen, und Susanna war sterbenskrank. Obwohl Alexander seiner Schwester geschworen hatte, niemandem von ihrem Zustand zu erzählen, musste er mit Marianne darüber sprechen. Das Wissen drückte ihm das Herz ab, und Marianne war die Einzige, der gegenüber er offen und ehrlich sein konnte. Sie würde weder ihn noch jemanden seiner Familie verachten, obwohl sie allen Grund hätte, eine gewisse Befriedigung zu empfinden. Aber solche Gefühle waren Marianne fremd. Gleichgültig, wie die McFinnigans sie einst behandelt hatten – jetzt war sie von ehrlichem Mitgefühl erfüllt und wünschte sich, Alexander etwas von der schweren Last, die auf seinen Schultern ruhte, abnehmen zu können.

Als das erste Licht eines grauen, nebelverhangenen Morgens durch die Fenster kroch, bettete Alexander seinen Kopf in Mariannes Schoß und schlief ein. Das Kaminfeuer war längst erloschen, und es war kühl im Salon. Marianne blieb jedoch regungslos sitzen, sie wollte Alexander nicht wecken. Zögernd und vorsichtig fuhr sie mit einem Finger über die Falten auf seiner Stirn, ganz so, als könne sie diese mit ihrer Berührung glätten. Als Alexander sich nicht regte, wurde Marianne mutiger. Sie beugte sich hinunter und küsste ihn sanft auf die Lippen. Sofort fuhr sie erschrocken wieder zurück, obwohl Alexander nichts bemerkt hatte. Wie oft hatte sie von diesem Moment, in dem sie ihm ganz nah sein durfte, geträumt, wie oft sich gesehnt, seine Wärme an ihrem Körper und seine Haut an der ihren zu spüren. Alexander atmete ruhig und gleichmäßig, und Marianne legte eine Hand auf seinen Brustkorb. Durch die Kleidung hindurch spürte sie seinen Herzschlag.

»Ich liebe dich.« Beinahe unhörbar flüsterte sie die Worte, die sie in den fünfundzwanzig Jahren ihres Lebens nie zuvor zu einem Mann gesagt hatte. Marianne wusste nicht, was morgen oder in einer Woche sein würde. Jetzt jedoch war der geliebte Mann hier bei ihr, und sie war ihm so nahe wie nie zuvor. Sie wollte jeden Augenblick genießen und in ihrem Herzen festhalten. Seit Craigs Geburt war sie nicht mehr so glücklich gewesen, obgleich sie nicht die Augen davor verschloss, dass die Stunden ihres Glücks auf Alexanders Unglück beruhten.

Erneut bewiesen Emma und Judith, welch gute Freundinnen sie Marianne geworden waren. Hatten die beiden Schwestern Neill Mackay von früher gekannt, war Alexander McFinnigan ein Fremder für sie, den sie nur von gelegentlichen Erzählungen Mariannes kannten. Zudem war er ein Adliger – der Earl von Ballydaroch – und gehörte damit zu den ersten Kreisen der schottischen Gesellschaft. Dennoch zeigte Emma keine Scheu

vor Alexander, als sie gegen neun Uhr das Frühstück servierte und meinte: »Wenn Sie sich frisch machen möchten, Sir, ich habe warmes Wasser in Mariannes Zimmer gebracht.«
Alexander grinste verlegen und fuhr sich über sein Kinn, auf dem dunkle Bartstoppeln sprossen. Nachdem Emma den Raum verlassen hatte, blickte er verlegen zu Marianne.
»Ich glaube, ich sollte mich rasieren. Ich habe ja einen schönen Eindruck auf dein Hausmädchen gemacht.«
Marianne lachte unbekümmert. »Mach dir darüber keine Gedanken, Emma ist mehr eine Freundin als eine Angestellte. Mit Rasierzeug kann ich dir aber leider nicht dienen.«
Alexander erwiderte ihr Lächeln und griff nach der Teekanne.
»Wenn du erlaubst, frühstücke ich zuerst, dann gehe ich nach Hause, um mich zu waschen, zu rasieren und umzuziehen.« Er las die bange Frage in Mariannes Augen und fuhr schnell fort: »Ich danke dir für die vergangene Nacht, Marianne. Oh, wie das klingt, als ob wir ...«
Verlegen wandte Marianne den Blick ab, während sie sagte: »Ich habe dich schon richtig verstanden. Wir sind Freunde, und Freunde sind immer füreinander da.«
»Sehen wir uns wieder?«, fragte Alexander. »Das heißt, wenn du es möchtest.«
Das fragst du mich?, lag es Marianne auf der Zunge, laut sagte sie: »Natürlich, Alexander, ich bin immer für dich da. Es tut mir alles so leid, was geschehen ist, und ich wünschte, ich könnte dir helfen.«
Sanft, beinahe zärtlich legte er eine Hand auf ihren Unterarm.
»Du hast mir mehr geholfen, als du vermutest, liebe Marianne. Allein schon, dass ich offen und ehrlich mit jemandem über alles sprechen konnte, hat mir sehr gutgetan. Die nächsten Wochen werde ich in Edinburgh bleiben, und ich hoffe, wir werden uns regelmäßig sehen. Oder hast du vor, demnächst wieder nach Frankreich oder Italien zu reisen?«

Marianne verneinte, und in diesem Moment erklang von draußen lautes und protestierendes Babygeschrei. Schnell sprang Marianne auf und lief zur Tür.
»Du entschuldigst mich für einen Moment? Ich muss ...«
Sie beendete den Satz nicht, sondern eilte in Craigs Zimmer, wo sie Judith bereits an seinem Bett vorfand.
»Ich weiß nicht, was er hat.« Entschuldigend sah Judith Marianne an. »Vor einer Stunde habe ich ihn gebadet, frisch gewickelt und eben erst gefüttert, aber irgendetwas scheint dem kleinen Kerl nicht zu passen.«
Mit zornrotem Gesicht strampelte Craig in seinem Bettchen, doch in dem Moment, als Marianne ihn auf den Arm nahm, verstummte sein Geschrei. Nur noch ein paar heisere Gluckser waren zu hören, dann schmiegte er seinen Kopf in Mariannes Halsbeuge und schien glücklich und zufrieden zu sein.
»Mama ist ja da«, flüsterte Marianne. »Entschuldige bitte, dass ich die ganze Nacht nicht nach dir geschaut habe.«
Marianne hörte hinter sich einen leisen, keuchenden Laut. Das Baby auf dem Arm, drehte sie sich um. Unter dem Türsturz stand Alexander und sah sie erstaunt an.
»Ich hatte keine Ahnung ...« Offensichtlich rang er um Fassung. »Ich wusste nicht, dass du geheiratet hast.«
Trotzig hob Marianne das Kinn und hielt seinem Blick stand.
»Ich bin nicht verheiratet«, sagte sie ruhig und fest. »Ich verstehe, wenn du jetzt gehen und mich niemals wiedersehen möchtest.«
Sie wartete auf Alexanders Frage, wer der Vater des Kindes sei, oder auf seine Vorwürfe und darauf, dass er sich verächtlich abwenden würde. Stattdessen kam er einen Schritt auf Marianne zu. Langsam, als hätte er Angst, das Kind zu verletzen, strich er Craig über seine dichten roten Locken.
»Ein Junge?«, fragte er leise, und Marianne nickte.
»Sein Name ist Craig.«

»Craig«, wiederholte Alexander und lächelte. »Auf Gälisch bedeutet das hohe Klippe. Ein sehr passender Name, denn er sieht jetzt schon aus wie ein gälischer, mutiger Kämpfer aus vergangenen Zeiten. Du hast allen Grund, auf einen solchen Sohn stolz zu sein.«
Marianne schluckte, konnte jedoch nicht verhindern, dass Tränen über ihre Wangen kullerten.
»Du verachtest mich nicht?«
»Ich dich verachten? Dazu gibt es keinen Grund.«
»Aber ... das Kind hat keinen Vater«, stammelte Marianne. »Das heißt, es hat schon einen, aber wir sind nicht mehr zusammen. Wenn ich ehrlich bin, dann muss ich sogar gestehen, dass er nichts von seinem Sohn weiß. Ich habe ihn gehen lassen, weil ich ihn nicht genügend liebte, um ihn zu heiraten.« Und weil ich immer nur dich liebte, Alexander, fügte sie in Gedanken hinzu.
»Du wirst deine Gründe gehabt haben«, antwortete Alexander, den Blick unverwandt auf Craig gerichtet. Der Junge schien zu spüren, dass dieser große dunkle Fremde es gut mit ihm meinte, denn er gluckste vergnügt und versuchte, mit seinen kleinen Händchen nach Alexander zu greifen.
»Es tut mir leid, dich mit dem Kind zu konfrontieren«, sagte Marianne leise. »Gerade jetzt, nachdem du ...«
Er verstand und lächelte, einen bitteren Zug um die Mundwinkel.
»Vielleicht ist es Ironie des Schicksals. Wenn ich früher mutiger gewesen wäre, dann hätte dieses Kind vielleicht unser Kind sein können, aber ich war feige und in einer Welt gefangen, über deren Rand ich nicht hinausgesehen habe.« Bei Alexanders Worten stockte Marianne der Atem, sie wusste nicht, was sie entgegnen sollte, aber da fuhr er bereits fort: »Damals, als du unser Haus Hals über Kopf verlassen hast und nie wieder zurückgekommen bist, hast du mich zum Abschied geküsst. Über den Kuss war ich so überrascht, dass ich nicht wusste, was ich davon halten sollte.

Anstatt dir damals nachzulaufen und dich aufzuhalten, habe ich dich gehen lassen. Ein Fehler, den ich mir bis heute nicht verziehen habe.«

»Alexander … bitte nicht.« Unaufhaltsam rollten Tränen über Mariannes Wangen. »So darfst du nicht reden. Du bist verheiratet.«

Er zuckte mit den Schultern und sah Marianne traurig an. Mit zwei Fingern wischte er ihre Tränen weg.

»Dass ich verheiratet bin, ist richtig, auch wenn meine Frau und mich so viel verbindet wie den Dalai Lama und den Papst. Es ist jedoch zu spät, zu klagen, denn ich habe damals eine Entscheidung getroffen, die ich heute bitter bereue. Es war meine freie Wahl, Elisabeth zu heiraten, und ich habe nicht erkannt, welches Juwel von Frau tagtäglich unter unserem Dach lebte.«

»Ich weiß nicht, was ich sagen soll.« Am liebsten hätte Marianne sich in seine Arme geworfen, und sie war Craig dankbar, der einen solchen Gefühlsausbruch verhinderte, da sie ihn auf dem Arm hielt.

»Du brauchst jetzt nichts zu sagen, liebste Marianne. Denk über alles nach, war ich dir letzte Nacht gesagt habe, und lass dir ein paar Tage Zeit.« Alexander wandte sich zur Tür, dort drehte er sich nochmals um und sah Marianne fragend an. »Darf ich wiederkommen?«

Sie nickte. »Wann immer du möchtest, Alexander. Darüber muss ich nicht nachdenken. Du bist in meinem Haus jederzeit willkommen.«

Wortlos formten seine Lippen das Wort danke, dann ließ er Marianne allein. Judith, die sich, als Alexander Craigs Zimmer betreten hatte, zwar diskret zurückgezogen, jedoch vom Nebenraum alles mitangehört hatte, fuhr mit dem Rollstuhl vor Marianne und streckte die Arme aus.

»Gib mir den Kleinen«, forderte sie Marianne auf. »Ich bringe ihn wieder ins Bett. Emma soll dir ein Bad richten, und dann schläfst du eine Weile.«

Marianne legte Craig in Judiths Arme und küsste die Freundin leicht auf die Wange.

»Danke, ich wüsste nicht, was ich ohne euch tun sollte.«

»Dann hör auf mich und lass diesen Mann niemals wieder gehen!« Judiths Wangen röteten sich vor Aufregung. »Gut, er ist verheiratet und wird sich wohl niemals scheiden lassen, aber andere Männer sind das auch. Alexander McFinnigan liebt dich, Marianne, und das schon seit Jahren.«

»Woher willst du das wissen?«, fragte Marianne erstaunt. »Du hast ihn gerade mal ein paar Minuten gesehen.«

»Wenn man wie ich an den Rollstuhl gefesselt und damit von vielem ausgeschlossen ist, dann gewöhnt man sich an, Menschen genau zu beobachten, denn dazu braucht man keine gesunden Beine. Wenn du meinen Rat hören willst: Dein Glück steht vor dir, du brauchst nur zuzugreifen! Aber halt es ganz fest und richte dich nicht nach irgendwelchen gesellschaftlichen Normen und Konventionen. Allein das, was dein Herz sagt, ist richtig und gut.«

Und mein Herz wird Alexander nie wieder gehen lassen, dachte Marianne und fühlte sich trotz der durchwachten Nacht kein bisschen müde. Wenn Alexander ihr die Chance gab, dann würde sie nicht zögern, sie zu ergreifen und ihm ihre Liebe zu geben. Vielleicht beging sie damit einen großen Fehler. Wenn ja, dann war sie bereit, diesen Fehler zu machen, auch wenn ihnen vielleicht nur eine begrenzte Zeit zur Verfügung stand.

22. Kapitel

Edinburgh, Schottland, Juni 1878

Rastlos lief Alexander McFinnigan auf und ab. Immer wieder wischte er sich mit einem Taschentuch über die Stirn, und sein Hemdkragen war feucht vom Schweiß.

»Wie lange dauert das denn noch? Und warum ist es heute nur so heiß?«

Julia de Lacourt lachte. Aus der Karaffe goss sie kühle Zitronenlimonade in ein Glas und reichte es Alexander.

»Um deine zweite Frage zuerst zu beantworten: Es ist nicht wärmer als üblich um diese Jahreszeit. Es sind deine Nerven, die dich zum Schwitzen bringen.«

»Wie lange noch?«, wiederholte Alexander, nachdem er die Limonade in einem Zug getrunken hatte. »Es sind jetzt schon beinahe zwölf Stunden ...«

»Das ist völlig normal«, unterbrach Julia. »Marianne ist jung und gesund, zudem ist es ihr zweites Kind. Glaub mir, Alexander, es geht ihr den Umständen entsprechend gut.«

»Warum darf ich denn nicht zu ihr?« Nervös knetete Alexander seine Finger so stark, dass die Gelenke knackten. Julia verzog unwillig das Gesicht und schüttelte sich.

»Glaube mir, du möchtest nicht wirklich bei einer Geburt dabei sein. Seit Tausenden von Jahren ist das Sache der Frauen. Wir schaffen das auch ohne männliche Hilfe. Von einem Arzt mal abgesehen, wenn es denn nötig sein sollte.«

Plötzlich erklang ein lauter, durchdringender Schrei aus dem oberen Stockwerk, und Alexander rannte zur Tür.

»Das war Marianne! O Gott, es geht ihr nicht gut.«

Julia trat zu ihm und legte beruhigend eine Hand auf seinen Arm.

»Natürlich hat sie Schmerzen, aber die Hebamme sagt, es wäre alles in bester Ordnung. Geburten sind nun mal langwierig und auch nicht sonderlich angenehm. Du brauchst dir jedoch keine Sorgen zu machen.«
So leicht war Alexander nicht zu überzeugen. Skeptisch bemerkte er: »Das Kind kommt doch zu früh.«
»Nur etwa eine oder zwei Wochen. In der Regel macht das nichts aus. Wie ich bereits sagte, Marianne ist kräftig, und die Schwangerschaft verlief ohne Komplikationen. Vielleicht machst du einen kleinen Spaziergang? Hier kannst du ohnehin nichts tun, außer uns alle verrückt zu machen.«
Die letzten Worte hatte Julia mit einem Zwinkern gesagt, und Alexander lächelte angestrengt. Seit bei Marianne gegen vier Uhr am Morgen die Wehen eingesetzt hatten, schien es Alexander, als würde er neben sich stehen. Wobei es ja nicht das erste Mal war, dass er Vater wurde. Elisabeth hatte zwei Kinder zur Welt gebracht. Weil ihr Mädchen jedoch kurz nach der Geburt gestorben war, breitete sich die Angst, ein solches Unglück könne sich wiederholen, immer mehr in Alexander aus. Oder, was noch schlimmer wäre, Marianne selbst könne etwas geschehen oder sie würde Geburt nicht überleben. Die letzten drei Jahre waren die bisher für ihn glücklichste Zeit gewesen, und das, obwohl er seitdem sozusagen zwei Leben führte. Zum einen war er der Earl von Ballydaroch, in den ersten Kreisen ein gern gesehener Gast und ein erfolgreicher Gutsherr, zum anderen jedoch war er ein einfacher Mann, der von einer Frau geliebt wurde und dem seine Titel, sein Vermögen und sein Grundbesitz gleichgültig waren.
Nachdem Alexander Marianne damals wiederbegegnet war, hatte er erkannt, dass sie die einzige Frau war, mit der er zusammen sein wollte. Obwohl Marianne als Malerin inzwischen weit über die Grenzen des Landes hinaus bekannt war, in einem gewissen Wohlstand lebte und sich elegant kleidete, war sie innerlich das kleine, wilde Mädchen von St. Kilda geblieben. Ein Mädchen, das

wissbegierig und mit offenen Augen durchs Leben ging und sich durch nichts und niemanden zu etwas zwingen ließ. Es hatte lange gedauert, bis Alexander dies erkannte, denn er war unter völlig anderen Umständen aufgewachsen und erzogen worden. Die Pflichterfüllung stand in seiner Familie immer an erster Stelle, das galt seit seiner Kindheit für ihn als einzigen Sohn und Erben. Alexander hatte sich stets bemüht, den hohen Erwartungen der Eltern gerecht zu werden. Er hatte an der renommiertesten Universität Schottlands studiert, sich als Anwalt betätigt, um dann die schwere Bürde des großen Erbes anzutreten. Er hatte eine Frau aus einer ihm ebenbürtigen Familie geheiratet und Kinder mit ihr bekommen – auch als sich später herausstellte, dass Andrew nicht sein leiblicher Sohn gewesen war, hatte er ihn nicht minder geliebt und würde ihn niemals vergessen. Beide Kinder wurden ihm jedoch durch das Schicksal oder durch Gott – Alexander wusste nicht, woran er glauben sollte – genommen, und seine Ehe war unter falschen Voraussetzungen geschlossen worden. Trotz allem war Alexander genügend Gentleman, Elisabeth nicht öffentlich bloßzustellen. Also behielt er sein Wissen über ihren Betrug für sich. Marianne war die Einzige, der gegenüber er offen gesprochen hatte. Obwohl seine Mutter, Lady Eleonor, wohl Verständnis für Alexanders Verhalten aufgebracht hätte, wollte er Elisabeth nicht brüskieren. Sie hatten eine Übereinkunft getroffen, die bei vielen Ehen in ihren Kreisen üblich war: Eine Scheidung kam nicht in Frage, und Alexander sorgte dafür, dass es Elisabeth finanziell an nichts fehlte. Die meiste Zeit lebte seine Frau in ihrem Stadthaus in Edinburgh und kam nur zu offiziellen Anlässen nach Ballydaroch House. Nach außen wirkten sie wie ein ganz normales Paar. Elisabeth spielte ihre Rolle gut, wenngleich aufmerksamen Beobachtern nicht entgangen wäre, dass es zwischen den beiden längst keine Spur von Herzlichkeit mehr gab. Die letzten Jahre hatten bewiesen, dass Elisabeth es nur auf das Geld der McFinnigans abgesehen hatte. Nun, Alexander konnte es sich leisten, seiner Frau ein unabhängiges Leben zu finanzieren, wenn er dadurch auch seine eigenen Wege gehen konnte.

Bisher war es Alexander gelungen, seine Beziehung zu Marianne vor seiner Familie zu verheimlichen. Die Nachricht, die Künstlerin Marianne Daragh sei mit einem unehelichen Kind aus dem Ausland heimgekehrt, hatte sich in Schottland wie ein Lauffeuer verbreitet und war natürlich auch Lady Eleonor zu Ohren gekommen.

»Was für eine Schande!«, hatte seine Mutter gejammert. »Ich werde nie den Moment vergessen, als ich das Kind zum ersten Mal sah. Mager war sie, mit großen, neugierigen Augen und schmutzigen, nackten Füßen. Damals dachte ich, ich könne einer armen Seele helfen, den richtigen Weg zu finden, und nun tut sie uns eine solche Schande an.«

»Ich weiß nicht, worüber du dich derart echauffierst, Mama«, sagte Alexander kühl. »Von Anfang an habt ihr Marianne als Dienstmagd behandelt, obwohl ihr sie unter der Vorspiegelung, sie würde bei uns ein neues Zuhause finden, ihrer Heimat entrissen habt.«

»Wie kannst du so etwas sagen!« Empört zupfte Lady Eleonor an ihrem Spitzentaschentuch, bis eine Ecke einriss. »Wir haben alles für das Kind getan. Haben wir sie nicht gelehrt, sich wie ein Mensch und nicht wie eine Wilde zu benehmen? Es begann ja schon mit den Tischmanieren, das Kind konnte nicht einmal mit Messer und Gabel umgehen. Und haben wir sie nicht auf eine gute Schule geschickt und sogar ihre fixe Idee, Bilder zu malen, nicht nur akzeptiert, sondern auch noch gefördert? Wie hat sie uns dies gedankt? Indem sie sich wie ein Dieb bei Nacht und Nebel aus dem Haus geschlichen hat. Allein die Tatsache, dass eine junge Frau allein in einer Wohnung lebt, ist skandalös. Noch schlimmer ist es, wenn diese sich mit ein bisschen Gekleckse ihren Lebensunterhalt verdient, anstatt einer richtigen Arbeit nachzugehen.«

»Mama, darf ich dich daran erinnern, dass wir drei Bilder mit diesem *Gekleckse*, wie du es nennst, erworben und in Ballydaroch House aufgehängt haben?« Alexander lächelte bitter. »Mariannes Gemälde erfreuen sich in halb Europa einer ständig steigenden Beliebtheit, und selbst du musst zugeben, dass sie über ein einzigartiges Talent verfügt.«

Zornig funkelte Lady Eleonor ihren Sohn an.

»Du hast sie ja immer verteidigt, denn du hast ihre Bewunderung genossen. Dabei hast du gar nicht bemerkt, dass Marianne von Anfang an darauf aus war, dich zu umgarnen und einzufangen. Das hätte dem dummen Ding so gepasst, sich ins gemachte Nest zu setzen. Glücklicherweise habe ich dem rechtzeitig einen Riegel vorgeschoben und Schlimmeres verhindert.«

Alexander knirschte mit den Zähnen, ließ sich jedoch nicht anmerken, wie verärgert er über die Äußerungen seiner Mutter war. Am liebsten hätte er ihr gesagt, dass nicht Marianne, sondern Elisabeth ihn regelrecht eingefangen hatte, aber es war müßig, über Dinge, die nicht zu ändern waren, zu streiten.

»Ich bin nur froh, dass zwischen Marianne und uns keine Verbindung mehr besteht«, fuhr Lady Eleonor fort. »Nicht auszudenken, wie die Leute sich die Mäuler zerreißen würden, wüssten sie, dass diese flatterhafte Frau einst in unserem Haus gelebt hat. Schlimm genug, dass wir immer wieder von ihr in der Zeitung lesen müssen.«

»Bitte, Mama, du darfst dich nicht aufregen.« Trotz seines Ärgers war Alexander um seine Mutter besorgt. In den letzten Monaten hatte sie häufiger Ohnmachtsanfälle erlitten, und der Arzt hatte eine ähnliche Herzschwäche wie bei Lord Thomas diagnostiziert. Seit den Aufregungen um Susannas Scheidung wirkte Lady Eleonor stets kränklich, und auch heute war ihr Teint von einer fahlen Blässe, die Alexander Sorgen bereitete. Auch wenn er ihre Meinung nicht teilte, war sie doch seine Mutter, die er nicht vorzeitig verlieren wollte. Also hatte Alexander geschwiegen. Er wagte nicht, sich auszumalen, was geschähe, sollte Lady Eleonor je von seiner Beziehung zu Marianne erfahren. Wenn Alexander und Marianne zusammen waren, dann kam es ihm vor, als wären sie seit vielen Jahren verheiratet, denn sie ergänzten sich in jeder Beziehung. Den kleinen Craig hatte Alexander von Anfang an in sein Herz geschlossen. Als der Junge vor etwa einem Jahr ihn aus seinen grünen Augen angeblickt und leise »Papa« gesagt hatte, musste Alexander vor Rührung weinen. Sooft seine Arbeit es ihm erlaubte, besuchte er Marianne in Edinburgh. Anfangs hatte er sich immer heimlich, meistens bei Einbruch der Dunkelheit, in das Haus geschlichen, doch in der letzten Zeit waren sie auch hin und wieder gemeinsam ausgegangen. Natürlich nicht in Etablissements, in denen die bessere Gesellschaft verkehrte, sondern in die zahlreichen kleinen und gemütlichen Tavernen, in denen die Künstler sich trafen. Dort wurde Alexander nicht nach seinem Namen gefragt, sondern wie selbstverständlich als Mariannes Begleiter in den Kreis aufgenommen.

Ein lauter, gellender Schrei erklang und riss Alexander aus seinen Erinnerungen. Angstvoll starrte er Julia an, die ebenfalls gespannt lauschte. Nur wenige Augenblicke später war erneutes Schreien zu vernehmen, dieses Mal war es jedoch nicht Mariannes Stimme, sondern das kräftige Gebrüll eines Säuglings, der seine Ankunft lautstark mitteilte.

»Es ist geschafft!« Spontan umarmte Julia Alexander und ließ ihren Tränen freien Lauf. Um Alexander nicht zu verunsichern, hatte sie sich nicht anmerken lassen, wie nervös auch sie gewesen war. Jede Geburt barg Risiken, aber nun hatte Marianne es offenbar geschafft.

»Ich muss zu ihr«, sagte Alexander und löste sich aus Julias Umarmung. Bevor er das Zimmer verließ, schenkte er sich noch einen doppelten Whisky ein, um seine Nerven zu beruhigen. Auf dem Flur erwartete ihn Emma. Sie wischte sich die feuchten Hände an einem Handtuch ab und wirkte müde und erschöpft.

»Es ist alles in Ordnung, Sir«, rief sie, als sie Alexanders fragenden Blick sah. »Mutter und Kind geht es gut. Sie haben eine prächtige Tochter.«

»Darf ich zu Marianne?«, fragte Alexander und versuchte, an Emma vorbei in das Zimmer zu drängen, aber Emma hielt ihn zurück.

»Geben Sie Marianne noch ein paar Minuten. Wir werden sie erst ein wenig herrichten und die Kleine baden und wickeln. Mutter und Tochter möchten doch den allerbesten Eindruck auf Sie machen.«

Dankbar nickte Alexander. Er war froh, dass Emma Marianne zur Seite stand. Die Freundin hatte zwar vor knapp drei Jahren einen Kaufmann geheiratet, der Kontakt zwischen den Frauen war jedoch nie abgerissen. Im Gegenteil, so oft es ging, besuchten sie sich gegenseitig, und auch Judith, die gelähmte Schwester Emmas, war ein häufiger Gast in Mariannes Haus. Im letzten Jahr war Emma selbst Mutter geworden, und so war es selbstverständlich, dass sie sofort zu Marianne eilte, als deren Zeit gekommen war.

Ungeduldig trat Alexander von einem Fuß auf den anderen und versuchte, durch die geschlossene Tür etwas zu hören. Die Zeit erschien ihm unendlich lang, dabei waren keine zehn Minuten vergangen, als die Hebamme ihn hereinrief.

»Aber nur kurz. Mutter und Kind brauchen jetzt Ruhe«, wies sie Alexander an, doch er beachtete die ältliche, korpulente Frau gar nicht. Sein einziges Interesse und sein Blick galten Marianne. Wie ein Heiligenschein lag ihr rotes Haar auf dem weißen Kissen um ihren Kopf, und sie sah blass und müde aus. Sie öffnete die Augen, und Alexander sah ein Strahlen in ihnen wie nie zuvor. Marianne streckte die Hand nach ihm aus, und er setzte sich auf die Bettkante.

»Alexander ... es ist ein Mädchen.«

»Ich weiß, mein Liebling.« In Alexanders Kehle bildete sich ein Kloß, aber er wollte vor Frauen nicht weinen. »Wie geht es dir?«

Marianne lächelte. »Ich bin etwas müde, aber sonst ist alles in Ordnung. Möchtest du deine Tochter nicht ansehen?«

Emma brachte das Kind, das jetzt sauber gewickelt in der Wiege lag, zu Alexander. Das kleine Gesicht war etwas zerknittert und der Kopf fast kahl, aber Alexander meinte, nie zuvor etwas Schöneres gesehen zu haben.

»Wie möchtest du sie nennen?«, fragte Alexander und sah Marianne erwartungsvoll an.

Sie überlegte nicht lange. »Anna«, sagte sie leise. »Sie soll Anna heißen, wenn es dir recht ist.«

Als Craig geboren wurde, hatte Marianne keinen Moment daran gedacht, dem Sohn den Namen ihres Vaters zu geben. Jetzt jedoch dachte sie an ihre Mutter Annag, und es stimmte sie traurig, dass sie wohl nie von ihren zwei Enkelkindern erfahren würde. Anna war die englische Form des gälischen Annag, darum wollte Marianne ihre Tochter in Erinnerung an die Mutter so nennen.

»Warum weinst du, Liebes?« Besorgt küsste Alexander Marianne auf die Lippen. »Dir geht es doch gut?«

Marianne beeilte sich zu versichern, sie wäre nur müde. Die Erinnerung an ihre Mutter hatte sie sentimental gemacht, aber der Augenblick war schnell wieder vorbei.

»Wie lange kannst du bleiben?«, flüsterte sie.

Alexander zuckte mit den Schultern. »Leider nur bis morgen, dann muss ich nach Ballydaroch zurück. Die Pachtgelder werden fällig, und du weißt, dass ich kein Vertrauen in einen Verwalter habe. Ich bin so glücklich, heute hier gewesen zu sein.« Er lachte unbeschwert. »Eine schreckliche Vorstellung, du hättest unser Kind geboren, und ich wäre nicht bei dir gewesen.«

Marianne nickte. Die letzten drei Jahre waren für sie ein einziges Auf und Ab gewesen. Die Stunden – manchmal waren es auch mehrere Tage – mit Alexander waren die glücklichsten in ihrem Leben, doch oft war sie wochenlang allein und musste sich mit seinen Briefen zufriedengeben. Es gab Zeiten, da schwankte Marianne zwischen ihrer Liebe zu Alexander und dem Schuldbewusstsein, der Grund für einen Ehebruch zu sein. Auch wenn Alexander betonte, seine Ehe mit Elisabeth wäre längst vor ihrer Begegnung zerbrochen, blieb bei Marianne das Gefühl, etwas Verwerfliches und Verbotenes zu tun, wenn sie in Alexanders Armen lag. Dreimal war sie in den vergangenen Jahren nach Frankreich und zweimal nach Florenz gereist. Die schönste Reise war die gewesen, als Alexander sie für vier Tage nach Paris begleiten konnte. Dort kannte ihn niemand, und sie waren einen ganzen Tag Hand in Hand wie ein junges Ehepaar durch die Stadt gelaufen. Seit Alexander ihre Gefühle erwiderte, hatte Marianne – ohne sich dessen bewusst zu sein – ihren Malstil geändert. Ihre Bilder wurden bunter und frischer, die Farben leuchtender, und sie konnte gar nicht so viel malen, wie sie hätte verkaufen können. Seit rund zwei Jahren hatte Marianne sich in Edinburgh und Umgebung auch einen Namen als Porträtmalerin gemacht. Waren es zuerst Geschäftsleute gewesen, die ihre Familien von Marianne porträtieren ließen, so gehörten seit kurzem auch Adlige zu ihren Kunden. Natürlich hatte sie einige Aufträge aus der ersten Gesellschaft verloren, als erkennbar wurde, dass sie erneut ein Kind erwartete, zu dem es offenbar keinen Vater gab. Julia hatte ihr gesagt, die Leute meinten, Marianne umgäbe eine geheimnisvolle Aura, woraufhin sie gelacht hatte.

»Du meinst, die Leute halten mich für leichtfertig«, entgegnete sie.

»Solche gibt es auch zuhauf«, gab Julia offen zu. »Die meisten jedoch bewundern dich für deine Bilder, und irgendwie gehört es

doch dazu, wenn einem Künstler etwas ... Anrüchiges anhaftet. In den Menschen steckt eben etwas Voyeuristisches. Besonders bei bekannten Persönlichkeiten wollen viele so viel wie möglich über deren Privatleben erfahren. Je anstößiger dieses ist, desto besser. Das kurbelt das Geschäft ungemein an, und deine Bilder verkaufen sich besser denn je.«
»Darauf könnte ich liebend gerne verzichten«, entgegnete Marianne. »Ich habe mir mein Leben jedoch so gewählt, wie es ist, und es gibt nichts, was ich bereue. Im Gegenteil – denke ich zurück, dann bereue ich eher, einiges nicht getan zu haben.«
Wie schon damals bei Neill Mackay zeigte sich Julia auch jetzt nicht empört, als sie von Mariannes Verhältnis zu Alexander McFinnigan erfuhr. Sie, Emma und Judith waren die Einzigen, die über diese Affäre Bescheid wussten, und diesen drei Frauen vertraute Marianne rückhaltlos. Allerdings sprach Julia die Bedenken aus, die auch Marianne beschäftigten.
»Der Mann wird dich niemals heiraten können.« Besorgt blickte Julia die Freundin an, und Marianne nickte.
»Dessen bin ich mir bewusst.« Seufzend zuckte sie mit den Schultern. »Dennoch kann ich nicht anders handeln, Julia. Vor dem Gesetz bin ich eine Ehebrecherin, und manchmal empfinde ich Schuldgefühle, obwohl ich Alexanders Frau nur ein Mal gesehen habe und die Ehe der beiden nicht mehr als solche zu bezeichnen ist. Wenn Alexander jedoch bei mir ist, vergesse ich dies alles und lebe nur für den Augenblick.«
Julia lächelte, aber eine Spur von Bitterkeit schwang in ihrer Stimme, als sie sagte: »Ich verstehe dich, du glaubst gar nicht, wie sehr ich dich verstehe. Gerade darum mache ich mir Sorgen um dich, Marianne. Früher oder später wirst du verletzt werden, und Alexander wird in dein Herz eine Wunde schlagen, die niemals wieder heilen wird.«
Marianne hatte den feinen Unterton in Julias Stimme erfasst und horchte interessiert auf. Bereits vor Jahren hatte die Freun-

din etwas Ähnliches angedeutet, daher hakte sie eindringlich nach: »Julia, möchtest du mir nicht erzählen, was dir widerfahren ist? Nach außen tust du immer so, als stündest du über allen Dingen und als würden Gefühle an dir abprallen und nicht dein Herz berühren. Ich spüre jedoch, dass es in deinem Leben etwas gab, was dir eben diese Wunde zugefügt hat.«

Für einen Moment wich Julia Mariannes forschenden Blick aus, dann nickte sie und sagte: »Du hast recht, vielleicht sollte ich wirklich einmal darüber sprechen. Obwohl es über dreißig Jahre her ist, gibt es doch keinen Tag, an dem ich nicht daran denke.«

In der folgenden Stunde erfuhr Marianne eine Geschichte, die so unglaublich klang, dass sie ihre eigenen Sorgen vergaß. Julia war die einzige Tochter eines Geistlichen, die Mutter war bei ihrer Geburt gestorben. Sie lebten damals in einem kleinen Dorf an der Ostküste Schottlands, nördlich der Stadt Berwick-upon-Tweed und damit nahe der Grenze zu England. Julia erhielt eine ihrem Stand angemessene Schuldbildung, und da sie nicht nur charmant, sondern auch schön war, dachte ihr Vater, sie problemlos gut verheiraten zu können. Schon früh entdeckte Julia ihr Faible für Gemälde, das Talent, selbst solche Kunstwerke zu malen, fehlte ihr jedoch. Dennoch wollte Julia sich in dieser Richtung weiterbilden, und ihr Vater machte es möglich, dass sie mit neunzehn Jahren eine Kunstschule in London besuchte.

»Untergekommen bin ich bei einer Cousine zweiten Grades meiner Mutter, die sich wirklich liebevoll um mich kümmerte. Noch heute bin ich Vater dankbar, dass er mir den Aufenthalt in London ermöglichte, obwohl er jeden Penny dafür sicher dreimal umdrehen musste. Nur leider stellte ich sehr schnell fest, dass meine Malkünste weit hinter denen meiner Mitschüler lagen. Ich lernte und übte regelmäßig, manchmal sogar schon verbissen, trotzdem gelang es mir nicht, auch nur annähernd an die Werke berühmter Künstler, die ich so sehr bewunderte, her-

anzukommen. Allerdings besaß ich bereits damals ein Händchen dafür, die sicher nicht perfekten, aber dennoch anerkennenswerten Werke meiner Mitschüler zu verkaufen. Ich war sehr umtriebig, lernte binnen kurzer Zeit eine Unmenge von Leuten kennen, und bald konzentrierte ich mich mehr auf den Handel als auf mein Studium. Damals wuchs in mir der Gedanke, eines Tages eine eigene Galerie zu eröffnen, wobei ich allerdings nicht wusste, woher ich die finanziellen Mittel dafür nehmen sollte. Ja, und dann ... es war ein Tag im Mai, ich erinnere ich, als wäre es gestern gewesen ... die Sonne schien warm, und in allen Bäumen zwitscherten die Vögel ...« Julia verstummte, und ihr Blick schien auf einen imaginären Punkt in weiter Ferne gerichtet zu sein. »Eine Schulfreundin und ich waren im Regent's Park verabredet, aber sie ließ mich weit über die vereinbarte Zeit hinaus warten. Ich wollte gerade wieder gehen, als mir ein junger Mann auffiel. Er war groß und schlank, hatte welliges schwarzes Haar und einen gepflegten Backenbart. Seine Kleidung war nicht auffällig, dennoch elegant, und er wirke irgendwie hilflos.«
Julia machte erneut eine kleine Pause, und Marianne bemerkte bei der Erinnerung an diesen Mann ein Leuchten in den Augen der Freundin. Obwohl die Begegnung Jahrzehnte zurücklag, schien Julia jedes Detail gegenwärtig zu sein.
»Nun, der Rest ist schnell erzählt«, fuhr Julia, einen traurigen Zug um die Mundwinkel, fort. »Aus Zufall trafen sich unsere Blicke, und der junge Mann sprach mich an. Er war Ausländer, ein Deutscher, und sein Englisch war sehr mangelhaft, dennoch konnten wir uns unterhalten. Er sagte, sein Name sei Carl, und er habe gehofft, den zoologischen Garten besuchen zu können, aber man lasse ihn nicht hinein, weil er kein Mitglied der Londoner zoologischen Gesellschaft sei. Dies stimme ihn traurig, da er sich etwas einsam fühle und Tiere sehr liebe. Ich möchte dir die weiteren Einzelheiten ersparen, liebe Marianne, denn das ginge zu weit. Du kannst dir denken, was geschah. Wir fühlten uns

sofort zueinander hingezogen, und als er mich um ein erneutes Treffen bat, sagte ich zu. Es blieb nicht bei dieser zweiten Begegnung, und einen Monat später wurden wir Liebende. Über sich sprach Carl nie, und er wich all meinen Fragen aus. Ich vermutete, er gehöre zu dem Gefolge des Prinzgemahls Albert, dem Ehemann von Königin Victoria, aber eigentlich war es mir gleichgültig, wer er war und woher er kam. Ich wusste, ich ließ mich auf ein gefährliches Spiel ein, denn eine so hochgestellte Persönlichkeit wie Carl würde mich niemals heiraten können. Meine Gefühle waren jedoch stärker, und, liebe Marianne, damals war ich jung und auch noch ein wenig naiv. Ich hoffte, dass seine Liebe stark genug sein würde, um alle Widerstände zu überwinden, und träumte von einer gemeinsamen Zukunft. Carl und ich konnten nur wenig Zeit miteinander verbringen, doch diese heimlichen Stunden zählen noch heute zu den glücklichsten in meinem Leben. Carl sprach zwar nie von Heirat, ich war mir dennoch sicher, früher oder später würde er um meine Hand anhalten, obwohl ich nicht seiner Gesellschaftsschicht angehörte. Aber Carl erschien mir wie ein Mensch, dem Standesunterschiede gleichgültig sind, es umgab ihn stets eine Art von Melancholie, die ich mir nicht erklären konnte. Wenn wir jedoch beisammen waren, dann verflog seine trübe Stimmung sehr schnell, und ich dachte, er fühle sich nur in dem fremden Land einsam.« Julia hob den Kopf und blickte Marianne an. In ihren Augen lag ein unendlich großer Schmerz, der Marianne beinahe körperlich berührte.

»Was ist aus ihm geworden?«, fragte sie leise und war auf das Schlimmste gefasst. »Ist er gestorben?«

Julia schnaubte und zog verächtlich die Mundwinkel nach unten.

»Oh, nein, wahrscheinlich erfreut er sich noch heute bester Gesundheit. Er hatte mit mir jedoch ein schändliches Spiel getrieben und meine Naivität und Unerfahrenheit weidlich ausgenützt, denn ich musste auf schmerzliche Weise erfahren, dass er bereits verheiratet war.«

»Oh, Julia, das tut mir leid!« Marianne umarmte die Freundin. »Wann hast du es herausbekommen?«

»Wir hatten uns ungefähr drei Monate lang getroffen, als mich eine Schulfreundin überredete, sie zu der großen Parade anlässlich des Geburtstags von Prinz Albert zu begleiten. Ich machte mir nichts aus solchen Inszenierungen, überhaupt interessierte mich das ganze Königshaus wenig. Ich glaube, im Herzen war ich zu sehr Schottin und mit der schottischen Geschichte zu eng verbunden, als dass ich König Victoria als Herrscherin zujubeln konnte, wie die meisten Schotten es heute immer noch nicht tun. Auf jeden Fall ließ ich mich davon überzeugen, an diesem Augusttag mit in die Stadt zu kommen, zumal ich Carl seit einer Woche nicht mehr gesehen hatte. Tja, was soll ich sagen, liebe Marianne? Als die farbenprächtige Parade mit Hunderten von Soldaten an der Stelle, an der wir standen, vorbeizog und plötzlich der Ruf erklang, die Kutsche der Königin käme, und als sich alle reckten, um einen Blick auf die Königin zu werfen, sah ich nur einen einzigen Menschen. Es war Carl, der in einer prachtvollen Uniform direkt hinter der Kutsche der Königin ritt und dem das Volk ebenfalls zujubelte. Um mich herum riefen die Menschen nicht nur ›Lang lebe Königin Victoria‹, sondern auch ›Hoch, Prinz Friedrich‹ und ›Prinz Friedrich, der Retter von Nanking‹.«

Marianne runzelte die Stirn. »Nanking in China? Die Stadt hatte doch etwas mit dem Opiumkrieg zu tun, nicht wahr?«

Julia nickte und lächelte bitter. »Von den Ereignissen dieses Krieges wusste ich nicht viel. Erst später erfuhr ich, dass die Briten bei dem Kampf um Nanking in große Bedrängnis gerieten und dass es einem Mann gelang, die Belagerung zu durchbrechen und das Leben hunderter britischer Soldaten zu retten.«

»Dieser Mann war dein Carl«, vollendete Marianne Julias Satz.

Sie umarmte die Freundin. »Dann hattest du mit deiner Vermutung recht – Carl war eine sehr hochgestellte Persönlichkeit.«
»Carl war nur sein dritter Vorname. Mit vollem Namen hieß er Fürst Friedrich August Carl Alfred von Schmolensky und Karrasch und stammte aus einem alten preußischen Adelsgeschlecht, aber dies alles erfuhr ich erst später. Als ich Carl hoch zu Ross im Tross der Königin sah, spürte ich, dass unsere Liebe nie Erfüllung finden würde. Heute weiß ich nicht mehr, wie ich durch die Menschenmassen hindurch zum Haus meiner Tante gelangte, wo ich mich tagelang einschloss und weinte. Dennoch hatte ich Hoffnung, dass Carl sich über die Konventionen hinwegsetzen und mich heiraten würde. Als ich jedoch über ihn zu recherchieren begann, erfuhr ich sehr schnell, dass er seit zwei Jahren mit einer preußischen Prinzessin verheiratet war, die ebenfalls am Hof lebte. Für Carl war ich nur ein flüchtiges Abenteuer gewesen. Schließlich musste ich mich meiner Tante anvertrauen, denn die Treffen mit Carl waren nicht ohne Folgen geblieben. Ja, liebe Marianne, ich war schwanger! Ich erwartete das Kind eines Mannes, der nicht nur ein angesehenes Mitglied der höfischen Gesellschaft, sondern auch noch ein enger Freund des Prinzgemahls Albert war. Damals dachte ich ernsthaft daran, ins Wasser zu gehen, denn ich hatte nicht nur die Liebe meines Lebens verloren, sondern würde als uneheliche Mutter eine Ausgestoßene der Gesellschaft sein. Trotz der schockierenden Nachricht zeigte meine Tante Eigeninitiative und schleppte mich höchstpersönlich in den Palast, um mit dem Fürsten zu sprechen. Natürlich wollte man uns nicht vorlassen, aber meine Tante war nicht bereit zu gehen, bevor wir nicht mit ihm gesprochen hatten. Sie drohte, sich direkt an Prinz Albert zu wenden und einen Skandal zu machen, wie es ihn bei Hofe noch nie gegeben hatte. Wenn nötig, würde sie sogar zu der Königin gehen und ihr berichten, dass ein Mitglied ihres Hofstaates ein junges, unschuldiges Mädchen geschwängert hatte. Du weißt, welch hohe

Moralvorstellungen Königin Victoria auch heute noch hat, und sie wäre über diese Angelegenheit wenig erfreut gewesen. Ich selbst war zu verstört, um meine Tante aufzuhalten, und so kam es zu einer letzten Begegnung mit Carl. Ach, liebste Marianne, er war so kalt und abweisend zu mir, als wäre ich nur ein lästiges Insekt, das es gilt, so schnell wie möglich loszuwerden. Ein kleiner Kreis höfischer Berater wurde in die Situation eingeweiht, und sie überlegten, wie diese *leidige Sache* aus der Welt zu schaffen war. Nun, es wurde so geregelt, wie es in solchen Kreisen üblich ist – für mein Schweigen erhielt ich Geld, zudem neue Papiere, die mich als Witwe auswiesen. Außerdem sollte ich sofort nach Schottland zurückkehren. So kam ich zu dem klangvollen Namen de Lacourt, und das Geld ermöglichte mir, eine kleine Galerie in Edinburgh zu eröffnen. Den Rest kennst du.«
Fassungslos hatte Marianne Julias Worten gelauscht.
»Was ist mit dem Kind geschehen?«, fragte sie gespannt.
»Ich verlor es, kaum dass ich zurück in Schottland war. Zuerst war ich sehr traurig, war es doch das Letzte, was mich an Carl erinnerte, dann jedoch sagte ich mir, dass es für alle das Beste war. Somit konnte ich ein für alle Mal mit meinen Londoner Erlebnissen abschließen und sie vergessen.«
Marianne schüttelte ungläubig den Kopf. »Du hast es aber niemals vergessen, nicht wahr? Ist das der Grund, warum du dich nie wieder fest gebunden hast?«
Julia nickte. »Teilweise, ja, aber auch, weil mir nie wieder ein Mann begegnete, für den ich ähnlich starke Gefühle wie für Carl entwickelte, obwohl ich allen Grund hatte, ihn nicht nur zu verachten, sondern zu hassen. Ich hatte meine Liebschaften, das weißt du, Marianne, aber mein Herz blieb dabei meistens unbeteiligt. Henri Barbey gegenüber empfinde ich zwar sehr viel, aber eher wie für einen guten Freund, und unsere Beziehung hatte die vielen Jahre nur deshalb Bestand, weil wir uns so selten sehen. Er lebt in Paris und ich in Schottland, anders möchte ich

es auch gar nicht haben. So, liebste Marianne, jetzt kennst du die Geschichte deiner Freundin. Ich hoffe, du denkst jetzt nicht zu schlecht von mir.«

Marianne sprang auf, schloss Julia in die Arme und drückte sie herzlich.

»Warum sollte ich schlecht von dir denken? Du hast geliebt und schließlich nicht gewusst, dass der Mann dich nur für eine Affäre benutzt.«

»Das meinte ich nicht, sondern die Tatsache, dass ich mich mit Geld habe kaufen lassen, niemandem von meiner Beziehung zu dem deutschen Fürsten zu erzählen und aus London zu verschwinden.«

»Du hattest keine andere Wahl«, stellte Marianne fest. »Du warst jung und völlig verwirrt. Der Verlust deines Kindes tut mir schrecklich leid. Ich weiß nicht, wie ich dich trösten soll.«

Julia löste sich aus Mariannes Umarmung. Mit einem Handgriff richtete sie ihr Haar. Als sie sprach, war ihre kurze sentimentale Stimmung verflogen, und Julia wirkte beinahe wieder so, wie Marianne sie seit Jahren kannte.

»Es ist so lange her. Wenn ich heute an die Zeit zurückdenke, erscheint sie mir wie ein ferner Traum, den ich gar nicht selbst erlebt habe.« Sie sah Marianne ernst an. »Verstehst du nun, warum ich mich um dich sorge? Irgendwann wird Alexander dich verlassen und zu seiner Frau zurückkehren. Das hat nichts mit Liebe zu tun, aber er gehört einer Gesellschaftsschicht an, in der Pflichterfüllung an erster Stelle steht. Spätestens dann, wenn euer Verhältnis öffentlich wird, hat er keine andere Wahl, als dieses zu beenden. Möchtest du wirklich die besten Jahre deines Lebens an einen Mann verschenken, der dir niemals ganz gehören wird? Für den du immer in der zweiten Reihe stehen wirst?«

Julias Erzählung und ihre letzten Worte machten Marianne nachdenklich. Sie musste der Freundin in einem Punkt recht ge-

ben: Alexander und sie würden niemals eine Familie werden. Ihre gemeinsamen Stunden gaukelten ihr eine kurze Zeit des Glücks vor, aber sie litt, wenn sich Alexander wochenlang in Ballydaroch aufhielt und sie allein in Edinburgh war. Noch war Craig zu klein, um zu erfassen, wer der Mann war, auf dessen Knien er ritt und der mit ihm Ritter spielte. In naher Zukunft jedoch würde er fragen stellen, warum der *Papa* nicht immer bei ihnen lebte. Was sollte sie ihrem Sohn dann sagen?
»Ich weiß nicht, was richtig und was falsch ist«, sagte Marianne aufrichtig. »Ich weiß nur, dass ich mir ein Leben ohne Alexander nicht mehr vorstellen kann, auch wenn es gestohlene Stunden sind, die wir miteinander verbringen.«
Julia seufzte. »Du bist alt genug, um zu wissen, was du tust. Ich hoffe, du weißt, dass, gleichgültig, was du tust und was geschieht, ich immer für dich da sein werde.«
Gerührt lächelte Marianne. »Ja, liebe Julia, das weiß ich, und ich danke Gott, eine Freundin wie dich zu haben.«

Nun hatte Marianne ein zweites Kind geboren – Alexanders Tochter. Als Alexander am nächsten Tag abreisen musste, überreichte er Marianne ein kleines, in Seidenpapier eingewickeltes Geschenk mit den Worten: »Als Dank, dass du mir die schönste Tochter der Welt geschenkt hast.«
Es war ein schlicht gearbeiteter goldener Ring mit einem kleinen roten Stein in der Mitte.
»Oh, Alexander, wie schön ...«
Er blickte sie traurig an. »Ich würde dir gerne den größten Diamantring der Welt schenken, damit alle sehen können, dass wir zusammengehören, aber ... Ich würde mich freuen, wenn du diesen Ring trotzdem trägst und weißt, dass mein Herz stets bei dir ist.«
Marianne steckte sich den Ring an den Mittelfinger der linken Hand, er passte wie angegossen.

»Du weißt, wie wenig kostbarer Schmuck mir bedeutet. Ich werde diesen Ring Tag und Nacht tragen und ihn niemals wieder ablegen.«

»Ich liebe dich.« Diese drei schlichten Worte von Alexander entschädigten Marianne für alle Heimlichkeiten und die Zeit, in der sie voneinander getrennt sein mussten.

Drei Tage später stürmte Emma aufgeregt in Mariannes Schlafzimmer.

»Marianne, du glaubst nicht, was ich erfahren habe …«

»Pst!« Mahnend legte Marianne einen Finger auf die Lippen und sah zur Wiege hinüber. »Anna ist gerade eingeschlafen.«

»Oh, tut mir leid.« Schuldbewusst trat Emma an die Wiege, aber das Baby war nicht aufgewacht. Kurz strich sie über die rosige Wange des Mädchens, dann setzte sie sich zu Marianne aufs Bett und senkte ihre Stimme. »Wie geht es dir heute?«

»Sehr gut, ich denke, ich werde am Nachmittag aufstehen, anstatt weiter faul im Bett zu liegen.« Marianne lächelte und richtete sich auf. »Was möchtest du mir sagen?«

Aus ihrer Rocktasche zog Emma eine zerknitterte Seite der *Edinburgh Gazette,* auf der eine kleine Notiz rot markiert war.

»Die Zeitung ist von vergangener Woche. Zufällig entdeckte ich die Nachricht, als ich heute Morgen das Herdfeuer anzünden wollte. Wilhelmina Munro ist tot.«

»Was? Zeig her?« Aufgeregt riss Marianne Emma die Zeitung aus der Hand und starrte auf die schmale Spalte unter der Rubrik *Kirchliche Nachrichten,* in der Hochzeiten, Geburten und Sterbefälle aufgeführt waren.

Wilhelmina Munro, geborene Steel, verschied am 5. Juni 1878 im Alter von 56 Jahren im Kirchspiel St. Mary's. Die Beisetzung findet am 9. Juni auf dem Friedhof St. Mary's statt.

Mariannes Herz schlug schneller, und ihre Wangen röteten sich. Bevor sie etwas sagen konnte, fragte Emma: »Meinst du, wir sollten zum Friedhof gehen? Immerhin war sie unsere Stiefmutter. Die Beerdigung haben wir zwar verpasst, aber wir sollten doch ein paar Blumen auf ihr Grab legen, oder?«
»Ja, sicher ...«, murmelte Marianne und strich sich eine Haarsträhne aus der Stirn. Die unterschiedlichsten Gefühle tobten in ihrem Inneren. In der Zeitung stand nicht, woran Wilhelmina gestorben war, und es war immer schlimm, wenn ein Mensch, den man kannte, starb, auch wenn dieser nicht mehr jung gewesen war. Marianne konnte jedoch ein langsam in ihr aufsteigendes Glücksgefühl nicht unterdrücken. Seit Jahren hatte sie von der ehemaligen Krankenschwester nichts mehr gehört oder sie gar gesehen, dennoch hatte sie oft an Wilhelmina denken müssen. Mit der Zeit war zwar die Angst, Wilhelmina könnte sie, Marianne, wegen des Mordes an Adrian Shaw anzeigen, gewichen, doch erst jetzt fühlte sie sich richtig frei. Mit Wilhelmina Munro war der letzte Mensch gestorben, der über ihre Schuld Bescheid wusste.
»Judith und ich machen uns Vorwürfe, dass wir nicht wussten, dass Wilhelmina krank war.« Emma riss Marianne aus ihren Gedanken. »Ich nehme jedenfalls an, dass sie krank war, vielleicht erlitt sie auch einen Unfall? Du weißt, wir hatten seit Jahren keinen Kontakt zu ihr und wussten auch nicht, wo sie lebt. Und jetzt ist sie tot ... vielleicht ist sie völlig allein und einsam gestorben ...«
Marianne lächelte Emma beruhigend zu.
»Ihr braucht nicht schuldbewusst zu sein, Emma. Wilhelmina war zwar dem Gesetz nach eure Stiefmutter, weil sie euren Vater geheiratet hat, sie hat euch jedoch nie als ihre Kinder behandelt.«
Emma nickte und seufzte dann. »Sag mal, Marianne, denkst du manchmal an deine Eltern? Besonders an deine Mutter? Ich habe

dich nie einen Brief schreiben und nach St. Kilda senden sehen. Interessiert es dich nicht, wie es deinen Eltern geht?«
Der Moment der Erleichterung verflog ebenso schnell, wie er gekommen war. Es stimmte nicht, was Marianne vorhin gedacht hatte, denn es gab sehr wohl noch zwei Menschen, die Zeugen ihres Verbrechens waren – ihre Eltern. Marianne gelang es nicht, die Erinnerung an sie zu verdrängen, das zeigte schon die Tatsache, dass sie ihre Tochter nach der Mutter benannt hatte.
»Ich kann mich kaum noch an sie erinnern.« Marianne wich Emmas fragenden Blick aus. »St. Kilda und alles, was damals geschehen ist, erscheint mir wie in einem anderen Leben, einem Leben, mit dem ich heute nichts mehr zu tun habe.« Sie sah Emma wieder an und schloss die Augen. »Lässt du mich bitte allein? Ich bin doch müder, als ich vorhin glaubte, und möchte ein wenig schlafen.«
Leise verließ Emma das Zimmer, aber Marianne war hellwach. Sie sagte sich, es gäbe keinen Grund zur Beunruhigung. Wilhelmina Munro war tot, und St. Kilda und ihre Eltern waren weit weg. Niemand würde jemals erfahren, welch schwere Schuld sie als Kind auf sich geladen hatte.

23. Kapitel

Anfang Juli schien der Sommer zu pausieren. Regenschauer weichten die Straßen auf, und Winde, die an den Herbst denken ließen, fegten über das Land. Alexander schrieb, ein orkanartiger Sturm habe verheerend auf Ballydaroch gewütet, zahlreiche Bäume seien entwurzelt, Dächer der Pächterkaten eingedrückt, und auch Felder stünden unter Wasser. Seine Anwesenheit sei dringend erforderlich, zumal Lady Eleonor einen leichten Herzanfall gehabt habe und auch Susanna sich seit einigen Tagen nicht wohl fühlte. Marianne war zwar ein wenig traurig, Alexander in der nächsten Zeit nicht zu sehen, aber Anna entschädigte sie für alles. Ihr Sohn Craig war inzwischen alt genug, um zu begreifen, dass das Baby seine kleine Schwester war. Bisher zeigte er keinerlei Anzeichen von Eifersucht, im Gegenteil, der Junge liebte seine Schwester herzlich, obwohl Marianne sich natürlich mehr um Anna kümmerte als um ihn. Doch wenn ihre Tochter schlief, galt ihre ganze Aufmerksamkeit Craig.

Seit Annas Geburt hatte Marianne nicht mehr gemalt, und sie merkte, wie sehr es sie drängte, wieder einen Pinsel in die Hand zu nehmen. An diesem Vormittag überprüfte sie ihre Farben und stellte fest, dass von den Gelb- und Grüntönen kaum noch etwas übrig und dass das Karmesinrot eingetrocknet und nicht mehr zu gebrauchen war. Sie beschloss, neue Farben einzukaufen, und überließ die Kinder dem Hausmädchen. Cathleen war siebzehn Jahre alt und arbeitete seit vier Monaten bei Marianne. Sie machte ihre Arbeit nicht nur ordentlich, sondern kümmerte sich als Älteste von sieben Geschwistern liebevoll und fürsorglich um Craig und Anna. Daher ließ Marianne die Kinder ohne Bedenken in Cathleens Obhut, bescherte ihr das doch immer mal wieder ein paar freie Stunden.

Marianne begab sich auf den Weg nach Canongate. Gleich neben der Kunstschule von Gordon Forbes, an der sie ihre Ausbildung gemacht hatte, befand sich ein Ladengeschäft, das die besten Farben und Materialien der Stadt führte. Trotz des windigen und regnerischen Wetters waren zahlreiche Menschen unterwegs, denn an diesem geschäftigen Mittwochvormittag eilten viele zum wöchentlichen Tuchmarkt am Lawnmarket. Marianne zog die Kapuze ihres wollenen Umhangs tief in die Stirn, um ihr Gesicht vor dem Regen zu schützen. Etwa in der Mitte von Cowgate beschlich sie plötzlich ein ungewohnt beklemmendes Ge-

fühl. Sie blieb stehen und blickte über die Schulter zurück, aber alles war wie immer an einem betriebsamen Arbeitstag. Marianne schüttelte den Kopf und setzte ihren Weg fort, aber das Gefühl, jemand beobachte sie, wollte nicht weichen. Erneut verharrte sie und sah sich um. Bildete sie es sich ein, oder war gerade eine Gestalt schnell in einen Hauseingang gehuscht, als sie in diese Richtung blickte?
»Du leidest wohl an Verfolgungswahn«, murmelte Marianne, um sich selbst zu beruhigen, straffte die Schultern und ging weiter.
Nach etwa zwanzig Minuten hatte sie ihr Ziel erreicht. In dem Laden roch es nach Terpentin und Ölfarben – ein Geruch, der Marianne köstlicher erschien als der Duft eines teuren Parfums. Rasch gab sie ihre Bestellung auf. Die Sachen würden ihr wie üblich nach Hause geliefert werden. Bevor sie das Geschäft verließ, überlegte sie, ob sie noch bei Madam FitzGibbon vorbeischauen sollte. Die Witwe betrieb nur eine Querstraße weiter ein Modegeschäft, in dem Marianne den Großteil ihrer Kleidung fertigen ließ. Nachdem sie beinahe wieder so rank und schlank wie vor Annas Geburt war, konnte sie ein paar neue Sachen gebrauchen. Entschlossen, sich ein neues Kleid zu gönnen, verließ Marianne das Farbengeschäft und trat auf die Straße. Sie stutzte. Nein, dieses Mal war sie keiner Einbildung erlegen – auf der anderen Straßenseite war eine Gestalt in einem dunklen, langen Umhang in einen Close, einem Durchgang zwischen zwei Häuserzeilen, gehuscht, als Marianne zu ihr hinübersah. Marianne runzelte die Stirn und kniff die Augen zusammen, um besser sehen zu können, aber es fiel ihr nichts Ungewöhnliches auf. Ob es sich um einen Mann oder eine Frau handelte, hatte sie nicht erkennen können, aber sie war sich sicher, diese Person bereits zuvor in Cowgate gesehen zu haben. War es wirklich nur ein Zufall, sie hier erneut anzutreffen? Wenn ja, warum versteckte sie sich? Um von Marianne nicht gesehen zu werden? Während

Marianne zu dem Modegeschäft ging, blickte sie immer wieder über die Schulter zurück, konnte jedoch nichts Auffälliges mehr bemerken.

Bei Madam FitzGibbon verbrachte sie eine angenehme Stunde bei Tee und Gebäck, plauderte mit der älteren Dame über das Wetter, erfuhr dabei den neuesten Klatsch der Stadt und verließ das Geschäft, nicht ohne zwei neue Tageskleider in Auftrag gegeben zu haben. Auf dem Weg nach Hause konnte Marianne nicht widerstehen, für Anna einen Paar Schühchen zu kaufen, obwohl die Kleine diese erst in einigen Monaten würde tragen können. Sie dachte auch an Craig und brachte ihm ein kurzes Holzschwert mit, denn der Junge begann, sich für die Sagen und Legenden der Ritter zu interessieren. Als Marianne am frühen Nachmittag in ihre Wohnung zurückkehrte, war das Gefühl, von einer unbekannten Person beobachtet und verfolgt worden zu sein, verschwunden. Durch Annas Geburt war sie wohl noch etwas geschwächt, darum hatten ihr die Nerven einen Streich gespielt.

Am folgenden Vormittag begann Marianne mit einem neuen Bild. Obwohl sie in den letzten Jahren zahlreiche Porträts angefertigt und Landschaftsbilder mit den Motiven der Alpen gemalt hatte, drängte die Erinnerung an St. Kilda immer wieder machtvoll an die Oberfläche. Das Licht auf dem einsamen Inselarchipel im Nordatlantik war etwas ganz Besonderes. In den letzten Tagen war in Mariannes Phantasie ein Bild von Stac Lee entstanden, und sie begann, die Umrisse der mächtigen Felsnadel auf der Leinwand zu skizzieren. Sie arbeitete konzentriert zwei Stunden, dann zogen neue Regenwolken auf und verdunkelten den Himmel so sehr, dass Marianne eine Lampe anzünden musste. Da sie bei Lampenlicht nicht gern malte, beschloss sie, für heute Schluss zu machen und stattdessen mit Craig zu spielen oder ihm eine Geschichte vorzulesen. Während sie ihren Kittel auszog, trat sie ans Fenster und blickte beiläufig hinaus. Ein eisiger Schreck ließ sie in der Bewegung innehalten. Dieses Mal war es keine Einbildung – auf der anderen Straßenseite stand jemand in einen dunklen Umhang gehüllt, die Kapuze tief ins Gesicht gezogen, und starrte zu ihrem Haus herüber. Marianne blinzelte, um sich zu vergewissern, dass sie sich nicht täuschte, doch sie war sich ganz sicher, es handelte sich um dieselbe Person, die sie am Vortag in Canongate bemerkt hatte. Achtlos warf sie den Kittel zu Boden, griff in der Diele nach ihrem Mantel und stürmte durch das Treppenhaus nach unten ins Freie. Wer immer der heimliche Beobachter war – Marianne wollte ihn zur Rede stellen und fragen, was er von ihr wollte. Dass es sich um einen Mann handeln musste, hatte sie erkannt, denn die Gestalt war für eine Frau zu groß und zu kräftig gebaut. Als Marianne auf die Straße trat, war der Mann jedoch verschwunden. Sie blickte nach rechts und nach links die Straße hinunter, aber niemand in einem dunklen Umhang war zu sehen. Marianne seufzte und kehrte in ihre Wohnung zurück. Für einen Moment fragte sie sich, ob sie sich die Person vielleicht doch nur eingebildet hatte, aber sie hatte den Mann deutlich gesehen. Nun, sie wollte die Augen offen halten, früher oder später würde der Mann bestimmt wieder auftauchen. Marianne verspürte mehr Ärger als Furcht. Vielleicht war es ein Detektiv, den Lady Eleonor McFinnigan auf Marianne angesetzt hatte, weil sie etwas von ihrer Beziehung zu Alexander ahnte. Dies schien Marianne die plausibelste Erklärung zu sein. Nun, der Mann sollte sie ruhig weiter beobachten, er würde damit nur seine Zeit verschwenden. Alexander war in Ballydaroch House, und es war ungewiss, wann es ihm möglich war, sie wieder zu besuchen. Somit hatte Marianne nichts zu verbergen. Dass sie zwei Kinder hatte, obwohl sie unverheiratet war, war in der halben Stadt bekannt. Ihr war klar, dass man sich fragte, wer wohl die Väter der Kinder wären, doch dies focht Marianne in keiner Weise an. Sie wusste, wer ihre

Freunde waren. Mochten die Leute über ihren Lebenswandel ruhig tratschen – ihre Bilder waren gefragt wie nie zuvor, und so viele wollten sich von ihr porträtieren lassen, dass sie eine Warteliste hatte und für die nächsten zwei Jahre beschäftigt sein würde.

Zwei Tage später wurde Marianne erneut an den seltsamen Fremden erinnert. Es war zu einer lieben Gewohnheit geworden, dass Emma und Judith am Samstagnachmittag zu Marianne zum Tee kamen. Adam, Emmas Mann, trug Judith die Treppen hinauf und ließ die drei Frauen dann allein, um sie zwei Stunden später wieder abzuholen. Marianne freute sich sehr auf diese Zeit. Auch wenn Alexander in der Stadt war, hielt sie an dem Treffen mit ihren Freundinnen fest, denn sie genoss es, in weiblicher Gesellschaft über Gott und die Welt zu plaudern. Julia fehlte ihr sehr. Die Freundin war wieder nach Paris gereist und hatte in ihrem letzten Brief geschrieben, sie werde wohl noch einige Monate in Paris bleiben und den Sommer dort genießen. Marianne wusste, Julia war vermögend genug, um auf die Einkünfte ihrer Galerie zu verzichten, und sie gönnte der Freundin die Zeit in Frankreich. Durch ihren regen Briefwechsel fühlte sie sich mit Julia nach wie vor eng verbunden, wenngleich dies natürlich kein Ersatz für persönliche Treffen war.
Den ganzen Vormittag hatte Marianne gebacken, was sie sich nicht von Cathleen abnehmen ließ, denn es machte ihr Spaß, den Freundinnen etwas Selbstgebackenes anzubieten. Heute war es bereits eine halbe Stunde nach der vereinbarten Zeit, als es endlich an der Tür klopfte. Sofort, als Emma eintrat, spürte Marianne, dass etwas geschehen sein musste. Sie wartete, bis Adam Judith in den Salon getragen und auf die Couch gesetzt hatte und wieder gegangen war, dann fragte sie: »Ihr seid spät heute. Was hat euch aufgehalten?«
Emma runzelte die Stirn und trat zum Fenster.

»Jetzt ist er weg«, sagte sie und blickte hinaus. »Vor deinem Haus lungerte so ein Kerl rum.«

»Wo?« Mit einem Satz war Marianne ebenfalls am Fenster, bereit, jeden Moment den geheimnisvollen Verfolger zu entdecken, aber die Straße war leer.

Emma sah sie sorgenvoll an. »Marianne, ich habe dir bisher nichts gesagt, weil ich glaubte, es wäre nur ein Zufall, aber bereits vergangenen Samstag fiel mir ein Mann auf der anderen Straßenseite auf, der dein Haus beobachtete. Da machte ich mir keine Gedanken, doch vor drei Tagen sah ich ihn wieder hier herumlungern, als ich auf dem Weg zum Markt war.«

»Und heute war er erneut hier?« Aus Mariannes Gesicht wich alle Farbe. »Ich habe ihn auch gesehen, und einmal hat er mich sogar verfolgt, als ich nach Canongate unterwegs war. Ich konnte ihn jedoch nicht erkennen, da die Kapuze seines Umhangs weit ins Gesicht gezogen war.«

»Er sprach mich vorhin an.«

»Was?« Über Emmas Eröffnung entsetzt, ließ sich Marianne in einen Sessel fallen. Judith nickte.

»Ja, als wir vor dem Haus waren, kam er plötzlich um die Ecke und fragte, ob hier eine Marianne Daragh wohne. Adam fragte, wer er sei und warum er das wissen wolle, aber da drehte er sich um und ging schnell davon.«

»Wie sah er aus?« Fragend blickte Marianne von einer Schwester zur anderen.

»Nun, er war recht groß und kräftig. Sein Gesicht konnten wir kaum erkennen, da es fast vollständig von einem ungepflegten Bart bedeckt war und er zudem eine Kapuze trug. Er sprach allerdings mit einem harten Akzent, zudem schien er mir nicht ganz nüchtern gewesen zu sein.«

»Nicht ganz nüchtern ist gut.« Judith kicherte. »Der Mann war völlig betrunken. Hast du nicht gesehen, wie er schwankte, als er fortging?«

Emma nickte. »Das stimmt. Auf jeden Fall kam er mir irgendwie bekannt vor, auch wenn ich überzeugt bin, ihn nie zuvor gesehen zu haben.«

Mariannes Hände zitterten, als sie aus der silbernen Kanne den Tee einschenkte.

»Es könnte vielleicht ein Detektiv sein, der mich und Alexander beschattet«, teilte sie ihre Vermutung mit. »Wobei es derzeit sinnlos ist, mich zu beobachten, da Alexander auf dem Land weilt.«

Emma nickte und griff nach einem Himbeertörtchen, das sie genussvoll verspeiste.

»Vielleicht wollen die McFinnigans irgendetwas anderes herausfinden, um dich in Misskredit zu bringen?« Emma wischte sich die Krümel aus den Mundwinkeln und sah Marianne fragend an. »Nach allem, was du von dieser Familie erzählt hast, könnte ich mir vorstellen, dass sie vermuten, du triffst dich auch mit anderen Männern, wenn Alexander nicht bei dir ist.«

Marianne lachte freudlos. »Dann kann der Mann mich beobachten, bis er schwarz wird. Ja, Lady Eleonor traue ich es zu, wobei Alexander mir versichert hat, niemand aus seiner Familie wisse über uns Bescheid. Vielleicht steckt aber auch seine Frau Elisabeth dahinter. Obwohl diese sich wohl lieber um ihre eigenen Angelegenheiten kümmern sollte. Alexander vermutet, sie habe einen Liebhaber – einen armen Schlucker, den Elisabeth von Alexanders Geld aushält.«

»Welch ein Sumpf der Verderbtheit.« Judith lachte und klatsche in die Hände, gleich darauf blickte sie Marianne entschuldigend an. »Verzeih bitte, ich weiß, wie belastend die Situation für dich sein muss, aber solche Sachen lese ich sonst nur in Romanen.«

Marianne stimmte ihn ihr Lachen ein und legte ihr ein zweites Kuchenstück auf den Teller.

»Lasst uns nicht mehr über diesen Mann sprechen. Ich bin sicher, irgendwann wird ihm die Lust vergehen, hinter mir herzuschleichen. Erzählt mir lieber, was ihr die Woche über gemacht habt.«

Die folgende Stunde verging mit der gewohnten gemütlichen Plauderei, und als Adam seine Frau und Schwägerin wieder abholte, hatte Marianne den geheimnisvollen Verfolger fast vergessen. Daher verschwendete sie auch am Wochenende keinen Gedanken mehr an den Fremden.

Am Montag kehrte der Sommer nach Schottland zurück. Marianne skizzierte am Vormittag in einer dreistündigen Sitzung eine Kaufmannsfrau aus der High Street, die ihrem Ehemann ihr Porträt zum Geburtstag im August schenken wollte. Hier war Mariannes ganzes Talent gefragt, denn die Frau hatte ein bleiches, schwammiges Gesicht, engstehende Augen und ausgeprägte Tränensäcke. So wollte sie natürlich nicht in Öl verewigt werden, folglich machte Marianne sich während des Skizzierens Gedanken über die Farbmischungen, um das Gesicht ihrer Kundin etwas frischer und freundlicher wirken zu lassen. Nachdem sie die Frau verabschiedet und für den nächsten Tag einen weiteren Termin vereinbart hatte, trug Cathleen einen leichten Lunch aus Suppe und kaltem Huhn auf. Das junge Hausmädchen, das bei der Arbeit sonst meistens sang und immer ein Lächeln auf den Lippen hatte, schien heute ungewöhnlich still zu sein.

»Bedrückt dich etwas, Cathleen?« Marianne sah sie freundlich an.

Plötzlich brach das Mädchen in Tränen aus.

»Ach, Misses, meine Schwester ist so krank. Ein Bote brachte heute Morgen die Nachricht, dass sie vielleicht sterben könnte.«

Schlagartig verging Marianne der Appetit. Obwohl sie Cathleens Familie nicht kannte, empfand sie tiefes Mitgefühl mit dem Mädchen.

»Was fehlt ihr denn?«, fragte sie interessiert. »Und was meint der Arzt?«

»Meine Eltern haben kein Geld für einen Arzt«, antwortete Cathleen und wischte sich mit dem Ärmel die Tränen aus dem Gesicht. »Mama vermutet, es könne eine Lungenentzündung sein. Meine Schwester ist doch erst sieben Jahre alt ...«
Marianne stand auf. Ohne zu zögern, holte sie ihre Geldbörse und entnahm dieser eine Pfundnote. Cathleens Augen weiteten sich erstaunt, als Marianne ihr den Geldschein in die Hand drückte.
»Du gehst jetzt sofort nach Hause und holst einen Arzt. Doktor Pitkin in der St. Giles Street hat einen guten Ruf. Das Geld sollte reichen, ihn und auch notwendige Medikamente zu bezahlen. Wenn nicht, kommst du wieder, und ich gebe dir den Rest.«
»Aber Misses ...« Cathleen schwankte zwischen Beschämung über das Angebot und Hoffnung, das Leben ihrer Schwester vielleicht doch noch retten zu können. »Das kann ich nicht annehmen.«
»Papperlapapp, rede keinen Unsinn. Sieh es einfach als Vorschuss auf deinen Lohn an. Wenn deine Schwester wieder gesund ist, kannst du ja ein paar Stunden länger arbeiten. Jetzt mach, dass du fortkommst!«
Cathleen knickste. »Oh, Misses, danke, Misses.« Es hätte nicht viel gefehlt, und sie hätte Marianne die Hände geküsst. Zwei Minuten später fiel die Tür hinter ihr ins Schloss, und Marianne sprach für die kranke Schwester stumm ein Gebet.
Mit einem deutlichen Knurren meldete sich ihr Magen, und sie aß die Suppe. Am Nachmittag wollte sie nicht mehr arbeiten, sondern mit den Kindern in den Park gehen. Das Wetter war so schön, und wer weiß, wie lange es anhielt. Darum wollte sie jeden Sonnenstrahl nützen.
Marianne legte gerade den Löffel beiseite, als es an der Tür klopfte. Mit einem leisen Seufzer ging sie öffnen und hoffte, es möge kein Besucher sein. Als sie die Tür öffnete, überfiel sie ein eisiger Schauer, als gefriere das Blut in ihren Adern – vor der Tür stand

der Fremde, der sie beobachtet und verfolgt hatte. Reflexartig wollte sie die Tür wieder schließen, da hatte der Mann bereits seinen Fuß auf die Schwelle gestellt. Rücksichtslos drängte er Marianne zurück und schob sich an ihr vorbei in die Wohnung.
»Was wollen Sie?« Marianne überlegte blitzschnell. Er musste gewartet haben, bis Cathleen das Haus verließ, und er wusste sicher, dass sie mit den Kindern allein war. Er war groß und kräftig, Marianne würde gegen ihn keine Chance haben, wenn er ihr etwas antun wollte.
Der Fremde lachte spöttisch, dann schlug er seine Kapuze zurück.
»Erkennst du mich nicht mehr, mein Mädchen?«
Der Boden begann unter Mariannes Füßen zu schwanken, und ein Gefühl von Übelkeit schwappte aus ihrem Magen in ihre Kehle. Sie presste beide Hände auf den Mund und wich zurück.
»Vater!«
»Ja, ganz recht, Màiri, ich bin dein Vater, den du offenbar vergessen hast.« Abschätzend sah er sich in der Diele um. »Wie schändlich, wenn nicht sogar gottlos von dir, hier in Saus und Braus zu leben, während deine armen Eltern am Hungertuch nagen.«
»Was willst du?«
Marianne, mit dem Rücken an die Wand gelehnt, um nicht zu schwanken, starrte Ervin Daragh an. Tausende von Gedanken wirbelten ihr durch den Kopf, aber ein Gefühl empfand sie nicht. Sie erinnerte sich, dass er immer schon einen Bart getragen hatte, doch dieser war nie derart lang und struppig gewesen. Der Teil des Gesichts, den sie erkennen konnte, war rot geädert, und seine Augen lagen in dunklen Höhlen. In ihre Nase stieg der Geruch von Alkohol. Emma hatte recht, offenbar war ihr Vater bereits zur Mittagsstunde betrunken.
Ohne Marianne zu beachten, ging Ervin durch die Diele und öffnete wahllos eine Tür. Es war die zum Salon, und als er das Essen auf dem Tisch sah, schluckte er mehrmals. Marianne wusste, sie

würde ihn so schnell nicht wieder loswerden, daher sagte sie: »Ich war gerade beim Essen. Möchtest du auch etwas?«
Er nickte, ließ sich ächzend auf einen Stuhl fallen und zog das Huhn, von dem Marianne noch nicht gekostet hatte, zu sich.
»Du hast sicher auch etwas zu trinken hier, oder? Aber nicht so ein läppisches Zeug wie Wasser oder Wein. Du hast bestimmt etwas Stärkeres?«
Wortlos stellte Marianne ein Glas und eine Flasche Gin vor Ervin auf den Tisch, dann wandte sie sich zur Tür.
»Wo willst du hin?«, herrschte er sie an.
»Ich bin gleich zurück«, flüsterte Marianne.
Sie musste nach den Kindern sehen. Vorhin hatten sie geschlafen, und sie hoffte, dass Craig und Anna nicht gerade jetzt aufwachen würden. Erleichtert sah Marianne, dass die Kinder noch schliefen, dann kehrte sie in den Salon zurück. Ervin hatte das Huhn und das Brot restlos verspeist und schenkte sich gerade das zweite Glas Gin ein. Nachdem er dieses in einem Zug geleert hatte, lehnte er sich mit einem lauten Rülpser zurück.
»Wie hast du mich gefunden?«, fragte Marianne leise. »Warum habt ihr St. Kilda verlassen? Ist Mama auch in der Stadt?«
Ervins Augen verengten sich zu Schlitzen. Er musterte Marianne von oben bis unten.
»So viele Fragen auf einmal, mein Kind, und du sollst auf alle eine Antwort erhalten. Natürlich ist Annag auch hier. Für eine anständige Frau gehört es sich, an der Seite ihres Mannes zu sein. Dich zu finden war einfach, man braucht ja nur in die Zeitung zu schauen.« Seit wann kannst du denn lesen?, fragte sich Marianne stumm. Sie wollte sich zuerst anhören, was er von ihr verlangte, obwohl sie es bereits ahnte. »Wir haben St. Kilda für immer verlassen«, fuhr Ervin fort. »Ist kein Leben mehr dort. Immer mehr gehen fort, auch dein früherer kleiner Freund Neill Mackay. Der wollte nach Amerika, wir haben nie wieder etwas von ihm gehört.«

Marianne hütete sich, zu verraten, dass sie und Neill eine Weile zusammengelebt hatten. Auch brauchte ihr Vater nicht zu wissen, dass Craig Neills Sohn war, obwohl sie befürchtete, dass er längst über ihr Leben Bescheid wusste. Wie lange hatte er sie wohl schon heimlich beobachtet?
»Was habt ihr vor?«, fragte sie leise.
Ervin rülpste erneut und schenkte sich ein weiteres Glas Gin ein. Die Flasche war fast leer, aber ihm schien der Alkohol nichts auszumachen, denn sein Blick fixierte Marianne klar und hart.
»Nicht nach Amerika auswandern, das ist mir zu weit.« Er zuckte mit den Schultern. »Irgendetwas wird sich schon ergeben. Jetzt, da ich dich gefunden habe, brauchen wir uns vorerst keine Sorgen zu machen.«
»Ich verstehe nicht«, bemerkte Marianne, obwohl sie ahnte, worauf ihr Vater hinauswollte.
Ervin stand auf, trat zu der Anrichte und betrachtete die aufwendig gearbeitete Uhr, dann nahm er zwei, drei Nippesfiguren vom Kaminsims und wog sie in der Hand. Sein Blick fiel auf die hellen Brokatvorhänge und die dazu passenden Stuhl- und Sesselbezüge.
»Ich bin sicher, eine gute Tochter wird ihre eigenen Eltern nicht im Stich lassen. Nicht wahr, Marianne? Du kannst dein luxuriöses Heim sicher nicht genießen, wenn du dir vorstellst, wie Annag und ich in einer zugigen Absteige ohne Kamin und mit einem undichten Dach hausen. Wie ich sehe, ist deine Wohnung recht groß, für den Anfang ...«
»Auf gar keinen Fall!« Marianne sprang auf und stellte sich vor ihren Vater. Obwohl er beinahe zwei Köpfe größer als sie war, verschränkte sie die Arme vor der Brust und zeigte keine Furcht vor ihm. »Du willst Geld, gut, du kannst etwas haben, aber keinesfalls setzt du jemals wieder auch nur einen Fuß über meine Schwelle.«
Ervin lachte höhnisch.

»Ich wusste, dass aus dir ein verzogenes Gör wird, als wir dich damals den McFinnigans mitgaben. Wie selbstgerecht und arrogant du geworden bist. Denkst wohl nicht mehr daran, wie du einst gelebt hast, was?«
Verächtlich stieß Marianne die Luft aus, bevor sie antwortete: »Du irrst dich ... Vater.« Es fiel ihr schwer, das Wort auszusprechen. »Ich habe nichts, aber auch gar nichts, was früher geschehen ist, vergessen, und es vergeht kaum ein Tag, an dem ich nicht daran erinnert werde. Somit habe ich auch nicht vergessen, dass du mich, um mich loszuwerden, regelrecht an die McFinnigans verkauft hast. Warum sollte ich dir also jetzt helfen? Nenn mir einen einzigen Grund, warum ich auch nur ansatzweise so etwas wie töchterliche Gefühle für dich empfinden sollte?«
»Weil es deiner Mutter sehr schlecht geht.«
Emotionslos sagte Ervin diese Worte, und gerade darum wusste Marianne, dass es kein Trick war. Sie erschrak.
»Was fehlt ihr?«
Er zuckte mit den Schultern. »Es war eine lange und harte Reise hierher in die Stadt. Die meiste Zeit hat es geregnet, und wir konnten uns auf dem Schiff natürlich keinen Platz unter Deck leisten. Annag hustet und fiebert seit Wochen, vielleicht macht sie es nicht mehr lange.«
Marianne wusste nicht, worüber sie mehr entsetzt sein sollte – dass ihre Mutter vielleicht sterbenskrank war oder über Ervins gefühllose Worte.
»Bring mich zu ihr.« Entschlossen ging Marianne zur Tür. »Ich will sie sehen und mit ihr sprechen.« Plötzlich fiel Marianne ein, dass sie die Kinder nicht allein lassen konnte. Mitnehmen konnte und wollte sie sie aber auf keinen Fall, darum wandte sie sich an ihren Vater. »Ich muss etwas regeln. Warte hier, ich bin gleich zurück. Keine Sorge, ich werde nicht verschwinden«, fügte sie schnell hinzu, als sie ein Flackern in Ervins Augen sah.
Marianne blieb keine andere Wahl. Sie musste Emma um Hilfe

bitten. Die Freundin arbeitete zwar tagsüber bei ihrem Mann im Geschäft, aber dies war ein Notfall. Zum Glück stellte Emma keine Fragen, als Marianne sie bat, für ein oder zwei Stunden auf Craig und Anna aufzupassen. Adam war es zwar nicht recht, auf die Hilfe seiner Frau zu verzichten, aber beide erkannten an Mariannes totenbleichem Gesicht, dass die Freundin in Not war und Hilfe benötigte. Obwohl Marianne nur wenige Minuten fortgewesen war, pochte ihr Herz vor Angst, dass Ervin die Kinder entdeckt haben konnte. Ihre Furcht war unbegründet, denn ihr Vater hatte sich nicht gescheut, in die Küche zu gehen und sämtliche Schränke zu öffnen. In einem hatte er eine Flasche mit Absinth gefunden, von deren Existenz Marianne keine Ahnung gehabt hatte, und diese zur Hälfte geleert. Marianne schob Emma ins Kinderzimmer und beschwor sie, sich ruhig zu verhalten, bis sie die Wohnung verlassen hatte.

»Was ist denn los?«, fragte Emma verwundert, und prompt hörte sie, dass jemand in der Küche war. »Bist du nicht allein?«

»Ich erkläre dir alles später.« Beinahe panisch starrte Marianne auf ihre Kinder. »Wenn sie aufwachen, bleib mit ihnen in der Wohnung. Ich bin in spätestens zwei Stunden wieder zurück.«

»Marianne ...«

»Mach dir keine Sorgen, Emma.« Marianne versuchte, ruhiger zu wirken, wie ihr zumute war. »Ich tue nichts Unrechtes und ich bin nicht in Gefahr.«

Emmas skeptischen Blick nicht beachtend, wandte sie sich zur Tür und verließ hastig das Zimmer.

Als Marianne in die Küche kam, herrschte Ervin sie an: »Wo warst du? Und wen hast du geholt?«

»Das geht dich nichts an«, erwiderte Marianne bestimmt. »Können wir jetzt gehen?«

Während des Weges durch die Altstadt sprachen sie kein Wort. In Marianne tobten die unterschiedlichsten Gefühle. Sie hatte

Angst vor der Begegnung mit ihrer Mutter, gleichzeitig empfand sie freudige Erregung. Annag war damals schließlich selbst ein Opfer der dramatischen Ereignisse gewesen. Ihren Vater konnte Marianne nicht durchschauen. Er hatte keinen Zweifel daran gelassen, dass er sich von Marianne finanzielle Unterstützung erhoffte, was Marianne ihm nicht verübelte. Eigentlich war es selbstverständlich, dass Kinder für ihre Eltern aufkamen, wenn diese dazu nicht mehr selbst in der Lage waren. Dennoch wünschte sie sich, Ervin wäre nie in die Stadt gekommen und hätte sie aufgesucht.

In einer schmalen Gasse, die von der High Street zum Nor' Loch führte, betrat Ervin ein baufälliges Haus. Es war eine verrufene und üble Gegend, in die Marianne sich nie allein getraut hätte. Diebe und Halsabschneider fanden hier Unterschlupf, und in der Gasse türmte sich Unrat. Das Zimmer im Erdgeschoss war dunkel und feucht. Unwillkürlich presste Marianne eine Hand vor den Mund, um sich vor dem Gestank zu schützen.

»He, Weib, sieh, wen ich dir hier bringe«, rief Ervin und gab Marianne einen Schubs, so dass sie in den Raum taumelte. »Habe unser Töchterlein gefunden, sie ist 'ne Lady geworden.«

In einer Ecke regte sich etwas, und Marianne erschrak, als ein wenig Licht durch die Tür fiel.

»Màiri? Bist du es wirklich?«

Marianne erkannte die Stimme ihrer Mutter nicht wieder. Die abgemagerte, in Lumpen gekleidete Gestalt schien nichts mit Annag gemein zu haben. Lediglich ihre Augen waren unverändert, wobei ihr Blick fiebrig glänzte.

»Mama ...« Marianne zögerte, dann nahm sie die Hand der Mutter. Wie mager sie war, wie knochig ihre Glieder! »Warum habt ihr Hirta verlassen?«, fragte sie heiser.

Annag wurde von einem heftigen Hustenanfall geschüttelt. Entsetzt hörte Marianne das Röcheln in ihrer Brust, und als sie eine Hand auf Annags Stirn legte, war diese glühendheiß.

»Kind … Kind … ich dachte nicht, dich jemals wiederzusehen.« Stockend begann Annag zu sprechen. »Als Ervin sagte, wir würden dich suchen, glaubte ich nicht daran, dich wirklich zu finden. Wie geht es dir?«
»Mir geht es gut, aber du brauchst einen Arzt.« Plötzlich wusste Marianne, was zu tun war. Gleichgültig, was in der Vergangenheit geschehen war – Annag war ihre Mutter, und sie würde sie auf keinen Fall auch nur eine Stunde länger in diesem Loch hier lassen. Julias Wohnung fiel ihr ein, für die sie einen Schlüssel hatte. Sie war sicher, die Freundin hätte Verständnis für ihr Handeln. »Packt eure Sachen zusammen, ich bringe euch woanders hin und besorge einen Arzt.«
»Wir möchten dir nicht zur Last fallen«, begann Annag, wurde aber von Ervin sogleich unterbrochen.
»Halt den Mund, Weib. Als unsere Tochter ist sie verpflichtet, sich um uns zu kümmern. Du musst mal sehen, wie sie wohnt. Wie die Königin höchstpersönlich. Ich sagte doch, unser Elend wird ein Ende haben, wenn wir Màiri gefunden haben.«
»Du bist jetzt still!« Entschlossen trat Marianne vor ihren Vater. »Was ich tue, mache ich nur für Mama, keinesfalls für dich. Wir haben wegen dir schon genug gelitten. Ich bringe euch in die Wohnung einer Freundin, die derzeit auf Reisen ist. Wehe dir, Vater, wenn du dort auch nur irgendetwas anrührst oder gar mitgehen lässt. Ich würde nicht zögern, dich des Diebstahles anzuzeigen.«
Ervin verschlug es für einen Moment die Sprache, dann sagte er spöttisch: »Sieh an, meine kleine Màiri spuckt große Töne. Muss man das, wenn man Geld hat?« Verächtlich spuckte er in hohem Bogen mitten auf den Fußboden. »Scheinst wohl zu vergessen, dass du jemanden kaltgemacht hast. Bin gespannt, was deine reichen Freunde sagen würden, würden sie erfahren, dass sie einer Mörderin ihre Gunst schenken.«
Obwohl es in dem Raum drückend heiß war, lief Marianne ein

eiskalter Schauer über den Rücken, dennoch straffte sie die Schultern und wandte sich an Annag.
»Bist du kräftig genug, um zu gehen?« Als Annag nickte, bot Marianne ihren Arm an. »Es ist nicht weit, nur drei Straßenzüge.«
Vor sich hingrummelnd, packte Ervin ihre wenigen Habseligkeiten zusammen und folgte den beiden Frauen.

In Julia de Lacourts Wohnung über der Galerie roch es etwas muffig, da seit Wochen nicht mehr gelüftet worden war. Während Annag und Ervin unschlüssig herumstanden, öffnete Marianne die Fenster und ließ frische Luft herein.
»Es ist nur vorübergehend«, sagte sie zu ihren Eltern. »Ich werde euch eine andere Unterkunft besorgen, und du ... Vater«, es fiel Marianne immer noch schwer, Ervin so anzureden, »gehst gleich morgen los und suchst dir eine Arbeit. Für die nächsten Tage werde ich euch ein paar Lebensmittel bringen und für Mama einen Arzt kommen lassen.«
Ervin strich mit seinen nicht gerade sauberen Händen über den Chintzbezug eines Sessels und grinste.
»Warum sollte ich arbeiten gehen? Wir finden die Unterkunft ganz passabel, und für dich scheint es eine Kleinigkeit zu sein, uns ein wenig unter die Arme zu greifen.«
»Ervin, bitte ...« Annag sah ihren Mann vorwurfsvoll an. »Wir können nicht verlangen, dass Màiri uns durchfüttert. Sobald ich wieder gesund bin, werde ich nach Arbeit schauen. Vielleicht auf dem Markt, oder ich finde eine Putzstelle.«
Ohne Rücksicht, wie unsauber seine Kleidung war, ließ sich Ervin auf das Sofa fallen und streckte beide Beine weit von sich.
»Gibt es hier etwas zu trinken? Und Zigarren? Ich glaube eher nicht, also bringst du, Màiri, mir alles mit. Aber nicht den billigen Fusel, sondern einen guten Whisky, hast du verstanden?«
Marianne ballte die Hände zu Fäusten, aber sie blieb ruhig. Es

hatte keinen Sinn, sich hier und jetzt mit dem Vater zu streiten, erst musste sie sich um ihre Mutter kümmern. Sie hoffte, Julia würde ihr die Eigenmächtigkeit, einfach ihre Wohnung zu benützen, verzeihen, und Ervin würde nicht so viel beschmutzen und beschädigen. Marianne war fest entschlossen, für ihre Eltern noch heute eine andere Unterkunft zu finden.
»Du solltest ein Bad nehmen.« Sie sah Ervin fest an. »Holz, um Feuer zu machen, findest du in der Küche, ebenso eine Zinkbadewanne. Bis ich zurück bin, vergesst bitte nicht, dass ihr hier Gäste seid.«
Ohne eine Antwort abzuwarten, verließ Marianne die Wohnung. Auf der Straße löste sich ihre Anspannung, und sie begann, unkontrolliert zu zittern. Schwer atmend lehnte sie sich gegen eine Hauswand. Die unerwartete Begegnung mit ihren Eltern setzte ihr mehr zu, als sie sich hatte anmerken lassen. Ihr Vater war noch nie ein liebevoller Mensch gewesen, jetzt jedoch schien er sein wahres Gesicht zu zeigen. Es ging ihm nur ums Geld. Wäre Annag nicht gewesen, hätte Marianne ihn sofort zum Teufel gejagt. Sie fühlte sich ihrem Vater gegenüber in keiner Weise verpflichtet. Dass Ervin und Adrian ein Liebespaar gewesen waren, war nicht der Grund dafür. In den Wochen, die sie in Gesellschaft von Gilbert Capstone und dessen jungem Freund Philipp verbrachte, hatte sich ihre Einstellung zu der Liebe zwischen zwei Männern verändert. Sie sah darin nichts Abartiges mehr, sondern dachte, dass eine solche Neigung ebenso angeboren war, wie jemand schwarze oder blonde Haare, blaue oder grüne Augen hatte. Was Marianne ihrem Vater jedoch nicht verzeihen konnte, war, dass er kaltblütig zugesehen hatte, wie Adrian ihre Mutter zu erwürgen versuchte, und dass er nichts getan hatte, ihn davon abzuhalten. Ervin hatte ihr, Marianne, nie verziehen, dass sie, um Annag zu retten, seinen Geliebten erschlagen hatte, und sie deshalb bei der nächsten Gelegenheit einfach abgeschoben. Auch wenn Marianne in den vergangenen Jahren oft an ihre Eltern gedacht hatte,

hatte sie doch tief im Inneren gehofft, ihren Vater niemals wiederzusehen. Nun waren ihre Eltern hier in Edinburgh, und sie musste sehen, wie sie mit der Situation fertig wurde.

Als Marianne in ihre Wohnung zurückkehrte, erwartete sie eine Überraschung. Bevor sie die Tür aufschließen konnte, wurde diese von innen geöffnet.
»Alexander! Wo kommst du denn her?«
Alexander breitete die Arme aus. »Ich habe mich heute Morgen entschlossen, für ein paar Tage in die Stadt zu kommen, Liebes. Willst du mich nicht begrüßen?«
Marianne schmiegte sich in seine Arme. Es tat gut, Alexander zu spüren, der Zeitpunkt war jedoch denkbar ungünstig. Nach einem zärtlichen Kuss machte sie sich von ihm los und trat einen Schritt zurück.
»Es tut mir leid, aber ich ...« Sie suchte nach den richtigen Worten, aber es wollte ihr keine plausible Begründung einfallen. »Ich muss nach den Kindern sehen.«
»Craig spielt mit seinem Holzschwert, und Anna wurde von Emma noch gefüttert, bevor sie ging«, antwortete Alexander.
»Emma ist fort?« Marianne ging ins Kinderzimmer, und Alexander folgte ihr.
»Ich habe sie nach Hause geschickt, jetzt bin ich ja da.« Alexander sah Marianne ernst an. »Emma berichtete, du wärst vorhin sehr aufgeregt gewesen. Was ist geschehen?«
Marianne wich seinem Blick aus und zupfte die Decke von Annas Wiege zurecht. Sie wirkte fahrig und nervös, was Alexander nicht entging. Sie überlegte, wie sie ihn loswerden konnte. Auf keinen Fall wollte sie ihm von ihren Eltern erzählen. Alexander würde darauf bestehen, Ervin und Annag kennenzulernen. Das musste sie unter allen Umständen verhindern, denn Alexander durfte nie etwas von der schweren Schuld, die sie an Adrians Tod trug, erfahren.

»Es tut mir leid, Alexander«, wiederholte Marianne, »ich habe jetzt überhaupt keine Zeit. Eine Kundin ... wegen eines Porträts ... sie wartet, und ich muss mich beeilen.«

Über Alexanders Gesicht fiel ein Schatten. »Ich dachte, du freust dich, wenn ich komme.«

»Das tue ich ja auch, im Moment ist es nur etwas ungünstig. Vielleicht Ende der Woche?«

»Da bin ich wieder in Ballydaroch«, entgegnete Alexander knapp. »Ich habe mir nur zwei, drei Tage freinehmen können und dachte, wir und die Kinder machen bei diesem schönen Wetter einen kleinen Ausflug.«

Nervös trat Marianne von einem Fuß auf den anderen. Wenn sie für ihre Eltern noch Lebensmittel besorgen wollte, musste sie sich beeilen, denn die Geschäfte schlossen bald.

»Ich muss jetzt wirklich gehen. Wir können uns am Abend sehen, wenn du möchtest«, fügte sie rasch hinzu und gab Alexander einen Kuss. »Würde es dir etwas ausmachen, noch eine oder zwei Stunden bei den Kindern zu bleiben?«

»Selbstverständlich.« Alexander nickte und sah sich um. »Wo ist eigentlich dein Mädchen?«

»Ihre Schwester ist schwer krank, ich habe sie nach Hause geschickt.« Marianne wandte sich zur Tür. »Ich beeile mich, Liebster, bin bald wieder zurück. Mach es dir in der Zwischenzeit bequem.«

Bevor Alexander noch etwas erwidern konnte, hatte Marianne die Wohnung verlassen. Zum ersten Mal, seit sie ein Paar waren, wünschte sie sich, Alexander wäre auf dem Land geblieben. Nun musste sie alles tun, damit er keinen Verdacht schöpfte.

Drei Stunden später war ein Arzt bei Annag gewesen und hatte nahrhaftes Essen und viel Ruhe verordnet, dann würde sie sich bald wieder erholen. Marianne hatte das Nötigste für die folgenden Tage eingekauft. Eigentlich hatte sie sich noch nach einer geeigneten Wohnung umsehen wollen, dafür blieb jedoch keine Zeit mehr. Alexander wartete auf sie. Er würde ihr nicht glauben, dass sie bis zum Einbruch der Dunkelheit bei einer Kundin gewesen war. Verschwitzt und abgehetzt kehrte sie nach Hause zurück.

»Du bist heute so anders als sonst.« Mit diesem Worten begrüßte Alexander sie und sah sie besorgt an. »Willst du mir nicht sagen, was geschehen ist?«

»Es ist nichts, wirklich nicht.« Marianne schob sich an ihm vorbei und konnte Alexander nicht in die Augen sehen. »Ich fühle mich nur ein wenig erschöpft, in den letzten Tagen habe ich viele neue Aufträge erhalten.«

Alexander musterte sie intensiv. »Du warst heute bei einer Kundin, um diese zu porträtieren?« Marianne nickte. »Wo hast du denn deine Malutensilien?«

Sie erschrak und wusste, welchen Fehler sie begannen hatte.

»Äh ... da ich morgen wieder zu der Dame muss, habe ich alles dort gelassen.« Marianne spürte selbst, wie fadenscheinig ihre Ausrede klang, denn Alexander wusste genau, dass sie sich niemals von ihren Pinseln und der Farbenpalette trennte. Außerdem hatte Marianne noch nie außer Haus gemalt.

Alexander wandte sich enttäuscht ab.

»Es war vielleicht keine gute Idee, dich zu überraschen. Ich hätte mich anmelden sollen, damit du deine anderen Verabredungen mit meinem Besuch koordinieren kannst.« Er griff zu Hut und Mantel, und Marianne erschrak.

»Wo willst du hin?«

»In mein Haus am Charlotte Square. Dort werde ich die Nacht verbringen, und morgen wieder nach Ballydaroch fahren. Offenbar legst du heute keinen Wert auf meine Anwesenheit.«

»Nein, bitte, bleib!« Marianne umarmte Alexander von hinten und presste ihr Gesicht an seinen Rücken. »Es tut mir leid, aber ...«

»Aber?« Langsam drehte er den Kopf und sagte ernst: »Marianne, ich habe kein Recht, irgendwelche Erklärungen von dir zu fordern, denn ich kann dich nicht zu meiner Ehefrau machen. Also bist du ein freier Mensch, dennoch bitte ich dich, mir zu sagen, wenn es einen anderen Mann in deinem Leben gibt.«
Marianne wich zurück und hob erschrocken die Hände. »Alexander, wie kommst du auf eine so abwegige Idee?«
Er zuckte lapidar mit den Schultern, aber Marianne erkannte den Schmerz in seinen Augen.
»Emma war der Meinung, heute Mittag wäre jemand in der Wohnung gewesen, jemand, von dem du offensichtlich nicht wolltest, dass Emma ihn sah. Sag mir die Wahrheit, Marianne: Hast du dich heute mit einem anderen Mann getroffen?«
»Ach, Alexander, du bist doch nicht etwa eifersüchtig?« Marianne lachte, doch selbst in ihren Ohren klang es gekünstelt, und sie schaffte es nicht, Alexander offen und ehrlich in die Augen zu sehen, was ihm nicht verborgen blieb. Er ging zur Tür.
»Ich mache dir keine Vorwürfe, Marianne. Du bist jung und schön und solltest dein Leben vielleicht nicht an einen Mann verschwenden, der dir nie mehr als eine heimliche Affäre bieten kann. Ich dachte jedoch, wir könnten ehrlich zueinander sein.«
»Bitte, Alexander, warte!« Marianne stolperte hinter ihm her ins Treppenhaus. »Es gibt keinen anderen ...«
Doch Alexander drehte sich nicht mehr um, und einen Augenblick später fiel die Haustür krachend ins Schloss. Am ganzen Körper zitternd, lehnte Marianne mit dem Rücken an der Wand. Sie war eine schlechte Lügnerin. Besonders Menschen gegenüber, die ihr viel bedeuteten, konnte sie sich schlecht verstellen. Kein Wunder, dass Alexander dachte, sie würde sich mit jemand anderem treffen. Wollte sie Alexander nicht verlieren, musste sie ihm von ihren Eltern erzählen. Doch dann würde er auch wissen wollen, warum sie ihren Vater derart ablehnte. Und das

war etwas, was sie niemals irgendjemanden sagen konnte, auch nicht Alexander.

»Verdammt!« Marianne fluchte nur selten, doch jetzt entlud sich ihre ganze Anspannung in diesem einen Wort, und sie hieb mit der Faust gegen die Wand. Der Schmerz, der ihre Hand durchfuhr, war jedoch nichts im Vergleich zu dem Schmerz in ihrem Inneren. Durch ihren Ausruf hatte sie Anna geweckt, und die Kleine begann plötzlich laut zu weinen. »Mama kommt gleich«, rief Marianne, wischte sich die Tränen von den Wangen und betrat das Kinderzimmer.

Sie musste eine Lösung finden – und zwar bald!

24. KAPITEL

Nach einer schlaflosen Nacht verließ Marianne am nächsten Tag bereits im Morgengrauen das Haus. Sie wollte zum Charlotte Square, denn sie musste mit Alexander sprechen. Um diese Uhrzeit waren die Straßen nur wenig belebt, lediglich die ersten Zeitungsverkäufer bauten ihre Stände auf, und Milchmädchen eilten mit großen Kannen durch die Straßen, damit ihre Herrschaften frische Milch zum Frühstück hatten. Zum ersten Mal, seit Marianne vor über drei Jahren das Haus am Charlotte Square verlassen hatte, war sie wieder in der New Town. Sie hatte die Gegend gemieden, weil sie keinem der McFinnigans begegnen wollte. Im fahlen Morgenlicht blickte sie sich um. Alles war unverändert, der Platz strahlte nach wie vor eine schlichte Eleganz aus, und hinter den Fenstern der herrschaftlichen Häuser war noch alles dunkel. Lediglich in den Dienstbotentrakten in den Kellergeschossen flammten die ersten Lichter auf. Vor dem Haus der McFinnigans zögerte Marianne. Alexander hatte

erwähnt, dass der Butler Barnaby in Ballydaroch House war, aber Hilda kümmerte sich nach wie vor um das Stadthaus. Somit war es Marianne verwehrt, am Eingang im Souterrain zu klopfen. Wie hätte sie Hilda ihr plötzliches Auftauchen erklären sollen? An der Vordertür konnte sie auch nicht vorstellig werden. Nicht um diese Uhrzeit, da im Haus offenbar noch jeder schlief. Sie ging zu dem gegenüberliegenden kleinen Park und lehnte sich gegen die Mauer. Es blieb ihr wohl nichts anderes übrig, als zu warten, bis Alexander das Haus verließ. Glücklicherweise war Cathleen am Morgen sehr früh gekommen und konnte bei den Kindern bleiben. Ihre Schwester war zwar noch nicht außer Lebensgefahr, aber die vom Arzt verordnete Medizin hatte dem Mädchen bereits über Nacht Erleichterung verschafft.
»Gegen drei Uhr hat sie aufgehört zu husten und ist eingeschlafen«, hatte Cathleen gesagt. »Der Arzt will heute noch mal kommen. Ich weiß nicht, wie ich Ihnen danken soll, Misses, auch im Namen meiner Mutter.«
Marianne hatte mit einem Lächeln erwidert, das wäre doch selbstverständlich, und Cathleen hatte keine Fragen gestellt, als Marianne am frühen Morgen das Haus verließ.
Das Klappen einer Tür riss Marianne aus ihren Gedanken. Schnell zog sie die Kapuze ihres Mantels tiefer in die Stirn und wich in eine Mauernische zurück, da Hilda das Haus verlassen hatte und mit einem großen Korb auf die Straße trat. Die Haushälterin hatte sich in all den Jahren nicht verändert. Marianne musste den Impuls, zu ihr zu laufen und sie zu begrüßen, krampfhaft unterdrücken. Hilda war stets freundlich zu ihr gewesen, und ihre gemeinsamen nachmittäglichen Teestunden hatte Marianne immer sehr genossen. Als Hilda an der Ecke in die Glenfinlas Street einbog, um bei den Marktständen in der Queensferry Road einzukaufen, huschte Marianne schnell über die Straße. Früher hatte Hilda die Küchentür nie verschlossen, wenn sie das Haus verließ. Da Marianne wusste, dass außer der

Haushälterin niemand ständig in dem Haus wohnte, sondern ein Mädchen nur stundenweise aushalf, wenn jemand von der Familie in Edinburgh weilte, gelangte sie durch das Souterrain unbemerkt hinein. In der Küche widerstand sie dem Verlangen, eine Tasse von dem frisch zubereiteten Tee, den Hilda sich bereits aufgegossen hatte, zu trinken, denn ihr Mund war wie ausgetrocknet. Obwohl Jahre seit ihrem letzten Aufenthalt vergangen waren, kannte Marianne das Haus genau und brauchte keine Lampe, um zu Alexanders Zimmer zu finden. Sie erinnerte sich, dass die vierte Treppenstufe knarrte, und sparte diese mit einem großen Schritt aus. Als sie vor seiner Tür stand, hämmerte ihr Herz heftig. Sie legte ihre Hand auf den Knauf und öffnete langsam die Tür.

»Hilda, was gibt es?« Alexander war wach und vollständig angekleidet. Offenbar hatte er wirklich vor, bei Sonnenaufgang die Stadt zu verlassen, denn er trug bereits seinen Reisemantel.

»Alexander, ich bin es.«

»Marianne!« Mit einem Schritt war Alexander bei ihr, zog Marianne am Handgelenk ins Zimmer und schloss rasch die Tür. »Wie kommst du hier herein?«

»Das ist egal, es hat mich niemand gesehen.« Marianne umfasste die Kragenaufschläge seines Mantels. »Bitte, du darfst nicht gehen! Es tut mir leid, aber ich kann dir jetzt nicht alles erklären. Du musst mir vertrauen. Bitte, Alexander.«

Seine Augen verengten sich, und zwei Falten bildeten sich auf seiner Stirn, als er sie skeptisch musterte.

»Hast du denn Vertrauen zu mir?«, fragte er mit einem Anflug von Spott in der Stimme. »Ich dachte, wir sind immer ehrlich zueinander.«

»Alexander, ich bin ehrlich, wenn ich sage, dass ich dich liebe. Ich brauche dich, bitte lass mich nicht allein.«

Alexander konnte sich dem flehenden Ton in Mariannes Stimme und ihrem offenen Blick nicht entziehen, dennoch blieb ein Rest

Zweifel. Mariannes Verhalten tags zuvor war doch recht seltsam und ungewöhnlich gewesen.

»Warum sagst du mir nicht, was dich bedrückt? Ich kann dir vielleicht helfen.«

»Ich kann es nicht sagen, und ich bitte dich, mir zu vertrauen«, wiederholte Marianne.

Alexander beugte sich zu Marianne und küsste ihre Lippen. Sie erwiderte seinen Kuss leidenschaftlich und voller Hingabe. Seine Zweifel begannen zu schwinden. Marianne war schon immer eine Frau gewesen, die man mit anderen Maßstäben messen musste. Einst ein wildes Mädchen aus St. Kilda, heute eine gefeierte Malerin – wie konnte er erwarten, alle Facetten ihres Charakters und ihrer Person nicht nur zu kennen, sondern diese auch noch zu verstehen?

»Kommst du heute Abend zu mir?« Bittend sah Marianne ihn an, als sie sich voneinander lösten. »Ich verspreche, ich werde mich einzig und allein dir widmen, und wir machen uns einen schönen Abend.«

»Was machst du heute tagsüber?« Die Frage brannte Alexander auf der Zunge. Gespannt wartete er auf ihre Antwort.

»Meiner Arbeit nachgehen«, antwortete Marianne schnell und anscheinend sicher, dennoch war Alexander ein kurzes Flackern in ihren Augen nicht entgangen. Vielleicht war es auch nur das morgendliche Zwielicht gewesen. Er nickte.

»Gut, ich komme gegen acht Uhr heute Abend. Jetzt musst du rasch wieder gehen, Hilda wird mir jeden Augenblick das Frühstück bringen. Ich werde ihr sagen, dass ich meine Abreise um ein paar Tage verschiebe.«

»Worüber Hilda sicher glücklich sein wird«, entgegnete Marianne lächelnd. »Bekocht sie dich immer noch so gerne wie früher?«

Alexander nickte und begleitete Marianne ins Treppenhaus. Von hier aus hörten sie das Klappern von Töpfen aus dem Unter-

geschoss, folglich war Hilda von ihrem Einkauf zurück, und Marianne konnte das Haus nur durch die Vordertür verlassen. Inzwischen hatten sich die Straßen bevölkert, dennoch hoffte Marianne, dass niemand sie erkennen möge. In der offenen Tür gab sie Alexander einen Kuss und schmiegte sich einen Moment an ihn, dann lief sie rasch davon. Alexander sah ihr lange nach, bis sie um die Ecke verschwunden war, und fragte sich, ob er Marianne je richtig kennenlernen und verstehen würde. Dies jedoch war gerade der Zauber, den sie auf ihn ausübte.
Weder sie noch Alexander hatten den bärtigen Mann auf der gegenüberliegenden Straßenseite bemerkt, der Marianne nun heimlich folgte.

Ervin Daragh leckte sich die Lippen. Da hatten sich das frühe Aufstehen und das Warten gelohnt! Eigentlich war er heute Morgen so zeitig zu Marianne gegangen, weil er sie um ein paar Pennys für Schnaps bitten wollte. Die halbe Nacht hatte er wach gelegen, da in der Wohnung dieser Galeristin kein Alkohol mehr zu finden war. Gestern hatte Marianne zwar Brot, Käse, Gemüse und ein paar Äpfel gebracht, seinen Wunsch nach einer Flasche Whisky allerdings ignoriert. Er grinste hämisch. Nun, künftig würde seine Tochter wohl auf seine Forderungen eingehen, wenn sie nicht wollte, dass ganz Schottland von ihrem heimlichen und schändlichen Treiben erfuhr.
Seit drei Wochen waren er und Annag bereits in Edinburgh gewesen, bevor Ervin seine Tochter aufgesucht hatte. Er wollte Mariannes Umfeld erst genau ausspähen, um festzustellen, in welchen Verhältnissen sie lebte. Schnell hatte Ervin die Adresse der Familie McFinnigan in Erfahrung bringen können, allerdings auch gehört, dass das Stadthaus nur sporadisch bewohnt wurde. Wenn man sich auf den Märkten und in gewissen Lokalen tummelte und die Ohren aufsperrte, dann konnte man so manche Gerüchte und Tratsch hören. Hier und da ein eingestreutes Wort oder eine

Frage nach den McFinnigans, und Ervin erfuhr, was er wissen wollte: Der Alte war vor einigen Jahren gestorben, seitdem lebte Lady Eleonor hauptsächlich bei ihrem Sohn Alexander auf dem Landsitz im Süden. Um dessen Ehe stand es schlecht, denn Lady Elisabeth McFinnigan hielt sich die meiste Zeit von ihrem Mann getrennt in Edinburgh auf. Der Skandal um die Scheidung der ältesten Tochter war immer noch ein beliebtes Gesprächsthema. Es hieß, Susanna Chrisholm lebte zusammen mit ihrem Kind ebenfalls auf dem Land. Anfangs hatte Ervin nicht geahnt, was ihm all diese Informationen einbringen könnten, doch heute Morgen hatte er den Beweis für seine vagen Vermutungen erhalten. Seine Tochter und der Earl von Ballydaroch hatten offenbar ein heimliches Verhältnis. Warum sonst sollte Màiri ihn zu so früher Stunde aufsuchen? Der Kuss und wie sich die beiden verabschiedet hatten, war alles andere als freundschaftlich gewesen. Nun, er würde an der Sache dranbleiben und Màiri weiter beobachten. In seinem Kopf entstand ein Plan, und er zweifelte nicht daran, Erfolg zu haben. Marianne war sicherlich daran gelegen, ihre Affäre nicht öffentlich zu machen, und sie würde sich sein Schweigen vermutlich eine Stange Geld kosten lassen. Dann endlich würde auch er ein besseres und sorgenfreies Leben führen können.

Marianne hatte die Anwesenheit ihres Vaters nicht bemerkt, zu sehr waren ihre Gedanken mit Alexander beschäftigt. Sie war froh, ihn vorerst besänftigt zu haben, wusste aber auch, dass er weitere Fragen stellen würde. Von der New Town ging sie auf direktem Weg in die Altstadt und suchte dort ein Haus am Castle Hill auf. Sie kannte den Besitzer, einen Tuchhändler, und wusste, dass dort zwei Dachkammern frei waren. Das Haus war zwar alt, aber in einem guten Zustand, und das Dachgeschoss wäre eine geeignete Unterkunft für ihre Eltern. In Julias Wohnung konnten die beiden unmöglich länger bleiben. Wer weiß, was Ervin mit Julias Sachen anstellen würde.

Eine Stunde später waren Marianne und der Tuchhändler sich einig. Zähneknirschend hatte sie allerdings einwilligen müssen, die Miete für drei Monate im Voraus zu entrichten.
»Ich habe es nicht nötig, zu vermieten«, sagte der Händler. »Weiß nicht, was das für Leute sind, mit denen ich mein Haus teile. Nicht, dass sie in zwei, drei Wochen wieder verschwunden sind und womöglich noch Möbel mitgehen lassen.«
Marianne konnte ihm sein Misstrauen nicht verdenken. Sie hatte verschwiegen, dass es sich um ihre Eltern handelte, denn der Tuchhändler kannte sie als Künstlerin und wusste nichts von ihrem früheren Leben. Ihr nächster Weg führte sie zu ihren Eltern, dabei bemerkte sie nicht, wie Ervin nur wenige Augenblicke vor ihr in das Haus schlüpfte. Erfreut stellte Marianne fest, dass Annags Fieber etwas gesunken war und ihre Augen heute schon viel klarer aussahen als gestern. Prüfend ging sie durch alle Räume, aber offenbar hatte sich Ervin an ihre Anweisung, nichts durcheinanderzubringen, gehalten, denn bis auf ein paar Kleinigkeiten wies nichts auf die kurzfristigen Logiergäste hin.
Marianne musste ihre Mutter während des kurzen Weges vom Grassmarket zum Castle Hill stützen, und die Treppen ins Dachgeschoss des fünfstöckigen Gebäudes kosteten Annag viel Kraft. Die beiden Räume waren schlicht, aber ausreichend eingerichtet. Das Dach war dicht, und zwei Gaubenfenster ließen viel Licht herein. In dem einen Zimmer befand sich ein Herd mit dem notwendigen Kochgeschirr, im zweiten Raum standen ein Bettgestell, ein kleinerer Schrank, ein Tisch, vier Stühle und eine Waschkommode. Die Einrichtung war schlicht, aber zweckmäßig, und alles war peinlich sauber.
Mit gerunzelter Stirn sah Ervin sich um und brummte: »In der anderen Wohnung hat es mir besser gefallen.«
»Es steht dir frei, eine andere Unterkunft zu mieten. Vorausgesetzt, du kannst sie selbst bezahlen, versteht sich«, gab Marianne

kühl zurück. »Am besten gehst du gleich los und suchst dir eine Arbeit.«

»Arbeiten!« Ervin stieß das Wort aus, als hätte er Gift auf der Zunge. »Und was, schlägst du vor, soll ich tun? Mit Vogelfang wird hier wohl kaum was zu verdienen sein.«

Unwillkürlich fühlte sich Marianne an Neill erinnert. Auch er hatte Schwierigkeiten gehabt, eine Anstellung zu finden, da er außer dem Fangen von Vögeln und dem Leeren der Nester nichts gelernt hatte. Da kam ihr jedoch eine Idee. Die Männer von St. Kilda waren alle hervorragende Kletterer, zudem schwindelfrei, und sie kannten keine Angst.

»Am Lawnmarket gibt es einen Zimmermann, der auch Dachdeckungen und Reparaturen ausführt. Den solltest du mal fragen. Er braucht immer wieder Männer, die schwindelfrei sind, denn die Dächer vieler Altstadthäuser sind fünf oder sechs Stockwerke über dem Erdboden. Da hinauf können und wollen viele nicht gern.«

Unwillig verzog Ervin das Gesicht, setzte sich auf einen Stuhl und streckte die Beine weit von sich. Er seufzte.

»Ach, weißt du, Tochter« – Marianne hasste es, wenn er sie so ansprach –, »vielleicht suche ich mir später eine Arbeit. Wir sind so weit gereist, und müssen wir uns erst einmal erholen. Dann möchte ich mir die Stadt ansehen, das braucht Zeit.«

»Ervin, wovon sollen wir denn leben?« Leise erhob Annag die Stimme und wurde von ihrem Mann sogleich mit einem zornigen Blick bedacht. Mit einem Finger deutete er auf Marianne.

»Sieh dir doch mal unsere Tochter an, Weib. Sie geht in Samt und Seide, und in ihrer Wohnung gibt es Tapeten und Teppiche. Ich bin sicher, Màiri wird uns nicht verhungern lassen.« Er drehte den Kopf. »Nicht wahr, mein Kind?«

Marianne musterte ihren Vater kühl, während sie erwiderte: »Diese Wohnung ist für drei Monate im Voraus bezahlt. Solange Mutter krank ist, werde ich euch Geld geben, damit ihr etwas zu

essen kaufen könnt, dann jedoch erwarte ich, dass du selbst für euren Lebensunterhalt aufkommst.« Sie ging vor Annag in die Hocke und ergriff die Hände ihre Mutter. »Mama, wenn du möchtest, kannst du zu mir ziehen.« Der Gedanke war Marianne erst in diesem Moment gekommen. »Allerdings ohne Vater. Du verstehst, dass ich nicht anders handeln kann?«
»Ach, Kind, ich kann deinen Vater doch nicht verlassen.« Annag lächelte traurig.
»Hast du vergessen, was er dir ... uns ... angetan hat? Schlägt er dich eigentlich immer noch?«
»Nun ist es genug!« Mit einem harten Griff zog Ervin Marianne vom Boden hoch und stieß sie zur Seite. »Du wagst es, mir Vorwürfe zu machen? Ausgerechnet *du*?« Er lachte, aber es war ein höhnisches Lachen, und irgendetwas in seiner Stimme ließ Marianne hellhörig werden. »Bereits gestern musste ich dich daran erinnern, dass du einen Menschen umgebracht hast. Sag jetzt nicht, die Umstände hätten das erfordert oder dass du ein Kind warst, das nicht wusste, was es tat. Ich kenne mich mit den Gesetzen in diesem Land nicht aus. Vielleicht würde ein Richter dich sogar freisprechen, wenn ich die Sache melde. Was jedoch würde dein feiner Earl dazu sagen, wenn er erführe, dass er sein Bett mit einer Mörderin teilt?«
Jegliche Farbe wich aus Mariannes Gesicht.
»Was willst du damit sagen?«
»Ich glaube, du hast mich sehr gut verstanden, Màiri, und ich kann mir nicht vorstellen, dass du Alexander McFinnigan von deiner Schuld erzählt hast. Ach ja, ist Ehebruch nicht auch strafbar? Wie würde wohl seine Frau reagieren, wenn jemand sie über eure Affäre informierte?«
In Mariannes Kopf wirbelten die Gedanken durcheinander. Woher wusste Ervin von ihrer Beziehung zu Alexander? Wie schon am Morgen bei Alexander gelang es Marianne nicht, ihre Gesichtszüge so weit zu beherrschen, dass man ihr das Gefühls-

chaos nicht ansah. Ervin triumphierte. Er hatte also recht gehabt! Er hatte Marianne seine Vermutung entgegengeschleudert, dabei allerdings befürchtet, sie würde eine Beziehung zu dem adligen Herrn vehement leugnen. Mariannes Verhalten und ihr entsetzter Gesichtsausdruck waren jedoch ein einziges Schuldbekenntnis.

»Du siehst also, Tochter«, fuhr Ervin fort, »es ist nicht zu viel verlangt, wenn ich dich *bitte,* für deine Mutter und mich zu sorgen. Solange es uns gutgeht und ich auch immer mal wieder eine Flasche Whisky bekomme, wird niemand erfahren, in wessen Bett sich der Earl von Ballydaroch herumtreibt. Da fällt mir noch ein – sind eigentlich deine beiden Kinder von ihm? Oder hast du dich wie eine billige Hure auch anderen angeboten?«

Am liebsten hätte Marianne ihrem Vater mitten ins Gesicht geschlagen, aber die Nachricht, dass er von den Kindern wusste, lähmte sie regelrecht.

»Lass meine Kinder aus dem Spiel.« Ihre Stimme war nur ein Flüstern. »Woher weißt du von ihnen?«

Er lachte, aber es war ein verschlagenes Lachen.

»Ach, ich weiß viel mehr, als du denkst, Màiri, und ich kann mir die Schlagzeile schon gut vorstellen, die nicht nur enthüllt, dass du Alexanders Geliebte bist, sondern dazu noch eine Mörderin.« Ervin rieb sich zufrieden die Hände. »Tja, und jetzt holst du mir endlich den Whisky, am besten gleich zwei Flaschen. Wir müssen unser Wiedersehen doch gebührend feiern. Oder meinst du nicht, meine liebe Tochter?«

Am Abend bemühte sich Marianne, mit Alexander unbekümmert zu scherzen und Konversation zu machen. Sie merkte allerdings nicht, dass ihr Lachen lauter und ihre Stimme schriller als sonst klang, so dass es Alexander nicht entging, unter welcher Anspannung sie stand. Aufmerksam beobachtete er Marianne und merkte, wie ihre Hände leicht zitterten, als sie die

Tasse Kaffee zum Mund führte. Er drang jedoch nicht weiter in sie. Mariannes Besuch zur morgendlichen Stunde hatte ihn zwar dahingehend beruhigt, dass es keinen anderen Mann in ihrem Leben gab, dennoch war Alexander tief verletzt, weil sie ihm offenbar nicht vertraute und ihre Sorgen nicht mit ihm teilte. Als sie sich später mit gewohnt zärtlicher Leidenschaft liebten, spürte Alexander, dass sich Marianne wie eine Ertrinkende an ihn klammerte. Als sie sich schweißbedeckt und erschöpft in seine Arme schmiegte, beugte er sich über sie und strich eine feuchte Haarsträhne von ihrer Stirn. Dabei fiel ihm auf, dass ihre Wangen nass von Tränen waren.

»Warum weinst du, Liebes?«

Marianne schloss sie Augen. Der Blick aus seinen hellbraunen Augen war mehr, als sie ertragen konnte. Es dauerte ein Weilchen, bis sie leise antwortete: »Denkst du manchmal auch, dass man das Glück nicht ewig festhalten kann? Im Leben ist nichts so beständig wie eine stetige Veränderung.«

»Was möchtest du mir damit sagen?« Alexander versteifte sich, eine unerklärliche Angst begann ihn zu lähmen. »Liebst du mich nicht mehr?«

Erschrocken riss Marianne die Augen auf. Ihre Arme umschlangen fest seinen Nacken.

»Ich liebe dich mehr, als dass ich es in Worte fassen kann. Das ist es ja, wovor ich mich fürchte. Irgendwann wird etwas geschehen, das unsere Liebe unwiderruflich zerstört und ...«

»Pst!« Schnell legte Alexander einen Finger auf ihre Lippen. »Warum bist du so pessimistisch? Ich weiß, ich kann dir nicht das geben, was du verdienst – nämlich meine Frau zu werden –, dennoch gibt es nichts und niemanden, der uns jemals trennen kann.«

»Und wenn ich nun etwas Schreckliches getan hätte? Etwas so Furchtbares, wie du es dir nicht vorstellen kannst. Etwas, das dich dazu veranlassen würde, sich für immer von mir abzuwenden.«

Alexander schüttelte leise lachend den Kopf.
»Was möchtest du mir beichten? Hast du auf dem Markt einen Apfel gestohlen oder etwa einen deiner Kunden übers Ohr gehauen? Mehr kannst du bestimmt nicht angestellt haben, mein Schatz, dazu bist du viel zu offen und ehrlich.«
Marianne drehte den Kopf zur Seite. Sie konnte es ihm nicht sagen, obwohl alles in ihr danach schrie, endlich die schwere Last, die seit Jahren auf ihrer Seele brannte, mit jemandem zu teilen.
»Hast du eigentlich mit jemandem über uns gesprochen?«, fragte sie und wechselte das Thema. »Weiß jemand aus deiner Familie, dass du mich regelmäßig besuchst, oder gar von Anna, unserer Tochter?«
»Nein, von mir auf keinen Fall.« Er war über ihre Frage überrascht. »Du weißt, dass ich meiner Mutter einen weiteren Skandal nicht zumuten kann, ihre Gesundheit ist nicht die beste …«
»Und du selbst kannst dir einen solchen Skandal ebenfalls nicht erlauben. Wenn öffentlich bekannt würde, dass du eine Geliebte hast …« Bitterkeit klang aus Mariannes Worten.
»Ach, Liebes, wir haben schon so oft darüber gesprochen.« Peinlich berührt richtete Alexander sich auf. »Ich weiß, wie unbefriedigend die Situation für dich ist, aber du hast von Anfang an gewusst, dass ich verheiratet bin und ich unserer Familie eine weitere Scheidung nicht zumuten kann.«
Marianne rollte sich zur anderen Seite des Bettes und stand auf. Sie hüllte sich in ihren Morgenmantel und trat ans Fenster. Es war eine warme und stille Nacht. Der Frieden vor dem Fenster war jedoch trügerisch. Dort draußen lauerte das Böse, das ihr Leben jederzeit zerstören konnte. Und das Böse trug den Namen Ervin Daragh.
»Verzeih mir meine sentimentale Stimmung«, sagte sie leise. »Es ist beinahe Vollmond, da bin ich immer etwas nachdenklich. Seit Annas Geburt bin ich nur so unsagbar glücklich. Glück ist

jedoch zerbrechlich wie Glas, und ich habe Angst, dass es von einem Tag auf den anderen vorbei sein kann.«

Mit zwei Schritten war Alexander bei Marianne, umarmte sie und schmiegte sein Gesicht in ihr Haar.

»Auch ich habe Angst. Angst, dass du einen anderen Mann kennenlernst, der dir das geben kann, wozu ich nicht in der Lage bin. Eine Ehe, die dich zu einer ehrbaren Frau macht.«

Marianne lachte, drehte sich um und nahm seine Hände.

»Ich, eine ehrbare Frau? Vergiss nicht, ich bin Künstlerin, habe zwei uneheliche Kinder, einen heimlichen Geliebten, der zudem ein Earl ist, und bin somit von ehrbar so weit entfernt wie der Mond von der Erde.«

Trotz ihrer leicht dahingesagten Worte bemerkte Alexander Traurigkeit in ihrer Stimme.

»Liebst du Neill eigentlich noch?«, fragte er zusammenhanglos.

»Wie kommst du darauf?« Marianne sah ihn erstaunt an. Natürlich hatte sie Alexander von Craigs Vater erzählt, nie jedoch einen Zweifel daran gelassen, dass das Kapitel Neill Mackay für sie abgeschlossen war.

»Nun, immerhin habt ihr ein gemeinsames Kind. Du wirst stets an Neill erinnert, wenn du deinen Sohn ansiehst. Auch wenn er in Amerika ist, ist es doch nicht unwahrscheinlich, dass ihr euch eines Tages wieder begegnet.«

»Bist du etwa eifersüchtig?« Neckisch schlug Marianne Alexander leicht auf die Brust, dann wurde sie wieder ernst. »Neill Mackay wird immer ein Teil meines Lebens sein, Alexander. Ich kannte ihn seit meiner Geburt, und er hat mir Craig geschenkt. Wenn ich jedoch an ihn denke, dann als guten Freund und nicht als Liebhaber.«

Alexander spürte, dass Marianne die Wahrheit sagte, aber trotz ihrer Erklärung, sie fürchte um ihr gemeinsames Glück, war er nicht vollständig beruhigt. In den letzten zwei Tagen war etwas geschehen, das Marianne verändert hatte. Solange sie es jedoch

nicht von sich aus erzählte, waren ihm die Hände gebunden. Für heute wollte er das Thema nicht weiter verfolgen.
»Es ist kühl«, sagte er leise. »Komm wieder ins Bett.«
Sie liebten sich erneut, dann schlief Marianne in Alexanders Armen ein. Im schwachen Mondlicht betrachtete er ihr Gesicht. Wie jung Marianne immer noch aussah. Ihr Körper war wie der eines jungen Mädchens, die zwei Schwangerschaften hatten keine Spuren hinterlassen, und ihr rotes Haar lag ausgebreitet wie ein Heiligenschein auf dem hellen Kissen. In diesem Moment war sich Alexander sicher, einem Trugschluss erlegen zu sein. Im Leben von Frauen gab es Zeiten, in denen sie sich plötzlich anders verhielten als gewohnt und manchmal etwas depressiv waren. Das jedoch waren Tabus, über die sich selbst Frauen nicht unterhielten, und wenn doch, dann nur flüsternd und hinter vorgehaltener Hand. Alexander wusste nicht viel über die Vorgänge in einem weiblichen Körper, aber auch Elisabeth war zwei, drei Tage im Monat verändert gewesen. Marianne liebte ihn genauso, wie er sie liebte. Es gab für ihn keinen Grund, daran zu zweifeln.

Die nächsten zwei Tage verbrachten sie in unbeschwerter Zweisamkeit. Obwohl sie jederzeit jemandem begegnen konnten, begleitete Alexander Marianne und die Kinder am nächsten Vormittag in den Holyrood Park. Sie erklommen den Aussichtspunkt Arthur's Seat. Während Marianne Anna auf dem Arm trug, nahm Alexander Craig auf halber Strecke huckepack, da die kleinen Beinchen des Jungen den steilen Anstieg kaum schafften. Eine ältere Frau, die ihnen begegnete, lachte und sagte: »Solch liebevolle Väter sieht man leider viel zu selten! Ich wünsche Ihnen einen schönen Tag.«
Marianne und Alexander erwiderten den Gruß und tauschten einen langen Blick. Nach außen hin wirkten sie wie eine normale Familie – Mutter, Vater und zwei Kinder –, die den herrlichen

Sommertag genoss. Marianne hatte die Gedanken an ihren Vater verdrängt. Solange Alexander in der Stadt war, wollte sie jeden Augenblick mit ihm genießen. Irgendwie würde sie eine Lösung finden, auch wenn sie heute noch nicht wusste, wie diese aussehen sollte.

Am nächsten Tag nutzten sie erneut das schöne Wetter und fuhren mit einer Mietdroschke zu den Ruinen von Craigmillar Castle, drei Meilen südöstlich von Edinburgh. Sie setzten sich im inneren Burghof auf eine Bank in der Sonne, und Marianne betrachtete liebevoll Craig, der sofort begann, mit seinem Holzschwert imaginäre Drachen zu erschlagen und als mutiger Ritter eine Prinzessin, die in dieser Burg gefangen war, zu befreien. Anna schlief auf ihrem Schoß.

»Es ist alles so friedlich«, sagte Marianne. »Kaum zu glauben, dass in diesen Mauern der Plan zu einem der abscheulichsten Verbrechen in der Geschichte Schottlands geschmiedet wurde.«

Alexander nickte. »Es ist zwar nicht bewiesen, dass sich hier der Earl von Bothwell mit seinen Männern traf, um den Mord an Lord Darnley zu besprechen, aber jeder glaubt an diese Verschwörung. Tragisch, dass Maria Stuart ebenfalls anwesend gewesen sein soll und damit in die Pläne des Mordes an ihrem Ehemann eingeweiht war.« Er legte einen Arm um Mariannes Schultern. »Das ist lange her, Liebes. Lass uns den Tag nicht mit Gedanken an die Vergangenheit trüben. Ich habe gehört, Craigmillar Castle soll in naher Zukunft restauriert werden, da Königin Victoria ihren Besuch angekündigt hat. Vor einigen Jahren war sie schon einmal hier gewesen, und man sagt, sie hätte sich in das alte Gemäuer regelrecht verliebt. Das war jedoch, bevor Prinz Albert starb. Seitdem lebt die Königin recht zurückgezogen.«

Bei der Erwähnung des toten Prinzgemahls dachte Marianne unwillkürlich an Julia und ihre traurige Geschichte mit dem deutschen Fürsten. Wie gerne hätte sie sich mit der Freundin ausgetauscht und ihr von ihren Eltern erzählt. In einem Brief wollte sie es jedoch nicht schreiben. Außerdem würde sie Julia niemals die ganze Wahrheit darüber offenbaren können, warum sie ihren Vater fürchtete. Die Freundin zeigte zwar für vieles, das die gute Gesellschaft ablehnte, Verständnis, würde aber kaum einen Mord gutheißen und sich von Marianne abwenden.

Alexander reiste mit dem Versprechen ab, Mitte bis Ende September wieder nach Edinburgh zu kommen.
»Dann sind wir zwar noch mitten in der Erntezeit, aber für ein paar Tage kann ich Ballydaroch getrost allein lassen. Um die Brennerei brauche ich mir ohnehin keine Sorgen zu machen, mit Jack McGregor habe ich den besten Brennmeister Schottlands gefunden.«
Aufmerksam hörte Marianne zu, wenn Alexander von der Whiskyherstellung erzählte. Die einzelnen Arbeitsgänge schienen sehr kompliziert zu sein, dennoch gewann sie einen Eindruck davon, was alles nötig war, um einen guten Single Malt herzustellen. Es war nur bedauerlich, dass man Jahre warten musste, bis man feststellen konnte, ob einem das Produkt gelungen war. Inzwischen lagerten an die zweihundert Fässer auf Ballydaroch in verschiedenen Reifestadien. Im Herbst wollte Alexander ein neues, größeres Lagerhaus bauen lassen, denn er rechnete in sechs bis sieben Jahren mit einem Bestand von etwa tausend Fässern. Für Marianne war das eine unvorstellbare Menge, dennoch zweifelte sie keinen Augenblick daran, dass sich der Whisky gut würde verkaufen lassen. Alles, was Alexander begann, wurde ein Erfolg, darum würde der *Ballydaroch Single Malt* ganz bestimmt zur führenden Marke Schottlands werden.

Nachdem Alexander abgereist war, kam Marianne nicht umhin, ihre Eltern aufzusuchen. Dank des Geldes, das Marianne ihrer

Mutter gegeben hatte, war es Annag gelungen, die Dachwohnung wohnlicher zu gestalten. Sie hatte Stoff für Vorhänge besorgt und fertigte feine Häkelarbeiten an, mit denen sie die hölzernen Borde verzierte. Annag hatte sich gut erholt. Sie hatte kein Fieber mehr und hustete nur noch gelegentlich. Als Marianne die Küche betrat, roch es nach Gemüsesuppe, die in einem Topf auf dem Herd vor sich hin köchelte.
Eigentlich könnte es ein gemütlicher Familienbesuch sein, dachte Marianne, dann fiel ihr Blick auf ihren Vater. Ervin saß in einem Sessel am Fenster, in den Händen hielt er eine halbvolle Flasche Whisky, obwohl es noch nicht einmal zehn Uhr am Vormittag war.
»Ach, unsere Tochter lässt sich herab, mal wieder nach ihren Eltern zu sehen.« Als er sprach, roch Marianne seine Alkoholfahne, aber seine Stimme war fest und bestimmt. »Ich hoffe, du hast Geld dabei. Das Leben in der Stadt ist teuer.«
Marianne zog ihre Geldbörse aus der Manteltasche und legte einige Pfundnoten auf den Tisch. Gierig starrte Ervin auf das Geld, während Annag errötete.
»Ach, Kind, das ist doch nicht nötig«, bemerkte sie beschämt. »Ab nächste Woche habe ich Arbeit. Ich werde Schellfische verkaufen.«
»Als Straßenverkäuferin?« Marianne war entsetzt. Die Edinburgher Fischweiber, wie sie abwertend genannt wurden, prägten das Gesicht der Altstadt. Mit großen Korbschütten, die sie auf dem Rücken trugen, liefen sie durch die Straßen und priesen den Fisch an, der in der Nacht in Newhaven an Land und frühmorgens auf Karren in die Stadt gebracht wurde. Es war eine schwere und schmutzige Arbeit, und die Frauen rochen penetrant nach Fisch. Der Geruch setzte sich in jede Pore des Körpers und ließ sich auch mit viel Wasser und Seife nicht abwaschen.
»Es ist eine ehrbare Arbeit, und an das Ausnehmen von Tieren bin ich gewöhnt.« Trotzig verschränkte Annag die Arme vor der

Brust. »Früher waren es zwar Vögel, doch so ein großer Unterschied wird da nicht sein.«

»Mama, es geht nicht darum, dass *du* Fische verkaufst.« Marianne seufzte und blickte zu Ervin, der dem Gespräch anscheinend unbeteiligt folgte. »Was ist mit *ihm?* Es ist doch wohl seine Aufgabe, für euren Lebensunterhalt zu sorgen, anstatt am hellen Vormittag bereits betrunken zu sein.«

»Pass auf, wie du von deinem Vater sprichst.« Ervin fixierte Marianne, und seine Stimme wurde bedrohlich leise. »Zu schade, dass dein Earl gestern abgereist ist. Ich hätte mich gern mit ihm unterhalten und bin sicher, er hätte dem Vater seiner Geliebten aufmerksam zugehört«

In Marianne kochte Wut hoch. Ervins Worte bestätigten ihren Verdacht, dass er sie pausenlos beobachtete. Zornig stemmte sie die Arme in die Hüften und erwiderte: »Du bist nichts weiter als ein mieser Erpresser, Ervin Daragh, und nicht wert, dass ich dich als Vater bezeichne. Was willst du? Noch mehr Geld? Es tut mir leid, aber du schätzt meine Vermögensverhältnisse falsch ein. Es geht mir zwar gut, aber ich verfüge nicht über Reichtümer. Trotz allem, was geschehen ist, habe ich mich bereit erklärt, euch zu unterstützen, ich bin jedoch nicht gewillt, dir länger Geld in den Rachen zu werfen, das du versäufst, während Mama schuftet.«

Regungslos hatte Ervin Mariannes Worte über sich ergehen lassen. Jetzt verzog er seinen Mund zu einem höhnischen Grinsen. »Du sitzt ganz schön auf dem hohen Ross, Mädchen. Dein Geliebter ist so reich, dass er gar nicht weiß, wohin mit all seinem Geld. Glaube mir, ich habe mich erkundigt. Für dich ist es doch ein Leichtes, die Moneten locker zu machen. Bist eine hübsche Frau und weißt, wie man reiche Männer umgarnt.« Er machte eine raumgreifende Armbewegung. »Ich will aus diesem Loch hier raus. Ein kleines Häuschen in der New Town wäre ganz nett und ein paar neue Anzüge. Fürs Erste, dann sehen wir weiter.«

»Du ...«

»Lass, Màiri, bitte!« Annag fiel Marianne in den Arm, als diese einen Schritt auf Ervin zumachte. »Du wirst ihn nicht ändern und ich auch nicht.«

»Warum verteidigst du ihn immer noch?« Wütend fuhr Marianne ihre Mutter an. »Verlass ihn! Das hättest du schon damals tun sollen.«

Annag senkte den Blick und verschränkte die Finger ineinander. Marianne wusste, ihre Worte fielen auf unfruchtbaren Boden. Annag hatte nie etwas anderes als Pflichterfüllung gekannt, und auf St. Kilda galt das ungeschriebene Gesetz, bis zum Lebensende zu seinem Ehepartner zu stehen.

»Ich weiß, wo Elisabeth McFinnigan wohnt.« Ervin spielte einen weiteren Trumpf aus. »Die Lady wäre sicher sehr daran interessiert, zu erfahren, dass ihr Ehemann sie nicht nur betrügt, sondern dass er sie auch noch mit einer Mörderin hintergeht. Unter diesen Umständen würde sich Elisabeth bestimmt schnell von Alexander trennen, aber der Ruf deines Earls wäre auf alle Zeit zerstört. Er könnte sich bei keiner ehrbaren Familie des Landes mehr blicken lassen. Wenn du ihn wirklich liebst, dann wirst du das nicht wollen. Oder irre ich mich, Tochter?«

Hilflos knirschte Marianne mit den Zähnen. Sie zweifelte nicht daran, dass Ervin seine perfide Drohung, Lady Elisabeth einzuweihen, ernst meinte. Sie, Marianne, könnte damit leben, wenn Alexander von dem Mord an Adrian Shaw erfuhr und deshalb niemals wieder etwas mit ihr zu tun haben wollte. Das war eben der Preis, den sie für ihre Tat bezahlen musste. Keinesfalls jedoch würde sie es zulassen, dass Alexanders Ansehen und sein Ruf zerstört würden. Er sollte nicht für etwas büßen müssen, an dem er unschuldig war.

»Ich werde überlegen, was ich tun kann.«

Marianne erstickte beinahe an ihren Worten, aber vorerst musste sie Ervin in Sicherheit wiegen. Nachdem sie das Haus des

Tuchhändlers verlassen hatte, wusste sie, dass ihr nur eine Möglichkeit blieb, die Erpressung ihres Vaters zu beenden.

25. KAPITEL

... ich weiß, dass Dich meine Worte überraschen werden, aber es ist Zeit, die Wahrheit zu gestehen ...
Fassungslos starrte Alexander auf Mariannes Brief, den ein Diener ihm vor wenigen Minuten, eine Woche nach ihrem letzten Treffen, in die Bibliothek gebracht hatte. Nie zuvor hatte Marianne ihm nach Ballydaroch geschrieben, damit niemand zufällig ihre Nachricht finden konnte. So hatte Alexander sofort gewusst, dass etwas geschehen sein musste, als er den schlichten, elfenbeinfarbenen Umschlag mit der schnörkellosen Handschrift Mariannes öffnete.

»... Unsere letzte Begegnung hat mir gezeigt, dass ich die Maskerade nicht länger aufrechterhalten kann. Alexander, ich suche nach den richtigen Worten, es gibt jedoch keine andere Möglichkeit, als Dir die Wahrheit offen und schonungslos zu schreiben: Ich habe Dich nie geliebt. Seit unserer ersten Begegnung, als Du das kleine, verstörte Mädchen mit den schmutzigen Füßen mit einem freundlichen Lächeln bedachtest, wusste ich, dass ich – wenn ich erwachsen bin – auch einmal in einem großen, schönen Haus mit Dienerschaft leben und teure und elegante Kleider tragen möchte. Auch ich möchte ein Stück von dem großen Kuchen des Lebens und nicht als unbeteiligte Zuschauerin am Rand stehen und zusehen, wie es sich die anderen gutgehen lassen. Und wie könnte ich mein Ziel am besten erreichen? Als Ehefrau eines vermögenden und einflussreichen Mannes! Als Malerin habe ich zwar mein Auskommen – ich will jedoch mehr!

Als wir uns nach den vielen Jahren wiedertrafen und ich feststellte, dass Du gewisse Gefühle für mich hegst, ergriff ich sofort die Chance, durch Dich in eine bessere finanzielle Lage zu kommen und vielleicht auch in höhere Kreise aufzusteigen. Ich dachte, früher oder später wirst Du den Mut haben, Dich von Deiner Frau zu trennen, und mir endlich das geben, was mir zusteht. Nun jedoch kann ich nicht länger Deine heimliche Geliebte sein. Du wirst es vielleicht ahnen, aber ein anderer Mann ist in mein Leben getreten. Ein Mann, der nicht nur ungebunden, sondern auch noch sehr, sehr reich ist. Dieser Herr kann mir alles bieten, wonach ich strebe, und er wird mir und meinen Kindern einen ehrbaren Namen geben. Mein bisheriger Lebenswandel stört ihn nicht, denn seine Liebe zu mir ist groß genug, über meine Vergangenheit hinwegzusehen.

Alexander, Du brauchst keine Angst zu haben, dass es zu einer für uns beide peinlichen Situation kommen könnte, sollten wir uns zufällig einmal in Edinburgh begegnen. Ich werde nicht nur die Stadt, sondern Schottland verlassen – und zwar für immer. Die Sommer hier sind zu feucht und kühl und die Winter zu hart. Wir werden uns also niemals wiedersehen.

Ich bitte Dich nicht um Verzeihung, denn Du bist intelligent und hättest erkennen müssen, dass ich nie an Deiner Person, sondern stets nur an Deinem Geld interessiert war. Gutgläubig hast Du Dich von mir umgarnen und einfangen lassen, doch jetzt habe ich Dir hoffentlich die Augen geöffnet. Ich rate Dir – kehre zu Elisabeth zurück. Sie und Du – Ihr seid von gleichem Stand, man sollte gesellschaftliche Schichten niemals miteinander mischen.

Alexander McFinnigan, vergiss mich, denn ich war Deiner Liebe nie wert.

Marianne

Das Blatt entglitt Alexanders Händen und fiel zu Boden. Schwer atmend ließ er sich in einen Sessel fallen. Seine Hände zitterten, und er war unfähig, einen klaren Gedanken zu fassen. Alles soll Lüge gewesen sein? Mariannes Beteuerung, sie würde ihn lieben, sie hätte ihn seit ihrer ersten Begegnung geliebt, sollten nichts weiter als hohle Worte gewesen sein, die lediglich dazu dienten, an seiner Seite ein unbeschwertes Leben zu führen. Alles in Alexander weigerte sich, dies zu glauben. Er kannte Marianne seit über dreizehn Jahren, und die letzten drei Jahre hatte sie ihm nähergestanden als jemals ein Mensch zuvor. Marianne war anders als andere Frauen, war es immer gewesen. Von Anfang an hatte Alexander ihre offene und ehrliche Art geschätzt. Er hätte seine Hand dafür ins Feuer gelegt, dass über Mariannes Lippen niemals ein Wort der Unaufrichtigkeit oder gar Lüge käme. Gerade ihre Ehrlichkeit hatte ihn fasziniert und für sie eingenommen, weil die Frauen seiner Gesellschaftsschicht meistens nur zu Geplänkel und oberflächlicher Konversation taugten.

Alexander stöhnte, stand auf und griff nach der Whiskyflasche auf dem Rauchtisch. Er trank ein Glas und schenkte sich gleich ein zweites ein. Alkohol war keine Lösung, aber im Augenblick beruhigte ihn die Schärfe des Getränks, das in seiner Kehle brannte. Er lachte bitter. Offenbar war seine Fähigkeit, andere Menschen einzuschätzen, gleich null. In Elisabeth hatte er sich ebenfalls getäuscht. Auch seine Frau hatte ihm einst schöne Augen gemacht und ihm vorgespielt, an seiner Person Interesse zu haben, ja, ihn sogar zu lieben, während sie nur darauf aus gewesen war, sich ins gemachte Nest zu setzen. Alexander war noch nie ein Mann gewesen, der sich von ein paar schmeichelnden Worten und unschuldigen Augenaufschlägen verwirren ließ. Seit er mit achtzehn Jahren das andere Geschlecht für sich entdeckt hatte, hatte er stets versucht, hinter die Fassade der Frauen, die seinen Weg kreuzten, zu schauen. Aus diesem Grund hatte es vor Elisabeth auch keine Frau gegeben, die er um ihre Hand gebeten hatte. Er wusste nicht erst seit seinem Wiedersehen mit Marianne, dass er sich bereits vor Jahren, als sie noch das wilde Mädchen von St. Kilda gewesen war, in sie verliebt und sie auch während der Zeit seiner Ehe nie vergessen hatte. Alexander dachte an Anna, und ein scharfer Schmerz schien seine Brust in zwei Teile zu spalten. Die kleine Anna, seine Tochter ... war sie wirklich sein eigen Fleisch und Blut? Das Mädchen hatte das rote Haar der Mutter geerbt, die Farbe ihrer Augen hatte sich in den letzten Wochen in ein sanftes Hellbraun gewandelt. Braun wie seine eigenen Augen, aber das hatte nichts zu sagen. Alexander zog die Unterlippe zwischen die Zähne und kaute auf ihr herum, bis er den Geschmack von Blut in seinem Mund spürte. Dieser Schmerz war nichts im Vergleich zu dem, den Mariannes Brief in seinem ganzen Körper auslöste. Er bückte sich, hob das Schreiben auf und las es erneut, dann noch ein drittes und ein viertes Mal. Beinahe verzweifelt suchte Alexander nach einem versteckten Hinweis zwischen den Zeilen, irgendetwas, das ihm sagte, dass der Brief nur ein Missverständnis sein könnte.

Er spürte dringend das Bedürfnis nach frischer Luft. Obwohl es in Strömen regnete, verließ er das Haus und war froh, niemanden zu treffen. Ohne Mantel und barhäuptig rannte Alexander über die Kieswege der Terrassengärten, als wäre der Leibhaftige persönlich hinter ihm her. Binnen weniger Minuten war er bis auf die Haut durchnässt, und sein Haar klebte an seinem Kopf. Als er den Fluss erreichte, lehnte er sich schwer atmend an einen Baumstamm. Es war eine Trauerweide, deren Äste einer Kuppel gleich bis auf die Wasseroberfläche reichten. Der Wuchs des Baumes passte zu Alexanders Stimmung. Ihm war, als hätte ihn jemand mit voller Wucht in den Bauch getreten und er war unter dem Schlag zusammengeknickt. Plötzlich wandelte sich sein Schmerz in rasenden Zorn. Wütend hieb er gegen die Rinde des Stammes.

»Wie konnte sie das tun?«, rief er laut, denn hier konnte ihn

niemand hören. »Wie schändlich und durchtrieben muss man sein, um sein solches Spiel über Jahre aufrechtzuerhalten?«
Alexander straffte die Schultern. Er hatte nicht übel Lust, nach Edinburgh zu reiten und Marianne zur Rede zu stellen. Er wollte ihr seine ganze Verachtung ins Gesicht schleudern, wusste aber zugleich, dass er dies niemals tun würde. Nein, er würde ihr nicht die Genugtuung geben, zu sehen, wie sehr ihn ihr Verhalten verletzte. Vielleicht würde er ihr ein paar nüchterne Zeilen schreiben und ihr mitteilen, dass sie für ihn auch nicht mehr als ein Zeitvertreib gewesen war.
Wie konntest Du ernsthaft glauben, ich – der Earl von Ballydaroch – würde jemanden wie Dich, die aus dem Nichts kam und in keiner anständigen Gesellschaft bestehen kann, zur Frau nehmen?
Alexander formte in Gedanken diese Worte, wusste jedoch, dass er einen solchen Brief niemals schreiben würde. Marianne erwähnte, sie wolle Schottland verlassen. Ihr Brief war vor zwei Tagen aufgegeben worden – vielleicht war sie bereits abgereist? Nach Paris oder Florenz eventuell. In Italien hatte sie Freunde, vielleicht stammte der neue Mann an ihrer Seite aus diesen Kreisen? Nun gut, das Kapitel war beendet, er würde sich damit abfinden und versuchen müssen, die Zeit, in der er sich zum Narren gemacht hatte, so schnell wie möglich zu vergessen. Die Gewissheit, seine Tochter Anna und Craig, der für ihn wie ein eigener Sohn war, niemals wiederzusehen, ließ Alexanders Schmerz erneut aufkeimen. Er wollte sich jedoch nicht unterkriegen lassen.
Obwohl Alexander völlig durchnässt war, schlug er den Weg zur Brennerei ein. Er sehnte sich nach dem Geruch des Torffeuers und der Maischebottiche. Das hier war seine Welt, und er war damit zufrieden. Niemals wieder würde es einer Frau gelingen, in seine Welt und noch weniger in sein Herz einzudringen.

Susanna McFinnigan – sie hatte nach der Scheidung wieder ihren Mädchennamen angenommen – sah just in dem Moment aus dem Fenster ihres Zimmers, als Alexander von der Brennerei zurückkehrte. Es regnete immer noch, und erstaunt bemerkte sie, wie nass ihr Bruder war. Schnell eilte sie nach unten und traf Alexander in der Halle.
»Du meine Güte, wo warst du bei dem Wetter?«
»Ich bin spazieren gegangen und war dann in der Brennerei.« Alexander wich Susannas besorgtem Blick aus.
»Ohne Mantel, Hut und Schirm?« Susannas schnalzte missbilligend mit der Zunge. »Willst du auch noch krank werden?«
Sie selbst hatte zwei Wochen mit einer fiebrigen Erkältung das Bett hüten müssen. Seit sie die furchtbare Krankheit in sich trug, neigte sie dazu, sich bei jedem kleinen Windhauch zu erkälten, und es dauerte länger als früher, bis sie sich wieder erholte. Außerdem litt sie fast ununterbrochen an Kopfschmerzen und einem immer wiederkehrenden juckenden Hautausschlag. Susanna fühlte sich noch etwas schwach, aber wenigstens hatte sie kein Fieber mehr und konnte das Bett wieder verlassen. Glücklicherweise hatte sich Verity nicht angesteckt. Susanna hatte sich auch einige Tage von ihrem Kind ferngehalten und die Kleine nicht gesehen.
Alexanders Blick streifte seine Schwester, während er die nasse Jacke auszog. Stirnrunzelnd deutete er auf Susannas Hals.
»Was hast du da?« Schnell hüllte Susanna das Schultertuch enger um sich, aber Alexander hielt ihre Hand fest. Er zog das Tuch weg und starrte auf die kinderfaustgroße Schwellung an Susannas rechter Halsseite. »Was ist das, und wie lange hast du das schon?«
Susanna schloss die Augen, während Alexanders Finger über die Verhärtung tasteten. Das Geschwür schmerzte zwar nicht, aber es war nicht das einzige, welches seit einigen Wochen ihren Körper befallen hatte. Besonders im Bereich der Lymphknoten

bildeten sich diese weichen Geschwülste, verschwanden allerdings nach zwei bis drei Wochen wieder.

»Es ist nichts.« Beschämt griff Susanna nach dem Tuch und legte es sich wieder um.

»Die Krankheit ist voll ausgebrochen, nicht wahr? Wir sollten einen Arzt rufen.«

»Bitte nicht!« Susanna sah ihn traurig an. »Ja, die Geschwüre sind ein Zeichen, dass die Krankheit weiter fortschreitet, aber ich möchte keinen hiesigen Arzt konsultieren. Je weniger Menschen davon wissen, desto besser.«

»Aber er könnte doch …«, wagte Alexander einen Einwand, wurde von seiner Schwester aber sogleich unterbrochen.

»Es gibt keine Heilung, das weißt du ebenso wie ich. Vielleicht könnte mir eine Medizin Linderung verschaffen, aber ich möchte nicht die meiste Zeit des Tages benebelt im Bett liegen. Ich habe mich damit abgefunden, meinen Körper immer mehr verfallen zu sehen.«

Alexander wusste nicht, was er sagen sollte. Die einst stolze und oft leichtfertige Susanna hatte eine solche Wandlung vollzogen, dass er sich manchmal vor der neuen Susanna fürchtete, denn sie schien ihm wie eine fremde Frau zu sein. Nachdem sie ihm damals erzählt hatte, Matthew hätte sie mit der Franzosenkrankheit angesteckt, hatte Alexander alles gelesen, was in Bibliotheken zu diesem Thema zu finden war. Manche Patienten lebten noch zehn oder gar zwanzig Jahre, meist jedoch in völliger Blindheit oder geistiger Umnachtung. Die Krankheit fraß den Körper regelrecht von innen auf, und es gab tatsächlich kein Medikament, das diesen Verlauf aufhalten konnte. Wenn die Schmerzen zu stark wurden, erhielten die Kranken Opium und dämmerten dann nur noch vor sich hin.

»Hast du auch Ausschläge?«, fragte Alexander leise, obwohl niemand in der Nähe war, aber manchmal hatten die Wände Ohren. Susanna nickte und legte beruhigend eine Hand auf seinen Arm.

»Mach dir keine Sorgen, Alexander, es geht mir gut. Ich weiß nur nicht, wie lange ich es noch vor Mama verbergen kann.«
Alexander nahm seine Schwester am Arm und führte sie in die Bibliothek, dort sagte er: »Mama geht es seit Tagen recht gut. Sie hat zwar ein ähnliches Problem mit dem Herzen wie Vater, aber die Ruhe und die Landluft haben sie wieder zu Kräften kommen lassen. Wir müssen nur versuchen, alle Sorgen so lange wie möglich von ihr fernzuhalten, damit sie keinen Rückfall erleidet.«
Susanna nickte und zog an der Klingelschnur, die neben dem Kamin befestigt war.
»Ich denke, wir können jetzt beide eine Tasse Tee gebrauchen, und du solltest dir trockene Sachen anziehen. Warum bist du eigentlich bei dem Regen draußen gewesen?«
Alexander zuckte mit den Schultern und wandte sein Gesicht ab.
»Ach, mir war einfach nach frischer Luft«, wich er aus.
»Alexander …« Susanna trat vor ihn und sah ihm ernst in die Augen. »Seit du aus Edinburgh zurück bist, bedrückt dich etwas. Versuch nicht, es zu leugnen, dazu kenne ich dich zu gut. Und heute wirkst du so« – sie suchte nach dem richtigen Wort –, »wirkst du so deprimiert, etwas, was ich gar nicht an dir kenne. Sag jetzt nicht, es wäre die Sorge um mich, lieber Bruder. Dir selbst geht es nicht gut, das sieht sogar ein Blinder.«
Für einen Moment schloss Alexander die Augen. Er atmete tief durch, dann erwiderte er: »Du hast recht, ich muss mich umziehen. Sei unbesorgt, es sind nur ein paar Probleme mit dem Besitz, nichts, worüber du dir Gedanken machen musst.«
An der Tür traf Alexander auf Barnaby, der auf Susannas Klingeln gekommen war, und sie baten um eine Kanne Tee und ein paar Sandwiches. Als Alexander nach einer halben Stunde wieder in die Bibliothek kam, war Susanna verändert. Während sie den Tee tranken, sprach sie kaum ein Wort und schien irgendwie geistesabwesend zu sein. Alexander, dem seinerseits nicht nach Konversation zumute war, unternahm keinen Versuch, in Susanna zu

dringen. Sicher machte sie sich Gedanken über ihre Erkrankung und konnte die leichte Art, mit der sie sonst darüber hinwegging, nicht länger vorspielen. Als die Teekanne leer war, stand Susanna auf und meinte: »Ich schaue mal nach Mama. Vielleicht fühlt sie sich kräftig genug, das Dinner mit uns zusammen einzunehmen.« Alexander nickte und machte sich keine weiteren Gedanken über das Verhalten seiner Schwester. Am nächsten Morgen jedoch – als er erfuhr, dass Susanna bei Sonnenaufgang einem Kutscher befohlen hatte anzuspannen, und fortgefahren war – sorgte er sich um Susanna. Da sie aber niemandem vom Personal das Ziel ihrer frühmorgendlichen Ausfahrt genannt hatte, blieb ihm nichts weiter übrig, als zu warten. Die Sorgen um Susanna lenkten ihn indes von seinen Gedanken an Marianne ab, vertrieben diese jedoch nicht restlos. Als Susanna am Abend immer noch nicht heimgekehrt war, ritt Alexander zu den Nachbarn, doch niemand hatte Susanna gesehen. Alexander sorgte sich, sie könne sich etwas angetan haben, um den Schmerzen ihrer Krankheit zu entfliehen, aber würde sie ihre Tochter wirklich allein lassen? Nein, das passte nicht zu Susanna. Sie war eine erwachsene Frau, und er konnte nichts tun, als abzuwarten.

Zur gleichen Zeit am Grassmarket, Edinburgh

Nie zuvor in ihrem Leben war Marianne etwas so schwergefallen, wie den Brief an Alexander zu schreiben. Bei jedem Wort, das die Feder auf das Papier zeichnete, war es, als würde sie ein Stück ihres Herzens verlieren, und doch musste sie fortfahren. Es gab keinen anderen Weg. Sie musste sich von Alexander trennen und dafür sorgen, dass er sie verachtete und niemals wieder Kontakt zu ihr aufnahm. Immer wieder hatte sie pausieren und sich die Augen trocknen müssen, damit die Tränen nicht die Tinte verwischten. In Mariannes Leben gab es natürlich keinen anderen Mann, und ihre Liebe zu Alexander war unverändert groß, aber sie musste ihre Beziehung beenden. Nicht um ihrer selbst willen. Sie hätte alle Widrigkeiten, jeden Skandal und die größte Schande auf sich genommen, doch nun galt es, Alexander und seine Familie zu schützen. Wenn die Gesellschaft von ihrer Beziehung erfuhr und davon, dass sie als Kind einen Mann getötet hatte, wäre Alexander für immer und ewig ein Geächteter. Einzig die Tatsache, dass sie Schottland verlassen würde, entsprach der Wahrheit. Gleich nachdem sie den Brief an Alexander – den sie nicht durchgelesen, sondern schnell in einen Umschlag gesteckt hatte – Cathleen gegeben und sie gebeten hatte, ihn sofort zur Post zu bringen, hatte sie zwei weitere Briefe geschrieben: einen an Julia de Lacourt nach Paris, den zweiten an Dean und Marcella Lynnforth nach Florenz. Das junge Paar hatte in den letzten drei Jahren Schottland mehrmals bereist, dabei war Marcella Deans Vater vorgestellt und von diesem sofort ins Herz geschlossen worden. Erleichtert hatte Marianne die Nachricht, dass Deans Vater von seiner entzückenden und sanftmütigen Schwiegertochter begeistert war, in einem von Marcellas Briefen gelesen. Da sich Lord Lynnforth noch bester Gesundheit erfreute, beschlossen Dean und Marcella, den größten Teil des Jahres in Florenz zu leben. Dies hatte Marianne sehr betrübt, denn sie hatte Marcella aufrichtig gern. Seitdem standen sie in einem regen Briefkontakt, und Marianne wurde wiederholt nach Florenz eingeladen. Nun wollte sie diese Einladung annehmen, zuvor jedoch ein paar Wochen in Paris verbringen. Entgegen früheren Zeiten, in denen Marianne ihre Kraft und Inspiration einzig aus der schottischen Landschaft gewonnen hatte, konnte sie inzwischen überall auf der Welt malen. Vielleicht würde sie von Florenz nach Rom oder Wien reisen oder sonst irgendwohin. Sie musste Schottland verlassen, besonders Edinburgh wollte sie für immer den Rücken kehren. Hier würde sie auf Schritt und Tritt an ihre Vergangenheit erinnert, aber auch an die glückliche Zeit mit Alexander.

Marianne wusste nicht, wie ihr Vater reagieren würde, wenn sie einfach verschwände, denn sie hatte nicht vor, die Eltern von ihrer Abreise zu informieren. Um ihre Mutter tat es ihr leid, am liebsten hätte sie Annag gebeten, sie zu begleiten. Diese war allerdings zu schwach, um sich gegen Ervin zu stellen, darum durfte auch Annag nichts von Mariannes Plänen erfahren. Sollte Ervin mit seiner Geschichte dann doch an die Öffentlichkeit gehen! Marianne war sich sicher, dass niemand diesem heruntergekommenen Fremden, der dem Alkohol mehr zusprach, als ihm guttat, Glauben schenken würde. Sollte Ervin es tatsächlich wagen, bei Elisabeth McFinnigan vorstellig zu werden, so würde die Lady ihm die Tür vor der Nase zuschlagen. Selbst wenn Ervin Alexander aufsuchen und ihm von Adrian Shaw erzählen sollte, musste es Marianne gleichgültig sein. In ihrem Brief an Alexander hatte sie sich in einem dermaßen schlechten Licht dargestellt, was machte es da noch aus, wenn Alexander erfuhr, dass einst ein Mensch durch ihre Hand gestorben war? Marianne konnte nur ahnen, wie es jetzt in Alexander aussah. Sie kannte ihn gut genug, um zu wissen, dass sein Stolz eine Aussprache mit ihr nicht zuließ. Bestimmt würde er toben und sie schließlich hassen. Genau das hatte sie beabsichtigt, denn nur so würde Alexander nicht versuchen, sie zu finden und sie umzustimmen. Obwohl sie nicht befüchtete, Alexander in absehbarer Zeit zu begegnen, wollte Marianne die Stadt so schnell wie möglich verlassen. Sie hatte das Wichtigste bereits gepackt und eine Passage auf einem Schiff nach Dünkirchen gebucht. Die Abfahrt war in drei Tagen. Wie Craig und Anna wohl auf die lange Reise und die neue Umgebung reagieren würden?

Der Abend neigte sich über die Stadt, als es heftig an Mariannes Tür klopfte. Cathleen hatte die Wohnung bereits verlassen, da Marianne nicht mehr fortgehen, sondern eine weitere Kiste mit Dingen, die sie auf ihrer Reise brauchte, packen wollte.

»Wer ist das um diese Zeit?«, murmelte Marianne, denn es war nach sieben Uhr, eine Zeit, zu der niemand unangemeldet Besuche machte. Als sie die Tür öffnete, verschlug es ihr vor Erstaunen die Sprache.
»Darf ich hereinkommen?« Susanna wartete Mariannes Aufforderung gar nicht erst ab, sondern drängte sich an ihr vorbei in die Wohnung.
»Was willst *du* hier?« Mühsam fand Marianne ihre Sprache wieder. Sie hatte Susanna McFinnigan sofort wiedererkannt, obwohl seit ihrer letzten Begegnung viele Jahre vergangen waren. Susanna war älter und reifer geworden und wirkte sehr ernst. Marianne bemerkte die dunklen Schatten unter ihren Augen, und ihr früher ebenmäßiger blasser Teint wirkte jetzt grau. Marianne, die durch Alexander von Susannas Krankheit wusste, versuchte, sich ihr Erschrecken über deren Aussehen nicht anmerken zu lassen.
Susanna lächelte sie schüchtern an – ein Ausdruck, den Marianne ebenfalls nicht an ihr kannte.
»Ich bin den ganzen Tag unterwegs gewesen«, sagte sie leise. »Könnte ich bitte ein Glas Wasser haben?«
Marianne nickte und ging in die Küche. Susanna folgte ihr und sah sich interessiert um.
»Mein Mädchen hat mir das Abendessen warm gestellt. Es reicht für zwei«, bot sie spontan an. Krampfhaft überlegte sie, was Alexanders Schwester von ihr wollte. Hatte sie womöglich von ihrer Affäre erfahren und war gekommen, um ihr Vorwürfe zu machen? Oder wusste sie sogar, dass Alexander ein uneheliches Kind mit ihr hatte? Susanna wirkte allerdings nicht so, als wollte sie sich mit Marianne streiten. Im Gegenteil, sie konnte sich nicht erinnern, sie jemals so freundlich erlebt zu haben.
Marianne machte keine Umstände und deckte in der Küche den Tisch. Susanna war zwar damastene Tischdecken, weißes Porzellan und silbernes Besteck gewöhnt, wenn sie jedoch etwas essen

wollte, musste sie mit dem vorliebnehmen, was da war. Sie hatte keine Lust, einen besonderen Aufwand zu betreiben, nur weil eine McFinnigan sie besuchte. Was immer der Grund dafür sein mochte.

Schweigend aßen die beiden Frauen Rinderkraftbrühe, gekochten Schinken und Käse. Offenbar war Susanna sehr hungrig, denn sie langte kräftig zu, während Marianne in ihrem Essen nur herumstocherte. Plötzlich fiel ihr Blick auf Susannas rechte Halsseite, und sie erschrak über das große Geschwür auf der weißen, zarten Haut. Erneut ließ sie sich nichts anmerken. Dass Alexander ihr von Susannas Erkrankung erzählt und damit sein Versprechen gegenüber seiner Schwester gebrochen hatte, durfte Susanna nicht erfahren. Nachdem Susanna den letzten Bissen hinuntergeschluckt hatte, wiederholte Marianne ihre Frage von vorhin: »Warum bist du gekommen? Woher weißt du überhaupt, wo ich wohne?«

Susanna beantwortete ihre Fragen nicht sofort. Sie lehnte sich zurück und musterte Marianne intensiv.

»Was bedeutet dir mein Bruder?«

»Was?« Marianne fuhr von ihrem Stuhl hoch. »Ich weiß nicht, wovon du sprichst.«

»Ich glaube, du weißt es ganz genau.« In Susannas Lächeln mischte sich eine Spur von Hochnäsigkeit, die Marianne von früher noch gut kannte, doch sie wurde gleich wieder ernst. »Ich weiß, dass ihr beide seit Jahren eine ... Beziehung habt. Es stimmt mich nur traurig, dass er mich nicht ins Vertrauen gezogen hat und ich davon erst durch deinen Brief erfahren musste.«

»Er hat dir den Brief gezeigt?«, fragte Marianne fassungslos.

»Natürlich nicht, so etwas würde mein Bruder nie tun. Es war Zufall, dass ich ihn las, denn er hat ihn aus Versehen in der Bibliothek liegen lassen. Und« – Susanna ließ Marianne nicht aus den Augen – »deine Worte haben mich zutiefst erschreckt. Wie konntest du Alexander das nur antun?«

Mariannes Miene verschloss sich, als sie antwortete: »Wenn du meine Zeilen gelesen hast, dann weißt du, was ich vorhabe und was ich die ganzen Jahre über geplant hatte. Alexander war für mich lediglich Mittel zum Zweck ...«

»Rede keinen Unsinn!« Susanna unterbrach sie scharf und sah Marianne streng an. »Wenn ich dir das glauben würde, hätte ich mir nicht die Mühe gemacht, den langen Weg von Ballydaroch in die Stadt zu kommen. Nein« – sie beugte sich vor –, »ich möchte vielmehr wissen, warum du Alexander derart anlügst und ihn dadurch so verletzt, obwohl du ihn doch liebst.«

Verwirrt suchte Marianne nach Worten. Träumte sie etwa? Diese Situation konnte unmöglich real sein. Niemals würde Susanna McFinnigan sie aufsuchen, in ihrer Küche sitzen und sie fragen, warum sie Alexander verlassen wollte.

»Wie kommst du dazu, dir ein Urteil darüber zu erlauben, welcher Art meine Gefühle für Alexander sind?«, fragte sie schließlich. »Wir haben seit Jahren keinen Kontakt mehr, daher kannst du nicht wissen ...«

»Ein Mensch wie du kann sich unmöglich so verändern«, fiel Susanna ihr ins Wort. »Schon als Kind warst du in meinen Bruder vernarrt, später hast du für ihn geschwärmt, und es war ein seltsamer Zufall, dass du ausgerechnet dann unser Haus verlassen hast, als er plante, Elisabeth zu heiraten.« Sie griff über den Tisch nach Mariannes Hand. Ihre war eiskalt, wie Marianne verwundert feststellte. »Ich weiß, wir waren nie Freundinnen, und es mag dir seltsam vorkommen, dass ich mich in deine und in Alexanders Angelegenheiten mische, aber ich habe meine Gründe. In den letzten drei Jahren war mein Bruder glücklicher und ausgeglichener als jemals zuvor in seinem Leben. Manchmal ging er leise vor sich hinpfeifend durchs Haus, und oft war da ein verklärter Glanz in seinen Augen. Ich habe mich immer gefragt, woran das liegen mag, denn er verlor zwei Kinder, und seine Ehe kann wohl kaum noch als solche bezeichnet werden. Schon länger hatte ich den Verdacht, es gäbe eine andere Frau in seinem Leben, wusste allerdings bis heute Morgen nicht, dass du es bist. Ich gebe zu, bei dieser Erkenntnis musste ich zuerst kräftig schlucken. Jetzt wundert es mich allerdings nicht mehr, dass ihr beide endlich zueinandergefunden habt.«

»Hm …« Nervös knetete Marianne ihre Hände im Schoß. Sie wusste nicht, was sie von Susanna halten sollte. Die Frau schien völlig verändert zu sein, nichts erinnerte mehr an ihren früheren Hochmut und ihre Eitelkeit. »Was willst du von mir?«, fragte Marianne. »Da du meine Zeilen an Alexander gelesen hast, weißt du, dass ich mit einem anderen Mann das Land verlassen werde. Mein Schiff geht in wenigen Tagen.«

»Ach, Blödsinn!« Susanna wurde laut und runzelte unwillig die Stirn. »Was soll das für ein Mann sein? Woher kennst du ihn?« Marianne bemühte sich um eine gleichmütige Miene, als sie antwortete: »Obwohl es dich nichts angeht – er ist Maler wie ich, und wir lernten uns in Paris kennen. Seine Eltern sind sehr vermögend, und er kann mir das Leben bieten, das ich mir seit langem wünschte.«

Zu Mariannes Überraschung lachte Susanna laut los.

»Ich glaube dir kein Wort, meine Liebe. Obwohl wir uns so lange nicht gesehen haben, weiß ich genau, dass ein solches Verhalten nicht deinem Charakter entspricht. Außerdem sehe ich dir an, dass du lügst, du konntest die Wahrheit noch nie verbergen. Wenn du tatsächlich seit drei Jahren eine Affäre mit Alexander hattest, dann geschah das, weil du ihn liebst, von ganzem Herzen liebst, und nicht, weil du dir Geld und Ansehen erhofft hast. Ich bin sicher, es gibt keinen anderen Mann, und hinter deinem Entschluss, nicht nur mit Alexander zu brechen, sondern dich ihm gegenüber auch noch in einem so denkbar schlechten Licht darzustellen, steckt etwas ganz anderes. Ich bin gekommen, um deine Gründe zu erfahren, weil ich nicht zulassen werde, dass du meinen Bruder derart unglücklich machst.«

In Marianne kämpften die unterschiedlichsten Empfindungen miteinander. Sie fragte sich, ob Susanna neuerdings über hellseherische Fähigkeiten verfügte, denn sie hatte den Nagel auf den Kopf getroffen. Sie war jedoch die Letzte, der sich Marianne anvertrauen wollte.

»Selbst wenn es so sein sollte, wie du vermutest«, sagte Marianne langsam und ließ Susanna nicht aus den Augen, »ich sage, *selbst wenn*, dann frage ich mich, warum du so bestrebt bist, mich davon zu überzeugen, Alexander nicht zu verlassen. Gerade dir muss unsere Beziehung doch ein Dorn im Auge sein, und du müsstest froh sein, wenn sie beendet ist.«

Susanna lachte, aber es war ein bitteres Lachen.

»Ich kann es dir nicht verübeln, dass du nicht die beste Meinung von mir hast, Marianne. Früher gab es für dich keinen Grund, mich zu mögen, so, wie ich dich behandelt habe, aber Menschen können sich ändern. Außerdem« – sie sah Marianne mit entwaffnender Offenheit an –, »heute weiß ich, dass ich damals nur neidisch auf dich war.«

»Auf mich?« Marianne lachte laut auf. »Susanna, das zu glauben, fällt mir nicht nur schwer, sondern ist mir geradezu unmöglich.«

Susanna nickte. »Es mag seltsam klingen, aber ich habe dich immer um deine unbeschwerte Art beneidet. Marianne, du hast keine Ahnung, was es bedeutet, als Kind von reichen und einflussreichen Adligen in eine Gesellschaft hineingeboren zu werden, in der es in erster Linie darum geht, was andere von einem halten. Dorothy und ich durften eigentlich nie Kinder sein. Als wir klein waren, sahen wir unsere Eltern nur selten, und wenn, dann nur für wenige Minuten am Tag, wenn sie in die Kinderzimmer kamen, um einen Blick auf uns zu werfen. Wir wurden von Kindermädchen und Gouvernanten erzogen, die ständig wechselten. Sobald wir laufen konnten, wurden wir wie Puppen herausgeputzt und den Gästen, die ins Haus kamen, präsentiert.

Ich weiß nicht mehr, wie oft ich den Knicks üben und leise und sittsam sagen musste: ›Guten Tag, Ma'm‹ und ›Guten Tag, Sir‹. Danach brachte man mich wieder zurück ins Kinderzimmer. Später, als ich älter war, wurde mir erlaubt, zusammen mit den Eltern den Lunch einzunehmen. Dies war für mich jedoch keine Freude, denn bei Tisch wurde kein Wort gesprochen, und Vater und Mutter achteten streng auf die Einhaltung der Tischsitten. Wehe, wenn mir einmal ein Löffel hinunterfiel. Mit ungefähr zehn, zwölf Jahren wird einem bewusst, dass die ganze Erziehung nur ein Ziel hat – baldmöglichst gewinnbringend verheiratet zu werden. Mit sechzehn Jahren wirst du dann in der hochwohlgeborenen Gesellschaft vorgeführt wie eine Zuchtstute. Und immer, wirklich immer, liebe Marianne, musst du bemüht sein, alles richtig zu machen, und darfst dir nicht den kleinsten Fauxpas erlauben, denn sonst bist du für alle Zeiten erledigt, und niemand wird je wieder mit dir verkehren.«
Atemlos hatte Marianne gelauscht und fragte nun unsicher: »Was hat das alles mit mir zu tun?«
»Plötzlich kam da so ein kleines, wildes Mädchen ins Haus, und Dorothy und ich sahen, dass es auch ein anderes Leben gibt als das, was wir führten. Ja, ich habe mich über deine nackten und schmutzigen Füße lustig gemacht, und heute tut es mir leid und ich entschuldige mich dafür.« Zu ihrem Erstaunen las Marianne in Susannas Blick wirkliche Aufrichtigkeit. »Im Grunde genommen habe ich mir gewünscht, auch einmal barfuß laufen zu dürfen. Mit nackten Füßen bei Regen durch die Pfützen zu planschen und nicht immer darauf bedacht zu sein, dass nicht der kleinste Fleck mein Kleid beschmutzt. Ich habe dich um dein Haar beneidet, das mit seinen wilden Locken immer zerzaust aussah, und sogar wenn dein Gesicht mit Asche beschmiert war, fand ich dich wunderschön.«
Marianne schnappte nach Luft. Nie im Leben hätte sie mit solchen Worten gerechnet, und ihre Abneigung gegenüber Susan-

na, die ihr jahrelang das Leben schwergemacht hatte, begann nachzulassen.

»Ich habe das alles nicht gewusst und dachte, du hasst mich«, sagte Marianne leise. »Du ließest keine Gelegenheit verstreichen, mich zu demütigen und zu beleidigen.«

»Das tut mir leid«, wiederholte Susanna. »Damals wusste ich nicht, dass deine Andersartigkeit mich nicht abstieß, sondern anzog. Da ich jedoch nicht sein konnte wie du und es auch niemals sein durfte, habe ich mir eingeredet, all dies zu verabscheuen. Als ich feststellte, dass du zudem klug und lerneifrig bist und mich beim Lernen überflügelst, wurde meine Eifersucht immer stärker.«

Marianne schluckte und stand auf, um frisches Wasser auf den Herd zu stellen, denn der Tee in der Kanne war längst kalt.

»Vergessen wir es einfach.« Marianne war zwar immer noch skeptisch, aber bereit, Susanna zu verzeihen.

Nachdem die beiden Frauen von dem Tee getrunken hatten, lehnte sich Susanna, die Arme vor der Brust verschränkt, zurück.

»Was ist also mit Alexander?«

Mariannes Augenbrauen ruckten nach oben.

»Meine Entscheidung ist endgültig«, sagte sie entschlossen. »Er und ich … wir passen nicht zusammen, außerdem möchte ich nicht länger seine heimliche Geliebte sein.«

Susanna seufzte, doch bevor sie etwas entgegnen konnte, erklang lautes Kindergeschrei. Marianne fuhr von ihrem Stuhl hoch und wich Susannas überraschtem Blick aus. Noch bevor sie an der Tür war, wurde diese bereits geöffnet, und Craig schaute herein.

»Ich kann nicht schlafen, Anna weint so laut.«

»Ich komme, mein Kleiner«, murmelte Marianne.

Sie konnte nicht verhindern, und eigentlich wollte sie es auch nicht, dass Susanna ihr ins Kinderzimmer folgte. Anna lag in der

Wiege und brüllte aus Leibeskräften. Marianne nahm sie auf den Arm, und sofort verstummte das Mädchen.
Fassungslos sah Susanna von den Kindern zu Marianne, trat dann dicht an sie heran und musterte Anna aufmerksam.
»So, so, ihr passt also nicht zusammen. Alexander weiß hoffentlich, dass er ein Kind hat, oder?«
»Wie kommst du darauf, es könnte sein Kind sein?« Marianne flüsterte, um Anna nicht zu erschrecken.
Susanna lächelte und schüttelte den Kopf.
»Nun, das sieht ja wohl ein Blinder, die Ähnlichkeit ist verblüffend. Anna … das ist doch ihr Name, nicht wahr? Also, das Mädchen ist Alexander wie aus dem Gesicht geschnitten, obgleich es rote Haare hat. Die Augen jedoch hat sie von ihrem Papa.« Als wüsste Anna, dass man über sie sprach, sah sie Susanna an, und plötzlich erschien ein Lächeln auf ihren Lippen. Susanna streckte die Arme aus. »Kommst du mal zu deiner Tante? Ich darf sie doch halten, Marianne?«
Marianne gab ihren Widerstand auf und legte ihre Tochter Susanna in die Arme. Ein verklärter Blick verschleierte Susannas Augen, und Craig fragte: »Mama, wer ist die Frau?«
»Ist er auch Alexanders Sohn?«, fragte Susanna.
»Nein, Craig hat einen anderen Vater.« Für einen Moment presste sie die Lippen zusammen und fuhr dann leise fort: »Du siehst also, ich bin ein denkbar schlechter Umgang für deinen Bruder. Eine unkonventionelle Künstlerin mit zwei unehelichen Kindern, die zudem noch verschiedene Väter haben. Die Presse würde sich auf die Geschichte stürzen und an Alexander kein gutes Haar mehr lassen.«
»Wenn er dich wirklich liebt, dann kümmert ihn das nicht.« Susanna gab Marianne das Baby zurück, die Anna wieder in die Wiege legte. Das Kind hatte sich beruhigt, offenbar war es ihr nur langweilig gewesen. Marianne brachte auch Craig wieder ins Bett und versprach, später noch mal nach ihm zu sehen.

Im Flur griff Susanna nach Mariannes Arm und hielt sie fest.
»Marianne, ich habe kein Recht, mich in dein Leben einzumischen, trotzdem bitte ich dich, mir ins Gesicht zu sagen, dass du Alexander nie geliebt hast und dass du ihn nie mehr wiedersehen willst. Dann werde ich gehen, und du wirst nie wieder von mir hören.«
Marianne öffnete den Mund, doch sie war unfähig, eine solche Lüge zu formulieren. Wenn ihr schon schwergefallen war, Alexander diese Unwahrheit zu schreiben – sie brachte es nicht fertig, die Worte auszusprechen. Obwohl ihr halbes Leben auf einer Lüge aufbaute, war sie heute, hier und jetzt mit ihren Kräften am Ende.
Susanna las die Antwort in ihren Augen.
»Gut, das hätten wir geklärt. Hast du jemanden, der auf die Kinder aufpassen kann?« Als Marianne bemerkte, es gäbe da eine Nachbarin und sie hätte ein Hausmädchen, fuhr Susanna rigoros fort: »Dann packen wir ein paar Sachen und fahren so schnell wie möglich los.«
»Losfahren? Wohin?«
Susanna grinste überlegen. »Nach Ballydaroch House natürlich, wohin denn sonst?«

Hätte jemand Marianne gesagt, sie würde jemals in ihrem Leben Ballydaroch wiedersehen, so hätte sie diesen ausgelacht. Je näher sie ihrem Ziel kamen, desto nervöser wurde sie. Zwei Ecken ihres mit Spitzen gesäumten Taschentuchs hatte sie bereits zerrissen, ohne sich dessen bewusst zu sein. Der Kutscher hatte zwar ein missmutiges Gesicht gezogen, als Susanna ihn anwies, noch in der Nacht in die Lowlands zurückzufahren, musste sich ihrem Befehl jedoch beugen. Glücklicherweise war es eine trockene und milde Nacht, so kamen sie zügig voran. Trotzdem war es gegen fünf Uhr am Morgen, als sich die Silhouetten der zahlreichen Kamine an dem sich langsam erhellenden Himmel abzeichneten. Mariannes Magen zog sich zusammen, und ihr Herzschlag beschleunigte sich. Während der Fahrt hatte sie den Entschluss gefasst, Alexander die Wahrheit zu gestehen, die ganze und schonungslose Wahrheit – auch über den Mord an Adrian Shaw. Danach wollte sie sich seinem Urteil beugen. Wahrscheinlich würde er sie nach ihrem Geständnis ohnehin nicht mehr sehen wollen, und in wenigen Tagen würde sie Schottland für immer den Rücken kehren.

Im Haus regte sich nichts, als der Kutscher vor dem Hauptportal hielt.

»Soll ich einen Diener wecken?« Der Kutscher verbeugte sich vor Susanna.

»Danke, das ist nicht nötig. Spannen Sie das Pferd aus, reiben Sie es ab, füttern und tränken Sie es, dann können Sie sich zur Ruhe begeben. Sie müssen sehr müde sein, schlafen Sie sich heute richtig aus. Ich werde Anweisung geben, dass vor dem Nachmittag niemand Ihre Dienste benötigt.«

Einmal mehr war Marianne über Susannas Antwort verblüfft. Früher wäre es der verwöhnten McFinnigan-Tochter nie in den Sinn gekommen, sich bei einem Angestellten zu bedanken oder gar sich Gedanken über dessen Befinden zu machen. Marianne vermutete, die furchtbare Krankheit, die unweigerlich zu einem frühen Tod führte, hatte eine solch radikale Wandlung bewirkt.

Da die doppelflügelige Tür des Hauptportals zur Nacht verschlossen wurde, umrundeten die beiden Frauen das Haus und traten durch den Lieferanteneingang ein, der stets offen war. Zu so früher Stunde hielt sich im Dienstbotentrakt noch niemand auf, so gelangten sie ungesehen ins erste Stockwerk, und Susanna führte Marianne in ihr eigenes Zimmer.

»Du musst erst etwas ausruhen«, sagte sie und wies auf ihr Bett.

Marianne schüttelte den Kopf. »Ich bin nicht müde.«

»Ach was, du siehst erschöpft aus, wenn ich mir die Bemerkung

erlauben darf. Du möchtest Alexander doch nicht blass und abgespannt vor die Augen treten, nicht wahr?«
»Willst du nicht schlafen?«, fragte Marianne. »Du musst doch ebenso müde sein.«
Susanna schüttelte den Kopf und wandte sich zur Tür. »Ich gehe ein Weilchen in den Garten. Frühmorgens, wenn der Tau auf den Wiesen liegt und alles noch still und friedlich ist, gehe ich am liebsten spazieren.« Die Hand auf dem Türknauf, blieb sie stehen und drehte sich zu Marianne um. Ein beinahe schüchternes Lächeln huschte über ihre Lippen. »Wir haben Jahre verschwendet, Marianne, es wäre schön, wenn wir vielleicht jetzt endlich Freundinnen werden könnten.«
Susanna ließ eine verblüffte Marianne zurück. Langsam begann sie, sich auszukleiden, wobei ihre Hände so sehr zitterten, dass sie Mühe hatte, die Haken und Ösen an ihrem Kleid zu lösen. Wenn Alexander noch sein altes Zimmer in Ballydaroch House bewohnte – und es gab keinen Grund, daran zu zweifeln –, dann trennten sie lediglich zwei Wände von ihm. Sicher schlief er noch, aber sie selbst war kein bisschen müde. Trotzdem legte sie sich auf Susannas Bett und verschränkte sie Arme unter ihrem Kopf. Ihre Gedanken weilten bei Alexander, und die Aussicht, ihm in wenigen Stunden gegenüberzustehen, machte sie zugleich froh und traurig.

Entgegen Mariannes Vermutung hatte Alexander in dieser Nacht kein Auge zugetan. Mariannes Geständnis, sie habe berechnend seine Nähe gesucht, machte ihm ebenso zu schaffen wie Susannas Verschwinden. Nach Mitternacht war er in die Remise gegangen und hatte festgestellt, dass der Einspänner ebenso fehlte wie Dave, einer der Kutscher. Als er Susannas Zimmer inspizierte, in der Hoffnung, dort vielleicht eine Nachricht vorzufinden, sah er beim ersten Blick in die Schränke, dass von Susannas Kleidung nichts zu fehlen schien, wobei Alexander sich bei Damenbekleidung natürlich nicht auskannte. Den Rest der Nacht überlegte er, wohin Susanna wohl gefahren sein könnte und wie er seiner Muter ihr Verschwinden erklären sollte. Seit Lady Eleonors Gesundheit so angegriffen war, frühstückte sie stets in ihren Räumen, und Susanna leistete ihr dabei oft Gesellschaft. Nun, bis zum Morgen waren es noch ein paar Stunden, dann würde er weitersehen.

Als Alexander plötzlich das Knirschen von Wagenrädern auf dem Kiesrondell hörte, runzelte er die Stirn. Ein Blick auf seine Taschenuhr sagte ihm, dass es kurz vor fünf Uhr war. Susanna! Sofort durchfuhr ihn ein eisiger Schreck, er versuchte jedoch, sich wieder zu beruhigen. Da er in seinem Zimmer keine Lampe angezündet hatte, konnte er gut nach draußen sehen. Tatsächlich – der Einspänner war vorgefahren, und ihm entstiegen zwei Personen. Obwohl das erste graue Morgenlicht am östlichen Horizont aufzog, war es zu dunkel, Gesichter zu erkennen. Die eine der beiden konnte Susanna sein, vermutete Alexander aufgrund ihrer Statur und ihren Bewegungen, und die andere … Sein Herz tat einen Sprung, und er griff haltsuchend nach dem Fenstersims. Mit der anderen Hand wischte er sich über die Stirn. Seine Phantasie spielte ihm einen Streich. Es war reines Wunschdenken, zu meinen, Marianne wäre zu ihm gekommen, dazu noch in Begleitung von Susanna. Seine Schwester wusste nichts von Marianne und ihm, denn er war immer sehr diskret gewesen. Alexander hörte eine Tür klappen. Da er nur in Hemd und Hose war, zog er seinen dunkelblauen Hausmantel über und verließ rasch das Zimmer. Er wollte Susanna zur Rede stellen und hören, wo sie die ganze Nacht über gewesen war und wen sie um diese Uhrzeit als Gast ins Haus brachte. Zumindest handelte es sich nicht um einen Mann, so viel hatte Alexander im diffusen Zwielicht des Morgens erkennen können.

Unter Susannas Türspalt sah er einen Lichtschimmer. Kurz

klopfte er an und rief: »Susanna, ich muss mit dir sprechen«, und öffnete die Tür, ohne eine Antwort abzuwarten.
Als Marianne Alexanders Stimme hörte, durchlief es sie heiß und kalt gleichzeitig. Schnell zog sie sich die Decke bis ans Kinn, da stand er bereits im Zimmer.
»Alexander, verzeih …«, murmelte sie, als er sie fassungslos anstarrte und kein Wort sprach. »Susanna hat mich gebeten zu kommen …«
Alexander schloss die Augen und schüttelte den Kopf, als könne er damit das Trugbild verscheuchen, aber die Tatsache, dass Marianne im Bett seiner Schwester lag, bestand weiter, als er die Augen wieder öffnete. Er ignorierte den kurzen, freudigen Schrecken. Seine Augen verengten sich zu Schlitzen, als er wütend fragte: »Was willst du hier, und warum hast du Susanna in die Sache reingezogen? Zwischen uns ist alles gesagt.«
Marianne richtete sich auf, dabei fiel die Decke zur Seite, und Alexander musste seinen Blick von ihren weißen Schultern abwenden, um Marianne nicht einfach in seine Arme zu ziehen.
»Der Brief … Alexander … es tut mir leid …« Während der Fahrt hatte Marianne sich gut überlegt, was sie Alexander sagen wollte, doch jetzt schien ihr Kopf wie leergefegt. Die plötzliche Begegnung hatte sie völlig aus der Bahn geworfen.
»Du hast dich doch klar und deutlich ausgedrückt.« Seine Stimme klang hart und unnachgiebig. »Ich wünsche dir viel Glück für dein neues Leben, und jetzt geh bitte.«
Marianne schüttelte den Kopf und suchte Alexanders Blick.
»Wenn es dein Wunsch ist, werde ich dein Haus natürlich gleich verlassen, allerdings erst, wenn ich mit dir gesprochen habe. Bitte, Alexander, hör mich an! Mein Brief war nicht nur ein Fehler, der Inhalt ist auch nicht wahr. Es gibt keinen anderen Mann, und es stimmt auch nicht, dass ich dich nicht geliebt habe. Ich liebe dich immer noch, darum bin ich mitgekommen. Susanna hat mich davon überzeugt, dir endlich die Wahrheit zu sagen.«

»Was hat meine Schwester damit zu tun?«, wiederholte Alexander seine Frage. »Ja, ich denke, du hast mir einiges zu erklären.«
Marianne atmete erleichtert auf. Alexander schien bereit, sie anzuhören, und wies sie nicht sofort aus dem Haus.
»Ich möchte mich gerne ankleiden«, sagte sie und sah ihn bittend an. »Würde es dir etwas ausmachen, uns etwas zu trinken zu holen? Ich glaube, nach dem, was ich dir zu sagen habe, wirst du einen kräftigen Schluck vertragen können.«
Alexander nickte. »Ich habe eine Flasche Whisky in meinem Zimmer.«
Als er zurückgekehrt war, schenkte er zwei Gläser ein. Während er sein Glas in einem Zug leerte, nippte Marianne nur an der goldbraunen Flüssigkeit. Dann begann sie zu sprechen. Sie begann mit ihrer Kindheit auf St. Kilda und ließ nichts aus. Zuerst sprach sie leise und schleppend, da Alexander sie jedoch nicht unterbrach und sie merkte, dass er ihr aufmerksam lauschte, fiel ihr das Geständnis immer leichter. Als wäre eine Schleuse geöffnet worden, strömten die Worte aus ihr heraus. Sie blickte Alexander nicht direkt an, denn sie wollte die Verachtung über ihr Verhalten nicht in Alexanders Augen sehen. An das, was geschehen würde, wenn Alexander von ihrem furchtbaren Verbrechen erfuhr, wollte Marianne jetzt gar nicht denken. Sie hatte sich entschieden, die große Lüge ihres Lebens zu offenbaren und sich allen daraus ergebenden Konsequenzen zu stellen und diese anzunehmen. Gleichgültig, was danach geschehen würde – sie war bereit, alles zu ertragen, wenn nur diese erdrückende Last endlich von ihr genommen war.

26. Kapitel

Edinburgh, Schottland, Februar 1879

Wohlig räkelte sich Ervin Daragh in dem weichen Sessel vor dem Kaminfeuer, griff nach der auf einem kleinen Tisch stehenden Ginflasche und nahm einen langen Schluck. Gegen die Fensterscheiben prasselten Graupelschauer, und der Wind zerrte an den Dachziegeln, aber in der kleinen Wohnung war es mollig warm und gemütlich. Als Ervin die Tür klappen hörte, rief er: »Endlich, Weib, wird auch Zeit, dass du kommst. Ich habe Hunger.«
Annags Umhang war durchnässt und ihr Gesicht blau vor Kälte. Mit klammen Fingern stellte sie den Korb mit den Einkäufen auf den Tisch, hievte die schwere Schütte von ihrem Rücken und legte den Umhang ab. Nur ein kurzer Blick streifte Ervin, und Annag seufzte innerlich. Dank Màiris Geld hätte sie es eigentlich nicht mehr nötig gehabt, sich als Fischweib zu verdingen. Die schwere Arbeit gab Annag jedoch ein wenig Selbstvertrauen und das Gefühl, nicht vollständig auf ihre Tochter angewiesen zu sein. Sie missbilligte Ervins Erpressung zutiefst, war aber nach wie vor zu schwach, sich dagegen zu wehren oder sogar ihren Mann zu verlassen, wie Màiri sie wiederholt beschworen hatte.
Sie bewohnten jetzt seit einem halben Jahr die Dachkammern im Haus des Tuchhändlers. Im vergangenen Herbst hatte Ervin sich von Màiri davon überzeugen lassen, mit einem Umzug bis zum Frühjahr zu warten.
»Dann ist es einfacher, ein passendes Haus für euch zu finden«, hatte Màiri gesagt. »Bis dahin wird es euch finanziell an nichts mangeln.«
Bei Màiris Besuch im letzten September war Annag an ihrer Tochter sofort eine Veränderung aufgefallen. Irgendwie wirkte

sie gelöster, wenngleich sie Ervin gegenüber nach wie vor voller Ablehnung war. Annag konnte es ihrer Tochter nicht verdenken. Als sie sich einmal trafen, als Ervin nicht zu Hause war, hatte Màiri gesagt: »Mama, es geht längst nicht mehr um Vaters Neigungen und wozu diese geführt haben. Dass er jedoch Geld von mir verlangt, damit er den Mund hält« – sie stockte und sah Annag traurig an –, »das kann ich ihm nicht verzeihen. Als eure Tochter ist es meine Pflicht, für euch zu sorgen. Ich hätte es mit Freuden getan, aber dazu regelrecht erpresst zu werden, das ist ein denkbar schlechtes Verhalten, unsere Beziehung zu verbessern.«
Annag drückte verständnisvoll Mariannes Hand.
»Es ist traurig, wie alles gekommen ist, und ich verstehe nicht, warum Ervin sich derart verändert hat. Mir bleibt nichts, als dir zu danken.«
»Du brauchst mir nicht zu danken, Mama, denn du zeigst den Willen, deinen Lebensunterhalt selbst zu bestreiten. Vater hingegen …« Marianne stand auf und zog ihren Mantel an. »Ab sofort wird euch ein Anwalt jeden Monat einen Scheck bringen. Es ist eine hohe Summe, die wohl ausreichen wird. Im Frühjahr sehen wir dann weiter.«
Über diesen Gedanken hatte Annag das Feuer im Ofen geschürt und die Zutaten für eine Fleischbrühe geschnitten. Sie wusste nicht, was Ervin den ganzen Tag machte, wenn sie als Fischverkäuferin in den Straßen unterwegs war. Von Màiris Geld hatte er sich feine Anzüge gekauft, und Annag vermutete, Ervin besuche regelmäßig die Tavernen der Stadt, um zu spielen. Vielleicht traf er sich auch mit jungen Männern. In einer großen Stadt wie Edinburgh war dies sicher möglich. Immer wenn Annags Gedanken in diese Richtung schweiften, zwang sie ihre Konzentration auf ein anderes Thema, denn eigentlich wollte sie gar nicht wissen, was Ervin tat, während sie arbeitete.
»Wann gibt's endlich was zu essen?« Unwillig rümpfte Ervin die Nase und fuhr sich mit der Zungenspitze über die Lippen.

»Es dauert noch ein Weilchen, bis die Suppe fertig ist«, antwortete Annag. Sie schnitt eine Scheibe Brot ab, bestrich diese dick mit Butter und reichte sie Ervin. »Iss das Brot, das ist besser als der Alkohol.«

Obwohl es Annag nicht recht war, Geld von ihrer Tochter anzunehmen, musste sie zugeben, dass sie sich an einen gewissen Komfort schnell gewöhnt hatte. Auf St. Kilda hatte es niemals Butter und frisches Weißbrot gegeben, und Rindfleisch schmeckte wesentlich besser als das Fleisch der Seevögel oder Hammelbraten. Sich selbst gönnte Annag nur wenig – für den Winter zwei dicke Wollkleider und feste Stiefel und hier und da mal eine Borte, mit der sie ihre Kleider verzierte, und ein dunkles Umschlagtuch. Sie brauchte nicht viel, und sie würde auch gerne in der Dachwohnung bleiben. Ervin jedoch bestand auf einem eigenen Haus, und da er Màiri in der Hand hatte, würden sie wohl bald umziehen.

In den letzten Monaten hatte Annag mehrmals versucht, mit ihrer Tochter über Alexander McFinnigan zu sprechen, ohne Erfolg. Nannte sie nur seinen Namen, verschloss sich Màiris Gesicht, und sie sagte, einen harten Tonfall in der Stimme: »Mama, ich werde mit euch nicht über Alexander sprechen. Ich gebe Vater Geld, damit er schweigt, und es ist wohl nicht zu viel verlangt, wenn ich möchte, dass mein Wunsch respektiert wird.«

Selbst Ervin war über Màiris entschlossenes Auftreten in diesem Punkt überrascht. Er wusste jedoch, dass er sein *Einkommen* rasch verlieren konnte, wenn er seine Tochter nicht respektierte. Ervin Daragh war zwar von einfacher Geburt und konnte kaum lesen und schreiben, aber er war nicht dumm. Wie er erwartet hatte, war Màiri auf seine Forderungen eingegangen, aber er durfte den Bogen nicht überspannen. So, wie er seine Tochter einschätzte, würde sie alles tun, Alexander zu schützen, auch wenn es zu ihrem Nachteil war. Màiris finanzielle Mittel waren nicht unbegrenzt. Obwohl sie als Malerin gut verdiente, war sie bei weitem nicht reich. Wenn er von ihr nicht zu viel auf einmal forderte, würde er bis an sein Lebensende ausgesorgt haben, ohne selbst arbeiten zu müssen.

In Ervins Überlegungen hinein klopfte es an der Tür, und er rief: »Herein«, da die Tür nicht verschlossen war. »Sir ...?«

Überrascht blickte Ervin den unerwarteten Besucher an. Es handelte sich bei dem Mann im eleganten grauen Gehrock und Zylinder zweifellos um einen Gentleman. Blitzschnell überlegte Ervin, woher er den Mann kannte, denn die Gesichtszüge kamen ihm irgendwie bekannt vor.

Der Gentleman sah sich kurz in dem Zimmer um.

»Mrs. Annag Daragh, nehme ich an«, sagte er, zu Annag gewandt, und dann zu Ervin: »Und Sie müssen Ervin Daragh sein, nicht wahr?«

Ervin nickte verblüfft. So sehr er auch nachdachte, es wollte ihm nicht einfallen, wo er den Mann schon einmal gesehen hatte.

Der Besucher legte seinen Zylinder auf den Tisch, zog einen Stuhl vor Ervins Sessel und setzte sich ungefragt.

»Darf ich Ihnen eine Erfrischung anbieten, Sir?«, fragte Annag schüchtern. Sie hatte keine Erfahrung im Umgang mit hochgestellten Personen und schämte sich für ihr einfaches Kleid, das zudem nicht ganz sauber war, da sie seit ihrer Heimkehr noch keine Zeit gehabt hatte, es zu wechseln.

»Nein, danke, dies ist kein Freundschaftsbesuch«, sagte der Fremde mit tiefer, wohlklingender Stimme. »Ich bin gekommen, um Ihnen ein Geschäft vorzuschlagen.«

Ervin richtete sich auf. Seine buschigen Augenbrauen runzelten sich über der Nasenwurzel, und er blickte den Mann skeptisch an.

»Ein Geschäft? Ich wüsste nicht, was unsereins mit Leuten wie Ihnen zu tun haben sollte. Sie müssen sich in der Adresse geirrt haben, Sir.«

Der Fremde schüttelte den Kopf. Seine hellbraunen Augen

fixierten Ervin. Es lag so wenig Freundlichkeit in seinem Blick, dass Ervin ein kalter Schauer über den Rücken lief. Aus der Innentasche seines Rockes holte der Mann ein Schriftstück und reichte es Ervin.
»Das ist ein Angebot für ein Stück Land mit dazugehörigem Haus im Norden, in der Nähe von Inverness. Sie können gut genug lesen, dies zu verstehen?«
Ervin griff nach dem Blatt Papier, warf aber nur einen kurzen Blick darauf. Auf keinen Fall würde er zugeben, dass er kaum ein Wort von dem eng geschriebenen Text lesen konnte.
»Wer sind Sie?«, fragte er verwundert. »Und warum sollten Sie mir ein solches Angebot machen?«
Die schwarzen Augenbrauen des Gentleman ruckten nach oben, als er spöttisch antwortete: »Ich wusste nicht, dass es notwendig ist, mich vorzustellen, Mr. Daragh, nachdem Sie bereits in meinem Leben herumgeschnüffelt und mich beobachtet haben. Offenbar hat der Alkohol ihr Gedächtnis so weit getrübt, dass Sie sich nicht mehr an mich erinnern.«
Wie Schuppen fiel es Ervin plötzlich von den Augen.
»Alexander McFinnigan!«, rief er und sprang auf. »Sie sind der Earl von Ballydaroch.«
Alexander erhob sich ebenfalls und deutete eine spöttische Verbeugung an.
»Ebendieser. Der Mann, dessen Ruf Sie vernichten wollen.«
Ervin starrte auf das Dokument, das er immer noch in der Hand hielt, und fragte: »Was soll das?«
»Obwohl Sie nichts weiter als ein gemeiner Erpresser sind, gehe ich in meiner Großzügigkeit so weit, Ihnen ein Stück Land anzubieten, das Sie ihr Eigen nennen können. Im Gegenzug dazu verlange ich, dass Sie so schnell wie möglich die Stadt verlassen, niemals nach Edinburgh zurückkehren und Marianne ein für alle Mal in Ruhe lassen.«
In Ervins Kopf arbeitete es fieberhaft. Seit Monaten bezahlte sei-

ne Tochter für sein Schweigen, wenn sich jedoch jetzt der Earl höchstpersönlich in die Sache einmischte, dann wäre da vielleicht noch mehr herauszuholen.

»Ihr Ruf und die Tatsache, dass Ihre heimliche Affäre nicht allgemein bekannt wird, sollte Ihnen doch mehr wert sein als ein paar Wiesen und Weiden, nicht wahr, Mylord?« Herausfordernd verschränkte Ervin die Arme vor der Brust. »Da ich kaum glaube, dass meine Tochter Ihnen alles, aber wirklich alles von sich erzählt hat, müssten wir über den Preis meines Schweigens nochmals verhandeln.«

Für einen Moment sah Alexander so aus, als wollte er Ervin am Kragen packen, aber er hatte sich schnell wieder im Griff. Marianne hatte recht gehabt – dieser Mann war ein übles Subjekt, auch wenn er ihr Vater war. Nachdenklich legte Alexander seine Finger übereinander, betrachtete eine Zeitlang seine Nägel und sagte dann leise: »Die Alternative zu meinem Angebot ist eine Anzeige bei der Polizei. Auf Erpressung stehen lange Haftstrafen. Ich kenne mich damit aus, denn ich habe Rechtswissenschaften studiert und einige Zeit als Anwalt gearbeitet. Es wäre mir ein Vergnügen, meine früheren Beziehungen zu diversen Richtern spielen zu lassen, um Sie hinter Gitter zu bringen. Vielleicht ziehen Sie einen Aufenthalt im Kerker ja dem Leben auf dem Land vor, Mr. Daragh.«

Alexander hatte emotionslos und völlig ruhig gesprochen und von seinen Händen nicht aufgesehen, dennoch beschlich Ervin ein mulmiges Gefühl.

»Sie wollen mir drohen?«

Alexander schüttelte den Kopf. »Nein, Sie verstehen mich falsch. Das ist keine Drohung, sondern ein Versprechen. Also, entweder nehmen Sie die Farm und verlassen die Stadt, oder ich informiere auf der Stelle die Polizei …«

»Ich gehe zu Ihrer Frau, Sir, und erzähle ihr haarklein, dass Sie seit Jahren eine Geliebte und mit der sogar ein Kind haben«, unterbrach Ervin. Er fühlte sich wieder vollkommen sicher und wollte sich von diesem eleganten Schnösel nicht einschüchtern lassen. »Die Edinburgher Zeitungen sind an dieser Geschichte bestimmt sehr interessiert.«

»Ervin, bitte ...« Zum ersten Mal ergriff Annag das Wort. »Ein Stück Land mit einem Haus ... das wäre doch schön. Ich mag die Stadt ohnehin nicht. Bitte, nimm es an und lass uns alles vergessen.«

Ervin lachte laut und höhnisch. »Vergessen, dass meine Tochter eine gemeine Hure ist, die sich einen reichen Kerl geangelt hat und sich von diesem aushalten lässt? Oh, nein« – er schüttelte entschlossen den Kopf –, »da muss mehr für mich rausspringen, damit die Sache nicht an die Öffentlichkeit dringt.«

Nun packte Alexander Ervin doch am Kragen und zog dessen Gesicht dicht an das seine. »Ich verbiete Ihnen, so von Marianne zu sprechen«, zischte er. »Wären Sie ein Gentleman, würde ich Sie für Ihre Worte fordern, aber an einem solchen Subjekt wie Ihnen mache ich mir die Hände nicht schmutzig.«

Alexander stieß Ervin von sich und sah ihn verächtlich an, aber Ervin zeigte keine Spur von Angst.

»Vielleicht sollte ich doch mit Ihrer Frau sprechen, Sir«, sagte er leise und herausfordernd.

Plötzlich änderte sich Alexanders Verhalten, und er lächelte unverbindlich.

»Gut, wenn das Ihr ausdrücklicher Wunsch ist, so können Sie das sofort machen. Sie hat mich nämlich hierherbegleitet.« Er wandte sich zur Tür, öffnete sie und sagte: »Mit großer Freude darf ich Ihnen meine Frau vorstellen.«

Annag hielt die Luft an, als die Frau den Raum betrat, dann stieß sie einen Schrei aus.

»Màiri, oh, mein Gott, wie kann das sein?«

Ervin verschlug es die Sprache, er glaubte an einen schlechten Scherz, aber Alexander sagte bestimmt: »Marianne und ich sind

seit gestern rechtmäßig verheiratet. Die Scheidung von Lady Elisabeth wurde letzte Woche ausgesprochen, und bevor Sie jetzt auf weitere dumme Gedanken kommen, sage ich Ihnen, dass Marianne mir alles erzählt hat. Sie sehen also, die Grundlage Ihrer verabscheuungswürdigen Erpressung ist dahin. Ich könnte Sie auf der Stelle ohne einen Penny zum Teufel jagen. Nur die Tatsache, dass Sie trotz allem die Eltern meiner Frau sind – und damit meine Schwiegereltern, worauf ich allerdings gerne verzichten würde –, hat mich zu dem großzügigen Angebot, Ihnen ein Stück Land zu schenken, veranlasst.«
Ervin und Annag waren Alexanders Erklärung sprachlos gefolgt, auch Marianne sagte kein Wort, sondern blickte ihre Mutter nur stumm an.
Ervin fand als Erster seine Sprache wieder.
»Na, das ist ja ein Ding! Unsere Tochter ist jetzt 'ne echte Lady. Wie kann es sein, Sir, dass niemand etwas von Ihrer Scheidung erfahren hat? Der Skandal hätte doch riesengroß sein müssen.«
»Darüber brauchen Sie sich keine Gedanken zu machen.« Alexander sah keinen Anlass, Ervin zu erzählen, dass Elisabeth sofort in die Scheidung eingewilligt hatte, nachdem Alexander ihr eine Abfindung von fünfzigtausend Pfund sowie eine jährliche Leibrente von dreitausend Pfund versprochen hatte. Zudem behielt sie das Haus in der New Town, und Alexander schenkte ihr zusätzlich ein kleineres Jagdhaus nördlich der Stadt Perth. Elisabeth hatte ihr Herz längst an einen anderen Mann verloren und war nur zu gerne bereit, die Scheidung in aller Stille durchzuführen, da sie ihrerseits ebenfalls erneut heiraten wollte. Tags zuvor hatten Alexander und Marianne in Edinburgh heimlich geheiratet. Lediglich Julia de Lacourt, Susanna und die Munro-Schwestern waren dabei gewesen, und Julia und Susanna hatten als Trauzeugen fungiert.
Nachdem Marianne im letzten August Alexander die schonungslose Wahrheit offenbart hatte, war er zuerst sprachlos ge-

wesen. Nicht über Mariannes Tat, sondern dass sie so viele Jahre die Erinnerung in sich verschlossen hatte und sich niemandem anvertrauen konnte. Als Marianne damals nach ihrem Geständnis gehen wollte, hatte er sie einfach in die Arme genommen und geküsst.
»Du verachtest mich nicht?«, fragte sie bang. »Ich habe einen Menschen ermordet.«
»Pscht, meine Liebe, du warst damals noch ein Kind. Außerdem hast du diesen Adrian nicht ermordet, sondern in Nothilfe gehandelt. Wärst du nicht eingeschritten, wäre deine Mutter gestorben.«
»Das habe ich mir auch immer wieder einzureden versucht.« Marianne seufzte. »Dennoch ist durch meine Hand ein junger Mensch gestorben, und das werde ich mir bis ans Ende meiner Tage nicht verzeihen können.«
Als Antwort küsste Alexander sie noch einmal, und dann folgte für Marianne eine Überraschung auf die andere. Nachdem Alexander erfahren hatte, dass sie sich lediglich von ihm trennen wollte, um ihn und seine Familie zu schützen, da sie von ihrem eigenen Vater erpresst wurde, wäre er am liebsten auf der Stelle nach Edinburgh geritten und hätte Ervin zur Rede gestellt. Marianne gelang es, Alexanders Zorn zu bändigen, und gemeinsam schmiedeten sie den Plan, Ervin vorerst in Sicherheit zu wiegen. Alexander wollte eine rasche und saubere Scheidung, so lange musste Ervin sein Wissen für sich behalten. Also hatte Marianne ein halbes Jahr die Rolle der ängstlichen Tochter gespielt, die auf Ervins Forderungen einging. Nicht einmal Julia hatte sie in ihr Geheimnis eingeweiht, aber sie hatte schon so lange geschwiegen, jetzt kam es auf ein paar Monate auch nicht mehr an.
Natürlich wussten Marianne und Alexander, dass die Nachricht ihrer Heirat einen Sturm der Entrüstung in der Gesellschaft auslösen würde, aber beiden war es gleichgültig. Mehr Magengrimmen hatte Marianne vor der Reaktion Lady Eleonors.

Susanna hatte jedoch versichert, dass der Gesundheitszustand ihrer Mutter in den letzten Monaten stabil war.
»Sie wird sich zuerst zwar schrecklich aufregen, es aber schließlich mit Fassung tragen«, hatte Susanna schmunzelnd gesagt. »In unserer Familie muss man ja stets mit Überraschungen rechnen.«

Und nun waren sie hier bei Mariannes Eltern. Es war Mariannes Idee gewesen, Ervin ein Stück Land im Norden anzubieten, während Alexander ihn am liebsten seinem Schicksal überlassen hätte. Angst, Ervin könne den Totschlag an Adrian Shaw zur Anzeige bringen, hatten sie beide nicht. Es war zu lange her, es gab keine Zeugen – Annag würde sicher nicht gegen ihre Tochter aussagen –, und Marianne war ein Kind gewesen. Kein Richter des Landes würde Ervin glauben und die Sache vor Gericht bringen, dessen war sich Alexander sicher.
»Nun, Mr. Daragh, sind Sie bereit, auf mein Angebot einzugehen?«, fragte Alexander und sah Ervin fest in die Augen. »Sie haben die Wahl – entweder Sie nehmen die Farm, oder Sie erhalten nichts. Meine Frau und ich haben keine Angst vor Ihnen. Von mir aus können Sie in der Gosse landen und Ihre gemeinen Gerüchte in ganz Schottland verbreiten – von uns werden Sie keinen einzigen Penny mehr erhalten.«
Ervin wusste, wann er verloren hatte. Mit seiner Tochter hatte er ein leichtes Spiel gehabt. Ihm fehlte jedoch der Mut, sich mit einem Earl anzulegen, und er ahnte, dass er dabei nur den Kürzeren zog. Nachdem Alexander Ervin den Text der Vereinbarung vorgelesen hatte – unter anderem verpflichtete sich Ervin darin, niemals wieder in Kontakt zu seiner Tochter zu treten –, setzte Ervin mit zitternder Hand seine Unterschrift darunter.
Zufrieden rollte Alexander das Schriftstück zusammen und steckte es zurück in seine Jackentasche.
»Selbstverständlich erhalten Sie eine Abschrift des Dokuments«,

sagte er kühl. »Morgen wird einer meiner Diener Ihnen helfen, Ihre Sachen zu packen, und mein Kutscher wird sie nach Inverness bringen. Dann hoffe ich, Sie niemals wiederzusehen.«

Aus den Augenwinkeln beobachtete Marianne ihre Mutter. Ein Kloß bildete sich in ihrem Hals, und sie sagte leise: »Mama, du kannst es dir überlegen, mit Vater zu gehen, in unserem Haus jedoch wird immer Platz für dich sein.«

Annag hob den Kopf und sah ihre Tochter lange an, doch dann schüttelte sie langsam den Kopf.

»Ach, Kind, ich kann dir nicht verdenken, dass du es nicht verstehst. Ich verstehe mich ja selbst nicht, aber mein Platz ist an der Seite deines Vaters. Gleichgültig, was geschehen ist und noch geschehen wird.«

Ein letztes Mal schloss Marianne ihre Mutter in die Arme. Ihre Augen wurden feucht, aber Annag hatte ihre Entscheidung getroffen. Wahrscheinlich war es das Beste für alle Beteiligten, wenngleich die Vorstellung, die Mutter niemals wiederzusehen, Marianne sehr traurig stimmte. Sie hatte diese Gefühle jedoch bereits einmal durchlebt und wusste, dass Annag in ihrem Herzen stets bei ihr bleiben würde.

Von ihrem Vater verabschiedete sich Marianne nicht. Der Mann war ein Fremder für sie geworden.

Zwei Wochen später flatterte Mariannes Herz wie ein junger Vogel in ihrer Brust, und nervös rutschte sie auf dem Sitz hin und her.

»Du brauchst keine Angst zu haben, Mama wird dir schon nicht den Kopf abreißen.« Beruhigend tätschelte Susanna Mariannes Hand, und Dorothy lächelte ihr aufmunternd zu.

Die drei Frauen fuhren gemeinsam mit Craig und Anna in der Kutsche, während Alexander den Wagen zu Pferd begleitete, weil es sonst in der Kutsche zu eng geworden wäre.

»Ach, mir ist ganz flau im Magen.« Mariannes Lächeln war gequält. »Lady Eleonor wird alles andere als begeistert sein, ausgerechnet mich als neue Schwiegertochter zu bekommen. Vielleicht hätten Alexander und ich doch nicht heimlich heiraten sollen, sondern …«

»Schluss mit deinen negativen Gedanken!«, rief Dorothy. »Du bist doch sonst ein optimistischer Mensch. Ich gebe zu, zuerst war ich auch regelrecht geschockt, zu erfahren, dass du und Alexander …« Sie verstummte und lächelte verlegen. »Also, nicht dass ich ein Recht hätte, euch Vorwürfe zu machen, ist doch mein geliebter Christopher auch nicht von Stand, dennoch war ich mehr als überrascht über eure Hochzeit. Außerdem gab es mir schon einen kleinen Stich, dass mich vorher niemand eingeweiht hat, nicht einmal du, Susanna.« Ein vorwurfsvoller Blick streifte ihre Schwester, und Susanna lachte.

»Es gab gewisse … Umstände, die es notwendig machten, sowohl Alexanders Scheidung von Elisabeth als auch seine Wiederverheiratung geheim zu halten. Ich hoffe, du kannst uns irgendwann verzeihen, dass wir dich so lange im Unklaren gelassen haben.«

Dorothy war schnell versöhnt. In den letzten Tagen hatte sie viel Zeit mit Marianne verbracht und festgestellt, dass aus dem einst wilden Mädchen von der sturmgepeitschten Insel im Nordatlantik eine gebildete und elegante junge Frau geworden war. Eine Frau, die zudem noch zwei Kinder hatte, die Dorothy sofort in ihr Herz schloss, auch wenn Craig nicht Alexanders leiblicher Sohn war. Dorothy lehnte sich zurück, zog das Plaid fester um ihren Körper, denn in der Kutsche war es recht kühl, und lächelte still in sich hinein. Seit zwei Wochen wusste sie, dass sie ein Kind erwartete. Somit hatte auch sie ein Geheimnis, das sie mit ihren Geschwistern und der Mutter erst teilen wollte, wenn Letztere Marianne als Alexanders Frau akzeptiert hatte. Dorothy war sofort bereit gewesen, die kleine Reisegruppe nach Ballydaroch House zu begleiten und Marianne seelischen Beistand zu leisten. Wenn Eleonor McFinnigan erst sah, dass der Rest der

Familie fest zu Marianne hielt, würde auch sie ihren Widerstand gegen diese Verbindung aufgeben.

Alexander und Marianne hatten den beiden Schwestern nichts von Mariannes Eltern und dem Abkommen, das sie mit Ervin Daragh geschlossen hatten, erzählt. Ebenso wenig würden Susanna und Dorothy oder sonst jemand auf der Welt jemals die Geschichte mit Adrian Shaw erfahren. Dies würde für immer Mariannes und Alexanders Geheimnis bleiben. Alexander hatte sich geschworen, alles in seiner Macht Stehende zu tun, damit seine Frau die Erinnerungen an die Vergangenheit so schnell wie möglich überwand. Vergessen würde Marianne es allerdings niemals können.

Sie erreichten Ballydaroch House am späten Nachmittag, und die Abenddämmerung tauchte das Haus in ein diffuses Zwielicht. Da Alexander ihr Kommen nicht angekündigt hatte, eilte ein erstaunter Barnaby den Ankömmlingen entgegen.

»Mylord ... Lady Susanna und Lady Dorothy ... wir hatten keine Ahnung«, stammelte der sonst so distinguierte Butler nervös. »Mylady wähnte Sie für längere Zeit in der Stadt. Es ist nichts vorbereitet.«

Alexander lachte und warf die Zügel des Pferdes einem herbeieilenden Stallburschen in die Hand.

»Lieber Barnaby, machen Sie sich keine Umstände. So wie ich Ihre umsichtige Haushaltsführung kenne, sind unsere Zimmer bestimmt in einem tadellosen Zustand, und ich denke, die Speisekammer wird auch gut gefüllt sein, nicht wahr?« Er zwinkerte Barnaby derart vertraulich zu, dass der alte Butler verlegen wurde. »Allerdings muss ein weiteres Kinderzimmer hergerichtet werden, und informieren Sie das Kindermädchen, dass es künftig mehr Arbeit bekommt. Ich werde ihren Lohn dementsprechend erhöhen. Darum kümmern wir uns morgen, ja, lieber Barnaby?«

Erst jetzt bemerkte der Butler die junge Frau, die sich bisher im Hintergrund gehalten hatte. Auf dem Arm trug sie einen Säugling, hinter ihrem Rücken verbarg sich ein etwa vierjähriger Junge, der beeindruckt auf die hohen Mauern von Ballydaroch House blickte.

»Mama, das ist ja ein Schloss«, flüsterte er schüchtern. »Wohnen hier auch Ritter?«

Mit der freien Hand strich Marianne Craig über den Kopf.

»Früher haben hier ganz viele Ritter gelebt, mein Junge«, antwortete sie liebevoll. »Ich werde dir Bilder von ihnen und ihren Prinzessinnen zeigen und dir ganz viele Geschichten erzählen.«

Craig nickte ernsthaft und steckte einen Daumen in den Mund.

»Barnaby, bringen Sie die Kinder bitte nach oben«, wies Alexander an. »Sie sind von der Fahrt hungrig und müde. Sorgen Sie bitte dafür, dass Laura ihnen etwas zu essen macht und sie bald ins Bett bringt.«

Während des kleinen Wortwechsels hatte Marianne immer wieder angstvoll auf das Portal und die Fensterfront gestarrt, in der Erwartung, jeden Moment Lady Eleonor zu sehen. Alexander hatte ihr zwar gesagt, dass sie sich meistens in ihren Räumen aufhielt – und diese Fenster führten nach hinten hinaus –, aber die Lady musste ihre Ankunft längst mitbekommen haben. Marianne beugte sich zu Craig hinunter und sagte ihm, dass er mit dem Mädchen mitgehen und brav sein solle. Später würde sie ihm dann gute Nacht sagen und noch eine Geschichte vorlesen. Craig, durch Mariannes Arbeit von klein auf an Fremde gewöhnt, nickte und ergriff vertrauensvoll die Hand eines Hausmädchens, das ihn und Anna ins Kinderzimmer brachte. Dorothy und Susanna folgten. Susanna wollte ihre Tochter Verity begrüßen, und Dorothy wollte sich vor dem Abendessen etwas frisch machen. Zudem war die erste Begegnung mit Lady Eleonor alleinige Sache von Alexander und Marianne.

Marianne straffte die Schultern und atmete tief durch.
»Dann wollen wir uns mal in die Höhle des Löwens begeben«, sagte sie und suchte Alexanders Hand.
»Verzeihen Sie, Miss ...« Barnaby sah Marianne prüfend an. »Es ist unverzeihlich, aber ich kann mich nicht an Ihren Namen erinnern.«
Alexander lächelte, legte einen Arm um Mariannes Schultern und sah den Butler fest an.
»Lieber Barnaby, verzeihen Sie meinen Fauxpas, Ihnen die Dame noch nicht vorgestellt zu haben. Begrüßen Sie bitte Lady Marianne McFinnigan ... meine Frau.«
Das Blut wich aus Barnabys Wangen, und er blinzelte verwirrt. Als Mariannes Vorname fiel, erinnerte er sich plötzlich wieder an sie, aber er hatte sich schnell wieder im Griff. Routiniert verbeugte er sich und sagte unterwürfig: »Willkommen auf Ballydaroch House, Mylady«, und mit einem Seitenblick zu Alexander: »Sie werden verzeihen, mich überrascht zu sehen, Mylord. Warum haben Sie uns nicht über Ihre Heirat informiert? Wir hätten eine Feier vorbereiten können.«
»Das ist nicht nötig, Barnaby, aber Sie werden schon noch genügend Arbeit bekommen«, antwortete Alexander mit einem Lächeln. »Im Frühjahr werden wir einen Empfang geben, um meine Frau vorzustellen, doch jetzt sehnen wir uns erst einmal nach etwas Ruhe. Ist meine Mutter in ihren Räumen?«
»Ja, Mylord, ein Mädchen hat sie über Ihre Ankunft informiert. Sie erwartet Sie bereits.«
Als Barnaby sich abwandte, kratzte er sich verwirrt am Kopf. Der Earl war wieder verheiratet! Und das so schnell nach seiner Scheidung. Barnaby hatte noch nie etwas von Gerüchten und Klatsch gehalten, jetzt würde es ihn jedoch brennend interessieren, wie es kam, dass das kleine Mädchen von einst seine neue Herrin geworden war.
Alexander führte Marianne ins Haus und zwinkerte ihr zu. »Na,

dann wollen wir mal. Nur Mut, sie wird dich nicht gleich fressen.«

Dessen war Marianne sich nicht sicher. Ihr Herz klopfte aufregt, und ihre Hände waren schweißnass, als Alexander wenig später die Tür zu Lady Eleonors Salon öffnete und eintrat. Marianne blieb einen Schritt hinter ihrem Mann und spähte in das Zimmer. Lady Eleonor saß halb liegend auf einer Chaiselongue vor dem Kaminfeuer und hatte in einem Buch gelesen, das sie nun zur Seite legte.

»Alexander, mein Junge!«, rief sie und richtete sich auf. »Warum hast du nicht telegrafiert, dass du kommst? Ich dachte, deine Geschäfte hielten dich für längere Zeit in Edinburgh auf.«

Alexander beugte sich zu seiner Mutter hinab und küsste sie auf die Wange. Obwohl ihr das Herz immer wieder Probleme bereitete, war ihr Teint rosig, und sie wirkte frisch und erholt.

»Mama, ich hoffe, die Nachricht meiner Scheidung von Elisabeth hat dich nicht zu sehr belastet?«, fragte er besorgt. Aus Edinburgh hatte er unmittelbar, nachdem die Scheidung rechtskräftig geworden war, einen langen Brief an seine Mutter geschrieben, in diesem allerdings Marianne nicht erwähnt.

Lady Eleonor zuckte mit den Schultern und seufzte.

»Ach, mein Junge, ich habe es kommen sehen. Außerdem habe ich mich daran gewöhnt, dass meine Kinder längst alle das machen, was sie wollen, und nicht auf den Rat ihrer Mutter hören.«

Sie hörte ein Geräusch und bemerkte erst jetzt Marianne, die abwartend an der Tür stehen geblieben war. Ihre Augen weiteten sich überrascht, denn im Gegensatz zu Barnaby erkannte sie die junge Frau sofort.

»Marianne...? Was machst du hier... ich verstehe nicht...«

Alexander nahm seine Frau bei der Hand und zog sie neben sich. Fest und ruhig sah er Lady Eleonor in die Augen.

»Mama, ich sehe, du erinnerst dich noch an Marianne, obwohl

sie seit langer Zeit nicht mehr Gast in diesem Haus war. Möchtest du sie nicht begrüßen?«

Bevor Lady Eleonor etwas sagen konnte, sank Marianne in einen Knicks und sagte mit gesenktem Blick: »Mylady, es freut mich, Sie bei guter Gesundheit anzutreffen.«

Lady Eleonor gebot Marianne mit einer Handbewegung, sich zu erheben. Sie kniff die Augen halb zusammen und musterte die junge Frau eindringlich von oben bis unten, dann sagte sie leise: »Marianne ... Marianne Daragh, das Kind von St. Kilda. Wie lange ist es her? Ich habe nicht gedacht, dich jemals wiederzusehen.«

Marianne hielt den Blick gesenkt. Wenigstens hatte ihr Anblick bei Lady Eleonor nicht gleich einen Herzanfall ausgelöst. Alexander hatte Marianne mehrmals versichert, der Gesundheitszustand seiner Mutter sei kräftig genug, um die gleich folgende überraschende Eröffnung zu ertragen.

»Du hast dich verändert, Marianne, und bist eine elegante junge Dame geworden.« Marianne hob den Kopf und blickte Eleonor in die Augen. In deren Blick las sie zwar Überraschung, aber keine eisige Ablehnung, wie sie es erwartet hatte. Lady Eleonor fuhr fort: »Wir haben deinen Werdegang verfolgt, wenngleich der Weg, den du gewählt hast, nicht immer meine Zustimmung fand. Aber du bist erwachsen und musst wissen, was du tust.«

»Wenn du damit deine Missbilligung zum Ausdruck bringen möchtest, dass Marianne als Künstlerin ihren Lebensunterhalt verdiente« – sprang Alexander in die Bresche –, »so kann ich dir sagen, damit ist es vorbei. Natürlich wird Marianne auch weiterhin wunderbare Bilder malen, aber nicht mehr, um damit Geld zu verdienen, sondern nur, weil es ihr Spaß macht und weil es ein Teil ihres Lebens ist.«

»Ich verstehe nicht«, wiederholte Lady Eleonor und sah von ihrem Sohn zu Marianne.

Alexander trat hinter seine Frau, legte die Hände auf ihre Schultern und sagte laut und klar: »Mariannes Anwesenheit auf Ballydaroch ist kein freundschaftlicher Besuch in Erinnerung an alte Zeiten. Dieses Mal wird sie für immer bei uns bleiben. Mama, darf ich dir nun ganz offiziell meine Frau vorstellen? Marianne und ich haben vor zwei Wochen geheiratet.«

Epilog

Hirta, Inselarchipel St. Kilda, 29. August 1930

Der Rest ist schnell erzählt.« Marianne stützte sich auf Neills Arm und sah ihn an. »Natürlich war Lady Eleonor echauffiert, wenn nicht sogar entsetzt zu erfahren, dass Alexander mich geheiratet hatte, aber daran war nichts mehr zu ändern. In den folgenden Wochen erkannte sie jedoch, mit welch zärtlicher Liebe wir einander zugetan waren und dass Alexander glücklicher war als in einer einzigen Stunde seiner Ehe mit Elisabeth. Natürlich gab es einen Skandal, als unsere Vermählung öffentlich wurde. Wochenlang waren wir *das* Gesprächsthema in ganz Schottland. Danach wurden wir von einigen Familien, die sich zuvor als Freunde von Alexander bezeichnet hatten, geschnitten und nicht mehr eingeladen. Uns war das gleichgültig, denn jetzt merkten wir, wer unsere wahren Freunde waren, und diese brachen nicht den Stab über unsere Ehe.
Nachdem der größte Sturm vorüber war und Susanna und Dorothy mich zudem wie eine Schwester in die Familie aufgenommen hatten, begann auch Lady Eleonors Widerstand nach und nach zu bröckeln. Wir wurden zwar nie richtige Freundinnen, aber sie akzeptierte mich als neue Herrin von Ballydaroch. Als sie acht Jahre später starb, trauerte ich aufrichtig um sie. Bis heute rechne ich es Eleonor hoch an, dass sie Craig niemals hat spüren lassen, nicht der leibliche Sohn Alexanders zu sein. Die Adoption Craigs ging in aller Stille vonstatten, und so wurde er zum rechtmäßigen Erben des Titels und des Besitzes. Eleonor liebte und verwöhnte ihn ebenso wie Anna. Ich glaube, sie vergaß bald, dass Craig kein McFinnigan-Blut in den Adern hatte.«
»Weiß Craig die Wahrheit?«, fragte Neill. Marianne schüttelte den Kopf und legte eine Hand auf seinen Unterarm.

»Alexander ist sein Vater, Craig kannte ja keinen anderen Mann an meiner Seite. Wir beschlossen, es dabei zu belassen, und ich bitte dich, nicht daran zu rühren. Warum jetzt, so lange Zeit später, jemandem unnötig Schmerz zufügen?« Ein Schatten fiel über Mariannes Gesicht, und traurig fuhr sie fort: »Leider konnte Susanna nicht mehr erleben, wie die Kinder, ihre Tochter eingeschlossen, erwachsen wurden. Sie starb im selben Jahr wie Lady Eleonor, ein paar Monate nach ihrem geschiedenen Mann. Matthew Chrisholm war trotz der Trennung so anständig und großzügig gewesen, seine Tochter Verity gut versorgt zurückzulassen.« Mariannes Stimme hob sich, als sie von Verity sprach, und sie schmunzelte. »Verity ist übrigens Schauspielerin geworden. Ein Glück, dass Eleonor das nicht mehr miterleben musste. Ich glaube, die Tatsache, dass ihre Enkelin sich auf der Bühne Abend für Abend den Blicken Hunderter zahlender Gäste präsentiert, hätte einen Herzanfall nach dem anderen bei ihr ausgelöst. Susannas Tochter hat nie geheiratet und hat noch heute das eine oder andere Engagement, immer dann, wenn eine ältere Frau für eine Rolle gebraucht wird.«

»Was ist mit deinen Eltern?« Neill sah Marianne interessiert an.
»Wir hielten losen Kontakt mittels Briefen, da meine Mutter recht gut lesen und schreiben konnte. Mein Vater starb nach ungefähr zehn Jahren. In einem Wirthaus geriet er völlig betrunken in eine Schlägerei und wurde dabei getötet. Es gelang mir, Annag davon zu überzeugen, zu uns nach Ballydaroch House zu kommen. Dies geschah erst nach Eleonors Tod, denn ich glaube, hier wäre Eleonors Akzeptanz wohl an die Grenzen gestoßen. Meine Mutter verlebte bei uns noch einen ruhigen und angenehmen Lebensabend.

Als der große Krieg kam, war Alexander glücklicherweise zu alt, um eingezogen zu werden. Wir konnten Craig allerdings nicht davon abhalten, sich freiwillig an die Front zu melden. Das Schicksal meinte es jedoch gut und brachte uns Craig lebend und

unversehrt zurück nach Hause. Seit jener Zeit ist er allerdings verändert, stiller und in sich gekehrt. Er musste im Krieg zu viel Leid und Schreckliches miterleben, das hat Spuren hinterlassen. Dennoch ist er heute ein gesunder und glücklicher Mann mit vier Kindern, von denen zwei selbst bereits Kinder haben. Genau genommen bist du also dreifacher Großvater, Neill, auch wenn Craig offiziell Alexanders Sohn ist.«
Neill grinste und sah in diesem Moment fast so aus wie der blonde Junge von einst, dem der Schalk stets im Gesicht stand.
»Von Julia de Lacourt musste ich mich schon vor vielen Jahren verabschieden«, fuhr Marianne mit Wehmut in der Stimme fort. »Sie unterhielt ihre Beziehung mit Henri Barbey bis ins hohe Alter hinein, und als er starb, schien es, als wäre damit auch alle Kraft aus Julia gewichen. Emma und Judith, die Töchter des Reverends, leben nach wie vor in Edinburgh, und besonders Emma, die doch ein paar Jahre älter ist als ich, ist noch voller Tatkraft. Wir können uns nicht mehr oft sehen, da ich nur noch selten nach Edinburgh reise, aber unsere Briefe sind jedes Mal eine Bereicherung.« Marianne blieb stehen und atmete tief durch. »Lass uns bitte eine kleine Pause machen. Manchmal vergesse ich eben mein Alter.«
Der Wind zerrte an Mariannes Hut, und sie musste ihn mit beiden Händen festhalten, damit er nicht fortgeweht wurde. Sie hatte beinahe vergessen, wie heftig die Winde auf Hirta waren, dabei war es ein trockner und milder Sommertag, und die Nebelschleier, die gestern und die Nacht hindurch über der Insel lagen, waren gänzlich verschwunden.
Mit einem leisen Stöhnen ließ Marianne sich auf dem abgeflachten Felsen nieder. Ihre Wangen waren gerötet, und sie schnappte nach Luft.
»Die Anstrengung ist zu groß für dich, Màiri.« Besorgt legte Neill eine Hand auf ihre Schultern. »Wir sind keine Kinder mehr, die einst den Berg im Laufschritt erklommen haben.«

Marianne lächelte. »Dir scheint der Aufstieg nichts auszumachen, obwohl du älter bist als ich. Nun, das angenehme Leben hat mich offenbar verweichlicht, und das Rheuma steckt mir in den Gliedern.«

»Nein, wir sind keine Kinder mehr.«

Mit gespreizten Beinen stand Neill auf dem Hügelkamm unterhalb des Oiseval, den Rücken Marianne zugewandt, und starrte auf die Village Bay hinab. Am vergangenen Tag hatte das Schiff *Dunara Castle* mit Dutzenden von Schafen und den größeren Besitztümern von St. Kilda die Insel bereits verlassen. Nun wurde die *HMS Harebell* beladen, und alle Bewohner standen abwartend am Kai.

Marianne und Neill hatten den ganzen vergangenen Tag und die Nacht hindurch geredet. Marianne verspürte weder Hunger noch Müdigkeit und hatte nur ein wenig Wasser getrunken. Als der erste Streifen Morgenlicht im Osten am Horizont erschien, hatte sie den Wunsch geäußert, zu ihrem und Neills einstigen Lieblingsplatz am Oiseval aufzusteigen. Der Anstieg war ihr lang und beschwerlich erschienen, dennoch hatte sie es geschafft, wenngleich ihr Herz jetzt wie ein Vorschlaghammer in ihrer Brust pochte. Marianne ließ den Blick über die Insel schweifen. Nichts schien sich in den letzten siebzig Jahren verändert zu haben. Noch immer war die Landschaft karg und steinig, kein Baum oder Strauch zierte die Heidelandschaft, und über ihren Köpfen zogen, heisere Schreie ausstoßend, die Seevögel ihre Kreise.

»Ob sie wohl wissen, dass ihnen von Menschenhand nun keine Gefahr mehr droht?«, fragte Marianne und deutete gen Himmel.

»Vielleicht, wir wissen nicht, wie viel Tiere erfassen können. In wenigen Stunden wird St. Kilda allein den Vögeln gehören.« Er stockte und fuhr dann leise fort: »Wie es aussieht, für alle Ewigkeit.«

»Was ist geschehen, dass es so weit kommen konnte?« Marianne schüttelte verständnislos den Kopf. »Seit Hunderten von Jahren, vielleicht sogar schon länger, haben die St. Kildaner sich selbst ernährt und jeder Widrigkeit getrotzt. Gab es wirklich keine andere Lösung, als aufzugeben?«

Neill zuckte mit den Schultern und deutete mit einer Hand auf die Village Bay hinunter.

»Sieh dir die Menschen an, Màiri. Wir sind nur noch sechsunddreißig, mich eingeschlossen. Zu wenige, um unser bisheriges Leben fortzuführen, doch immer noch zu viele für die Regierung. Das Festland ist nicht länger bereit, St. Kilda zu unterstützen. Es war der Wunsch aller Erwachsenen, von hier fortzugehen.«

Marianne nickte. In den letzten Wochen hatte sie begierig alle Debatten und jede Zeitungsnotiz über die geplante Evakuierung verschlungen. In den letzten Jahrzehnten war die Bevölkerung von St. Kilda kontinuierlich geschrumpft. Sobald die Frauen und Männer alt genug waren, um arbeiten zu können, verließen sie das Inselarchipel, um woanders bessere Lebensbedingungen zu suchen. Die meisten wanderten nach Amerika oder nach Australien aus, und zurück blieben Alte, Frauen und Kinder, zu wenige, um die Ernährung der Menschen zu sichern. Außer Neill kehrte nie jemand zurück.

Das Land der unbegrenzten Möglichkeiten hatte Neill kein Glück gebracht. Er hatte in allen möglichen Berufen gearbeitet – als Tellerwäscher und Botenjunge, hatte Böden geschrubbt und Vieh gehütet, in Saloons Bier ausgeschenkt und jegliche Art von Reparaturarbeiten ausgeführt. Ein Jahr lang hatte er versucht, ein karges Stück Land zu kultivieren und sich als Farmer niedergelassen, sah jedoch bald ein, dass er kein Landwirt war. Neill musste zwar nie hungern, aber das erhoffte Glück fand er nicht. Nach vier Jahren hatte er geheiratet. Die Ehe blieb kinderlos, und als seine Frau darauf drängte, sich einem Treck nach South

Dakota, wo offenbar riesige Mengen von Gold gefunden wurden, anzuschließen, hatten sie sich getrennt. Neills Frau zog allein nach Westen, und Neill hörte niemals wieder etwas von ihr. Wenn sie noch lebte, waren sie offiziell sogar noch verheiratet. In dieser Zeit begriff Neill, dass er versagt hatte. Die Vereinigten Staaten von Amerika waren nicht sein Land. Im Norden waren die Winter zu kalt und zu schneereich, im Süden war es ihm zu feucht und zu warm. Vor allem jedoch hatte er Probleme mit der Mentalität der Amerikaner. Hier galt das Faustrecht. Kaum jemand, der nicht eine Waffe bei sich trug und von dieser auch leichtfertig Gebrauch machte. Neill war in einer Gemeinschaft großgeworden, in der es keine Verbrechen und keine Gesetze gab. Auf St. Kilda hatte jeder Erwachsene das gleiche Mitspracherecht, und es gab kein persönliches Eigentum, sondern alles gehörte allen. So heuerte Neill im Jahr 1880 auf einem Schiff an, das ihn nach Liverpool brachte, denn er sehnte sich nach der Heimat. Von dort nutzte er die nächste Gelegenheit, nach Hause nach St. Kilda zu fahren.

»Warum hast du mich in Edinburgh nicht besucht?« Auf Mariannes Frage hatte Neill geseufzt und wehmütig gelächelt.
»Ich dachte daran, wieder Kontakt zu dir zu suchen, wenngleich ich nicht stolz auf mein Versagen war. Als ich in Oban eintraf, erfuhr ich von deiner Heirat mit dem Earl von Ballydaroch. Warum also hätte ich dich aufsuchen sollen? Dich, eine der ersten Damen des Landes. Ich war sicher, du hättest mir, einem abgerissenen Herumtreiber mit lediglich ein paar Pfund in der Tasche, die Tür gewiesen. Ich wollte dein neues Leben, für das du jahrelang gekämpft hast, nicht stören oder gar in Gefahr bringen.«
Auf Neills Erklärung hin schwieg Marianne, denn sie musste ihm recht geben. Sie hätte nicht gewusst, wie sie reagiert hätte, wenn Neill plötzlich vor ihr gestanden wäre. Auf eine Art hatte Marianne nie aufgehört, den Jugendfreund zu lieben, wenngleich es eine andere Art von Liebe war als die, die sie für Alex-

ander empfand. Zwischen Neill und ihr gab es ein unsichtbares Band, das bis heute nicht zerstört worden war.

»Zurück auf Hirta erfuhr ich, dass Ervin und Annag, deine Eltern, Màiri, die Insel einige Jahre zuvor verlassen hatten. Ich war froh, Ervin nicht mehr zu begegnen, und ich fand mich schnell wieder in das Leben, für das ich geboren wurde, hinein. Als ich zum ersten Mal wieder in den Stac Lee einstieg, schien es, als wäre ich nie fortgewesen, so vertraut war mir jedes Stück Felsen und jede hohe Welle, die gegen den Stac donnerte.«

»Du hast nicht wieder geheiratet?«, fragte Marianne. »Ich meine, hier hätte es keine Rolle gespielt, dass du in Amerika bereits eine Frau hast.«

Neill schüttelte den Kopf. »Ich verspürte keine Lust, mich erneut an eine Frau zu binden. Natürlich hätte ich gerne Kinder gehabt, aber schließlich füllte mich die Arbeit aus. Hier auf Hirta wusste ich, warum ich morgens aufstand und warum ich Schwielen an den Händen hatte. Du weißt es selbst, Màiri, jeder St. Kildaner hatte seine Aufgabe, und nur, wenn alle am selben Strang zogen, konnten wir überleben. Nun« – er seufzte und hob hilflos die Hände –, »das ist endgültig vorbei. In zwei, drei Tagen wird St. Kilda nur noch eine wehmütige Erinnerung sein.«

Marianne schwieg. In einem Artikel hatte sie gelesen, dass der Tod einer jungen Frau, die Ende Januar dieses Jahres an einer Blinddarmentzündung starb, der endgültige Auslöser war, die Insel zu evakuieren. Auf dem Festland musste niemand mehr an dieser Erkrankung sterben, aber auf St. Kilda hatte es für die bedauernswerte Mary Gillies keine Hilfe gegeben.

»Wir werden nicht länger zulassen, wie sich die Menschen auf St. Kilda nach und nach selbst ausrotten …«

Marianne hatte die Ansprache eines bedeutenden Politikers – den Namen hatte sie vergessen – bei einer öffentlichen Versammlung in Edinburgh gehört. Stundenlang war über das Schicksal der St. Kildaner diskutiert worden.

»Wir, die Regierung des britischen Königreichs, haben die Verpflichtung, Menschenleben zu erhalten, auch wenn es bedeutet, dass man die Menschen zum Überleben zwingen muss. Zudem wurde dem Ausschuss eine Petition der Inselbewohner vorgelegt, in der sie selbst darum bitten, sie von der Insel fortzubringen ...«

Dies war Marianne unglaubhaft erschienen, aber Neill hatte es bestätigt. Im Frühjahr des Jahres 1930 hatten sich alle Männer über vierzehn Jahre zusammengesetzt und die Petition erstellt. Im Laufe der Nacht hatte Neill ihr eine Kopie des Schreibens zum Lesen gegeben:

Schreiben an William Adamson, Minister für schottische Angelegenheiten, Westminster

Wir, die unterzeichnenden Einwohner von St. Kilda, ersuchen die Regierung Ihrer Majestät mit allem Respekt, uns in diesem Jahr beim Verlassen der Insel zu helfen. Die Gesamtzahl der Inselbewohner ist auf 36 gesunken. Dabei sind einige Männer auf der Suche nach Arbeit für immer aufs Festland gezogen. Das bringt uns in eine Zwangslage, da die verbliebenen Einwohner nicht imstande sind, die notwendigen Arbeiten auszuführen. Die wenigen Männer müssen alles machen – Vögel fangen, Schafe züchten, weben und die Witwen unterstützen. Seit Jahren sind die Einwohner von St. Kilda auf Hilfe von außen angewiesen. Sie verfügen nicht über die Mittel, ihre Situation zu verbessern oder die Menschen und ihren Besitz zu evakuieren. Wir bestehen nicht darauf, als Gemeinschaft zusammenzubleiben, aber wir wären Ihnen alle zu Dank verpflichtet, wenn Sie uns bei der Umsiedlung an einen Ort helfen könnten, an dem wir unter besseren Bedingungen für unseren Lebensunterhalt sorgen können ...

Aufgewühlt legte Marianne das Schreiben zur Seite.
»Es ist schrecklich, dass es so weit gekommen ist.« Sie blickte Neill mitfühlend an. »Obwohl ihr schreibt, dass ihr evakuiert werden möchtet, kann ich nicht glauben, dass nur einer von euch St. Kilda wirklich verlassen will. Es ist doch eure Heimat.«
»Wir hofften, die Regierung würde unserem Hilferuf so weit folgen, dass wir eine größere Unterstützung erhalten, aber die Herren auf dem Festland in ihren eleganten Anzügen nahmen unser Schreiben sofort zum Anlass, St. Kilda zu räumen.«
Marianne verstand, was die Menschen zu diesem Schritt bewogen hatte, und vielleicht war es wirklich das Beste für sie. Obwohl sie im Herzen immer ein Kind von St. Kilda geblieben war und es bis zu ihrem Tod bleiben würde, konnte sie sich ein solch hartes Leben nicht mehr vorstellen. Sie hatte sich an die Annehmlichkeiten des Lebens im zwanzigsten Jahrhundert gewöhnt. Vor zwei Jahren hatte sie sich ein neues technisches Gerät angeschafft – man nannte es Radio – und war fasziniert davon, täglich über die neuesten Nachrichten aus der ganzen Welt informiert zu werden. Auch Automobile waren aus dem Alltag nicht mehr wegzudenken, und Marianne fragte sich, wie die St. Kildaner, die ihre Insel nie zuvor verlassen hatten, wohl auf den Anblick eines Autos reagieren würden. Aber das Leben hier hatte auch Vorteile. Während des großen Krieges, der ganz England und Schottland erschütterte und in dem die Mehrheit der Briten Hunger leiden mussten, war St. Kilda unbehelligt geblieben. Die Menschen wussten nichts von Krieg und Gewalt, und Marianne wünschte sich, es hätte für immer so bleiben können.
»Ich glaube, wir müssen gehen.«
Neill reichte Marianne seine große, schwielige Hand und half ihr aufzustehen.
»Bevor wir das Schiff besteigen, möchte ich an die Klippen.« Marianne sah ihn bittend an. »Du weißt, wohin, auch wenn ich den genauen Punkt nicht kenne. Aber ich *muss* es tun.«

Neill nickte, und Marianne stützte sich auf seinen Arm. Bei Mariannes Geständnis, sie hätte Adrian Shaw erschlagen, war er völlig ruhig geblieben und empfand nicht den geringsten Anflug von Entsetzen. Die Tat war so lange her, und Màiri hatte nichts getan, was er nicht selbst getan hätte, wenn seine Mutter in Gefahr gewesen wäre.

Der Weg zu den Klippen war nicht weit. Annag hatte gegenüber Màiri nur vage erwähnt, wo sie und Ervin Adrians Leiche ins Meer geworfen hatten. Stumm stand Marianne am Rand der Klippen und blickte aufs Meer. Aus der Tasche ihres Mantels zog sie eine verwelkte Rose, trat einen Schritt vor und warf die Blume in den Abgrund.

»Es tut mir leid, Adrian Shaw«, murmelte sie so leise, dass Neill Mühe hatte, ihre Worte zu verstehen. »Ich kann das Geschehene nicht ungeschehen machen, dennoch hoffe ich, du kannst mir eines Tages, wenn wir uns vor einem höheren Gericht wiedersehen, verzeihen. Dieser Tag wird für mich nicht mehr fern sein.«

Sie kehrte dem Meer den Rücken zu. Aus der Ferne der Village Bay ertönte das Schiffshorn – das Zeichen, dass die Kessel der *HMS Harebell* unter Dampf standen und das Schiff bereit zur Abfahrt war. Während sie die Häuser des Dorfes passierten, sah Marianne, wie aus allen Kaminen ein letztes Mal Rauch aufstieg. Marianne kämpfte nicht gegen ihre Tränen an. Es war vorbei – unwiderruflich aus und vorbei, und bald würde St. Kilda nicht mehr als eine Erinnerung in den Köpfen der letzten Bewohner sein. Eine Welt, die über Jahrhunderte in unveränderter Form bestanden hatte, gab es nicht mehr.

Wortlos nahm Neill ihren Arm, und Marianne stützte sich dankbar auf ihn. Sie war von der Kraft ihres Jugendfreundes überrascht, war er doch zwei Jahre älter als sie. Am Kai angekommen, blickte sie zum ersten Mal, seit sie die Insel am Tag zuvor betreten hatte, in die Gesichter der Männer und Frauen, die sich bereit machten, ihre Heimat für immer zu verlassen. Marianne drückte

ihnen die schwieligen Hände. Sie musste nichts sagen, die Menschen verstanden ihren mitfühlenden Blick.
»Finlay Gillies, vierundsiebzig Jahre alt«, sagte Neill hinter ihr leise, und der alte Mann neigte den Kopf. Nach und nach stellten sich die Menschen am Kai Marianne vor.
»Finlay MacQueen, ich bin achtundsechzig Jahre alt.«
»Mein Name ist Norman MacKinnon, fünfzig Jahre, und das ist meine Frau Ann, zweiundvierzig. Unsere Kinder Norman, Donald Ewen, Finlay, Rachel, Kirsty, Mary und Neill.«
Marianne ging zu jedem und blickte in die leeren, ausdruckslosen Gesichter. Von allen sechsunddreißig Menschen gab es lediglich fünf Personen zwischen zwanzig und fünfzig Jahren, alle anderen waren entweder älter oder noch Kinder.
Marianne und Neill gingen als Letzte an Bord.
»Was wirst du auf dem Festland machen?«, fragte Marianne.
Neill zuckte die Schultern. »Ich habe keine Familie, und ich bin alt.«
Er lächelte zwar, aber Marianne spürte, dass seine Unbekümmertheit nur gespielt war. Für einen Mann ins Neills Alter, der keine Verwandten oder sonst jemanden hatte, der ihn bei sich aufnahm, würde es nur den Weg ins Obdachlosenasyl geben. Welch schreckliche Vorstellung, Neill könnte dort sein Leben beenden.
»Möchtest du deinen Sohn kennenlernen?« Marianne dachte über ihre Worte nicht nach, denn sie kamen aus ihrem Herzen.
Neill sah Marianne fassungslos an. »Meinst du das im Ernst?«
»Ballydaroch House ist schrecklich groß.« Sie seufzte. »Zu groß für eine Frau meines Alters. Craig lebt in Edinburgh, und Anna, Alexanders Tochter, ist schon lange mit einem Laird aus Inverness verheiratet. Wir sehen uns viel zu selten.« Sie legte ihre Hand auf Neills Arm. »Meine Bitte, mit mir nach Hause zu kommen, ist also sehr egoistisch, damit eine alte Frau in den letzten Jahren ihres Lebens nicht allein sein muss.«

»Was wird deine Familie dazu sagen, wenn du plötzlich einen alten, armen Mann in deinem Haus aufnimmst? Und die Nachbarn und deine Freunde?«

Marianne lächelte wehmütig. »Mir war die Meinung anderer Menschen immer schon gleichgültig, und ab einem gewissen Alter legt man noch weniger Wert darauf, was andere von einem denken und was über einen geredet wird. Außerdem – die Familie McFinnigan und auch ich haben in den letzten Jahrzehnten so viele Schlagzeilen gemacht, dass es auf eine mehr oder weniger auch nicht mehr ankommt. Neill Mackay, ich frage dich jetzt ganz offiziell: Möchtest du mit mir nach Ballydaroch House kommen und den Rest unseres Lebens mit mir teilen? Allerdings habe ich eine Bedingung – Craig soll die Wahrheit niemals erfahren. Für ihn war Alexander immer ein liebevoller Vater, der es Craig nie hat spüren lassen, dass er nicht sein eigen Fleisch und Blut war. Es ist nicht nötig, dass Craigs Welt, so wie er sie kennt, aus den Fugen gerät.«

»Soll das etwa ein Heiratsantrag sein?«, scherzte Neill, sein Blick war jedoch ernst.

»Heiraten? Nein, Neill, dazu bin ich zu alt, aber ich möchte nicht mehr allein sein. Alexander ist seit Jahren tot, und in mein Leben ist Ruhe eingekehrt.« Sie hob ihre rechte Hand und betrachtete die von der Gicht gekrümmten Finger. »Lange schon kann ich keinen Pinsel mehr halten, wenngleich in meinem Kopf immer noch die farbenprächtigsten Motive allgegenwärtig sind. Bilder von St. Kilda, die niemals mehr gemalt werden. Lass uns die Erinnerungen an das letzte Paradies auf Erden gemeinsam teilen.«

Neill legte einen Arm um Mariannes Schultern, und gemeinsam traten sie an die Reling, als das Schiff ablegte. Stumm blickten sie auf die im hellen Sonnenlicht schimmernden Hügel und Berge Hirtas. Noch konnten sie den Rauch aus den Kaminen aufsteigen sehen. Dann wurde die Village Bay immer kleiner, und bald zeichnete sich St. Kilda nur noch als schmaler dunkler Streifen am Horizont ab, bis die Insel schließlich ganz ihren Blicken entschwand.

Eine fast zweitausendjährige Geschichte war zu Ende, doch solange die Erinnerung in den Menschen weiterlebt, wird auch St. Kilda niemals ganz sterben.

Nachwort und Danksagung

St. Kilda, die windgepeitschte Inselgruppe der äußeren Hebriden, besteht aus den Inseln *Boreray*, *Soay*, *Dùn*, der Hauptinsel *Hirta* und verschiedenen, wie spitze Nadeln aus dem Meer hochaufragenden sogenannten *Stacs*. Westlich davon gibt es kein Festland mehr bis zum amerikanischen Kontinent.

Vor sechzig Millionen Jahren entstand die Inselgruppe nach einem Vulkanausbruch im Nordatlantik. Millionen von Jahren vergingen, in denen Seevögel die steilen und hohen Klippen bevölkerten und das Archipel zum größten Nistplatz in Europa machten. Es ist nicht vollständig geklärt, wann die ersten Siedler nach St. Kilda kamen, aber Ausgrabungsfunde brachten Hinweise einer menschlichen Besiedlung vor etwa 4000–5000 Jahren zutage. Es wird vermutet, dass in der Zeit der Christianisierung (ca. 400–600 n.Chr.) Einsiedlermönche die Insel Hirta für sich entdeckten – daher soll auch der Name St. Kilda stammen. Im Mittelalter siedelten sich dann die ersten Menschen dauerhaft an. Da die Inseln aufgrund ihrer Witterunsverhältnisse weder für die Landwirtschaft noch die Viehzucht geeignet, von Seevögeln jedoch regelrecht überschwemmt war, ernährten sich die Einwohner von den Vögeln und deren Eiern. Ebenso ungeklärt ist, wann genau St. Kilda dem Hoheitsgebiet des Clans MacLeod of MacLeod zugesprochen wurde. Der Clan herrschte im späten Mittelalter über fast alle Inseln der äußeren Hebriden. Der jeweilige Chief forderte wie damals üblich einen Tribut von den St. Kildanern, der in Form von Vogelfedern und Schafwolle entrichtet wurde. Dazu steuerte in unregelmäßigen Abständen, aber höchstens einmal jährlich, ein Schiff die Inselgruppe an. Es gibt einige Hinweise, dass immer wieder einmal Reisende – ob Schiffbrüchige oder ob sie freiwillig die beschwerliche Überfahrt nach

St. Kilda unternommen haben, sei dahingestellt – die Insel aufgesucht haben.

Erst als im Jahr 1697 der schottische Reisende und Schriftsteller Martin Martin (er hieß wirklich so!) St. Kilda besuchte, erfuhr die breite Öffentlichkeit von den Menschen, die sogar für die damalige Zeit unter primitivsten Umständen lebten. Trotzdem blieben die St. Kildaner weiter unbehelligt, bis Mitte des neunzehnten Jahrhunderts – mit dem Aufkommen der Dampfschiffe und dem damit verbundenen bequemeren und ungefährlicheren Reisen – es regelrecht in Mode kam, »das Inselarchipel am Ende der Welt« (wie die Briten St. Kilda nannten) aufzusuchen. Hin- und hergerissen zwischen ungläubigem Staunen, Abscheu und Faszination beschloss die britische Regierung das schwere Leben der St. Kildaner zu erleichtern. Missionare wurden eingesetzt, die den Bewohnern nicht nur den christlichen Glauben, sondern auch Schreiben, Lesen und Rechnen nahebringen sollten. In der zweiten Hälfe des neunzehnten Jahrhunderts wurden regelrechte Vergnügungsfahrten für vermögende Briten organisiert, die diese »bedauernswerten und elendigen Kreaturen« auf St. Kilda wie wilde Tiere im Zoo bestaunten. Sie kamen für einen Tag, brachten neben ihrer Sensationslust aber auch vieles mit, was die St. Kildaner bisher nicht gekannt hatten. Das waren Nahrungsmittel wie Äpfel, Birnen, Orangen oder Schokolade und vor allen Dingen Geld. Nun waren die St. Kildaner zwar nicht gebildet im landläufigen Sinn, sie waren jedoch nicht dumm und erkannten recht schnell den Wert des Geldes. Die reichen Festländer gaben gerne ihre Pennys für handgearbeitete Stoffe oder dafür aus, bei den lebensgefährlichen Klippenklettereien zuschauen zu dürfen. Mit dem Geld waren die Einwohner nun in der Lage, sich etwas mehr Komfort leisten zu können. Das waren zwar nur Haushaltsgegenstände und Werkzeuge, dennoch wollten sie darauf bald nicht mehr verzichten. Die britische Regierung machte sich daraufhin zur Maßgabe, St. Kilda dem Lebensstandard des Festlandes anzupassen. Dass dies aufgrund der geographischen Lage nicht funktionieren konnte, zeigt das Beispiel des Neubaus der Häuser. Alles dafür benötigte Material wurde vom Festland auf die Insel geschafft. Vernichtete jedoch ein Sturm die Häuser, was eigentlich jeden Herbst der Fall war, und konnte dann kein Schiff die Insel erreichen, was ebenfalls im Herbst und Winter die Regel war, konnten die St. Kildaner ihre Häuser nicht mehr selbst instand halten. So wurden sie nach und nach immer abhängiger vom Festland.

Zu Beginn des zwanzigsten Jahrhunderts emigrierten zahlreiche Inselbewohner – die meisten nach Amerika und Australien. So schrumpfte die Einwohnerzahl drastisch, aber die Arbeit, die Verbliebenen zu ernähren, blieb dieselbe. Immer größere Zuwendungen vom Festland waren notwendig, denn die nachfolgenden Generationen hatten verlernt, ohne fremde Hilfe zu überleben. Sie waren in einem auf Geld basierenden Wirtschaftssystem aufgewachsen und unfähig, sich wie ihre Vorfahren selbständig zu ernähren. Erschwerend kam hinzu, dass während des Ersten Weltkriegs eine Militärbasis auf St. Kilda errichtet wurde und zum ersten Mal in der Geschichte der Insel mittels Funkverkehr ein täglicher Kontakt zum britischen Festland bestand.

Als das Militär die Insel verließ, fühlten sich die St. Kildaner, zwischenzeitlich an den regelmäßigen Kontakt zur Außenwelt gewöhnt, plötzlich isoliert. Nach dem Krieg verließen weitere Männer die Insel, andere starben an harmlosen Krankheiten wie zum Beispiel an einer Grippe oder Blinddarmentzündung. Die letzten sechsunddreißig Bewohner von St. Kilda sahen ein, dass sie es allein nicht mehr schafften, und baten die britische Regierung um Hilfe. Ja, sie baten regelrecht, von der Insel fortgeholt zu werden, wobei sie darauf hofften, dass die Regierung diesem Wunsch nicht Folge leisten, sondern stattdessen mehr Unterstützung schicken würde. Der Regierung, für die St. Kilda schon länger ein Fass ohne Boden war, kam dieser Hilferuf gerade recht, und die Evakuierung war beschlossene Sache. Da die britische Regierung die Menschen zwar evakuierte, sich aber nicht weiter um die ehemaligen St. Kildaner kümmerte, als diese auf dem Festland angekommen waren, ist nicht bekannt, was aus diesen Männern, Frauen und Kindern wurde. Es gibt vereinzelte Berichte von Nachkommen, dass keiner von ihren Vorfahren auf dem Festland glücklich wurde und diese immer ihrem harten, aber glücklichen Leben auf St. Kilda nachtrauerten.

Während der nächsten Jahre blieb St. Kilda unberührt, und die Seevögel eroberten die Insel wieder zurück. Im Zweiten Weltkrieg spielten die Inseln keine Rolle. In den fünfziger Jahren des vergangenen Jahrhunderts richtete die britische Regierung aufgrund der bestehenden Anlagen aus dem Ersten Weltkrieg eine Militärbasis auf Hirta ein. In erster Linie wurden Raketenabschüsse und Testflüge durchgeführt. Bereits 1931 verkaufte MacLeod St. Kilda, und im Jahre 1956 vermachte der Marquess of Bute nach seinem Tod die Inselgruppe dem *National Trust for Scotland (NTS)*, der St. Kilda seitdem zu einem Naturschutzgebiet gemacht hat. Die militärischen Einrichtungen sind inzwischen verschwunden, und der *NTS* bemüht sich um die Instandsetzung und Erhaltung der alten Häuser rund um die Village Bay. Dies geschieht unter Einbeziehung von freiwilligen Helfern, die in den Sommermonaten für ein paar Wochen einen ganz besonderen »Urlaub« auf St. Kilda verbringen können – indem sie mithelfen, die Vergangenheit auf St. Kilda wieder aufleben zu lassen. Die Freiwilligen arbeiten und leben in recht einfachen Verhältnissen, ein Arbeitssommer auf St. Kilda bedeutet für alle jedoch ein unvergessliches Erlebnis.

Noch heute ist es für normale Touristen sehr schwierig, St. Kilda zu besuchen. Es gibt keinen Flugplatz, und die Überfahrt – vorrangig von der Insel Lewis aus – dauert trotz moderner Schiffe je nach Wetterlage viele Stunden. Für Besucher gibt es auf

St. Kilda keine Übernachtungsmöglichkeit, kein Restaurant, ja sogar nicht einmal eine öffentliche Toilette. St. Kilda gehört wieder den Tieren, die das Inselarchipel seit Jahrmillionen bevölkern und es weiterhin tun werden, sofern sich die Menschen nicht einmischen.

Zum ersten Mal hörte ich von St. Kilda im Jahr 2002. Damals erwarb ich während eines Urlaubs in den Highlands eine Musik-CD des schottischen Folksängers Ben Kelly. Auf dieser CD befindet sich das von ihm komponierte Musikstück *St. Kilda*. Der Text, der von dem Verlust der Heimat erzählt, zog mich sofort in den Bann. Obwohl ich mich seit über dreißig Jahren mit der Geschichte Schottlands befasse und so gut wie jeden Winkel des Festlandes bereist habe, war mir der Name St. Kilda unbekannt. Auch ergaben damals Recherchen in Büchern, Reiseführern sowie dem Internet kein Ergebnis, und ich kam zu der Überzeugung, es handle sich bei St. Kilda um einen fiktiven Namen.
Erst Ende 2008 wurde ich wieder auf St. Kilda aufmerksam. Dieses Mal durch einen Fernsehbericht bei *arte,* der über das Leben und über die Evakuierung dieses Inselarchipels im Nordatlantik berichtete. Hin- und hergerissen zwischen Faszination und ungläubigem Staunen, dass Menschen so lange in so einfachen Verhältnissen überleben konnten, sah ich mir den Bericht wiederholt an. Zwischenzeitlich waren auch einige Informationen im Internet zu finden, zudem erwarb ich das Buch *The life and death of St. Kilda* des Autors Tom Steel, das ich mit der gleichen Faszination las. Schnell formte sich in meinem Kopf der Gedanke, einen Roman zu schreiben, der die Lebensumstände von St. Kilda zum Inhalt hat.
Bis auf die Erwähnung einiger historischer Namen sind die Personen in diesem Roman ebenso erfunden wie ihre Geschichte. Eventuelle Namensgleichheiten wären zufällig und sind von mir nicht beabsichtigt. Historisch fundiert sind allerdings die Namen

der Personen, die am 29. August 1930 ihre Heimat für immer verlassen mussten und niemals wieder zurückkehren konnten. So wurden die St. Kildaner im zwanzigsten Jahrhundert zu Almosenempfängern.

An dieser Stelle gilt mein erster Dank der Programmleiterin Belletristik des Knaur Taschenbuch Verlages, Frau Christine Steffen-Reimann, die von der Idee ebenso begeistert war wie ich und mir somit die Möglichkeit bot, über das vergessene Inselarchipel und seine Bewohner zu schreiben, um Ihnen, liebe Leserinnen und Leser, etwas von diesem faszinierenden Teil der schottischen Geschichte nahezubringen.
Bedanken möchte ich mich ebenfalls bei meiner Agentin Frau Bettina Keil, Hamburg, die für die Idee ebenso Feuer und Flamme war, sowie der Lektorin Frau Christa Pohl, Leonberg (die stets den ersten Blick auf meine Manuskripte werfen darf und mir seit Jahren mit Rat und Tat zur Seite steht), und Frau Ilse Wagner, meiner Redakteurin, die dem Roman den letzten Schliff gab.
Nicht zu vergessen danke ich meinem Mann und meiner ganzen Familie, die in der Zeit, wenn ein solch umfangreicher Roman entsteht, oft auf mich verzichten müssen, da ich in meinem Arbeitszimmer in eine andere Welt eintauche und nicht ansprechbar bin.
Mein Dank gilt ebenfalls meinen Kolleginnen und Kollegen des Fördervereins deutschsprachiger Liebesromanliteratur e.V. (DeLiA), die mir nicht nur bei Recherchefragen zur Verfügung stehen, sondern mich auch täglich in einem regen Mail-Austausch motivieren, Ihnen, liebe Leserinnen und Leser, schöne und spannende Romane zu schreiben. Danke auch an die Damen und Herren des *National Trust for Scotland*, die in einigen E-Mails meine Fragen zur Geschichte der Inseln beantworteten. Die Organisation kümmert sich seit den fünfziger Jahren des letzten Jahrhunderts um den Erhalt von St. Kilda. Ohne den NTS wären

St. Kilda, dessen Geschichte und Bewohner heute wirklich völlig vergessen. Wer mehr über St. Kilda – gestern und heute – und die Möglichkeit eines Besuchs der Inselgruppe oder über die Mitarbeit in einer Arbeitsgruppe erfahren möchte, dem empfehle ich die Webseite des NTS – http://www.kilda.org.uk/frame31.htm

Außerdem empfehle ich das bereits erwähnte Buch
The life and death of St. Kilda – The moving story of a vanished island community von Tom Steel
Letzte bekannte Veröffentlichung: 1994 im Verlag HarperCollins*Publisher*, London
Das Buch ist im Internet über diverse Anbieter zu beziehen, es liegt leider keine deutschsprachige Übersetzung vor.

Die Inselgruppe von St. Kilda gehört sowohl zum UNESCO-Weltnaturerbe als auch zum UNESCO-Weltkulturerbe. Es ist das einzige Gebiet des Vereinigten Königreichs mit diesem Doppelstatus.

Zu guter Letzt hoffe ich, Ihnen, liebe Leserinnen und Leser, mit diesem Roman schöne Lesestunden bereitet zu haben. Vielleicht wurde bei dem einen oder anderen auch der Wunsch geweckt, Schottland einmal selbst zu bereisen (sofern noch nicht geschehen). Wer allerdings St. Kilda aufsuchen möchte, muss auch heute noch über eine große Portion Wagemut verfügen, denn glücklicherweise bleibt das Inselarchipel vom Massentourismus verschont und gehört nach wie vor den Schafen und den Seevögeln.

Herzlichst
Ihre
Ricarda Martin

Ricarda Martin

Im Tal der Lügen

Roman

Cornwall, 1856. Lorna und Cathy, Nachbarskinder aus ärmlichen Verhältnissen, sind beste Freundinnen und glauben, dass nichts sie trennen kann. Dann zieht Cathy als Hausmädchen auf einen herrschaftlichen Besitz und überrascht ihre Freundin mit der Nachricht, dass sie ihren Dienstherrn, den Witwer Lord Lanyon, heiraten werde. Cathy überredet Lorna, als ihre Gesellschafterin zu ihr zu kommen. Vier Tage vor der Hochzeit findet Lorna Cathy neben der Leiche ihres zukünftigen Schwagers. Nun zeigt Cathy ihr wahres Gesicht: Nicht sie, sondern Lorna wird als Mörderin verurteilt und nach Tasmanien deportiert ... Wird die Gerechtigkeit doch noch siegen?

Knaur Taschenbuch Verlag

RICARDA MARTIN

Tochter der Schuld

Roman

Ein Familiengeheimnis, das erst nach Jahrzehnten ans Licht kommt, vor der atemberaubenden Kulisse Cornwalls.

Als Alayne im Haus ihrer geliebten Großmutter Edith altmodische Kinderkleidung mit einem geheimnisvollen Wappen findet, ist ihre Neugierde geweckt. Sie beginnt zu recherchieren und stößt auf eine Spur, die nach Cornwall führt: Hier bringt im Jahr 1940 die junge Lady Sarah ihr erstes Kind zur Welt, das kurz darauf entführt und nie wieder gefunden wird. Doch was hat Alaynes Großmutter damit zu tun?
Alayne steht vor einem Rätsel …

KNAUR TASCHENBUCH VERLAG